Carl A. DeWitt

Das Erbe des Greifen

BUCH

Trotz des Sieges über das Reich von Thyrmantor herrscht in Lytara keine Jubelstimmung. Die Lytarer wissen, dass der düstere Belior nicht aufgeben wird. Zudem hat er alle Vorteile auf seiner Seite. Er verfügt über ein schlagkräftiges Heer, viele Schiffe und vor allem über die schwarze Magie der Priester des Darkoth. Tatsächlich erreicht den Ältestenrat schon bald die Nachricht, dass sich Beliors Männer anschicken, Berendall, die mächtigste der noch freien Städte, zu erobern. Damit wäre der Weg nach Lytar für Belior frei und der letzte mögliche Verbündete verloren. Es ist ein Wettlauf gegen die Zeit, und die einzig verbleibende Hoffnung richtet sich auf die Krone von Lytar, das mächtigste Artefakt aller Zeiten, das noch immer nicht gefunden worden ist – und das allein die Macht hat, Lytara zu retten. Und so erteilt der Ältestenrat Tarlon, Elyra, Garret und Argor erneut einen Auftrag, von dem keiner der Gefährten weiß, ob er ihn überleben wird.

AUTOR

Carl A. deWitt wurde 1958 in Frankfurt am Main geboren. Nach der Ausbildung zum Flugzeugmechaniker absolvierte er ein Studium der Elektrotechnik und Informatik. Vielseitig interessiert, arbeitete er neben seinem Beruf als Systemprogrammierer zeitweise auch als Tankwart und Postauslieferer und widmete sich außerdem noch seiner großen Leidenschaft: der Restauration von Autos und Motorrädern. Am liebsten begibt sich der passionierte Rollenspieler jedoch auf die Reise ins Land der Phantasie. Er schreibt vorzugsweise in der Nacht, um dann in fremde Welten einzutauchen, wie sie ihn auch zu seiner Saga um die »Die Krone von Lytar« inspiriert haben.

AUSSERDEM LIEFERBAR:

Die Krone von Lytar (26587)
Weitere Titel sind in Vorbereitung.

Carl A. DeWitt

Das Erbe des Greifen

Roman

blanvalet

FSC
Mix
Produktgruppe aus vorbildlich
bewirtschafteten Wäldern und
anderen kontrollierten Herkünften

Zert.-Nr. SGS-COC-1940
www.fsc.org
© 1996 Forest Stewardship Council

Verlagsgruppe Random House FSC-DEU-0100
Das für dieses Buch verwendete FSC-zertifizierte Papier
Holmen Book Cream liefert Holmen Paper, Hallstavik, Schweden

1. Auflage
Taschenbuchausgabe Januar 2010
bei Blanvalet, einem Unternehmen der Verlagsgruppe
Random House GmbH, München.

Umschlaggestaltung: HildenDesign, München,
unter Verwendung einer Illustration von Stanley Morrison (Greif)
UH · RF
Druck und Einband: GGP Media GmbH, Pößneck
Printed in Germany
ISBN: 978-3-442-26588-6

www.blanvalet.de

Vidan	*der Baron von Mislok*
Mislok	*eine kleine Baronie südlich von Berendall*
Berendall	*eine befestigte Hafenstadt, die größte und wichtigstes Stadt in den Greifenlanden, Sitz des Grafen von Berendall*

Als Lamar di Aggio, der Gesandte des Reiches und Mitglied des Ordens von Seral, an diesem Morgen die Augen öffnete, bereute er es sofort. Die Nacht zuvor war lang gewesen und der Wein überreichlich, obwohl er zu den Besten gehörte, die er je getrunken hatte. Sein Kopf pochte, und die Sonne schien ihm durch die Schlitze des Fensterladens direkt ins Gesicht. Darüber hinaus war es viel zu still. Für einen Moment wusste er nicht, wo er sich befand, nachdem er keine Kutschen über die Pflastersteine poltern hörte und draußen auch keinerlei Waren lautstark angepriesen wurden.

Lytara! Richtig, er befand sich in Lytara, einem Dorf, dessen Namen er vor wenigen Wochen noch nicht einmal gekannt hatte. Schwerfällig erhob sich Lamar von seinem Lager, er gähnte, tapste verschlafen zum Waschstand hinüber und steckte seinen Kopf in die Waschschüssel. Danach wischte er sich das Wasser aus dem Gesicht und gähnte erneut. Seit drei Tagen lauschte er nun schon dem verschrobenen alten Mann, der ihm hier im Gasthaus eine Geschichte erzählte, von der er, Lamar, noch nie zuvor etwas gehört hatte. Der Geschichte von der Wiedergeburt eines untergegangenen Reiches, dem Zwist zweier Götter und einem schrecklichen Krieg.

Und dennoch hatte es einst tatsächlich einen Kanzler namens Belior gegeben und einen Prinzen, der noch zu jung gewesen war, um selbst regieren zu können. Es gab auch diese zerstörte Stadt, Alt-Lytar, weit südlich der Kronstadt von Thyrmantor, vor allem aber gab es noch immer den Drachen Nestrok, der dem Paladin des Reiches bis heute diente. Wenn er in die Kronstadt zurückkehrte, sollte er vielleicht den Mut aufbringen, die Sera Sineale aufzusuchen und sie zu danach fragen, was ihr Drache von dieser alten Geschichte noch wusste. Doch es waren die Worte des Prinzen selbst gewesen, sei-

nes Cousins Prinz Teris, die ihn zum Grübeln gebracht hatten …

Wobei die Verwandtschaftsbezeichnung „Cousin" irreführend war und eher dazu diente, den Umstand zu vertuschen, dass er, Lamar, im falschen Bett gezeugt worden war. Außerdem verkehrte der Prinz in ganz anderen Kreisen als er, der sich eher als Gelehrter denn als Krieger verstand, zum anderen wusste Lamar nur zu gut, dass der Prinz ihn nicht ausstehen konnte. Schon damals, als er vor vielen Jahren mit schlotternden Knien an den Königshof gekommen war, hatte der Prinz vor ihm gestanden und verächtlich auf ihn herabgeschaut. Lamar war damals erst sechs Jahre alt gewesen, und es hatte ihn getroffen, dass die Person, die er aus der Ferne am meisten bewundert hatte, ihn als eine Unachtsamkeit seines Vaters vorstellte. Bis zum heutigen Tage hatte der Prinz sich nicht einmal die Mühe gemacht, Lamars Namen zu behalten.

Danach hatten sie über mehrere Jahre nicht mehr viel miteinander zu tun gehabt, bis ihn vor einigen Tagen ein königlicher Bote aus dem Bett geholt und ihm mitgeteilt hatte, dass der Prinz ihn zu sehen wünschte. Den ganzen darauffolgenden Tag, war Lamar dann zu Pferd unterwegs gewesen, um den Prinzen in seinem Sommerpalast aufzusuchen. Dort angekommen, war er sofort zum Prinzen bestellt wurde.

Schlank, wohlgestaltet, mit pechschwarzen Haaren, dunklen Augen und einem sinnlichen Mund, war dieser der Liebling des Hofes. Vor allem die holde Weiblichkeit war ihm zugetan. Mittlerweile drei Dutzend und acht Jahre alt, war er jedoch wie ein Kriegspferd, das an seinem Geschirr zerrte. Denn sein Vater, der König, lag nunmehr seit Jahren krank darnieder, hielt aber immer noch am Leben und an seiner Krone fest. Sein Körper mochte ihn zwar im Stich gelassen haben, doch sein Geist war noch so wach wie eh und je. Dennoch rechnete im Königreich ein jeder damit, dass es bald mit ihm zu Ende gehen würde.

„Cousin", hatte der Prinz ohne Umschweife begonnen, als Lamar vor ihm in die Knie gegangen war. „Ihr müsst mir helfen."

„Jawohl, Hoheit", hatte Lamar geantwortet, obwohl er von der Reise erschöpft und durstig gewesen war und ihm seine Knie wehtaten. Wie gerne hätte er sich nach dem Ritt zuerst noch erfrischt, aber der Prinz war für seine Ungeduld bekannt.

„Gestern kam eine dieser Priesterinnen Mistrals zu mir. Sie besaß die Unverschämtheit, mich in meinem Schlafgemach aufzusuchen, und forderte auch noch, dass ich ihr meine Aufmerksamkeit unter vier Augen gewähren sollte." Der Prinz war sichtbar erregt zu einer Anrichte gegangen, wo er sich großzügig Wein einschenkte, um dann seiner Verärgerung weiter Ausdruck zu verleihen. „Dass die Priesterschaft zur königlichen Familie so einfach Zugang erhält, war schon immer etwas, was mich gestört hat. Ihr könnt Euch gar nicht vorstellen, wie herablassend sie mich ansah."

Lamar nahm hierzu keine Stellung, er kniete weiter auf dem Boden und hörte zu.

„Sie teilte mir mit, dass es mit dem König zu Ende ginge. Nun müsse man Vorbereitungen für die Krönung treffen. Das war noch der angenehmere Teil der Nachricht. Dann aber teilte sie mir mit, dass es Tradition wäre, dass der Prinz vor seiner Krönung eine Art Pilgerfahrt zu unternehmen hätte. Er habe ein Dorf im Süden des Reiches aufzusuchen, eines, das sich Lytara nennen würde, und dort nach der Krone von Lytar zu fragen. Alles Weitere würde sich finden. Ich teilte

ihr mit, dass ich dafür keine Zeit hätte. Wie Ihr selbst sehen könnt, Cousin Kebel, erwarte ich Gäste."

„Lamar, Hoheit. Mein Name ist Lamar", hatte Lamar gewagt, den Prinzen zu korrigieren.

Dieser hatte ihm einen scharfen Blick zugeworfen. „Ich mag es nicht, unterbrochen zu werden, Cousin. Hört zu, damit wir dies schnell zu Ende bringen. Also, diese Priesterin beachtete mich nicht weiter, sondern teilte mir daraufhin nur mit, dass ich auf die Reise nach Lytara ja verzichten könne, ich bräuchte nur ein anderes Mitglied der königlichen Familie dorthin zu schicken. Danach erdreistete sie sich, mir den Rücken zuzukehren und ohne ein weiteres Wort davonzugehen. Wahrlich, die Arroganz mancher dieser Priesterinnen ist einfach unerträglich."

Der Prinz nahm einen tiefen Schluck. „Und diese eine war fast so unerträglich wie die Sera Sineale, die mir gegenüber nur allzu gern betont, dass sie allein der Paladin meines Vaters und nicht der meine ist! Ich schwöre Euch, Cousin, diese Frau kann mich nicht leiden!"

Auch hierzu hatte sich Lamar jeden Kommentar verkniffen. Dem Gerücht nach war das Zusammentreffen mit der Sera Sineale wenig rühmlich für den Prinzen ausgegangen, denn es hieß, er habe ihr ein eindeutiges Angebot gemacht, worauf sie ihn nur ausgelacht habe.

„Wie auch immer", hatte der Prinz den Faden wieder aufgenommen. „Ihr seid mit mir verwandt, also werdet Ihr Euch nach Lytara begeben und dort nach dieser Krone fragen. Lasst sie Euch aushändigen und bringt sie mir. Ein einfacher Auftrag. Ihr dürft Euch entfernen."

Mühsam hatte Lamar sich erhoben, seit einem Sturz pflegte sein rechtes Knie schnell zu schmerzen. „Wartet", hatte der Prinz noch hinzugefügt, während er sich Wein nachschenkte. „Die Greifenlande sind tiefste Provinz, sie liegen weit im Süden. Die Leute dort sind eigenbrötlerisch, zeigen wenig Respekt vor dem Adel und besitzen nur wenig Manieren. Ein unzivilisiertes Pack. Wundert Euch also nicht, wenn man Euch im Kuhstall schlafen lässt."

Mit diesen Worten war er endgültig entlassen gewesen.

Während sich Lamar nun ankleidete, sah er sich aufmerksam um. Entgegen der Ankündigung des Prinzen war er mitnichten in einem Kuhstall gelandet, sondern hatte die Nacht in einem großzügig ausgestatteten Raum verbracht. Er war sauber und gepflegt, nur gab es keine polierten Möbel. Auch Brokattapeten konnte man vermissen, und die Seife neben der Waschschüssel roch nur leicht nach Rosen. Zudem war er hier noch keinem einzigen Menschen begegnet, der eine Perücke trug, und wenn sich die Leute unterhielten, verzichteten sie darauf, sich über den neuesten Klatsch bei Hofe die Mäuler zu zerreißen.

Lamar zog sein Hemd zurecht und erlaubte sich ein kleines Lächeln. Wie der Prinz schon sagte, ein unzivilisiertes Pack! Als er die Treppe zum Gastraum hinunterstieg, kam ihm ein kleines Mädchen entgegen und strahlte ihn an. „Guten Morgen und der Göttin Gnade mit Euch, Lamar", rief sie fröhlich und mit blitzenden Augen. Sie griff nach seiner Hand und zog ihn fast hinter sich her. „Wir warten alle schon darauf, dass Ihr herunterkommt, Großvater sagt, er würde nicht weitererzählen, bevor Ihr nicht da seid!"

„Auch Euch einen guten Morgen, Saana", antwortete Lamar, dem es so vorkam, als habe das Lächeln des jungen Mädchens bereits seine schlimmsten Kopfschmerzen vergehen lassen. „Erlaubt Ihr mir, zuerst mein Frühstück zu mir zu nehmen?"

„Warum nicht?", lachte Saana. „Er kann ja erzählen, während Ihr speist." Sie stieß die Tür zur Gaststube auf. „Er ist da! Großvater, es geht weiter!"

Wie gestern war der Gastraum brechend voll, und es herrschte fast schon eine festliche Stimmung. Der große Raum bot vielen Leuten Platz, und alle Tische waren besetzt, nur an einem, in der Mitte des Raumes, war ein Stuhl für ihn frei gehalten worden. Der grauhaarige Geschichtenerzähler unterhielt sich gerade mit einer jungen Frau, die lächelnd aufsah, als Saanas Stimme ertönte.

„Dort ist sie!", deutete der alte Mann auf Saana. „Sie ist uns also nicht verloren gegangen!"

„Ich habe Lamar wecken wollen, Mama", teilte Saana dem Gastraum fröhlich mit. „Aber er war schon wach!" Freundliches Gelächter empfing Lamar, und er sah in viele Gesichter, die ihn seltsam prüfend musterten, zum größten Teil aber doch ein freundliches Lächeln für ihn bereithielten. Zu Beginn war dies anders gewesen, da war er einem jeden hier fremd gewesen. Doch das hatte sich in den letzten drei Tagen, in denen sie alle zusammen der Geschichte des alten Mannes gelauscht hatten, geändert. Hier und da erhielt er nun sogar ein freundliches Nicken zur Begrüßung, und der Wirt selbst zog ihm mit einem breiten Grinsen den Stuhl zurück, damit er sich setzen konnte.

„Frische Eier, gerösteter Speck und der Tee, der Euch so gut geschmeckt hat, Ser", teilte ihm der Wirt freundlich mit. „Ich hoffe, es schmeckt Euch weiterhin ... der Segen der Göttin Euch und diesem Mahl."

„Guten Morgen, Ser! Ihr solltet wirklich zugreifen", begrüßte ihn nun auch der alte Mann und brach sich einen Kanten frischen Brotes ab. „Es ist gut, und Ihr solltet nicht zu lange zögern, denn heute Morgen habe ich einen mächtigen Appetit!"

Eines war sicher, hier in Lytara nahmen die Leute ihre Geschichtenerzähler ernst. Nicht ein einzige Mal hatte der alte Mann für seinen Wein oder das Essen bezahlen müssen, und selbst jetzt, obwohl sich der alte Mann bereits sichtlich an den Eiern und dem Schinken gütlich getan hatte, war der Tisch noch reichlich gedeckt.

Vor wenigen Tagen noch hätte sich Lamar von solch einem Verhalten brüskiert gefühlt, doch jetzt lächelte er nur und nahm sich selbst ein Stück des Brotes. Er griff nach dem Buttertiegel und hielt inne. In den letzten Tagen hatte er sich zwar daran gewöhnt, dass ihm die Leute hier ein Großteil ihrer Aufmerksamkeit schenkten, doch im Moment schien es ihm so, als würden sie etwas von ihm erwarten. Auch der alte Mann sah ihn abwartend an.

„Mistrals Segen für dieses Mahl“, sagte Lamar nach kurzem Zögern. Offenbar hatte er die richtigen Worte gefunden, denn hier und da nickten die Leute zustimmend, und ihr Lächeln wurde freundlicher.

„Können wir jetzt weitermachen?“, fragte Saana aufgeregt. „Was ist denn jetzt mit Argor und Knorre geschehen?“

„Immer langsam“, lachte der Geschichtenerzähler. „Lass doch Ser Lamar erst zur Ruhe kommen.“

„An mir soll es nicht liegen“, lächelte Lamar und tropfte Honig auf sein Brot. „Ich bin genauso gespannt wie die junge Sera hier!“ Er zwinkerte ihr zu, und sie lachte. Es war seltsam, dachte Lamar, aber es konnte gut sein, dass Prinz Taris ihm zum ersten Mal in seinem Leben einen Gefallen getan hatte, indem er ihn hierher geschickt hatte.

„Nun“, begann der alte Mann. „Gestern erzählte ich, wie Argor, der Sohn unseres Radmachers Ralik, und Knorre, der Arteficier, ihr eigenes Leben nicht achtend, den alten Staudamm zum Bersten brachten und die Truppen des Grafen

Lindor in die See spülten. Zugleich aber, und das sollte sich als um einiges wichtiger erweisen, nahmen sie auch der Verderbnis, die so lange über der alten Stadt gelegen und sie verseucht hatte, ihre Macht.

Doch wie so oft, wenn Tragisches geschieht, nahm das Wetter keine Rücksicht darauf, denn am nächsten Tag strahlte die Sonne von einem wolkenlosen, blauen Himmel, in dem die Möwen kreisten … nur vermochte niemand, dies als gutes Omen zu sehen. Denn die Möwen waren gekommen, weil ihnen auf dem Platz vor der alten Börse ein unwiderstehliches, überreichliches Mahl geboten wurde …"

„Warum? Hat jemand Brotkrumen verteilt?", fragte Saana neugierig. „Nicht ganz", erwiderte der alte Mann und hob sie auf sein Knie. „Es gab nur sehr viel für sie zum Fressen." Für einen Moment verdüsterte sich sein Gesicht, aber er lächelte sofort wieder, als sich seine Enkelin in sein Wams krallte, um sich auf seinem Bein besser zurechtzusetzen. „Und was ist nun mit Argor und Knorre?", bohrte sie weiter.

„Gleich", vertröstete sie der alte Mann. „Hab etwas Geduld, Prinzessin, denn die Geschichte fängt nun einmal an diesem Morgen in der alten Stadt an. Argors und Knorres Tapferkeit hatte den Lytarianern über Nacht einen großen Sieg gebracht, doch als die Sonne aufging, war der Preis, den sie dafür hatten zahlen müssen, überdeutlich zu sehen." Er zögerte etwas und blickte zu Saanas Mutter hinüber.

Diese nickte. „Sie wird es wissen wollen", sagte sie leise.

„Gut", fuhr der alte Mann fort. „Am nächsten Morgen also gingen Meister Pulver, unser Alchimist, und Ralik, unser Radmacher und Argors Vater, von der Anhöhe, auf der wir unser Lager aufgeschlagen hatten, hinunter zu dem großen Platz vor der Börse, um sich ein Bild von der gegenwärtigen Lage zu machen …"

Der Preis des Krieges

„Wir müssen sie verbrennen“, sagte Ralik Hammerfaust mit belegter Stimme und hob den schweren Kriegshammer, der noch vor wenigen Tagen der ganze Stolz seines Sohnes Argor gewesen war. „Wenn wir das Geschmeiß hier nicht bald entsorgen, wird noch eine Seuche ausbrechen und uns heimsuchen.“

Pulver sah besorgt auf seinen alten Freund herab. Der hochgewachsene Alchimist und der breitschultrige Zwerg waren ein ungleiches Paar und dennoch seit Langem miteinander befreundet. Aber in solch einem Zustand wie an diesem Tag hatte Pulver den stämmigen Zwerg noch nie erlebt.

Ralik trug einen schweren Helm mit verstärktem Kinnschutz, der es Pulver zusammen mit dem mächtigen, dunkelblonden Bart des Zwerges fast unmöglich machte, im Gesicht des Radmachers zu lesen.

„Sie sind erst seit gestern tot, Ralik“, meinte Pulver bedächtig. „Es hat noch etwas Zeit. Meinst du nicht, dass du vielleicht besser ...“

„Was denkst du dir, alter Freund“, unterbrach ihn der Zwerg und sah zu Pulver hoch. „Soll ich zu Elyra gehen und vor ihr zu weinen beginnen? Soll ich mir den Bart raufen und meinen Schmerz laut in alle Welt hinausschreien? Meinst du, dies wäre sinnvoll?“ Er schüttelte langsam den

Kopf. „Ich werde noch genug Zeit zum Trauern haben, sobald unsere Arbeit hier getan ist."

Mit einer abrupten Geste hob er den Hammer und zeigte mit dem mattglänzenden Stahlkopf auf den mit Schlamm, Geröll und Toten bedeckten Platz vor ihnen. „Sie liegen hier und werden verrotten. Aber jeder Einzelne von ihnen trägt vielleicht etwas bei sich, das wir brauchen können."

„Ich weiß, Ralik", begann Pulver, aber der Zwerg ignorierte ihn.

Pulver blickte zu dem zerstörten Damm auf ihrer linken Seite, den Argor, der Sohn des Radmachers, zusammen mit einem Artificier namens Knorre, den Pulver gerne kennen gelernt hätte, gestern Nacht zum Einsturz gebracht hatte. Was von dem ehemaligen mächtigen Bauwerk nun noch stand, sah aus, als habe ein Riese mit einem Hammer darauf eingeschlagen. Eine breite Schneise der Zerstörung führte vom Damm über den alten Platz hinweg und zum Meer hinab, genau dorthin, wo sich einst auch der Hafen der alten Stadt befunden hatte. Nur ein paar schiefe Masten zeugten noch von den vielen großen Schiffen des Feindes, die vor Kurzem hier noch angelandet waren und vor Anker gelegen hatten.

So groß war die Wucht der Wassermassen gewesen, dass sie sogar die tonnenschweren Steinblöcke, aus denen der Damm einst errichtet worden war, mit sich gerissen und bis hierher getragen hatten. Einer dieser Blöcke war dabei sogar bis fast zu den mächtigen Toren der alten Börse geschwemmt worden, die als eines der wenigen Gebäude der Katastrophe standgehalten hatte.

Achtlos, wie Puppen hierhin und dorthin geschleudert, lagen die toten Truppen Beliors über dem Platz verstreut, überzogen von einer dünnen Schlammschicht, die jedoch nicht ausreichte, um die teilweise entstellten Gesichtszüge der Toten vollständig zu bedecken. Seit dem Morgen waren Leute aus Lytara und gut zwei Dutzend der Söldner, die sich den Dörflern in ihrem aussichtslosen Kampf gegen Belior angeschlossen hatten, dabei, die Toten von ihren Waffen und Rüstungen zu befreien.

Alles, was verwertbar war, wurde auf einen von Hernuls großen Wagen gehievt. Die Toten selbst wurden dagegen nahe dem Hafenrand auf einen großen Haufen geworfen, der stündlich höher und breiter wurde. Noch roch es hier nach Wasser, Schlamm und salziger Seeluft, doch es war Sommer, und so würde es gewiss nicht mehr lange dauern, bis der Geruch des Todes allgegenwärtig sein würde.

Mit schweren Schritten stapfte Ralik nun voran und blieb vor einem toten Soldaten stehen. Eine Krähe flatterte protestierend von ihm auf und ließ sich dann auf einem anderen Opfer nieder, schließlich gab es genug von ihnen. Ralik bückte sich und griff nach dem Arm des Gefallenen. Er drehte ihn auf den Rücken. Der Schlamm hatte sich wie eine Maske über das Gesicht des Toten gelegt und ließ nicht erkennen, ob der Mann jung oder alt gewesen war. Pulver war froh darum. Die letzten Tagen hatte er mehr als genug Tote gesehen.

„Die Meisten von ihnen wird es in die See hinausgespült haben", ließ sich der Zwerg nun vernehmen und ließ den Arm des Toten wieder los, der nur langsam herabsank. Die Leichenstarre hatte sich noch nicht wieder ganz gelöst. „Es bleiben ihrer dennoch Hunderte." Er sah auf den toten Soldaten herab. „Schau, wie gut er gerüstet ist", meinte er dann. „Wir brauchen diese Rüstungen und Waffen. Wir haben viel zu wenige davon." Er musterte Pulver. „Du brauchst auch eine. Deine Lederjacke dürfte wohl kaum ausreichend Schutz gegen einen Schwertstreich bieten."

„Ich habe nicht vor, mich einem Schwert in den Weg zu stellen", antwortete Pulver sanft. „Niemand widerspricht dir, Ralik. Wir alle wissen, dass es getan werden muss. Nur nicht jetzt, nicht heute. Und nicht von dir."

Er blickte zum Horizont, an dem die Sonne nur noch einen Finger breit über dem bleiernen Meer stand. „Es wird bald dunkel, Freund Ralik. Wir brauchen deine Weisheit im Rat, dort bewirkst du mehr, als wenn du hier die Leichen plünderst."

Die buschigen Augenbrauen des Radmachers zogen sich unter seinem Helm zusammen. „Was erwartest du von mir, Pulver? Dass ich dem Rat Mut mache? Dass ich mich hinstelle und ihm sage, was für ein glorreicher Sieg das war?"

„Aber es war ein Sieg. Sogar ein wichtiger Sieg", sagte Pulver leise. „Wenn dein Sohn nicht ..."

Doch der Zwerg hörte ihm schon nicht mehr zu, sondern sah über den schlammbedeckten Platz vor ihnen. „Er ist hier irgendwo", murmelte er dann und griff seinen Hammer fester. Er blickte zu Pulver hoch. „Geh ruhig vor, mein Freund. Ich komme nach, wenn ich ihn gefunden habe."

„Der Preis des Krieges", meinte Lamar nachdenklich.

„In der Tat", nickte der alte Mann und nahm einen tiefen Schluck von seinem Tee. „Selbst ein Sieg kann bitter sein."

„Er suchte dort also nach seinem Sohn. Das muss sehr schwer für ihn gewesen sein. Wo hat er ihn schließlich gefunden?"

„Er fand ihn überhaupt nicht", erklärte der Geschichtenerzähler. „Es sollte noch länger dauern, bis er die frohe Kunde erhielt."

„Er hat also gedacht, Argor wäre tot?", fragte Saana traurig.

„Ja, Prinzessin."

„Hat er viel geweint?"

Der alte Mann nickte. „Ich bin mir sicher, dass er es tat", sagte er dann. „Nur war er zu stolz, um seinen Schmerz vor anderen zu zeigen. Ralik war ein tapferer Mann, doch eine solche Prüfung sollte keinem Vater auferlegt werden."

„Aber Argor lebte doch noch, nicht wahr?", fragte Saana ungeduldig. „Ich will jetzt nichts mehr von den Toten hören! Erzähl lieber von Argor und Knorre!" Sie zog an dem grauen Haar des Erzählers. „Bitte! Ich mag Knorre, er ist verrückt!"

„Na, wenn das so ist ...", lachte der alte Mann. „Erinnerst du dich noch, was Argor zuletzt sah, als das Wasser über ihm zusammen schlug?"

„Ein Licht", jubelte Saana. „Und jemand reichte ihm die Hand! Wer ist das gewesen?"

„Kannst du dir das nicht denken?", schmunzelte der alte Mann.

„Es war bestimmt Knorre!", meinte Saana überzeugt. „Oder die Frau im Brunnen."

„Wie kommst du denn darauf", fragte der alte Mann überrascht.

„Nur so", antwortete Saana. „Aber was war jetzt mit Argor und Knorre?"

„Nun", begann der Geschichtenerzähler, „eine so mächtige Magie, die einen Zwerg aus tiefem Wasser erretten kann, ist nicht alltäglich. Zudem handelte es sich um eine alte Magie, die ursprünglich nicht zu diesem Zweck eingesetzt wurde. Dennoch wirkte sie, wenn auch nicht ganz so, wie man es sich gewünscht hätte." Er lachte leise. „Was auch damit zu tun hatte, dass Argor das Wasser nie sonderlich leiden konnte ..."

Stein, Wasser und Magie

Als Argor wieder zu sich kam, hatte er das Gefühl, dass seine Lungen aus flüssigem Feuer bestehen würden. Deshalb zog er würgend und hustend mit Mühe und Not gerade so viel Luft ein, wie er zum Atmen brauchte, während sein Herz raste, als wäre er zehn Wegstunden nur bergauf gerannt.

Neben ihm wälzte sich, genauso hustend und spuckend wie er selbst, Knorre, der noch immer seinen weißen Stab in der Hand hielt. In der Ferne hörte Argor jemanden schreien, nur kümmerte ihn das im Moment nicht weiter, denn sein Magen hob und senkte sich, und zusammen mit seiner arme Seele hustete er auch noch einen neuen Schwall Wasser heraus.

„Wie... Wieso leben wir noch?“, keuchte er schließlich und brachte sich mühsam in eine sitzende Position. Der Raum, in dem sie sich befanden, war kreisrund und maß an die sieben Schritt im Durchmesser. Es musste sich um ein Turmzimmer handeln, das deutlich unter dem Zahn der Zeit gelitten hatte, denn hier und da fehlte ein Dachziegel, und in vier von sechs Fenstern befand sich kein Glas mehr im Rahmen.

Knorre wollte wohl etwas erwidern, wurde dann aber ebenfalls von einem Hustenanfall erschüttert.

„Magie“, röchelte er schließlich, „im Stab!“

Das, dachte Argor säuerlich, hätte er sich auch selbst denken können, schließlich tanzten noch immer einzelne Elmsfeuer um Knorres Stab herum, die sich nur langsam abschwächten.

Knorre hatte sich indes zur Seite und auf den Bauch gewälzt und begann nun auf allen vieren durch den Raum zu kriechen. Einen Moment sah Argor ihm verständnislos dabei zu, bis ihm wieder einfiel, dass sich Knorre am Staudamm das Bein gebrochen hatte. Damit kam auch die Erinnerung an alles andere wieder zurück. Argor stöhnte leise auf und schloss erschöpft die Augen.

Götter, es war ihm absolut unverständlich, wie er sich hier befinden konnte, nachdem die Treppe im Schacht weggebrochen und das Wasser darin immer weiter angestiegen war, bis er inmitten der herabfallenden Steine des berstenden Damms .... gestorben war!

Doch dann erinnerte er sich wieder an den Lichtschein und die harte Hand, die ihn gepackt hatte. Es musste tatsächlich Knorre gewesen sein, der ihn im letzten Moment mit der Magie seines Stabs aus den Tiefen des alten Staudamms gerettet hatte.

Der hagere Arteficier hatte den weißen Stab in einem Tempel der Mistral aus den Händen eines toten Großmeisters der Magie im alten Lytar gezogen und an sich genommen. Doch schon beim Versuch, ihn am Altar der Göttin wieder aufzuladen, war etwas schiefgegangen. Damals wäre Argor beinahe in eine sich plötzlich öffnende Erdspalte gestürzt, und selbst jetzt war er sich keineswegs sicher, ob es eine gute Idee von Knorre gewesen war, den Stab mit sich zu nehmen. Auch wenn er dadurch noch am Leben war. Ein Gedanke, der ihn nun doch ein wenig mit der Magie versöhnte. Dennoch, der Stab war einfach ein zu mächtiges Instrument, zumal sogar Knorre die meisten der an den Stab gebundenen Magien unbekannt waren.

Knorre hatte zwischenzeitlich eines der Fenster erreicht, an dessen Rahmen er sich gerade nach oben zog. Er blickte einen Moment nach draußen, dann ließ er sich wieder auf den Boden hinabgleiten und lehnte sich mit dem Rücken an die Wand unter dem Fenster. Er schien nicht erfreut über das, was er soeben gesehen hatte.

„Und", hustete Argor, „wo sind wir?"

„In Berendall. In einem alten Turm nahe der Kronburg." Knorre verzog das Gesicht zu einer Grimasse. „In dem Turm, den die Leute hier den Geisterturm nennen und um den sie gerade herumrennen wie aufgescheuchte Hühner. „Noch trauen sie sich nicht, den Turm zu betreten, um hier oben nachzusehen, aber spätestens, wenn einer von Beliors Leuten davon erfährt, wird sich das ändern."

Argor sah ihn fassungslos an.

„Berendall? Das ist doch die Hafenstadt im Norden?", fragte er dann entgeistert. „Dort können wir unmöglich sein!"

„Ach?", meinte Knorre. „Und warum nicht?"

„Weil, weil ... weil das unmöglich ist!"

„Wenn Ihr es sagt, Freund Zwerg", meinte Knorre. „Aber vielleicht könntet Ihr dennoch so tun, als ob es so wäre, denn ich könnte Eure Hilfe gut gebrauchen."

„Wobei?", fragte Argor.

„Uns zu verstecken, wenn jemand die Treppe hochkommt ... allein gestaltet sich das nämlich etwas schwierig. Mein Bein ist gebrochen!"

Argor blinzelte. „Richtig", stellte er dann fest. „In der großen Halle des Staudamms ist Euch eine Metallplatte aufs Bein gefallen, ich erinnere mich!"

„Das ist erfreulich“, antwortete Knorre etwas spitz. „Schön, dass es Euch wieder eingefallen ist. Hört Ihr das?“

Argor legte den Kopf schief, tatsächlich war in der Ferne das Echo schwerer Schläge und das Geräusch berstenden Holzes zu hören. „Ja. Was tun die da?“

„Sie brechen die Tür zum Turm auf“, erklärte Knorre. „Wenn Ihr Euch jetzt also dazu aufraffen würdet, mir dabei zu helfen, uns zu verstecken, wäre ich Euch dankbar!“

„Ihr wollt, dass wir uns verstecken?“, fragte Argor und blickte sich ungläubig um. „Gerne, nur wo? Hier gibt es keine Möglichkeit dazu!“

„Doch“, widersprach Knorre. „Nur wird sie Euch wohl kaum gefallen!“

„Also haben sie überlebt!“, rief Saana erfreut. „Das haben sie“, sagte der alte Mann mit einem Lächeln und hob sie kurz hoch, um sie an sich zu drücken, bevor er sie an ihre Mutter weitergab, die sie zu einem Tisch an der Seite führte. Saana wäre wohl lieber noch bei ihrem Großvater geblieben, doch ihre Mutter hatte wohl befunden, dass es genug für heute war.

„Sie waren nicht die Einzigen gewesen, die überlebt haben, nicht wahr?“, wollte Lamar wissen. „Habt Ihr nicht auch erwähnt, dass Graf Lindor mit seinem Drachen auf und davon geflogen ist? Wie ist es ihm ergangen?“

„Nun, auch wenn der Drache sich noch nicht ganz von dem Pfeil erholt hatte, den ihm Garrets Großvater ins Auge geschossen hatte, so sind Drachen doch recht zähe Biester. Und was den Grafen betrifft, wusste der natürlich ganz genau, dass der Kanzler von Thyrmantor wenig erfreut sein würde, wenn er von den Folgen des Dammbruches erfahren würde. Dennoch zögerte er nicht, zu ihm zurückzufliegen,

um ihm Bericht zu erstatten. Doch Lindors Gedanken weilten während des langen Fluges nicht so sehr bei Belior als vielmehr bei seinem Prinzen, für den der Kanzler vorläufig die Regentschaft übernommen hatte. Als Lindor schließlich in der Kronstadt landete, erwartete ihn bereits die Order, sofort beim Kanzler vorstellig zu werden.“

„Der wusste also schon von den Ereignissen?“, fragte Lamar überrascht.

„Ja“, antwortete der alte Mann knapp. „Belior wusste vieles, was er eigentlich nicht hätte wissen dürfen. Aber auch dazu später mehr. Aber vorerst kehrte Graf Lindor, der der Vernichtung seiner Regimenter nur knapp entronnen war, zu einem Mann zurück, der dafür bekannt war, seine Leute schon wegen geringfügigerer Verfehlungen hingerichtet zu haben.“

„Ich mag den Grafen zwar nicht, aber er war wohl ein tapferer Mann“, merkte Lamar nachdenklich an.

„Bildet Euch ein eigenes Urteil, Ser“, sagte der alte Mann etwas kühler als erwartet. „Was ich nun erzähle, erfuhren wir erst viel später. Ob es sich jedoch wirklich so zugetragen hat, vermag ich Euch nicht sagen.“ Der Erzähler zuckte mit den Schultern. „Doch hört einfach zu …“

Ein neuer Befehl

Belior, der Kanzler des mächtigsten Reiches der Welt, stand am Fenster seines Arbeitszimmers und sah in den Rosengarten hinab, den die Großmutter des Prinzen vor vielen Jahren hatte anlegen lassen. Hinter ihm, auf eines seiner gepanzerten Knie herabgelassen, den Kopf tief gebeugt, erstattete Graf Lindor Bericht über die letzten Ereignisse in Alt Lytar. Wie üblich war der Kanzler ganz in Schwarz gekleidet. Er trug eine schmucklose Hose sowie Stiefel und Wams. Sein ebenfalls schwarzes, volles Haar war akkurat auf Schulterlänge getrimmt, und das einzige sichtbare Zeichen seiner Macht war die schwere goldene Kette, das Symbol seines Amtes als Kanzler von Thyrmantor, die um seinen Hals lag und schwer auf seiner Brust ruhte.

Ohne auch nur die geringste Regung zu zeigen oder ein Wort zu sagen, hörte der Regent zu, wie der Graf die mächtige Flutwelle beschrieb, die seine Truppen ins Meer gespült hatte.

Am Ende seines Berichts angekommen, schwieg der Graf und harrte der Dinge, die nun kommen würden. Langsam drehte sich Belior um und sah auf den knienden Grafen herab.

„Ihr habt mich erneut bitter enttäuscht", sagte er in einem kalten Tonfall. „Ich hielt mehr von Euch. Doch wie es scheint, seid Ihr mir und Eurem Prinzen bei Weitem nicht von dem Nutzen, den man mir weismachen wollte ... Ihr wisst, was mit jenen geschieht, die mir nicht von Nutzen sind?“

„Ja, Ser“, antwortete Lindor, der damit beschäftigt war, seine Überraschung zu verbergen. Der Graf hatte mit allem gerechnet, aber nicht mit dieser kühlen Reaktion. Dennoch zweifelte er nicht daran, dass sein Leben nun verwirkt war; er hatte bereits auf dem Weg hierher damit abgeschlossen. Jetzt hoffte er nur noch, dass die Götter sich seiner erbarmen würden.

Eine Weile schwieg der junge Mann am Fenster.

„Graf Lindor, was soll ich nur mit Euch machen“, begann er dann wieder in einem bedauernden Tonfall. „Ihr und Euer Drache habt mir weitaus mehr Sorgen bereitet, als ich je für möglich hielt. Als ich von den Vorfällen hörte, wünschte ich mir nichts mehr, als Euren Kopf auf einem Spieß stecken zu sehen. Denn wie könnte ich Unfähigkeit dulden, wo es um nichts Geringeres geht, als um das Schicksal der Welt? Doch zu meiner Überraschung habt Ihr einen unerwarteten Fürsprecher gefunden, der mich bewog, Euch zu gestatten, Euren Fehler wiedergutzumachen.“ Er wartete, doch Lindor regte sich nicht.

„Seid Ihr nicht überrascht?“, fragte der Kanzler. „Interessiert Euch nicht zu wissen, wer Euer Fürsprecher ist?“

„Ja, Herr“, antwortete Lindor, der es diesmal für angebracht hielt, zu gleichen Teilen Angst als auch Hoffnung in seine Stimme zu legen: Futter für die Gier des schlanken Mannes.

„Kommt herein, Kriegsmeister“, befahl Belior daraufhin nachlässig, worauf sich die Tür des Arbeitszimmers mit einem leisen Knarren öffnete. „Ihr dürft Euch erheben, Graf“, fügte er noch hinzu.

Lindor richtete sich schweigend auf. Sein linkes Bein, auf dem er so lange gekniet hatte, war eingeschlafen, aber er ließ es sich nicht anmerken. Was ihm dagegen schwerfiel, war, seine Überraschung zu verbergen, als er nun den Kriegsmeister vor sich stehen sah. Den Anführer jener echsenähnlichen Wesen, die seit einiger Zeit in den Diensten Beliors standen. Das letzte Mal, als er ihn gesehen hatte, war er gerade von den Wassermassen des Staudamms erfasst und an die Mauern der alten Börse geschmettert worden. Dass der Kriegsmeister dies überlebt haben sollte, schien ihm undenkbar, und dennoch stand das Echsenwesen nunmehr vor ihm. Lindor meinte sogar, in dessen unmenschlichen Augen so etwas wie Spott zu erkennen.

„Euer Herrsscher brauchte nur einen kleinen Hinweiss von mir, um zu ssehen, dass Ihr ihm einen großen Dienst erwiessen habt", erklärte das Wesen, fast ohne zu zischen. „Schließlich offenbarte sich uns sso, wo ssich der Schatz von Lytar befindet ... in den Händen dieser Dorfbewohner! Vielleicht war es sogar die Macht der Krone selbst, die den Staudamm bersten liess, einess ist jedoch ssicher: Diese Menschen aus dem Dorf wissen, wo sich die Schätze Lytars befinden. Was ssie jedoch noch nicht zu wissen scheinen und was Euch zum Vorteil gereicht, ist, wie man ssie benutzt, denn bislang wurde nur einer der Kriegsfalken Alt Lytars gessichtet. Doch dies bedeutet auch, dass ess nun nicht mehr länger vonnöten ist, die alte Stadt zu durchforsten. Ganz gewiss wird man Euch zeigen können, wo sich die alten Kriegsmaschinen befinden, wenn Ihr nur nachdrücklich genug danach fragt." Ein zischelndes Geräusch entsprang der Kehle des Kriegsmeisters, es war, wie Lindor nun wusste, die Art und Weise der Kronoks, zu lachen. „Hättet Ihr von Anfang an auf meinen Rat mehr Wert gelegt, Graf, und mir die beiden Menschlinge zur Befragung übergeben, wer weisss, ob Ihr dann überhaupt in Schande zu Eurem Herrn hättet zurückkehren müssen!"

„Das mag so sein", beschied Lindor, der merkte, dass eine Antwort von ihm erwartet wurde. „Ich hege jedoch meine Zweifel daran. Denn meiner Meinung nach waren es die Blitze eines Gewitters und nicht die einer magischen Macht , die den Staudamm zerstörten!"

„Oder eine Form der Magie, die weit jenseits dessen liegt, was sich Euer armseliger Geist vorzustellen vermag, Graf", ergänzte Belior spöttisch. „Nun, wie auch immer, es ist vorbei, und neue Aufgaben warten auf Euch, Lindor. Der Kriegsmeister erwähnte mir gegenüber ein kleines Problem, das es zu lösen gilt. Und ebenjenes Problem gibt Euch nun die Gelegenheit, mir Euren Wert erneut zu beweisen. Es gibt, wie Ihr wohl wisst, nördlich von Alt Lytar eine kleine befestigte Stadt an der Küste. Berendall. Mir scheint, Ihr selbst wäret vor nicht allzu langer Zeit derjenige gewesen, der mir vorschlug, uns diese Stadt untertan zu machen." Der Kanzler lächelte amüsiert. „Wenn ich mich recht erinnere, nanntet Ihr diesen Marktflecken einen Ort von hoher strategischer Bedeutung und wagtet es sogar, mir zweimal zu widersprechen, als ich Euch mitteilte, dass das, wonach ich suchte, dort wohl nicht zu finden wäre! Doch jetzt hat sich die Lage geändert, und Ihr werdet mir diesen Provinzflecken zu Füßen legen!"

Der Kanzler sah kurz zu dem Kriegsmeister hinüber, der wieder zischelnd lachte.

„Nun, Graf", meinte die Echse jetzt. „Durch Euer unbedachtes Handeln isst der alte Hafen von Lytar nicht mehr für unsere Schiffe nutzbar. Wäre es möglich, würde ich mich sselbst um die Befriedung von Berendall kümmern, doch ihr Menschen sscheint eine gewisse Abneigung gegen mich und meine Eibrüder zu hegen! Daher wird es Eure Aufgabe ssein, den Grafen von Berendall in seinem eigenen Interesse dazu zu bewegen, ssich dem Banner von Thyrmantor zu unterwerfen."

„Drei Wochen", erklärte Belior nun seinerseits. „Drei Wochen habt Ihr Zeit, mich zu davon überzeugen, dass Ihr und Eure Bestie dazu imstande seid, solch eine einfache Aufgabe zu lösen. In der vierten Wochen wird meine Flotte dann eine Armee in Berendall anlanden, die diese Stadt nehmen oder halten wird, je nachdem, ob man uns die Tore öffnet oder nicht! Und noch eine Woche später wird eine zweite Flotte einlaufen, die Euch die Truppen bringen wird, die Ihr benötigt, um diesen Dörflern mein Erbe zu entreißen. Ich rate Euch wohl, den Grafen Torwald von Berendall dazu zu bringen, dass wir die Tore seiner Stadt weit geöffnet vorfinden und er uns nicht nötigt, sie ihm einzuschlagen!"

Beliors dunkle Augen musterten Lindor mit hartem Blick. „Wenn Ihr diesmal wieder versagt, werfe ich Euch Eurem eigenen Drachen zum Fraß vor. Geht mir aus den Augen, Graf!"

„Ja, Herr", antwortete Graf Lindor und verbeugte sich tief. Rückwärts gehend fand er seinen Weg zur schweren Tür des Gemachs und zog sie mit einer letzten Verbeugung hinter sich zu. Erst draußen, unter den kalten Blicken der zwei riesigen Kronoks, die die Tür bewachten und aus der gleichen Brut wie der Kriegsmeister stammten, drehte er sich wieder um und ging gemessenen Schrittes davon.

Doch die Gedanken des Grafen überschlugen sich, als er begriff, dass er noch einmal mit dem Leben davongekommen war und weiter nach einem Weg suchen konnte, sein

Ziel zu erreichen. Jetzt galt es nur noch, diesen Weg zu finden!

„Also verlor Graf Lindor doch nicht seinen Kopf", stellte Lamar fest. „Dieser Graf war wohl genauso zäh wie sein Drache. Ihr wisst, dass Nestrok noch immer lebt?"

„Ja", antwortete der Geschichtenerzähler, „Obwohl sich Garret durchaus bemüht hat, diesen Zustand zu ändern. Ihr werdet dazu später noch mehr erfahren."

„Hhm," meinte Lamar. „Dann muss ich mich wohl noch etwas in Geduld üben. Dennoch, es wird interessant. Jetzt hatte Lindor also den Auftrag, Berendall einzunehmen. Selbst wenn Kanzler Belior also nur spöttische Worte für den Grafen gefunden hatte, scheint er doch davon ausgegangen zu sein, dass dieser mit seiner Aufgabe kein Problem haben würde."

„Ihr vergesst den Kriegsmeister", sagte der alte Mann. „Diese Kreatur war dazu geboren, hinterhältige Pläne zu schmieden ... mancher Schachzug mag auf den ersten Blick einfach erscheinen, aber nur, weil man das Spiel, das sich hinter dem Spiel verbirgt, nicht kennt. Nichtsdestotrotz habt Ihr Recht, gut sah es für den Grafen von Berendall nicht aus. Andererseits hatte der bereits von einer Seite aus Hilfe erhalten, von der er noch nichts wusste ..."

Nachdem die Stadtwachen von Berendall das alte Turmzimmer durchsucht hatten und wieder gegangen waren, ließ Argor den Arteficier langsam durch das Dach auf den Boden des Turmzimmers herab. Als das alte Gebälk dabei leise unter ihm zu knirschen begann, erstarrte der junge Zwerg und kniff die Augen zusammen.

„Ihr könnt mich jetzt loslassen“, schlug Knorre leicht belustigt vor. „Es ist nur noch eine Hand breit!“

Argor zwang sich, nach unten zu sehen, stellte fest, dass der Arteficier Recht hatte, und ließ ihn daraufhin erleichtert los. Knorre landete mit einem unterdrückten Schmerzenslaut auf seinem guten Bein und humpelte zur Seite. Durch das Loch im Dach sah er zu dem Zwerg nach oben, der noch immer auf den alten Dachziegeln lag und nicht die geringsten Anstalten machte, zu ihm herabzusteigen.

„Ihr solltet nun ebenfalls möglichst schnell herunterkommen, Freund Argor“, schlug Knorre vor. „Nur die Göttin weiß, wie lange diese alten Balken Euer Gewicht noch tragen werden.“

„Müsst Ihr mir das so überdeutlich zu verstehen geben“, beschwerte sich der Zwerg voller Höhenangst. „Ich würde lieber hier bleiben!“

„Dort oben auf dem Dach? Ihr könntet abrutschen und über den Rand stürzen, es ist ein weiter Weg nach unten!“

„Danke, dass Ihr mir solchen Mut zusprecht!“, knurrte Argor, doch die Vorstellung, zu fallen, bewirkte immerhin, dass er nun langsam und vorsichtig durch das Loch herunterkletterte und sich mit ausgestreckten Armen so weit an dem alten Dachbalken herabließ, bis seine Füße gut anderthalb Schritt über dem Boden des Turmzimmers hingen.

In dieser Stellung verblieb er.

„Wollt Ihr etwa den ganzen Tag dort hängen bleiben?“, fragte Knorre jetzt offensichtlich erheitert. „Ihr könnt loslassen, es ist kaum mehr als die Höhe eines Tisches. Ihr habt den größten Teil bereits geschafft!“

„Das weiß ich“, presste Argor zwischen seinen Zähnen hervor. „Ich sehe es ja auch!“

„Aber?“, fragte Knorre und humpelte zu einem der besser erhaltenen Stühle, um sich mit schmerzverzerrtem Gesicht auf diesem nieder zu lassen. Durch den Treppenaufgang hörten sie die entfernten Stimmen der Soldaten, die ihrem Hauptmann Bericht erstatteten. „Was hindert Euch?“

„Ich kann nicht“, antwortete Argor zähneknirschend. „Ich will ja, aber meine Hände öffnen sich nicht!“

Knorre warf dem Zwerg einen zweifelnden Blick zu, während er seinen Dolch zog. „Es ist ganz einfach“, sagte er. „Ihr müsst nur loslassen.“

„Ihr seid kein Zwerg“, knirschte Argor mit den Zähnen. „Ihr versteht das nicht. Wir sind zu weit oben und nicht unter der Erde, wo ich hingehöre!“

„Wenn Ihr unter der Erde an einem Ast über einer unterirdischen Schlucht hängen würdet, wäre dies kein Problem für Euch?“, fragte Knorre neugierig und musterte, mit dem Dolch in der Hand, skeptisch den stabilen Stiefel an seinem linken Fuß.

„Nein, dann wäre es kein Problem!", murmelte Argor und warf dem hageren Mann einen bösen Blick zu. „Erheitert Ihr Euch etwa über mich?"

„Nur ein wenig", antwortete Knorre und zog scharf die Luft ein, als er selbst mit der scharfen Klinge seines Dolches Mühe hatte, das zähe Leder seines Stiefels zu zerschneiden. „Stellt Euch doch einfach vor, der Turm wäre unter der Erde."

„Wäre er unter der Erde, wäre es kein Turm, sondern ein Keller!", stellte Argor erzürnt fest.

„Nun, wenn dies ein Keller wäre, könntet Ihr dann loslassen?"

„Götter", rief Argor. „Ich gebe auf, bevor Ihr mich noch wahnsinnig macht!" Er ließ den Balken los und landete so hart auf den Dielen, dass der Boden unter ihnen vibrierte und eine Staubwolke samt einer morschen Dachschindel auf sie herabregnete.

„Wie kann man nur einen Turm mit einem Keller vergleichen!", beschwerte er sich, als er sich aufrichtete und seine Hände abklopfte.

„Wie Ihr seht, war es möglich!", antwortete Knorre gepresst, während er vorsichtig das Leder seines Stiefels beiseiteklappte und dann einmal tief Luft holte.

„Ist es schlimm?", fragte Argor.

„Schlimm genug", tat Knorre kund und sah auf sein Bein und den dicken blutgetränkten Wollstrumpf hinab, unter dem sich eine unnatürliche Erhebung abzeichnete.

Argor streckte die Hand aus. „Lasst mich das machen."

Dankbar reichte Knorre Argor den Dolch. Der junge Zwerg kniete sich vor den Arteficier nieder, hob dessen Bein vorsichtig an, schnitt den Strumpf sorgsam von oben nach unten auf und löste ihn danach langsam ab. Entsetzt hielt er inne, als er den weißen Knochen sah, der aus dem Fleisch herausragte. Dann atmete er tief ein und hob den Rest des Strumpfes von der Wunde ab.

„Ich glaube, mir wird schlecht“, flüsterte Knorre. Er war kreidebleich, Schweißperlen standen auf seiner Stirn, und er hatte seine Finger so fest in die Lehnen des alten Stuhls gekrallt, dass die Knöchel weiß hervortraten.

„Wie konntet Ihr damit nur noch einen Schritt gehen?“, fragte Argor beeindruckt.

„Fragt mich das ein anderes Mal“, gab Knorre gepresst zurück. Fasziniert musterte er das Stück bleichen Knochens, das an die zwei Finger breit aus seinem Fuß herausstand.

„Ihr müsst damit zu einem Heiler. Und das bald, bevor die Wunde zu schwären beginnt und man Euch den Fuß abnehmen muss.“

„Da einhundertundzwölf Stufen vor mir liegen, trifft es sich gut, dass ich selbst ein Heiler bin“, beschied ihm Knorre und zog scharf die Luft ein, als er den Knochen vorsichtig betastete.

„Einhundertundzwölf? Woher wollt Ihr das wissen?“

„Ich kenne den Turm“, meinte Knorre, während er sich suchend umsah. „Ihr wisst, dass ich Artefakte suche. Und diesem Turm hier sagt man nach, dass er magisch wäre und verflucht. Er stammt noch aus den Tagen Alt Lytars, und angeblich befinden sich in ihm noch zwei legendäre magische Artefakte aus jener Zeit. Unermesslich wertvoll sollen sie sein, alle beide. Nun, die Mauern des Turmes sind sehr dick, also dachte ich mir, dass tatsächlich etwas hier drin versteckt sein könnte.“

„Habt Ihr etwas gefunden?“

„Der Stuhl dort.“

„Der Stuhl ist ein Artefakt?“, fragte Argor ungläubig und besah sich den einfachen Stuhl aus Leder daraufhin genauer.

„Die Stuhlbeine“, erklärte Knorre geduldig. „Sie sehen stabil genug aus, um mir daraus Schienen fertigen zu können. Aber nein, ich fand nichts. Nur Ratten und Taubendreck.“

Argor sah an seiner Kleidung herab. „Taubendreck gibt es hier in der Tat reichlich. Müsste man den Bruch vor dem Schienen nicht zuerst richten?“

„Ich glaube, das ist üblich“, nickte Knorre und sah seufzend auf seinen offenen liegenden Knochen herab.

„Wenigstens sieht es so aus, als hätte ich Glück im Unglück gehabt.“

Argor stand auf und ging zu dem Stuhl hinüber, zog an einem seiner Beine und nickte zustimmend. „Scheint stabil zu sein.“ Er zog fester, bis es knirschte und er ein Stuhlbein in der Hand hielt. Einen Moment später hatte er auch das zweite Bein gelöst. „Wie meintet Ihr eben? Das nennt Ihr Glück haben?“

„Es hätte auch eine Ader zertrennt werden können, dann hätte es schlecht um mich gestanden“, antwortete der Arteficier. Er beugte sich vor und umfasste vorsichtig seinen Fuß, bewegte ihn leicht und zog erneut scharf die Luft ein.

„Das Wadenbein ist noch ganz“, stellte er heiser fest. „Ich muss nur ...“ Er zog fester, stöhnte leise auf und sackte schwer atmend nach hinten in den Stuhl. Argor stand da, die Stuhlbeine in den Händen, und fühlte sich nutzlos.

„Kann ich ...?“, begann er, aber Knorre schüttelte den Kopf.

„Nein. Ich merke selbst am besten, wenn der Knochen

richtig sitzt." Er sah mit einem schiefen Grinsen zu Argor auf. „Es wird mir überdeutlich gemeldet."

In insgesamt vier Anläufen, unterbrochen von mehreren Pausen, in denen er versuchte, erneut Mut und Kraft zu sammeln, richtete Knorre seinen Knochen wieder. Beim dritten Anlauf verschwand der weiße Knochen endlich unter der Haut. Doch als der hagere Mann zum letzten Mal Hand anlegte und man Knochen auf Knochen knirschen hörte, wurde Argor beinahe schlecht davon.

Er hatte währenddessen das Leder des alten Stuhls, den er vollkommen auseinandergenommen hatte, in doppelt daumendicke Streifen geschnitten. Das Leder war alt, aber war noch gut genug, um damit die Schienen an Knorres Bein zu befestigen.

„Fertig?", fragte Argor leise, als Knorre sich schweißgebadet, aber mit einem erleichterten Seufzer zurücklehnte. Der junge Zwerg betrachtete die Wunde an Knorres Bein. Das Bein wirkte gerade, wenn auch ein wenig dürr. Kein Wunder, dachte er, dass Menschen so zerbrechlich sind. Blut trat aus der Wunde aus, aber es war überraschend wenig.

„Ich habe geglaubt, dass es stärker bluten würde", stellte Argor fest. „Kann ich etwas für Euch tun?"

„Es ist nur die Haut, die durchstoßen wurde, ich sagte ja, dass ich Glück gehabt habe, aber Ihr könnt tatsächlich etwas für mich tun. Unter uns befindet sich ein Schlafzimmer. Dort gibt es einen großen Schrank, in dem Ihr feine Bettwäsche aus Seide finden werdet. Ich wäre Euch sehr verbunden, würdet Ihr sie mir bringen."

„Die dürfte mittlerweile wohl verrottet sein", mutmaßte Argor, stand aber dennoch auf.

„Es liegt Magie auf dem Schrank", erklärte Knorre geistesabwesend, während er vorsichtig seine Wundränder abtastete. „Wie Ihr ja bereits wisst, ist der Turm verwunschen."

Argor nickte und beeilte sich, nach unten zu gehen.

Etwas später kam er mit weit aufgerissenen Augen und einem Seidenlaken in der Hand wieder zurück.

„Im Raum unter uns ist ein Skelett in den Boden eingebrannt!"

„Ich weiß", meinte Knorre. „Das ist der Magier, der zuletzt versucht hat, die Geheimnisse des Turms zu entdecken. Wie Ihr seht, ist es ihm nicht gut bekommen. Ich muß allerdings zugegeben, dass es eine überaus tückische Falle war, die mich beinahe auch erwischt hätte. Ist die Seide noch gut?"

„Sieht so aus. Wie seid denn Ihr der Falle entkommen?", erkundigte sich Argor neugierig, während Knorre die Seide aufschnitt, zusammenfaltete und vorsichtig auf die Wunde presste.

„Ganz einfach. Der Magier ging mir voran, also traf es ihn zuerst", antwortete Knorre leichthin. „Könnt Ihr mir helfen, die Schienen anzulegen?"

„Geht es so?", fragte Argor etwas später, als der Arteficier, schwer auf seinen weißen Stab gestützt, aufzustehen versuchte. Vorsichtig belastete Knorre seinen Fuß und nickte dann grimmig.

„Es muss einfach gehen." Zweifelnd blickte er auf den Treppenabgang. „Einhundertundzwölf verdammte Stufen", grummelte er.

„Habt Ihr sie gezählt?"

„Ich habe jede einzelne untersucht. Manchmal verstecken die Leute ja auch etwas unter den Stufen."

„Sagtet Ihr nicht, Ihr hättet nichts gefunden?"

„Richtig.“

„Habt Ihr Euch nicht gewundert, dass im Raum unter uns eine Falle war?“

Knorre zuckte mit den Schultern.

„Doch, aber als ich den Schrank damals durchsucht habe, war da war nichts außer der Bettwäsche. “

„Und hinter dem Schrank?“, wollte Argor wissen. „Was habt Ihr dort im Fach in der Wand gefunden?“

„Fach in der Wand?“, fragte Knorre überrascht. „Es gab keine Geheimfächer in der Wand des Schrankzimmers. Ich habe danach gesucht, wenn auch eher flüchtig“, gestand er zuletzt.

„Nun, dort ist aber eines. Ein geheimes Fach, meine ich. Es war nicht schwer zu finden. Jeder Zwerg hätte es im Stein gefühlt.“

Knorre legte den Kopf auf die Seite und musterte Argor interessiert.

„Na, wenn das so ist ...“

„Einen Schatz habe ich mir anders vorgestellt“, meinte Argor enttäuscht, nachdem sie die kleine Holzschatulle aus dem Fach in der Wand geborgen hatten und sie unter Knorres geschickten Händen mit einem leisen Klicken aufgesprungen war.

„Da täuscht Ihr Euch, Freund Argor“, stellte Knorre fest, als er den silbernen Armreif und den Kettenhandschuh aus schwarzem Stahl mit einem Leuchten in den Augen betrachtete. „Euer Gewicht in Gold wäre weit weniger wert.“ Mit spitzen Fingern nahm Knorre den Armreif aus der Schatulle und wog ihn in der Hand.

„Es gibt Schriften und magische Abhandlungen über diese beiden Gegenstände. Bis heute galten sie als verloren, und ich habe schon seit Ewigkeiten nach ihnen gesucht. Wisst Ihr, beide sind von meinem Vorfahr angefertigt worden, wurden aber irgendwann gestohlen."

„Von ebenjenem Vorfahr, der noch verrückter war, als Ihr?"

„Genau von jenem", schmunzelte Knorre. „Aber spottet nicht zu sehr. Dieses Armband hier könnte gerade Euch sehr nützlich sein."

Der Zwerg hob abwehrend die Hand.

„Ich will mit Magie nichts zu tun haben."

„Auch nicht, wenn sie Euch vor dem Ertrinken bewahren kann?", hakte Knorre nach. „Dieser Armreif erlaubt Euch, unter Wasser zu atmen."

Argor sah den Armreif argwöhnisch an.

„Ich habe in den nächsten zweihundert Jahre nicht vor, mich auch nur einer Pfütze zu nähern. Was vermag der Handschuh zu tun?"

„Ihr wisst von den Animatons, die es in Alt Lytar gab?"

Argor nickte. Er konnte sich noch gut an die metallenen Tierungeheuer im Depot erinnern.

„Damit kann man sie kontrollieren. Jeden Einzelnen von Ihnen." Knorre legte den Armreif wieder in die Schatulle zurück und klappte sie zu. „Mein Vorfahr fertigte ihn, als er herausfand, dass die Animatons, ähem, unzuverlässig waren."

„Unzuverlässig ist eine schmeichelhafte Umschreibung." Argors buschige Augenbrauen zogen sich zusammen. „Dann, denke ich, würde Belior wohl alles dafür geben, diesen Handschuh zu besitzen?"

„So ist es, mein junger Freund. Zumal es in Berendall noch ein Animaton gibt, einen Golem, der früher die Stadt verteidigte. Doch heutzutage weiß niemand mehr, wie er zu bedienen ist. Mit diesem Handschuh allerdings wäre das anders." Er reichte die Schatulle an Argor weiter, der sie zunächst nicht nehmen wollte. „Ihr habt noch beide Beine zur Verfügung, und die Magie wird Euch wohl kaum versuchen. Verwahrt also die Schatulle, und seht zu, dass Belior sie nicht in die Hände bekommt!"

„Das", sagte Argor mit einem finsteren Gesichtsausdruck, als er die Schatulle an sich nahm, „wird nicht geschehen. Aber was jetzt?"

„Noch einhundertundeine Stufen bleiben! Dann suchen wir eine alte Freundin von mir auf. Sie wird uns weiterhelfen. Hoffe ich wenigstens", fügte Knorre leise hinzu.

„Was ist mit den Wachsoldaten?"

„Die werden froh sein, Abstand vom Turm halten zu können." Knorre lachte. „Aus irgendeinem Grund haben die meisten Leute Angst davor, ihn zu betreten. Nach dem letzten Vorfall wurde er sogar zugenagelt."

Argor warf einen kurzen Blick auf die in den Boden eingeschmolzenen braunen Knochenreste des Magiers.

„Irgendwie kann ich das sogar verstehen."

„In den Balladen, die ich kenne, brechen sich die Helden niemals ein Bein", stellte Lamar erheitert fest. „Da springt zwar auch mal einer aus einem Turm oder von einer Klippe, aber es geschieht ihm niemals etwas."

„Wenn Ihr eine Ballade hören wollt, nur zu", lachte der Geschichtenerzähler. „Ich habe da einen Neffen, der diese vortrefflich vorzutragen versteht."

„Nur bin ich dazu jetzt zu faul!", rief ein junger Mann, der etwas von ihnen entfernt an einem Tisch saß, und hob grinsend seinen Becher zum Gruß. „Erzähle du nur weiter, Onkel."

„Nun, in meiner Geschichte", fuhr der alte Mann fort, nicht ohne seinen Neffen zuvor noch mit einem ironischen Seitenblick bedacht zu haben, „stand dem Grafen Lindor, nachdem er beim Kanzler vorstellig geworden war, noch ein weiterer schwerer Gang bevor."

„Gab es etwa noch jemanden, der ihm den Kopf abschlagen lassen wollte?", feixte Lamar, doch der alte Mann schüttelte nur ernst den Kopf. „Nein, so war es nicht."

Graf Lindor musterte Nestroks Auge sorgfältig. Auch wenn die Heilungskräfte des Drachen außergewöhnlich waren, hatte Lindor den Pfeil, der in ihm steckte, dennoch herausschneiden müssen, weil das Auge zu sehr geeitert hatte. Nestrok blinzelte mit seinem äußeren und seinem inneren Augenlid.

Du bist zu nah, das stört mich, beschwerte sich der Drache mit einem leicht beleidigten Unterton. Bislang hatte Nestrok noch immer nicht zugegeben, dass es die richtige Entscheidung gewesen war, den Pfeil aus dem Auge zu entfernen.

„Lass mich einfach nur kurz nachschauen", antwortete Lindor erheitert und untersuchte das Auge des Drachen, in dem nur noch ein leicht gekräuselter Schnitt zu sehen und das bereits wesentlich klarer war als zwei Tage zuvor. Wieder blinzelte der Drache mit dem inneren Augenlid, und Lindor vermutete, das es genau diese Bewegung war, durch die der Wundschorf langsam wegpoliert wurde.

Ich kann fliegen. Kämpfen auch.

„Ich weiß", sagte Lindor. Er zog seinen Dolch, hebelte damit eine bereits abgestorbene Schuppe ab, die sich schon zum größten Teil gelöst hatte, und steckte sie ein. Dann trat er zurück.

Nestroks Nest befand sich hinter dem Arsenal der Königsburg, und es hatte dem Drachen offensichtlich gutgetan, sich ein, zwei Kerzen lang erholen zu können. Fast ständig scheuerte er sich im Sand, den er mit seinem Feuerodem heiß hielt, so dass seine Schuppen wieder frisch poliert glänzten.

Etwas abseits des Nestes stand ein großer, viereckiger offener Käfig, dessen Boden blutig und aufgewühlt war. Eine abgerissene Kette hing lose von einer der Querstreben, eine andere führte zum Hals einer jungen Frau, die zusammengekauert in einer Ecke saß und zitterte, während sie mit ihrem Oberkörper beständig vor und zurück wippte.

Was ist mir ihr?, fragte Lindor lautlos, als er einen Schritt von dem Drachen zurücktrat.

Ich mag ihren Geschmack nicht. Rinder besser. Nestroks massiver Kopf schwenkte langsam zu Lindor hinüber. *Ich höre ihre Gedanken. Rinder denken nicht. Ich will Rinder.*

Sein mächtige Maul öffnete sich, und Lindor hielt unwillkürlich die Luft an, als ihm eine Woge fauliger Luft daraus entgegenschlug.

„Belior hat sie zum Tode verurteilt", murmelte Lindor mit einem Blick auf die junge Frau.

Sie ist schuldlos. Ich bin kein Henker.

„Dann wird er sie den Kronoks übergeben", meinte Lindor.

Wenn du sie tötest, werde ich sie fressen. Aber Rinder besser. Denken nicht.

Nestrok hob seinen Kopf an und blickte zur Königsburg hinüber.

Belior.

„Ich weiß", bestätigte Lindor leise. Er sah die Frau an. Griff an seinen Dolch und ließ die Hand wieder sinken.

Du willst auch kein Henker sein.

Wir werden sie nachher mitnehmen und lassen sie laufen, entschied Lindor. Aber zuerst treffe ich mich noch mit dem Prinzen. Soll ich ihm etwas ausrichten?

Wenn er König wird, soll er mir Rinder geben.

Der Graf lachte leise, doch sein Amüsement verflog schnell.

„Ich werde es ihm ausrichten", sagte er zum Abschied und ging dann schnellen Schrittes davon.

Ein schweres Tor war der einzige Zugang zu Nestroks Nest. Zwei Soldaten mit schweren Armbrüsten bewachten es, doch ihr Dienst schien sie nicht sehr glücklich zu machen, denn immer wieder warfen sie ängstliche Blicke zu dem Drachen hinüber, während Lindor das massive Gittertor hinter sich zu zog. Der Graf hielt zwei Goldstücke hoch. „Besorgt ihm eine fette Kuh. Ihr braucht sie nur durch dieses Tor zu treiben, es ist nicht nötig, selbst hineinzugehen. Er kümmert sich dann schon um sie. Der Rest ist für euch." Er schaute ein letztes Mal zu Nestrok zurück.

Zwei.

Der Graf seufzte und zog eine weitere Goldmünze heraus. „Zwei fette Kühe. Oder Ochsen. Wie ihr das bewerkstelligt, ist mir egal."

Zögernd nahm einer der Soldaten das Gold entgegen.

„So wird es geschehen", bestätigte er dann. „Warum frisst er die Frau nicht?"

„Weil wir sie mitnehmen werden. Als Reiseproviant. Sie reicht ihm nicht, er ist hungrig", beschied Lindor mit einem harten Lächeln. Worauf der Mann etwas bleich um die Nase herum wurde.

„Ja, Ser", nickte er hastig und salutierte. „Wir werden die Kühe schon irgendwie auftreiben können."

Davon gehe ich auch aus, dachte der Graf, als er weiterging, ohne die Soldaten noch weiter zu beachten. Für drei Goldmünzen bekommt man schließlich eine halbe Herde!

Graf Lindor fand den Prinzen im Garten. Eingefasst zwischen hohen Mauern, auf denen Beliors Männer Patrouille gingen, konnte man den Garten nur über die königlichen Gemächer betreten. Kaum mehr als dreißig mal dreißig Schritt groß, verdiente das kleine Fleckchen Erde die Bezeichnung Garten fast nicht. Ein Birnbaum mit einer Bank darunter, ein Teich, in dem ein Karpfen träge durch das Wasser glitt, und ein paar Büsche und Sträucher. Mehr nicht. Dennoch, suchte man den Prinzen, konnte man davon ausgehen, ihn so gut wie immer hier anzutreffen.

Vor der Tür zu den Gemächern des Prinzen hatten gleich vier Wachen Position bezogen. Sie hatten einen Eid darauf geschworen, den Prinzen zu beschützen. Was sie jedoch nicht daran hinderte, ihn aufzuhalten, falls er versuchte, seine Gemächer zu verlassen.

Es war nun schon gut drei Monate her, dass der Graf den jungen Prinzen das letzte Mal gesehen hatte. Einen Moment lang bemerkte Prinz Selmark seinen Besucher nicht, sondern saß auf der Bank, die Hände auf die Knie gelegt, und starrte in den Teich, in dem der Karpfen vor ihm auf und ab schwamm. Er war seitdem etwas gewachsen, dachte der Graf, was ihn aber nur noch kränklicher und schwächer, fast schon abgemagert wirken ließ.

Sein Vater, dachte Lindor wehmütig, hatte sich in diesem Alter schon im Schwertkampf geübt und bereits damals nur noch aus Muskeln bestanden. Und so mutete es den Grafen seltsam an, die Züge des alten Königs nunmehr im ausgemergelten Gesicht des jungen Prinzen wiederzuerkennen.

„Hoheit“, ließ sich der Graf schließlich leise vernehmen

und ließ sich auf ein Knie herab, als der Junge aufsah. Ein kaum sichtbares Lächeln huschte über sein Gesicht, aber schon im nächsten Moment wanderten seine Blicke zu den hohen Mauern seines Gefängnisgartens, auf der ihm jedoch keine der Wachen größere Beachtung zu schenken schien.

Seine dunklen Augen, die Lindor nun einer genauen Prüfung unterzogen, waren die seines Vaters, während das feuerrote Haar, das seiner Mutter, der Sera Aylen, war. Seinen wachen Verstand hatte er allerdings von beiden geerbt.

„Graf", begann der Prinz jetzt leise. „Ich hatte fast schon nicht mehr damit gerechnet, Euch wiederzusehen. Der Kanzler schien recht erzürnt auf Euch zu sein, als ich ihn das letzte Mal sah."

„Er fand anderen Nutzen für mich", gab der Graf trocken zur Antwort „Doch handelt es sich nur um einen Aufschub, er versprach mir, die Bestrafung nachzuholen, enttäusche ich ihn erneut."

Der Prinz nickte bedächtig. „Anderes war auch nicht zu erwarten. Er scheint es zu lieben, das Henkersbeil über anderer Leute Nacken schweben zu lassen. Erhebt Euch und kommt näher ... erzählt mir, wie es Euch ergangen ist." Wieder sah der junge Prinz zu den Zinnen nach oben, doch die Wache, die gerade den Wehrgang betrat, schenkte dem jungen Prinzen und dem Grafen nicht einmal einen einzigen Blick. „Ich hörte, sowohl Nestrok als auch Ihr wäret im Kampf verletzt worden? Mein Kanzler erwähnte Eure Tapferkeit bei einem Festmahl letzte Woche. Das war allerdings, bevor er die Nachricht vom Bruch des Damms und dem Verlust der Truppen erhielt." Das Gesicht des Prinzen verzog sich zu einem wehmütigen Lächeln. „Ich konnte leider nichts zu mir nehmen, denn just an diesem Tag war ich erneut indisponiert. Aber ich hörte, es wäre eine äußerst heldenhafte Schlacht gewesen, ein glorreicher Sieg für unsere Armee."

„Nestrok bekam bei dieser „glorreichen Schlacht" einen Pfeil ins Auge, als wir ein Bauerndorf nahe der alten Stadt Lytar angriffen", beschied Lindor bitter. „Wir kämpften gegen Bauern und Handwerker, die ihr Tal seit Jahrhunderten nicht mehr verlassen haben. Ich bekam einen Pfeil in die Seite, der mit einer Paste bestrichen war, die mir einen üblen Ausschlag und hohes Fieber bescherte. Eine heldenhafte Verwundung, in der Tat. Einen Moment zuvor hatte ich eine unbewaffnete Frau erschlagen, die Heilerin des Dorfes. Zwei meiner Reiter haben die Sera ergriffen, als sie den Rückzug aus der Schlacht antraten. Die Sera hatte ihre Deckung verlassen, um jemandem zu helfen. Ihre Tochter musste mit ansehen, wie ich ihrer Mutter den Kopf abschlug. Worauf einer ihrer Freunde ebenjenen Pfeil mit der Paste auf mich abschoss. Soviel also zu unseren Heldentaten."

„Warum?", wollte der Prinz wissen, während er den Grafen sorgfältig musterte.

„Warum ich sie erschlagen habe?"

Langsam, fast unmerklich, nickte der junge Prinz. Anders als sein Vater, der im gleichen Alter immer sehr umtriebig gewesen war, war Prinz Selmark sehr sparsam in seinen Bewegungen. Wozu er auch allen Grund hatte.

„Belior gab die Anweisung, alle gefangenen Frauen den Soldaten zu übergeben und danach an die Kronoks zu verfüttern."

„Ich verstehe", meinte der Prinz leise.

„Tut Ihr das wirklich?", fragte Lindor zweifelnd. „Ihr hättet die Heilerin sehen sollen, Hoheit. Stolz und aufrecht stand sie vor mir, obwohl sie große Angst hatte, das konnte ich sehen, und dennoch ..." Der Graf schluckte und schaute zu Boden. „Dennoch spuckte sie vor mir aus, als ich ihr anbot, sie leben zu lassen, wenn sie uns nur erzählen würde, was sie über die Geheimnisse des Dorfes wusste. Vielleicht ahnte sie auch, was mit ihr geschehen würde, ließe ich sie am Leben. Denn es ist bekannt, dass es im Krieg üblich ist, die Frauen des Feindes leiden zu lassen."

Der Prinz nickte.

„Ich hörte schon, dass so etwas immer wieder geschieht. Aber, wart Ihr es nicht, der bei der Belagerung von Arnin solches untersagte?", wollte der Prinz wissen.

„Das war damals noch ein anderer Krieg, Hoheit", antwortete der Graf mit rauer Stimme. „Weshalb der Kanzler in seiner Weisheit später auch entschieden hat, dass mein Wort keinen Wert mehr besitzt, und ein Exempel statuieren ließ."

Der Prinz sah auf seine Hände herab. „Manchmal bin ich fast froh, dass ich dieses Königreich nicht erben werde", sagte er kaum noch hörbar.

„Sagt so etwas nicht, Hoheit", widersprach Graf Lindor erschrocken. „Ihr werdet einst die Krone Thyrmantors tragen und Eurem Vater Ehre bereiten!"

„Mein Vater hätte nicht aufgegeben, nicht wahr?", fragte der Prinz. Der Graf sah ihn an und seufzte. „Nein", gab er ihm schließlich zur Antwort. „Es war die Krankheit ..."

„Die Krankheit", wiederholte der Prinz bedächtig. „Es heißt, dass ich an derselben Seuche leide wie er. Nur war ich zuvor niemals krank, und mein Vater ebenfalls nicht."

Diesmal gab Graf Lindor dem Prinzen keine Antwort. Sie wussten beide um die Wahrheit. Es stand außer Zweifel, dass die Krankheit des Prinzen dem gleichen Gift geschuldet war, das auch seinen Vater, den König, dahingerafft hatte. Die Medizin, die der Kanzler dem Prinzen regelmäßig verabreichte, war sowohl ein Gift als auch ein Gegengift. Verweigerte der Prinz die Einnahme der Dosis, fühlte er sich binnen eines Tages dem Tode nahe, nahm er sie, schwächte und lähmte sie ihn. Einmal hatte der Prinz seine Dosis einem Schwein gegeben, das daraufhin innerhalb von drei Tagen gestorben war.

Der Prinz atmete tief durch und richtete sich etwas auf. Danach hob er sein Kinn, und sein Blick machte klar, dass er über die „Krankheit“ nicht weiter zu sprechen wünschte.

„Sie lehnte also ab? Diese Frau aus dem Dorf?“

„Wenn Ihr es so nennen wollt. Ich denke, sie wusste, dass sie nicht auf Gnade hoffen konnte. Wir hatten zu dem Zeitpunkt bereits gegen die Dörfler verloren ... und meine Leute waren verbittert und wütend. Sie ... sie hätten ihre Wut an ihr ausgelassen!“

„Also war es wohl doch kein glorreicher Sieg?“

Der Graf schüttelte langsam den Kopf.

„Nein, Hoheit. Es war eine vernichtende und zugleich beschämende Niederlage. Wir haben verheerende Verluste einstecken müssen.“

„Was führt Euch dann hierher, Graf?“

„Belior schickt mich, eine weitere Stadt für Euch zu erobern. Heute noch breche ich auf.“

„Was ist das für eine Stadt?“

„Sie liegt in den Vorlanden, einer ehemaligen Provinz Alt Lytars, die auch Greifenlande genannt wird. Die Stadt ist befestigt und Haupt- und Hafenstadt zugleich. Ihr Name ist Berendall, und sie eignet sich hervorragend, um dort die Truppen zusammenzuziehen, die der Kanzler braucht, will er Lytar endlich ganz für sich gewinnen. Er will die Kriegsmaschinen, die es dort gibt.“

„Also verhält es sich so, wie er sagte, und es gibt diese Kriegsmaschinen tatsächlich?“

„Ja, Hoheit. Ich selbst habe eine von ihnen gesehen, einen Falken aus Metall, zwar nur halb so groß wie Nestrok, doch schnell und wendig.“

Der Prinz seufzte. „Er wird diese Maschinen gegen die Elfen einsetzen?“

„Ja, Hoheit“, gab Lindor leise zur Antwort.

„Dann wisst Ihr, was Ihr zu tun habt, Graf“, befahl der Prinz mit einem schmerzhaften Lächeln. „Es scheint mir töricht, unter diesen Umständen noch länger auf ein Wunder zu hoffen, Graf.“

„Ich habe geschworen, Euch beizustehen, und kann mich daher nicht gegen den Kanzler stellen“, erwiderte der Graf so leise, dass der Prinz ihn kaum noch verstehen konnte. „Ich habe es mit jeder Faser meines Seins Eurer Mutter versprochen.“

„Aber als Ihr meiner Mutter dies geschworen habt, wusste sie noch nicht, dass der Kanzler mich vergiften und Euch, Graf, mit der Drohung, mich jederzeit sterben zu lassen, in seine Dienste zwingen würde. Das Gift wird mich töten ... heute, morgen oder in einem halben Jahr ...“ Der Prinz lachte leise. „Vielleicht auch erst in einem oder zwei, nachdem ich mich auch weiterhin weigere, so schnell zu sterben.“

„Ihr solltet nicht so reden, Hoheit“, ließ sich der Graf betroffen vernehmen. „Ihr seid noch ein halbes Kind, und Kinder sollten nicht an den Tod denken!“

„Ich bin ein Prinz, Lindor“, sagte Prinz Selmark ernst. „Ein Unterpfand und eine Geisel ... ein Mensch, den niemand gerne anschaut. Ihr habt vorhin gelächelt, Graf, als ihr mich gesehen habt. Es war das erste Lächeln seit Monaten .“

Mühsam richtete sich der Prinz auf und ging vorsichtig zwei Schritte auf den Grafen zu, der noch immer im Gras vor ihm kniete. Er legte eine zierliche Hand auf die schweren Schulterstücke des Grafen und blickte ihm direkt in die Augen.

„Egal was Ihr tut, Graf, Belior wird nicht dulden, dass ich alt genug werde, um gekrönt zu werden. Ich werde meinen zwölften Geburtstag nicht erleben, Ihr wisst es so gut wie ich. Er kann es nicht zulassen, denn er weiß, was ich als Erstes tun würde, trüge ich die Krone."

„Deshalb will er auch die Krone von Lytar für sich", bekräftigte Lindor. „Hat er sie, braucht er Euch nicht mehr zu fürchten."

„Hat er sie, Graf, braucht er niemanden mehr zu fürchten", korrigierte ihn der Prinz niedergeschlagen. „Warum sollte er mich also leben lassen? Sagt, Graf, stimmt es, dass Belior nun auch schon Menschen an Nestrok verfüttert?"

„Ja."

„Mag er ..." Der Prinz schluckte.

„Nein", antwortete der Graf knapp. „Er mag Rinder lieber."

Der Prinz lachte kurz auf, dann aber blickte er über die Schulter des Grafen und sah, wie der Kanzler den Garten betrat. Sofort ließ er seine Hand wieder sinken.

„Ich sehe, Ihr nehmt Abschied von Eurem Prinzen", ließ sich Belior mit einem kalten Lächeln vernehmen. „Ihr solltet besser aufbrechen, bevor Euer Schoßtier noch ungeduldig wird. Oder ich."

Langsam erhob sich der Graf und verbeugte sich tief vor dem Kanzler, der nun hinter den jungen Prinzen getreten war und seine Hände auf die dürren Schultern des Jungen legte.

„Dann empfehle ich mich hiermit, Hoheit, Kanzler."

„Tut dies, Graf", meinte Belior nachlässig. „Und enttäuscht Uns nicht."

„Der Götter Schutz mit Euch, Graf", sagte der Prinz und stöhnte leise auf, als Belior die Finger tiefer in seine Schultern grub.

„Und mit Euch", erwiderte der Graf, verbeugte sich noch einmal tief und verlies rückwärts gehend den Garten. Kurz bevor er sich abwandte, sah er jedoch noch, wie der Prinz mit schmerzverzerrtem Gesicht die gleichen Worte wie zuvor formte.

Ihr wisst, was Ihr tun müsst!

Bis zuletzt hielten die Augen des jungen Prinzen die des Grafen fest. Angst lag in ihnen, aber auch ein stolzer, unbeugsamer Wille.

Mit einer letzten Verbeugung ließ der Graf den Prinzen in den Händen des Kanzlers zurück.

„So also hat der Kanzler den Grafen dazu gebracht, ihm zu dienen", bemerkte Lamar nachdenklich. „Auch heute noch ist der Drache das Reittier des königlichen Paladins. Es heißt sogar, dass sich Nestrok seine Reiter nach dem Grad ihrer Sturheit aussucht. Der heutige Paladin ist nun eine Frau, die einen ganz besonderen Dickkopf besitzen soll. Ich vermochte mir nie recht vorzustellen, auf welche Weise man sie zu etwas zwingen könnte ... doch die Art von Belior ..."

„Nun, das alles wussten wir damals noch nicht", erklärte der alte Mann. „Und wenn wir es gewusst hätten, wäre es uns egal gewesen. Für uns, ganz besonders aber für Garret, war der Graf ein Schurke übelster Sorte und nicht viel besser als Belior. Weshalb sich Garret geschworen hatte, den Mann zur Strecke zu bringen ... und von Garret heißt es, dass er

nicht gerade wenig stur gewesen wäre. Der Graf hatte die Sera Tylane erschlagen, und Garret war es herzlich egal, ob der Graf dazu genötigt worden war oder nicht. Wir haben hier im Dorf eben bestimmte Vorstellungen davon, was man tut und was nicht. Und wehrlose Frauen zu erschlagen gehört nun sicherlich nicht dazu!"

„Trafen die beiden denn noch einmal aufeinander?", erkundigte sich Lamar neugierig, während der Wirt die Reste des Frühstücks abräumte.

„Ja. Aber ich will der Geschichte nicht weiter vorgreifen. Während der Graf dem Prinzen im Garten also seine Aufwartung machte, hatten unsere beiden Freunde, Argor und Knorre, ein ganz anderes Problem zu bewältigen ..."

„Ich dachte, die Wachen hätten Angst vor dem Turm“, grummelte Argor, als er durch einen Spalt des geborstenen Türblatts hindurchsah. Der Hof, in dem der Turm stand, war von einer Mauer umgeben, die streckenweise verfallen und an zwei Stellen sogar eingestürtzt war. Ein schweres schmiedeeisernes Tor hing verrostet und schief in den Angeln des Hofeingangs, dahinter konnte Argor eine kleine Gasse mit einer Bäckerei erkennen, in die hin und wieder ein paar Leute gingen, und ... drei Wachen im Wappenrock Berendalls. Sonderlich wachsam schienen sie ihm allerdings nicht zu sein, denn zwei von ihnen hatten es sich soeben auf einer niedrigen Stelle der Mauer bequem gemacht und packten ihre Brotzeit aus, während sich der dritte Soldat auf seine Hellebarde stützte und dem Kommen und Gehen der Leuten träge zusah.

„Das haben sie auch“, bestätigte Knorre, der auf einer der unteren Treppenstufen saß und sich den Schweiß von der Stirn tupfte. „Freiwillig stehen sie da bestimmt nicht.“

„Hhm“, meinte Argor, als er erneut sein Auge gegen den Spalt presste. „Ich kann nicht sehen was ... oh.“

„Oh?“, fragte Knorre.

„Da ist so ein Kerl in einer langen schwarzen Robe .... bah, der sieht aus, als ob er schon tot wäre und es nur noch nicht weiß! Er unterhält sich mit einem der Soldaten, und der schüttelt gerade vehement den Kopf, während der Kerl in der Robe auf den Turm zeigt!"

Mühsam erhob sich Knorre und blickte nun ebenfalls durch den Spalt nach draußen, dann fluchte er leise. „Seht ihr das Symbol, das der Schwarze auf seiner Brust trägt? Die knöcherne Hand, die eine Fackel trägt?"

Argor blinzelte. Der Arteficier musste gute Augen haben, denn er selbst konnte das Symbol kaum erkennen. Aber es konnte durchaus eine Hand mit einer Fackel darstellen.

„Ja."

„Das ist einer der Priester des dunklen Gottes Darkoth, die sich zuhauf um Belior scharen. Niemand, den ich jemals zu einem Fest einladen würde, wird man ja allein schon von seinem Anblick schwermütig! Er ist einer von denen, die predigen, dass das Leben sowieso keinen Sinn hat, dass die Dunkelheit unausweichlich alles verschlingen wird und man sich deshalb also besser schon zu seinen Lebzeiten auf die Seite der Dunkelheit schlagen soll ... dann hätte man wenigstens etwas davon!"

Argor kratzte sich am Kopf, während er darüber nachdachte, was ihm Knorre soeben erzählt hatte.

„Was soll das denn bringen?"

„Man soll sich ganz den dunklen Gelüsten hingeben und dadurch helfen, die Dunkelheit schneller zu verbreiten. Man solle es genießen, dass das Leben eine Qual ist, alles vergänglich und nichts von Dauer. Nichts ist von Wert, das eigene Leben nicht und erst recht nicht das der anderen."

„Die Anhänger des Darkoth haben Angst davor, dass die Dunkelheit kommt, also verbreiten sie diese selbst?", fragte Argor zweifelnd.

„Genau das."

„Das ergibt doch keinen Sinn!“, wunderte sich der junge Zwerg.

Knorre zuckte mit den Schultern. „Für diese Leute schon.“

„Dann wäre es angebracht, würde er sich gleich von einer Brücke stürzen“, meinte Argor. „Dann hat er es wenigstens hinter sich.“

„Auf solche einfachen Lösungen kommen diese Kerle aber nicht“, schmunzelte Knorre, wurde jedoch schnell wieder ernst. „Und damit haben wir ein Problem. Zum einen gibt es kaum jemanden, der bereit ist, sich gegen sie zu stellen, zum anderen verfügen sie über eine dunkle Magie, die genau so ab- und bösartig ist wie ihr Gott.“ Er sah wieder durch den Spalt und schüttelte betrübt den Kopf. „Wenn der Priester wirklich auf die Idee kommt, den Turm zu durchsuchen, werde ich ihn nicht dazu bringen können, das Offensichtliche zu ignorieren.“

„Wie meint Ihr das?“, fragte Argor.

„Es gibt dort oben keinen anderen Platz als das Dach, auf dem man sich verstecken kann. Und darauf wäre selbst die dümmste Wache gekommen, schließlich haben sie es oft genug mit Dieben zu tun, und die mögen ja bekanntlich Dächer. Das wissen auch die Stadtwachen. Deshalb habe ich zuvor auch einen kleinen Zauber gelegt, damit keiner von ihnen auf die Idee kam, auf dem Dach nachzusehen.“

„Ihr habt ihr Denken beeinflusst?“, fragte Argor empört. „Das ist eine hinterhältige Magie, wie könnt Ihr Euch nur solcher Methoden bedienen?“

„Wäre es Euch lieber gewesen, sie hätten uns gefunden?“ erwiderte Knorre gelassen.

„Das nun nicht gerade“, gab Argor leicht säuerlich zu. „Aber es gehört sich trotzdem nicht.“

„Mag sein, aber ob es sich nun gehört oder nicht, den Kerl da vorne bringe ich sowieso nicht dazu, wegzusehen." Knorre lehnte sich müde gegen die Wand neben dem Eingang. „Wir sind hier drinnen wie die Ratten gefangen, nur dass Ratten weglaufen können ..."

„Ich verstehe nur nicht, weshalb sie überhaupt hinter uns her sind", meinte Argor, „und wie sie auf die Idee kommen, ausgerechnet den Turm zu durchsuchen?"

Knorre seufzte.

„Dass da draußen auf dem Boden geborstene Dachziegel herumliegen, hat einen Grund! Wahrscheinlich hat die Druckwelle sie bei unserer Ankunft vom Dach gerissen! Schon der Lichtblitz dürfte schwer zu übersehen gewesen sein, doch den Donnerschlag danach hat gewiss jeder in ganz Berendall gehört."

„Lichtblitz? Donnerschlag?", meinte Argor verwirrt und überrascht. „Warum habe ich denn davon gar nichts mitbekommen?"

„Mit Verlaub, Freund Argor, zu diesem Zeitpunkt wart Ihr schon fast ersoffen. Ich wusste bis dahin gar nicht, dass soviel Wasser in einen Menschen hineinpasst."

„Ich bin ein Zwerg", widersprach Argor pikiert.

„Ach, ihr Zwerge könnt mehr Wasser atmen als wir Menschen?", fragte Knorre etwas spitz. „Wie auch immer, wir müssen hier weg, und der Kerl da vorn steht uns im Weg." Abwägend wog er seinen Stab in der Hand. „Ich könnte ihm einen Blitz schicken ... und wenn es mir gelingt, es so aussehen zu lassen, als ob er vom Turm ausgegangen wäre, laufen die Wachen vielleicht weg."

„Es mag eine gute Tat sein, ihm die Last des Lebens fürsorglich von den Schultern zu nehmen", meinte Argor ironisch, „aber es hat mir ein Wenn und ein Vielleicht zuviel.

Pulver sagt, es gibt für jedes Problem eine perfekte Lösung, man muss sie nur finden."

„Das sagte mein Vater auch immer", lachte Knorre. „Er vergaß nur zu erwähnen, wie man die Lösung findet!"

Argor blickte erneut durch den Spalt nach draußen und musterte die zerborstenen Dachziegel und Teile des Mauerwerks, das sich zum Teil wohl schon vor Jahren aus dem Turm gelöst haben musste.

„Entschuldigt mich kurz", meinte Argor höflich und eilte die steile Treppe hoch, so schnell ihn seine kurzen Beine nur trugen.

„Was habt Ihr vor?", rief Knorre ihm nach.

„Gleich", antwortete der junge Zwerg und stürmte weiter voran.

Es war so, wie er es in Erinnerung gehabt hatte. Oben im Turmzimmer war ein Teil des Mauerwerks unter einem der Fenster bereits brüchig, hier und da fehlte sogar schon ein kleinerer Stein.

Auf einen mehr oder weniger kommt es wohl nicht an, dachte Argor grimmig und dankte den Göttern, dass die Wand wenigstens aus Felsgestein und nicht aus Ziegeln errichtet worden war.

Wie die Menschen nur mit einem Material bauen konnten, das keine Seele besaß, hatte er noch nie verstanden. Bei einem anständig gewachsenen Stein wusste man dagegen immer, woran man war, konnte ihn fühlen bis in die Tiefe seines Wesens!

Hier war genau der Stein, nach dem er gesucht hatte, etwas größer als seine Faust, schwer genug und handlich zugleich. Roter Sandstein, zwar etwas von der Witterung angegriffen, aber im Kern noch immer fest.

Der Stein fiel ihm fast in die Hand, als er ihn aus der

Mauer herauszog, beinahe als wäre er selbst begierig darauf, die lichte Höhe zu verlassen, in der er so lange hatte verweilen müssen. Argor beugte sich etwas vor, schluckte kurz, als er in die Tiefe sah, und zog dann hastig seinen Kopf wieder zurück. Du fällst nicht, du Feigling, du kannst nicht fallen, du hältst nur deine Nase aus dem Fenster! Aber es half nichts, allein schon der bloße Gedanken an die Tiefe ließ ihn schweißnasse Hände bekommen!

Komm, tu etwas, du willst doch noch erleben, dass du einen Bart bekommst, oder etwa nicht? Tief durchatmen, einen Augenblick nur, mehr braucht es nicht! Er stützte sich an einem Balken ab, der ihm noch stabil genug erschien, holte tief Luft ... und sah wieder nach unten.

Keinen Moment zu spät, denn der Priester ging gerade gemessenen Schrittes auf den Turm zu, eine zögerlich wirkende Wache im Schlepptau.

Jetzt oder nie, dachte Argor, streckte die Hand aus dem kaputten Fenster, ließ den Stein los und trat zugleich hastig einen Schritt zurück. Der Stein fiel zuerst nicht ganz so, wie er sollte, aber dann konnte Argor ihn doch überreden, das Ziel zu treffen. Der dumpfe Aufprall war bis oben zu hören, ebenso das erschreckte Fluchen des Soldaten.

Argor nahm seinen ganzen Mut zusammen und sah noch einmal hinab. Der Priester lag der Länge nach im Staub, und der Soldat wich bereits angstvoll vor dem Turm zurück, um sich dann nach wenigen Schritten umzudrehen und panisch davonzurennen. Na also, dachte Argor und klopfte sich zufrieden die Hände ab. Wozu Magie, wenn es auch einfacher ging?

„Das war ein guter Wurf“, nickte Knorre anerkennend, als Argor wieder nach unten kam.

„Danke, aber es war nicht weiter schwierig", antwortete Argor bescheiden.

Knorre warf ihm einen skeptischen Blick zu und nickte dann, bevor er sein Auge wieder gegen den Türspalt drückte. „Der Turm ist gut zwölf Mannslängen hoch, ich kenne nur wenige, die aus dieser Entfernung getroffen hätten! Doch der Wurf hat ohne Zweifel seinen Zweck erfüllt. Die Wachen sind geflohen, sie werden jetzt erst recht glauben, dass der Turm verwunschen ist! Ich gebe zu, die Idee mit dem Stein war besser. Bei alten Gemäuern wie diesen kann so etwas geschehen." Er zog langsam die alte Tür auf. „Seht Ihr die Bresche dort drüben, wo die Mauer eingestürzt ist?"

„Ja."

„Dort geht es hindurch. Danach scharf rechts in die Schäfergasse, und von dort aus ist es nicht mehr weit zu meiner Freundin."

„In Ordnung", sagte Argor und stieß die Tür auf. Knorre stützte sich auf seine Schulter, und so humpelten sie, so schnell es ging, gemeinsam davon. Doch sie waren noch keine vier Schritte weit gekommen, als der am Boden liegende Priester sein blutüberströmtes Haupt hob. Der Stein hatte ihn hart getroffen, sein Schädel unter der Kapuze war eingedrückt, sein eines Auge geplatzt und aus der Höhle herausgetreten. Und doch lebte er noch!

Wenn auch sein verbliebenes Auge in einem rötlichen unheilvollen Licht glühte, als ob er sich bereits bei seinem dunklen Gott befinden würde.

„Ihr werdet ...", begann der Priester mit einer Stimme, die bereits aus dem Jenseits zu kommen schien.

„Jetzt nicht!", knurrte Knorre, hüpfte auf seinem guten Bein an den Priester heran und stieß seinen Stab mit Macht auf ihn herab. Ein gleißender Blitz trat aus ihm heraus, gefolgt von einen dumpfen Donnerschlag, und der Leichnam sackte rauchend in sich zusammen. „Ich habe jetzt wirklich keine Lust, mich mit einem Gott zu unterhalten", erklärte Knorre dem Zwerg, der fassungslos neben ihm stand und mit bleichem Gesicht auf den verkohlten Leichnam starrte. „Als ich es das letzte Mal getan habe, verlor ich fast meinen Verstand dabei."

„Das", räusperte sich Argor, „kann ich nur zu gut verstehen."

Wenig später hatten sie die Bresche in der Mauer erreicht und eilten, ohne auch nur einmal innezuhalten, weiter. Plötzlich blieb Knorre stehen und sah nach oben. Wortlos hob er die Hand, und jetzt bemerkte auch Argor den schwarzen Fleck am Himmel, der rasch näherkam.

„Bei allen Göttern! Der Dreckskerl lebt noch!", stellte Argor verbittert fest. „Hätte es ihn und seinen Drachen nicht einfach wegschwemmen können?"

„Das wäre ohne Zweifel wünschenswert gewesen", stimmte Knorre ihm zu, „ist aber, wie es aussieht, nicht geschehen. Ich frage mich nur, was er in Berendall will!"

„Er war wohl wirklich nicht sehr beliebt, dieser Graf Lindor", bemerkte Lamar. „Es war ihm wohl auch kein Anliegen, sich Freunde zu machen", knurrte der alte Mann. „Auf jeden Fall erhielt er auch in Berendall kein besonderes Willkommen, als er sein neues Kommando antrat."

Lindors Regiment

Vor ein paar Jahren hatte er Berendall schon einmal überflogen, erinnerte sich Graf Lindor, als er die Küstenstadt tief unter sich betrachtete. Schon damals war ihm aufgefallen, wie gut sie befestigt war. Jetzt nahm er sich allerdings die Muße, die Stadt noch einmal genauer in Augenschein zu nehmen. Ihre Wälle waren höher und stärker, als er es bei einer Stadt dieser Größenordnung erwartet hatte, ihre Wallanlagen in einem sternförmigen Muster angelegt. Sie besaß keine richtigen, in die Höhe gezogenen Mauern, sondern eher fest gefügte, steinerne Bollwerke, die fast ebenso breit wie hoch waren, mit Verschanzungen und Plattformen für Katapulte oder Ballisten und mit massiven Wehrtürmen an ihren Spitzen.

Als hätte es noch eines zusätzlichen Hinweises auf die Erbauer dieser Wälle bedurft, fiel Lindors Blick nun auf den Greifen, der über dem massiven Haupttor prangte. Das Wappenzeichen Lytars!

Nestrok legte sich geschmeidig zu Seite, und Lindors Magen hob sich, aber er war es gewohnt und achtete kaum noch darauf. Wie mächtig mussten die Katapulte des alten Lytar gewesen sein, dass sie solche Bollwerke dafür geschaffen hatten? Still bei sich hoffte er, die Antwort darauf nie am eigenen Leib erfahren zu müssen.

Doch so mächtig die Mauern aus der Ferne betrachtet

auch wirkten, als sein Drache tiefer flog, wurden die Zeichen des Verfalls offensichtlich, auch bemerkte der Graf nur vereinzelt Soldaten auf den Zinnen. Und er wusste nur zu gut, dass es mehr als nur starker Mauern bedurfte, um eine Stadt zu halten. Dazu bedurfte es auch einer Armee, die die Mauern bemannte.

Dennoch verhielt es sich noch immer so, wie er dem Kanzler schon vor Jahren berichtet hatte: Hielt man Berendall, so hielt man die Vorlande Lytars.

Ein paar hundert Meter vor dem Osttor der Stadt hatte Beliors Vorhut ihr Lager aufgeschlagen, und etwas weiter davon entfernt auf einem Hügel, im Sattel seiner Reitechse sitzend, sah ein Kronok zu ihnen empor.

Dort lauerte also bereits Gefahr für Berendall, unübersehbar und allgegenwärtig.

Sie rief ihm ein anderes Bild in Erinnerung. Das Bild jener Nacht, in der ihn im Moment seiner Schande ein Pfeil getroffen hatte und er durch das Blätterdach des Waldes kurz in das Gesicht und die entschlossenen Augen eines jungen Bogenschützen hatte sehen können. Drei Jungen und ein Mädchen. Der Schock nach dem Einschlag des Pfeils, seine Scham über den Tod der Sera ... es war kein gerechter Krieg mehr, wenn man gegen Kinder und Frauen zu Felde zog. Er hatte Nestrok zurückbeordert, ein Befehl, dem der Drache nur widerstrebend Folge geleistet hatte, war er vor Wut und Schmerz über den Pfeil, der ihn zuvor im Auge getroffen hatte, doch fast rasend gewesen.

Graf Lindor seufzte, als er Nestrok das Signal gab, nahe dem Lager der Vorhut zu landen. Nein, an Mut und Entschlossenheit fehlte es den Menschen von Lytara wahrlich nicht, wäre ihre Lage nur nicht so aussichtslos gewesen!

Nestrok legte seine Flügel an und fiel wie ein Stein vom

Himmel.Wieder hob sich des Grafen Magen. Doch abgesehen davon, dass er dieses Manöver viel zu gut kannte, weilten seine Gedanken noch immer bei den beiden jungen Männern, dem Bogenschützen und dem jungen Mann mit der Axt. Schade, dachte er, dass sie nach all seinen Bemühungen, sie vor den Klauen des Kriegsmeisters in Sicherheit zu bringen, beim Bruch des Dammes ertrunken waren.

Der Drache breitete seine Schwingen wieder aus, und Lindor wurde dadurch so hart in den Sattel gedrückt, dass ihm das Blut in die Beine sackte. Allein sein regelmäßiges, hart gepresstes Atmen half ihm, bei Sinnen zu bleiben.

In einer Staubwolke landete der Drache punktgenau in dem abgesperrten Areal unter ihm, und der Graf bemerkte, wie hier und da einer der Soldaten Beliors angstvoll vor ihm zurückwich.

Ein Leutnant hingegen trat tapfer vor, als Lindor gerade dabei war, die Reitschlingen an seinen Beine zu lösen.

„Die Gnade der Götter mit Euch, Graf!“, begrüßte der Mann ihn heiser und schluckte, als Nestrok seinen mächtigen Kopf hob und zur Seite schwenkte, um ihn näher zu betrachten.

Richtig, dachte der Graf, mit einem Blick auf die Stadt, bitter, als er seine schweren Handschuhe auszog und geschickt von Nestroks gepanzertem Rücken glitt, es gab wohl eine Menge Menschen, welche die Gnade der Götter gut gebrauchen konnten. Allerdings schien ihm diese in letzter Zeit rar gesät zu sein.

„Und mit Euch“, antwortete der Graf knapp. „Lasst zwei Kühe heranschaffen, damit er etwas zu fressen hat, und führt mich zur Kommandantur!“

Der Mann salutierte, gab die Anweisung zur Fütterung des Drachen weiter und führte den Grafen dann sogleich quer durch das Lager zu einem Holzgebäude, das sich auf einem niedrigen Hügel in der Mitte des Lager befand. Schon auf dem Weg dorthin stachen dem Grafen mehrere Dinge ins Auge, die zu beanstanden waren, gleichzeitig ärgerte es ihn jedoch, dass er sich darüber überhaupt noch aufregte.

Vor der Kommandantur wurde Lindor steif von Oberst Leklen begrüßt, der mit dem Eintreffen des Grafen sein Kommando verloren hatte, ein Umstand, der ihm ganz und gar nicht behagte. Und so führte er den Grafen mit sichlich erzwungener Höflichkeit in das Gebäude und öffnete ihm die Tür zu dem Raum, der von nun an des Grafen Amtszimmer sein würde.

„Danke“, sagte Lindor knapp, blickte sich kurz in dem Raum um und trat dann ans Fenster hinter dem Schreibtisch, um von hier aus einen weiteren Blick auf das Regimentslager zu werfen.

Man sieht dem Lager deutlich an, dass sich das Regiment schon seit fast zwei Jahren hier befindet, dachte der Graf und musterte wortlos einen Versorgungswagen, der bis zu den Achsen im weichen Boden versunken war. Dem Wagen links daneben erging es nicht viel besser, nur dass ihm zudem noch ein Strauch durch die Speichen des hinteren linken Rades gewachsen war. Das Lager selbst war um einen kleinen Hügel herum angelegt worden, dem sogar eine Quelle entsprang. Der Standort war also gut gewählt. Im Laufe der letzten zwei Jahre war er sogar befestigt worden, eine unregelmäßige Palisade zog sich um das gesamte Lager herum. An seinen zwei Toren erhoben sich primitive Wachtürme, zudem war an der Straße, die zum Lager führte, ein kleines Dorf entstanden, in dem es, wenig überraschend, auch zwei Tavernen und ein Hurenhaus gab. Mehrere niedrige Hallen, roh aus Baumstämmen gezimmert, dienten als Unterkünfte für die Mannschaften. Das Zeughaus daneben war dagegen aus Stein gebaut, und etwas weiter rechts stand ein Gerüst für ein weiteres großes Gebäude, an dem, wie es aussah, jedoch schon lange nicht mehr gearbeitet worden war.

„Was für ein Gebäude soll das werden?", erkundigte sich Lindor kühl, ohne sich dabei vom Fenster abzuwenden.

Oberst Leklen stand in Hab-Acht-Stellung hinter Lindor, vor dem Schreibtisch, der bis vor Kurzem noch der seine gewesen war.

In seiner Paradeuniform fein herausgeputzt, gehörte Oberst Leklen genau zu jener Sorte von Offizieren, die Lindor zutiefst verachtete. Ein politischer Opportunist, der Belior bei jeder Gelegenheit die Stiefel leckte. Nicht, dass das in gewisser Weise nicht auch für ihn selbst galt, dachte Lindor verbittert, aber er tat es wenigstens nicht voller Enthusiasmus!

Im ganzen Lager gab es nur ein einziges ordentliches Gebäude, die Kommandantur, und die hatte sich der Oberst äußerst bequem eingerichtet. Das Fenster, durch das hindurch Lindor auf das Lager blickte, war mit gutem Glas versehen, dicke Teppiche bedeckten den Boden, und die Möbel hätten jedem Stadtpalast zur Zierde gereicht. Das Bett im Nebenraum hingegen wäre der Stolz jedes Hurenhauses gewesen.

„Das Waschhaus, Ser", antwortete der Obrist steif. „Mein Vorgänger gab die Order zu seiner Errichtung, ich sah jedoch keinen Sinn mehr darin, es weiter auszubauen, da die meisten Soldaten die Waschhäuser in der Stadt ..." Er verstummte, denn Lindor hatte die Hand gehoben. Langsam drehte er sich nun um und musterte den schlanken Mann vor sich. Blonde Haare, blaue Augen, ein scharf geschnittenes Gesicht mit einer geraden Nase und schmalen Lippen, entsprach er durchaus dem Bild, das man sich gemeinhin von einem Soldaten machte, doch die Rüstung des Obristen war reichlich mit goldenen Verzierungen versehen und so stark poliert, dass man sich in ihr spiegeln konnte. Lindor konnte nicht einen einzigen Kratzer auf dem Brustpanzer des Mannes ausmachen, und anders als Lindors eigener Umhang war der des Obristen weder verblichen noch verdreckt, sondern leuchtete so strahlend rot, als würde er jeden zweiten Tag neu eingefärbt werden.

Achtete der Oberst noch peinlich auf sein Erscheinungsbild, war das bei den Soldaten, die Lindor bisher gesehen hatte, keineswegs mehr der Fall. Kaum einer der Leute trug noch seine volle Ausrüstung, und bei dem kurzen Gang durchs Lager hoch zur Kommandantur waren dem Grafen mindestens zwei Dutzend Soldaten begegnet, deren Rüstungen und Waffen Rostflecken aufgewiesen hatten.

„Leklen“, begann der Graf nun mit gefährlich leiser Stimme. „Morgen früh, bei Sonnenaufgang, werdet Ihr einen Generalappell halten. Jeder Mann, dessen Ausrüstung Mängel aufweist, wird zu drei Tagen Strafdienst abgestellt. Jeder Soldat, der morgen früh nicht zum Appell erscheint, wird mit einer Woche Strafdienst belegt und zehnmal mit der Rute gestrichen. Jeder Soldat, der es versäumt, sich innerhalb der nächsten vier Tage zum Dienst zu melden, wird mit zwanzig Rutenhieben bestraft. Und wer es versäumt, sich in den nächsten zehn Tagen zum Dienst zu melden, wird hingerichtet. Ab sofort ist jeder Freigang gestrichen, wer ab dem morgigen Tage ohne *schriftlichen* Befehl außerhalb des Lagers angetroffen wird, wird exekutiert. Sie persönlich, Ser, stehen mir dafür gerade, dass alle Mängel bereinigt sind, wenn ich das Lager in fünf Tagen inspiziere."

„Aber ...", begann der Oberst, wurde jedoch vom Grafen unterbrochen. „Das bedeutet unter anderem, dass *jede* Waffe und die gesamte Ausrüstung des Regiments einsatzbereit sind. Sollte ich dann immer noch einen Wagen sehen, der bis zu den Achsen im Dreck steht, werdet Ihr mir persönlich mit Eurem Kopf dafür haften."

Der Oberst war bleich geworden. Wieder wollte er etwas sagen, aber der Graf war noch nicht fertig.

„Außerdem werde ich mich heute Nachmittag auf einen Rundgang durchs Lager begeben. Und stoße ich dabei auf Soldaten, die ihren Rausch ausschlafen, werden sie gehängt. Haben wir uns verstanden, Oberst Leklen?"

„Ja, Ser", antwortete der Oberst mit belegter Stimme.

„Gut. Wegtreten."

Worauf der Oberst eilfertig salutierte, auf dem Absatz kehrtmachte und aus der Schreibstube floh.

Der Graf wartete, bis sich die Tür hinter dem Oberst geschlossen hatte, dann nahm er in dem bequemen Ledersessel hinter dem riesigen reich verzierten Schreibtisch Platz und massierte sich die Schläfen.

Fünfzehn Jahre lang und zwei Kriege hindurch hatte der Graf seine drei Regimenter geführt. Die „eisernen Drei", die Leibregimenter des Prinzen, waren dem Kanzler schon immer ein Dorn im Auge gewesen, da sie ihren Eid allein auf den Prinzen und nicht auf das Reich ablegten. Aus diesem Grund hatte Belior Lindors Regimenter auch schon während des letzten Krieges stets dorthin entsandt, wo der Kampf am härtesten war. Und anders als die anderen Regimenter waren die „eisernen Drei" nach dem Krieg auch nicht in die Heimat zurückbeordert, sondern nach Alt Lytar geschickt worden, wo sie weit genug von der Kronstadt entfernt gewesen waren, um dem Kanzler und seinem Machtstreben nicht im Weg zu stehen.

Zwei Aufgaben hatten die drei Leibregimenter des Prinzen dort zu erfüllen gehabt: die Krone und andere magische Artefakte für den Kanzler zu bergen und zu sterben.

Tatsächlich hatte Lindor im Laufe der letzten zwei Jahre in Lytar über fünfhundert Männer verloren, teils an die Ungeheuer und die Verderbnis, die über der Stadt lag, teils an die Priester des Darkoth, die in ihrer Willkür immer neue Gründe fanden, um einen seiner Soldaten als Häretiker hinrichten zu lassen. In den letzten Monaten waren die Delinquenten jedoch nicht mehr durch das Schwert oder den Strang gerichtet, sondern den Kronoks zum Frass überlassen worden. Dennoch hatten die „eisernen Drei" ausgehalten. Selbst in den schlimmsten Zeiten hatten sie den Mut und auch ihr Ziel, irgendwann in die Kronstadt zurückzukehren und dem Prinzen auf den Thron zu verhelfen, nicht aus den Augen verloren.

Beliors Ambitionen hatten sich daher nur zum Teil erfüllt, denn die Krone hielt er noch immer nicht in seinen Händen, aber die „eisernen Drei" waren nicht mehr.

Und das hatte ein einziges, Götter verfluchtes Dorf erreicht, dachte der Graf verbittert. Als er mit Nestrok kurz nach dem Dammbruch geflohen war, hatte er sehr wohl die beiden jungen Männer aus dem Dorf und diesen Hauptmann Hendriks auf dem Dach der alten Börse wahrgenommen. Doch er hatte es für unmöglich gehalten, dass sie etwas mit dem Dammbruch zu tun gehabt haben konnten, aber auf der anderen Seite war der alte Damm nicht auf natürlichem Wege gebrochen. Niemals zuvor hatte Lindor so viele Blitze an ein und derselben Stelle einschlagen sehen wie an der, an der das alte Bauwerk dann auch auseinandergeborsten war.

Ohne es zu bemerken, rieb er sich an der Seite, wo ihn der Pfeil dieses Garrets getroffen hatte. Fast wünschte er sich, dass die beiden die nachfolgende Flutwelle überlebt hätten, aber auch das schien ihm unmöglich.

Und wieder sah er die klaren Augen der Frau vor sich. Kurz bevor ihr seine Klinge den schlanken Hals durchtrennt hatte, hatte sie ihn noch auf diese seltsame Art und Weise angesehen. Verächtlich, aber auch voller Mitleid. Unruhig erhob sich der Graf und trat wieder ans Fenster.

Wie konnte das sein? Wie konnte jemand Mitleid mit seinem Henker haben? Unwillkürlich ballten sich seine Hände zu Fäusten. Hatte er richtig gehandelt? Auf Befehl Beliors war jede weibliche Gefangene seinen Männern übergeben worden ... Lindor gab sich keinen Illusionen hin, seine Männer mochten zwar die besten Soldaten Thyrmantors gewesen sein, aber in dieser Hinsicht waren sie nicht anders als andere auch. Hätte die Frau vielleicht dennoch überleben können?

Lindor presste die Fäuste gegen seine beiden Schläfen. Sera, dachte er, Ihr verfolgt mich in meinen Träumen, aber was hätte ich tun sollen? Ich sah schon zu viele Frauen und was danach noch von ihnen übrig war. Selbst wenn Ihr überlebt hättet, Euer Geist und Eure Seele wären zerstört gewesen ... auch wenn Ihr mich jede Nacht heimsucht und mich mit Euren Blicken peinigt, ist mir das noch allemal lieber, als in Eure leeren Augen und auf Euren geschändeten Körper geblickt zu haben!

Es klopfte an der Tür.

Lindor atmete tief durch, wischte sich kurz über die Augen und richtete sich dann auf.

„Herein!“

Es war der Ordonanzoffizier, derselbe, der als Einziger Mut bewiesen und sich Nestrok genähert hatte. Der Mann salutierte.

„Ser, der Baron Vidan und der Hohepriester des Darkoth, seine Eminenz Lord Deren, machen Euch ihre Aufwartung und hoffen auf eine baldige Audienz. Der Hohepriester wies mich an, Euch mitzuteilen, dass er Verständnis dafür hätte, dass Ihr ihm Eure Aufwartung noch nicht gemacht habt, aber da er, genau wie Ihr, ein viel beschäftigter Mann sei, wäre es für Euer Seelenheil förderlich, wenn Ihr ihm die Audienz nun *bald* gewähren würdet.“

„Ist das so?“, wollte der Graf unbewegt und mit leiser Stimme wissen. „Droht er immer so höflich?“

Der Leutnant verschluckte sich beinahe, als Lindor ihm diese Frage stellte, und es war ihm deutlich anzusehen, dass er darüber nachdachte, wie er nun am besten reagieren sollte.

„Nein, Ser. Meist ist er ... direkter“, gab er schließlich zur Antwort.

Lindor nickte und rieb sich erneut seine Schläfen, der Kopfschmerz schien mit jedem Moment schlimmer zu werden. „Wie lange wartet seine Eminenz denn schon?“

„Der Baron wartet schon eine Weile, aber kaum mehr als eine Kerze, seine Eminenz kam eben erst zur Tür herein.“

„Wie ist Euer Name, Leutnant?“

„Leutnant Heskel, Ser!“

„Gut, Heskel.“ Der Graf sah den Leutnant prüfend an. „Was haltet Ihr von den Lehren Darkoths?“

Wieder brachte die Frage den Leutnant in Verlegenheit. Doch dann fasste er Mut.

„Ich folge Loivan.“

Der Graf zog überrascht eine Augenbraue nach oben. „Das ist ein sehr alter Glaube, dem Ihr da folgt. Folglich strebt Ihr danach, ein ehrenhafter Mann zu sein."

„Ja, Ser."

Der Graf nickte langsam.

„Eine fast unmögliche Aufgabe in diesen Zeiten, nicht wahr?"

Der Leutnant zögerte einen kurzen Moment, bevor er Antwort gab, aber sein Blick war offen und klar.

„Ja, Ser, das ist es."

Lindor trat wieder ans Fenster.

„Lasst sie beide warten. Erweckt seine *Eminenz* den Anschein, gehen zu wollen, schickt ihn hinein. Aber klopft zuvor."

„Ja, Ser!", antwortete der Leutnant, salutierte und verließ erleichtert die Schreibstube.

Nichts ist schlimmer als ein fanatischer Priester, dachte Lindor angewidert. Darkoth. Der Herr der Dunkelheit. Noch vor zehn Jahren hatte kaum jemand auch nur den Namen des dunklen Gottes gekannt, doch jetzt lauerten seine Kreaturen überall. Man konnte den Kanzler kaum noch antreffen, ohne dass einer dieser dunklen Kuttenträger um ihn herumschlich! Dennoch war sich Lindor nicht ganz im Klaren darüber, wer hier wem diente. Manchmal schien es ihm, als ob Belior nichts ohne den Segen der dunklen Priester unternehmen würde, es war aber auch schon mehrfach vorgekommen, dass der Kanzler diesen einfach seinen Willen aufgezwungen hatte. Aber war die Allianz zwischen dem Kanzler und der dunklen Priesterschaft schon unheilig genug, war es Lindor erst recht unverständlich, warum die Kronoks in Beliors Dienste getreten waren.

Niemand wusste, woher sie gekommen waren, doch

eines war sicher, die Ungeheuer wie die dunklen Priester standen beide hoch in der Gunst des Kanzlers.

Lindor seufzte. Er wusste schon jetzt, was seine Eminenz, Lord Deren, von ihm fordern würde. Ein menschliches Opfer. Die Anhänger Darkoths fanden immer irgendwelche Gründe, um einen Soldaten der Blasphemie anzuklagen. Noch war es zwar nicht verboten, auch anderen Göttern zu huldigen, aber die Priester Darkoths waren geschickt, hinter allem und jedem eine Beleidigung ihres Gottes zu wittern, und es war ihnen nun einmal auferlegt, das wusste der Graf aus einer Unterhaltung mit Belior, Darkoth jeden Monat ein Leben zuzuführen ... vorzugsweise ein menschliches. Viel Geduld besaß der Priester jedenfalls nicht, dachte Lindor, denn schon im nächsten Moment klopfte es an der Tür. Auf Lindors Ruf hin öffnete der Adjutant die Tür und trat dann einen Schritt zur Seite, um dem dunklen Priester Einlass zu gewähren. Der Graf hingegen blickte noch immer aus dem Fenster.

„Ich bin es nicht gewohnt, dass man mich warten lässt", begann der dunkle Priester ohne jede Höflichkeitsfloskel. „Noch dass man mir den Rücken kehrt."

„Wir haben alle unsere Schwächen", antwortete Lindor kühl, wandte sich dem Priester aber nunmehr zu. Ohne die dunkle, mit goldenem Brokat verzierte Robe wäre der Mann mit dem mausgrauen Haar, dem runden Gesicht und der glatten Haut eines Jünglings völlig unscheinbar gewesen. Wären da nicht seine Augen, dachte Lindor, könnte man sogar meinen, der Mann wäre harmlos. Der Graf kannte solche Menschen, wusste, dass es sie gab. Es waren Menschen ohne Herz und Seele. Menschen mit den kalten, unbewegten Augen eines Raubtiers. Oder eines Kronoks.

Schon lange war es der Graf gewohnt, sich nicht anmerken zu lassen, was er dachte. Aber bei diesem Mann mochte es ihm nichts nutzen, denn den dunklen Priestern wurden viele Gaben nach gesagt. Dass sich der Glaube Darkoths überhaupt hatte ausgebreiten können, war etwas, das Lindor nicht begreifen konnte. Predigte er doch nichts Anderes als die Vernichtung und endgültig Zerstörung des Lebens und appellierte zudem an die dunkelsten Seiten der Menschen, indem er sie dazu aufforderte, ihren niedrigsten Instinkten zu folgen. Wozu konnte der Mensch denken, wenn er sich zuletzt doch dazu verführen ließ, sich wie ein Tier, nein, schlimmer als jedes Tier zu verhalten? Aber ob es dem Grafen nun passte oder nicht, es gab nun einmal mehr als genug Leute, die dem dunklen Lockruf Darkoths Folge leisteten.

Über das Leben eines anderen Macht zu haben war für manche Menschen nun einmal ein erhebendes Gefühl, und Lindor hatte selbst schon miterlebt, wie ein Priester allein bei dem Gedanken an eine Opferung in Ekstase geraten war.

Wie auch immer, dachte Lindor bitter, verglichen mit dem Mann, der ihn nun mit kalten Augen musterte, waren die Kronoks dem Grafen sogar noch lieber. Sie gaben wenigstens nicht vor, etwas anderes zu sein als das, was sie waren, intelligente Raubtiere, mit der Lust auf Jagd und dem Hunger nach Beute. Aber dieser hier ... Der Priester sah ihn mit ausdruckslosen Augen an und zog sich dann einen der gepolsterten Stühle heran, die vor dem Schreibtisch standen. Er ließ sich nieder, ordnete seine Robe und sah zu Lindor auf. Wobei er die Kunst, sitzend auf einen Stehenden herabzusehen, gut beherrschte.

„Ihr erhaltet hiermit Gelegenheit, Euch im Namen Darkoths verdient zu machen", eröffnete der Priester das Gefecht. „Und ich erwarte von Euch volle Hingabe im Dienst an meinem Gott."

„Ihr sollt den Blutzoll für Euren Gott erhalten", antwortete Lindor kalt. „Wendet Euch an den Obristen Leklen, er wird Euch im Namen Beliors einen Unglücklichen aushändigen. „Doch nur einen, jede Woche, Priester, *einen einzigen*. Keinen einzigen mehr."

„Es gibt mehr als einen Blasphemiker unter Euren Leuten, Graf", gab der Priester eisig zurück.

„Aber nur einen werdet Ihr pro Woche opfern", beharrte der Graf. „Die Zahl ist nicht verhandelbar."

„Mein Gott ist es nicht gewöhnt, dass man Ihm Vorschriften macht. Habt Acht, Graf, was Ihr sagt, kommt einer Gotteslästerung schon sehr nahe."

„Sagte ich nicht schon, dass ein jeder so seine Schwächen hat", erwiderte der Graf mit einem feinen Lächeln. „Die meine ist, dass ich nicht drohe."

Der Priester blinzelte.

„Ich hörte, Ihr wäret königstreu?"

„Da habt Ihr recht gehört, Priester. Und nun überlegt Euch gut, was das bedeuten mag, zumal mir scheint, dass Ihr Eure Schlüsse sehr schnell zu ziehen pflegt. Aber ich komme Euch zu Hilfe, indem ich Euch schon einmal verrate, dass ich auf jeden Fall kein Freund Eures Gottes und erst recht kein Freund von Euch bin."

Ein schmales kaltes Lächeln spielte um die Lippen des Priesters. „Offene Worte, Graf. Doch mich schreckt Ihr nicht. Ihr seid nicht mehr als ein bellender Hund, Graf Lindor. Genauer gesagt, seid Ihr der Kettenhund des Kanzlers. Und damit liegt ein Ende der Kette um Euren Hals, das andere fest in der Hand des Kanzlers." Er zog spöttisch eine

Augenbraue hoch. „Glaubt Ihr immer noch, ich ziehe die falschen Schlüsse?“

„Nein, ich sage nur, dass Ihr deshalb noch lange nicht wisst, wie weit meine Kette reicht“, antwortete der Graf. „EINEN, Priester. Nicht mehr.“

„Und nicht weniger. So soll es sein.“ Der Priester lehnte sich ungerührt im Stuhl zurück. „Nur, dass ich deswegen nicht gekommen bin. Es gibt solche, die gegen meinen Gott reden und seine Vorherrschaft über das Reich der Lebenden nicht anerkennen wollen. Fehlgeleitete, die mit der richtigen Führung den Weg zu meinem Herrn jedoch finden. Es gibt auch solche, die sich abfällig über den Herrn der Dunkelheit äußern, ihn lächerlich machen, ihn beleidigen und sich damit der Blasphemie schuldig machen. Und zuletzt gibt es noch diejenigen, die sich gegen seine Macht erheben und es wagen, Hand an seine Priester zu legen. Und diese der Gerichtsbarkeit unseres Herrn zuzuführen ist die oberste und heiligste Pflicht eines jeden, der sein Leben in Darkoth neu gefunden hat. Just bevor Ihr gelandet seid, wurde ich auf genau solche Feinde meines Gottes aufmerksam. Seht.“

Der Priester hob seine Hände und drehte sie einander zu, worauf sich zwischen seinen Handflächen dunkler Rauch zu bilden begann. Lindor führte die Hand an sein Schwert.

„Fürchtet Ihr nun doch die Macht meines Gottes?“, lächelte der Priester mit deutlicher Genugtuung in der Stimme. „Habt keine Furcht Graf, *dieses* Mal ist Euer Schwert nicht vonnöten. Seht.“

Der dunkle Rauch verdichtete sich zu einer schwarzen Kugel, die zunächst trübe blieb, dann aber schlagartig einem Ball aus dunklem Glas glich. Ein Bild entstand vor Lindors Augen, und er sah, wie ein ihm unbekannter Priester des dunklen Gottes auf einen baufälligen Turm zuging und plötzlich zu Boden geworfen wurde, wo er mit zerschmettertem Schädel liegen blieb.

„Wartet", bedeutete ihm der Priester, als Lindor etwas fragen wollte. „Wartet."

Sogleich traten zwei weitere Gestalten ins Bild, wie sie ungleicher nicht sein konnten. Ein Jüngling, der eine Kettenrüstung trug und nicht sehr groß, aber so breitschultrig und stämmig wie ein Zwerg war, und ein großer, hagerer, älterer Mann in einer auffälligen dunkelblauen Robe, der sich auf einen reich verzierten weißen Stab stützte.

Schweigend sah Lindor zu, wie der tot geglaubte Priester seinen Kopf hob und aufzustehen versuchte, worauf der hagere Mann seinen Stab auf ihn niederfahren ließ und tausend bläuliche Funken über den Körper des Priester liefen und ihn zum Verglühen brachten.

Danach lösten sich Bild wie Kugel wieder in Rauch und noch eine Weile später in nichts auf.

„Prägt Euch diese zwei gut ein, Graf, denn diese beiden sind mein Begehr", forderte der Priester nun mit schneidender Stimme. „Findet sie, bringt sie mir, und ich werde Euch persönlich dazu einladen, ihrer Opferung beizuwohnen. Ich will sie lebend, Lindor, hört Ihr? Sie haben sich an einem Priester vergangen und sind nicht nur Gotteslästerer, sondern Feinde des Glaubens!"

„Ich fürchte", antwortete Lindor ruhig, „ich werde Euch nicht weiterhelfen können. Meine Befehle lauten anders."

„Eure Befehle sind mir egal. Der Golem kann warten", zischte der Priester. „Ob es nun Eure Leute oder die des Grafen sind, die mir diese Frevler bringen, ist mir eines. Nur bringt sie mir!" Der Priester erhob sich und strich seine Robe glatt. „Sorgt dafür, Graf. Sonst werdet Ihr erfahren, wie kurz Eure Kette werden kann!"

Mit zwei großen Schritten war der Priester aus dem Raum und überließ es Heskel, die Tür hinter ihm zu schließen.

Lindor blickte ihm mit geballten Fäusten nach und atmete tief durch. Seine Schläfen pochten, und es dauerte einige Zeit, bis er seine Wut wieder unter Kontrolle hatte.

„Heskel!"

Der Adjutant erschien sofort in der Tür.

„Ja, Ser?"

„Was wisst Ihr von einem Golem?"

Der junge Leutnant schüttelte irritiert den Kopf.

„Nichts Offizielles. Dazu müsstet Ihr Oberst Leklen befragen."

„Schließt die Tür, Heskel, und erzählt mir, was Ihr *inoffiziell* wisst."

Der Leutnant tat wie ihm geheißen.

„Ich dürfte eigentlich nichts davon wissen, Ser, es war reiner Zufall, dass ich die Unterhaltung mit anhörte", erklärte er, wobei ihm sichtbar unwohl war.

„Lasst das meine Sorge sein. Fahrt fort."

„Es gibt einen Golem, der irgendwo in der Hafeneinfahrt der Stadt liegt. Er soll die Zufahrt einst vor jedem feindlichen Angriff geschützt haben. Oberst Leklen hat nun den Auftrag, die Gelehrten, die den Golem untersuchen, in allem zu unterstützen." Der junge Mann räusperte sich hastig. „Dies, so der Oberst, sei unsere Aufgabe. Und wir lagern hier, um den Grafen von Berendall daran zu erinnern, dass es besser für ihn wäre, würde auch er die Gelehrten unterstützen."

„Und? Tut er es?"

„In Maßen. Zumindest behindert er sie nicht."

„Haben die Gelehrten bislang Erfolge zu verzeichnen?"

„Das weiß ich nicht“, antwortete der Leutnant. „Aber wenn es so wäre, hätten wir es wohl schon mitbekommen. Der Golem soll an die vierzehn Mannslängen groß sein.“ Er legte den Kopf nachdenklich zur Seite. „Die Gelehrten haben ein Haus in der Stadt gemietet und halten sich daher nicht sehr oft im Lager auf. Aber ich hörte noch etwas anderes. Angeblich sollen sie herausgefunden haben, dass es einer Seele bedarf, um den Golem zu neuem Leben zu erwecken.“ Er schluckte. „Sie sprachen mit dem Hohepriester darüber, worauf dieser nur meinte, dass sich das wohl einrichten ließe.“

Graf Lindor rieb sich die Schläfen, in der letzten Zeit waren seine Kopfschmerzen fast schon unerträglich.

„Danke, Heskel“, meinte Lindor nach einer Weile.

„Ser, der Baron wartet noch immer.“

Lindor seufzte.

„Gebt mir noch etwas Zeit, dann schickt ihn hinein.“ Er atmete tief durch. „Nach dem Besuch seiner Eminenz wird es mir sicherlich ein Vergnügen sein, den Baron zu empfangen. Ach, Heskel?“

„Ja, Ser?“

„Ich brauche einen guten Zeichner für zwei Steckbriefe. Treibt einen für mich auf.“

„Ja, Ser.“

Ein neuer Untertan

„Es ist mir eine Ehre, Euch meine Aufwartung machen zu dürfen, Graf Lindor", waren die ersten Worte des Barons Vidan. Sie bargen keine Überraschung für den Grafen, denn wie schon zuvor beim Priester verriet der erste Anblick den ganzen Mann. Der Graf hätte darauf wetten mögen, dass sich der Obrist Leklen und der Baron bestens miteinander verstanden. Ihn geckenhaft zu nennen wäre nicht treffend genug gewesen. Und ihn als eitlen Pfau zu bezeichnen eine Beleidigung für die stolzen Vögel.

Zudem hatte sich der Baron anscheinend schwerlich für eine Farbe entscheiden können. Auf seinem Wams, das mit Goldfäden durchwirkt war, stritten sich Gold, Rot, Silber und Königsblau um den ersten Platz. Seine eng anliegende Lederhose schmeichelte einem Geschlecht, das entweder ein Schrecken für alle Frauen darstellte oder einen ausgestopften Socken enthielt. Der Graf vermutete entschieden das Letztere. Und um dem Ganzen noch eine besondere Note zu verleihen, hatte der Baron außerdem noch ein penetrantes Duftwasser aufgelegt, das die Luft in Lindors Schreibstube in wenigen Augenblicken schwängerte und ihm die Tränen in die Augen steigen ließ.

Viel wusste der Graf nicht über den Mann, nur das, was Leutnant Heskel ihm auf die Schnelle mitgeteilt hatte, und das war wenig genug. Eines aber war Lindor bekannt: Mislok war keine reiche Baronie. Doch den Baron schien das wenig zu stören, hatte er es dessen ungeachtet doch verstanden, so viel Gold aus seinen Untertanen herauszupressen, dass er ein Wams trug, von dem sich ein ganzes Dorf ein Jahr lang ernähren konnte! Das Schwert an der Seite des Edelmanns war mit Perlen und Edelsteinen übersät, der Brustpanzer reich graviert und verziert. Der Baron, dachte Lindor voller Ingrimm, war wahrlich ein Mann ganz nach dem Herzen des Obristen! Auch am Hof der Kronburg wäre der Mann gewiss nicht fehl am Platz gewesen.

„Nun, gut, wie dem auch sei", erwiderte Lindor die Begrüßung des Barons sichtlich unbeeindruckt. „Ihr habt ausrichten lassen, es wäre wichtig. Ich hoffe, ich habe Euch nicht zu lange warten lassen."

„Gewiss nicht", antwortete der Baron mit einem strahlenden Lächeln, durch das sein spitzes Kinn betont wurde. Er hatte dunkle, kleine und etwas zu dicht beeinanderstehende Augen, aber sein langes, blond gelocktes Haar erweckte gewiss den Neid so mancher Frau.

Hätte Lindor nicht schon viel Zeit bei Hofe verbracht, hätte er den Baron wohl bestaunt wie ein seltenes Tier. So aber wusste er, dass er den Mann nicht unterschätzen durfte. Leute wie der Baron mochten zwar andere Schlachten schlagen als er, doch waren sie deshalb nicht minder tödlich. Letztlich bestand zwischen diesem Paradiesvogel und den Gecken am Hofe Thyrmantors nur der eine Unterschied, dass Letztere oftmals über echte Macht und Einfluss verfügten.

Und so überraschte den Grafen die Antwort des Barons, der immerhin mehr als eine Kerze gewartet hatte, nicht im Mindesten.

„Gut“, sagte Graf Lindor und nahm hinter seinem Schreibtisch Platz. Wobei er es absichtlich versäumte, seinem Gast einen Sitzplatz anzubieten. Einen kurzen Moment meinte der Graf Empörung in den Augen des Baron aufblitzen zu sehen, und so lehnte er sich in seinem Stuhl zurück und wartete. Schon bevor der Baron zur Tür hereingekommen war, hatte der Graf gewusst, wie er mit ihm verfahren wollte, aber erst jetzt, nachdem er den Mann vor sich hatte, war er sich auch sicher, dass er es nicht bereuen würde. Kein Wunder, dass dem Grafen von Berendall nachgesagt wurde, er habe wenig Geduld mit seinen Baronen. Er, Lindor, hätte wohl gar keine gehabt.

„Was wünscht Ihr?“, fragte er nach einer längeren Pause, die den Mann sichtlich irritierte.

„Ich bin gekommen, um dem Kanzler des mächtigen Reiches Thyrmantor meine Dienste anzubieten“, antwortete der Baron in gesetzten Worten, als auch ihm klar wurde, dass die erwartete Einladung, Platz zu nehmen, wohl ausbleiben würde.

„Warum?“, fragte Lindor.

Der Baron blinzelte, eine solche Frage hatte er nicht erwartet. Doch er fing sich schnell wieder. „Weil es die bessere Wahl ist!“ Er beugte sich mit einem vertraulichen Lächeln vor. „Und ich mich gerne auf der Seite des Gewinners befinde.“

Das glaube ich dir sofort, dachte Lindor. „Das meinte ich nicht“, wies er den Mann zurecht. „Ich wollte eher wissen, warum der Kanzler, Eurer Meinung nach, Eure Dienste in Anspruch nehmen sollte?“

„Ich verstehe nicht ...“, stammelte der Baron überrascht. „Ich bin hier, um meinen Lehnseid auf den Kanzler abzulegen.“

„Ich weiß. Doch noch einmal, warum sollte der Kanzler Eurer bedürfen?"

„Nun", begann er, „ich verfüge über ausgedehnte Ländereien und eine schlagkräftige Armee. Zum anderen kenne ich die anderen Barone und habe Zugang zum Grafen von Berendall. Ich versichere Euch, ich bin bereit, den Kanzler in vollem Umfang zu unterstützen. Zu lange schon haben diese Lande unter der unsicheren Herrschaft des Grafen gelitten."

„Das sind klare Worte", bemerkte Lindor scheinbar anerkennend. „Und Ihr seht aus wie ein Mann, den man beim Worte nehmen kann. Nun gut, ich erwarte daher, dass Ihr uns als Zeichen Eurer Zuverlässigkeit vierzig Ochsen und zehn Wagen mit Mehl zukommen lasst. Danach reden wir weiter. Ihr seid entlassen."

Einen Moment lang stand der Baron regungslos, dann aber plusterte er sich auf wie ein Frosch. „Guter Mann, habt Ihr eine Ahnung, mit wem Ihr hier sprecht?"

„Ja, mit einem zweitklassigen Baron, der seine Ländereien ausbluten lässt. Einem Mann mit schlechtem Geschmack und einem Heer unzuverlässiger Söldner. Ihr wollt Thyrmantor dienen? So tut es. Ich erwarte Eure Lieferung in Bälde."

„So könnt Ihr nicht mit mir reden!", beschwerte sich der fassungslose Mann.

„Ich tue es doch gerade", meinte Lindor und stand auf. „Die Audienz ist hiermit beendet. Ihr könnt gehen. Aber wenn Ihr es wünscht, kann ich es auch einrichten, dass man Euch aus dem Lager eskortiert. Der Götter Segen mit Euch."

„Aber ...", begann der Baron, doch Lindor ignorierte ihn.

„Heskel!", rief er, worauf die Tür aufsprang und der Leutnant im Türrahmen strammstand. „Der Baron möchte gehen. Geleitet ihn hinaus."

Der Baron schüttelte sich wie ein nasser Hund und warf Lindor einen giftigen Blick zu.

„Das, Graf", sagte er mit schneidender Stimme, „war Euer größter Fehler."

Wohl kaum, dachte der Graf. Es ist nicht Euer Antlitz, das mich in meinen Träumen verfolgt.

Ohne ein weiteres Wort drehte sich der Baron um und stapfte aus dem Zimmer. Leutnant Heskel schloss die Tür hinter ihm und musterte den Grafen neugierig.

„Ich habe noch nie erlebt, dass sich ein Mann in so kurzer Zeit so viele Feinde zu schaffen vermochte", wagte er dann anzumerken.

„Meint Ihr damit ihn oder mich?", fragte der Graf belustigt.

„Euch. Mit Verlaub, Ser!"

„Wie ich sehe, habt ich auch den Mut, freiheraus zu sprechen. So ist es gut Heskel, denn ich schätze es nicht, wenn lange um den heißen Brei herumgeredet wird!" Lindor lachte leise. „Und Ihr habt sicherlich Recht, mit dem, was Ihr sagt. Aber ich mag einfach keine Stutzer, das werdet Ihr sicher bereits bemerkt haben."

„Es ist mir aufgefallen", bemerkte Heskel, ohne eine Miene zu verziehen. „Ich werde jedweden Brokat aus meinem Schrank verbannen." Er seufzte übertrieben. „Es wird gewiss nicht einfach sein, besitze ich doch hunderte solcher Wämser."

Der Graf lachte erneut.

„Ihr seid ein Mann ganz nach meinem Geschmack, Heskel, weshalb Ihr an diesem Platz auch völlig fehl seid. Hattet ihr denn nichts Besseres zu tun, als Euch zum Militärdienst zu melden?"

„Schon, nur wurde ich nicht gefragt", gab Heskel zurück.

„Ja, so geht es manchmal", nickte der Graf und seufzte. „Nun gut. Schickt den Zeugmeister nach Mislok. Er soll dort alles an Vorräten aufkaufen, was es gibt. Er soll gute Münze dafür zahlen, aber nicht vergessen, die Ochsen und die Wagen einzutreiben. Weigert sich der Baron, soll der Zeugmeister ihm drohen und ihm sagen, mein Drache wäre hungrig, oder etwas Ähnliches. Außerdem soll der Zeugmeister mitnehmen, was er an Nützlichem in den Kellern des Barons findet. Mit meinen besten Grüßen."

Der Leutnant blickte den Grafen einen Moment lang schweigend an, dann schüttelte er den Kopf.

„Ihr versteht Euch wahrlich nicht sehr gut auf die Diplomatie."

„Oh", lächelte der Graf. „Genau darin täuscht Ihr Euch." Er stand auf und trat ans Fenster. „Doch was will ich mit einem Mann, der seinen alten Lehnsherrn verraten will? Ach ja ... seht zu, dass das zum Gespräch unter den Soldaten wird. Geht im Gasthof etwas trinken, und verplappert Euch dabei. Ich halte es für angebracht, dass Graf Torwald bald erfährt, wie wenig loyal sich dieser Baron ihm gegenüber verhält. Und wenn die Ochsen ankommen, lasst sie schlachten und die Leute einen Trinkspruch auf den großzügigen Baron ausbringen, der lieber die königlichen Truppen mit Rindviechern füttert, als sich um seine eigenen Leute zu kümmern. Und Heskel?"

„Ja, Ser!"

„Lasst hier mal ordentlich durchlüften."

Lamar lachte leise, als der alte Mann das Geschehen beschrieb. „Passt auf, sonst wird mir dieser Graf noch zunehmend sympathisch", rief er schließlich. Irritiert hielt der Geschichtenerzähler inne und nahm einen tiefen Schluck von seinem Wein. Lamar selbst hatte sich dafür entscheiden vorerst beim Tee zu bleiben, auch wenn er ihm viel zu schnell auf die Blase drückte. Dafür, dass der alte Mann so viel trank, war er allerdings bemerkenswert nüchtern, vielleicht verwässerte ihm der Wirt den Wein aber auch sehr stark. Jetzt sprach er weiter. „Vielleicht war der Graf nach seinem Dafürhalten sogar ein ehrenhafter Mann, für uns, vor allem für Garret, stellte sich das allerdings anders dar."

„Ach ja, wie ging es eigentlich mit diesen beiden weiter? Mit Garret und seinem großen Freund Tarlon?"

„Die befanden sich zu diesem Zeitpunkt noch in Alt Lytar. Es war ja immer noch der erste Tag nach dem Dammbruch. Wir dürfen nicht vergessen, dass Graf Lindor mit seinem Drachen schnell genug war, um innerhalb eines Tages nach Thyrmantor und von dort aus nach Berendall zu kommen. Und Knorre hatte seinen Stab. Garret und die anderen konnten jedoch nicht so schnell reisen. Zudem kam die Niederlage der königlichen Truppen in der alten Stadt auch für den Rat von Lytara überraschend. Eigentlich hatte niemand daran geglaubt. Daher musste jetzt erst einmal entschieden werden, wie weiter verfahren werden sollte. Es stellte sich heraus, dass Meister Pulver als Einziger darüber nachgedacht hatte ...

Ratsversammlung

„So“, sagte Garret und zurrte die Schnur fest, „das wär’s fürs Erste.“ Er sah zu Marcus hinüber, der gerade dabei war, die untere Ecke eines schweren Leinentuchs an der Zeltstange festzubinden. „Ziemlich viel Aufwand für ein einzelnes Zelt.“

Marcus nickte nur. Der junge Mann reichte Garret gerade einmal bis zum Brustbein. Er war kaum größer als ein Zwerg, besaß aber nicht die breitschultrige Statur, die Argor und seinen Vater auszeichnete. Es gab einige, die ihn deshalb einen Halbmann nannten, nur fand Garret, dass es nichts „Halbes“ an Marcus gab. Er war einfach nur kleiner als die meisten.

Noch vor wenigen Wochen war es undenkbar gewesen, dem jungen Mann ohne ein Lächeln auf dem Gesicht zu begegnen. Sein Vater Theo war Koch im Gasthof von Lytara gewesen, und obwohl Marcus hart arbeiten musste, war seine ständig gute Laune fast schon sprichwörtlich gewesen.

Nachdem die Truppen Beliors Lytara jedoch angriffen und der Drache des Grafen Lindor Feuer auf den alten Gasthof gespien hatte, war Marcus’ Vater bei dem Versuch, seinen Sohn aus den Flammen zu retten, verbrannt. Seitdem lachte Marcus nicht mehr.

„Es ist ein gutes Zelt“, meinte Marcus nun und blickte sich um, ob es noch irgendetwas anderes für ihn zu tun gab.

Es war in der Tat ein gutes Zelt, dachte Garret. Fast zwanzig Schritt im Durchmesser, stützten fünf hohe Stangen seine Mitte und gute zwanzig seine Wände, so dass ein ausgewachsener Mann ohne Probleme aufrecht in ihm stehen konnte.

Für seinen Standort war ein größerer, einst von stattlichen Gebäuden eingefasster Platz ausgesucht worden, der nicht weit entfernt von der Königsbrücke lag, der einzigen Brücke, die noch intakt war und den Fluss Lyantar überspannte. Dieser südliche Teil Lytars war noch am wenigsten zerstört, und einige der alten Häuser hatten kaum mehr als ein Fenster oder ihr Dach verloren. Weshalb sich auch einige dafür ausgesprochen hatten, zumindest eines von ihnen wieder bewohnbar zu machen.

Doch zumindest für den Moment musste man noch mit Zelten vorliebnehmen, auch wenn diese den Platz schon mehr als füllten und es zudem äußerst schwierig war, die Heringe zwischen die alten Steinplatten zu treiben. Dennoch waren die Zelte überraschend ordentlich aufgebaut, so dass man mit etwas Fantasie sogar glauben konnte, eine kleine Armee und nicht nur ein paar Bauern und Handwerker eines unbedeutenden Dorfes in einem vergessenen Tal hätte hier ihr Lager errichtet.

Das große Zelt, das Garret und Marcus aufgestellt hatten, war das letzte, das noch gefehlt hatte. In ihm würde der Rat an diesem Abend tagen, um zu beschließen, was als Nächstes geschehen und wie man der Bedrohung durch den Usurpator Belior am besten entgegentreten sollte.

Das größte der Häuser, ein ehemaliger Stadtpalast, dessen Grundstück noch immer von einer intakten Mauer umgeben war, wurde jedoch schon genutzt. In ihm waren die Gefangenen untergebracht. Obwohl nur ein Bruchteil von

Lindors Streitmacht die gestrige Nacht überlebt hatte, waren schon weit über dreihundert Soldaten dort festgesetzt worden. Dennoch kamen stündlich mehr von ihnen aus den Ruinen. Sie waren eher bereit, sich den Leuten aus Lytara zu stellen, als noch eine Nacht in der verdorbenen Stadt verbringen zu müssen. Da die Streitmacht Lytaras jedoch kaum mehr als einhundertundfünfzig Mann umfasste und damit zwei Gefangene auf jeweils einen Kämpfer aus Lytara kamen, war man nun allgemein beunruhigt, wie nicht nur Meister Pulver schon festgestellt hatte.

Garret duckte sich unter dem Zelteingang hindurch und ging zu dem schweren Fuhrwerk hinüber, das nah beim Zelt stand und mit Bänken, Tischen, Fässern und Kisten hoch beladen war.

Dort hob sein großer Freund Tarlon zusammen mit seinem Vater gerade einen massiven Tisch herab. Die Familienähnlichkeit zwischen den beiden war verblüffend, nur war Hernuls flammendrotes Haar bereits von grauen Strähnen durchzogen. Und Tarlon war vielleicht noch eine Hand breit höher und in den Schultern breiter als sein Vater.

Ein paar Schritte von ihnen entfernt saß Tarlons Schwester, Vanessa, auf einer der Bänke, die bereits abgeladen worden waren. Auch bei ihr war die Familienähnlichkeit nicht zu übersehen, nur hatten ihre Haare einen etwas dunkleren Ton, so dass sie wie geschmolzenes Kupfer glänzten. Eine Farbe, die Garret gerade in der letzten Zeit liebgewonnen hatte. Wie viele andere war auch sie in eine leichte Rüstung aus Leder gekleidet, und neben ihr auf der Bank lag das schwarze Schwert ihrer Familie. Sie sah wie eine Kriegerin aus den Balladen aus, denen Garret früher immer so gerne gelauscht hatte. Vor allem dann, wenn sie von der Sera Bardin vorgetragen worden waren.

Vanessa sah noch immer mitgenommen aus, sie hatte sich erst vor zwei Tagen einem der Echsenkrieger, die in Diensten des Kanzlers Belior standen, im offenen Kampf gestellt und ihn nur dank des Eingreifens von Marten und seinem Kriegsfalken überlebt. Aber ihre Tapferkeit hatte Astrak und dem Heiler der Söldner das Leben gerettet. Sie war am rechten Arm verwundet worden, den sie nun in einer ledernen Schlinge trug, und Garret konnte in ihren Augen sehen, dass sie noch immer Schmerzen hatte. Dennoch lächelte sie, als er sich zu ihr setzte und ihr einen Apfel reichte.

„Willst du ihnen nicht helfen?", fragte sie ihn und biss herzhaft in den Apfel. Garret sah zu Tarlon und seinem Vater hinüber, die eine weitere schwere Bank mit scheinbarer Leichtigkeit vom Wagen wuchteten, und schüttelte dann in gespieltem Entsetzen den Kopf.

„Ich? Ihnen helfen? Ich bekomme schon vom Zusehen Muskelkater!" Er grinste breit. „Ich wäre ihnen doch nur im Weg. Zudem habe ich heute bestimmt schon an die hundert Zeltplanen festgebunden ... das reicht erst mal."

Wie ihr Bruder Tarlon trug auch Garret noch immer die Rüstung des Gegners, und nur sein Grinsen erinnerte Vanessa noch an den jungen Mann von früher. Noch vor wenigen Wochen hatte sie ihn kaum ernst genommen, obwohl sie gewusst hatte, dass er sich für sie interessierte. Das hatte sich nun geändert. Dennoch vermisste sie sein schallendes Lachen, die Art, wie er sie immer aufgezogen hatte, und das freche Grinsen, das sie mehr als einmal vor die Wahl gestellt hatte, ihn entweder zu ohrfeigen oder zu küssen.

„Wie geht es dir?", fragte er nun leise. Vanessa bewegte vorsichtig ihre Schulter. Helge, der Heiler der Söldner, hatte sie nach dem Kampf notdürftig verarztet und ihr gesagt, dass es möglich wäre, dass sie nie wieder ihre volle Bewegungsfreiheit zurückgewinnen würde. Zu schwer war die Wunde, die der Kronok ihr geschlagen hatte.

Doch Marten hatte sie noch in derselben Nacht nach Lytara zurückgeflogen und zu Barius, einem der Wächter und Priester Loivans, gebracht, der sich ihrer angenommen und seinen Herrn um Heilung für sie gebeten hatte. Tatsächlich hatte die Wunde danach sofort zu heilen begonnen.

„Barius sagt, dass die Gnade seines Gottes die Heilung beschleunigt hat. Er meint, ich müsste meinen Arm bald wieder verwenden können. Die Narben werden aber bleiben", fügte sie mit einem vorsichtigen Blick in Garrets Richtung hinzu.

Garret schien ihn jedoch nicht zu bemerken. Statt dessen blickte er interessiert zu dem Platz vor der alten Börse hinüber, auf dem die Lytarianer ihr Lager aufgeschlagen hatten und von dem aus man nun, nachdem die einst stattlichen Häuser, die ihn umstellt hatten, in sich zusammengefallen waren, einen guten Blick bis hinunter zum alten Hafen besaß.

Zwar konnte er nicht hören, was gesprochen wurde, aber Garret besaß gute Augen, und so entging ihm nicht, wie sich Pulver von Argors Vater abwandte und langsam zum Lager zurückging, während sich der Zwerg zu einem weiteren Haufen Gefallener begab und die Leichen zur Seite zerrte, um zu sehen, ob Argor vielleicht unter ihnen lag.

„Barius sagt, dass Loivan den Verwundeten ihre Narben lässt, damit sie sich mit Stolz daran erinnern können, einen gerechten Kampf gefochten zu haben", antwortete er schließlich doch noch und zog sie sachte an sich heran. „Ich danke den Göttern dafür, dass du lebst, da werden mich ein paar Narben wohl kaum stören!" Er blickte ihr tief in die Augen. „Nur wäre es mir recht, wenn keine weiteren mehr dazukämen."

„Das wird sich zeigen. Wenn ihr noch einmal ausgesandt werdet, werde ich euch jedenfalls wieder begleiten", teilte sie ihm entschlossen mit. „Und weder du noch Tarlon werdet mich davon abbringen können."

„Tarlon wird es nicht einmal versuchen", sagte Garret sanft und zog sie fester an sich.

„Und du?"

Garret warf ihr einen gespielt überraschten Blick zu. „Ich? Ich bin froh, wenn wir jemand bei uns haben, der mich verteidigt", grinste er, und dieses Mal fiel ihr die Wahl nicht schwer. Sie küsste ihn.

Tarlon und Hernul tauschten Blicke, während sie den letzten Tisch vom Wagen hoben. „So ganz weiß ich nicht, was ich davon halten soll", vertraute sich Hernul seinem Sohn an, der daraufhin nur mit den Schultern zuckte und eine der schweren Bänke alleine vom Wagen hob. Nur noch drei Bänke, dann waren sie fertig. „Es war unausweichlich, Vater", sagte Tarlon und griff nach der nächsten Bank. „Die beiden sind schon umeinander herumgeschlichen, als sie dir noch nicht einmal bis zur Hüfte gingen."

Hernul lachte leise. „Das hört sich an, als ob du selbst nie so klein gewesen wärst", sagte er dann und wischte sich den Schweiß ab. Auch er blickte zu dem Platz vor der alten Börse hinüber, und eine steile Falte tauchte auf seiner Stirn auf. Trotz der frischen Brise, die vom Meer her zog und die Zeltbahnen leicht im Wind wehen ließ, war es einer dieser Sommertage, an denen die Göttin es gut mit ihnen meinte. Über ihnen erstreckte sich ein strahlend blauer Himmel, und es war angenehm warm. Zwar stand hier und dort noch ein Wölkchen am Firmament, aber ansonsten deutete nichts mehr darauf hin, dass gestern noch einer der schlimmsten Stürme über sie hinweggefegt war, den Hernul je erlebt hatte. Die Freude über das schöne Wetter wurde jedoch durch den Blick auf den Berg von Leichen getrübt, der dort unten immer größer wurde. Mittlerweile musste man sich sogar schon fragen, woher man nur all das Holz nehmen sollte, um die Toten zu verbrennen.

Tarlon folgte seinem Blick, nickte seinem Vater zustimmend zu und warf dann einen weiteren zu seiner Schwester und Garret hinüber. „Manchmal beneide ich ihn", meinte er nachdenklich.

„Warum?", wollte sein Vater wissen und setzte die letzte Bank vor dem Wagen ab. „Weil er sich wegen nichts Sorgen macht?"

Tarlon schüttelte langsam den Kopf und klappte die Wagenwand nach oben, um den schweren Messingriegel auf einen Schlag in die Zuhaltung zu treiben. „Das ist es nicht. Ich weiß, dass er sich sehr wohl Sorgen macht, manchmal, wenn auch selten, spricht er sogar darüber. Nein, es ist seine Fähigkeit, die Dinge zu akzeptieren, wie sie sind, um die ich ihn beneide." Er sah seinen Vater prüfend an. „Um Vanessa macht er sich ebenfalls Sorgen. Wirst du ihr denn verbieten, mit uns zu kommen? Genau das hat sie nämlich vor."

Hernul wischte sich mit dem Hemdsärmel den Schweiß aus dem Gesicht und schaute zu seiner Tochter hinüber. Garret musste gerade irgendetwas zu ihr gesagt haben, das sie erheiterte, denn sie lachte leise. „Nein", antwortete er dann. „Das kann ich nicht. Sie lacht. Und seitdem deine Mutter von uns ging, lacht sie nur, wenn er da ist." Wieder wischte er sich mit dem Ärmel über das Gesicht, nur war es diesmal nicht wegen des Schweißes. „Was ist mir dir, Sohn?“, fragte er anschließend leise.

Tarlon hielt inne und sah seinen Vater fragend an.

„Was meinst du damit?“

„Ich meine dich und Elyra. Deine Mutter war davon überzeugt, dass ihr euch die Hände binden würdet. Und ich merke, wie du ihr nachsiehst, wenn sie in der Nähe ist.“

„Sie ist die Priesterin Mistrals“, teilte ihm Tarlon mit unbewegter Stimme mit. „Ihr Leben gehört nun der Göttin.“ Mit diesen Worten wandte er sich ab und ging nach vorne, zu den Leitpferden des schweren Vierergespanns. „Ich fahre jetzt den Wagen zur Seite, danach schirre ich die Pferde ab und versorge sie. Da kommt übrigens Pulver, er sieht aus, als wolle er dich sprechen.“

„Die Stadt ist mir noch immer unheimlich“, sagte Garret etwas später zu Tarlon, der neben ihm stand. Beide hielten einen Humpen Dünnbier in der Hand, denn auch wenn alles danach aussah, als ob die Verderbnis tatsächlich von der Stadt genommen worden war, wollte niemand das Risiko eingehen, das hiesige Wasser zu trinken. Garret lehnte an einer der Zeltstangen und ließ seinen Blick über die Ruinen der alten Stadt gleiten. „Lytar ist voller ruheloser Geister“, fügte er leise hinzu. „Ob wir sie wohl jemals vollkommen bannen werden?“

Die Fackeln auf dem Platz vor der alten Börse waren nicht die einzigen Lichter, die die Nacht erhellten. Weiter hinten schimmerte blass und bläulich eine Säule aus Licht, in deren Licht längst verfallene Häuser aussahen, als wären sie nie zerstört worden. Von Ungeheuern und verdorbenen Wesen bevölkert, schufen die alten Magien der Stadt Bilder aus längst vergangenen Zeiten. Hier und da sah man sogar eine Bewegung hinter erleuchteten Fenstern, die bei Tage nur leere, verfallene Höhlen waren. Ein kalter Schauer lief Garret über den Rücken und ließ ihn sich abwenden. Die Verderbnis war ihrer Quelle beraubt, mit etwas Glück würden ihre Auswirkungen ebenfalls bald verschwunden sein. Tarlon schwieg noch eine Weile. Dann warf er einen Blick gen Himmel, dorthin, wo am Firmament der helle Stern der Göttin Mistral leuchtete, die nach mehreren Jahrhunderten Alt Lytar endlich wieder ihre Gnade schenkte.

„Sie zu bannen ist nicht unsere Aufgabe. Elyra wird sich darum kümmern." Er drehte sich um und schaute durch die offene Zeltplane ins Zelt hinein, wo an einem langen Tisch der Ältestenrat tagte. Elyra befand sich unter ihnen, und es war ein ungewohnter Anblick, sie dort sitzen zu sehen. Doch es war ihr Amt und nicht ihr Alter, das sie an diesen Tisch gebracht hatte. Was sie selbst davon hielt, war nicht zu erkennen, ihr fein gezeichnetes Gesicht zeigte keinerlei Regung. Sie schien seinen Blick bemerkt zu haben, denn sie wandte sich zu ihm um und sah ihn einen Moment lang an, bevor sie sich wieder zu Pulver drehte, der sich gerade mit Hendrik, dem Söldnerführer, unterhielt.

Auch für ihn hatte Barius seinen Herrn um Heilung angefleht, dennoch würde es noch Tage dauern, bis sich der Mann wieder von seiner Bahre erheben würde. Aber er war wach, hörte aufmerksam zu und richtete sich jetzt sogar auf, um Pulvers letzte Frage zu beantworten.

„Ihr habt Belior eine blutige Nase geschlagen", begann er, und man merkte ihm an, dass ihn das Sprechen noch immer anstrengte. „Jeder andere Gegner würde nunmehr aufgeben, doch nicht Belior. Er will die Krone haben, und es interessiert ihn wenig, wie viele Leben dies noch kosten wird. Ihr habt ihm widerstanden, das kann er nicht dulden. Wenn wir ihm das nächste Mal gegenüberstehen, wird er uns zu zertreten versuchen!“

„Genau dies gilt es zu verhindern“, erwiderte Pulver ruhig. „Wie können wir ihn besiegen?“

„Besiegen?“, lachte Hendriks bitter auf. „Niemand konnte ihn je besiegen!“

„Dann wird es Zeit dafür“, ließ sich nun Meliande vernehmen. Jedes Mal, wenn Garret die Hüterin sah, die über Jahrhunderte hinweg das alte Depot mit den verlorenen Schätzen Lytars bewacht hatte, beschlich ihn ein mulmiges Gefühl. Das war sogar schon Vanessa aufgefallen, die ihn auch gefragt hatte, warum er der Hüterin auswich. Aber wie hätte ihr Garret erklären sollen, dass er sich nur noch allzu gut daran erinnerte, wie er die braunen und verbrannten Knochen Meliandes in einem Sack zum Depot zurückgebracht hatte. Und wie die meisten Hüter, bis auf Barius, ihr Leben in einem Beschwörungsritual dafür gegeben hatten, dass Barius die Hüterin wieder ins Leben zurückholen konnte. Meliande schien nun kaum mehr als ein Dutzend und vier Jahre zu zählen, nur wenn man ihr in die Augen blickte, konnte man erkennen, dass sie in Wirklichkeit älter war. Wie sollte Garret Vanessa erklären, dass ihm die Auferstehung der Hüterin weitaus unverständlicher und unheimlicher erschien als die Tatsache, dass ein magischer Schwur einen Menschen noch weit über den Tod hinaus ans Leben binden konnte?

Schwere Schritte rissen Garret aus seinen Gedanken. Es war Ralik, Argors Vater, der nun neben Tarlon und Garret stehen blieb.

„Er liegt nicht auf dem Platz“, begann Ralik unvermittelt. „Es muss ihn in die See hinaus gespült haben.“

„Argor hasst das Wasser“, sagte Garret und biss sich im nächsten Moment auf die Zunge.

Doch Ralik nickte nur und stapfte an ihm vorbei ins Zelt, in dem sich alle erhoben, als der Zwerg eintrat.

„Wenn wir ihn besiegen wollen“, sagte Ralik kalt und legte den schweren Hammer auf den Tisch, während er nach einem Bierhumpen griff, „dann können wir das nicht alleine.“ Er nahm einen Schluck Bier, verzog das Gesicht und stellte den Humpen mit einem vorwurfsvollem Blick in Richtung Meister Brauns wieder ab. „Wenn wir ihn besiegen wollen“, wiederholte er, „brauchen wir Verbündete.“ Er nahm seinen Helm ab und legte ihn neben den Hammer. Seine Augen suchten und fanden ein anderes Augenpaar, meergrün und dem einer Katze nicht unähnlich.

„Ihr habt uns die ganze Zeit über beobachtet und über uns gewacht, oder soll ich besser sagen bewacht?“, fuhr er nun vorwurfsvoll an die Sera Bardin gewandt fort, die in ihrem schwarzen Ledergewand nicht weniger bedrohlich wirkte als der gepanzerte Zwerg. Zwar war sie zierlich und nicht besonders groß, doch ein Blick in ihr fein gezeichnetes Gesicht, und ein jeder wusste, dass man sie nicht unterschätzen durfte.

„Ihr allein kanntet von Anfang an die ganze Geschichte um die Vergangenheit Alt Lytars. Und Ihr wisst auch genau, was nun zu tun ist. Auch die Sera Meliande weiß es. Aber sie ist zu höflich, um Euch daran zu erinnern. Vielleicht glaubt Ihr aber auch, dass die alten Verpflichtungen nicht mehr gelten. Doch ich glaube nicht, dass es sich so verhält, nicht wahr, Sera?“

„Was wollt Ihr damit andeuten?“, fragte die Bardin nun mit ihrer weichen, melodischen Stimme, die schon so viele Generationen von Dorfbewohnern verzaubert hatte.

„Andeuten will ich gar nichts“, erwiderte der Zwerg und sah nun zu Pulver hinüber, der langsam nickte. „Ich fordere von Euch. Ich fordere, dass Ihr endlich anerkennt, dass sich die Menschen Lytaras, die Nachkommen Lytars, verändert haben. Ich fordere, dass Ihr zu Eurem Versprechen steht. Ich fordere im Namen des Greifen die Allianz ein, die zwischen dem Greifen und dem Volk der Elfen besteht.“

Die Bardin erhob sich.

„Die Allianz wurde schon vor langer Zeit aufgekündigt. Es gibt nichts mehr einzufordern, Radmacher. Ihr wisst nicht, wovon Ihr sprecht.“

„Ich weiß es nicht?“, fragte der Zwerg grimmig, und seine buschigen Augenbrauen hoben sich. Sein Blick traf nun auf den der Hüterin Meliande, die ihn überrascht musterte. „Vorher wusste Belior nicht, dass wir besitzen, was er haben will. Jetzt weiß er es. Meint Ihr wirklich, er wird Ruhe geben, bevor er die Krone nicht in seinen Händen hält?“

„Niemand weiß, wo sich die Krone befindet“, gab die Bardin zurück, während alle anderen die unerwartete Konfrontation gespannt verfolgten.

Ralik schüttelte sein graues Haupt. „Ob Belior die Krone nun findet oder nicht, wird für Euer Volk keinen Unterschied mehr machen. Nicht wenn sich der Himmel zuvor mit metallischem Glanz füllt und Eure grünen Wälder unter dem Schritt der Kriegsmaschinen erzittern.“

Marten, der Falkenreiter, der in der letzten Zeit nicht einmal mehr den Helm seiner kupfernen Rüstung abnahm, trat jetzt vor. „Gebt mir nur vier Freiwillige!“, forderte er. „Nur vier, und wir werden mit unseren Krallen alles zerreißen, was sich uns entgegenstellt. Nur vier Freiwillige, und ich treibe die Truppen dieses Beliors aus unseren Landen!“

Neben Meliande richtete sich nun auch Barius auf, doch bevor er etwas sagen konnte, hob der Radmacher die Hand. „Es sind nicht mehr unsere Lande“, sagte er leise. Doch auch wenn seine Worte an Marten gerichtet war, ruhte sein Blick weiterhin auf der Bardin.

„Ganz gewiss ist es nicht Euer Land, Zwerg“, kam die harte Antwort Martens, der das empörte Gemurmel um sich herum ignorierte und einfach weitersprach. „Und wir brauchen auch keine Verbündeten, Elfe“, fuhr der junge Mann mit kalter Stimme fort. „Wir haben selbst genug Mittel und Möglichkeiten. Wir brauchen nur unser Erbe anzunehmen und das Banner des Greifen wieder in unserem Reich wehen zu lassen. Dann wird auch Belior das Knie vor uns beugen!“

Nun stand Elyra auf, straffte die Schultern und wandte sich dem Falkenreiter zu.

„Die Göttin verbietet es. *Ich* verbiete es, Marten, hörst du?“

„Du bist wie der Zwerg und die Elfe ebenfalls keine von uns“, erwiderte Marten ungerührt. „Nicht ein Tropfen unseres Bluts fließt in deinen Adern!“

„So verbiete ich es dir, Falkenreiter.“ Die Stimme, eisiger noch als die des jungen Mannes, gehörte der Sera Meliande. Sie zwängte sich an den anderen vorbei nach vorne und trat vor Marten, der sie mit seltsam starrem Blick musterte.

„Und wer seid Ihr, dass Ihr mir etwas verbieten wollt?“, fragte er schließlich. „Ich weiß, wofür ich stehe. Ich stehe gegen jeden Feind des Greifen. Wofür steht Ihr?“

„Für den Greifen selbst“, sagte Meliande leise. „Du sprichst von Dingen, die dir dein Falke einflüstert. Du sprichst von altem Blut und von den Feinden des Reichs. Aber das Reich existiert nicht mehr.“

„Es ist Krieg und ich wurde für den Krieg geschaffen. Was erwartet Ihr von mir?", gab Marten zurück. „Dass ich am Boden bleibe und zusehe, wie der Feind über uns hinwegrollt?"

„Der Falke wurde für den Krieg geschaffen, Marten", widersprach Meliande nun sanfter. „Nicht du. Du lebst nur ein Schicksal, das nicht für dich bestimmt ist."

„Aber jetzt ist es das meine."

„Dann setze dich und schweige. Ein Falkenreiter gehorcht und dient." Ihre Augen bohrten sich in die des jungen Mannes. „Frage deinen Falken", fügte sie leise hinzu, worauf Marten langsam, fast widerwillig den Kopf senkte und sich, die Hände in ihrem Panzer aus Kupfer zu Fäusten geballt, wieder setzte.

„Wir", sagte Ralik nun bedächtig zu der Bardin, „haben uns geändert." Er sah zu Elyra hinüber, deren Gesicht alle Farbe verloren hatte und die nun bleich neben Pulver stand. „Die Göttin warf Lytar zu Boden und strafte damit die Anmaßung derer, die vor uns kamen. Doch diese Lektion ist gelernt, niemand von uns wird noch einmal die Hand gegen eine Priesterin der Mistral erheben. Und solange dies nicht geschieht, wird die Göttin sich auch nicht wieder gegen Lytar erheben, selbst wenn die Falken fliegen sollten." Er hob eine gewappnete Hand und deutete anklagend auf Marten. „Dies ist die andere, die einfachere Wahl. Die Wahl der Vergangenheit. Ihr habt ihn gehört. Vier Reiter fordert er, vier Freiwillige, die ihre Seele dafür opfern, dass Belior fällt. Wollt Ihr riskieren, dass er sie findet? Oder Eure Entscheidung vielleicht nicht doch noch einmal überdenken?"

Die Bardin sah ihn mit ernster Miene an. „Wollt Ihr mich erpressen, Ralik?"

„Nein", meinte der Zwerg bitter. „Aber ich will Euch

daran erinnern, dass *wir* nicht Eure Feinde sind. Noch erinnert sich jeder von uns daran, wie er zu Euren Füßen saß und Euren Worten lauschte. Ihr habt Lytara geprägt, mit Euren Balladen und Legenden, Ihr habt jedem dieser Menschen hier mit einem Lächeln eine Welt gemalt, die besser war als die, in der wir leben. Seht Ihr denn nicht, dass dies die Gelegenheit ist, auf die Ihr so lange gewartet habt? Ihr seid unter Freunden ... und nicht zuletzt sah ich Euch weinen, als unsere Kinder in Euren Armen starben. Ist dies alles vergessen?"

Die Bardin senkte ihren Blick und seufzte.

„Nein, Freund Ralik", antwortete sie dann mit ihrer weichen Stimme. „Ist es nicht." Sie hob den Kopf und blickte in die Runde. „Ich werde daher zu meinem Volk reisen, vor die Königin treten und sie an unsere Allianz erinnern."

„Da sie die Botschaft mit Euren Worten hören wird", gab Meliande leise zu bedenken, „solltet Ihr Euch diese Reise sparen, wenn Ihr Euch nicht sicher seid, wer Euer Freund ist. Ihr seid diejenige, die entscheiden wird, was für Worte das Ohr der Königin berühren. Werdet Ihr um Beistand für Eure Freunde flehen oder sie mit nebensächlichen Worten an ein Stück Pergament erinnern, das so alt ist, dass selbst die Elfen sich kaum mehr daran erinnern?"

„Ihr täuscht Euch, wenn ihr diesen Pakt vergessen glaubt", gab die Bardin gelassen zurück. „Es mag zu besprechen sein, ob er noch gilt, aber vergessen ist er bestimmt nicht! Hier in Lytar zu stehen ruft alte Erinnerungen hoch und lässt alte Gefühle wieder erwachen. Es ist der Fluch der Elfen, dass unsere Erinnerung so weit zurückreicht, dass wir manchmal eher sehen, was war, als das, was ist." Ihr Blick huschte zu Marten hinüber, der still und schweigsam auf seiner Bank saß und sie mit starren Augen ansah. „Ich werde die Königin nicht an eine Allianz erinnern, sondern sie um Hilfe für unsere Freunde bitten. Drohungen indes werde ich keine ausrichten, es wäre müßig."

„Danke", sagte Meliande schlicht, doch die Art, wie sie es sagte, ließ Garret aufhorchen, ebenso wie der Blick, den die beiden Frauen austauschten, seiner Vermutung nach noch eine tiefere Bedeutung haben musste.

„Gut", meldete sich nun Meister Pulver zu Wort. „Dann wäre dies also geklärt. Bleibt nur noch die Frage, wie Ihr zu Eurer Königin gelangt."

„Ich werde nach Berendall reisen. Viele der Schiffe, die dort vor Anker liegen, haben schon an unseren Ufern angelegt, mit etwas Glück wird sich eines finden, dass mich hinbringt."

„Wir werden Euch genügend Geld mitgeben, so dass es keines Glücks bedarf", bot Pulver an. „Genug, dass ihr zur Not sogar ein Schiff davon kaufen könnt."

„Gold ist beim Handel mit Menschen immer hilfreich", lächelte die Bardin.

„Die Hilfe der Elfen ist unerlässlich, um in diesem Kampf zu bestehen", mischte sich auf einmal Hauptmann Hendriks von seinem Lager aus ein. „Aber das alleine wird nicht reichen. Ihr ... wir", korrigierte er sich, „wir müssen Söldner anheuern. Wir brauchen selbst eine Armee, wenn wir Belior entgegentreten wollen." Er richtete sich mühsam auf seiner Bahre auf. „Nach dem Dammbruch wird der alte Hafen für lange Zeit unbrauchbar sein. Vorerst wird kein Schiff mehr dort anlegen können. Das bedeutet, dass es nur noch zwei Orte gibt, an denen Belior mit seinen Schiffen landen kann. Die Bucht bei Lytar, in der sich auch unser Lager befunden hat, und in Berendall selbst. Und da unsere Bucht für mehrere Schiffe zu klein ist, wird es Berendall sein."

Er sah die anderen im Zelt der Reihe nach an.

„Belior lässt eine Flotte bauen, mit der er die Nationen der Elfen überfallen will. Für dieses Unterfangen hat er im Moment zwar noch nicht genügend Schiffe, dennoch besitzt er bereits jetzt eine Flotte, die groß genug ist, eine Armee aufzunehmen und sie zu uns zu bringen. Er wird daher entweder in Berendall anlanden oder auf dem Landweg kommen, nur wird es dann Monate dauern, bis er uns erreicht. Der Marsch würde seine Truppen außerdem schwächen und uns Zeit geben. Wie dem auch sei. In beiden Fällen muss er danach zuerst den Pass überwinden. Für den Landweg ist es bereits zu spät, der Winter wird ihm den Weg versperren. Also ..."

„Also wird er seine Truppen nach Berendall verschiffen", stellte Ralik fest. „Und von dort aus sind es dann nur noch zwei Wochen, bis seine Truppen erneut vor unseren Toren stehen."

„Richtig", sagte Hendriks. „Der Pass muss daher gesichert werden, und auch der Zugang zur Stadt muss ihm verwehrt werden. Ich sah Berendall, als wir an der Küste vorbeisegelten. Die Stadt ist nicht besonders groß, aber sie verfügt über mächtige Mauern. Fällt sie an Belior, so besitzt er einen Stützpunkt nahe Lytar, und unser Schicksal ist besiegelt. Verweigert ihm Berendall jedoch die Landung, dann ..."

„Dann haben wir eine Chance", beendete Pulver den Satz. Er wandte sich an die Bardin.

„Sera, Ihr seid doch früher schon durch Berendall gekommen, nicht wahr? Wie schätzt Ihr die Lage ein?"

Die Bardin schüttelte den Kopf. „Das kann ich Euch nicht sagen, Meister Pulver. Der Graf ist alt und hat keine Erben. Wie er entscheidet, ist schwer vorhersehbar. Nur eines weiß ich von ihm, dass er ein stolzer Mann ist. Unter seiner Führung wurde Berendall die wichtigste Stadt der Vorlande, und unter allen Machthabern, die sich diese Lande aufteilen, ist er derjenige, dessen Beispiel die Meisten von ihnen folgen werden.“

„Was sind denn diese Vorlande?“, wollte Elyra wissen. „Ich weiß durchaus, dass es noch andere Länder gibt, aber nicht, wo sich diese befinden. Ich habe unser Tal noch nie verlassen und weiß daher nicht, wie die Welt um uns herum beschaffen ist.“

„Die Vorlande gehörten einst zum Reich. Vorlande ist unser Name für sie, sie selbst nennen sich die Greifenlande“, erklärte die Bardin. „Nach dem Fall Lytars zerfielen sie in kleinere Baronien, die einander seitdem in Neid, Missgunst und Zwist verbunden sind. Die Grafschaft Berendall ist die größte dieser Ländereien und die einzige, die in den letzten Jahrzehnten von dieser Art Streitereien verschont geblieben ist. Der alte Graf ist ein geschickter Diplomat und Taktiker. Nur seitdem ein jeder damit rechnet, dass er bald sterben wird, lauern die Barone geradezu auf seinen Tod, um sich sein Land einzuverleiben.“

„Noch lebt er aber“, stellte Hernul, Tarlons Vater, fest. „Es gilt also, ihn auf unsere Seite zu ziehen. So es denn möglich ist.“

„Möglich ist alles“, sagte Pulver voller Überzeugung. „Versuchen werden wir es auf jeden Fall.“

„Es gibt noch eines zu bedenken“, fügte Hendriks nachdenklich hinzu. „Diese Streitereien und Zwistigkeiten, von denen die Sera Bardin da spricht, könnten uns von Nutzen sein. Es gibt unzählige Söldnerkompanien in den Vorlanden. Macht ihnen das gleiche Angebot wie uns.“ Seine Augen glänzten, wenn vielleicht auch nur im Fieber. „Gebt ihnen einen Grund zu kämpfen, der nichts mit Gold zu tun hat. Gebt ihnen Land und die Chance auf eine Zukunft, und sie werden eurem ... unserem Banner folgen."

„Gut", meinte Pulver. „So wird es geschehen. Und ich weiß auch schon, wen wir in die Vorlande schicken werden." Sein Blick fiel auf Garret und Tarlon, die noch immer vor dem Zelt standen.

„Ich glaube, das ist keine Überraschung", bemerkte Garret grinsend. „Wir sind einfach zu gut im Auskundschaften."

„Oder haben bislang nur Glück gehabt", gab Tarlon so leise zu bedenken, dass nur Garret ihn hören konnte.

„Wo liegt der Unterschied?", lachte dieser. „Solange wir heil zurückkehren, kümmert es mich wenig, ob wir es der Tüchtigkeit oder einfach nur dem Glück zu verdanken haben! Ich nehme von beidem gern!"

Doch Pulver schüttelte den Kopf.

„Nein. Eure Aufgabe wird es sein, die Sera Bardin sicher nach Berendall zu geleiten. "

„Und wer erkundet dann die Vorlande?", fragte Garret überrascht. „Wie ich schon sagte, wir sind gut darin."

„Das mag sein", nickte Pulver. „Aber Marten und sein Falke sind dafür geeigneter." Er wandte sich an die Sera Meliande.

„Er kann die Vorlande aus der Luft erforschen und die alten Karten korrigieren, vor allem aber kann er Kontakt zwischen uns, dem Dorf, dem Pass und denen halten, die wir ausschicken."

„Und ihr", damit richtete er das Wort wieder an die Freunde, „seht zu, dass die Bardin sicher ihr Schiff erreicht. Danach werdet ihr versuchen, eine Audienz beim alten Grafen zu erwirken."

„Meister Pulver", begann Garret zögerlich. „Ich danke für das Vertrauen, das Ihr in uns setzt, aber wir sind schwerlich dazu geeignet, mit dem alten Grafen zu verhandeln!"

„So ungeschickt habt ihr euch bei Hendriks doch gar nicht angestellt", lächelte Pulver. „Aber keine Sorge, die Verhandlungen wird jemand anderer führen." Er warf einen Blick auf die Hüterin. „Die Sera Meliande wird dies für uns tun. Marten kann sie hinfliegen, wenn es so weit ist."

„Wieso ich?", fragte die Hüterin erstaunt.

„Dafür gibt es viele Gründe", meinte Pulver mit einem seltsamen Unterton in der Stimme. „Aber um nur zwei von ihnen zu nennen: Ihr seid jemand, den der Falke auf seinem Rücken dulden wird, und Ihr seid in den Gesetzen der Diplomatie geschult, weitaus mehr, als jeder andere von uns."

„Aber ich bin eine Hüterin", widersprach Meliande. „Ich bin an meinen Schwur gebunden!"

„Ja", meldete sich jetzt Barius, der Priester des gerechten Gottes Loivan, das erste Mal zu Wort und legte ihr sanft seine gewappnete Hand auf die Schultern. Im unsteten Licht der Laternen, die das Zelt erleuchteten, schien es Garret für einen Moment, als ob er hinter den kantigen Gesichtszügen des Priesters einen gelben Totenschädel sehen könnte. Wie die anderen Hüter auch existierte der breitschultrige Mann nur noch, weil sein Schwur ihn über den Tod hinaus ans Leben band. „Aber genau deshalb bist du die Richtige dafür. Der Fluch bindet dich nicht mehr an diesen Ort, nur dein Schwur ... aber es bestehen wohl kaum Zweifel, dass du ihm folgst, wenn du für diese Menschen sprichst! Der Alchimist hat Recht, Meliande, eine Geeignetere als dich wird sich wohl schwerlich finden lassen!"

„Genauso sehe ich es auch", bestätigte Meister Pulver. „Wir werden also Ralik damit beauftragen, den Pass neu zu besetzen, und die Sera Meliande und Hauptmann Hendriks in die Vorlande schicken, um mit den Söldnern zu verhandeln."

„So erfahre ich also auch schon von meiner Aufgabe", merkte Ralik grimmig an. „Ist das nun deine Idee, oder ist es die Entscheidung des Rats?" Der Alchimist warf ihm einen fragenden Blick zu.

„Weder noch. Es ist eine Notwendigkeit." Er sah in die Runde, musterte Meister Braun, Hernul und Garen, Garrets Vater, der etwas weiter hinten saß und bislang noch kein einziges Wort gesagt hatte.

„Oder ist jemand dagegen und hat einen besseren Vorschlag?" Sein Blick wanderte erneut über alle Anwesenden. „Niemand?", fragte er dann. Und als sich noch immer niemand zu Wort meldete, nickte er befriedigt.

„Gut, also gilt es als beschlossen." Er legte Ralik die Hand auf die Schulter. „Zufrieden, alter Freund?"

„Ja", sagte Ralik und nahm seinen Helm und seinen Hammer wieder auf. „Zumindest damit." Seine grauen Augen hielten die des Alchimisten fest. „Der Rat entscheidet."

Pulver erwiderte den Blick des Radmachers überrascht.

„So ist es", stimmte er ihm zu. „Der Rat entscheidet."

„So soll es auch sein. Das sollte hier niemand vergessen", und mit diesen Worten verließ Ralik das Zelt.

Pulver sah Ralik nach, als dieser aus dem Zelt stampfte. Dann richtete er seine Augen auf die Hüterin, die sich gerade mit dem Söldnerhauptmann Hendriks unterhielt. Einen Moment lang saß er nur so da und musterte die Freunde, vor allem die Bardin, die sich etwas abseits mit Elyra unterhielt. Er dachte nach und griff schließlich zu seinem Beutel, dem er eine kleine Goldmünze entnahm, die sorgsam in weiches Leder eingewickelt war. Er schlug das Leder auf und betrachtete die Münze, wie schon so oft in den letzten Tagen.

Auf der einen Seite der Münze befand sich das Antlitz einer jungen Frau, neben der eine Harfe eingeprägt war, auf der anderen das Gesicht eines jungen Mannes, neben dem das Symbol eines Schwertes auftauchte.

„Kunst und Wissen gegen Stärke und Kampf“, murmelte er. Er warf die Münze hoch und lachte. „Diese Wahl fällt nun gewiss nicht schwer!“ Ein letztes Mal sah er nachdenklich zu Meliande hinüber und ließ seinen Blick lange auf ihr ruhen, dann packte er die Münze wieder sorgfältig ein und erhob sich, um sein Lager aufzusuchen. Der nächste Tag würde wieder viel Arbeit für ihn bereithalten.

Alte Freunde

Dank der Gnade Mistrals stand eine scharf gezeichnete Sichel am nächtlichen Himmel. Selten war eine Nacht so klar gewesen, doch der Mann mit der Maske, der in seinen ledernen Umhang gehüllt an einem halb zerfallenen Turm lehnte, hielt den Kopf gesenkt, als trage er eine schwere Last. Statt seiner war es Hund, der in den Himmel blickte.

„Du hast die Sterne schon immer geliebt", kam eine leise Stimme aus der Dunkelheit. Hund sah in die Richtung, aus der sie kam, und beobachtete, wie die schlanke Gestalt sich näherte. Das Licht eines fernen Feuers spiegelte sich in ihrer altmodischen Rüstung, das Beste, was die Rüstungsschmiede des alten Lytar hatten fertigen können. Ihr langes Haar wehte in der leichten Brise, die vom Meer her kam, und ihre blauen Augen reflektierten das Licht des Feuers fast so sehr wie die Augen einer Katze. „Kannst du sie denn sehen?"

Ariel schüttelte langsam den Kopf.

„Nein, seine Augen sind nicht dafür gemacht", antwortete er mit rauer Stimme und deutete auf Hund. „Aber er kann sie für mich erahnen, und was er nicht sieht, füge ich aus der Erinnerung hinzu. So wie Euer Gesicht ... nur während die Sterne ewig sind, hätte ich nicht gedacht, Euch jemals wiederzusehen, und ich bin mir nicht einmal sicher, ob ich froh darüber bin."

„Wenn du willst, gehe ich wieder", sagte sie leise.

Hinter der ledernen Maske war ein Seufzer zu hören. „Das würde ich nicht wollen", gab Ariel schließlich zu. Meliande trat an ihn heran und hob die Hand, um seine Maske zu berühren, doch er fing ihren Arm ab und drückte ihn leicht zu Seite.

„Nicht", bat er leise. „Bitte nicht."

„Ares", begann sie, doch er schüttelte den Kopf.

„Nein, ich bitte Euch .... ich bitte dich. Ich will nicht, dass du mich so siehst."

„Aber ich sah dein Gesicht doch schon in diesem Zustand. Als es noch blutend und schwarz war ..."

„Ist das so?", flüsterte er beinahe. „Ich hatte es vergessen. Du warst da, nicht wahr? Habt Ihr ... hast du mich aus dem Palast gebracht? Warst du diejenige, die mich im Fieber hielt, als ich schrie und um all das weinte, was war?"

„Wir haben alle geweint an diesem Tag", teilte ihm Meliande sanft mit. „Wir haben alle etwas verloren."

„Ich habe die Stadt brennen sehen", fuhr er gequält fort, „doch wie kann das sein? Wie kann ich mich an die Flammen erinnern, die Feuerbrände und Explosionen, an den glühenden Stein und das brodelnde Meer, wenn ich doch keine Augen mehr besaß?"

„Ich hielt dich, als wir oben an der Brücke standen. Du befandest dich bereits in einem tiefen Heilschlaf, in den dich die Hohepriesterin versetzt hatte, um deine Schmerzen zu lindern, aber ich wusste nicht, dass du die Geschehnisse um dich herum deshalb trotzdem noch wahrnehmen konntest. Ich denke, du hast gesehen, was ich in diesem Moment sah. Ich versuchte mich an einer Magie, versuchte dir etwas zurückzugeben von dem, was mein verfluchter Bruder dir genommen hatte. Mehr vermochte ich leider nicht für dich zu tun."

„Ich erinnere mich ... du hast eine Magie gewirkt, die so mächtig war, dass es dich bald selbst getötet hätte. Hast du mir die Gabe gegeben, durch die Augen anderer zu sehen?"

Einen Moment stand sie nur da und blickte auf die lederne Maske mit ihren feinen, kunstvoll aufgezeichneten Gesichtzügen.

„Ja", meinte sie dann. „Ich hatte die Macht dazu, also nutzte ich sie."

„Dann war es keine Einbildung? Dieser dünne Reif ... du hast in dieser Nacht die Krone getragen, als du sie alle aus der Stadt herausgeführt hast! Deshalb hast du auch diese Magie wirken können, die so mächtig war, dass sie mir sogar heute noch das Licht der Welt zu schenken vermag!"

„Es war die Krone und die Macht und die Gnade der Göttin", antwortete sie leise. „Ihr musst du danken, nicht mir. Ich war nur ihr Werkzeug."

„Danken?", fragte er bitter. Die Maske wandte sich ihr zu. „Verfluchen könnte ich dich, dich und die Göttin. Warum hast du mich nicht sterben lassen?"

„Während all der Jahren müsstest du den Fehler, der meiner Magie zugrunde lag, gefunden haben", sagte sie bestimmt. „Und damit auch die Antwort auf deine Frage."

„Den Fehler ..." Er holte tief Luft. „Ich weiß nicht, ob es ein Fehler oder eine Offenbarung ist, nur durch die Augen derer sehen zu können, die einen lieben. Aber hättest du mich wahrlich geliebt, hättest du mich sterben lassen."

„Das konnte ich nicht."

„Aber du konntest dich später, nachdem du die ältesten Familien Lytars gerettet und unsere Kinder geboren hattest, in diesen steinernen Sarg einschließen lassen!", rief Ariel verbittert aus. „Kannst du dir vorstellen, wie es für mich war, dich hinter all dem Stein und der Magie zu spüren? Zu wissen, dass du dort bei lebendigem Leib stirbst und dennoch weiterlebst, während ich nichts dagegen tun konnte, weil ich wach in diesem dunklen Schlaf gefangen war? Ich sah und hörte alles, doch ich konnte nicht aus der Dunkelheit ausbrechen. Der Tod wäre leichter zu ertragen gewesen. Und dann, als ich endlich erwachte ... Wie konntest du unsere Kinder zurücklassen! Wie konntest du *mich* zurücklassen? Kannst du dir auch nur annähernd vorstellen, wie es für mich war, endlich aus dem dunklen Schlaf zu erwachen und zu erfahren, dass mittlerweile Jahre vergangen waren?"

„Nein", antwortete Meliande. „Das konnte ich nicht wissen. Niemand konnte es wissen. Ares, niemand wusste während deines Schlafs, ob du noch am Leben oder bereits gestorben bist! Selbst deine Schwester vermochte es nicht zu sagen! Auch wusste niemand, wie man dir helfen konnte. Die Hohepriesterin war diejenige, die dich in diesen Heilschlaf versetzt hatte, und sie hätte dich auch sicherlich wieder aus ihm erweckt, wenn ..."

„Wenn sie nicht von demselben erschlagen worden wäre, der mir auch das Augenlicht geraubt hat! Meliande ... ich sah unsere Kinder! Sie wussten nicht mehr, wer ich bin, und unsere Tochter, sie rannte davon, als sie das Ungeheuer erblickte, zu dem ich geworden bin."

„Und du?", wollte sie wissen. „Bist du bei ihnen geblieben?"

Er schüttelte langsam den Kopf. „Ich vermochte es nicht", flüsterte er mit erstickter Stimme. „Ich konnte ihren Abscheu nicht ertragen. Ich floh in den Wald ... und dort verlor ich mich. Es dauerte lange, bis ich wieder zu mir fand

… und als es schließlich so weit war, stand ich am Grab der Kinder unserer Kinder.“ Er griff sie hart am Oberarm. „Doch, sage mir, warum bist *du* gegangen?“

„Weil es meine Pflicht war“, antwortete sie schlicht. „Ich ging für unsere Kinder und für die Kinder unserer Kinder.“

„Pflicht? Für unsere Kinder? Sage mir, Meliande, wo sind unsere Kinder heute? Wo liegen sie begraben?“

Sie zuckte zusammen, als hätte er sie geschlagen.

„Wir beide, du und ich, haben sie nur knapp verpasst“, teilte sie ihm dann gepresst mit. „Die Letzte aus unserer Linie war die Heilerin des Dorfes, Sera Tylane, Elyras Ziehmutter. Graf Lindor erschlug sie, nur wenige Tage, bevor die Kinder dich fanden.“

„Hund sah sie einmal, als sie im Wald Kräuter sammeln ging“, erinnerte sich Ares leise. „Wie konnte ich nur … ich konnte mich ihr nicht zeigen. Ich wusste auch nicht, wer sie war!“ Er lehnte sich schwer gegen die Turmwand. „So ist also nichts von uns geblieben“, flüsterte er.

Meliande lächelte und strich ihm sachte über das Haar.

„Das ist nicht ganz richtig, Ares. Die Sera Tylane war zwar die Letzte unserer Nachkommen in direkter Linie. Aber … ich unterhielt mich mit Pulver. Ich versuchte ihn ein wenig über die Sera Tylane auszuhorchen. Ich glaube, er ahnte, worauf ich hinaus wollte. Tylane war die Heilerin des Dorfes, und sie wachte über die Blutlinien. Sie achtete darauf, dass sich das Blut der Lytarianer nicht falsch vermischte. Pulver sagte mir nun, dass dies allerdings immer schwerer geworden wäre, denn über die Jahrhunderte hinweg wäre im Tal fast schon jeder mit jedem verwandt gewesen. Ares, sie sind alle unsere Kinder. Jeder Einzelne von ihnen.“

„Aber …“

Sanft legte sie einen Finger auf den gemalten Mund der Maske.

„Es ist wahr, denn ich habe es zudem in einer Vision gesehen. Es sind unsere Kinder, Ares. Für sie ging ich in die Dunkelheit. Für sie ist kein Opfer zu viel. Und sie sind frei von dem üblen Blut Lytars, Ares, hörst du? Sie sind frei von dem Fluch. Allein schon deswegen ist der Preis, den wir gezahlt haben, nicht zu hoch gewesen!"

„Niemand ist frei, solange Belior noch lebt", antwortete Ariel mit zu Fäusten geballten Händen. „Er hat alles überschattet, was mir lieb und wichtig war, und alles zerstört, was gut war an unserer Welt und unserer Liebe. Solange er lebt, werden wir nie Frieden finden!"

„Er ist schon lange tot, Ares", beschwichtige sie ihn mit leiser Stimme. „Seine Knochen verrotten irgendwo in der Erde. Mittlerweile ist nichts mehr von ihm geblieben."

„Und wie erklärst du dir dann, dass sein verfluchter Name die Welt schon wieder in Angst und Schrecken versetzt?"

„Vielleicht ist es ein entfernter Nachkomme von ihm", vermutete sie.

„Das hoffst du nur", widersprach Ariel aufgebracht. „Und wenn er doch derjenige ist, der nun nach der Krone greift? Auf jeden Fall muss auch dieser Belior vom Blut Lytars sein, sonst könnte er nicht auf die Macht der Krone hoffen."

„Belior ist tot, Ares. Niemand entgeht dem Zorn der Göttin", sagte Meliande bestimmt.

Ariel seufzte. „Vielleicht hast du Recht und es ist wirklich einer seiner Nachkommen. Der Bastard hat sich diesbezüglich ja wenig zurückgehalten. Doch in meinen Träumen ist er es selbst, der uns belauert, und zu Ende bringen will, was er begonnen hat." Wieder ballte Ariel seine Hände zu Fäusten. „Du weißt, was das Letzte war, das ich sah, bevor er mich blendete?"

„Ja ...", nickte Meliande. „Du hast es mir gesagt, als ich dich fand. Ich kam nicht mehr rechtzeitig, aber ich vermochte wenigstens das Schlimmste zu verhindern."

„Das sieht sie allerdings anders", erklärte er ihr. „Du hast sie gebeten, sich um unsere Kinder zu kümmern, und sie hat ihr Versprechen gehalten. Wie sie ihre Versprechen immer gehalten hat. Aber sie hat gelitten, Meliande, geblutet und ... gehasst. Sie hasst die Menschen mit einer Inbrunst, die sogar mich erschreckt. Du weißt gar nicht, was du ihr damit angetan hast."

Meliande sah ihn mit weit geöffneten Augen an.

„Es tut mir leid", sagte sie dann leise. „Aber das wusste ich nicht. Ich hielt es damals für das Beste. Sie ist deine Schwester, und sie liebt Kinder."

„Sie sagte mir, als ich sie weinend in den Armen hielt, dass es zu viel sei, von ihr zu verlangen, dass sie nicht hasst!"

„Das, Ares, ist nicht ganz richtig", hörten sie die Stimme der Bardin, die nun aus der Dunkelheit heraus zu ihnen trat. „Es gab eine Zeit, da war es so. Aber das ist lange her. Wie kann man Kinder hassen, die einen lieben?" Sie ließ ihre schlanke Hand über den verwitterten Stein gleiten.

„Die Göttin mit dir, Schwester", lächelte Meliande. „Hast du also auch den Weg hierher gefunden?"

„Ihr habt euch oft genug hier getroffen, damals, als an dieser Stelle noch Apfelbäume wuchsen und keine verdorbenen Früchte." Die Bardin lächelte ebenfalls, aber es war ein schnelles, flüchtiges und zugleich schmerzliches Lächeln. „Es mag sich seitdem vieles geändert haben, aber manche Dinge bleiben dennoch gleich.“ Die Bardin blickte Meliande nun direkt in die Augen. „Aber Ares irrt. Ich hasse die Menschen nicht mehr, nur den einen. Doch ich fürchte sie und ich fürchte dich.“

„Glaubst du wirklich, dass es dafür einen Grund gibt?“, fragte Meliande sanft.

Die Bardin seufzte, dann schüttelte sie den Kopf.

„Nein, Meliande, es gibt keinen Grund. Ich weiß es mit meinem Verstand und meinem Herzen. Doch ich sah auch, wozu Menschen fähig sind ... und ich weiß um deine Macht.“ Sie legte die Arme schützend um ihren Oberkörper und schien auf einmal zu frösteln. „Du kannst gewiss nichts dafür, aber jedes Mal, wenn ich in deine Augen sehe, sehe ich gleichzeitig auch *Ihn*.“

„Sprechen wir über etwas anderes“, schlug Ariel vor. „Was also wirst du Mutter sagen?“, fragte er seine Schwester.

„Die Wahrheit, in Gänze. Und ich werde sie um Hilfe bitten. Für die Menschen aus dem Tal und für uns.“ Sie sah Meliande an. „Ich meinte, was ich vorhin sagte“, fügte sie hinzu.

„Also hasst du die Menschen nicht mehr?“, fragte Meliande sanft.

„Manche werde ich bis zu meinem letzten Atemzug verfluchen, Meliande. Doch nicht alle. Und selbst wenn ich sie noch hassen wollte, könnte ich es nicht mehr. Nicht nachdem ich deine letzte Worte gehört habe. Ja, ich habe gehört, was du soeben gesagt hast. Und wenn du damit Recht hast, dann ist ein jeder hier mit dem heiligen Baum der Elfen genauso verwandt wie mit der Göttin. Wusstest du, dass ich hier stand und euch zuhörte?“

„Wir wussten es beide“, sagte Ariel, und sie konnten fast ein Lächeln in seiner Stimme hören. „Hund hat dich gerochen. Und Meliande ...“

„Hat ihre eigenen Geheimnisse“, lächelte die Bardin. Sie musterte die Hüterin. „So also siehst du die Erben des Greifen? Als deine Kinder?“

„Als *unsere* Kinder“, antwortete Meliande sanft. „Ich beneide dich darum, dass du sie kennen lernen und durch die Jahre hindurch begleiten konntest.“

Plötzlich lachte die Bardin laut auf und ließ die anderen überrascht innehalten.

„Weißt du noch, Ares, was ich damals sagte, als wir hierher kamen?“

„Du hast so manches gesagt.“

Sie nickte und ließ ihren Blick über die mitternächtlichen Ruinen gleiten.

„Ich sagte damals, dass wir unsere Pflicht tun und es ertragen müssten, für sechzig oder siebzig Jahre bei diesen Menschen zu leben, und dass wir danach nach Hause gehen und sie vergessen würden. Was bedeuteten schon siebzig Jahre für uns?“

„Ich erinnere mich. Wir waren jung damals. Wir wussten es nicht besser.“

„Jetzt sieh uns an“, fuhr die Bardin bewegt fort. „Wir sind jetzt alt geworden. Diese Steine hier haben uns über die Jahrhunderte hinweg verfolgt. Das, was war, hat uns auf ewig gebrandmarkt. Ich wollte nie Kinder ... und doch hatte ich Hunderte.“ Erneut stieß sie einen tiefen Seufzer aus. „Wie soll man Kinder hassen, Ares? Ich war euren Zwillingen eine gute Mutter, es war für mich nicht das Opfer, das du befürchtet hast, Bruder. Was mir das Herz brach, war vielmehr zu sehen, wie sie alt und grau wurden, wie sie starben ... und es dauerte lange, bis ich verstand, dass sie immer wiederkamen, ich immer wieder von Neuem in ihre Gesichter sah. Dass sie zwar anders hießen, aber die gleichen Augen und das gleiche Lächeln hatten. Ich vergaß eure Gesichter nie. Denn ich sah sie über die Jahrhunderte hinweg immer wieder aufs Neue. Ich hoffte allerdings ..."

„Was hast du gehofft?", fragte Meliande und wischte sich verstohlen über die Augen.

„Dass manche von ihnen durch Ares' Blut vom Alter verschont werden würden. Denn es war stets eine Qual, sie sterben zu sehen. Deshalb kam ich später auch nur noch einmal im Jahr. Auf diese Weise war es erträglicher. Aber jetzt ... Spürst du die Zeit auch schon kommen, Ares?"

Der Elf nickte leicht. „Ja. Jeden Tag etwas mehr."

„Wovon sprecht ihr?", fragte Meliande.

„Wir Elfen leben ein langes Leben, aber unsterblich sind wir nicht", lächelte die Bardin. „In hundert oder vielleicht hundertfünfzig Jahren werden auch wir vergehen. Unsere Zeit ist bald abgelaufen. Selbst unsere Mutter spürt das Alter schon, doch ist sie die Königin, und der Baum der Gnade hält sie am Leben ... uns, die wir uns so weit von ihm entfernten, wird diese Gnade nicht zuteil. Wir werden dich nicht lange überdauern Meliande." Sie sah von Ares zu Meliande und wieder zurück.

„Wir sind jetzt beinahe gleich", meinte sie mit einem leisen Lächeln. „Denk darüber nach, Bruder", fügte sie hinzu ... und entschwand in der Dunkelheit.

„Hat sie Recht?", fragte Meliande in einem seltsam eindringlichen Ton. „Und würde es etwas ändern?"

Ariel schüttelte den Kopf.

„Sie hat Recht damit, dass unsere Zeit sich dem Ende zuneigt. Aber mit dem anderem nicht. Du liebst mich nicht mehr ... und ich dich auch nicht", sagte er. „Obwohl ... vielleicht auf eine andere Art. Aber es ist nicht mehr die gleiche Liebe wie früher."

„Woher willst du das wissen?", fragte sie leise.

„Ich weiß es, weil ich nicht mehr durch deine Augen sehen kann."

Sie erwiderte nichts darauf, und er seufzte.

„Wir wissen beide nicht, was kommen wird. Nur eines ist sicher: Zuerst muss dieser Belior besiegt werden. Sag ... ist die Macht der Krone wirklich so groß, dass sie nach all den Jahren noch immer eine solche Bedrohung darstellt?"

Meliande sah ihn lange prüfend an, dann nickte sie langsam.

„Ja, Ares. Sie ist zwar gänzlich anders, als man gemeinhin meint, aber ja. Ihre Macht ist so groß, dass sie noch heute dazu imstande wäre, die Welt zu brechen. Sie besitzt eine Macht, wie es auf dieser Welt keine größere gibt. In Beliors Händen wäre sie unser aller Untergang."

„Hast du sie in Sicherheit gebracht?", fragte er leise. „Hast du sie versteckt? Wenn ja, könntest du dann nicht die Macht der Krone nutzen und ..."

„Nein", unterbrach ihn Meliande und lächelte traurig. „Das kann ich nicht. In Beliors Händen wäre sie eine Waffe, die imstande wäre, die Welt zu vernichten, in meinen jedoch ... etwas Anderes. Außerdem weiß auch ich nicht, wo sich die Krone befindet. Die Hohepriesterin nahm sie damals an sich und sagte, sie würde sie so verstecken, dass nur die Göttin selbst sie sehen könnte. Sie nahm dieses Geheimnis mit ins Grab. Bedenkt man, welche Fähigkeiten die Hohepriesterin besaß, kann sich die Krone daher überall befinden."

„Und was nun?“, wollte Ares wissen.

Sie stellte sich auf die Zehenspitzen und gab dem gemalten Mund auf der Maske einen schnellen Kuss. „Wir fangen von vorne an“, meinte sie. „Wir lassen die Vergangenheit hinter uns ... und folgen der Prophezeiung, indem wir hoffen. Die Göttin versprach uns, Lytar könne eine Kraft zum Guten werden. Also ... glauben wir daran und sorgen dafür, dass es so kommen wird.“ Sie lächelte. „Ich muss nun zurück, es gibt noch so viel zu tun. Willst du nicht mit mir kommen?“

„Nein“, antwortete Ariel schnell. „Ich fühle mich unter so vielen nicht mehr wohl. Sag ... wissen sie, wer du bist?“

„Nein“, sagte Meliande entschieden. „Und sie werden es auch nie erfahren. Es wäre ein Fehler. Es würde nur alte Wunden aufreißen und falsche Gedanken und Hoffnungen aufkommen lassen. Ich war schon einmal die Hoffnung von so vielen ... und habe sie alle enttäuscht. Ich will nicht wieder solche Last auf meinen Schultern tragen.“

„Du hast niemanden enttäuscht, Meliande. Du hast sie gerettet.“

„Das habe ich nicht“, widersprach die Hüterin traurig. „Nicht mehr als eine Hand von Tausenden. Ich habe nicht verhindern können, was geschah. Nichts von dem habe ich verhindern können! Es gab eine Möglichkeit ... einen Augenblick, hätte ich damals nur zugeschlagen!“ Sie begann zu zittern, als sie sich der damaligen Situation erinnerte, und entspannte sich nur mit Mühe. „Aber ich konnte es einfach nicht. Und so nahm das Unglück seinen Lauf. Ich habe im entscheidenden Moment versagt.“

„Das glaubst du nur“, widersprach Ariel mit belegter Stimme. „Unter den strahlenden Lichtern dieser Stadt warst du der Stern, dem alle folgten. Und wenn du den Moment, von dem du sprachst, genutzt hättest, um deinen Bruder zu erschlagen, wärest du nicht mehr der Stern gewesen, den sie verehrten. Du bist dir treu geblieben, ich hingegen ... Vielleicht habe ich deshalb deine Liebe verloren."

„Das weißt du nicht", lächelte sie. „Dir und Farindil mag ein Jahrhundert kurz erscheinen, für uns Menschen ist es jedoch eine Ewigkeit ... Wir haben also noch genug Zeit zusammen, und mit der Göttin Gunst vielleicht sogar Zeit genug für eine neue Liebe." Sie strich ihm über die gemalte Wange. „Ich muss gehen", sagte sie leise. Er nickte nur. Noch einmal strich sie ihm zum Abschied über die Wange, lächelte wehmütig und wandte sich dann ab.

Hund sah ihr nach, als auch sie in der Dunkelheit verschwand, und lief zu seinem Herrn zurück.

„Was meinst du, Hund", flüsterte Ariel und bückte sich, um ihm den Hals zu kraulen. „Weiß sie, dass wir gelogen haben?"

Hund hob seine kalte Schnauze, winselte leicht und versuchte die Feuchtigkeit, die unter der Maske hervortrat, abzulecken.

„Lass nur, es tut gut", flüsterte Ariel und vergrub sein Gesicht im Fell des treuen Tieres.

„Also kannten sie sich bereits aus der Zeit vor der Katastrophe. Dieser Ariel, der Elf mit der Maske, und die Bardin, sie waren Geschwister?", fragte Lamar gespannt. Der alte Mann nickte. „Für den jeweiligen Prinzen oder die Prinzessin Lytars haben die Elfen ihrerseits im Gegenzug immer eine Prinzessin oder einen Prinzen ihrer Nation geschickt. Und nachdem es sich im Fall Lytars diesmal um Zwillinge handelte, dachte die Elfenkönigin, dass es besser wäre, ebenfalls ein Geschwisterpaar zu entsenden. Es wäre praktisch gewe-

sen, nicht wahr? Prinz und Prinzessin, Prinzessin und Prinz." Der Geschichtenerzähler zog seine Pfeife aus dem Wams und stopfte sie gemächlich, während seine Augen in die Ferne sahen. „Doch die Welt ist nicht so gestrickt. Ares und Meliande verliebten sich ineinander, sie lagen nach dem Brauch der Elfen beieinander, und die Göttin segnete sie sogleich mit Zwillingen. Als die Katastrophe über Lytar hereinbrach, war Meliande bereits im ersten Monat schwanger, was sie allerdings noch nicht wusste."

„Also war Meliande, die Hüterin des Depots, in Wahrheit jene letzte Prinzessin von Lytar?", wollte Lamar erstaunt wissen.

„Ihr habt es jetzt erst erraten?", lachte der alte Mann und zog an seiner Pfeife, um den Rauch dann nach oben zu blasen. Seltsam, dachte Lamar, er hatte gar nicht gesehen, wie der alte Mann seine Pfeife angezündet hatte.

„Ich ahnte es", entgegnete Lamar, „war mir aber nicht sicher. Aber warum wollte sie nicht, dass die Leute aus dem Dorf dies erfuhren?"

„Was meint Ihr, Lamar, wenn Ihr für einen Tag König wäret, und genau an diesem Tag würde Euer Reich untergehen und sich der Zorn der Götter über Eure Untertanen ergießen, wäret Ihr dann wohl darauf erpicht, es jedem zu sagen?" Der alte Mann zog an seiner Pfeife und runzelte die Stirn. „Ich vermute einmal, dass sie sich schämte und sich selbst die Schuld am dem Kataklysmus gab. Manchmal sind Menschen so ... nun, damals ahnte jedenfalls nur einer von uns etwas von diesem mitternächtlichen Treffen zwischen dem Barden, Ariel und der Hüterin, und er behielt es für sich. Aber auch an einem anderen Ort trafen sich alte Freunde wieder." Er schmunzelte. „Nur lief deren Wiedersehen nicht ganz so gesittet ab wie das erste ..."

Das Haus der Freuden

„Hier wohnt Eure Freundin?", rief Argor erstaunt aus, der in keiner Weise erwartet hatte, dass Knorre in besseren Kreisen verkehren könnte. Doch das Gebäude, auf das Knorre jetzt zusteuerte, war ein elegantes und vornehm wirkendes Stadthaus. Überhaupt war Argor mehr als beeindruckt.

Zwar hatte er Alt Lytar bereits gesehen und war von der Ausdehnung der zerstörten Stadt überwältigt gewesen, doch in Berendall waren die Häuser noch intakt und bewohnt, und kaum eines von ihnen besaß weniger als zwei Stockwerke. Eng und dicht aneinandergebaut, waren die Gassen zwischen ihnen meist nur schmal, so dass es Argor vorkam, als ob er noch nie so viele Menschen auf einem Haufen gesehen hätte. Was ihn aber am meisten irritierte, war, dass zwischen ihnen überall Beliors Soldaten zu sehen waren. Sie flanierten durch die Straßen, unterhielten sich mit den Bürgern der Stadt und kauften an deren Stände ein ... als wäre es vollständig normal, dass sie hier wären.

Nein, ganz so war es nicht, dachte er, als er bemerkte wie ein Straßenhändler einem der Soldaten wütend hinterherstarrte und dabei eine Geste ausführte, die alles andere als freundlich war.

„Das Haus gehört ihr. Aber ich bin nicht sehr erfreut über das, was sie darin tut!", grummelte Knorre. „Es gehört sich einfach nicht!"

Argor blinzelte, er hatte vergessen, was er vorher gefragt hatte. „Wen meint Ihr?“

„Meine Freundin“, erklärte Knorre und stützte sich dabei schwer auf die Schulter des jungen Zwergs. Durch das schmiedeeisernen Tor hindurch konnte man einen kurzen Kiesweg erkennen, der durch einen kleinen, gepflegten Garten zu einer prächtig verzierten Tür führte.

„Und was gehört sich nicht?“, fragte Argor, dessen Neugier erwacht war.

„Vergesst es. Sie ist eine erwachsene Frau. Stur und uneinsichtig noch dazu!“

„Wird sie uns denn helfen? Mir scheint, Ihr hättet Zweifel daran?“

„Mag sein, aber eine andere Möglichkeit bleibt uns nicht“, beschied ihn Knorre etwas unwirsch. „Zudem habe ich sowieso noch nie gewusst, woran ich bei ihr bin. Aber sie besitzt ein großes Herz, also besteht Hoffnung.“

„Dann lasst uns zu ihr gehen“, meinte Argor und drückte das Tor auf. „Es ist ja nicht mehr weit.“ Er wollte weitergehen, doch Knorre hielt ihn zurück.

„Was ist?“

„Einen Moment, ich will nur noch kurz verschnaufen“, meinte Knorre und lehnte sich gegen einen der steinernen Torpfosten. Sein Blick war auf die Eingangstür gerichtet, und er wirkte seltsam verunsichert. Dann atmete er einmal tief durch und nickte entschlossen.

Gemeinsam bewältigten sie die letzten Schritte zum Eingang, dessen schweren Klopfer Knorre einen Moment lang fixierte, schließlich aufseufzte und ihn einmal gegen das Türblatt schwingen ließ.

Es dauerte keine drei Atemzüge, bis ihnen die Tür geöffnet wurde und eine Frau, vielleicht knapp drei Dutzend

Jahre als, vor ihnen stand. Sie war kostbar, wenn auch etwas freizügig gekleidet und hatte ein freundliches Lächeln um die Lippen. Dieses erstarrte allerdings, als sie Knorre erkannte.

„Du!“, rief sie aus und ihre Gesichtszüge verhärteten sich. „Hast du vergessen, dass ich dir angedroht habe, dich zu erschlagen, solltest du es auch nur noch einmal wagen, dich hier blicken zu lassen?“ Sie zog ihre Robe enger zusammen. Wenigstens, dachte Argor, hatte sie ihnen nicht gleich die Tür vor der Nase zugeworfen, was der Zwerg als gutes Zeichen wertete.

Dafür zog Knorre nun seinen Kopf etwas ein und setzte ein verlegenes Lächeln auf.

„Ich habe gehofft, du hättest es damals nicht wirklich ernst gemeint.“

„Du glaubst also wahrhaftig, dass du hier nach all den Jahren einfach so auftauchen und auf ein Willkommen hoffen kannst?“, rief sie erzürnt. „Wie kommst du nur darauf? Ich ...“

„Ich brauche deine Hilfe, Leonora“, unterbrach sie Knorre leise.

Erst jetzt nahm die Sera Knorre etwas intensiver in Augenschein. Sie musterte seinen Stab, die Art, wie er vor ihr stand und sich dabei auf Argors Schulter stützte, und zuletzt seinen zerschnittenen blutigen Stiefel.

Danach öffnete sie wortlos die Tür und trat einen Schritt zurück.

Gestützt von Argor, humpelte Knorre ins Haus hinein und ließ sich schwer auf einen brokatbezogenen Stuhl nieder, der neben einem kleinen Tisch in der prächtigen Eingangshalle stand.

„Wer ist es?“, rief ein fröhliche Stimme von der Galerie

in die Halle herunter. Sie gehörte einer jungen Frau, die derart leicht bekleidet war, dass es Argor die Röte ins Gesicht trieb und er hastig den Kopf zur Seite wandte. Auch wenn er Menschenfrauen sowieso nicht sonderlich ansprechend fand, weil sie ihm meist zu dünn und zu groß waren, wusste er doch, was sich gehörte.

„Knorre!“, rief die junge Frau nun plötzlich freudestrahlend aus und eilte die breite Freitreppe zur Halle hinab. „Da bist du ja wieder!“

„Hallo, Sina“, lächelte Knorre etwas betreten, und einen Moment schien es Argor fast, als wäre ihm nicht ganz wohl.

„Ja“, stellte Leonora fest, stemmte ihre Fäuste in die Hüften und schenkte Knorre einen missbilligenden Blick. „Da ist er wieder. Und wie es aussieht, hat er wie üblich Ärger mitgebracht!“ Ihre strahlend blaue Augen ruhten nun auf dem jungen Zwerg. „Und wer ist dein Freund hier? Er sieht noch nicht so aus, als ob du ihn schon restlos verdorben hättest.“

„Mein Name ist Argor“, antwortete dieser höflich. „Wir hätten Euch sicherlich nicht belästigt, wüssten wir anderen Rat.“

In diesem Moment hatte Sina Knorre erreicht und warf sich ihm in die Arme. „Ich habe dich ja sooo vermisst!“, rief sie und vergrub ihr Gesicht an seinem Hals. Etwas unbeholfen tätschelte Knorre den leicht bekleideten Rücken der jungen Frau.

„Ich dich auch“, sagte er leise und fügte dann mit einem seltsamen Gesichtsausdruck hinzu: „Du bist ganz schön erwachsen geworden“.

„Ich wusste, dass du wiederkommen würdest“, strahlte sie. „Schau, ich trage es noch immer, genau wie ich es dir versprochen habe!“ Sie zog den Ärmel ihres Kleides zurück und streckte Knorre ihr Handgelenk entgegen, das von einem filigranen Armband aus Gold und Silber, wie aus Spinnenseide gewoben, geschmückt wurde. „Ich wusste, dass es dir gut geht, solange ich dich durch das Armband fühlen konnte!“

„Deshalb habe ich es dir ja auch gegeben“, antwortete Knorre mit einem sanften Lächeln und strich ihr übers Haar. „Siehst du, ich halte meine Versprechen ebenfalls.“

„Manche vielleicht“, unterbrach ihn Leonora bitter. „Aber ganz sicher nicht alle! Mit wem hast du dich diesmal angelegt, Knorre?“, fragte sie kalt. „Ist jemand hinter dir her? Muss ich den Besuch der Stadtwachen fürchten oder eher den eines eifersüchtigen Ehemanns, der deine Eier am Spieß braten will?“

„Äh ...“, begann Knorre verlegen und versuchte Sina etwas von sich wegzuschieben, doch sie ließ ihn nicht los. „Ich habe tatsächlich ein paar Leute verärgert, aber das ist auch schon alles.“

„Und wen, wenn ich fragen darf?“

„Das willst du nicht wirklich wissen.“

„Oh, doch. Und *wage* es nicht zu lügen! Sonst schmeiße ich dich eigenhändig wieder aus dem Haus, ob du blutest oder nicht!“

„Du bist verletzt?“, rief Sina erschrocken, „Was ist passiert? Ist es schlimm? Können wir etwas tun?“

„Sina“, warf Leonora scharf ein. „Bitte! Du kennst ihn doch, du kannst doch nicht wirklich glauben, dass er sich geändert hat?“

Sina blickte sie vorwurfsvoll an, löste sich dann aber doch aus Knorres Armen und trat von ihm zurück, um ihn neugierig in Augenschein zu nehmen. „Erzähl schon“, sagte sie. „Du weißt, dass Mutter vorher keine Ruhe geben wird!“

Knorre sah hilfesuchend zu Argor hinüber, nur wusste der auch nicht, was er sagen sollte.

„Nun ...“, fing Knorre an, „besagte Leute waren in der Reihenfolge ihrer Wichtigkeit und um nicht alle nennen zu müssen: Lindor, Belior und Darkoth.“ Knorre zuckte verlegen mit den Schultern. „Es war keine Absicht, aber es hat sich so ergeben.“

„Mit Darkoth meinst du den dunklen Gott?“, fragte Leonora ungläubig.

Knorre räusperte sich. „Im Prinzip ... ja.“

„Dazu den Kanzler von Thyrmantor und seinen Kriegsherrn?“

„Ich glaube schon, bin mir aber nicht sicher, ob sie auch wissen, dass ich es war.“

„Dass du was warst?“

„Nun, Argor und ich, wir ...“

„Was?“

„Wir haben die „eisernen Drei“, Lindors Regimenter, ersäuft. Ich vermute, Belior und Lindor sind darüber nicht sehr erfreut gewesen. Wenn sie wissen, dass ich es war“, wiederholte er hastig.

Leonora öffnete den Mund, schloss ihn wieder und holte dann tief Luft.

„Nicht sehr erfreut?“, wiederholte sie ungläubig. „Das“, meinte sie schließlich, „dürfte wohl mehr als zutreffend sein!“ Sie seufzte laut. „Seitdem ich dich kenne, Knorre, und das ist ja nun wahrlich lange genug, kommt es mir so vor, als habe dich mir die Göttin ausschließlich aus dem Grund geschickt, mich aufs Härteste zu prüfen!“

„Leonora, ich weiß nicht, zu wem ich sonst gehen soll. Es ist wichtig, es gibt noch vieles zu tun, bevor ich Ruhe finden kann!“

„Wenn du sie denn je findest“, schüttelte sie resigniert den Kopf. „In Ordnung, Knorre, du kannst bleiben. Aber nur für diese Nacht, und nur damit wir deine Wunden versorgen können. Zudem will ich keinen Ton von dir hören, solange du hier bist, und du verlässt dein Zimmer nicht. Wir erwarten bald einige hohe Gäste.“ Sie wandte sich ab, blieb dann aber stehen und sah wieder zu Knorre zurück, der ein wenig unglücklich wirkte.

„Eine Frage nur, was hast du getan, um Darkoth zu erzürnen?“

„Ich hatte eine kleine Unterhaltung mit einem seiner Priester. Der sagte zwar nicht sonderlich viel und es blieb auch kaum etwas von ihm übrig. Doch nachdem der Gott selbst durch den Mund seines Dieners sprach, nehme ich an, dass er nun verärgert und auch nachtragend sein wird. Schließlich ist er es nicht gewohnt, dass man ihm den Mund verbietet.“

„Du hast einen seiner Priester umgebracht?“, fragte Sina entgeistert.

Knorre blickte verlegen zu Boden.

„Es ist etwas komplizierter, aber ja, so in etwa.“

Leonora beugte sich vor und gab Knorre einen harten Kuss auf den Mund.

„Warum hast du das nicht gleich gesagt?“, rief sie und umarmte ihn. „Wir ... Knorre?“

Doch Knorre antwortete nicht, er war in sich zusammengesunken und wäre wohl vom Stuhl gerutscht, hätten die beiden Frauen ihn nicht rechtzeitig aufgefangen. Sein weißer Stab glitt ihm aus den kraftlosen Händen und fiel auf den polierten Marmorboden. Kleine blaue Funken stieben von ihm auf und liefen über seinen verzierten Schaft.

„Du“, befahl Leonora mit einem Blick auf Argor, als sie

Knorre unter den Armen packte. „Heb den Stab auf und folge mir."

„Der Stab ist magisch", protestierte Argor, „den fass ich nicht an, lieber sterbe ich!"

„Das lässt sich einrichten", gab Leonora zurück. „Jeden Moment können Kunden kommen, und was meinst du, was wohl geschehen wird, wenn sein Stab dann noch weiter hier herumliegt und kleine Blitze aussendet?"

„Aber ..."

„Nimm den Stab!"

Bevor er sich versah, hatte Argor schon den Stab in der Hand. Er fühlte sich kühl und glatt an und war um ein Vielfaches schwerer, als er es bei seiner Grösse hätte sein dürfen, doch wenigstens verschwanden die Funken, und auch sonst geschah nichts Schlimmes. Er eilte den Frauen nach, die Knorre ins erste Stockwerk hinauf- und in ein reich ausgestattetes Zimmer mit einem riesigen Bett trugen. Erleichtert legte er den Stab neben den Türrahmen und sah zu, wie die beiden Frauen Knorre ins Bett legten. Dann erst bemerkte er die Gemälde an der Wand und verschluckte sich fast.

„Was ist?", fragte Leonora etwas unwirsch.

„Die Gemälde ...", stammelte Argor. „Geht das denn überhaupt?"

Beide Frauen fingen an zu lachen, doch es war ein freundliches Gelächter.

„Sagt, Freund Argor, seid Ihr das erste Mal in einem Haus der Freude?", wollte Sina mit einem koketten Lächeln wissen."

„Ja", brachte Argor mühsam heraus und blickte verzweifelt auf seine Stiefelspitzen, die die einzige Stelle im Raum waren, auf die er seine Augen richten konnte, ohne dass es ihm die Schamesröte ins Gesicht trieb.

Sina schmunzelte. „Dann dürfte sich Euer Aufenthalt bei uns mehr als interessant gestalten!“

„Das hätte ich nur zu gern gesehen“, lachte Lamar, und auch der Geschichtenerzähler schmunzelte.

„Das Haus steht noch, wenn Ihr also in Berendall Rast einlegt ... ich hörte, die Gemälde wären von einer erstaunlichen Kunstfertigkeit und Detailgenauigkeit!“

„Das will ich gerne glauben“, nickte Lamar erheitert. „Wenigstens hatte Argor also das Glück, die Nacht in einem richtigen Bett zu verbringen.“

„Das ist richtig“, grinste der alte Mann. „Garret und den anderen erging es dagegen nicht ganz so gut, sie hatten nur ein mit Leinen bespanntes Feldbett zur Verfügung, während es viele andere aus dem Dorf sogar noch schlechter trafen. Doch wenn es überhaupt etwas gab, das Garret noch wichtiger war als das Fischen, dann war das ein gesunder Schlaf ...“

Am nächsten Morgen wurde Garret von lauten Rufen geweckt. Verschlafen kroch er aus dem Zelt, das er sich zusammen mit seinem Vater teilte, der ebenfalls erst vor Kurzem aufgestanden sein musste, denn er zog sich etwas weiter entfernt gerade sein Hemd an, während einer der Söldner wild gestikulierend und völlig verängstigt auf ihn einredete. Es versprach erneut ein schöner Tag zu werden, doch sein Vater schien darüber nicht besonders erfreut, war er doch seit gestern besorgt, dass ihnen die Hitze schon bald Probleme verursachen würde, sollten sie nicht in der Lage sein, die gefallenen Soldaten Beliors möglichst schnell zu bestatten. Eine Feuerbestattung erschien den Ältesten am Besten, doch dafür mangelte es ihnen an Holz.

Die Seeluft ließ Garret frösteln, also schlüpfte er rasch in seine Hose und sein Hemd, ergriff seine Stiefel und eilte auf einem Bein hüpfend nach draußen, während er sich hastig einen Stiefel überzog.

„Diese Stadt ist wahrlich verflucht", verkündete der Söldner gerade, als Garret nahe genug herangekommen war, um ihn zu verstehen. „Wir sollten nicht hier sein!" Selbst in den warmen Strahlen der Morgensonne war das Gesicht des Mannes blass und seine Augen weit aufgerissen.

Im gleichen Moment trat auch Meister Ralik aus seinem Zelt heraus, er trug nur einen wattierten Waffenrock, hielt aber seinen Kriegshammer in beiden Händen. Garret wusste, dass der Zwerg einige Jahrhunderte alt war, doch wie er nun so dastand und sich den Schlaf aus den Augen rieb, wirkte er, als wäre er weit über tausend.

„Was ist los?", fragte er mit belegter Stimme. „Werden wir angegriffen?"

„Ich weiß es nicht", sagte der Söldner. „Sie sind einfach nicht mehr da!"

„Er meint die Toten", erklärte Tarik, ein Scharfschütze aus der Söldnerkompanie des Hauptmanns Hendriks, der bereits vollständig gekleidet und gerüstet war. Seine Armbrust hing ihm auf dem Rücken. „Wir haben die Gefallenen ja am alten Hafen gestapelt, so weit von unserem Lager entfernt, wie es nur möglich war", fügte er hinzu. „Ich habe es soeben mit meinen eigenen Augen gesehen, ein Teil der Toten ist verschwunden."

„Wie soll das möglich sein?", fragte Ralik nach und griff seinen Hammer fester. „Sie sind ja wohl kaum von den Toten auferstanden und davongegangen!"

„Nein, natürlich nicht. Die Spuren sagen etwas anderes", antwortete Tarik ruhig. „Ich denke eher ..." Vom Hafen her waren plötzlich Schreie zu hören, und die Augen des anderen Söldners weiteten sich, während er mit zitternden Fingern in Richtung Meer wies. Selbst von hier aus konnte man einen langen, dunklen Tentakel sehen, der sich aus dem Wasser schob und über die steinerne Randbefestigung der Hafenanlage tastete.

„Ich dachte immer, das wären nur Legenden", meinte Garret fasziniert.

„Gerade in letzter Zeit habe ich aufgehört, so zu denken“, bemerkte Garen, der dem Spektakel ebenso fasziniert folgte wie sein Sohn.

Auf die Entfernung war nur zu sehen, wie einige wenige Männer dort unten davonrannten, während sich der Tentakel aus dem Haufen der Toten neue Opfer heraus suchte, sich gleich um drei tote Körper auf einmal wickelte und wieder mit ihnen im Wasser verschwand. „Das war es, was ich vorher mit den Spuren meinte“, merkte Tarik leise an. „Sie wurden ins Wasser gezogen.“

„Das Biest werde ich mir mal genauer anschauen“, sagte Garret. „Schließlich sieht man so etwas nicht alle Tage!“

„Es ist ein ziemlich großes Biest“, gab Garret bald darauf zu bedenken. Er, Tarlon und Vanessa hatten sich flugs zur alten Börse begeben, wo sie das Schauspiel von der Brüstung des Dachs aus beobachteten. Sie standen keine zehn Schritte von der Stelle entfernt, an der sie Marten mit seinem Falken zwei Tage zuvor vor der Flut gerettet hatte.

Selbst hier oben waren die Zeichen der Flut noch überall zu sehen, es war ein wahres Wunder, dass die alte Börse die fürchterliche Sturmflut so gut überstanden hatte. Die schweren Bronzetüren des Gebäudes gingen nach außen hin auf und waren von der Flutwelle zugedrückt worden. Auf diese Weise hatten sie und die schweren Mauern der Flut überraschend gut standgehalten, und so war es auch zu erklären, dass sich die meisten Überlebenden innerhalb des alten Gebäudes befunden hatten.

Neugierig, wie er war, hatte Garret dort auch die Zelle aufgesucht, in der er und Tarlon gefangen gehalten worden waren. Die allgegenwärtigen Spuren des Wassers machten deutlich, dass sie, zumindest für kurze Zeit, vollständig geflutet gewesen sein musste.

Viel hatte also nicht gefehlt und sie wären jämmerlich ertrunken, dachte Garret, schüttelte den Gedanken aber gleich wieder ab und beugte sich etwas über die breite Brüstung, um die neue Bedrohung besser in Augenschein nehmen zu können. Wenn es denn wirklich eine Bedrohung war.

„Dort!", rief Garret im gleichen Moment aus und wies auf eine Art Panzer, der sich gerade aus dem Wasser hob. Der Dammbruch hatte Tonnen von Schlamm in den Hafen gespült, und das Wasser war noch immer nicht klar genug, um etwas Genaueres zu erkennen, nur die Art, wie sich das Wasser an manchen Stellen wölbte, oder wenn das Ungeheuer kurz die Wasseroberfläche durchstieß, ließ erahnen, womit sie es hier zu tun hatten.

Bevor die Flutwelle gekommen war, hatte eines der Schiffe Beliors noch Feuer gefangen und war gesunken, die Flutwelle selbst hatte dann ein zweites Schiff aus dem Wasser gehoben und auf das erste geworfen, so dass nun beide Wracks, ineinander verkeilt, kurz vor der Hafenanlage auf Grund lagen.

Zum größten Teil waren sie versunken, nur gebrochene und geschwärzte Masten und Spanten ragten noch immer aus dem Wasser heraus. Die Größe des Ungeheuers war alleine schon daran erkennbar, dass die Masten der beiden versunkenen Schiffe wankten, als das Untier versuchte, im flachen Wasser Platz für sich zu finden.

„Es schiebt sie einfach zur Seite", rief Vanessa fassungslos, während ihr Bruder nur ungläubig den Kopf schüttelte. Für einen kurzen Moment wurde sogar das Deck eines der Wracks sichtbar, als das Ungeheuer es zuerst nach oben und danach zur Seite schob, dann versank es wieder in den Fluten.

Erneut hob sich der schwarze Panzer aus dem vor lauter

Schlamm braunen Wasser empor, pechschwarz und über und über mit Muscheln und Algen bewachsen, war er nun für den Bruchteil einer Kerze vollständig zu sehen. Er war fast zehn Schritt länger, wenn auch etwas schmaler als die versunkenen Galeonen Beliors.

Doch der Panzer war nur der kleinere Teil des Leviathans, der sich dort im Hafen wälzte. Diesmal erhoben sich gleich zwei der Tentakel, jeder von ihnen gute vierzig Schritt lang, aus der Brühe und tasteten den Rand des Hafens ab. Schweigend sahen die drei Freunde zu, wie sich jeder von ihnen zwei Tote griff und in die braunen Fluten zerrte.

Das Ungeheuer legte sich zur Seite, und sein mächtiges Auge, bestimmt gut einen Schritt im Durchmesser, sah zu ihnen hoch. Einen Moment schien es die Beobachter auf dem Dach der alten Börse zu untersuchen, dann tauchte das Ungeheuer wieder, und eine mächtige Welle zeigte ihnen, wie es sich mit überraschender Geschwindigkeit entfernte.

„Göttin", hauchte Vanessa ergriffen. „Es ist riesig!" Ratlos schaute sie zu Tarlon hinüber. „Wie sollen wir, solange dieses Ungeheuer im Hafen herumschwimmt, nur mit einem Boot zum Königspalast übersetzen und ihn untersuchen?"

Tarlon wandte sich auf ihre Worte hin vom Hafen ab und blickte auf die See hinaus, wo keine vierhundert Schritt entfernt noch immer die massiven Mauern des alten Palasts aus den Fluten ragten. Schon Belior hatte versucht, ihn zu erforschen, denn wie sie selbst hatte auch er die Krone dort vermutet.

„Es muss trotzdem getan werden", stellte Vanessa bedrückt fest und sprach somit seine eigenen Gedanken aus. „Selbst wenn wir wissen, dass Belior dort nichts gefunden hat, dürfen wir es nicht unversucht lassen."

Tarlon nickte nur.

„Dazu müssen wir dann nur zuerst das Untier vertreiben“, erklärte Garret trocken und deutete zu den Zelten hinüber. „Ich bin gespannt, wie unsere Leute das anstellen wollen.“

Tarlon sah ihn überrascht an.

„Das hört sich an, als ob du davon ausgehst, dass sie erfolgreich sein werden?“

Garret zuckte die Schultern.

„Ja. Natürlich. Es ist nur ein Ungeheuer! Auch wenn es ein höchst beeindruckendes ist! Schade, dass wir nicht dabei sein können!“, fügte er noch grinsend hinzu. „Das wäre ein Abenteuer ganz nach meinem Geschmack.“

„Du bist verrückt, weißt du das?“, stellte Vanessa fest, doch Garret schüttelte lachend den Kopf.

„Ich bin nur zuversichtlich“, erklärte er ihr. „Wenn man schon von vorneherein aufgibt, wird man letztlich nie Erfolg haben, also gehe ich davon aus, dass es auch für das Untier eine Lösung geben wird!“

Tarlon ignorierte Garret und seine Schwester, und blickte wieder hinunter auf den Platz, wo sich, in sicherer Entfernung vom Hafenbecken, sein Vater, Ralik und Elyra miteinander unterhielten. Immer wieder sah er, wie Elyra auf den Leichenstapel deutete und dabei energisch den Kopf schüttelte.

„Es passt ihr nicht, was da geschieht“, murmelte er vor sich hin.

„Was passt ihr nicht?“, fragte Garret, dessen Blick jedoch noch immer der riesigen Welle folgte, die das Ungeheuer vor sich herschob.

„Sie wird der Meinung sein, dass sogar die Soldaten Beliors ein Begräbnis verdienen“, erklärte ihm Vanessa.

„Warum? Es hat doch eh schon Hunderte von ihnen ins Hafenwasser gespült“, antwortete Garret. „Ich weiß außerdem nicht, was wir sonst mit ihnen tun sollen. Um sie zu verbrennen, fehlt uns das Holz ... Schaut!“, rief er und deutete auf das Hafenwasser. „Jetzt, wo das Riesenvieh fort ist, kommen auch die anderen Biester!“

Tatsächlich durchschnitten nun Dutzende von Rückenflossen das Wasser im Hafenbecken, einmal zeigte sich sogar eine Schlange an der Oberfläche, die bestimmt gut und gerne an die zwanzig Schritt lang war und besonders Tarlon Sorgen bereitete. Vielleicht war sie ja dazu imstande, an Land zu kommen. Schweigend beobachteten die Freunde, wie unter ihnen ein mit Toten voll geladener Karren herankam.

Elyra sagte noch etwas, dann wandte sie sich ab und ging davon, während Ralik und Hernul ihr nachsahen. Danach gab Ralik das Zeichen. Vorsichtig, immer mit einem Blick zur offenen See hin, luden die Söldner die Toten nahe dem Hafenrand ab.

„Nun, jetzt wissen wir wohl, wie wir mit den Toten verfahren werden“, stellte Vanessa bedrückt fest und fasste Garret am Arm. „Findest du es denn kein bißchen grausam, sie an diese Ungeheuer zu verfüttern?“

Er schüttelte den Kopf.

„Ihre Seelen befinden sich schon längst bei ihren Göttern. Ob ihre Körper nun von Maden gefressen, verbrannt, oder von Seeungeheuern verschlungen werden, macht wohl keinen großen Unterschied.“

„Das sehe ich nicht viel anders“, stimmte Tarlon ihm zu, als seine Schwester ihn fragend ansah. „Ich mache mir da eher über etwas anderes Gedanken.“

„Über was?“, fragte Vanessa.

„Das Ungeheuer ist größer als eine von Beliors Galeonen, dennoch kam es bis an den Hafenkai heran. Und das bedeutet, dass es dort noch immer tief genug für ein Schiff ist", erklärte Tarlon. Er suchte die See mit den Augen ab, aber dort war von dem Untier nichts mehr zu sehen. „Vielleicht sollten wir es besser nicht so schnell vertreiben", fügte er dann nachdenklich hinzu.

„Das wird unser Problem nicht mehr sein", stellte Garret fest. „Ich hörte, wie euer Vater sagte, dass wir noch heute aufbrechen sollen."

„Ach, deshalb trägst du neue Stiefel", lächelte Vanessa mit einem Blick auf Garrets Füße. „Waren dir die alten nicht mehr gut genug für ein neues Abenteuer?"

Garret blinzelte, dann lachte er.

„Frauen. Eben sprachen wir noch von Ungeheuern, jetzt redest du von meinen Stiefeln!"

„Sie sind schwer zu übersehen!", meinte Vanessa fröhlich.

Tarlon und Garret tauschten einen Blick aus und sahen dann gleichzeitig auf Garrets Füße herab.

„Sind sie das?", meinte Tarlon skeptisch. „Bist du sicher, dass du solche Stiefel tragen willst?"

„Es sind gute Stiefel", erklärte Garret und streckte den Fuß vor, damit man sie besser bewundern konnte. „Vater hat sie mir vorhin gegeben. Er meinte, dass in einem Krieg gutes Schuhwerk fast wichtiger wäre als gutes Essen." Er schüttelte amüsiert den Kopf. „Und das, obwohl ich ihm sagte, dass ich nicht die Absicht hätte, viel zu marschieren."

„So, wie du reitest, solltest du dankbar für die Stiefel sein ... die werfen dich wenigstens nicht ab!", lachte Vanessa und stahl ihm einen schnellen Kuss.

„Bist du sicher, dass du schon bereit bist?", fragte Tarlon nur eine Kerze später, als er Vanessa dabei half, ihr Pferd zu satteln, nachdem er bemerkt hatte, dass seine Schwester noch immer ihre Schulter schonte.

„Zieh den Sattelgurt noch einmal nach, das Biest mag Spielchen", antwortete sie. „Mir geht es so weit gut", fügte sie noch hinzu, als er den Gurt fester zog. „Barius meinte, es würde noch ein paar Tage dauern, bis ich keine Schmerzen mehr habe, aber wenn es sein muss, kann ich den Arm schon jetzt bewegen." Sie berührte ihr schwarzes Schwert, das in einer ledernen Scheide an ihrer Hüfte hing. „Ich kann kämpfen."

„Ich mache mir nur Sorgen um dich", erwiderte Tarlon, dessen Augen aber schon nicht mehr auf seiner Schwester, sondern auf einer schlanken, jungen Frau in den Gewändern einer Hohepriesterin der Mistral ruhten, die sich ihnen näherte. Sein Blick traf auf den Elyras, die ihn auch für einen Moment erwiderte und ihn scheu anlächelte. Doch nur für einen Augenblick, dann nahm ihr Gesicht wieder den ruhigen und zugleich verschlossenen Ausdruck an, den es in letzter Zeit fast immer gehabt hatte.

Tarlon hatte mittlerweile erfahren, welch harte Entscheidung sie hatte treffen müssen. Sie war diejenige gewesen, die beschlossen hatte, seinen eigenen, Garrets und Argors

Tod in Kauf zu nehmen, wenn dadurch die Truppen Beliors vernichtet werden konnten. Doch bislang war es ihm nicht möglich gewesen, mit ihr darüber zu sprechen, vielmehr hatte er sogar den Eindruck gewonnen, dass sie seine Nähe mied.

„Der Friede der Göttin mit euch", begrüßte sie Elyra nun leise, als sie an die Geschwister herantrat. „Ich ...", begann sie, aber Tarlon sah seine Schwester eindringlich an. „Dort drüben ist Garret und unterhält sich mit Ralik", meinte er.

„Dann werde ich wohl einmal zu ihnen hinübergehen und hören, was Ralik zu erzählen hat", lächelte Vanessa, und schnallte nur noch einen Köcher seitlich hinter dem Sattel fest, bevor sie dem Pferd einen leichten Klaps auf die Kuppe gab.

„Das war nicht nötig", sagte Elyra, als Vanessa sich entfernte.

„Doch", antwortete Tarlon bestimmt und zog sie näher zu sich heran. Er ignorierte ihren überraschten Blick und den leichten Widerstand, bis sie sich schließlich entspannte und ihren Kopf an seine Brust legte. Sanft strich er ihr über das weißblonde Haar.

„Ich weiß, was es für dich bedeutet, die Priesterin unserer Herrin zu sein", flüsterte er ihr ins Ohr. „Ich verstehe auch, dass du von nun an andere Verpflichtungen hast, dass die Würde deines Amtes anderes von dir fordert. Aber wenn du nicht zu mir gekommen wärst, wäre ich früher oder später zu dir gekommen. Es gibt Dinge, über die wir sprechen müssen."

Er hörte, wie sie tief Atem holte, und fühlte, wie sich ihr Körper wieder versteifte. Vielleicht war es ja sogar Blasphemie, eine Priesterin so vertraulich zu umarmen, dachte Tarlon, doch bei allem, was er von der Göttin wusste, würde ihr die Tatsache, dass ihre Dienerin von ganzem Herzen geliebt wurde, eher gefallen. Dennoch war er überrascht, als er bemerkte, wie sich eine Träne aus Elyras langen Wimpern löste.

„Ich ... ich konnte nicht anders“, stieß sie hervor, legte ihre Arme um ihn und begann dann haltlos zu weinen. „Wie hätte ich anders entscheiden können?“, schluchzte sie gequält. „Es schien der einzige Weg!“

„Ich denke, es war dir vorbestimmt, Priesterin der Mistral zu werden. Du hast dir nichts vorzuwerfen!“, teilte er ihr ruhig mit.

Überrascht sah sie zu ihm auf. „Das meinte ich nicht damit, Tarlon! Ich sprach davon, Knorre und Argor in den Tod geschickt zu haben, wohl wissend, dass ich damit auch dich und Garret opfern würde!“

Tarlon schüttelte langsam den Kopf. „Deswegen machst du dir Vorwürfe?“, fragte er sanft.

Sie nickte gegen seine Brust. „Ich kann dir und Garret kaum mehr in die Augen sehen“.

Tarlons schob Elyra etwas von sich weg und lachte leise. „Dann weißt du also gar nicht, was Garret zu der ganzen Geschichte sagt? Er sagt, er wusste, dass so etwas geschehen wird, weil Knorres Prophezeiung in unserem Fall schließlich noch nicht eingetreten war! Und ich selbst hätte an deiner Stelle nicht anders gehandelt. Außerdem,“ schmunzelte er und zog sie wieder an sich heran, „leben wir ja noch. Und damit ist doch alles gut!“

„Nicht für Knorre und Argor“, widersprach sie leise.

„Was das betrifft, hoffe ich, dass Garret Recht behält“, entgegnete Tarlon leise. Doch bevor Elyra ihn fragen konnte, was er damit meinte, gesellte sich auch schon Garret zu ihnen.

„Womit behalte ich Recht?“, fragte seine fröhliche Stimme hinter ihnen. „Ich meine, ich behalte gerne Recht, aber worum geht es diesmal?“

„Du kommst ungelegen, Garret“, knurrte Tarlon und hielt Elyra fest, die sich aus seinen Armen winden wollte, während er seinen Freund mit einem Blick bedachte, der für jeden anderen deutlich genug gewesen wäre. Garret indes ignorierte ihn.

„Es geht um Argor und Knorre“, erklärte Elyra. Sie sah bittend zu Tarlon hoch, und widerwillig lies dieser sie los. „Ihr Tod lastet schwer auf meinem Gewissen“, fügte sie leise hinzu. „Wenn ich schlafe, träume ich von ihnen.“

„Das kann bislang nicht allzu oft gewesen sein“, grinste Garret. „Schließlich hast du seitdem kaum geschlafen! Aber schau, Knorre gab jedem von uns mit seiner Weissagung einer Gefahr auch einen Rat, was zu tun wäre, um dem sicheren Tod zu entkommen.“ Er zuckte mit den Schultern „Also nehme ich einfach an, dass Argor und Knorre auch einen Weg fanden, um zu überleben.“

„Ich wünschte, ich wäre mir dessen so sicher wie du“, antwortete Elyra zögerlich. „Ich sage mir zwar, dass ich Vertrauen in die Gnade der Göttin habe, und ich *habe* es auch, nur in diesem Fall fällt es mir schwer. Und ich schäme mich für den Gedanken, dass es leichter für mich wäre, mich mit ihrem Tod abzufinden, hätte man ihre Körper gefunden. Das ist eigennützig, und ich sollte nicht so denken!“

„Das ist nicht eigennützig“, widersprach Tarlon ihr. „Wir Menschen hoffen nun einmal gerne, und deshalb hoffst auch du, dass die beiden dem Tod entgehen konnten. Ich kann daran nichts Falsches finden.“

„Siehst du das gleichfalls so?“, wandte sich Elyra an Garret.

Garret zuckte mit den Schultern. „Entweder haben sie es geschafft, oder sie haben es nicht geschafft. Daran wird nichts, was wir tun, etwas ändern können. Du bist die Priesterin unserer Göttin, du hast anderes zu tun, als eine Last auf deine Schultern zu nehmen, die nicht die deine ist."

„Wie meinst du das?", fragte Elyra erstaunt.

„So, wie ich es sage," meinte Garret, auf einmal ernst geworden. „Beide haben sich dazu entschlossen, so zu handeln wie sie gehandelt haben. Wenn dies also zu ihrem Ende geführt hat, dann war es ihre eigene Entscheidung, nicht die deine." Garret lachte, als er ihren überraschten Blick sah. „Gib uns lieber deinen Segen, damit wir wissen, dass der Göttin Gnade auf uns ruht! Und wenn du noch etwas Salbe für meinen wunden Hintern hättest, wäre ich dir dafür sogar noch dankbarer! Wenn die Götter gewollt hätten, dass wir reiten, hätten sie uns sicher Hintern aus Leder gegeben!" Woraufhin selbst Elyra lachen musste.

Tarlon war froh, sie lachen zu hören, dennoch befürchtete er, dass sie ihre Schuldgefühle noch lange mit sich herumtragen würde. „Ich hatte tatsächlich noch etwas von der Salbe", meinte Elyra dann. „Aber ich habe sie schon Vanessa gegeben. Frag sie doch, ob sie dir nicht etwas davon abgeben will!", fügte sie schelmisch hinzu.

„Einreiben wirst du dich aber selbst", warnte Tarlon mit einem schnellen Blick auf seine Schwester, doch er lächelte dabei.

„Aber nur, wenn sie nein sagt", grinste Garret und duckte sich unter dem spielerischen Hieb seines großen Freundes hinweg.

Vanessa ließ ihr Pferd zurückfallen, bis sie auf gleicher Höhe mit Garret ritt. Sie hob die linke Hand und deutete auf ein Reh, das nicht weit entfernt von ihnen äste. Garret nickte und griff nach seinem schwarzen Bogen, doch sie legte ihm die Hand auf die Schulter und schüttelte den Kopf. Schweigend sahen sie zu, wie das Reh den Kopf hob und sie bewegungslos ansah.

„Ich kann kaum glauben, dass wir uns im Krieg befinden", sagte Vanessa, während sie weiterritten. „Es ist so friedlich hier." Sie gähnte verhalten, es war noch früh, und in dieser Nacht hatte sie nicht besonders gut geschlafen. Es war nicht der harte Boden, der sie nicht zur Ruhe hatte kommen lassen, sondern ihre Schulter, die ihr noch immer zu schaffen machte.

Doch damit, dachte Vanessa, konnte sie leben. Unwillkürlich musste sie an den Brand im Gasthof von Lytara zurückdenken und an ihre unerträglichen Schmerzen. An den Anblick ihrer verbrannten Hände, an den Moment, in dem sie *verstanden* hatte, was ihr widerfahren war und wie Ariel sie geheilt hatte.

Jeder, der den Tag erlebt hatte, sprach noch heute von einem Wunder, und ein Wunder war es für Vanessa auch gewesen. An jenem Tag hatten ihr die Götter ein neues Leben gegeben. Aber an jenem Tag war sie auch gestorben. Jeder Tag, jeder Atemzug, jeder Schmerz und jede Freude waren seitdem ein Geschenk für sie, und als sie jetzt lächelnd beobachtete, wie das Reh im schützenden Wald verschwand, genoss sie dieses Geschenk umso mehr.

Bis die Feuermagie des falschen Händlers sie niedergestreckt und ihr die Haut wie Wachs vom Körper gebrannt hatte, war sie auf der Suche nach etwas gewesen. Nach was genau, hatte sie selbst nicht gewusst. Doch nun hatte sie sich selbst gefunden, und damit war alles anders geworden.

Verstohlen blickte sie zu Garret hinüber, der noch immer neben ihr herritt und mit den Augen ständig das Gelände absuchte. Auch er hatte sich geändert. Sein Gesicht war in den letzten Wochen schmaler geworden, während sein Oberkörper gleichzeitig an Breite gewonnen hatte. Er war zu einem jungen Mann geworden, der immer noch gern und leicht lachte, insgesamt jedoch viel mehr nachdachte als früher.

„An was denkst du?“, fragte sie ihn.

Er sah sie überrascht an und lachte dann.

„Ich habe gerade daran gedacht, wie dumm es von mir war, dich nicht zu heiraten, bevor das alles geschah.“

„Ich hätte dich damals aber nicht genommen“, lächelte sie. „Weil ich noch nicht wusste, was ich will.“

„Und jetzt?“, hakte er nach.

„Jetzt weiß ich es. Wenn sich also die nächste Gelegenheit ergibt, zögere nicht allzu lange. Allerdings solltest du mich vorher fragen.“

„Ich dachte, das hätte ich gerade eben getan“, lachte Garret.

„Und ich dachte, ich hätte dir eine Antwort gegeben“, grinste sie.

Einen Moment sahen sie sich schweigend an, dann schüttelte Garret amüsiert den Kopf.

„Kannst du dir vorstellen, wie viele Gedanken ich mir darüber gemacht habe, auf welche Weise ich dich nur fragen soll? So etwas will reichlich überlegt sein.“

„Und? „Wie hast du es dir vorgestellt?“

„Irgendwie anders ... jedenfalls nicht so, vom Rücken eines Pferdes aus.“

„Ach“, meinte sie lachend. „Wenn ich daran denke, dass mein Vater meine Mutter fragte, ob sie ihn heiraten will, nachdem sie vor seinen Augen vom Pferd gefallen war, passt das doch zu uns. Oder möchtest du vielleicht noch einmal von mir gefragt werden, wenn *du* vom Pferd gefallen bist? Dazu wäre ja oft genug Gelegenheit."

„Ich hätte dich nicht für so unhöflich gehalten", begann die Sera Bardin, die mit Tarlon zusammen einige Pferdelängen vorausritt. Tarlon sah sie überrascht an, denn es war das erste Mal, dass die Bardin überhaupt etwas sagte, seitdem sie ihr karges Nachtlager am Morgen verlassen hatten. Überhaupt schien es Tarlon, als ob sich die Bardin seit dem Angriff auf Lytara sehr verändert hätte. Jahr für Jahr hatten die Kinder des Dorfes dem Sommerfest entgegengefiebert, weil sie wussten, dass die Bardin mit ihren bunten Gewändern, ihren Geschichten und ihrem glockenhellen Lachen dann nicht mehr weit war. Jetzt mochten sich die bunten Gewänder der Bardin zwar immer noch in deren großen Satteltaschen befinden, doch darauf, dass sie lachte oder den Kindern alte Balladen oder Legenden erzählte, wartete man vergeblich. Die frühere Bardin der Sommerfeste hatte mit der jetzigen nicht mehr viel gemein.

Seit dem Angriff trug sie, ebenso wie Vanessa, schwarze Lederkleidung. Hosen mit kniehohen Stiefeln, dazu ein Hemd und eine Jacke, auf deren Brustteil und Arme mehrere Scheiden eingearbeitet waren, in denen jeweils sechs Wurfmesser steckten. Hatte sie vorher ihr rabenschwarzes Haar meist offen getragen, war es nun, in drei Zöpfe geflochten, am Kopf hochgesteckt, und ihr Gesicht, so fein gezeichnet, wie es nur bei Elfen der Fall war, zeigte keinerlei Gefühlsregung mehr.

Jetzt waren ihre dunkelgrünen Augen jedoch unbeirrt auf ihn gerichtet, und eine feine steile Falte stand auf ihrer glatten Stirn. Der Rat hatte entschieden, dass Tarlon, Garret und Vanessa die Bardin nach Berendall begleiten sollten, sie selbst aber nicht danach gefragt, was sie davon hielt. Tarlon vermutete, dass sie nicht sehr erbaut darüber war.

„Wie meint Ihr das?“, fragte er nun höflich.

„Du belauschst die beiden.“

„Sie sind zu weit hinter uns, als dass ich ihre Worte verstehen könnte“, antwortete er milde.

„Du belauschst auch nicht ihre Worte“, entgegnete die Bardin knapp. „Du hörst ihre Gedanken“, erklärte sie kurz, doch Tarlon schüttelte entschieden den Kopf. „Nein“, sagte er, das tue ich nicht.“

„Es gibt nichts, was ich mehr missbillige, als wenn mir jemand in die Augen sieht und dabei lügt.“ Die grünen Augen der Bardin funkelten. „Von dir hätte ich das am wenigsten erwartet!“

„Ich lüge nicht“, erwiderte Tarlon steif. „Ich kann zwar, wie Ihr sagt, hören, was die beiden denken, höre aber bewußt nicht hin.“ Sein Blick hielt dem ihren stand. „Auch Eure Gedanken bleiben allein bei Euch“, teilte er ihr dann mit.

„Und das soll ich dir glauben? Wenn du nicht hören willst, warum hörst du dann trotzdem?“

Es brauchte normalerweise viel, um Tarlon zu reizen, aber seitdem sie Alt Lytar verlassen hatten, spürte er die Missbilligung der Bardin unablässig in ihren Blicken und aus ihrem Schweigen heraus. Zudem glaubte er auch zu wissen, dass es ihr gar nicht alleine darum ging, dass er lauschte. Die Bardin lag mit sich selbst im Zwist, war nicht imstande, diesen für sich aufzulösen, und trug ihn nun nach außen. Und so fiel seine Antwort nun auch etwas ungeduldiger aus als sonst.

„Ich höre nicht auf Euch, Sera, noch belausche ich meine Schwester oder Garret. Ich höre auf das, was um uns ist, um gewarnt zu sein, wenn jemand in unsere Nähe kommt."

„Hör auf damit", beschied sie ihm knapp.

„Das kann ich nicht", sagte er ruhig. „Das wäre, als ob Ihr verlangt, dass ich zu atmen aufhören soll. Seitdem die Sera in der alten Akademie mir das Gedankenhören beibrachte, ist es so, als ob mein Gehör mit jedem Tag feiner werden würde. Ich kann einfach besser und mehr hören als früher. Und wie sollte ich, bitte, damit aufhören, zu hören?"

„Du hörst, lauschst aber nicht?", fragte die Sera nach.

„Genauso ist es. Sitzt Ihr in einem Wirtshaus, hört Ihr auch alle Unterhaltungen in der Nähe, doch belauscht Ihr sie deshalb auch?"

Sie sah ihn nachdenklich an.

„Von welcher Sera sprichst du?", wollte sie dann wissen. „Die Akademie ist damals vollständig geräumt worden, dort war nichts mehr von Wert, die meisten Räume waren verschlossen, ich habe mich selbst davon überzeugt. Niemand lebte mehr dort ..."

„Es gab dort zwei Statuen", konterte Tarlon und bereute es sofort, denn die Freunde waren übereingekommen, niemandem zu erzählen, was in der Akademie geschehen war, und nun hatte er sich verplappert. „Eine davon zeigte eine Frau, die dort einst Unterricht in der Anwendung von Magie gegeben hat, und als wir sie berührten, war es so, als ob wir an einer ihrer längst vergangenen Unterweisungen teilnehmen würden. Eine Art Traum, aber danach war ein jeder von uns verändert."

„Die anderen haben die Statue auch berührt?", fragte die Bardin seltsam gespannt.

„Ja. Aber Elyra und Garret lernten jeweils etwas anderes, das weiß ich. Mir sagte die Sera, dass ich kein wahres Talent für Magie besäße und sie mir deshalb nur zwei Dinge beibringen kann. Zum einen, wie ich in Zukunft besser höre, zum anderen ihren Namen, damit ich sie rufen könnte, sobald sie eines Tages wieder gebraucht wird." Er zuckte mit den Schultern. „Es war wie gesagt nur ein Traum ..."

„Ich war in der Akademie, bevor sie verschlossen wurde. Es gab dort nur eine einzige Statue, und das war die des Gründers der Akademie", gab die Bardin zurück. „Ich kann mich an keine weibliche Statue erinnern."

„Sie stand auf einem Brunnen", teilte Tarlon ihr mit. „Ich täusche mich nicht, und im Podest war ihr Name in Runen eingelassen, und es lag Staub auf ihren Schultern."

„Was stand dort? Weißt du es noch?"

„Lanfaire, Dienerin der Herrin der Ewigkeit, Großmagisterin der Künste, Hüterin des Tales", zitierte Tarlon und ließ die Bardin dabei nicht aus den Augen. Ihr Gesicht zeigte keine Regung, allein bei der Nennung des Namens schien dem jungen Mann, als ob sich ihre Augen etwas geweitet hätten. „Sagt Euch dieser Name etwas?"

„Nein", antwortete die Bardin, vielleicht etwas zu hastig. Sie begegnete seinem skeptischen Blick und nickte dann schließlich. „Doch ... es gibt eine Legende über sie."

„Und Ihr als Bardin kennt nicht zufällig den Inhalt dieser Legende?"

„Es ist eine menschliche Legende", beschied ihn die Bardin, und Tarlon hatte den deutlichen Eindruck, dass sie ihm nichts weiter darüber erzählen wollte. „Menschliche Legenden sind meist nicht zuverlässig", erklärte sie ihm. „Das, was wahr an ihnen ist, verliert sich im Laufe der Generationen, durch jede Weitererzählung verändert es sich, bis zum Schluss kaum noch etwas davon übrig ist. Und diese Legende war schon alt, als ich noch jung war."

„Erzählt sie mir trotzdem", bat Tarlon.

Sie seufzte. „Sie ist nicht wahr. Wäre sie wahr, käme sie auch in den Überlieferungen meines Volkes vor. Schließlich soll Lanfaire eine Elfin gewesen sein."

„Wenn die Statue ihr Bildnis lebensecht wiedergab, war sie keine der Unsterblichen", warf Tarlon ein. „Jeder Elf, den ich bis jetzt sah ..."

„Und das wären dann schon immerhin zwei an der Zahl", unterbrach sie ihn schnippisch.

„... war ungewöhnlich schlank, fast schon zierlich", fuhr Taron ungerührt fort. „Das traf auf Lanfaire aber nicht zu. Sie war von athletischem Körperbau, etwa wie Vanessa, und auch wenn sie den Elfen ähnliche Züge aufwies, kann ich Euch doch sagen, dass sie kein Elf war."

„Du hast eine Statue gesehen."

„Ich sah sie in meinem Traum."

„Ein Traum ..."

„Ein Traum, der mir beibrachte, wie ich besser hören kann", erklärte er und sah sie bedeutsam an. „Und auch wenn ich nicht hören *will,* so spüre ich doch, dass Ihr etwas vor mir verbergen wollt. Dieses Fühlen ist ihre Gabe ... und nicht die eines Traumgebildes."

„Hörst du jetzt auch meine Gedanken?", fragte sie, und die Art, wie sie ihn dabei ansah, gefiel ihm ganz und gar nicht.

„Nein", sagte er. „Doch ich spüre Euer Unbehagen. Außerdem tut Ihr auch nichts anderes als ich". Sie sah ihn überrascht an.

„Wie das? Ich lese ganz bestimmt niemandes Gedanken.“

„Ihr seid so alt, dass Ihr gelernt habt, in den Menschen wie in einem offenen Buch zu lesen. Ihr macht es nur anders als ich, doch darin sehe ich keinen großen Unterschied. Ihr tut es, und Ihr nutzt Eure Gabe auch. Wie oft sah ich Euch schon die Reaktionen der Menschen um Euch herum abwiegen, um dann genau das zu sagen, was Euch notwendig schien, um die Menschen in Eurem Sinne handeln zu lassen. Mit Blicken, Worten und Gesten habt Ihr uns geführt und vor uns und unseren Vorvätern ein Schauspiel aufgeführt, das seinesgleichen sucht. Werft mir also nicht vor zu tun, was Ihr ebenfalls macht.“

Ihre Augen weiteten sich.

„Mir scheint, ich habe dich unterschätzt, Tarlon“, meinte sie schließlich leise.

„Mir scheint, nicht nur mich.“ Er sah sie direkt an. „Doch macht Euch keine Sorge wegen Eurer Gedanken, ich werde nicht hinhören. Erzählt mir nun die Legende, Sera.“

Sie atmete einmal tief durch und nickte dann.

„Es ist eine menschliche Legende, wie ich schon sagte. Und da die Menschen ständig den Tod vor Augen haben, ist es nicht weiter verwunderlich, dass sie auch glauben, dass ihre Götter sterben können. Es ist eine sehr alte Legende. Sie stammt aus dem Anbeginn der Zeit, als es noch keine Elfen, Zwerge und Menschen gab. Aus einer Zeit vor den Riesen und sogar, wie manche sagen, noch vor den Göttern selbst, aus einer Zeit, in der die Drachen noch allein auf dieser Welt waren. Manche Gelehrte, menschliche Gelehrte“, erklärte sie und warf ihm einen funkelnden Blick zu, „behaupten, dass die ersten Götter Götter der Drachen waren und dass es auch damals schon eine Herrin der Welten gab.

Nur war es eine andere als die, die ihr Menschen heute verehrt. Es waren die Götter der Drachen, die nach der Legende dann auch die anderen Rassen geschaffen haben sollen, nachdem die Drachen selbst damals schon alt waren und langsam ausstarben."

„Ich sah den Drachen des Grafen", bemerkte Tarlon trocken. „Offensichtlich sterben sie wirklich sehr langsam aus."

Die Bardin warf ihm einen scharfen Blick zu. „Offensichtlich. Nun, die Legende sagt, dass sich die Götter, nachdem sie die neuen Rassen geschaffen hatten, zurückzogen oder, wie ihr Menschen es erzählt, starben. Nun hatten auch die alten Götter Priester, und so hatte auch die frühere Herrin der Welten eine Priesterin, und das war ebenjene Lanfaire oder Leanafaireal, wie sie in den Legenden genannt wird, deren Statue du gesehen haben willst. Als ihre Göttin ging, blieb diese Priesterin zurück. Sie war sehr interessiert am Schicksal der Menschen, und es heißt weiterhin, dass sie und die zweite Herrin der Welten, die ihr Mistral nennt, in vielen Dingen nicht immer einer Meinung waren. Schließlich ist Mistral eine Göttin der Menschen, mit einem menschlichen Aussehen. Sie sieht die Dinge daher anders, als ein Drache sie je sehen würde."

„Die erste Herrin der Welten war also ein Drache?", fragte Tarlon.

„Sagte ich dies nicht? Sie war eine Göttin der Drachen, welches Aussehen hätte sie also annehmen sollen, wenn nicht das eines Drachen?"

„Dann war ihre Priesterin ...?"

Die Bardin seufzte. „Ja. Ebenfalls ein Drache. Ein Drache, der später unter Mistral, der späteren, zweiten Herrin der Welten, ein menschliches Aussehen angenommen hat, um die Menschen führen und schützen zu können, wie es auch schon zuvor ihre Aufgabe gewesen war."

„Warum sah ich sie dann in dieser Form?"

Die Bardin warf ihm einen undeutbaren Blick zu. „Sagte ich nicht, dass es sich um eine Legende der Menschen handelt? Und die Menschen haben sich nun einmal eingebildet, dass die Drachenpriesterin auch eine menschliche Form annehmen kann. Reiner Humbug, warum sollte ein Drache dies tun wollen?"

„Das weiß ich auch nicht", lächelte Tarlon. „Vielleicht, weil es sie weniger furchterregend macht!"

Wider Willen musste die Bardin lachen. „Daran könnte etwas Wahres sein", schmunzelte sie.

„Wie geht die Legende weiter?", fragte Tarlon neugierig.

„Nun, es heißt nur noch, dass die Priesterin Lanfaire außerhalb der Macht der Göttin der Welten, der sie dient, stehen soll. Sie ist weitaus älter als die Göttin selbst und soll ihr sogar überlegen sein. Ein weiterer Grund, warum an dieser Legende nichts Wahres sein kann."

„Wäre sie dann nicht selbst so etwas wie eine Göttin?"

Die Bardin funkelte Tarlon an. „Das ist genau das Problem mit menschlichen Legenden. Sie verlieren an Sinn und Logik."

„Ist es bei elfischen Legenden denn anders?"

„Sicherlich", teilte sie ihm erhaben mit. „Wir verehren keine Personen, sondern Teile eines großen Ganzen. Auch wir nennen eure Göttin beim Namen, nur sind wir uns dabei bewusst, dass es sich um kein lebendes Wesen, keine Person handelt, sondern nur um einen Teil jener Macht, die uns schuf. Selbst wenn es eine Göttin gibt, so wie die Menschen sie sich vorstellen, ist sie für uns Elfen doch nicht mehr als eine Stellvertreterin der wahren Macht, eben nur ein Teil. Und dieser kann nicht vergehen und ist wahrhaftig ewig, unabhängig davon, welches Gesicht er im Moment gerade trägt! Und ganz gewiss ist eines sicher: Wir Elfen entstammen den Wurzeln des ewigen Baumes, wir entstanden aus Erde, Luft, dem Feuer und dem Wasser, eben aus jenen vier Elementen, aus denen sich die Welt zusammensetzt. Wir entstanden aus der Welt selbst, die wahrlich ewig ist und sich nicht in das Gewand eines Gottes kleiden muss!"

„Also glauben Elfen nicht an Götter?"

„Das habe ich nicht gesagt", widersprach sie. „Wir glauben nur anders an sie als ihr Menschen. Wir glauben nicht daran, erschaffen worden zu sein. Wir entstanden!"

„Macht das denn wirklich so einen großen Unterschied?".

„Ja", beharrte sie. „Wir sind zu perfekt, als dass uns die Götter aus reiner Langeweile heraus erschaffen haben könnten. Selbst eure eigenen Legenden sagen, dass wir Elfen die ältere Rasse sind. Wir sind perfekt ... warum sollten die Götter *nach uns* also noch eine weitere Rasse, nämlich die eure, erschaffen haben, die so alles andere als perfekt ist?"

Diesmal war Tarlon wirklich überrascht.

„Ihr seid tatsächlich davon überzeugt, dass Elfen *perfekter* sind als wir Menschen?"

„Ist das nicht offensichtlich?", fragte sie.

„Nein", antwortete Tarlon ehrlich. „Mir scheint es vielmehr keinen allzu großen Unterschied zwischen den Rassen zu geben. Sonst wären wir wohl auch kaum imstande, uns miteinander zu verbinden."

„Kein Elf liegt freiwillig bei einem wilden Biest", fauchte ihn die Bardin daraufhin an. Sie war bleich geworden, und ihre Hände schlossen sich so fest um die Zügel ihres Pferden, dass ihre Knöchel weiß hervortraten. „Denn das seid ihr, wilde Bestien, Raubtiere, die durch einen Fehler der

Schöpfung irrtümlich mit wenn auch mangelndem Verstand ausgestattet worden sind!“

Nach diesen Worten gab sie ihrem Pferd die Sporen und ritt im Galopp davon.

Tarlon sah ihr überrascht nach, doch anstatt beleidigt zu sein, empfand er tiefes Mitgefühl mit der Bardin. Denn trotz all der Verachtung, die in ihren Worten gelegen hatte, war da auch ein alter, tiefer Schmerz gewesen, eine Wunde, die noch immer nicht verheilt war, so dass ihr Eiter die Seele der Bardin bis in den letzten Winkel hinein vergiftete.

„Was hat sie?“, fragte Garret, als er und Vanessa zu ihm aufschlossen. Die Bardin war bereits außer Sicht, denn ihr Weg führte sie nunmehr durch dichten Wald. Nur der Hufschlag ihres Pferdes war noch zu hören, dann war auch sein Widerhall verklungen.

„Ich denke, ich habe sie an etwas Unangenehmes erinnert, weshalb sie wohl alleine sein wollte“, sagte Tarlon langsam.

„Über was habt ihr denn gesprochen, Tarlon?“, wollte Vanessa wissen.

„Über die Schöpfung, über Menschen und Elfen und über die alten Götter“, antwortete Tarlon. „Über nichts, was uns heute noch direkt berührt. Aber vielleicht ist es ja auch ein Fluch, wenn man nie vergessen kann! Was meint ihr?“

„Es kann durchaus ein Fluch sein“, entgegnete Vanessa, ohne zu zögern. „Aber nur, wenn man mehr Schlechtes erinnert als Gutes.“ Sie warf einen bedeutsamen Blick zu Garret. „Deshalb ist es wichtig, so zu leben, dass man sich möglichst vieler guter Dinge erinnern kann.“

„Dieser Vorsatz gefällt mir“, lachte Garret. „Aber ansonsten sind mir solche Gedanken zu schwer für so einen schönen Tag. Wenn wir den Pass erreichen und danach die

Vorlande, haben wir dazu immer noch genug Zeit. Im Moment aber möchte ich mir meine gute Laune durch nichts verderben lassen. Was meint ihr, wie lange wird es noch dauern, bis wir den Pass erreichen?"

„Ich denke, dass wir im Laufe des Nachmittags ankommen werden", meinte Tarlon. Meister Pulver hatte ihm eine Karte des gesamten Tals mitgegeben, die er sicher verwahrt unter seinem Wams bei sich trug und die er bereits im Vorfeld gründlich studiert hatte. „Unser Nachtlager werden wir jedenfalls schon jenseits des Passes aufschlagen."

„Und wie lange wird es dann noch nach Berendall sein?", fragte Garret und rutschte unruhig im Sattel hin und her.

„Noch fast zwei weitere Tage. Die Bardin wird es uns genauer sagen können, sie ist den Weg je erst vor Kurzem gekommen. Frag sie doch."

„Wenn ich sie wiedersehe, werde ich das tun", erwiderte Garret und verzog wehleidig sein Gesicht. „Noch drei weitere Tage ... Göttin, ich werde einen neuen Hintern brauchen, wenn das alles hier erst mal vorbei ist!"

Etwas später ließ Tarlon sein Pferd neben das seiner Schwester zurückfallen. Mittlerweile führte der Pfad steiler bergan, und sie ritten langsamer, um die Pferde zu schonen. Garret hatte für den Moment die Führung übernommen und war ihnen ein paar Schritte vorausgaloppiert.

„Sag mal", wandte sich Tarlon an Vanessa. „Kannst du dich daran erinnern, dass die Bardin in Lytara jemals ein Gespräch mit einem der Erwachsenen gesucht hat?"

Vanessa überlegte kurz und schüttelte dann den Kopf. „Nein. Sie konnte ganze Ewigkeiten bei uns Kindern sitzen und erzählen, hatte immer die Geduld, auch jede noch so unwichtige Frage zu beantworten, aber dass sie sich jemals länger mit einem der Erwachsenen unterhalten hätte ... Nein, jedenfalls nicht, bevor Ariel auftauchte ... mit ihm unterhielt sie sich mehrere Kerzen lang ... aber auch das abseits der anderen."

„Sie liebt die Kinder, nicht wahr?", fragte Tarlon.

Sie sah ihn überrascht an.

„Natürlich. Erinnerst du dich denn nicht mehr daran, wie sehr sie weinte, als die Kinder beim Brand des Gasthofs starben? Sie liebt Kinder über alles, ein Blick in ihre Augen, wenn sie in ihrer Mitte sitzt und ihnen ihre Geschichten erzählt, und du weißt einfach, dass es daran keinen Zweifel gibt. Warum?"

„Es war nur ein Gedanke. Nicht weiter wichtig. Allerdings meine ich mich erinnern zu können, dass sie sich auch das eine oder andere Mal mit der Sera Tylane unterhielt. Und einmal war sie sogar bei uns zu Besuch und unterhielt sich länger mit Mutter."

„Richtig", bestätigte Vanessa. „Ich kam damals gerade mit Vater vom Markt zurück, als sie schon wieder dabei war, zu gehen, nicht wahr?"

„Das sagte sie zumindest", meinte Tarlon nachdenklich. „Bevor ihr zurückkamt, sah es allerdings nicht so aus, als ob sie gehen wollte."

Vanessa sah ihn prüfend an. „Ich kenne dich, Tarlon. Du hast diesen Gesichtsausdruck, den du immer hast, wenn du über etwas Wichtiges nachdenkst. Was ist es diesmal?"

Er schüttelte den Kopf. „Nichts Wichtiges. Auf jeden Fall scheint die Bardin etwas zu beschäftigen, das uns nichts angeht."

Sie musterte ihn nachdenklich.

„Weißt du, Tarlon", sagte sie dann. „Ich habe mich darauf gefreut, mit der Sera Bardin zu reisen. Ich hoffte, dass sie uns am Abend bei der Rast vielleicht ein paar Geschichten erzählen oder uns auf ihrer Laute vorspielen würde, doch sie sitzt jedesmal nur da und starrt ins Feuer. Manchmal bekomme ich sogar Angst vor ihr. Sie wirkt dann so unnahbar, und obwohl ich sie mein ganzes Leben lang kenne, musste ich doch feststellen, dass sie uns fremd geblieben ist und wir in Wahrheit gar nichts von ihr wissen. Ich weiß nicht einmal ihren Namen, sie war immer nur die Sera Bardin für uns. Wenn du also etwas von ihr weißt, das wichtig ist ...?"

Tarlon schüttelte erneut den Kopf.

„Nein", wiederholte er, „es ist nicht wichtig, zumindest nicht für uns. Es ist nur so, dass sie, vielleicht sogar noch mehr als Ariel, eine Maske trägt, wenn sie mit uns zusammen ist. Doch ich bin davon überzeugt, dass sie unsere Freundin ist, und ich denke mir, dass manches für sie einfach schmerzhafter ist, als wir ahnen." Er warf Vanessa einen kurzen Blick zu und begann zu lachen. „Aber ich werde sie bei Gelegenheit nach ihrem Namen fragen."

„Falls sie wieder zu uns zurückkommt. Vielleicht hat sie aber auch beschlossen, alleine weiterzureisen, so wie sie es sonst auch immer getan hat."

Garret, der sich ihnen wieder angeschlossen und Vanessas letzte Worte dadurch mitbekommen hatte, sagte: „Das wird sie nicht tun. Sie ist jemand, die sich an das hält, was sie verspricht, selbst wenn es sie umbringen würde."

Tarlon musterte Garret nachdenklich.

„Manchmal überraschst du mich mit deinen Einsichten."

Garret lachte.

„Was für Einsichten? Das weiß doch jeder, der die Bardin auch nur ein wenig kennt." Er grinste breit. „Außerdem ist mir eingefallen, dass wir heute Nacht vielleicht doch nicht im Freien schlafen müssen. Kurz hinter dem Pass war doch ein Gasthof auf der Karte eingezeichnet, nicht wahr?"

„Richtig", stimmte Tarlon ihm zu. „Aber Vater meinte, dass er verlassen wäre."

„Ich denke, sie wird dort auf uns warten. Und vielleicht besitzt der Gasthof sogar noch ein Dach", fuhr Garret fort und blickte forschend zum Himmel hoch, an dem sich einige Wolken zusammenzogen. „Ich hörte, dass es im Gebirge oft nass und klamm ist, weil die Wolken an den Felsen hängen bleiben und sich dort abregnen, ein Dach wäre also willkommen. „Meinst du, du könntest die Führung wieder übernehmen", wandte er sich plötzlich mit einem treuherzigen Blick an Tarlon.

Tarlon sah von Garret zu seiner Schwester und seufzte.

„Ich denke, das lässt sich machen", sagte er dann und ritt voraus.

Wenig später verhielt Tarlon sein Pferd und stieg ab, um das Moos von einem großen verwitterten Wegestein abzukratzen. Der Stein zeigte das Wappen Lytars, den Greifen, aber diesmal nicht mit gesenktem, sondern mit erhobenem Schwert. Die Buchstaben waren tief genug in ihn eingeschlagen worden, so dass sie trotz der Verwitterung noch immer lesbar waren. Wychwyrd, fünf Wegestunden. Tarlon richtete sich auf und musterte den Waldrand. Sie befanden sich bereits in den Ausläufern des Gebirges, und der Wald war hier nicht mehr so dicht wie noch vor ein paar Stunden. Sah man genauer hin, konnte man sogar erkennen, dass einst an dieser Stelle ein Weg abgezweigt war. Ein gepflasterter Weg, denn hier und da hatten die Baumwurzeln die alten Pflastersteine, soweit sie noch vorhanden waren, nach oben gedrückt.

Tarlon zog die Karte aus seinem Wams hervor und schaute nach, ob ein Dorf dieses Namens auch auf der Karte eingemeißelt war. Mittlerweile hatten Vanessa und Garret zu ihm aufgeschlossen, und Garret sah nun neugierig auf Tarlon herab.

„Nach was schaust du?“, fragte er.

„Ein paar Stunden in dieser Richtung lag einst ein Dorf namens Wychwyrd“, erklärte ihm Tarlon, während er die Karte wieder zusammenfaltete. „Ich habe bis jetzt nicht gewusst, dass es überhaupt noch andere Dörfer im Tal gab. Aber es befindet sich auf der Karte.“

Er saß wieder auf, und sie ritten langsam weiter.

„Für ein einziges Dorf ist dieses Tal überaus groß, und es wundert mich, dass von allen anderen Dörfer kein einziges übrig geblieben ist. Es muss hier einstmals doch sehr viele gegeben haben.“

„Warum?“, meinte Vanessa.

„Ihr habt doch selbst gesehen, wie groß Alt Lytar war, wie viele Menschen dort früher gewohnt haben und auch von irgendetwas gelebt haben müssen“, erklärte Tarlon. „Von daher muss es überall im Tal bestellte Äcker und Bauernhöfe gegeben haben, nur, wo sind all diese Menschen nach dem Kataklysmus hin? Sie waren von dem Strafgericht der Göttin ja nicht betroffen.“

„Vielleicht nicht unmittelbar“, überlegte Garret. „Aber wenn sie davon gelebt haben, ihre Waren nach Lytar zu verkaufen ...“

„Hätten sie nichts anderes mehr zu tun brauchen, als nur noch die Felder zu bestellen, die sie selbst zum Leben brauchten. So wie wir es auch tun und bislang getan haben. Es bestand kein Grund für sie, ihre Dörfer zu verlassen.“ Tarlon drehte sich im Sattel um und blickte den Weg zurück, der sich fast geradlinig durch den Wald zog. „Ich möchte wetten, dass wir, wenn wir hier graben, unter der Erde genau so eine Straße finden würden wie die, die von Lytara nach Alt Lytar führt. Außerdem gibt es noch etwas anderes zu bedenken: Ich bin bislang noch nie so weit von zu Hause weggewesen, und obwohl ich wusste, dass unser Tal nicht klein ist, kann ich erst jetzt erkennen, wie riesig es in Wirklichkeit ist."

Garret sah zurück.

„Ich sehe da nur Wald", sagte er. „Gut, es ist ein großes Tal. Aber warum interessiert dich, wie groß es ist? Wichtig ist doch nur, dass es groß genug für uns ist."

„Auf der Karte ist das Tal in seinen Umrissen wie ein Ei eingezeichnet, sein stumpfes Ende wäre Alt Lytar mit der Küste, seine Flanken werden von Gebirgen gebildet. Nur erkenne ich jetzt, dass das Ende des Eis gute neunzig Meilen breit ist. Daraus folgt, dass es sich noch viel weiter in Richtung Osten ausgedehnt hat und es wohl Dutzende von Dörfern, vielleicht sogar noch andere Städte gegeben haben muss Warum ist von alldem nichts geblieben? Wenn ich alle Menschen aus unserem Dorf und die der umliegenden Gehöfte zusammenzähle, komme ich auf gerade einmal über zweitausend Menschen."

Er sah Garret vielsagend an.

„Fällt dir nicht auf, wie seltsam das ist? Wir konnten selbst sehen, wie fruchtbar der Boden hier überall ist. Dieses Tal könnte Zehntausende ernähren! Vielleicht sogar noch mehr!"

„Es gibt aber nur diesen einen Pass, der in und aus unserem Tal führt", warf Vanessa ein. „Vielleicht war das der Grund? Ich weiß, dass die Händler, wenn sie zu uns kamen, vor ihrer Abreise immer unruhig waren, weil sie befürchteten, der Pass könne, wenn sie ihn erreichen, schon wieder unpassierbar sein."

„Beziehen wir denn wirklich so viel von diesen Händlern?", fragte Tarlon zweifelnd. „Hauptsächlich doch nur Metalle, nicht wahr?" Er reichte die alte Karte an seine Schwester weiter. „Und siehst du die Symbole hier an den Bergflanken? Dort sind Kupfer- und Zinnminen eingezeichnet. Zudem weiß ich von Vater, dass es auch noch alte Eisenminen gibt. Es gibt hier im Tal fast alles, was man braucht."

„Nur denke ich, dass kaum jemand von uns in den Minen arbeiten will", meinte Garret. „Es muss eine arge Schufterei sein."

„Das Eisen, das wir von den Händlern beziehen, wird auch irgendwo in Minen abgebaut, irgendwo gibt es also Leute, die in Minen schuften", entgegnete Tarlon. Vanessa reichte ihm die Karte zurück, und er verstaute sie wieder sorgfältig in seinem Wams. „Es ist einfach so, dass ich beim besten Willen nicht verstehe, warum nicht viel mehr Leute in unserem Tal leben."

„Nun, das wird sich ja bald ändern. Den Söldnern scheint es jedenfalls ernst damit zu sein, sich hier ansiedeln zu wollen", sagte Garret. „Ich finde das gut, denn so wird man ab und zu auch mal neue Gesichter im Dorf zu sehen bekommen." Er zuckte mit den Schultern. „Du magst ja durchaus Recht haben, und es gibt zu wenig Menschen hier bei uns, aber ist das wirklich von Belang?"

„Genau das weiß ich eben nicht", sagte Tarlon. „Ich würde es aber gerne wissen."

Garret sah ihn an und lachte.

„Manchmal verstehe ich wirklich nicht, warum du dir über so etwas den Kopf zerbrichst. Lass die Dinge doch einfach, wie sie sind!“ Er hob seinen Blick und musterte die alte Straße hoch zum Pass. „Ich denke im Moment jedenfalls nur daran, so bald wie möglich unseren nächsten Rastplatz zu erreichen. Tut dir denn dein Hintern überhaupt nicht weh?“

„Auf so etwas achte ich nicht“, gab Tarlon zurück. „Ich mache mir über andere Dinge Gedanken.“

„Das merke ich“, grinste Garret. „Nur gelingt mir das bestimmt nicht, solange mich mein Hintern ständig daran erinnert, dass ich keine Pferde mag! Es gibt nur einen Trost.“

„Und welcher wäre das?“, fragte Vanessa neugierig.

„Wenn wir nicht reiten, sondern laufen würden, wären es meine Füße, die mir wehtäten. Und das würde mir noch weniger gefallen!“

Ein Schuss ins Dunkle

Am späten Nachmittag erreichten sie die Ruinen der alten Passfeste. Noch immer verschloss eine von mächtigen, massiven Steinen erbaute Mauer den Pass. Allerdings hatten das Eis und der Frost vieler Winter eine Menge der großen Steinblöcke aus ihr herausgesprengt, so dass nun das gesamte Areal links und rechts der Mauer mit schweren Felsbrocken übersät war.

Damit die schweren Handelswagen der Händler den Pass überhaupt noch passieren konnten, war es notwendig gewesen, die schweren Steinbrocken an einigen Stellen mühsam zur Seite zu stemmen, eine Arbeit, die jedes Jahr im Frühjahr wiederholt werden musste.

„Halt", rief Garret an einer Stelle, stieg ab und wies die anderen beiden schweigend auf Teile eines menschlichen Skeletts hin, das unter einem mehr als doppelt mannshohen Felsen teilweise noch gut zu sehen war.

„Dieser Brocken stammt bestimmt nicht aus der Mauer", stellte Tarlon fest und blickte zu den steilen, den Pass umgebenden Felswänden hinauf. „Ich frage mich, ob er wohl von alleine runtergefallen ist oder ob da jemand nachgeholfen hat." Er wandte sich an Garret. „Kannst du etwas erkennen?"

„Ich bin mir nicht ganz sicher", antwortete dieser. „Es kann sein, dass es dort oben einen Pfad gibt. Wenn ja, wäre das nur in unserem Sinne ... denn dann kann hier keine Armee passieren, ohne dass man sie nicht für einige Zeit aufhalten kann. Wenn wir nur fünfzig Bogenschützen dort oben postieren, wird dieser Pass einen fürchterlichen Blutzoll von Beliors Truppen fordern."

„Wollte Ralik den Pass nicht wieder besetzen?", fragte Vanessa und musterte den runden Turm, der sich etwas rechts vom eingestürzten Tor der alten Mauer befand. „Der Turm sieht jedenfalls noch so aus, als könnte man ihn benutzen."

„Seine Mauern stehen noch, mehr aber auch nicht", meinte Garret. „Wie man durch seine offene Tür sehen kann, sind die Böden durchgebrochen ..." Er schüttelte den Kopf. „Gar so einfach wird es also nicht werden. Das Einzige, was dafür spricht, hier wieder eine Feste zu errichten, ist, dass man genügend Steine vor Ort hat und sie nicht erst hochschleppen muss. Außerdem müssten wir sofort damit anfangen, die Anlage wieder in Stand zu setzen. Viel Zeit wird uns dazu nicht mehr bleiben."

„Ich denke, Ralik wird sich schon darum kümmern, wenn er mit den anderen nachkommt", meinte Tarlon. Er musterte den Boden sorgfältig. „Sind das nicht die Spuren der Sera?", fragte er dann.

„Ja", nickte Garret, als er wieder aufsaß. „Ihr Pferd ist beschlagen, und das Eisen am linken Hinterhuf etwas verzogen. Sie wird das alte Wirtshaus schon erreicht haben."

„Stimmt. Es muss gleich hinter dem Wall stehen. Gut, dass wir es erreichen werden, bevor es dunkelt."

„Da hast du Recht. Es ist zwar Sommer und die Sonne wird noch lange am Himmel stehen, doch hier wirft sie jetzt schon tiefe Schatten", stellte Garret fest. „Wir sollten also keine Zeit mehr verlieren. Ich für mich kann jedenfalls nicht sagen, dass ich die Berge besonders mag."

„Stell dir erst mal vor, wie es hier im Herbst oder Winter sein muss", gab Tarlon zu bedenken, als er seinem Pferd leicht die Sporen gab, um Garret zu folgen.

„Das tue ich lieber nicht", antwortete Garret. „Mich friert allein schon bei dem Gedanken." Schon seit einiger Zeit war ein kleiner, unscheinbar wirkender Bach neben ihrem Weg hergeflossen. Allein sein Bachbett verriet, dass er im Frühjahr zu einem reißenden Strom wurde, der die Steine des alten Wegs bereits an einigen Stellen freigewaschen, an anderen Stellen dagegen so weit unterspült hatte, dass sie weggebrochen waren.

Kurz darauf passierten sie das alte Tor und fanden den alten Gasthof, der, wie angenommen, etwas versetzt auf einer kleiner Lichtung zu ihrer rechten Hand stand.

„So schlimm sieht der Gasthof gar nicht aus", stellte Garret erleichtert fest. „Zumindest besitzt er noch ein Dach!" Tatsächlich machte das alte Rasthaus mit seinen geschlossenen Fensterläden keinen unwirtlichen Eindruck. Zumal Licht aus den Fensterlamellen nach außen drang und sich aus dem Kamin eine dünne Rauchfahne in den klaren Himmel emporschraubte. Das Tor zum Stall hing allerdings schief und halb offen in den Angeln und gewährte ihnen einen Blick auf das Pferd der Bardin, das neugierig seinen Kopf hob und Witterung aufnahm.

„Ihr könnt schon vorgehen", bot Tarlon an, als sie ihre Pferde in den Stall führten. „Ich versorge die Pferde und komme dann nach." Er zerrte fester am Zügel, als sein Pferd zu scheuen begann. „Sie sind etwas nervös", fügte er hinzu.

„Danke", meinte Garret breit grinsend. „Mal schauen, ob die Zimmer dort noch nutzbar sind, auch gegen einen Schluck Bier und ein anständiges Essen hätte ich nichts einzuwenden. Was meinst du, ob die Bardin etwas für uns gekocht hat?“

Vanessa warf dem alten Gemäuer einen skeptischen Blick zu und schüttelte dann den Kopf.

„Warum sollte sie für uns kochen? Sie hat auch gestern außer diesen Trockenfrüchten nichts gegessen.“

Garret bot ihr galant seinen Arm an.

„Ich wüsste auch nicht warum, aber ich träume nun mal gerne davon, dass alle meine Wünsche wahr werden.“

Tarlons Pferd scheute erneut. Nur mit Mühe konnte Tarlon es beruhigen.

„Schon gut,“, tätschelte Tarlon es am Hals. „Ganz ruhig, Brauner. Was ist, riechst du etwas, das dir nicht gefällt?“

„Moment“, hielt Garret auf einmal inne und runzelte die Stirn. „Wartet einmal.“ Er griff nach seinem Bogen, klemmte ihn zwischen seine Beine, hängte die Sehne ein und legte einen Pfeil auf. Dann sah er sich sorgsam um.

Noch war es nicht ganz dunkel, auch wenn die Schatten der steilen Berghänge die kleine Lichtung bereits überzogen. Tarlon wickelte die Zügel der Pferde um einen noch recht stabil aussehenden Pfosten und nahm seine schwere Axt vom Sattel. Sogar Vanessa lockerte ihr Schwert in der Scheide. Dann schlossen die beiden zu Garret auf, der geduckt und mit halb gespanntem Bogen nahe dem Weg verharrte.

„Was ist?“, fragte ihn Tarlon leise und versuchte seinerseits zu sehen, was Garret hatte stutzen lassen. Doch wenn hier Gefahr lauerte, vermochte er sie nicht zu erkennen.

„Hier“, flüsterte Garret, richtete sich wieder auf und ließ den Bogen sinken. Er deutete mit einem Pfeil auf einen Haufen Dung nahe dem Weg. „Das ist noch ziemlich frisch“, sagte er dann, während er näher an den Haufen herantrat und schließlich neben ihm in die Hocke ging.

„Vielleicht vom Pferd der Bardin?", spekulierte Tarlon, der im Moment nicht ganz wusste, worauf Garret hinauswollte.

„Schau noch mal genauer hin", schüttelte Garret den Kopf. „Dieser Haufen hat eine ganz andere Konsistenz als Pferdedung, und das hier ..." Er zeigte auf etwas Helles, das sich in dem Haufen befand, „ist der zersplitterte Backenzahn einer Kuh."

Er benutzte die stählerne Spitze seines Pfeils, um den Zahn freizulegen.

„Ein Bär hätte einen ähnlichen Haufen hinterlassen können, aber so beeindruckend seine Fänge auch sind, kann er doch keine Schädel und Zähne zerkauen! Ich habe so einen Dungfladen noch nie zuvor gesehen, dennoch kann ich mir denken, von welchem Tier er stammt!"

„Ich auch", kam es leise von Vanessa. Sie war bleich geworden. „Von der Reitechse eines Kronoks."

„Wie lange liegt der Dung schon da?", fragte Tarlon und ertappte sich dabei, wie er erneut die Umgebung absuchte, obwohl er wusste, dass eine Reitechse viel zu groß war, um sich hinter den wenigen Bäumen oder dem dürren Gestrüpp verstecken zu können. Auf einmal kam ihm die kleine Lichtung nicht mehr ganz so freundlich vor.

„Nicht mehr als vier Stunden", teilte ihm Garret mit und richtete sich wieder auf, während er den Boden sorgsam musterte. „Der Kronok und seine Echse kamen hier hoch ... siehst du diese Kratzer dort drüben? Wie die Abdrücke von Vogelkrallen ... und ritt dann wieder ins Tal zurück." Er sah den Weg entlang, der hinunter ins Tal und in die Vorlande führte. „Er muß jetzt irgendwo da unten sein", fügte er leise hinzu.

„Also ist er weggeritten, bevor die Sera Bardin kam?"

„Ja", sagte Garret mit gefurchter Stirn, während er wieder die Umgebung musterte. „Er ritt zum Pass hoch, blieb aber nicht länger, sondern kehrte gleich wieder um ... Göttin, warum ist es hier nur so dunkel!" Doch endlich fand er, wonach er gesucht hatte, einen anderen Haufen, der gute zehn Schritt vom ersten entfernt lag.

„Der hier ist älter", erklärte er, nachdem er sich den Fladen genauer angesehen hatte. „Etwas über einen halben Tag alt, würde ich sagen. Und das bedeutet ..."

„Dass ein Kronok hier Patroullie reitet", ergänzte Vanessa mit belegter Stimme seinen Satz. Sie blickte zu ihrem Bruder hoch. „Gibt es noch einen anderen Weg hinunter in die Vorlande? Einen Pfad, der vielleicht etwas weiter unten von diesem abzweigt?"

„Nein", meinte Tarlon nach kurzer Überlegung. „Das Tal weitet sich mehr und mehr, und es mag zwar möglich sein, den Weg weiter unten zu verlassen und sich abseits von ihm durch den Wald zu schlagen, aber sicher bin ich mir da nicht."

„Er wird uns finden", stellte Vanessa mit gepresster Stimme fest, „und es ist fraglich, ob wir gegen ihn bestehen können. Vielleicht ist deine Axt ja schwer genug, um seine Rüstung zu durchdringen, aber ...", sie schluckte, „es wird in jedem Fall ein harter Kampf werden."

Garret und Tarlon tauschten Blicke. Beide hatten nicht die geringste Absicht, Vanessa so schnell noch einmal kämpfen zu lassen, selbst wenn kaum jemand im Dorf so gut mit dem Schwert umgehen konnte wie sie.

„Ich werde gar nicht erst gegen ihn antreten", antwortete Tarlon, während er sich sorgfältig umsah. „Ein Kampf sollte sich vermeiden lassen."

„Wie denn?", fragte Vanessa nervös. „Wenn wir nach Berendall wollen, müssen wir an ihm vorbei! Oder sollen wir etwa umkehren?"

„Kommt gar nicht in Frage", grinste Garret. „Schließlich sind wir im Vorteil."

Vanessa schaute zuerst ihn und dann ihren Bruder fragend an, der völlig regungslos dastand und einen ganz bestimmten Baum fixierte. Dann lachte sie leise.

„Ihr meint, wir wissen immerhin, dass er kommt, während er nicht die geringste Ahnung hat, dass wir ihn hier erwarten?"

„Fast", korrigierte sie ihr Bruder und wog seine Axt in der Hand. „Er war mindestens schon zweimal am Pass. Also glaubt er, sich hier auszukennen." Jetzt sah er sie an, und auch wenn er nicht ganz so breit grinste wie Garret, konnte Vanessa doch die feinen Lachfältchen um seine Augen herum erkennen.

„Habt ihr beide denn gar keine Angst?"

„Doch", meinte Garret. „Nur ist jetzt nicht die Zeit dafür."

Als Garret die Tür aufstieß, stellte er erfreut fest, dass sich die Gaststube in einem besseren Zustand befand, als er angenommen hatte, fast erwartete er schon, einen Wirt aus der Tür hinter der massiven Theke treten zu sehen. Ganz offenbar nutzten die Händler das Wirtshaus regelmäßig, denn hier und da konnte er sogar Spuren kleinerer Reparaturen wahrnehmen.

Die Sera Bardin hatte es sich auf einem Stuhl in der Nähe des Kamins bequem gemacht, in dem sie ein Feuer entzündet und einen kleinen Kessel aufgehängt hatte. Die Bardin selbst war gerade damit beschäftigt, eine kleine Handarmbrust zu überprüfen, die Garret noch nie zuvor bei ihr gesehen hatte. Eine dampfende Teekanne und vier irdene Becher standen bereits vor ihr auf dem Tisch, und vier der acht Kerzen des Kronleuchters spendeten willkommenes Licht.

„Ihr kommt rechtzeitig zum Tee“, begrüßte sie die Bardin lächelnd und legte die Handarmbrust zur Seite.

„Ahh“, strahlte Garret und rieb sich die Hände. „Das nenne ich wahrlich ein Willkommen, Sera.“

Als Vanessa, die nach Garret eingetreten war, die Tür hinter sich zuzog, hob die Bardin fragend eine Augenbraue. „Kommt Tarlon nicht mehr?“

„Er ist noch dabei, eine Falle für den Kronok zu bauen, der morgen herkommen wird“, teilte Garret ihr mit und stellte seine Packen neben der Tür ab. „Werdet Ihr heute Abend mit uns essen? Ich bin dran mit dem Kochen ...“

„Was nicht unbedingt eine Empfehlung darstellt“, lächelte Vanessa und legte ihren Reiseproviant neben den von Garret. Wie dieser legte auch sie ihr Schwert nicht ab, sondern nahm es mit, als sie sich zu der Bardin an den Tisch setzte. „Aber wenn sich die Küche noch nutzen lässt, bin ich gerne dazu bereit, das Kochen zu übernehmen.“

Die Bardin hatte sich aufgerichtet und sah die beiden argwöhnisch an. „Von welchem Kronok sprecht ihr?“

„Von dem, dessen Spuren ich draußen nah dem Weg zum Gasthof fand“, klärte Garret sie auf. „Die Spuren weisen darauf hin, dass er täglich vorbeikommt, und wir hoffen, dass dies auch morgen der Fall sein wird.“ Er sah zu Vanessa hinüber, deren Lächeln schlagartig erloschen war. „Aber für den Fall, dass es sich der Kronok anders überlegt, wollen wir jetzt schon vorbereitet sein.“

„Sollten wir Tarlon dann nicht besser helfen?“, fragte die Bardin besorgt.

Vanessa schüttelte den Kopf.

„Er meint, bis er uns erklärt, was wir machen sollen, hätte er es selbst schon getan. Er meint, er braucht nicht lange."

„Seid ihr sicher? Denn ..."

Doch in diesem Augenblick öffnete sich schon die Tür des alten Gasthofs, und Tarlon stand im Türrahmen. Er hielt seine Axt in beiden Händen.

„Vanessa", sagte er leise. „Du und die Bardin, ihr bleibt hier drinnen und verschanzt euch. Lasst aber die Kerzen brennen. Garret, schnapp dir deinen Bogen."

„Schade", brummte Garret, als er sich seinen Bogen griff. „Er hätte ruhig noch bis morgen warten können. Andererseits," meinte er dann und grinste, „werden wir sicher ruhiger schlafen, wenn wir wissen, dass er schon tot ist."

Im nächsten Moment fiel die Tür hinter ihm und Tarlon zu.

„Ich werde nicht tatenlos warten, während sie kämpfen", begehrte Vanessa auf und griff nach ihrem Schwert, aber die Bardin legte ihr eine Hand auf den Arm. „Nein, wir sollten tun, was Tarlon sagt."

„Warum?"

„Weil es das Richtige ist. Du bist noch verletzt. Zudem haben wir hier im Gasthof die besseren Chancen, vor allem wenn wir uns in den Keller zurückziehen. Die Größe des Kronoks gereicht ihm dort unten zum Nachteil."

Vanessa zögerte kurz, während die Bardin ihre Handarmbrust wieder aufnahm und ihren eigenen wie auch Garrets Packen griff.

„Wenn es dazu kommt, sind Garret und Tarlon bereits tot", protestierte Vanessa. „Und genau das will ich verhindern." Sie schaute zur Tür. „Warum müssen Männer nur immer so tun, als ob alles ein Kinderspiel wäre! Ich habe bereits gegen einen Kronok gekämpft, und ich sage Euch, es sind wahre Ungeheuer!"

„Aber du weißt auch, dass Tarlon Recht hat, sonst wärest du ihnen schon längst gefolgt. Und du weißt auch, dass du mit deiner Verletzung eher ein Hindernis für sie bist denn eine Hilfe."

„Ich komme mir nur so feige vor", beklagte sich Vanessa, folgte der Bardin aber dennoch, als diese die Tür aufstieß, die in den Keller des Gasthofs hinabführte.

„Das ist nicht feige, sondern vernünftig", erklärte die Bardin und fügte mit entschlossenem Gesichtsausdruck noch hinzu: „Sieh es doch einmal so, wenn der Kronok sie tatsächlich besiegt, liegt es an uns, dafür zu sorgen, dass er damit wenigstens nicht prahlen kann."

Garret fluchte leise, als er Tarlon in die spärliche Bewaldung auf der anderen Seite des Wegs hinein folgte. „Warum muss es nur so dunkel sein!"

„Deshalb bat ich auch darum, dass sie die Kerzen anlassen, ihr Schein gibt uns zumindest ein wenig Orientierung", antwortet Tarlon. „Vielleicht lockt das Licht ihn sogar an." Er griff nach einem Seil, das lose vom größten der Bäume herabhing, und zog sich daran hoch.

„Hat Vanessa nicht erzählt, dass diese Biester auch in der Nacht sehen können?", flüsterte Garret und folgte Tarlon auf den Baum. Er suchte sich einen Platz in einer breiteren Astgabel und zog seinen Köcher zu sich heran. Mit den Fingern tastete er nach seinem besten Pfeil, während er versuchte, auf dem Gelände unter ihnen etwas auszumachen. Der Weg hob sich jedoch nur als ein etwas hellerer Streifen von der übrigen Umgebung ab, es würde noch dauern, bis sich seine Augen an die Dunkelheit gewöhnt hätten. „Wo ist das Biest?“, wollte er leise wissen.

„Im Moment etwas über vierhundert Schritt entfernt“, flüsterte Tarlon und prüfte ein Seil, dessen eines Ende er neben sich um den Stamm gebunden hatte. Garret blinzelte und versuchte dem Verlauf des Strickes zu folgen, nur allmählich erkannte er, dass er zu einem schweren Baumstamm führte, der etwa zwei Schritt vom Stamm entfernt senkrecht im Baum hing.

„Wie hast du den nur bis hier rauf ziehen können?“, fragte er beeindruckt.

„Mit dem Flaschenzug natürlich“, antwortete Tarlon. „Ihn noch weiter nach oben zu ziehen, habe ich allerdings nicht geschafft. Achtung er kommt näher ...“

„Und woher weißt du das?“, wisperte Garret und legte einen Pfeil auf seine Sehne.

„Ich kann ihn fühlen“, sagte Tarlon. „Als ob er vor sich hin murmeln würde ... er hat das Feuer gerochen und die Pferde im Stall.“

„Gute Nase“, flüsterte Garret. „Liest du etwa seine Gedanken?“

Tarlon seufzte.

„So etwas Ähnliches, aber lass uns später darüber reden, ja?“

„In Ordnung“, meinte Garret und veränderte leicht seine Position in der Astgabel. „Wie ist der Plan?“

„Ich hoffe, dass er erst einmal um den Gasthof herumschleicht und du vielleicht die Möglichkeit hast, auf ihn zu schießen. Falls nein, locken wir ihn her und versuchen, ihn von hier oben aus zu erwischen.“

„Wenigstens kann er seine Echse nicht gegen uns einsetzen“, überlegte Garret.

„Aber seinen Bogen. Er ist uns gegenüber im Vorteil, er kann im Dunkeln sehen."

„Also *muss* mein erster Schuss unbedingt sitzen", stellte Garret fest.

„Richtig ... psst", meinte Tarlon ganz leise. „Er kommt ... da drüben ..."

Zuerst war der Kronok nicht mehr als ein Schatten. Ein großer, schleichender Schatten, dachte Garret unbehaglich. Ein Schatten, der ihm irgendwie falsch erschien, weil er nur wenig mit dem eines Reiters auf einem Ross gemein hatte. Es dauerte ziemlich lange, bis Garret sicher war, auch wirklich den Kopf des Kronoks und nicht den seiner Echse wahrzunehmen. Ein leiser Grunzlaut, gefolgt von einem Zischeln des furchteinflößenden Reiters, dann verharrten beide völlig regungslos.

Nur der etwas hellere Streifen des Weges half ihm jetzt noch, den Kronok vor dem Hintergrund der Nacht auszumachen. Dennoch ahnte er dessen Position mehr, als dass er sie wirklich verorten konnte.

Als Tarlon und er vor wenigen Tagen als Gefangene auf einem Wagen zur alten Börse gebracht worden waren, hatte Garret die Gelegenheit genutzt, um sich zwei Kronoks genauer anzusehen. Er verzog sein Gesicht zu einem grimmigen Lächeln, als er sich nun daran erinnerte, wie sehr seine Turnereien den Soldaten, der den Wagen fuhr, verärgert hatten. Doch jetzt zahlten sich die Schläge von damals aus, denn dadurch hatte er wenigstens erfahren, dass alle Kronoks die gleiche Art von Rüstung trugen. Zu ihrer Ausstattung gehörte auch ein Helm, der allerdings nicht geschlossen war. Ihre Rüstungen besaßen hohe Schulterstücke und eine metallene Schürze, die vom hinteren Helmstück aus weit nach unten ging, um auf diese Weise Hals und Nacken zu schützen. Es waren schwere Rüstungen, die kein Mensch zu tragen vermochte und die so massiv waren, dass Garret nicht davon ausging, sie mit seinem Pfeil durchschlagen zu können. Ihre einzigen Schwachstellen befanden sich im Schritt, auf der Rückseite der seltsamen Kniegelenke und etwas mehr als ein Fingerbreit unterhalb der Schnauze, dort, wo der Brustpanzer endete.

Im Moment betrug die Entfernung zwischen ihm und dem Kronok etwa vierzig Schritt. Eine Strecke, auf der sich Garret normalerweise sogar zutraute, einen Pfeil durch den Schlitz des gegnerischen Visiers zu schicken, aber ... er sah nichts, es war einfach zu dunkel!

Ein weiterer Zischlaut, und die Echse setzte sich mit ihrem Reiter wieder langsam in Bewegung, auch die Echse ging nun geduckt, wie ein Raubtier, das zum Sprung bereit war. Kein Wunder, dachte Garret bitter, es *war* ja auch ein Raubtier!

Langsam näherte sich der Kronok, jetzt konnte Garret sogar beobachten, wie die Reitechse ihren Kopf hob und witterte, ein Glück nur, dachte er, dass der Wind günstig für ihn und Tarlon stand!

Als Nächstes nahm er die Konturen des Helms wahr ... und stellte mit einem flauen Gefühl im Magen fest, dass der Kronok genau in ihre Richtung sah!

Die Zeit schien stillzustehen, und Garret glaubte sogar schon, die gelben Reptilienaugen hinter dem Schlitz des Visiers ausmachen zu können. Aber ob Einbildung oder nicht, interessierte Garret jetzt nicht mehr. In einer einzigen fließenden Bewegung zog er den schweren Bogen aus und ließ den Pfeil von der Sehne schnellen.

Der Kronok war keine zwanzig Schritt mehr von ihnen entfernt, und so konnten Tarlon und er hören, wie die Stahlspitze des Pfeils durch den engen Visierschlitz eindrang und ihren Weg ins Auge der Bestie fand. Der Einschlag des Pfeils war von solcher Wucht, dass der Kronok erst nach hinten kippte und dann auf die Seite sackte.

Nur die fremdartigen Steigbügel hielten den furchterregenden Reiter jetzt noch im Sattel.

Die Reitechse stieß einen röhrenden Wutschrei aus, der Garret fast das Blut in den Adern gefrieren ließ, und kam nunmehr geradewegs auf sie zugerannt, wobei der leblose Körper des Kronoks wild im Sattel hin und her schwankte, bis er schließlich samt Sattel seitwärts zu Boden rutschte. Im selben Moment rammte der schwer gepanzerte Kopf der Echse den Baum mit solcher Wucht, dass Garret sich festhalten musste und ihm sein nächster Pfeil aus der Hand fiel!

Fluchend zog er einen weiteren Pfeil aus seinem Köcher, doch schon stemmte sich Tarlon neben ihm mit einem lauten Ächzen gegen den hängenden Baumstamm und stieß ihn von sich. Fast gleichzeitig holte er mit seiner Axt aus und durchtrennte damit mühelos das schwere Seil, das den Baumstamm bislang gehalten hatte. Der Zeitpunkt war von Tarlon perfekt abgepasst worden, so dass das Seil genau in dem Moment, in dem der Baumstamm nach vorne pendelte, gekappt wurde und dessen angespitztes Ende die Schulter der Echse durchbohrte.

Der schwere Stamm presste einen grausigen Zischlaut aus den Lungen der Bestie, dann fiel sie auf den harten Waldboden. Ihre Vorderklaue zuckte noch zweimal und ihr mächtiger Schwanz schlug noch ein letztes Mal auf die Erde, danach lag sie still.

Dennoch verharrten Tarlon und Garret auch weiterhin völlig regungslos auf ihrem Baum.

Garret fing sich als Erster und zog scharf die Luft ein. „Ist das Vieh auch wirklich tot?“, fragte er dann mit belegter Stimme. „Ich meine, es müsste doch mausetot sein, nicht wahr?“

„Ich denke schon“, antwortete Tarlon und schluckte. Beide sahen auf die Echse hinab. Dann räusperte sich Tarlon. „Aber ich werde so lange nicht von diesem Baum heruntersteigen, bis ich mir ganz sicher bin ... du hast den Bogen.“

Stimmt, dachte Garret überrascht. Er hatte sogar noch einen Pfeil in der Hand, obwohl er sich nicht mehr daran erinnern konnte, ihn ergriffen zu haben. War er ihm zuvor nicht aus der Hand gefallen? Garret beugte sich leicht vor, suchte das Auge der Bestie zu erkennen, fand es im Dunkeln aber nicht und schoss den Pfeil daher in den Hals der Echse ab. Doch das Tier unter ihnen rührte sich nicht, sondern lag noch immer völlig regungslos am Boden.

Garret und Tarlon sahen einander an, schließlich kletterte Tarlon als Erster hinab, während Garret solange noch mit gespanntem Bogen auf seinem Ast blieb.

Unten angekommen, stieß Tarlon die Echse mit seiner Axt an.

„Sie ist tot“, teilte er mit hörbarer Erleichterung mit. Er fischte seine Zünderbüchse aus der Tasche und entzündete an der Glut einen Kienspan und damit dann eine kleine Kerze, um besser sehen zu können. Danach beugte er sich über den Reiter, der mit verdrehtem Körper und offenem Maul etwas abseits lag, ein Bein unter dem Körper der Echse und dem Baumstamm begraben, der bis zur Hälfte in die vordere Flanke des Tieres eingedrungen war, wo er noch immer feststeckte.

Der Helm des Kronoks hatte sich durch den Sturz zwar gelöst, doch der Pfeil im Visierschlitz hatte verhindert, dass er ihm vom Kopf geglitten war. Worauf Tarlon den Pfeil kurz entschlossen abbrach und den Helm mit seiner Axt nach hinten wegschob. Erst jetzt sah er, dass die Spitze von Garrets Pfeil in den Schädel der Echse ein- und hinten wieder ausgetreten war.

Tarlon hob die Axt und trennte den Kopf des Kronoks mit einem wuchtigen Schlag vom Körper ab. „Jetzt ist er wohl mit Sicherheit tot", stellte Garret erleichtert fest.

„Das will ich meinen", erwiderte Tarlon und zog seine Axt aus dem Waldboden heraus, in den sie sich tief eingegraben hatte. Während Garret vom Baum herunterkam, trat er zurück und beobachtete, wie das Blut des Kronoks im Waldboden versickerte. Schweigend standen sie vor der toten Echse und ihrem unheimlichen Reiter.

„Das war ein unglaublicher Schuss", brach Tarlon dann das Schweigen. „Wie hast du das nur gemacht?"

Garret musterte den abgeschlagenen Kopf des Kronoks und den abgebrochenen Pfeil, der noch immer aus dem Auge herausragte. „Ich weiß es nicht, und es interessiert mich, ehrlich gesagt, auch nicht. Ich bin einfach nur froh, dass ich noch lebe."

„Ein meisterhafter Schuss", bemerkte Lamar. „Hat es sich wirklich so abgespielt? Völlig im Dunkeln?"

„Ja", meinte der alte Mann und zog an seiner Pfeife. „Übt man lange genug, entwickelt man ein Gefühl für den Bogen und die Pfeile", fügt er dann gleichmütig hinzu. „Es gibt hier im Dorf etliche, die Euch Ähnliches zeigen können. Was damals aber noch keiner von uns wusste, war, dass ein jeder Kronok genau dasselbe fühlen und sehen kann, was auch ein anderer Bruder seines Geleges gerade sieht und fühlt. Ein Umstand, der uns lange Zeit Rätsel aufgab, bis wir ihn schließlich aufdeckten und verstanden. In diesem Falle jedoch gereichte er den Kronoks nicht zum Vorteil …

Nur mühsam erholte sich der Kriegsmeister von dem Schock, den er durch den plötzlichen Tod seines Bruders erlitten hatte. Nur wie aus weiter Ferne nahm er die Stimme des Menschlings Belior wahr.

„Was ist geschehen?“, wollte der Kanzler ungeduldig wissen. „Ihr spracht soeben davon, dass euer Mann Licht im Gasthof sah ... was geschah danach?“

Der Kriegsmeister blinzelte und schaute sich im Raum um, als wolle er sich vergewissern, dass er sich auch wirklich hier in der Kronburg des Kanzler befand und nicht auf einem weit entfernten Weg, der zu einem fernen Pass führte.

„Mein Eibruder sstarb“, teilte der Kriegsmeister dem Kanzler mit und erhob sich. „Wenn Ihr gestattet, ziehe ich mich jetzt zurück.“

„Wie ist er gestorben? Wurde er angegriffen?“

Der Kriegsmeister richtete sich zu voller Grösse auf.

„Das weisss ich nicht. Er ssstarb.“

Ihm war sehr wohl bewusst, dass es dem Menschling nicht zusagen würde, wenn er einfach gehen würde, aber er sah keinen Grund, darauf Rücksicht zu nehmen. Er ging zur Tür und zu seinem Nestraum. Und selbst dieser Menschling wusste, dass es besser war, ihm nicht dorthin zu folgen.

„Er starb einfach so?“, fragte Belior ungläubig.

Der Kriegsmeister hielt inne und blickte noch einmal zum Kanzler zurück.

„Ja“, gab er zur Antwort und zog die Tür hinter sich zu.

Er riss sich die menschlichen Gewänder vom Leib und rollte sich in seinem Nest zusammen, wo er die Stimmen der anderen suchte und ihr Willkommen, den geteilten Schmerz, die Erinnerung an den Tod des Eibruders in ihren Stimmen fühlte.

Wir rochen das Menschling Weibchen am Pass.
Wir starben.
Wir wissen nicht wie.
Wir kämpften zuvor gegen ein Weibchen.
Sie war verletzt.
Wir starben.
Wir wissen nicht wie.
Neununddreißig Eibrüder, vier Wächter.
Acht Eibrüder und ein Wächter starben in der Flut.
Ein Eibruder starb gegen das unsterbliche Ungeheuer.
Hier wissen wir, wie wir starben.
Wir starben zweimal gegen ein Weibchen.
Wir wissen nicht wie.
Wir müssen wissen wie.
Gibt es vielleicht auch Brutmütter bei den Menschlingen?

Der Kriegsmeister rollte sich noch enger zusammen. Schon lange hatte ein Gelege nicht mehr so viele Verluste hinnehmen müssen. Er nahm sich vor, dem Menschling Belior schon morgen mitzuteilen, dass sie Menschlings-Weibchen bräuchten. Sie mussten wissen, wie deren Weibchen töten konnten, ohne dass das Nest erfuhr, wie sie das machten.

Er konzentrierte sich nochmals mehr als zuvor und suchte nach einer Bezeichnung für das seltsame Gefühl, das er verspürte.

Er besaß das gesamte Wissen seines Volkes und deren Nester. Niemand kannte den Krieg besser als ein Wächter. Die Eibrüder waren schneller, stärker und besser gerüstet als die Menschlinge. Die Wächter führten sie, gaben ihnen die Weisheit aller Nester.

Wie konnte ein Eibruder also sterben, ohne dass das Nest wusste, wie?

Der Kriegsmeister war beunruhigt.

Ein seltsames Wort, dachte er. Beunruhigt.

„Was bei allen Göttern ist eine Brutmutter?“, fragte Lamar, während der Wirt neuen Wein an den Tisch brachte. „So etwas wie eine Königin“, erklärte der alte Mann und hielt, zur Überraschung Lamars, die Hand über seinen Becher, als der Wirt ihm nachschenken wollte.

„Oder wie ein General. Jedenfalls verhält es sich so, dass die Kronoks dem Befehl ihrer Brutmütter bedingungslos folgen … sie können nicht anders, es ist ihre Natur. Jedes Gelege hat wohl seine eigene Brutmutter, und es ist anscheinend so etwas wie ein Sakrileg, die Brutmütter anderer Gelege anzugreifen.“

„Und was hat das Ganze nun mit unserer Geschichte zu tun?“

„Noch nichts, außer dass es immer darauf ankommt, wie jemand einen anderen sieht. Wonach entscheiden wir Menschen, ob wir andere Wesen respektieren? Wäret Ihr ein Kronok, Lamar, so würdet Ihr an uns Menschen wohl nicht viel finden, das Euch Respekt abnötigt. Klein und hilflos, ungeschuppt, mit stumpfen Zähnen, vor allem aber noch nicht einmal dazu in der Lage, miteinander zu reden, ohne dass es zu Missverständnissen kommt. Kleine, nackte und dumme Tiere mit Werkzeugen.“

„Interessante Sichtweise“, meinte Lamar und nippte an seinem Wein. „Aber nicht so ganz die meine.“ Der alte Mann sah ihn scharf an. „Es gibt sogar Leute, die ihre Mitmenschen auf dieselbe Art und Weise betrachten.“

„Damit habt Ihr leider Recht“, stimmte der Gesandte dem alten Mann zu und brauchte dabei nur an den Prinzen zu denken.

„Jedenfalls hatte dieser Schuss noch andere Auswirkungen, die sich uns aber erst später offenbarten", sprach der Geschichtenerzähler weiter. „Im Moment waren Garret und Tarlon erst einmal nur froh, dass sie überhaupt noch unter den Lebenden weilten."

„Ihr wollt sagen, dass dieser Garret nur deshalb eine so große Klappe besaß, damit andere nicht erkannten, wie viel Angst er in Wirklichkeit hatte?"

Der alte Mann sah ihn seltsam an und nickte dann langsam. „Das mag gut und gerne so gewesen sein."

Der Gesandte schmunzelte. „Vielleicht hätte man ihm mal erklären sollen, dass es nicht darauf ankommt, ob man Angst hat oder nicht. Angst kann durchaus etwas sehr Sinnvolles sein."

„Worauf kommt es denn dann an?", fragte der alte Mann neugierig.

„Darauf, dass man sich seiner Angst stellt und trotzdem tut, was getan werden muss", erläuterte Lamar und sah in seinen Becher. „Manchmal hat man ja einfach auch nur Angst vor der Angst. Aber selbst dann gilt, was ich gerade gesagt habe."

Der Geschichtenerzähler musterte Lamar eindringlich. „Ihr habt das lernen müssen?"

„Man lernt so einiges am Hofe", antwortete Lamar bitter und spielte mit seinem Becher.

„Den Eindruck hatte ich bislang nicht", sagte der alte Mann.

„Dann versucht es einmal als Prügelknabe des Prinzen, und Ihr werdet einen ganz anderen Blick auf die Dinge gewinnen", versicherte ihm Lamar und nahm einen tiefen Schluck.

„War das Euer Schicksal?", erkundigte sich der alte Mann so leise, dass die anderen im Raum es nicht hören konnten.

„Ja", erwiderte Lamar. „Ich habe meine Haut für ihn zu Markte getragen, doch er kennt nicht einmal meinen Namen."

Der alte Mann begutachtete Lamar nachdenklich. „Wisst Ihr, ich hatte Euch für ein Mitglied der königlichen Familie gehalten. Außerdem wurdet Ihr mir auch so angekündigt."

„Ihr hattet mich erwartet?", fragte Lamar überrascht. „Wie das?"

„Nun, es ist meine Aufgabe, dem, der kommt und nach der Krone von Lytar fragt, ihre Geschichte zu erzählen. Nur seid Ihr nicht der Prinz."

Lamar lachte auf. „Ich bin weit davon entfernt, ein Prinz zu sein, guter Mann. Wer hat Euch denn gesagt, dass der Prinz kommen würde?"

„Die Hohepriesterin der Mistral", antwortete der alte Mann bereitwillig, und noch immer lagen seine Augen seltsam prüfend auf dem Gesicht des jungen Mannes. „Sie teilte mir mit, dass der Prinz die Einladung erhalten hätte."

„Hat er auch", bestätigte Lamar, dessen Knie allein bei der Erinnerung an seine Audienz beim Prinzen schon wieder zu schmerzen begann. „Aber er hatte Besseres zu tun und schickte mich an seiner statt. Ich sollte in Lytara nach der Krone fragen und sie ihm danach bringen."

Wieder lachte er. „Ich denke mir, dass Eure Geschichte wohl noch lange nicht zu Ende ist, und wenn der Prinz alleine den Teil kennen würde, den Ihr mir bislang erzählt habt, hätte er wohl nicht so leichtfertig gesprochen!"

„Das wäre zu wünschen", schmunzelte der Geschichtenerzähler. „Aber hat ihm die Priesterin denn nicht gesagt, dass es ein Abkomme des Königs sein muss, der nach der Krone fragt?"

„Doch, und deshalb dachte der Prinz ja auch an mich. Wir beide haben denselben Vater, nur wurde ich nicht im ehelichen Bett gezeugt." Er zuckte mit den Schultern. „Solche Dinge geschehen eben. Ich kann mich auch nicht beschweren, der König ist stets gut zu mir gewesen."

„Ja, das geschieht", nickte der alte Mann und schien sich wieder etwas zu entspannen. „Ihr habt es dem König nicht verübelt?"

„Nein", sagte Lamar und blickte wehmütig in seinen Becher. „Er fand oft Zeit für mich, als ich jung und er noch rüstig war. Mutter meinte immer, er habe sich dazu aus der Burg geschlichen. Nach seinem Unfall sah ich ihn allerdings nie wieder und wurde auch nicht mehr zu ihm vorgelassen." Er nippte zuerst, tat dann aber doch einen tiefen Schluck und stellte seinen Becher hart auf den Tisch zurück. „Nur, dass der Prinz nicht einmal meinen Namen kennen will, macht mich wirklich zornig. Es ist ungerecht!"

„Ja", gab ihm der alte Mann Recht. „Schließlich hat man einen Namen, um bei ihm gerufen zu werden", fügte er hinzu. „Aber ich sehe, dieses Thema ist Euch nicht genehm, Ser. Soll ich stattdessen lieber mit der Geschichte fortfahren?"

„Ich bitte darum", antwortete Lamar und schenkte sich Wein nach, diesmal füllte er den Becher allerdings zur Hälfte mit Wasser auf.

„Gut", meinte der alte Mann mit Blick auf den Becher.

„Nun", begann er etwas lauter, damit auch die anderen im Gastraum ihn wieder hören konnten. „Nun", wiederholte er, „Garret und Tarlon hatten eigentlich nicht damit gerechnet, den Kampf zu überleben, aber zugegeben hätten sie das natürlich nie. Es ist also wenig verwunderlich, dass sie in bester Laune zu dem verfallenen Gasthof zurückkehrten ..."

„Wir sind es!", rief Garret fröhlich, als Tarlon und er den alten Gasthof wieder betraten. Worauf die Kellertür aufsprang und Vanessa auf ihn zurannte und ihn stürmisch umarmte, während ihr die Sera Bardin etwas gemächlicher und mit einem leichten Lächeln auf den Lippen nachkam. Sie zog die Kellertür hinter sich zu und lehnte sich dagegen.

„Ist euch etwas geschehen?", fragte Vanessa, aber bevor Garret antworten konnte, gab sie ihm auch schon einen Kuss, der ihn vergessen ließ, was er hatte sagen wollen.

Die Bardin musterte die beiden jungen Männer, die keinerlei Kampfspuren aufwiesen.

„War es ein falscher Alarm?", erkundigte sie sich besorgt, doch Tarlon schüttelte den Kopf.

„Nein, der Kronok kam. Aber wir hatten Glück."

Garret löste sich aus Vanessas Umarmung und zog sie an sich heran. „Es war allerdings schon ziemlich unheimlich ... diese Kronoks können auch in der Nacht sehen, und er sah uns auf etwas mehr als dreißig Schritt Entfernung direkt an. Überhaupt ist es ein Wunder, dass er uns nicht schon zuvor gesehen hat. Nun ja, bevor er dazu kam, uns anzugreifen, habe ich ihn jedenfalls im Auge erwischt. Er war sofort tot, der Göttin sei Dank." Er sah Vanessa bewundernd an. „Nur mit einem Schwert bewaffnet, hätte ich mich mit so einem Kerl jedenfalls nicht anlegen wollen."

„Von wollen war ja auch nicht die Rede“, lachte Vanessa. Sie wies auf die Stühle am Tisch, an dem die Bardin nun wieder Platz genommen hatte.

„Also ist er tot?“, fragte die Bardin.

„Sonst wären sie wohl nicht hier“, meinte Vanessa. „Setzt euch“, sagte sie dann. „Heute übernehme ich das Essen, zu Ehren unserer Helden!“

„Was ist mit der Reitechse?“, hakte die Sera Bardin nach. „Müssen wir uns wegen ihr noch Sorgen machen?“

„Nein“, antwortete Garret und schenkte sich den nunmehr kalt gewordenen Tee ein. „Tarlon hat ihr mit einem Baumstamm die Lunge durchbohrt.“

„So“, sagte die Bardin nur und musterte Tarlaon daraufhin eindringlich unter hochgezogenen Augenbrauen

„Es war ein Baumstamm, den ich vorher hoch gezogen hatte“, versuchte Tarlon zu erklären.

„Ah?“

„Mit meinem Flaschenzug ...“

Die Bardin schüttelte den Kopf. „Ihr habt also einen dieser Kronoks mitsamt seiner Reitechse getötet, ohne einen Kratzer davonzutragen. Kommt euch das nicht seltsam vor?“

Garret sah sie verwundert an.

„Nein? Wieso? Es war ein Hinterhalt, und wir hatten Glück.“

„Was meint Ihr damit, Sera?“, wollte auch Tarlon verständnislos wissen.

Die Bardin blickte zuerst auf ihre Hände herab, danach schenkte sie den beiden einen prüfenden Blick.

„Ich will offen sein“, begann sie leise. „Ich kenne euch, seitdem ihr Kinder wart, doch jetzt frage ich mich, wie gefährlich ihr beide in Wirklichkeit seid. Denn ich glaube nicht, dass euer Sieg nur dem Glück oder der göttlichen Vorsehung geschuldet war. Ich fürchte vielmehr, dass ihr ein Talent zum Krieg besitzt ... wie es übrigens die meisten Menschen tun. Nur dass es bei euch nochmals besonders ausgeprägt ist."

„Wen meint Ihr mit euch?", fragte Tarlon behutsam nach.

„Mit euch meine ich die Leute aus dem Dorf. Lytara. Jeden Einzelnen von euch." Sie musterte jetzt auch Vanessa mit ihren dunkelgrünen Augen, als ob sie auf diese Weise in deren tiefstes Inneres schauen könnte. „Das letzte Mal brauchte es die Macht der Götter, um euch aufzuhalten ..."

Tarlon sah überrascht auf, als er die Bedeutung ihrer Worte verstand.

„Sera", begann er vorsichtig. „Diesmal wird uns aber niemand aufhalten müssen, denn wir wollen keinen Krieg. Wir haben unsere Lektion gelernt, was den Umgang mit Macht betrifft."

„Man muss uns nur in Ruhe lassen", grinste Garret. „Aber Tarlon hat schon Recht. Ich gehe lieber fischen, als dass ich mich mit Kronoks herumärgere."

„Herumärgern? Jeder andere als ihr wäre bei diesem Kampf gestorben!", meinte die Bardin darauf. „Glaubt mir, ich bin froh, dass ihr siegreich wart, und wünsche mir auch nichts mehr, als dass der Kampf gegen Belior gewonnen wird! Aber, versteht ihr denn nicht, dass ihr mich erschreckt? Dass es mir vorkommt, als würde ein schlafender Riese erneut erwachen? Dass ich mich frage, ob es gut ist, dass das Greifenbanner wieder weht?"

„Was für ein Riese? Wir sind Bauern und Handwerker, Sera", wandte Garret nun sichtlich irritiert ein. „Wir sind nur ein kleines Dorf in einem vergessenen Tal. Das Einzige, was wir wollen, ist unsere Ruhe und das, was uns lieb und teuer ist, schützen zu können."

Tarlon fing den Blick der Bardin auf und wollte noch etwas hinzufügen, doch jetzt schaltete sich Vanessa rigoros ein.

„Ich will heute nichts mehr von Krieg oder Kampf hören", teilte sie den anderen energisch mit. „Tarlon, hilfst du mir, das Gemüse zu putzen?"

„Ja, sicher", sagte Tarlon mit einem letzten schnellen Blick auf die Bardin und überlegte, ob er nicht doch noch etwas sagen sollte. Aber Garret kam ihm zuvor.

„Sera", begann er. „Das Greifenbanner weht wieder, das ist wahr. Aber vergesst nicht, wie der Greif das Schwert trägt. Mit der Spitze nach unten. Bereit, aber nicht zum Angriff erhoben. Sorgt euch also nicht Sera. Wir stellen für niemanden mehr eine Gefahr dar. Nie mehr."

Langsam nickte die Bardin und wandte sich dann an Vanessa. „Ich helfe Euch beim Kochen, Sera", sagte sie, und mit einem letzten Blick zu Tarlon und Garret. „Ihr habt es euch verdient, heute Abend bewirtet zu werden."

„Hast du gehört", flüsterte Garret, als die beiden Frauen mit dem Proviantbeutel in der Küche verschwanden. „Sie hat Vanessa mit Sera angesprochen."

„Ja", antwortete Tarlon. Er sah auf seine Axt herab, die am Bein des Tisches lehnte. An ihrem blank polierten Stahl haftete noch das Blut der Echse, und an ihrer Schneide war eine neue Scharte zu erkennen. Er zog einen Stuhl heran, setzte sich, nahm die Axt auf seinen Schoß und wühlte in seinem Packen, bis er einen Lappen und einen Schleifstein fand. „Sie hat verstanden, dass wir keine Kinder mehr sind."

Am nächsten Morgen, sie hatten schon alles gepackt und waren zur Weitereise bereit, führte die Bardin ihr Pferd noch kurz zu der toten Echse, um sich den Feind aus der Nähe zu betrachten. Schweigend stand sie eine Weile vor den beiden Kadavern.

„Nachdem die Kronoks solch schwere Rüstungen haben, bleibt einem wohl nichts anderes übrig, als sie mit Pfeil und Bogen zu bekämpfen", stellte sie dann fest. Sie sah zu Vanessa hinüber, die ihr vom Sattel aus zunickte.

„Kommt es zu einem Nahkampf, haben wir nur mit unseren alten, schwarzen Familienschwertern eine Chance", meinte die junge Frau, die auf einmal ganz bleich geworden war. „Mit einem normalen Schwert gibt es kein Durchkommen durch diese Rüstungsplatten, höchstens mit einer Axt, wie Tarlon sie führt."

„Hhm", brummte Tarlon nachdenklich und wog die Axt in seiner Hand. Er gab den anderen ein Zeichen, von der Echse zurückzutreten, drückte Vanessa die Zügel seines Pferdes in die Hand, griff seine schwere Axt mit zwei Händen, holte weit aus und schlug zu.

Der Aufprall des schweren Axtblatts auf die Rüstung des Kronoks ließ die Vögel aufsteigen. Doch davon abgesehen, dass die Rüstung nun eine tiefe Scharte aufwies, hatte sie dem mächtig geführtem Hieb widerstanden.

„Götter!", entfuhr es Tarlon und musterte erst das Blatt seiner Axt und danach die Panzerung. „Natürlich hätte ich sowieso versucht, ihn an den Gelenken zu treffen, aber jetzt weiß ich wenigstens, dass alles andere auch keinen Sinn gehabt hätte!" Er nahm seine Zügel, saß auf und wandte sich im Sattel zu Garret um, der Schwierigkeiten hatte, sein Pferd zu beruhigen. „Ich hoffe, du schießt jedes Mal so gut!"

„Das hoffe ich auch", lachte Garret, auch wenn sein Lachen etwas bemüht klang. Er sah mit ungläubigen Augen auf die tote Echse herab. „Entweder das, oder ich verstecke mich in einem Erdloch, in das ein Kronok nicht hineinpasst! Ich kann kaum glauben, dass ihm dein Streich nicht mehr als eine Scharte beigebracht hat!"

„Ich werde wohl noch etwas fester zuschlagen müssen", meinte Tarlon nachdenklich und musterte seine Axt. „Nur werde ich dazu einen Stiel aus Stahl brauchen. Wie Argors Hammer einen hat. Möge die Göttin ihm gnädig sein."

„Ich hoffe, er sitzt bei seinem Gott und trinkt Starkbier", sagte Garret. „Unser Dünnbier hat ihm ja nie so richtig geschmeckt."

„Das hoffe ich auch. Götter, diese Kronoks sind wirklich so gut wie unbesiegbar", stellte Vanessa mit leiser Stimme fest.

„So gut wie stimmt nicht ganz", korrigierte Garret und folgte der Bardin, als diese anritt. „Und ich lege Wert auf diesen kleinen Unterschied!"

Kurz vor Mittag desselben Tages erreichten sie einen kleinen Fluss, in den sich auch das Bächlein ergoss, das sie den ganzen Weg ins Tal hinab begleitet hatte. Der Fluss war weder besonders breit noch besonders tief, dennoch wären die schweren Wagen der Händler wohl kaum imstande gewesen, ihn zu überqueren, hätte nicht eine aus weißem Stein gemauerte Brücke über ihn geführt, die sich in überraschend gutem Zustand befand.

Auf der dem Pass zugewandten Seite des Flussufers befanden sich die Reste von Grundmauern, die belegten, dass es an dieser Furt einst eine kleine Ansiedlung gegeben haben musste.

Auf der anderen Seite der Brücke stand hingegen ein stabiles Gemäuer mit einem niedrigen Turm und einem Stall, vor dem ihnen eine Schranke den Weg versperrte. An die Schranke war ein Schild mit einem ihnen unbekannten Wappen genagelt worden. Doch auf der Brücke selbst prangte noch immer der Greif von Lytar.

„Was soll denn das?“, rief Garret verwundert aus. „Das ist die einzige Brücke weit und breit, und jemand baut eine Schranke drauf?“ Er sah die Bardin fragend an. „Wisst Ihr, was das zu bedeuten hat?“

„Der örtliche Baron verlangt Brückenzoll. Brücken sind, was ihren Erhalt angeht, teure Bauwerke, und mit diesem Brückenzoll holt sich der Baron das Geld, das er für die Instandhaltung ausgibt, wieder herein.“

„Gut“, nickte Garret. „Aber diese Brücke wurde doch einst von uns errichtet, ich kann jedenfalls noch immer Spuren von Magie in ihr fühlen. Demnach müsste uns auch der Brückenzoll zustehen, oder etwa nicht?“

Die Bardin lachte leise und schüttelte den Kopf. „Nein. Denn letztlich gehört die Brücke immer demjenigen, auf dessen Land sie steht. Da vorne rührt sich auch schon etwas …“

„Sitzen die etwa das ganze Jahr über in dem Gebäude?“, fragte Garret überrascht, als drei mit Kettenhemd gerüstete Soldaten aus dem Zollhaus heraustraten und einer von ihnen seine Hand hob, damit die kleine Gruppe aus Lytara anhielt. Schon aus der Ferne gesehen, wirkten die drei etwas abgerissen.

„Nein“, lächelte die Bardin und zog ihren Beutel heraus. „Sie kommen immer erst knapp zwei Wochen vor dem Mittsommernachtsfest und bleiben danach noch vier weiter Wochen, so dass sie auch alle Händler abkassieren können, die zu euch ins Dorf und wieder zurückfahren. Die Götter zum Gruße, gute Leute“, rief sie dann. „Ein Kupfer pro Person und Pferd?“

„Drei Kupfer für jedes Pferd, zwei Kupfer für jeden Reisenden“, rief einer der Soldaten zurück. „Das macht dann zwanzig Kupfer, also ein Silber.“

„Das ist Wucher!“, stellte die Bardin fest, und ihr Lächeln gefror etwas. Dennoch zählte sie die Kupfermünzen ab. Garret öffnete schon den Mund, um etwas dementsprechendes zu erwidern, doch ein Blick der Bardin ließ ihn den Mund halten. Stattdessen nahm er sich nun die Zeit, die drei Soldaten etwas genauer zu betrachten.

Alle drei waren gerüstet und in einen Waffenrock mit dem gleichen Wappen gewandet, das auch ans Zollhaus genagelt war. Zwei von ihnen trugen eine Hellebarde, der dritte ein Kurzschwert. Letzterer war auch derjenige, der nun vortrat, um die Kupferstücke in Empfang zu nehmen. Aus der Nähe betrachtet, war kaum zu übersehen, dass die drei Männer ihre Ausrüstung kaum pflegten, das Kettenhemd des Schwertträgers war an einigen Stellen sogar schon von Rost überzogen. Und alle drei vermittelten den Eindruck, als hätten sie dieses Jahr noch kein Bad genommen.

Während der eine Soldat die Kupferstücke zweimal nachzählte, was ihm offensichtlich hohe Konzentration abverlangte, kratzte sich ein anderer am Kopf, fand etwas zwischen seinen Fingerspitzen, biss darauf und spuckte es aus. Vanessa gab ein Geräusch des Ekels von sich.

„Das is nich unsere Schuld, Sera“, sagte der Soldat und ließ die Kupferstücke in seinen Beutel gleiten. „Wir haben letzte Woche Anweisung erhalten, den Brückenzoll zu erhöhen.“ Er gab einem seiner Kameraden ein Zeichen, dieser lehnte sich schwer auf das Schrankengewicht und der Schlagbaum hob sich schwerfällig.

„Die Götter mit Euch", grüßte der Mann und verbeugte sich sogar leicht vor der Bardin, die nun langsam über die Brücke ritt.

„Die Götter mit Euch", antwortete die Bardin höflich, und auch Tarlon und Vanessa murmelten etwas, während Garret schweigsam und mit gefurchter Stirn über die steinerne Spanne ritt.

„Ich finde das nicht richtig", fing er etwas später an, als die Brücke und das Zollhaus schon lange außer Sicht waren. „Sie haben die Brücke nicht gebaut, warum verlangen sie also Geld für die Passage?"

„Es ist nicht nur wegen der Brücke", erklärte ihm die Bardin. „Es geht auch um die Zölle."

„Das mit den Zöllen verstehe ich genauso wenig. Ein Händler bringt mit seinem Wagen Waren in die Baronie und muss Zölle dafür bezahlen, dass er sie dort verkaufen will?"

„In etwa so, ja", stimmte die Bardin zu.

„Warum?"

„Weil die Waren, die in der Baronie selbst hergestellt werden, für die Leute vor Ort dadurch billiger werden."

„Das ist doch sowieso der Fall!", stellte Garret fest. „Die Händler verkaufen doch nur die Waren, die die Leute dort selbst nicht herstellen!"

„Es bringt Gold in die Taschen der Barone", erklärte die Bardin. „Und Gold scheint mir oft das Wichtigste für euch Menschen zu sein."

„Das ergibt keinen Sinn für mich", beharrte Garret. „Denn reist der Händler dann weiter in die nächste Baronie, muss er wieder Zölle zahlen, bekommt aber das Geld, das er für seine Waren, die er zuvor zwar bezahlt, aber nicht verkauft hat, nicht wieder zurück."

„Nein“, lachte die Bardin. „Wenigstens habe ich noch nie gehört, dass dies geschieht.“

„Wir sind aber keine Händler. Wieso zahlen wir dann Zoll?“

„Ich denke, dass die Barone jede Möglichkeit nutzen, um an Gold zu gelangen“, mischte sich nun Tarlon ein. „Und zudem kommt es mir vor, als ob man gar nicht wolle, dass sich Reisende von außerhalb in der Baronie aufhalten.“

„Wäre es da nicht besser, wenn es erst gar keine Zölle gäbe und die Händler ihre Waren überall frei verkaufen könnten? Die Händler werden ihre Waren ansonsten doch immer teurer machen, je weiter sie reisen und je mehr Zölle sie zahlen müssen?“

„Genauso ist es“, bestätigte die Bardin. „Deshalb sind die Waren, die ihr in Lytara einkauft, ja auch vollkommen überteuert.“

„Sind sie das?“, fragte Garret stirnrunzelnd. „Das wusste ich nicht.“

„Das Meiste von dem, was man euch verkauft, kostet euch gut das Zwanzigfache dessen, was der Händler im Einkauf dafür bezahlt hat. Zum einen, weil die Händler selbst verdienen wollen, zum anderen wegen der Zölle.“ Die Bardin lachte, als sie Garrets empörten Blick sah. „Ihr macht es den Händlern aber auch schwer, indem ihr das Meiste selbst herstellt, nur solche Waren wie Seide oder Schmucksteine kann man euch noch verkaufen.“

„Und was ist mit den Bauern hier?“, hakte Garret nach und wies mit der Hand auf einen Hof, der in der Ferne zu sehen war. Selbst auf die Entfernung hin konnte man sehen, dass sich die Häuser in einem miserablen Zustand befanden, das Dach einer Scheune wies sogar mehrere Löcher auf. „Ich habe noch nie einen so heruntergekommen Hof gesehen, und das, obwohl dort hinten gut zwei Dutzend Kühe auf der Weide stehen ... der Bauer muss bei dieser Menge Vieh doch reich sein!" Er verzog das Gesicht. „Allerdings sehen die Rindviecher bei genauerer Betrachtung nicht gerade sehr wohlgenährt aus!"

„Das ist das Land von Baron Vidan", erklärte die Bardin. „Ich habe schon oft gehört, dass er seine Bauern und Leibeigenen bis zum letzten Kupfer auspressen soll." Sie seufzte. „Und so muss es wohl auch sein, denn seit ich hier durchreise, habe ich immer nur gesehen, wie sich das Elend immer noch weiter ausgebreitet hat. Auch Menschen sollten nicht so leben müssen!"

„Auch Menschen?", fragte Tarlon überraschend scharf. „Wie seht Ihr uns denn, Bardin? Braucht es für uns Menschen weniger Komfort als für Elfen?"

Die Bardin sah mit gefurchter Stirn zu ihm herüber.

„Wollt Ihr eine wahre Antwort, Tarlon?"

„Sonst lohnt keine Frage", antwortete dieser.

„Nun denn. Beschwert Euch aber nicht, wenn Ihr sie bekommt. In den Augen meines Volks seid ihr eine unzivilisierte Rasse, der es genügt, in Höhlen zu hausen, und die keine Vorstellung von der feineren Art des Lebens hat. Ihr seid ungebildet, ungewaschen, unhöflich und kurzsichtig im Denken und Handeln. Ihr zerstört gedankenlos, was Jahrtausende brauchte, um zu entstehen, und seid beständig auf der Suche nach Neuem, das ihr sogleich für besser haltet als das Alte. Dass die Menschen hier in Elend leben, liegt daran, dass ihr euch gegen die Götter aufgelehnt habt und dafür gestraft worden seid! Denn dies sind die Vorlande Alt Lytars, sie tragen ebenfalls den Fluch der Götter!"

„Stört es euch denn nicht, dass ihr uns mit solch einem

Denken überheblich erscheinen müsst?", fragte Tarlon überraschend mild.

„Der Schein trügt", gab die Bardin leicht gereizt zurück. „Was ich sagte, ist einfach wahr. Und was wahr ist, ist nicht überheblich!"

„Warum kommt es mir dann nur so vor, als ob es genau diese Art von Denken wäre, die Lytar einst in die Verdammnis getrieben hat", stellte Tarlon fest. „Befürchtet ihr denn nie, dass euch dasselbe auch einmal geschehen kann?"

„Das wird es nicht", antwortete die Bardin knapp. „Wir Elfen gründen unseren Stolz nicht auf Gewalt und Zerstörung. Für uns zählen andere Werte, wir sind stolz auf das, was wir erschaffen und nicht, auf das, was wir zerstören könnten!"

„Sera, das ist nicht gerecht!", wandte jetzt Vanessa leise ein. „Ihr kanntet doch Lytar, als es noch reich und mächtig war. Gab es denn dort wirklich nichts, das Euch beeindruckte? Gab es dort keine Künste, nichts Schönes und Erhabenes, das auch Euren Geist zu berühren vermochte? Nichts Unglaubliches, das Euch staunen ließ?"

Einen Moment sah es so aus, als ob die Sera nichts darauf erwidern wollte, sie sah Vanessa nicht einmal an. Dann aber stieß sie einen tiefen Seufzer aus. „Ich sehe, ihr wollt mich mit euren Worten in die Enge treiben." Sie verzog das Gesicht zu einem schiefen Lächeln. „Auch fällt mir es schwer, zuzugeben, dass ihr Recht haben könntet. Doch, ja", fuhr sie dann leise fort. „Es gab so einiges, was einen in Ehrfurcht erstarren ließ. Es gab Dinge zu sehen und zu bestaunen, die mein Volk nicht zustande brachte. Damit habt ihr recht. Doch all das verblasste gegen die tierhafte Brutalität, die euch Menschen zu eigen ist. Für mich seid ihr wahrhaftig ein übler Scherz der Götter: Mit der Fähigkeit zu Großem gesegnet und gleichzeitig dazu verdammt, all dies durch eure Gier und Tierhaftigkeit immer wieder zunichte zu machen." Ihr Gesicht hatte einen harten Ausdruck, als sie weitersprach. „Diese Menschen hier verdienen, zu hausen wie die Tiere, denn in Wahrheit seid ihr auch nichts anderes. Dies zeigt sich immer wieder aufs Neue, egal wie prächtig die Gewänder, die ihr tragt, auch sein mögen!"

„Doch keiner *unserer* Bauern lebt wie ein Tier." Garrets Stimme klang kühl und ruhig, ruhiger, als man es von ihm erwartet hätte, was Tarlon aufhören ließ, denn er kannte seinen hitzköpfigen Freund und wusste, dass dies kein gutes Zeichen war.

„Diese Menschen hier sind arm. Sie deshalb als Tiere zu beschimpfen ist nicht rechtens. Sind wir Tiere, seid ihr es auch, da ich bislang keinen großen Unterschied zwischen Elfen und Menschen feststellen konnte. Aber wenn euer Volk so denkt wie Ihr, Sera, ist es kein Wunder, dass sich die Menschen gegen Euer Volk empören."

„Die Menschen haben sich nicht gegen uns empört", erwiderte die Bardin. „Es war Lytar, das uns von unserem Land vertrieb!"

„Garret, Sera", mahnte Tarlon beschwichtigend. „Lasst es gut sein." Er warf einen Blick auf die Bardin, die aussah, als ob sie im nächsten Moment auf und davon reiten wolle. „Außerdem hat das alles nichts mit unserem Auftrag zu tun! Vergesst nicht, Belior ist eine Bedrohung für uns alle, für uns wie für die Elfen! Wir sollten daher nicht über Dinge streiten, die nicht von Belang sind."

„Ja, nur was, wenn sie es doch sind?", antwortete Garret stur. „Aber gut. Eine Frage habe ich jedoch noch an Euch, Sera. Als Lytar damals unterging, gab es noch viele Elfennationen. Doch heute, Sera, sagt an, wie viele gibt es heute noch?"

Die Bardin musterte ihn mit einem undeutbaren Blick.

„Eine solche Frage stellt man keinem Elfen."

„Warum? Weil Euch die Antwort auf diese Frage unangenehm ist? Ihr selbst habt uns Balladen gelehrt, in denen stets davon gesprochen wurde, immer treu und redlich zu sein. Rechtschaffenheit und Loyalität, all dies habt Ihr uns gepredigt, doch nun frage ich mich ernsthaft, ob Eure Worte auch ehrlich gemeint waren, wo Ihr sie doch an Tiere gerichtet habt!"

„So meinte ich das nicht", gab die Bardin betroffen zurück.

„Dann beantwortet die Frage."

„Es ist uns unangenehm. Wir Elfen sterben aus. Es gibt nicht mehr viele von uns. Von den einstmals so zahlreichen Nationen der Elfen sind nur noch drei übrig geblieben. Davon ist die, der ich angehöre, die größte. Ihr Menschen habt uns alles genommen, was einst unser war, ihr seid es gewesen, die uns auf die Inseln zurückgedrängt habt."

„Ihr seid gegangen, und andere nahmen euch eure Länder ab? So wie die Brücke, die wir zuvor überquert haben, nicht mehr uns gehört, da das Land uns nicht mehr gehört? Demnach war es gar nicht Lytar, das euch vertrieben hat, sondern die Menschen im Allgemeinen?"

Widerstrebend nickte die Bardin. „Wenn Ihr es so sehen wollt."

„Gut", sagte Garret mit harter Stimme. „Dann müssen wir nur noch klären, wann und wo *ich* Euch etwas nahm. Sagt mir, was *ich* oder auch nur eine einzige Person Lytaras Euch jemals getan hat."

Die Bardin sah Garret kalt an.

„Was Lytar mir antat, Garret, wird in meinem Herzen niemals Vergebung finden."

Garret schüttelte unnachgiebig den Kopf.

„Wir wuchsen damit auf, dass unsere Vorfahren Schlimmes taten. Wir haben es gelernt und verstanden. Wir haben es wirklich *verstanden*, Sera. Aber Ihr, Ihr macht Euch nicht einmal die Mühe, zwischen denen, die seit Jahrhunderten in der Erde liegen, und *uns* zu unterscheiden!" Garrets Miene zeigte einen unbeugsamen und ablehnenden Ausdruck, den Tarlon nur zu gut kannte. Dies war etwas, was Garret geklärt haben wollte. Und zwar jetzt.

„Das und nichts anderes ist mein Vorwurf an Euch! Dass Ihr nicht trennt zwischen dem, was war, und dem, was heute ist!"

„Wie denn auch!", antwortete die Bardin erhitzt. „Es fällt mir so unsäglich schwer, wenn ich Euch ansehe und dabei doch immer nur in die gleichen Gesichter von damals blicke und auch die gleichen Gesten, die gleichen Stimmen von damals wieder höre. Ihr seid dieselben geblieben, auch wenn ihr es nicht wahrhaben wollt!"

„Ich bin meines Vaters Sohn, doch nicht mein Vater", protestierte Garret ruhig. „Nur Ihr seid noch die Gleiche. Was immer Euch angetan wurde, wir waren es nicht. Weiß der Rat, dass sein Fürsprecher bei den Elfen uns hasst?"

„Ich bin dieses Vorwurfs müde!", widersprach die Bardin. „Glaubt mir, ich hasse euch nicht. Ich wollte, ich könnte es, doch das Gegenteil ist der Fall! Und genau das zerreißt mich!"

Wieder sah es danach aus, als ob sie ihrem Pferd am liebsten die Sporen gegeben hätte, aber sie war noch nicht fertig. Ihre Augen bohrten sich in die Garrets. „Du brauchst keine Angst zu haben, ich werde das Anliegen eures Rates meinem Volk so eloquent vortragen, wie es mir nur möglich ist. Wenn es also überhaupt zu einer Allianz kommen kann, so werde ich mein Bestes dafür geben, dass sie geschlossen wird!" Nach diesen Worten wartete sie keine Antwort mehr ab, sondern gab ihrem Pferd tatsächlich die Sporen und ritt davon. Diesmal jedoch nicht allzu weit, denn sie verhielt in etwas mehr als hundert Schritt Entfernung.

„Ich verstehe sie nicht!", stieß Garret verständnislos aus und fuhr sich irritiert über die Haare. „Ich merke, dass sie die Wahrheit sagt, oder zumindest das, was sie für die Wahrheit hält, aber zwischen dem, was sie sagt, und dem, was sie tut, klafft eine große Lücke!"

„Sie trägt noch mehr Ballast mit sich herum", sagte Tarlon nachdenklich, die Augen auf den schlanken Rücken der Bardin gerichtet. „Sie hätte nicht so reagiert, hätten deine Worte sie nicht getroffen. Habe etwas Verständnis für sie. Ich glaube nicht, dass es ihr leichtfällt, sich deinen Vorwürfen zu stellen."

Garret sah der Bardin stirnrunzelnd nach. „Das sieht man allein schon daran, dass sie das Weite sucht." Er seufzte. „Schon möglich, dass es ihr schwerfällt, aber sie könnte ehrlicher uns gegenüber sein. Sie verbirgt etwas vor uns. Und das macht es mir schwer, ihr zu vertrauen. Was bedeutet eigentlich eloquent?"

„Sich so gut wie möglich auszudrücken", erklärte Vanessa. Sie ritt neben ihn und legte ihm die Hand auf den Arm. „Dieser Streit ist müßig. Es ist nicht an uns, den Entschluss des Rates in Frage zu stellen, und es obliegt uns auch nicht, die Motivation der Sera anzuzweifeln. Sie gab uns ihr Wort, das muss uns genügen."

„Ja. Ich weiß. Ich zweifele auch gar nicht an ihrem Wort. Ich ..." Garret schüttelte den Kopf. „Ich kann einfach nur nicht verstehen, wie sie so stur sein kann und warum sie nicht einsehen will, dass wir nicht wie unsere Vorfahren sind!“

„Ich denke, sie weiß es“, gab Tarlon zu bedenken. „Hast du dich schon einmal gefragt, was es für einen Grund für sie geben könnte, über die Jahrhunderte hinweg jedes Jahr zu uns zu kommen? Den Kindern Geschichten von einer besseren Welt zu erzählen? Und uns immer vernünftige Antworten zu liefern? Hat sie unsere Fragen als Kinder nicht stets mit einem geduldigen Lächeln beantwortet? Ich habe sie geliebt, ich tue es noch immer. Für das, was sie ist. Und wie ist es mit dir?“

„Ich liebe sie auch. Natürlich liebe ich sie! Jeder im Dorf tut das“, antwortete Garret. „Nur, seitdem Belior uns überfiel ...“

„... hat sie sich geändert. Willst du das sagen?“

Garret nickte.

„Wir haben uns alle geändert“, sagte Tarlon. „Das liegt an der Angst, die wir nun alle haben. Und ich denke, ihre Angst ist die, dass sich das alte Lytar wieder erheben könnte.“

„Das ist Unfug“, meinte Garret entschieden. „Wie sollte das möglich sein?“

Einmal mehr sah ihn Tarlon überrascht an. „Siehst du das denn wirklich nicht?“, fragte er seinen Freund. „Unser Bestreben ist es doch, Thyrmantor zu besiegen, oder etwa nicht? Es ist das mächtigste Reich, seitdem Lytar unterging. Aber daraus folgt auch, dass das Reich, dem es gelingt, Thyrmantor zu besiegen, selbst noch mächtiger sein muss als dieses. Deshalb verstehe ich auch, warum sie Angst hat. Unterliegen wir Belior, wird er nicht nur die Kriegsmaschinen, sondern auch die Krone finden und besitzen, und es ist sein erklärtes Ziel, die Elfennationen zu zerstören. Unterliegt Belior *uns,* sind wir die neue Macht in den menschlichen Ländern. Dann ist es so, als wäre Alt Lytar wieder auferstanden, und sind wir erst einmal mächtiger als Belior, sind wir auch mächtiger als die Elfen. Und damit wiederholt sich die Geschichte. Das Überleben der Elfen wird von unserer Gnade abhängen." Er blickte Garret bedeutsam an. „Wie würde es denn dir gefallen, wenn dein Überleben von der Gnade anderer abhängig wäre?"

„Gar nicht", gab Garret leise zu. Er schaute nach vorne, wo ihnen die Bardin nach wie vor allein vorausritt. „So habe ich es bislang gar nicht betrachtet. Obwohl es mir selbst ja auch nicht gefällt, dass unser Überleben von der Gnade der Elfen abhängt!"

„Warum sollte es ihr also besser schmecken als dir?", fragte Tarlon, und Garret nickte langsam.

„Tarlon, du behauptest also, dass wir für sie das kleinere Übel darstellen", warf Vanessa nun ein. „Dass Belior die Elfen auf jeden Fall vernichten *wird*, wenn er das Erbe des Greifen zu seinem machen kann. Während die Bardin, was uns betrifft, wenigstens hoffen kann, dass wir es nicht tun *werden.*"

„Genau so sehe ich es", bestätigte Tarlon. „Die Bardin weiß, wie unsere Vorfahren handelten, und hat daher Angst, dass wir die Fehler der Vergangenheit wiederholen werden."

„Ich verstehe es dennoch nicht", beharrte Garret widerspenstig. „Von uns geht doch keine Gefahr aus! Ein kleines Dorf in einem abgeschiedenen Tal, das jahrhundertelang niemand von uns verlassen hat! Wie kann man da Angst vor uns haben?"

„Das fragst du dich ernsthaft? Und was ist damit?" Tarlon wies mit der Hand in den Himmel, wo, hoch über ihnen am blauen Himmel, die Sonne auf kupfernem Gefieder glänzte. Marten.

„Ich weiß nicht, wie es dir geht, Garret", fügte Tarlon hinzu. „Aber ich habe Angst vor dem Falken und dem, was er Marten antut."

Garret sah mit zusammengekniffenen Augen nach oben und verfolgte den Flug des Raubvogels. „Darin unterscheiden wir uns", sagte er dann. „Ich habe Angst vor Marten."

„Schaut, sie hat sich wieder beruhigt", sagte Vanessa leise und deutete dabei auf die Bardin, die ihr Pferd mittlerweile gezügelt hatte und auf sie wartete.

„Dort vorne liegt Mislok. Die Hauptsstadt der Baronie", sagte sie, als die anderen zu ihr aufschlossen." Sie warf Garret einen schelmischen Blick zu. „Dort lebt der Baron, der Brückenzoll für *Eure* Brücke einzieht."

„Eure Laune scheint sich gebessert zu haben", stellte Garret fest. „Darf ich fragen, warum? Noch liegen zwei Tage Weges vor uns."

„Es gibt in Mislok ein gutes Gasthaus, das Greifenschild. Der Wirt dort ist ein alter Freund von mir und das Essen vorzüglich, außerdem wird er uns weiterhelfen können, er kennt Land und Leute wie kaum ein anderer." Sie warf ihm einen Blick zu. „Ein Moment der Ruhe vor Euren aufdringlichen Fragen half zudem auch."

„Sie müssen gestellt werden", beharrte Garret.

„Vielleicht", schritt Tarlon ein, noch bevor die Bardin etwas sagen konnte. „Nur nicht jetzt." Er sah Garret bedeutsam an, dieser zögerte einen Moment, zuckte aber dann mit den Achseln.

Vanessa überging Garrets Worte dagegen einfach und wandte sich stattdessen an die Bardin. „Wieso weiterhelfen?", fragte sie. „Seht Ihr denn Schwierigkeiten für unseren Weg nach Berendall?"

„Abgesehen von den Kronoks und anderen militärischen Einheiten im Sold Beliors?", antwortete die Bardin etwas spöttisch. „Nein, eigentlich nicht. Noch stehen diese Lande nicht unter der Herrschaft Beliors, auch wenn ihm hier niemand ernstlich Widerstand entgegensetzen wird. Aber unser Freund wird uns über die Lage in den Vorlanden berichten können. Er kennt die Menschen hier. Es kann nicht schaden, sich mit ihm zu unterhalten."

„Hhm", sagte Garret und musterte die Bardin sorgfältig. „Soeben wart Ihr noch erzürnt mit mir, jetzt lächelt ihr und wollt helfen."

Sie sah ihn an und schüttelte schmunzelnd den Kopf.

„Wisst Ihr, Garret, wie der alte Leitwolf den frischgeborenen Welpen wahrnimmt?"

„Nun, ich denke, wohl als nicht allzu wichtig."

„Genau dieses. Nur, irgendwann muss auch der dümmste Wolf feststellen, dass er alt ist und die jungen Welpen erwachsen." Ihr Blick, der unverwandt auf dem jungen Bogenschützen haftete, war nur schwer zu deuten. „Ich gebe es nur ungern zu, aber Ihr habt Recht mit Eurem Vorwurf, Garret. Die Vergangenheit, so allgegenwärtig sie für mich auch sein mag, *ist* vergangen. Und Ihr seid weder Euer Vater noch Euer Vorfahr, auch wenn Ihr dem ersten Lord von Lytar so stark ähnelt, als wäret ihr Zwillinge." Sie schüttelte irritiert den Kopf. „Es ist seltsam mit euch Menschen. Da stirbt einer, jemand, den man mochte oder auch verachtete, und gleich darauf steht er wieder vor einem, zwar mit etwas anderen Augen, anderer Nase oder Kinn, aber seinem Vorfahren doch so gleich, dass man immer verwundert ist, nicht von ihm erkannt und begrüßt zu werden."

„Sagt, Sera, wie war er denn, mein Vorfahr?“

„Garret!“, sagte Tarlon mahnend, doch die Bardin lächelte nur. „Ein paar Antworten bin ich durchaus noch bereit zu geben.“

„Danke“, nickte Garret. „Also, was für ein Mensch war er?“

„Der erste Lord Lytars?“ Die Bardin lachte leise. „Er war ein sturer Hitzkopf, der von seiner eigenen Meinung allzu sehr eingenommen war, jemand, der nie zugegeben hätte, Angst zu haben. Doch er hatte sie, und es war genau sein Bestreben, diese Angst zu besiegen, das ihn zu dem Mann machte, der er war.“

„Das hört sich nicht danach an, als hättet ihr ihn verachtet“, stellte Garret überrascht fest, während er überlegte, was er davon halten sollte, dass Vanessa bei jedem Wort der Bardin nur genickt und Tarlon amüsiert gelächelt hatte.

„Natürlich habe ich ihn nicht verachtet“, erwiderte die Bardin schmunzelnd. „Gestritten habe ich mich mit ihm. Er ließ keine Gelegenheit aus, seine Hörner an mir abzustoßen.“

„War er denn ein guter Mensch?“, wollte Vanessa überraschenderweise wissen.

Die Bardin sah sie scharf an.

„Er war der erste Lord Lytars. Egrim Grauvogel. Ein stolzer und harter Mann.“ Die Bardin seufzte. „Aber ja, ich denke, er war ein guter Mensch. Entsprechend seinen Möglichkeiten.“

„Ihr habt sie gesehen und unter ihnen gelebt, den Leuten aus Lytar“, sagte Vanessa nun leise. „Gab es denn nicht auch normale Menschen unter ihnen? Waren sie denn wirklich alle von Hochmut und Hass erfüllt?“

„Ihr wollt es unbedingt von mir hören, nicht wahr?", seufzte die Bardin. „Nun gut. Ich gestehe meine Fehler ein. Ihr habt Recht, es ist ungerecht, alle auf Grund einiger weniger zu verurteilen. Ja, Vanessa, um Eure Frage vorweg zu nehmen, es gab gute Menschen in Lytar. Nur wurden sie von der Machtbesessenheit weniger in den Hintergrund gedrängt."

„Ich würde gerne Eure eigene Gesichte hören", äußerte Vanessa vorsichtig. „Mir scheint es wichtig zu wissen, was wirklich geschah, wo Ihr damals standet und wo Ihr heute steht."

Die Züge der Bardin verhärteten sich.

„Meine Geschichte geht niemanden etwas an", gab sie knapp zurück.

„Das mag sein", entgegnete Vanessa leise. „Aber ich denke, dass es an der Zeit ist, zu erfahren, was einst zum Kataklysmus führte. Ich ... ich meine, Sera, jeder weiß, dass die Göttin es für notwendig erachtete, die Menschen von Lytar zu strafen, und dass die Strafe prophezeit und angekündigt wurde. Doch *was* genau ist damals geschehen, dass der Prinz es gewagt hat, sich gegen die Göttin und jedes Recht zu erheben? All das muss doch einen Grund gehabt haben!"

„Der Prinz ließ die Priesterinnen Mistrals erschlagen. Und als die letzte von ihnen starb, nahm das Schicksal seinen Lauf. *Das* ist geschehen!"

„So viel wissen wir auch", grummelte Garret. „Nur *warum* tat der Prinz dies? Wie Vanessa möchte ich den Grund dafür wissen! Nach allem, was man uns berichtet hat, lag Lytar zu dieser Zeit noch nicht einmal im Krieg mit einem anderen Land!"

„Da habt Ihr recht. Nur mit sich selbst lag die Stadt im

Zwist." Die Augen der Bardin waren unergründlich, ihre Stimme hart, als sie weitersprach. „Neid, Missgunst, Habsucht, Machtgier, Liebe und Verrat brachten die alte Stadt zu Fall. Kein Gegner wäre dazu mächtig genug gewesen. Nur Lytar selbst besaß die Kraft, sich zu zerstören!"

„Nur wie!?", fragte Garret aufgebracht. „Wie sollen wir aus den Fehlern der Vergangenheit lernen, wenn wir nicht wissen, welche Fehler gemacht wurden? Erklärt es uns, zeigt es uns auf, ich bitte Euch, Sera!"

„Fragt Elyra, Garret", gab die Bardin in einem Ton zurück, der deutlich machte, dass sie hierzu nichts weiter sagen würde. „Sie ist die Priesterin eurer Göttin. Es ist ihre Aufgabe, euch zu leiten. Wenn ihr wissen wollt, was geschah, fragt sie."

„Woher soll Elyra das wissen?", fragte Garret überrascht. „Habt Ihr denn mit ihr darüber gesprochen?"

„Nein", antwortete die Bardin und trieb ihr Pferd voran. „Aber sie wird die Antworten im Tempel der Mistral finden. Alles, was einst war, ist dort aufgeschrieben und verwahrt worden ..." Sie warf Garret einen letzten Blick zu und sah dann zu Tarlon hinüber. „Ob sie jedoch auch dazu bereit ist, euch zu erzählen, was damals geschah, ist allein ihre Entscheidung."

Garret öffnete den Mund, aber die Bardin hob abwehrend ihre Hand.

„Garret Grauvogel", sagte sie, mit einem nicht unfreundlichen Lächeln. „Ich habe Euch schon mehr als genug Rede und Antwort gestanden. Ich bitte euch alle, lasst es jetzt gut sein. Zumindest für den Moment."

Garret zögerte kurz, deutete dann aber eine Verbeugung im Sattel an.

„Wenn Ihr es so wünscht, Sera", lächelte er. „Für heute

ist es wahrlich genug und das Wetter einfach zu schön für solch ein ernsthaftes Gespräch!"

Plötzlich lachte die Bardin. „Wie Quecksilber", erklärte sie, als Antwort auf die fragenden Blicke der anderen. „Der Erste Lord war genauso ...! Stur in einem Moment, lachend im anderen. Ich sage es doch, ihr Menschen habt eure eigene Form der Unsterblichkeit!"

Vanessa schüttelte den Kopf.

„Ich glaube, es verhält sich anders", meinte sie dann. „Vielleicht ist es ja eher so, dass wir uns nur immer wieder neu erschaffen."

„Das ist ein schöner Gedanke", unterbrach Lamar an dieser Stelle die Geschichte. „Sagt, gibt es denn noch Elfen?"

„Oh, ich denke schon, dass es sie noch gibt, Ser. Irgendwo werden sie sicher noch sein!" Mit diesen Worten schob der alte Mann seinen Stuhl zurück und stand auf. „Ihr müsst mich entschuldigen, ich fühle mich vom Wein getrieben", meinte er dann und machte sich auf den Weg nach draußen. Lamar sah ihm nach, und als der Wirt kam, berührte er diesen leicht am Ärmel.

„Sagt, guter Mann, wisst Ihr, wer der alte Mann ist?"

„Oh ja, ich weiß es!", lachte der Wirt. „Ich habe ihn, als er kam, zuerst nur nicht erkannt, so wie er gekleidet ist."

„Dann sagt mir, wer er ist. Wenn ich ihn danach frage, weicht er mir nur aus."

„Ihr werdet es erfahren, wenn es so weit ist. Ich selbst war noch ein Kind, als er uns die Geschichte das letzte Mal erzählte, nicht sehr viel älter als unsere kleine Saana hier. Daher weiß ich auch, dass am Ende der Erzählung alle offenen Fragen gelöst werden. Wenn ich mich recht entsinne,

war der König auch nicht wenig irritiert darüber. Ihr müsst Euch also nur noch ein wenig gedulden."

„Der König?", fragte Lamar überrascht.

„Ja, natürlich. Wem sonst sollte er diese Geschichte erzählt haben?" Der Wirt wischte geschickt den Tisch ab und lächelte ihn schelmisch an. „Da kommt er wieder, habt also, wie gesagt, noch etwas Geduld."

Als sich der alte Mann wieder an den Tisch setzte, zwinkerte der Wirt ihm zu, und der Geschichtenerzähler lachte leise. Verschiedene Leute begannen untereinander zu tuscheln, und wieder fand sich Lamar im Mittelpunkt aller Blicke und fühlte sich nicht ganz wohl dabei.

„Ihr solltet ein anderes Wams anziehen, Freund Lamar", bedeutete ihm der alte Mann, als er merkte, dass dem Gesandten die Aufmerksamkeit der Versammelten nicht so recht behagte. „So viel Goldbrokat blendet nur das Auge!"

„Was ist falsch an ihm?",wollte Lamar wissen. „Es ist die neueste Mode."

Der alte Mann schmunzelte. „Lasst Euch von mir nicht ins Bockshorn jagen, wenn Euch das Wams gefällt, so tragt es." Er blickte sich im Raum um und schmunzelte noch mehr. „Einigen der Seras scheint er außerdem zu gefallen."

Zu seinem Entsetzen stellte Lamar fest, dass ihm auf diese Bemerkung hin die Röte ins Gesicht stieg und der alte Mann nochmals breiter grinste. „Nehmt es mir nicht Übel, Freund", bat er. „Wir sind einen solchen Glanz in Lytara einfach nicht gewöhnt." Befriedigt nahm er zur Kenntnis, dass der Wirt ihnen mittlerweile ein neue Flasche Wein kredenzt hatte, die er nun geschickt entkorkte. Danach schenkte er sich nach, mischte seinen Wein nun aber ebenfalls mit Wasser aus dem Krug. „Wo waren wir stehen geblieben?"

„Die Bardin, Vanessa, Tarlon und Garret waren auf dem Weg nach Berendall."

„So habt Ihr bislang also tatsächlich zugehört", nickte der alte Mann wohlwollend. „Dann wollen wir sie mal eine Weile weiterreiten lassen, denn schließlich spielt diese Geschichte auch noch an anderen Orten, und vieles, was sich woanders ereignet hat, war gleichfalls von Bedeutung ... und so sollte ich jetzt wohl besser damit fortfahren zu erzählen, was sich zur gleichen Zeit in Alt Lytar zugetragen hat. Wie Ihr wisst, war Elyra jetzt unsere Priesterin. Und sicherlich könnt Ihr Euch auch denken, wie sehr sie darauf erpicht war, den Tempel der Göttin zu betreten ..."

Brückenschlag

„Vater ist oben beim Zelt“, antwortete Astrak, der Sohn des Alchimisten, auf Elyras Frage nach Pulvers Aufenthaltsort. „Er spricht gerade mit Meister Ralik darüber, wie wir mit den Gefangen verfahren sollen. Keinem von uns ist es ganz geheuer, dass es mehr von ihnen als von uns gibt.“

Astrak saß auf einer Bank vor der alten Börse, zu seinen Füßen stand ein großer Weidenkorb, in dem sich allerlei seltsame Gegenstände befanden, die der jungen Priesterin allesamt unbekannt waren. „Es wird wahrscheinlich noch etwas dauern, du weißt ja, wie die beiden sind, wenn sie miteinander diskutieren. Willst du mir nicht solange etwas Gesellschaft leisten?“

Elyra blickte sich um und begutachtete den offenen, immer noch mit Schlamm und Geröll bedeckten Platz, der vor ihnen lag und auf dem kleine Gruppen von Gefangenen, unter der Aufsicht von Hendriks' Söldnern, gerade dabei waren, diverse Aufräumarbeiten zu verrichten. Die Sonne stand schon hoch am Himmel, und es war so warm, dass der Schlamm bereits zum größten Teil getrocknet war, dennoch stank es erbärmlich. Astrak schien das jedoch in keiner Weise zu stören, was für Elyra nicht weiter verwunderlich war, nachdem den Kleidern von Astraks Vater so manches Mal noch viel üblere Gerüche entströmten.

„Nein, danke“, antwortete sie höflich.

„Schade“, meinte Astrak. „Was denkst du wohl, was das ist?“, fragte er und hielt ihr einen offenen Kubus entgegen, in dessen Innerem sich feine gezackte Räder aus einem glänzenden Metall befanden, auf denen hier und da kleine Edelsteine funkelten. „Schau, hier ist eine Scheibe mit Zahlen, von eins bis sechsundzwanzig, so viele, wie der Tag Kerzen hat. Deshalb meint Vater, es habe etwas mit der Zeit zu tun ... nur was?“

Elyra warf einen Blick auf die eigentümliche Konstruktion und schüttelte dann den Kopf. „Ich habe nicht die geringste Ahnung. Wo hast du all diese Dinge her?“

„Wir fanden sie in einem Raum der alten Börse. Beliors Soldaten haben sie dort verstaut, hatten sie doch die Anweisung, alles, was ihnen an seltsamen Gerätschaften unter die Finger kommt, zu sammeln. Es gibt dort ganze Körbe voll von ihnen, weshalb ich mir dachte, es könnte nicht schaden herauszufinden, wozu sie dienen.“

„Hhm“, meinte Elyra mit einem zweifelnden Blick auf das Sammelsurium an Gegenständen. Im Korb lagen mehrere Kästchen, die keine Öffnung hatten, dünne und dickere Fäden aus Metall, runde, ovale und rechteckige Teile aus grauem, schwarzem und grünen Glas, Dinge, die aussahen, als würde man sie an den Händen tragen, Stirnreifen mit seltsam geschliffenen Gläsern in einem merkwürdigen Gestell, Armreifen mit sonderbaren Verzierungen ... Elyra schwirrte der Kopf allein schon vom bloßen Hinsehen. Es war ihr daher nur recht, wenn nicht sie, sondern Astrak die Zeit und die Geduld dafür aufbrachte, dieses ganze Zeug zu untersuchen. „Schon etwas herausgefunden?“

„Das ein oder andere“, erwiderte Astrak bescheiden. „Jedenfalls mehr als Beliors Leute. Ich habe einen der Gefangenen befragt, und der sagte mir, dass sich bislang noch keiner von ihnen so richtig mit dem Kram beschäftigt hat."

„Wie viele Gefangene haben wir denn bis jetzt?"

„So viele, dass sie ein Problem darstellen. Es sind inzwischen gut und gerne an die siebenhundert, wobei ein Fünftel von ihnen mehr oder minder schwer verletzt ist. Ich finde es jedenfalls erstaunlich, wie viele die Flut überlebt haben. Vater sagt allerdings, dass ihn das keineswegs wundern würde. Er meint, Menschen könnten erstaunlich zäh sein. Auf jeden Fall fressen die Gefangenen uns schon jetzt die Haare vom Kopf." Er legte das Zeitgerät in den Korb zurück und runzelte die Stirn. „Ich sprach mit Lentos, der bei den Gefangenen Wache gehalten hat, und der gab zu Bedenken, dass es sich bei ihnen fast ausschließlich um Veteranen handelt, die uns auch ohne Waffen mühelos überwältigen könnten." Er rieb sich gedankenverloren die Nase. „Die Frage ist nur, warum sie es bisher noch nicht versucht haben. Stattdessen sitzen sie einfach nur da und scheinen bester Laune zu sein." Er schüttelte verständnislos den Kopf. „Sag, würdest du gute Laune haben, wenn du gefangen genommen worden wärest?"

„Ich glaube wohl eher nicht", beschied ihm Elyra schmunzelnd.

„Eben. Also muss es einen Grund für ihre Fröhlichkeit geben, den wir nicht kennen. Denn ich könnte jedenfalls nicht nur so dasitzen und nichts tun. Mag natürlich sein, dass die Leute auch einfach nur erleichtert sind, nicht mehr die Stadt durchforsten zu müssen. Schließlich hat fast jeder Tag mehrere von ihnen das Leben gekostet. Sag, hast du schon einmal von diesen Priestern des Darkoth gehört?"

„Nur wenig. Ich weiß, dass Darkoth ein Gott ist, der mit

meiner Herrin seit Anbeginn der Zeit im Streit liegt. Einem seiner Priester bin ich allerdings noch nicht begegnet."

„Es müssen üble Schurken sein, die das Ende der Welt predigen und dass man Macht, Gier und alle anderen niederen Gelüste ausleben soll, um zu sich selbst zu finden. Vater meint, sie tun nichts anderes, als Anarchie und Chaos zu fördern."

„Aufstand und Unordnung." Elyra streckte sich und stemmte ihre Hände in die Hüften. „Sag, hat einer dieser Priester überlebt? Ich würde mich gern einmal mit einem von ihnen unterhalten."

„Ich glaube nicht, denn dann hätten sie wahrscheinlich schon versucht, dich zu töten. Ich hörte, dass sie so ein- bis zweimal die Woche von Lindor verlangten, ihnen einen seiner Soldaten herauszugeben, den sie der Blasphemie für schuldig befanden." Astrak schüttelte den Kopf. „Stell dir das mal vor. Du bist weitab deiner Heimat in einer Stadt, in der dich ein Schluck verdorbenen Wassers in ein Ungeheuer verwandeln kann, musst genau diese verfluchte Stadt durchforsten und dabei gegen Ungeheuer und seltsame Magien kämpfen ... und dann wirst du auch noch diesem dunklen Gott geopfert! Und sollte danach noch irgendetwas von dir übrig sein, wird es an die Kronoks verfüttert! Drei Jahre lang haben sie das ausgehalten, obwohl gut ein Fünftel ihrer Leute auf diese Weise starben, bevor wir überhaupt das erste Mal von ihnen gehört haben. Ist das nicht unglaublich! Ich versuche mir das vorzustellen, denke mir aber immer nur, dass ich das niemals ertragen hätte! Vielleicht sind sie also tatsächlich nur froh, dass sie noch leben, und haben einfach genug vom Krieg und Militärdienst."

Elyra nickte. „Nun, ich habe sowieso noch nie verstanden, was am Kriegführen so faszinierend sein soll. Niemand, den ich kenne, will Krieg."

„Hast du da nicht Marten vergessen?", fragte Astrak, und Elyra seufzte.

„Ja. Marten. Eines unserer Opfer in diesem Krieg. Doch um noch einmal auf die Priester des Darkoth zurückzukommen. Sollten wir noch einen in unsere Hände bekommen, will ich ihn unbedingt sehen und befragen können. Je mehr wir von ihnen erfahren und wissen, umso besser. Weißt du, weshalb diese Priester überhaupt hier in Alt Lytar waren?"

„Vater sagt, Kanzler Beliors engster Beraterstab bestünde immer und überall aus ihnen. Der Kanzler muss also entweder ein fanatischer Anhänger des Gottes sein oder aber selbst einer seiner Priester. Vater meint jedenfalls, dass Darkoths Priester nichts anderes als Beliors politische Kettenhunde wären, die mit Angst und Schrecken die Leute zum Gehorsam zwingen. Räudige Hunde aber erschlägt man."

„Hat er das gesagt?", fragte Elyra.

„Nein, das sage ich", entgegnete Astrak.

„Man kann aber nicht jedes Problem einfach erschlagen. Und schon gar nicht Menschen."

„Manche schon. Schau", fügte er hinzu und deutete zum Zelteingang. „Da kommt Meister Ralik. Das bedeutet, dass Vater jetzt allein ist und Zeit haben dürfte." Beide beobachteten, wie der Zwerg über den Platz und an zwei Gefangenen vorbei stapfte, die gerade mit einem langen Hebel versuchten, einen der größeren Geröllbrocken zu bewegen, nun aber furchtsam in ihrer Arbeit innehielten, bis der Radmacher an ihnen vorbei war.

„Recht haben sie", bemerkte Astrak. „Ich gehe Meister Ralik zur Zeit auch lieber aus dem Weg ... Er ist so wütend, seitdem Argor tot ist, dass ich stets befürchte, er könnte beim kleinsten Anlass etwas Schreckliches tun. Es ist, als trüge er einen Gewittersturm in sich, der bereits seine Blitze vorausschickt." Er schüttelte den Kopf. „Ich möchte jedenfalls nicht in Beliors Schuhen stecken, wenn Meister Ralik ihn zu fassen bekommt."

„Ich dagegen möchte nur allzu gern dabei sein", antwortete Elyra mit einem grimmigen Lächeln und eilte dann hoch zum Zelt, damit ihr nicht noch jemand zuvorkommen und Meister Pulver in Beschlag nehmen konnte.

Elyra fand Pulver in seinem Zelt, wie er, hinter einem großen Schreibtisch sitzend, eine vergilbte, brüchige Karte studierte. Es war eine Karte der alten Stadt vor dem Kataklysmus. Sein Gesicht war in sorgenvolle Falten gelegt.

„Meister Pulver", begann Elyra höflich. „Habt Ihr einen Moment Zeit für mich?" Meister Pulver blickte auf und war offensichtlich über ihr Kommen erfreut, denn er legte sofort die Karte zur Seite und lächelte sie an.

„Für dich auf jeden Fall, wenn du nicht gerade neue sorgenvolle Nachrichten bringst."

„Ich hoffe nicht", antwortete Elyra und nahm, nach einer Geste des Alchimisten, auf einem der lederbezogenen Stühle vor dem großen Schreibtisch Platz. Unauffällig blickte sie sich um und bemerkte, dass sich in den letzten Tagen im Inneren des Zeltes noch viel getan hatte.

Das große Zelt war mit weiteren Planen mehrfach unterteilt worden. Neben dem einfachen Feldbett, dessen zerwühlte Laken von einer unruhigen Nacht zeugten, standen drei große offene Schränke, in denen sich alle Bücher, die man in der Börse gefunden hatte, sowie Schriftrollen, Karten und noch viele andere Dingen befanden. Vor einem der Regale hing ein Bild, aus dessen Rahmen einem eine junge

Frau entgegenblickte, die eine deutliche Ähnlichkeit mit Astrak aufwies. Es zeigte Pulvers Frau, die kurz nach der Geburt ihres Sohnes gestorben war. Elyra sah es zum ersten Mal, denn Pulvers Haus stand etwas außerhalb Lytaras, nachdem ihm der Rat aufgrund seiner Experimente nahegelegt hatte, etwas abseits ein neues zu bauen. Es war eines der wenigen Häuser im Dorf, die Elyra noch nie besucht hatte.

Zudem wusste Elyra bis zum heutigen Tag nicht recht, was sie von Pulver halten sollte. Wie viele andere auch hatte sie ihn immer für einen Scherzbold gehalten. Für einen Mann, der nichts wirklich ernst nahm. Doch während der letzten Wochen hatte sich ihr Bild von ihm gewandelt.

Seit Beliors Überfall auf das Dorf war keine wichtige Entscheidung ohne ihn gefällt worden, auch hatte sich mehrfach gezeigt, wie gelehrt der Alchimist war und dass es kaum ein Gebiet gab, auf dem er nicht über ein fundiertes Wissen verfügte.

Der Einzige im Rat, der mittlerweile nicht immer zustimmend nickte, wenn Pulver etwas vorschlug, war Ralik, der Radmacher des Dorfes.

Aber umgekehrt war Meister Pulver auch der Einzige, der seinerseits Meister Ralik dazu bringen konnte, seine Meinung nochmals zu überdenken.

„Was führt dich zu mir?“

„Ich wollte wissen, ob der Weg zum Haus meiner Herrin schon gefunden wurde und ob er gangbar ist.“

„Gefunden haben wir ihn. Schau, hier ist der Hafen mit der alten Börse. Und das hier ist die Bruchlinie ...“ Bedächtig beugte sich Pulver über die Karte und fuhr mit dem Finger einen eingezeichneten Kohlestrich entlang, der die alte Stadt in zwei fast gleich große Hälften teilte. „Das gesamte

Stadtgebiet, das sich rechts von dieser Linie befindet, liegt zwei bis zwanzig Mannshöhen unter Wasser", fuhr Pulver fort.

Elyra nickte ungeduldig , das wusste sie schon.

„Was ist mit dem Tempel? Ist er etwa auch versunken?"

„Nein", sagte Pulver. „Das ist ja das Kuriose daran. Diese Ausbuchtung hier ... schau."

Er legte den Finger auf eine Stelle der Karte, an der, bereits verblasst und nur noch schwach zu erkennen, der Stern der Mistral zu sehen war.

„Das ist der Tempelbezirk", erklärte Pulver leise. „Er war und ist von hohen Mauern umgeben. Nur ein Tor führt in ihn hinein, und in seiner Mitte liegt das Haus unserer Göttin ... und er ist, wenn ich dem Glauben schenken will, was mir die Gefangenen berichtet haben, vollständig intakt."

„Wirklich?", rief Elyra überrascht aus, nachdem sie wusste, dass kaum eines der Gebäude in der Stadt den Kataklysmus und die darauffolgende Zeit unbeschadet überstanden hatte und von allen Bauwerken allein die alte Börse intakt geblieben war. Aber selbst diese hatte unter dem Ansturm der Wassermassen gelitten.

„Es sieht ganz danach aus, als hätte die Göttin ihr eigenes Haus verschont", lächelte Pulver. „Warum sollte sie auch ihr eigenes Heiligtum zerstören? Dennoch ist es seltsam."

„Weshalb?", fragte Elyra neugierig.

„Genau hier", sagte Pulver und zeigte mit dem Finger auf eine gezackte Linie, die nachträglich in die Karte eingezeichnet worden waren, „hat sich der Erdboden nach dem Kataklysmus aufgetan. Die Spalten und Verwerfungen des Bodens haben dabei ein Muster gebildet, wie wenn man mit einem Hammer ins Zentrum eines flachen Glases schlägt. Nur dass sich in unserem Fall, genau dort, wo der Hammer aufgeschlagen ist, der Tempel befindet."

„Den Tempel", antwortete Elyra mit belegter Stimme, „traf es also am härtesten."

„Nur, dass er völlig intakt geblieben ist." Pulver schüttelte verständnislos den Kopf. „Ja, und genau das verstehe ich nicht, weil das nach allem, was wir von dem Untergang hörten und was ich von ihm weiß, nicht sein dürfte. Außerdem gibt es noch ein weiteres Problem."

„Welches wäre das?"

„Das Gebiet ist noch nicht gesichert, und neben den vielen Bestien und Ungeheuern, die es gibt, ist der Boden dort nicht nur unstet, sondern auch nach wie vor von vielen Erdrissen durchzogen. Und einer von ihnen, so hat man mir berichtet, zieht sich ausgerechnet quer über den gesamten Tempelvorplatz. Er muß gute acht Schritt breit sein, so dass wir ihn nicht so einfach überwinden können."

„Das heißt, wir müssen zuerst eine Brücke bauen", stellte Elyra enttäuscht fest.

„Nur ist zuvor noch so viel anderes zu tun, dass ich einfach keine Leute abstellen kann, die sofort mit dem Brückenbau beginnen", meinte Pulver bedauernd. „Wir brauchen jeden Mann. Zudem ist die Gegend, wie gesagt, nicht sicher. Die Gefangenen behaupten, dass das Gebiet um den Tempel herum verwunschen ist, es dort unsichtbare Bestien gäbe und noch immer alte Magien und Zaubereien wirksam wären ... für sie endete jeder Versuch, den Tempel zu betreten, unglücklich."

„Vielleicht waren sie dort einfach nicht erwünscht", lächelte Elyra.

„Das mag wohl sein."

„Wir hingegen sind erwünscht", erklärte Elyra zuversichtlich.

„Das will ich hoffen", erwiderte Meister Pulver. „Dennoch muss es warten."

„Meister Pulver, es ist wichtig", betonte Elyra eindringlich.

Der Alchimist seufzte. „Ich kann verstehen, dass es dir wichtig ist, Elyra. Aber schau, wir haben in den letzten Jahrhunderten auch keinen Tempel gebraucht. Die Herrin der Welten ist an jedem Ort, an dem sich ihre Gläubigen befinden. Wir brauchen keinen Tempel, wir brauchen dich. Es ist noch zu gefährlich. In zwei oder drei Wochen vielleicht ..."

„Dann wird es zu spät sein. Wir müssen jetzt handeln", sagte Elyra in so einem bestimmtem Tonfall, dass Pulver der Priesterin, die entschlossen und kerzengerade vor ihm saß, einen überraschten Blick zuwarf. Wie die Priesterinnen der Mistral, die Pulver auf alten Bildern gesehen hatte, lagen ihre Hände ruhig und ausgestreckt auf ihren Oberschenkeln, und auch der Faltenwurf ihrer priesterlichen Robe entsprach exakt den Darstellungen, die Pulver bekannt waren. Ob Elyra wusste, dass dies genau die Pose war, die die Priesterinnen stets eingenommen hatten, wenn sie früher jemandem eine Audienz gewährt hatten? Kannte sie die alten Bilder überhaupt? In diesem Moment wurde Pulver bewusst, dass er nicht mehr einfach nur Elyra, die Tochter der Heilerin Tylane, vor sich hatte, sondern die Hohepriesterin seiner Göttin und damit das spirituelle Oberhaupt des Dorfes.

„Gibt es etwas, das ich nicht weiß?", fragte er vorsichtig und von ihrer ruhigen Sicherheit unwillkürlich beeindruckt.

„Ich hatte letzte Nacht eine Vision. In ihr befand ich mich im Tempel meiner Herrin. Ich hielt eine Krone in der

Hand, und Belior stand vor mir und forderte sie ein. Ich gab sie ihm."

Pulver zog scharf den Atem ein.

„Zeigte dir die Vision noch mehr?"

„Ich sagte etwas zu ihm."

„Und was?"

„*Von all dem, was hier gehortet ist, von all dem, was dein Erbe war, willst du nur dieses eine Stück Tand? So nimm sie aus der Hand der obersten Dienerin Mistrals, der Göttin, die du verleugnest.*" Elyra runzelte die Stirn. „Nach diesen Worten endete die Vision, ich sah nur noch, wie Belior nach der Krone griff und dabei hämisch lachte."

„Wird die Vision in Erfüllung gehen?", fragte Pulver, dessen Gesicht fahl geworden war.

„Ich weiß es nicht", gestand Elyra. Ein schnelles Lächeln huschte über ihr Gesicht. „Es ist schließlich meine erste Vision."

„Die Göttin möge uns schützen, wenn diese Vision wahr werden sollte", flüsterte er betroffen. „Bei allem, was wir tun, hoffen wir doch, dass es einen Sinn hat. Wenn sich deine Vision jedoch bewahrheitet ..."

Elyra lachte leise. „In meiner Vision wusste ich, dass es sein Untergang sein würde, nähme er die Krone", erklärte sie Pulver, der bei ihren Worten erleichtert aufatmete. „Also sehe ich keinen Grund, den Moment zu fürchten. Mir geht es nun um zwei Dinge, Meister Pulver. Zum einen kam mir Belior bekannt vor, so als hätte ich ihn schon irgendwann zuvor einmal gesehen. Zum anderen sagte ich ihm in meiner Vision: *‚von all dem, was hier gehortet ist'*. Und daher denke ich, dass sich im Tempel etwas befindet, das wir finden sollten. Das wir *wissen* sollten." Sie sah ihn ernst an. „Es ist wichtig, sonst würde ich es nicht von Euch erbitten."

Pulver nickte und blickte einen Moment gedankenverloren auf die Karte vor sich, während er seine Schläfen massierte.

„Ich glaube dir ja“, erwiderte er schließlich nach einer Weile. „Wenn du sagst, dass es wichtig ist ... Ich weiß nur nicht, wie ich es machen soll! Wir haben schon jetzt viel zu wenig Männer für all die Arbeiten, die zu tun sind.“

„Seht Ihr?“, meinte Elyra mit einem strahlenden Lächeln. „Deshalb denke ich auch, dass es eine gute Idee wäre, den Gefangenen anzubieten, die Seiten zu wechseln! Uns mag zwar ein hoffnungsloser Kampf gegen Belior bevorstehen, aber dennoch werden einige unter ihnen sein, die lieber bereit sind, für die richtige Seite zu sterben, als für die falsche zu siegen.“

„Wir sollen die Gefangenen frei lassen, und was dann? Was sollte sie daran hindern, nicht sofort gegen uns vorzugehen?“

„Was hindert sie jetzt daran? Schon jetzt bräuchten sie nur zu beschließen, alle auf einmal über die Mauern zu klettern und uns zu überfallen! Sie tun es aber nicht, und dafür muss es einen Grund geben! Wenn sie bislang also nicht *gegen* uns kämpfen wollen, mögen sie ja vielleicht *für* uns kämpfen?“

Pulver bedachte die Priesterin mit einem undeutbaren Blick.

„Du hast wahrlich eine seltsame Auffassung von der Moral dieser Truppen. Es sind Veteranen ... vergiß nicht, dass sie die ganzen letzten Jahre über nur Krieg für Belior geführt haben!.“

Elyra erhob sich. „Haben sie das? Wenn Ihr nichts dagegen habt, lasst sie uns doch einfach fragen, warum Sie das getan haben.“

Von Gedanken und Taten

Der Rest des Weges nach Mislok verlief für die drei Freunde und die Bardin bis auf ihre Begegnung mit einer Schar ärmlich gekleideter Bauern, die sich mit turmhoch beladenen Reisigkörben auf dem Rücken schwerfällig in Richtung Dorf bewegten, ohne weitere Vorkommnisse.

„Ist denn heute Markttag im Dorf?“, erkundigte sich Vanessa bei der Bardin, doch diese schüttelte nur den Kopf. „Der Tempeltag, der üblicherweise auch der Markttag ist, findet erst übermorgen statt.“

Während sie langsam an den Bauern vorbeiritten, fiel Garret ein alter Mann auf, der wegen der schweren Last, die er auf seinem Rücken trug, kaum mehr imstande war zu gehen. Sein hoher Korb, in den Garret vom Pferd aus hineinsehen konnte, war bis über die Hälfte mit Kartoffeln gefüllt. Der Schweiß lief dem Alten in Strömen das Gesicht hinab, immer wieder musste er anhalten und, schwer keuchend auf seinen Wanderstab gestützt, eine Weile ausruhen. Zu Fuß war es nach Mislok nur noch eine halbe Wegstunde, dennoch befürchtete Garret, dass der Mann zusammenbrechen würde, bevor er sein Ziel erreichte.

„Der Göttin Segen mit Euch, Väterchen“, grüßte Garret den Mann höflich. „Ich sehe, Ihr seid schwer beladen, wohin der Weges, mit so vielen Kartoffeln?“

Der Mann blieb stehen und warf Garret unter der Krempe seines breiten Strohhutes einen misstrauischen Blick zu.

„Den Göttern zum Gruße“, antwortete er dann und stützte sich auf seinen knorrigen Eichenstab. „Wohin des Weges, so schwer gerüstet und ohne Kartoffeln?“

Worauf Vanessa lachte, Tarlon schmunzelte und selbst die Bardin amüsiert wirkte.

Und auch Garret lachte.

„Eine Frage auf eine Frage? Nun, denn gebe ich Euch meine Antwort zuerst. Wir sind auf dem Weg nach Mislok. Es soll dort einen guten Gasthof geben.“

„Einen Marktplatz hat das Dorf auch“, gab der Mann zurück und zeigte eine Zahnlücke, als er leise lachte.

„Ich hörte, es sei kein Markttag heute?“

„Seht Ihr, und ich hörte, der Gasthof wäre voll“, grinste der Mann. „Ein Zeugmeister des Kanzlers Belior hat sich dort eingenistet. Zehn Wagenzüge hat er mitgebracht und kauft nun alles auf, was man ihm bringt.“ Der alte Mann spuckte auf den Boden. „Gutes Gold soll es dafür geben.“

„Ihr klingt nicht besonders erfreut darüber?“, meinte Garret, während die anderen untereinander Blicke tauschten.

„Erfreulich ist allein, dass der Kerl gut zahlt. Dass er dort ist, behagt allerdings niemandem.“ Er sah zu Garret hoch und musterte dann die anderen, während er weitersprach. „Dies ist Greifenland. Thyrmantor hat hier nichts zu suchen.“ Sein Blick blieb an der Bardin hängen, und seine Augen weiteten sich leicht.

„Sagt, Sera“, begann der Mann zögernd. „Habe ich Euch nicht schon mal gesehen? So vor ... Götter, es muss vor um die vier Dutzend Jahre gewesen sein? Ich war damals noch ein Kind, und Ihr habt am Brunnen in Mislok gesessen und uns Kindern Geschichten erzählt."

Die Bardin schüttelte bedauernd den Kopf, doch Garret nickte zustimmend.

„Es ist eine ihrer Angewohnheiten, und sie ist weit älter, als sie aussieht", lachte er und ignorierte ihren scharfen Blick. „Doch sagt uns, Ser, warum nennt Ihr dies die Greifenlande?"

„Weil sie es sind", antwortete der alte Bauer und richtete sich trotz der Last auf seinem Rücken zu voller Größe auf. „Dieses Land ist das Land des Greifen und wird es immer sein. Und nur weil wir keinen König mehr haben, heißt das noch lange nicht, dass so ein dahergekommener Kerl aus Thyrmantor sich unser Land unter den Nagel reißen kann!"

„Ihr bestellt Euer eigenes Land?", fragte Garret neugierig, doch der alte Mann schüttelte den Kopf.

„Nein, es ist Kronland. Meine Familie bestellt es seit Generationen, auch wenn der Baron, unser derzeitiger Herr, mögen ihn die Götter strafen, mit dem Landzins wuchert wie kein Zweiter. Aber er gehört immerhin dem Greifenland an, und so wird er, egal was für süße Worte der Gesandte Beliors ihm auch ins Ohr haucht, diesen doch wohl hoffentlich nicht erhören!"

„Das klingt nicht gerade so, als ob Ihr mit Eurem Baron sehr zufrieden wäret", stellte Garret fest.

„Das hört sich an, als wäret Ihr sehr neugierig", erwiderte der Bauer und zeigte erneut seine Zahnlücke. „Aber wenn Ihr Eure Neugier befriedigt haben wollt, junger Ser, könntet Ihr wohl auch etwas für mich tun."

„Das ist nur gerecht, Väterchen. Was begehrt Ihr?"

„Eure Pferde haben einen breiten Rücken, und es findet sich gewiß ein Sattelhorn an ihnen, an dem ich meinen

Korb festmachen kann? Wenn ja, will ich Euch gerne ins Dorf begleiten und Euch währenddessen Rede und Antwort stehen." Garret nickte zustimmend, doch Tarlon, der das Gespräch schweigend mitverfolgt hatte, hob die Hand.

„Sagt, Väterchen", mischte er sich nun ein. „Seid Ihr jedem gegenüber so offen, der des Weges kommt?"

„Mitnichten."

„Es gibt eben noch Leute, denen man nicht jedes Wort aus dem Munde zu ziehen braucht", wandte Garret ein. „Ich kenne ..."

„Nur, wenn jemand des Weges kommt, der die schwarzen Schwerter von Lytar trägt", ergänzte der alte Mann und machte Garret damit zuerst einmal mundtot. „Euer Schwert, junger Ser, trägt am Knauf das Wappen der Grauvögel, der Familie des ersten Lords von Lytar", fuhr er fort. „Hier in den Greifenlanden wird ein jeder Mann solchen Dingen Beachtung schenken."

„Aber ...", begann Garret, doch der alte Bauersmann winkte ab.

„Stellt Eure Fragen, junger Ser, auf meine wird mir die Zeit sowieso Antwort geben. Nur eines sei Euch gesagt: Es ist kein gutes Leben, so wie es jetzt ist. Unter dem Joch des Barons lässt es sich nur schwer leben."

„Sagt, Ser", unterbrach ihn die Bardin kühl. „Meint Ihr wirklich, dass sich ab heute etwas ändert, nur weil Ihr ein paar alte Schwerter gesehen habt?"

Der Bauer legte seinen Kopf schief und grinste dann breit.

„Zeit dafür wäre es doch wohl, findet Ihr nicht?"

„Das hast du gut hinbekommen", sagte Tarlon vorwurfsvoll, und sah dem alten Mann nach, wie er nun, trotz des schweren Korbs auf seinem Rücken, aufrecht durch das breite Tor in der Mauer des Gasthofs schritt.

„Ich habe doch gar nichts getan", protestierte Garret, „außer ein paar höfliche Fragen zu stellen!"

Tarlon seufzte. „Bei der Göttin, du hast wirklich ein Talent dafür, Unruhe zu stiften! Der alte Mann wird schon bald nichts Besseres zu tun haben, als dem Nächstbesten, dem er begegnet, zu erzählen, dass er den Nachfahren des ersten Lords von Lytar vorbeireiten sah, gar sich länger mit ihm unterhalten hat!"

„Immerhin haben wir so auch eine Menge erfahren. Auch wenn mir das Meiste davon nicht gefällt."

„Anscheinend machst du dir diesmal wenigstens im Nachhinein ein paar Gedanken", schüttelte Tarlon ungehalten den Kopf.

„Laßt es gut sein, denn ohne die Unterhaltung mit dem Bauern wären wir jetzt sicherlich voll gerüstet und mit unseren Schwertern an der Seite ins Dorf eingeritten und hätten vielleicht einen Aufruhr verursacht. Insofern war es sicherlich kein Fehler", beschwichtigte Vanessa, die, wie Garret, ihr in Leder eingeschlagenes Schwert als Bündel auf dem Rücken trug. Ihre Kettenhemden hatten sie bereits ausgezogen und in den Satteltaschen verstaut.

„Das mag sein", entgegnete Tarlon. „Dennoch war es falsch, dem Mann die Hoffnung zu vermitteln, dass wir an seinem Schicksal etwas ändern könnten! Wahrscheinlich denkt er jetzt, dass wir zum Baron reiten werden, um dessen Lehnseid einzufordern!"

„Aber es ist ungerecht", stellte Garret fest, und Tarlon sah ihn irritiert an.

„Vieles ist ungerecht. Von was sprichst du also gerade?"

„Davon, wie der Baron seine Leute behandelt. Wenn er

wirklich drei Mal den Zehnten der Ernte von seinen Leuten verlangt, ist das zu viel, wie du selbst weißt."

„Ja, Garret, aber das ist nicht unsere ..."

„Und dann ist da noch die Sache mit der Brücke!"

Tarlon resignierte.

„Hör doch mit der Brücke auf. Wir haben wirklich andere Sorgen. Wir müssen nach Berendall und zusehen, dass wir dort für die Sera ein Schiff finden, das sie sicher nach Hause bringt. *Das*, Garret, ist unsere Aufgabe. Und nicht, die Leute denken zu lassen, dass die Greifenflagge bald wieder über ihren Dächern weht!" Tarlon warf einen Blick zu dem offenen Tor des Gasthofs hinüber. „Wir sollten uns lieber überlegen, wie wir weiter vorgehen wollen!"

Garret saß von seinem Pferd ab, griff die Zügel und grinste zu Tarlon hoch.

„Ich finde, wir sollten schauen, ob wir hier einkehren können." Seine Augen funkelten schelmisch, als er weitersprach. „Ich möchte wetten, dass der Zeugmeister Beliors ein interessanter Gesprächspartner für uns sein könnte!"

„Garret, findest du wirklich, dass dies eine gute Idee ist?", warf jetzt sogar Vanessa zweifelnd ein, doch Garret lachte nur.

„Meinst du, es ist gut, immer nur vor dem Feind davonzulaufen? Dies hier sind die Greifenlande, und noch gehören sie nicht zu Beliors Reich. Was spricht also dagegen, dem Zeugmeister bei einem Bier oder Würfelspiel sein Wissen zu entlocken?"

Tarlon zuckte mit den Schultern und saß ebenfalls ab.

„Ich glaube, du änderst dich wohl nie."

„Auf jeden Fall nicht, solange ich keinen Sinn darin erkennen kann“, antwortete Garret. „Ich finde meinen Vorschlug gut!“

Tarlon drehte sich hilfesuchend zur Bardin um. „Was meint Ihr, Sera? Der Wirt ist schließlich Euer Freund. Sollen wir daher hier einkehren oder uns lieber weiterhin abseits von den Schergen Beliors halten?“

Die Bardin sah nachdenklich zu dem großen Gasthof auf der anderen Straßenseite und überlegte eine Weile.

„Nein“, gab sie Tarlon dann Antwort. „Ser Garret hat Recht. In einem Gasthof erfährt man noch am ehesten, was sich in der Welt so alles ereignet hat.“

„Siehst du!“, rief Garret und wandte sich dann seinerseits an die Bardin, die gerade vom Pferd absaß. „Vielleicht könntet Ihr den Nachmittag etwas auflockern, indem Ihr ein paar muntere Weisen für den Zeugmeister aufspielt?“

„Das“, antwortete die Bardin kühl, „entspricht nicht meinem Wunsch. Wie Ser Tarlon schon sagte, haben wir einen wichtigen Auftrag zu erfüllen.“

„Und dabei darf man keinen Spaß haben?“, fragte Garret unschuldig.

Die Augen der Bardin verengten sich.

„Natürlich nicht!“, antwortete sie anscheinend empört, nahm ihr Pferd bei den Zügeln und führte es durch das Tor in den Innenhof des Gasthauses, während ihr Garret verblüfft nachsah und ihr dann mit den anderen folgte.

Der Hof des „Greifenschilds“ war recht groß und bot mehr als genug Platz für die zwei großen Fuhrwerke, die mit zurückgeschlagenen Planen neben einem Ziehbrunnen standen. Vor ihnen war ein Tisch aufgestellt, hinter dem ein Mann mit einem stattlichem Bauch in leichter Kutte saß und sorgfältig in ein großes Buch schrieb, das vor ihm auf dem Tisch lag. Neben dem Schreibzeug stand eine schwere geöffnete eiserne Kassette, die noch gut bis zur Hälfte gefüllt war. Selbst auf die Entfernung hin konnte Garret das Gold in ihr funkeln sehen.

Vor dem Tisch, in einer Schlange, die bestimmt gute fünfzehn Schritt lang war, standen geduldig mehrere Bauern. Sie hatten ihre schweren Körbe zu ihren Füßen abgestellt und warteten, bis sie an die Reihe kamen. Neben dem Tisch befand sich eine große Waage, die von einem Soldaten bedient wurde und auf der oben ein Schild befestigt worden war, auf dem die jeweiligen Preise standen, die bezahlt wurden. So erhielt man für einen schweren Sack Kartoffeln, der einen Stein wog, ein Silber und drei Kupfer.

„Göttin!", entfuhr es Garret. „Für das Geld bekommt man bei uns ja gut das Fünffache an Kartoffeln! Ist der Mann denn verrückt, den Bauern so viel dafür zu zahlen?"

„Er hat ein paar hundert hungrige Soldatenmäuler zu füttern", erklärte die Bardin. „Demzufolge ist es ein guter Preis, er liegt etwas über dem, was die Bauern vom Händler für den Sack erhalten, aber trotzdem noch unter dem, was der Zeugmeister seinerseits wieder dem Händler dafür bezahlen müsste."

„Ein gutes Geschäft für beide Seiten", stellte Tarlon fest. „Nur dass der Händler dabei leer ausgeht."

„In ein paar Monaten werden sich die Soldaten Beliors die Ernte sowieso einfach nehmen und das Gold dazu", sagte die Bardin leise und drehte ihren Kopf zur Seite, als einer der Soldaten sie interessiert musterte. Sie ging schneller, zerrte ihr Pferd hinter sich her und murmelte dabei ein paar Worte, die nicht gerade sehr freundlich waren.

„Wie bitte?", fragte Garret höflich.

„Ich habe ihm gewünscht, dass ihm etwas abfallen

möge, auf das er großen Wert legt", gab die Bardin nüchtern zurück. „Habt Ihr ein Problem damit?"

Der junge Bogenmacher sah sie überrascht an.

„Aber er hat doch gar nichts getan. Ihr gefallt ihm, das ist alles."

„Er dient Belior", antwortete die Bardin. „Das ist schon Grund genug, um ihm seine Eier abzuschneiden." Mit diesen Worten wandte sie sich von ihm ab und zog ihr Pferd in den dunklen Stall, wo ihr ein verschlafen wirkender Stallbursche die Zügel abnahm. Die Bardin warf ihm zur Entlohnung ein Kupferstück zu und eilte dann, ohne auf die anderen zu warten, in Richtung des Gasthofes davon. Der Soldat sah ihr hinterher und sagte etwas zu seinem Kameraden, der darauf breit grinsend nickte und sich anzüglich an den Schritt griff.

Vanessa rümpfte die Nase und wandte sich an Garret.

„Ich würde auch nicht wollen, dass man mich so ansieht."

„Aber er hat sie doch nur angelächelt?"

„Und die Geste eben hast du nicht gesehen?", fragte sie empört.

„Das war der andere Soldat. Und der will nur nicht zugeben, dass sie ihn beeindruckt hat." Garret zuckte mit den Schultern. „So etwas ist nie ernst gemeint."

Vanessa sah ihn fassungslos an und richtete sich umgehend an Tarlon.

„Und, was sagst du dazu?", wollte sie wissen.

„Mich darfst du das nicht fragen", gab der ihr zur Antwort, runzelte dabei aber die Stirn. „Ich mache solche Gesten schließlich nicht."

Garret bot den beiden Geschwistern an, die Pferde alleine abzusatteln, damit sie vorgehen konnten. Vanessa nahm sein Angebot dankbar an, doch Tarlon blieb zurück, um ihm zu helfen.

Der Sattel war schwer, aber Tarlon trat an das Pferd seines Freundes heran, hob den Sattel mit einem Griff ans Sattelhorn ab und platzierte ihn auf einem Holzbock.

„So etwas muss man ernst nehmen, Garret", raunte er seinem Freund dabei leise, mit einem unauffälligen Blick auf die Soldaten, zu.

„Ich weiß", antwortete dieser ebenso leise. „Ich war nur überrascht, wie vehement die Bardin darauf reagiert hat ... ist dir aufgefallen, wie sie mich angesehen hat? Als ob ich der Soldat wäre und sie mich hassen würde. Dabei habe ich ihr gar nichts getan" Er rieb sein Pferd ab und führte es zu einem Futtertrog, den der Stallbursche bereits mit Hafer aufgeschüttet hatte. „Sei ehrlich, wir alle haben sie schon so angesehen", lachte er leise. „Schließlich ist sie eine schöne Frau." Er grinste plötzlich. „Wenn auch etwas zu alt für uns!"

Doch Tarlon blieb ernst.

„Ja, aber mit dem einen Unterschied, dass sich keiner von uns im Gegensatz zu den beiden Soldaten dabei je überlegt hat, wie er ihr am besten auflauern kann."

Garret hielt mitten in der Bewegung inne und richtete sich langsam auf.

„Was willst du damit sagen?"

„Dass es nicht das erste Mal für diese Burschen ist. Sie denken, dass ihnen nichts geschehen kann, weil sie Soldaten Beliors sind. Sie glauben, dass es hier keiner wagen wird, die Hand gegen sie zu erheben. Es ist ein Sport für sie."

Garret trat näher an den Eingang zum Stall heran, um die beiden Soldaten noch einmal unauffällig in Augenschein nehmen zu können.

„Bislang dachte ich immer noch, dass die Soldaten Beliors auch nichts anderes tun, als ihren Dienst zu verrichten, genau wie wir, nur dass sie einem anderen Herrn dienen." Er verzog das Gesicht. „Offensichtlich unterlag ich dabei einem Irrtum."

„Zumindest, was diese beiden betrifft! Vergiss nicht, in Lytar hatten wir es ausschließlich mit den Regimentern des Grafen Lindor zu tun. Das waren Veteranen, ausgesuchte Kämpfer, die es als Ehre empfanden, unter Lindor dienen zu dürfen. Aber nicht alle sind so. Diese beiden hier sind jedenfalls nicht mehr als Abschaum." Angewidert verzog er sein Gesicht.

„Du kannst tatsächlich ihre Gedanken lesen?", fragte Garret beeindruckt.

Tarlon nickte.

„Ja. Wenn ich es darauf anlege, ist es so, als würde ich hören, was sie denken", antwortete er schlicht. „Allerdings würde ich lieber eine Jauchegrube leeren, als den Gedanken dieser beiden zu lauschen." Er sah sich um und holte tief Luft. „Aber eines kann ich dir trotzdem mit Gewissheit sagen." Tarlon führte eine weite Geste aus, die den Stall, den Gasthof, das Dorf und das umliegende Land mit einschloss. „Belior braucht die Krone von Lytar gar nicht, um für uns eine Bedrohung darzustellen. Schau dich um, Garret, denn so wie hier wird es auch bald in Lytara sein, wenn wir nicht gegen ihn bestehen können. Wenn er unser Dorf nicht sogar schleifen lassen wird! Belior neigt zu drastischen Maßnahmen, um den Widerstand der Menschen zu brechen. Ich habe gerade gehört, dass er einmal eine ganze Stadt hat schleifen lassen, um damit ein Exempel für alle anderen aufständischen Städte zu statuieren. Die Männer wurden kastriert und bekamen die

Fußsehnen gekappt, die Frauen wurden vergewaltigt und verschleppt."

„Das kannst du alles in den Gedanken der Leute lesen?", Garret war fasziniert.

„Nein, nicht direkt", antwortete Tarlon. „Meist sind es keine klaren Sätze, sondern nur Empfindungen, Gedankenfetzen, Bilder. So hat sich einer der beiden Soldaten vorhin daran erinnert, was für eine blutige Angelegenheit es damals war, die Stadt zu schleifen. Danach hat er sich gefragt, ob es hier wohl auch so weit kommen würde." Ein flüchtiges Lächeln huschte über sein Gesicht. „Dieser eine Soldat hat sich zumindest mit Abscheu daran erinnert, weshalb er hier auf anderes hofft."

„Liest du auch meine Gedanken?", wollte Garret neugierig wissen.

„Nein", antwortete Tarlon. „Zum einen bist du, wie alle aus Lytara, sehr leise, ich müsste also genau hinhören. Zum anderen ..." Er klopfte Garret leicht auf die Schulter. „Lass uns zum Gasthof hinübergehen. Und sollte Vanessa auf die Idee kommen, ein Zimmer für euch beide zu nehmen, rede ihr das aus."

„Wieso sollte Vanessa auf die Idee kommen?", fragte Garret, der bemerkte, wie sich sein Herzschlag beschleunigte.

„Weil *du* nicht auf solche Ideen kommst, nicht wahr, mein Freund?", lächelte Tarlon und verstärkte den Druck auf Garrets Schulter ein wenig.

„Ich?" Garret versuchte möglichst unschuldig dreinzuschauen. „Wie das? Ich kann warten."

„Dann ist es ja gut", nickte Tarlon. „Denn das bedeutet, dass sich die Bardin ein Zimmer mit Vanessa teilen kann und nicht alleine schlafen wird."

„Vielleicht sollten wir alle zusammen ..."

„Nein", entgegnete Tarlon und lachte leise. „Seitdem sie fünf ist, behauptet Vanessa, dass ich entsetzlich laut schnarche, und hat deshalb geschworen, nie wieder ein Zimmer mit mir zu teilen."

„Ich habe dich noch nie schnarchen hören."

„Das ist nicht weiter verwunderlich, denn dazu müsste ich ja noch lauter schnarchen als du", lachte Tarlon.

„Gedanken lesen zu können muss sehr nützlich sein", meinte Lamar nachdenklich.

„Oder auch nicht", entgegnete der alte Mann und trank schnell einen Schluck Wein. „Manchmal will ich gar nicht so genau wissen, was andere von mir denken."

„Der Punkt geht an Euch", lachte der Gesandte. „In diesem Fall bliebe von der Höflichkeit unter den Menschen auch nicht mehr viel übrig. Zudem, wenn ich will, dass der andere weiß, was ich von ihm denke, kann ich es ihm ja auch sagen!"

„Das ist die richtige Einstellung", antwortete der alte Mann. „Andrerseits, hätten die beiden Soldaten damals Gedanken lesen können, wären sie vielleicht nicht gar so unbekümmert gewesen ..."

Einer der Soldaten sah den zwei jungen Männern hinterdrein, die mit den beiden Frauen gekommen waren. Den Schlaksigen ignorierte er, doch der andere war groß und breit genug für zwei.

„Mach dir keine Gedanken", flüsterte sein Kumpan. „Meistens sind diese Kerle entweder schlau oder stark. Schau dir seinen Gesichtsausdruck an. Der mag vielleicht so stark sein wie ein Ochse, dafür ist er aber mit Sicherheit auch genauso blöde!"

In diesem Moment lachte der große junge Mann laut auf und sagte etwas zu dem anderen, das diesen ebenfalls zum Lachen brachte.

„Siehst du", meinte der Soldat. „Dummheit geht oft mit einem fröhlichen, einfachen Gemüt einher. Er versteht einfach nicht, dass das Leben eine Qual ist."

„Du meinst, wir tun ihm also einen Gefallen, wenn ...", erwiderte der eine Soldat und fuhr sich dabei mit dem Finger über die Kehle.

„Genau", grinste sein Freund. „Aber nicht jetzt. Der Zeugmeister schaut gerade zu uns herüber, und ich will keinen Ärger."

„Das war nicht nur unbekümmert, sondern ausgesprochen dumm", stellte Lamar fest. „Es ist immer ein Fehler, andere zu unterschätzen."

„Ja, nichts bringt einen schneller ins Grab als Annahmen und Vorurteile", bestätigte der Geschichtenerzähler. „Auf der anderen Seite ... wer von uns ist schon frei von ihnen?"

„Nun, vielleicht dieser Tarlon", meinte Lamar. „Er scheint mir ein Mensch zu sein, der immer alles von allen Seiten her betrachtet."

„Die Frage ist nur, ob es ihm auch immer gelang."

„Jedenfalls dürfte es ihm öfter gelungen sein als diesem Garret."

„Meint Ihr?", lachte der Geschichtenerzähler und streckte sich ein wenig. „Vielleicht sollsten wir eine kleine Pause machen?", schlug er vor.

„Nein, noch nicht", rief Saana, und auch ein paar der anderen Zuhörer im Gastraum protestierten. „Doch nicht mitten in der Geschichte!", rief einer.

„Nun, was meint Ihr, Ser?", überließ der alte Mann dem Gesandten die Entscheidung.

„Eine kleine Pause wäre nicht unwillkommen. Aber nicht jetzt. Jedenfalls nicht, bevor ich nicht weiß, wie es mit den beiden Soldaten ausging", sagte Lamar und zwinkerte Saana zu.

„Anders als erwartet", grinste der alte Mann. „Anders als erwartet ..."

„Warum schüttelst du den Kopf?", fragte Vanessa ihren Bruder, als er zusammen mit Garret die Gaststube betrat. Groß und mit einer niedrigen Decke, die von schwarzen, schweren Eichenbalken gestützt wurde, war der Raum von Gästen überfüllt, es stank nach Leder, Schweiß und anderen undefinierbaren Gerüchen. Die Theke, zu der sich die Bardin eben ihren Weg bahnte, war von Einheimischen, meist Bauern und Arbeitern, sowie einem guten Dutzend Soldaten, die das Wappen Thyrmantors trugen, geradezu belagert.

„Nichts", antwortete Garret hastig an Tarlons Stelle. „Wir haben nur etwas gehört, das uns amüsiert hat."

„Und was?"

„Einen schlechten Witz über einen Ochsen", grinste Garret und ignorierte Tarlons leicht gequälten Blick. „Wie sieht es aus", setzte er hinzu, bevor Vanessa oder Tarlon noch etwas dazu sagen konnten. „Gibt es noch Zimmer für uns? Es sieht voll aus."

„Das wissen wir noch nicht", antwortete Vanessa und rümpfte die Nase, als sich ein dickbäuchiger, schwitzender Mann an ihnen vorbeiquetschte und ihr dabei seine Bierfahne in die Nase stieg. „Der Wirt war bislang nicht zu sehen, deshalb will die Bardin nach ihm fragen." Sie wedelte mit der Hand vor ihrem Gesicht herum. „Ich dachte, dies wäre ein gutes Haus."

„Ein Gasthof ist immer nur so gut wie seine Gäste", meinte Garret und zog sie etwas zur Seite, als zwei angetrunkene Soldaten mehr oder weniger gerade auf sie zukamen. „Dieser hier ist zur Zeit deutlich schlechter als sein Ruf."

Hinter der Theke stand ein älterer Mann, der geduldig Bier in hölzerne Humpen abfüllte. Die Bardin beugte sich über die Theke und sagte etwas zu ihm, worauf der Mann zuerst den Kopf schüttelte. Nachdem die Bardin jedoch länger auf ihn eingesprochen hatte, nickte er auf einmal und wies mit seinem Daumen über die Schulter auf eine Tür hinter der Theke.

Die Bardin nickte, drehte sich dann um und kam zu den drei Freunden zurück. Die Blicke der männlichen Gäste, die ihr auf ihrem Weg zurück folgten, ignorierte sie dabei geflissentlich.

„Wir haben Glück", teilte sie den anderen mit. „Ich dachte schon, dass mein Freund vielleicht gar nicht da wäre, aber er ist hinten in seiner Schreibstube. Wir können durchgehen." Sie zog ihren Umhang enger und warf einen verächtlichen Blick in den Gastraum. „Ich bin froh, wenn ich dieses Geschmeiß nicht mehr sehen muss."

„Ist es hier immer so voll?", fragte Garret, während sie der Bardin durch die Tür hinter dem Schanktisch folgten. Vor ihnen lag ein langer Gang mit mehreren Türen, von denen die erste offen stand und den Blick in die Küche frei gab. Als Vanessa die Tür zum Gastraum hinter ihnen schloss, wurde es schlagartig ruhiger, und die Bardin atmete erleichtert auf.

„Schon besser", stellte sie fest, und ging weiter, während Garret einen neugierigen Blick in die Küche warf.

„Sagt, Sera“, wandte er sich an die Bardin, „vertraut Ihr diesem Wirt?“

Sie sah ihn überrascht an. „Sagte ich nicht, dass er ein Freund von mir ist? Und meinen Freunden würde ich mein Leben jederzeit anvertrauen.“

„Dann steht Ihr in der Gnade der Götter und habt bessere Freunde als die Meisten“, lächelte Vanessa.

„Nein, nur weniger“, antwortete die Bardin langsam und blieb vor einer Türe stehen.

„Um auf Eure Frage zurückzukommen, Garret“, ergänzte sie dann. „So voll war es hier noch nie. Ich denke aber, es wird ruhiger werden, sobald der Zeugmeister schließt.“ Mit diesen Worten hob sie die Hand und klopfte.

„Herein!“, tönte eine tiefe Stimme von drinnen, und die Bardin stieß die Tür auf.

Der bullige Mann hinter dem Schreibtisch blickte zuerst irritiert auf, doch als er erkannte, wer seine überraschende Besucherin war, lief ein strahlendes Lächeln über sein faltiges Gesicht, und er sprang auf.

„Die Sera Farindil, bei meiner Ehr, was für eine Überraschung!“, rief er, eilte um den mächtigen Schreibtisch herum, umarmte sie und hob sie hoch, während sie mit den Füßen strampelte und mit den Fäusten auf seine breite Brust trommelte.

„Lass mich runter, du ... du .. Ochse!“, schimpfte sie, und lachend setzte er sie wieder ab.

„Bei der Göttin“, sagte er schließlich und musterte nun Garret, Tarlon und Vanessa mit neugierigen, aufmerksamen Blicken. „Wie lange ist es jetzt her, dass wir uns zuletzt gesehen haben?“, fragte er. „An die dreißig Jahre? Oder noch mehr? Und im Gegensatz zu mir nicht einen Tag älter geworden.“

„Ihr wollt doch nur ein Kompliment zu hören bekommen", lachte die Bardin. „Aber nachdem Ihr mir fast die Rippen gebrochen habt, könnt Ihr lange darauf warten, dass ich euch bestätige, wie gut Ihr Euch gehalten habt."

Garret und Tarlon sahen einander an. So hatten sie die Bardin noch nie erlebt.

„Hiram", sprach die Bardin weiter. „Dies hier sind meine Freunde, Vanessa, Garret und Tarlon." Fasst unmerklich, zögerte sie einen Moment, bevor sie weitersprach. „Sie dienen dem Greifen."

Der Wirt musste so um die sechzig Jahre alt sein, dachte Vanessa, doch seine breiten Schultern und muskulösen Arme hatte er sicher nicht nur daher, dass er tagaus, tagein Bierfässer stemmte und schleppte, genauso wenig wie die feinen Narben an seinen Händen. Zudem war der Blick des Mannes klar, offen und stetig. Die Bardin hatte Recht, der Wirt Hiram war ein stattlicher Mann, auch wenn sein gutgenährter Bauch darauf hinwies, dass er dem guten Leben nicht ganz abgeneigt war. Er wirkte gemütlich, dachte sie, und irgendwie auch wie jemand, auf den man sich verlassen konnte. Sie warf einen Blick zu Tarlon hinüber. Der fing ihn auf und nickte ihr leicht zu, als ob er ihre unausgesprochene Frage verstanden hätte. In der letzten Zeit war ihr seine Aufmerksamkeit fast schon unheimlich, und manchmal kam es ihr sogar so vor, als könne er ihre Gedanken lesen.

„Dem Greifen also", wiederholte der Mann und nahm die drei Freunde daraufhin noch einmal gründlich ins Visier. „Setzt euch doch." Er wies auf einen Tisch mit zwei Bänken, der etwas abseits seines Schreibtisches stand und auf dem sich etliche Schriftrollen, Tinte, Löschsand und Federn türmten. Mit zwei schnellen Bewegungen hatte er die

Schriftstücke zur Seite geschoben und wartete nun darauf, dass seine Gäste Platz nahmen. Dann stellte er einen großen Krug Apfelwein vor sie auf den Tisch sowie fünf Becher aus Zinn.

„So kommt ihr aus diesem kleinen Dorf im Tal, aus Lytara?", fragte er, während er ihnen und sich einschenkte und sich danach auf einen Stuhl an die Stirnseite des Tisches setzte.

„Ja", antwortete Garret und wartete darauf, dass die Bardin nunmehr etwas sagen würde, doch sie schwieg, während ein leichtes Lächeln um ihre Lippen spielte. Wenigstens, dachte Garret, wissen wir jetzt ihren Namen. Farindil.

„Und was hat euch, wenn ich fragen darf, dazu gebracht, euer Tal zu verlassen? Ich dachte immer, dass ihr gerne eure Ruhe vor der Außenwelt hättet? Zumindest sagte mir das die Bardin, als ich sie einst in euer Dorf begleiten wollte."

„Belior", antwortete ihm Garret und nahm einen Schluck von dem gekühlten Apfelwein, der ihm nach der staubigen Reise mehr als willkommen war. „Seine Truppen haben uns überfallen."

„Also seid ihr auf der Flucht?", erkundigte sich der Wirt beunruhigt. „Da habt ihr euch allerdings einen denkbar ungünstigen Moment ausgesucht, denn hier im Dorf wimmelt es nur so von Beliors Leuten, aber ich werde euch helfen, so gut ich kann."

„Nein", widersprach Garret lächelnd. „Wir sind nicht auf der Flucht. Wir sind unterwegs nach Berendall, um der Sera Farindil zu einer sicheren Passage in die Länder der Elfen zu verhelfen."

Der Wirt sah die Bardin enttäuscht an.

„So wollt Ihr uns schon wieder verlassen? Nun gut, ich

kann es verstehen, da Ihr hier nicht mehr sicher seid und dies auch kein Konflikt der Elfen ist."

„Doch", widersprach Garret, noch bevor Tarlon ihn stoppen konnte. „Belior hat es ebenfalls auf die Elfen abgesehen, weshalb sie in der bevorstehenden Auseinandersetzung unsere Verbündeten sein werden."

Die Bardin zog hörbar die Luft ein, doch Garret fing ihren Blick ein. „Ist es nicht so, Sera?", fragte er leise.

Einen Moment zögerte die Bardin, nickte dann aber.

„Es ist, wie er sagt, Hiram. Es war dumm von mir, zu hoffen, dass sich dieser Konflikt vermeiden lassen könnte. Der Greif wird sich gegen den Drachen erheben."

„Also beginnt es wieder", sagte der Wirt langsam, „und es wird zu einem Kampf kommen!"

„Es sieht alles danach aus", stimmte ihm die Bardin zu. „Es lässt sich wohl nicht vermeiden."

„Dann können wir nur auf die Gnade der Götter hoffen", murmelte der Wirt.

„Darf ich fragen, wovon hier die Rede ist?", fragte Tarlon höflich.

„Es gibt eine Prophezeiung, nach der sich der Greif eines Tages wieder erheben wird", klärte der Wirt ihn auf. „Und gerade hier, in diesen Landen, wartet man sehnsüchtig darauf."

Tarlon sah ihn überrascht an.

„Nach all den Jahrhunderten? Warum denn das?"

„Ganz einfach", antwortete der Wirt und lehnte sich in seinem Stuhl zurück. „Dies hier sind die Greifenlande, und wie Lytar selbst wurde auch dieses Land einst von der Göttin gestraft." Der Wirt schüttelte nachdenklich den Kopf. „Wenn eine Ernte nicht so ausfällt, wie sie soll, oder eine Krankheit oder Dürre kommt, aber auch, wenn einfach nur ein Brunnen versiegt, denken die Leute immer gleich, es sei die Strafe der Göttin. Reiner Aberglaube, wenn ihr mich fragt. Dennoch wünscht sich jeder Einzelne in den Vorlanden, dass der Greif wiederkehrt, denn dies wäre das Zeichen dafür, dass die Göttin uns verziehen hat."

„Das hat sie bereits", teilte Tarlon dem Mann lächelnd mit. „Es gibt wieder eine Dienerin Mistrals in Lytar, und die Verderbnis der alten Stadt wurde gebannt. Wenn damals also auch eine Strafe über die Vorlande verhängt wurde, seid beruhigt, Wirt, es ist ausgestanden. Die Göttin hat uns vergeben."

Der Wirt sah ihn an und zuckte mit den Schultern.

„Ich halte mich nicht für einen besonders abergläubischen Mann, mir braucht Ihr das nicht zu sagen. Ich weiß sehr wohl, dass manche Ernten auch trotz der Gunst der Göttin schlecht ausfallen werden. Aber die Leute hier werden es gerne hören. Glauben werden sie es jedoch erst, wenn der Greif die Schlange zu Boden geworfen hat, ganz so, wie es das alte Wappen Lytars zeigt."

„Die Schlange?", entfuhr es Vanessa neugierig.

„Sie setzen die Schlange mit dem Drachen gleich, dem Wappentier des Königshauses von Thyrmantor. Der Drache ist ein altes Symbol, das für das Königreich steht", erklärte Hiram. „Was wohl damit zu tun hat, dass der Paladin des Königs seit jeher auf einem Drachen reitet, der das Königreich schützen soll."

„Ich dachte, Lindor reitet einen Drachen?", fragte Garret überrascht.

„Richtig", nickte der Wirt. „Graf Lindor ist der Paladin des Prinzen. Er ist der Einzige von dem ganzen Pack, der noch so etwas wie Ehre in sich trägt."

Garrets Gesicht verdüsterte sich schlagartig.

„Glaubt mir", entgegnete er kühl. „Viel Ehre hat dieser *Paladin* gewiß nicht in sich!"

„Verwechselt Ihr hier vielleicht nicht den Mann, Ser Garret?", fragte Hiram höflich.

„Ich glaube nicht", konterte Garret. „Ich konnte mich selbst davon überzeugen, wie wenig Ehre er besitzt. Er erschlug eine wehrlose Frau vor meinen Augen."

„Nun, wenn Ihr es sagt", lenkte der Wirt ein, klang aber nicht überzeugt. „Zumindest kann ich euch berichten, dass Graf Lindor bereits in Berendall eingetroffen ist. Die Gerüchte besagen zudem, dass er den alten Grafen dazu bewegen soll, dem Reich beizutreten. Wenn es ihm gelingt, würde er dem hiesigen Baron damit auf jeden Fall einen großen Gefallen erweisen. Denn der ist, wie ich weiß, mehr als begierig darauf, an Thyrmantors Seite zu treten." Er lachte kurz und bitter. „Es heißt, er habe sich umgehend zum Regimentslager begeben, um eine Audienz beim Grafen Lindor zu ersuchen."

Garret, Vanessa und Tarlon warfen sich einen Blick zu.

„Graf Lindor ist in Berendall?", fragte Garret ungläubig.

„Ja", beschied ihm der Wirt schlicht. „Er ist heute Morgen angekommen und hat das Kommando über das Regiment übernommen, das vor Berendalls Toren lagert."

„Ein Regiment von Beliors Soldaten? Tausend Mann also?", hakte Tarlon nach.

„Genau. Sie lagern dort bereits seit einiger Zeit. Angeblich in friedlicher Absicht. Was daran allerdings friedlich sein soll, wenn ein Regiment ungefragt vor den Mauern einer Stadt kampiert, frage ich mich schon. Seit fast zwei Jahren stehen die Soldaten nun vor unseren Toren, und noch immer ist nichts geschehen. Außer, dass man den Soldaten überall begegnet ... auf Freigang, wie es heißt. Sie sind in der Stadt nicht einmal unwillkommen, denn offensichtlich beziehen sie einen sehr guten Sold, den sie nur allzu gerne bereit sind, wieder auszugeben. Nur in den letzten zwei Tagen scheint etwas im Gang zu sein."

„Erzählt mehr", forderte die Bardin ihn auf. „Was genau tut sich?"

Hiram kratzte sich am Kopf. „So genau weiß das niemand. Zum einen wurden alle Soldaten ins Lager zurückberufen. Zum anderen sind kleine Gruppen von ihnen unterwegs, die jemanden suchen. Oftmals in Begleitung von einem der dunklen Priester Darkoths. Angeblich wurde einer der Letzteren erschlagen, und jetzt sinnen sie auf Rache. Sie scheren sich wenig um die Stadtgesetze, gehen, wohin es ihnen gefällt, durchsuchen Häuser und verhören sogar Leute, die sie nur auf der Straße antreffen. Einmal muss es sogar zu einem Handgemenge zwischen den Stadtwachen und den Soldaten des Grafen Lindor gekommen sein."

„Dem Grafen von Berendall wird dies wohl kaum gefallen", vermutete Garret, und der Wirt nickte.

„Das ist wahr, doch was soll er tun? In Berendall gibt es vielleicht an die zweihundert Stadtwachen, selbst wenn er zudem noch die Miliz aushebt, kommen nicht mehr als noch einmal fünfhundert dazu. Und was will er mit siebenhundert Mann gegen Beliors Soldaten ausrichten?"

„Nicht allzu viel, vermute ich", meinte Garret.

„Ich bin nicht der Einzige, der wünscht, es wäre anders, Ser Garret", entgegnete der Wirt. „Glaubt mir, nichts wäre mir lieber." Er verzog das Gesicht. „Nur bedürfte es dazu eines Heeres."

„Ich frage mich gerade", überlegte Garret und sah dabei nachdenklich die Bardin an, „ob es dazu wirklich eines Heeres bedarf."

„Wie meint Ihr das?“, wunderte sich der Wirt.

„Keinem Land tut es gut, wenn es mit Krieg überzogen wird“, erklärte Garret. „Die, die in der Schlacht fallen, sind selten auch diejenigen, die in die Schlacht ziehen wollten. Es gibt nur einen, der diesen Krieg will und sucht. Und das ist Belior. Also muss man ihn dazu bringen, seine Hände nicht länger nach diesen Landen auszustrecken. Mehr braucht es nicht.“

„Darf ich fragen, wie Ihr das bewerkstelligen wollt?“, fragte Hiram höflich, aber mit zweifelndem Unterton.

„Darüber denke ich noch nach“, grinste Garret. „Aber Ihr werdet es erfahren, sobald ich es weiß!“

Die Bardin räusperte sich.

„Wir sind noch aus einem anderen Grund hier, mein alter Freund“, begann sie dann mit einem missbilligenden Blick auf Garret. „Wir brauchen Informationen, auch wenn Ihr uns schon das Meiste von dem, was wir wissen wollten, berichtet habt. Eine Gesandte des Greifen ist unterwegs, um bei den örtlichen Adligen der Vorlande um Unterstützung zu werben. Was meint Ihr, könnte ein solches Unterfangen Erfolg haben?“

„Nur, wenn es Euch gelingt, den alten Grafen zu überzeugen“, antwortete der Wirt. „Denn die anderen Barone werden ihm in seiner Entscheidung folgen.“ Hiram runzelte die Stirn. „Bislang heißt es, dass der alte Mann keinen Krieg will. Aber entscheidet er sich für den Krieg auf der Seite des Greifen ...“ Er zuckte mit den Schultern. „Ich denke, wie gesagt, die meisten Barone würden ihm folgen.“

Garret legte seinen Kopf schräg.

„Warum muss nur immer alles so kompliziert sein?“

„Es ist der Lauf der Welt, dass die Dinge nicht einfach sind“, der Wirt. „Doch nun hätte ich noch eine Frage an euch.“

„Nur zu“, lächelte die Bardin.

„Nun, wenn Beliors Truppen euch überfallen haben, weshalb befindet ihr euch dann nicht auf der Flucht? Oder habt ihr euch seinem Willen unterworfen?“

Garret sah überrascht auf.

„Unterworfen? Nein, guter Mann, wir haben seine Truppen dem Erdboden gleichgemacht.“

„Ich denke, dass der Wirt unserem Freund wohl nicht so ganz geglaubt hat“, unterbrach der alte Mann seine Erzählung. „Jedenfalls schien er danach abgelenkt und hatte es ziemlich eilig, unsere Freunde wieder loszuwerden. Aber er gab ihnen zwei Zimmer und teilte ihnen mit, dass die Münze der Bardin in seinem Haus nicht erwünscht sei und sie seine persönlichen Gäste wären. Danach wünschte er ihnen den Segen der Götter und verabschiedete sich rasch. Tarlon sah ihm nachdenklich hinterher, doch die Bardin lachte nur und sagte, er wäre schon immer so gewesen. Also gingen sie auf ihre Zimmer. Die Frauen waren müde und wollten sich ausruhen, ein Wunsch, den Tarlon durchaus teilte, doch Garret bestand darauf, dass er und Tarlon sich zuvor noch etwas im Gastraum umhören sollten, um vielleicht das eine oder andere zu erfahren. Etwas widerwillig folgte Tarlon seinem Freund, der zu seiner Freude den Zeugmeister der Königlichen allein an einem Tisch in der Gaststube sitzend vorfand. Und während sich Garret, mit einem Würfelbecher bewaffnet, sozusagen selbst an den Tisch des Zeugmeisters einlud, bestellte Tarlon ein Bier und machte es sich danach neben ihm auf der Bank bequem. Von dort aus hatte er einen guten Blick auf den Tisch der beiden Soldaten, die bei ihrer Ankunft ein Auge auf die Bardin geworfen hatten …“

„Ihr habt heute wohl kein Glück, mein Freund", grinste der Zeugmeister etwas später, nachdem er nun zum wiederholten Male an diesem Abend gewonnen hatte. Garret sah die Kupferstücke in die Börse des anderen wandern und lächelte schief.

„So geht es mir ständig", jammerte er dann. „Auf der Farm meines Vaters bin ich auch immer derjenige, der in die Kuhfladen tritt ... und das auf einer Weide, die schon lange keine Kühe mehr gesehen hat."

Der Zeugmeister nickte und seufzte. „Ich kenne das Gefühl", vertraute er Garret an. „Dennoch, junger Ser, solltet Ihr nicht so voreilig sein. Es sind nicht nur Glanz und Glorie, die einen erwarten, dient man dem Reich ... Ihr seid auf Eurer Farm gut aufgehoben, glaubt mir. Noch eine weitere Runde?"

„Gern", antwortete Garret und schüttelte seinen Würfelbecher. Er knallte ihn auf den Tisch und hob ihn leicht an, vier Eichenblätter oben. Seufzend konzentrierte sich Garret und warf drei der Würfel dank seiner magischen Fähigkeiten, deren er sich in der Akademie bewusst geworden war, wieder um. Noch war es nicht an der Zeit, zu gewinnen. Dann hob er den Becher an, worauf der Zeugmeister breit grinste und nun seinerseits nach dem Becher griff und zu würfeln begann. Wieder strich der Mann den Gewinn ein und winkte mit einer Geste die Schankmagd herbei.

„Noch zwei Bier!“, rief der Soldat. „Für mich und meinen Freund hier. Ihr seid eingeladen“, lachte der Mann Garret an. „Schließlich habt Ihr sie auch bezahlt.“

„Danke, Ser. Irgendwie plagt mich beim Würfelspiel immer der Durst.“

„Ha, das kenne ich“, rief der Zeugmeister aus und stieß mit Garret an.

„Aber warum habt Ihr mir davon abgeraten, Soldat zu werden?“, fragte Garret. „Auf unserer Farm gibt es nichts mehr für mich zu tun. Außerdem hörte ich, dass vor den Mauern Berendalls ein Soldatenlager aufgeschlagen ist. Es wird doch dort einen geben, bei dem man sich melden kann. Zudem soll ein unbesiegbarer Drachenreiter das Kommando über die Truppen übernommen haben. Und ich will auf der Seite des Siegers stehen, wenn ich mich schon bewerbe. Wer legt sich denn gerne mit einem Drachen an?“ Garret kratzte sich hinterm Ohr. „Aber vielleicht stimmt das ja auch alles gar nicht. Nicht immer entspricht das, was man so hört, auch der Wahrheit.“

„Diesmal habt Ihr allerdings die Wahrheit vernommen. Es gibt tatsächlich ein Lager der Königlichen nahe Berendall, und Graf Lindor, der Drachenreiter, führt das Kommando dort. Soweit stimmt also alles. Trotzdem, Ser, solltet Ihr Eure Entscheidung noch einmal überdenken. Nicht dass es Euch noch so ergeht wie mir.“

„Wie ist es Euch denn ergangen, Ser?“, erkundigte sich Garret, während er die Würfel wieder tanzen ließ. Diesmal erlaubte er sich einen kleinen Gewinn ... faszinierend, dass es mit jedem Wurf einfacher wurde, die Würfel nach Wunsch fallen zu lassen. „Euch scheint es doch gut zu gehen, abgemagert seht Ihr jedenfalls nicht aus.“

Der Zeugmeister lachte laut auf und schob drei Kupferstücke zu Garret über den Tisch. Dann klopfte er sich auf den Bauch. „Nun, das ist alles hart erarbeitet", grinste er. „Aber Ihr könnt mir glauben, es kann nur allzu leicht passieren, dass man nichts anderes mehr als Gras und Wurzeln zu Fressen kriegt. Gut, so schnell wird es wohl keinen Krieg mehr geben ... doch das Leben in der Armee ist alles andere als schön und geht auch nicht gut mit einem um. Manchen Menschen geht etwas dabei verloren, wenn sie töten." Der Zeugmeister wurde von einem Gähnen überrascht und führte hastig seine Hand vor den Mund.

„Es ist Zeit für mich", meinte er dann. „Habt Dank für Euer Kupfer, junger Ser, aber hört auf meine Worte. Erspart es Euch, Soldat zu werden ... es ist nicht gut für Euer Seelenheil." Leicht schwankend erhob sich der Zeugmeister, beugte sich aber noch einmal zu Garret hinunter.

„Der Göttin Segen mit Euch, junger Ser", murmelte er leise. Dann wandte er sich ab und ging mit dem leicht staksenden Gang eines Menschen davon, der nicht wahrhaben will, dass er zu viel getrunken hat.

„Und mit Euch, Ser", flüsterte Garret. Er packte den Würfelbecher ein und wandte sich an Tarlon, der noch immer still neben ihm auf der Bank saß, die Hände über dem Bauch gefaltet, und anscheinend schlief.

„Bist du wach?", fragte Garret leise.

„Natürlich", antwortete Tarlon, ohne die Augen zu öffnen.

„Solche Menschen machen es einem schwer, sie zu hassen", sagte Garret nachdenklich und sah zu, wie der Zeugmeister mit Mühe die Treppe, die zu den Gastzimmern führte, nach oben stieg. „Wer hätte denn gedacht, dass ausgerechnet ein Zeugmeister in Beliors Armee eine ehrliche Haut ist?"

„Warum sollte man ihn auch hassen?“, entgegnete Tarlon, ohne sich zu bewegen. „Er weiß, wie man Geschäfte macht, ist meistens ehrlich und eher von gutmütiger Gesinnung. Er glaubt an Mistral, weil sie sein Gebet erhört und seine Tochter eine schwere Krankheit überstanden hat. Er ist ein ganz normaler Mensch, der zusieht, wie er überleben kann. Es gibt überall gute und schlechte Menschen, wie ich mittlerweile weiß. Die Schlechten sind scheinbar in der Überzahl, aber das liegt nur daran, dass man die Guten nicht sofort erkennt.“

„Du überraschst mich immer wieder, Tarlon“, gab Garret zu. „Seit wann machst du dir solche Gedanken?“

„Schon immer“, antwortete sein Freund, richtete sich auf und gähnte und streckte sich. „Du hast mich gebeten, hier zu sitzen und den Gedanken der Leute zu lauschen, was ich auch getan habe ... wodurch vieles klarer und manches noch verworrener geworden ist. Allerdings kann ich mit Bestimmtheit sagen, dass die Menschen hier alle gleich sind. Ob sie Belior nun dienen oder nicht, sie haben alle die gleichen Sorgen, Ängste und Begierden. Es gibt nur wenig schlechte Menschen, Garret, allerdings viel zu viele, die nichts mit den Sorgen anderer Leute zu tun haben wollen, weil sie von ihren eigenen erdrückt werden. Der Zeugmeister ... ich mag ihn. Jemand wie er wäre in Lytara jederzeit willkommen. Aber so, wie die Dinge stehen, ist es durchaus möglich, dass er durch unsere Hände den Tod finden wird.“

„Und was ist mit diesen beiden Halunken?“, fragte Garret und deutete verstohlen zu den beiden Soldaten hinüber, die sich in einer Ecke bei Bier und Korn prächtig zu amüsieren schienen.

Tarlons Gesichtsausdrück veränderte sich schlagartig. „Diese beiden dort erhitzen sich gerade an der Vorstellung, was sie der Sera und Vanessa später antun wollen. Sie erinnern sich mit Lust an ähnliche, bereits zurückliegende Gelegenheiten." Tarlons Augen wurden schmal, als er zu den Soldaten hinübersah. „Sie haben bereits sechs Frauen und Mädchen getötet und Dutzende andere geschändet! Es ist ein Spiel für sie, ein Zeitvertreib. Erst vorgestern Nacht haben sie eine junge Frau hier im Dorf erschlagen, nachdem sie ihr Gewalt angetan haben ... wenn ich wüsste, wer sie war, könnte man die Burschen vielleicht dem Obmann übergeben, auf dass er sie hängen lässt. Sie haben den Strang mehr als einmal verdient!"

„Das wäre eine elegante Lösung", bestätigte Garret nachdenklich. „Ist sie denn auch durchführbar?"

Tarlon schüttelte bedauernd den Kopf.

„Nein. Uns fehlt schlichtweg die Zeit dazu. Die beiden haben jetzt genug von Wein und Korn und wollen nach dieser Runde zur Tat schreiten. Der Kleinere von ihnen hat sogar schon herausgefunden, welches Zimmer die Frauen belegt haben. Nur der Umstand, dass wir hier sitzen, hat sie bisher daran gehindert, nach oben zu gehen! Aber jetzt haben sie die Geduld verloren."

„Was sollen wir also tun?", erkundigte sich Garret. „Ich will nicht, dass die Frauen irgendetwas mitbekommen. Warten wir, bis sie gehen, und schnappen sie uns dann im Gang? Und danach? Wohin bringen wir ihre Leichen? Und wie stellen wir es an, dass wir dabei nicht gesehen werden?"

Tarlon sah ihn an und lachte bitter.

„Ich lerne gerade, dass ich mich nicht zum Mörder eigne. Jedenfalls habe ich keine Antworten auf deine Fragen, Garret. Ich fürchte, wir werden zulassen müssen, dass sie ins Zimmer der Frauen eindringen, denn nur so haben wir eine Chance, uns den Wachen zu erklären. Noch besser wäre es allerdings, wenn möglichst viele Gäste mitbekommen, was hier vor sich geht, dann glaubt man uns eher."

„Das will ich aber nicht", widersprach ihm Garret. „Das will ich Vanessa nicht zumuten. Auch der Bardin nicht."

„Darin sind wir uns wohl einig!", antwortete Tarlon frustriert. „Nur wie ... Göttin, die beiden stehen auf!"

„Dann lass sie vorgehen ... und wenn sie versuchen, die Tür zum Zimmer der Frauen aufzubrechen, erschlage ich sie."

„Nur, wenn du schneller bist als ich", schwor Tarlon grimmig und stand auf.

Garett folgte ihm eilig, und so erreichten sie die Treppe nach oben, kaum dass die beiden Halunken sie halb erklommen hatten. Doch plötzlich runzelte Tarlon die Stirn.

„Warte, Garret", hielt er inne und legte eine Hand auf den Arm seines Freundes.

„Was ist?", flüsterte Garret überrascht.

„Ich weiß nicht ...", begann Tarlon, konnte den Satz aber nicht mehr beenden, denn in diesem Moment sahen sie, wie der hintere der beiden Soldaten seinem Kumpan einen Dolch in den Rücken stieß. Der Getroffene schrie überrascht auf, drehte sich um und zog seinen eigenen Dolch. Doch schon rammte ihm der andere seine Klinge noch mal von vorn in den Bauch. Vor Tarlons und Garrets ungläubigen Augen und denen der anderen Gäste rangen die Soldaten nun ineinander verkeilt und immer wieder aufeinander einstechend miteinander, bis sie schließlich das Gleichgewicht verloren und die Treppenstufen hinabfielen.

Sie landeten direkt neben den Freunden auf dem Boden, und einer der Männer sah noch verwundert zu den beiden Freunden hoch, danach ging ein Zittern durch seinen Körper, und er lag still.

Tarlon trat schweigend einen Schritt zurück, als sich Blut auf den dreckigen Steinplatten ausbreitete, und warf einen langen nachdenklichen Blick zum oberen Treppenabsatz hinauf, der völlig im Dunkeln lag. Dann zog er den verständnislos dreinschauenden Garret zurück zu ihrem Tisch, während in der Gaststube ein Tumult losbrach, weil jeder zweite Gast einen Blick auf die Toten zu erhaschen versuchte und lautstark darüber diskutiert wurde, was soeben geschehen war.

Garret griff nach seinem Humpen und nahm einen tiefen Schluck. „Was, bei der Göttin, war das gerade?“, fragte Garret ungläubig und warf einen Blick zur Treppe zurück. „Später“, meinte Tarlon leise. Im gleichen Moment sprang die Tür zur Gaststube auf, und ein Soldat der Stadtwache eilte herein.

Garret nahm einen weiteren tiefen Schluck, und beide sahen schweigend zu, wie der Soldat sich seinen Weg zu den beiden Toten bahnte.

Scheinbar hatte ein jeder hier im Raum gesehen, was geschehen war, nur ein jeder erinnerte sich anders. An allen Tischen wurde wild spekuliert, bis Hiram schließlich erschien und mit donnernder Stimme Ruhe befahl und die schaulustigen Gäste an ihre Tische zurückscheuchte.

„Ich verstehe noch immer nicht, was sich soeben ereignet hat! Willst du mich nicht endlich aufklären“, beschwerte sich Garret bei Tarlon.

„Du hast es doch gesehen. Der eine griff den anderen an, dieser wehrte sich, und sie haben sich gegenseitig umgebracht. Nicht ganz so elegant, wie die von mir vorgeschlagene Lösung, aber auch nicht schlecht.“

Garret musterte seinen großen Freund misstrauisch.

„Hast du etwas damit zu tun gehabt?“

„Nein", teilte ihm Tarlon entschieden mit. „Das Einzige, was ich dir sagen kann, ist, dass die beiden Soldaten innerhalb eines Atemzugs eine derartige Wut und solch einen Zorn aufeinander empfunden haben, dass sie nichts anderes mehr wollten, als einander umzubringen. Es war wie ... wie eine Flutwelle." Er sah Garret bedeutsam an. „Eine Welle des Hasses und des Zorns, die nicht aus ihnen selbst heraus entstand."

„Also ...", flüsterte Garret und versicherte sich nach links und rechts, ob ihnen auch niemand zuhören konnte. „Also war es Magie?"

„Eine Form davon", nickte Tarlon bedächtig. „Ähnlich meinen Fähigkeiten."

Garret sah ihn prüfend an, doch Tarlon schüttelte leicht den Kopf. „Ich sagte dir doch, dass ich nichts damit zu tun habe. Ich vermag ja gerade einmal mit Mühe, ein paar Emotionen zu erspüren! Und wer auch immer diesen Hass losgetreten hat, ist im Vergleich zu mir ein Meister seiner Kunst!"

Er warf erneut einen Blick zum oberen Treppenabsatz, als ob er jederzeit erwarteten würde, jemand von dort herunterkommen zu sehen. Tatsächlich kam auch jemand, doch es war nur der Zeugmeister, der sich noch im Gehen sein Schwert umschnallte. Es sah etwas zerzaust aus, als hätte er bereits im Bett gelegen und sich hastig wieder angekleidet. Er fragte die Leute etwas, erhielt Antwort, und sah dann mit zusammengezogenen Augenbrauen auf die beiden Toten herab. Die Freunde konnten nicht alles von dem, was er sagte, verstehen. Nur ein „... kann ich nur dazu sagen, dass es nicht schade ist, um diese ...", danach drehte sich der Zeugmeister wieder um und ging zurück auf sein Zimmer. Schweigend sahen Garret und Tarlon zu, wie der

Soldat der Wache die anderen Gäste befragte und die beiden Leichen wenig später hinaustragen ließ.

Eines der Schankmädchen wischte mit angeekeltem Gesichtausdruck die Blutlache vom Boden auf, und kurz danach war wieder alles, als ob niemals etwas geschehen wäre, nur dass man an den meisten Tischen noch kopfschüttelnd und ungläubig über den Vorfall diskutierte.

„Du meinst also, jemand hat sie umgebracht. Mit ... Gedanken?", begann Garret von Neuem.

„Mag sein. Auf jeden Fall denke ich, dass jemand sehr viel Erfahrung darin besitzt, wie man mit solchen Problemen umgeht", antwortete sein großer Freund bedächtig.

„Und wer?"

„Wen kennst du denn, der so viel Erfahrung im Umgang mit Menschen hat und kaum dazu bereit gewesen sein dürfte, den beiden als Opfer zu dienen?"

„Die Sera Bardin?", fragte Garret ungläubig. „Aber wie? Ich habe sie nirgendwo gesehen! Oder meinst du, dass sie das bewirken konnte, ohne dabei ihren Raum verlassen zu müssen?"

„Vielleicht hat sie ihn ja auch verlassen, ist aber von niemandem gesehen worden", gab Tarlon zu bedenken.

Garret stierte nachdenklich vor sich hin und sagte nichts mehr. Tarlon griff nach Garrets Becher, sah hinein und runzelte die Stirn, als er bis auf den Boden blicken konnte. „Ich glaube, einen können wir uns noch gönnen", meinte er schließlich. „Danach sollten wir schlafen gehen."

Garret nickte nur, fing den Blick eines der Schankmädchen ein und hob den leeren Becher als Zeichen. Als sie später nach oben gingen, war nur noch ein feuchter Fleck auf den Steinplatten vor der Treppe zu sehen und ein paar Tropfen Blut auf dem hölzernen Geländer der Treppe.

„Das entspricht in der Tat nicht dem, was ich erwartet habe. Nun sagt mir", bat Lamar drängend, „ist es tatsächlich die Sera Farindil gewesen?" Der Geschichtenerzähler, der gerade genüsslich geschnittenen Käse mit Weintrauben aus einer flachen Schüssel pickte, hielt in seiner Bewegung inne, sah zu Ser Lamar hin und warf sich dann eine Traube in den Mund.

„Woher soll ich das denn wissen? Aufgeklärt wurde der Fall jedenfalls nie. Ich kann Euch nur sagen, dass Tarlon felsenfest davon überzeugt war, dass es die Sera Bardin gewesen sein muss. Wer auch sonst? Es war bekannt, dass die Sera Farindil über magische Fähigkeiten verfügte, nur über welche, wusste niemand so genau. Garrets Neugier war zwar durch nichts zu bremsen, aber selbst er wagte es nicht, die Bardin einfach danach zu fragen, ob sie alleine durch die Kraft ihrer Gedanken jemanden getötet hatte. Wie Tarlon später einmal sagte, waren es die beiden Soldaten auch nicht Wert, sich noch länger darüber Gedanken zu machen."

Lamar nickte zustimmend. „Schade, finde ich es ebenfalls nicht um sie. So, wie Ihr sie beschrieben habt, waren sie nichts weiter als zwei üble Burschen, die den Strang verdient hatten. Ich frage mich nur, wie man so werden kann ..."

Der alte Mann zuckte mit den Achseln und pickte sich sorgfältig die nächste Traube aus der Schale.

„Erlebt man einen Krieg, verhärtet man. Man stumpft ab. Dinge, die einen zuvor entsetzten, nimmt man später als gegeben hin. Der einzige Unterschied besteht darin, ob man noch etwas Gnade und Barmherzigkeit für andere Menschen im Herzen zurückbehält, gerade weil der Krieg so entsetzlich wenig davon zeigt, oder ob man dem Tier in sich nachgibt." Er warf ein Stück Käse hoch und fing es überraschend geschickt mit dem Mund auf. „Was ich Euch jedoch mit Si-

cherheit sagen kann, ist, dass ein jeder, der sich dem Krieg hingab und in seiner Verrohung keinen Einhalt fand, auf diese Weise dem dunklen Gott Vorschub leistete.“ Er hielt die Schüssel Ser Lamar hin, doch dieser lehnte dankend ab. „Und so war es nach all den Jahren des Krieges, des Mordens, der Verzweiflung und der Not nicht weiter verwunderlich, dass Darkoth erstarkte. Für ihn war der Krieg, was für uns Brot und Wein waren: ein Fest der Sinne.“

„Hhm ...“, brummte Lamar nachdenklich. „Was mich verwundert, ist nur, dass ich, bevor ich hierher kam, so wenig von diesem Gott Darkoth gehört habe. Ich wusste zwar, dass es ihn gab, aber das war auch schon alles.“

„Ich kannte so einige, die froh gewesen wären, dies zu hören“, meinte der alte Mann und klang zum ersten Mal etwas traurig. „Wüssten sie dann doch, dass ihre Taten und Opfer nicht vergeblich waren und der dunkle Gott an Einfluss verlor!“ Doch dann lachte er kurz auf. „Aber es gab auch einige andere, die schlichtweg nichts anderes erwartet hatten.“ Er beugte sich leicht vor. „Glaube und Liebe sind die stärksten Kräfte, die im Menschen wirken, Ser Lamar. Glaubt man an die Liebe ... so wird einem selbst das Unmögliche gelingen. Nur manchmal .... manchmal fällt es einem sogar schwer, an die Liebe zu glauben.“

„Da habt Ihr allerdings Recht“, bestätigte Lamar.

„Die Kunst ist, auch dann noch zu glauben, wenn es aussichtslos erscheint“, lächelte der alte Mann. „Es gab damals aber auch diejenigen, deren Glauben an sich selbst unerschütterlich war. Manchmal habe ich sie beneidet.“

„Ihr meint Garret?“, wollte Lamar wissen.

„Wie kommt Ihr darauf?“, fragte der alte Mann sichtlich überrascht. „Garret fiel es am schwersten, zu glauben. Und am wenigsten glaubte er an sich selbst! Nur hätte er dies nie-

mals zugegeben! Nein, ich meinte damit andere. Meister Pulver zum Beispiel, oder auch Elyra, die sich ihrer Bestimmung gänzlich sicher war, oder auch Astrak, der daran glaubte, dass es keine Lösung ohne ein Problem gäbe."

„Meint Ihr das nicht andersherum?"

„Nein", versicherte der alte Mann. „Ich meine es genau so, wie Astrak es auch meinte. Er war der Ansicht, dass man ständig über Lösungen stolpern würde, man müsse nur herausfinden, welche Probleme man damit lösen könne! Und da wir nun schon einmal bei ihm sind …"

„Wie ging die Geschichte mit Elyra und den Gefangenen aus?“, fragte Astrak seinen Vater beim Abendessen.

„Sie ließ mir wenig Wahl in dieser Angelegenheit“, lachte Pulver. Auch Ralik saß mit ihnen am Tisch, doch der Zwerg schien kaum zu schmecken, was er zu sich nahm, sein Blick war in die Ferne gerichtet.

„Sie hat die Gefangenen aufgesucht“, fuhr Pulver fort, „und sich ihnen vorgestellt, obwohl alle bereits wussten, wer sie war. Dann erklärte sie ihnen, was sie von ihnen wollte. Und zu meiner großen Verblüffung hat sich danach jeder, ohne Ausnahme, dazu bereiterklärt, den Segen und die Vergebung der Göttin entgegenzunehmen und den verlangten Schwur zu leisten.“

„Wie das?“, wollte Astrak wissen. „Hassen Beliors Soldaten uns denn nicht? Ich meine, erst haben sie sich beim Angriff auf unser Dorf eine blutige Nase geholt, und danach ist eine weitere große Anzahl von ihnen, durch die Flutwelle zu den Göttern geschickt worden ... ich wäre in so einem Fall etwas nachtragender.“

„Reich mir mal das Salz rüber, Junge“, befahl Ralik rau. Er hob seinen massiven Kopf und sah Pulver an. „Ich hoffe, dass das kein Fehler war, alter Freund“, fuhr er dann zweifelnd fort. „Denn wie soll man jemandem vertrauen können, der seinen vormals geleisteten Eid so schnell vergisst?“

„Vertrauen kommt mit der Zeit“, antwortete Pulver, während Astrak das silberne Döschen mit dem kostbaren Salz an Ralik weiterreichte. „Ich kann nur so viel sagen, dass ich durchaus den Eindruck hatte, dass sie es ehrlich meinen. Einer der Gefangenen sagte sogar etwas in der Art, als ich ihn danach fragte.“

„Was sagte er genau?“, erkundigte sich Astrak neugierig und beobachtete dabei, wie der Zwerg seine Suppe reichlich salzte. Astrak hoffte, dass Ralik noch etwas für ihn übrig lassen würde, denn ohne Salz schmeckte die Suppe ziemlich fad. Weder er noch sein Vater waren gute Köche, aber immerhin konnte man die Bohnensuppe essen, und sie füllte einem den Magen. Das war die Hauptsache.

„Nichts Überraschendes, wenn man darüber nachdenkt“, entgegnete sein Vater. „Die ‚drei Eisernen‘ Regimenter ... sie gehörten zum Besten, was Thyrmantor zu bieten hatte. Sie waren die Leibregimenter des Prinzen und haben alle einen Eid darauf geschworen, ihn zu schützen und für ihn zu sterben.“

„Letzteres haben sie ja reichlich getan“, stellte Ralik verbittert fest. „Allerdings waren es noch nicht genug!“

Pulver warf ihm einen strafenden Blick zu.

„Ralik, wusstest du, warum der Kanzler sie nach Alt Lytar entsandte?“

„Um zu morden und zu plündern.“

Pulver seufzte.

„Dazu hatten sie den Befehl, ja. Hätten sie sich nicht daran gehalten, wären sie dem dunklen Gott geopfert oder den Kronoks zum Spiel und Fraß vorgeworfen worden. Nein, Ralik, sie sind nach Lytar entsandt worden, weil sie dem Kanzler unbequem waren! Um ihm aus dem Weg zu sein, wenn er nach der Krone von Thyrmantor greift. Sie sind dem Prinzen gegenüber loyal ... und was sie deswegen in den letzten Jahren durchmachen mussten, hat sie hart wie Stahl werden lassen, nichts wird diese Menschen dazu bringen, dem Prinzen die Treue zu brechen."

„Das verstehe ich jetzt nicht", rief Astrak überrascht aus. „Ich dachte, sie hätten einen Eid auf uns geschworen?"

Der Alchimist schüttelte schmunzelnd den Kopf.

„Das ist genau das, was der Soldat mir zu erklären suchte. Jeder der Veteranen weiß, was der Kanzler für Absichten hat, er verbirgt sie ja nicht einmal vor der Öffentlichkeit. Es geht sogar das Gerücht um, dass Belior den Prinzen bereits vergiftet hat und ihn gerade noch so am Leben erhält. Die Soldaten sind fast einhellig der Meinung, dass Belior den Prinzen in dem Moment sterben lassen wird, in dem er ihn nicht mehr braucht. Wenn Belior erst die Krone von Lytar in den Händen hält, ist der Prinz so gut wie tot. Davon sind die meisten Soldaten fest überzeugt."

„Was meinst du, stimmt das?", fragte Astrak zweifelnd.

Pulver zuckte die Schultern.

„Wir wissen nicht sehr viel über Belior. Aber zu dem, was wir von ihm wissen, würde es passen. Auf jeden Fall glaube ich, dass die Soldaten meinen, was sie gesagt haben."

„Trotzdem wäre es voreilig, ihnen zu vertrauen", widersprach der Zwerg. „Sie haben eine vernichtende Niederlage einstecken müssen und viele ihrer Freunde und Kameraden verloren. Es ist also um vieles wahrscheinlicher, dass sie uns hassen, als dass sie uns dienen werden!"

„Vielleicht hast du Recht, alter Freund. Aber wir können doch trotzdem hoffen, nicht wahr? Manche von ihnen mögen uns ja tatsächlich hassen, aber sie sind Veteranen und kennen den Krieg, sie wissen, dass sich derjenige, den sie angreifen, unter Umständen auch wehren kann! Eines kann ich dir jedenfalls mit Sicherheit sagen, Ralik. Der Hass, den sie für den Kanzler empfinden, ist tief und echt."

„Das ist dann aber auch schon das Einzige, was wir mit diesen Leuten gemein haben", murrte Ralik und tunkte einen Brotkanten in die dünne Suppe. „Es reicht aber nicht aus, um uns ihrer Loyalität sicher sein zu können!"

Astrak ignorierte den Zwerg und holte sich den Salzstreuer wieder. „Was hat Elyra denn nun genau zu ihnen gesagt?"

„Zu viel", grummelte der Zwerg.

„Einiges", korrigierte Pulver mit einem scharfen Blick zu Ralik, der störrisch den Kopf schüttelte.

„Zuerst erteilte sie ihnen den Segen und die Vergebung der Göttin für alles, was geschehen war", erklärte Pulver. „Danach teilte sie ihnen mit, dass sie frei wären. Sie bot einem jeden von ihnen ein Messer an und schlug vor, dass sie damit versuchen könnten, den Weg zurück nach Thyrmantor zu finden."

„*Sie* mag ihnen vergeben haben, *ich* aber nicht", warf Ralik ein. „Zudem hätte sie ihr Vorgehen zuerst mit uns im Rat besprechen müssen! Elyra mag jetzt unsere oberste Priesterin sein, aber das geht dann doch zu weit!"

„Vielleicht", antwortete Pulver. „Aber du kannst sicher sein, mit diesen Worten hatte sie die Aufmerksamkeit der Soldaten gewonnen."

„Wie ging es weiter?", unterbrach Astrak.

„Elyra erklärte ihnen, dass sie nunmehr die Wahl hätten, entweder zu gehen, um ihr Glück zu versuchen, oder sich uns anzuschließen. Dass, wenn sie sich uns anschließen würden, sie die Gelegenheit erhalten würden, den Prinzen entweder zu retten oder zu rächen. Dass der Eid, den sie von ihnen fordern würde, nur für die Dauer des Konflikts mit Belior gelte, und dass es anschließend jedem Einzelnen freistünde, sich hier im Tal niederzulassen und ein neues Leben mit dem Segen der Göttin zu beginnen. Oder nach Thyrmantor zurückzukehren."

Pulver führte die Suppenschale an die Lippen und trank, dann wischte er sich den Mund ab und lachte leise.

„Einer der Gefangenen fragte nach, wie sie das meinte, und sie antwortete ihm, dass Belior unser Feind wäre und nicht Thyrmantor. In dem Moment, in dem Belior besiegt sei, wäre der Krieg für uns zu Ende. Das war schon alles, was sie sagte, und mehr brauchte es auch nicht. Sie schworen alle."

„Ich sage noch immer, dass man solchen Schwüren nicht trauen kann!", hob Ralik erneut an und schob seinen Teller von sich. Er griff seinen Kriegshammer und stand auf. „Ich denke, dass es ein Fehler war!" Er warf Pulver einen harten Blick zu. „Aber das wird dein Problem sein, Pulver. Hauptmann Hendriks hat sich mittlerweile so weit erholt, dass er reiten kann. Wir brechen morgen früh auf." Er verzog sein Gesicht. „Nur Menschen können auf die Idee kommen, für Gold zu kämpfen. Also werden wir eine Armee aufstellen, die für nichts kämpft, was von Wert ist, sondern nur für Gold!"

„Du vergisst eines, alter Freund", wandte Pulver ein.

Ralik hielt inne und musterte den Alchimisten skeptisch. „Ich vergesse selten etwas."

„Vielleicht hast du auch nur nicht daran gedacht. Aber wenn die Söldner für uns kämpfen, können sie wenigstens nicht mehr für Belior kämpfen."

„Eine einfache Rechnung“, nickte Lamar. „Und wie ging es danach mit dem Tempel weiter?“

„Seid Ihr etwa neugierig geworden?“, fragte der alte Mann schelmisch.

„Nein, nicht im Geringsten“, gab der Gesandte lächelnd zurück. „Ich höre jetzt zwar seit zwei Tagen Eurer Geschichte zu, aber seid versichert, es ist pure Höflichkeit, dass ich bislang noch nicht eingeschlafen bin!“ Er trank einen Schluck Wein. „Also ...?“

„Nun, die Gefangenen, die nun keine mehr waren, erhielten ihre Ausrüstung und ihre Waffen zurück. Es war ein etwas ... sagen wir einmal, angespannter Moment. Aber es passierte nichts. Elyra fragte nach Freiwilligen, die sie zum Tempel begleiten würden, worauf sich gleich mehrere Dutzend gemeldet haben. Sie suchte sich zehn Leute aus, und am nächsten Morgen brachen sie auf. Astrak ging auch mit. Dass Meister Pulver darüber nicht sehr erfreut war, könnt Ihr Euch denken, aber das ist eine andere Geschichte. Eines der Ungeheuer lief ihnen über den Weg und wurde ohne menschliche Verluste erschlagen, ansonsten geschah weiter nichts Besonderes. Am späten Morgen des nächsten Tages war die Brücke dann fertig gestellt ...“

„So schlecht sieht das doch gar nicht aus“, stellte Astrak befriedigt fest. Er wandte sich an einen bulligen Mann, der neben ihm stand und die einfache Brücke sorgfältig musterte. „Das ging schneller, als ich gedacht habe.“

„Wir haben ein wenig Erfahrung darin“, antwortete Korporal Delos bescheiden, während er mit seinen Blicken unentwegt die Umgebung absuchte. „So ein Provisorium haben wir früher fast jeden Tag bauen müssen.“ Delos war einer der zehn ehemaligen Gefangenen, die sich freiwillig gemeldet hatten, um Elyra zum Tempel der Göttin zu geleiten. „Warum wirkt sie immer so traurig?“, fragte Delos nun mit einem Blick auf die junge Priesterin, die still etwas abseits von ihnen stand und geduldig darauf wartete, dass sie die Brücke überqueren konnte.

„Euer Graf Lindor erschlug ihre Mutter mit dem Schwert“, teilte Argor ihm mit.

„Oh“, entfuhr es Delos, und sein Gesicht verdüsterte sich. „Ich hörte davon. Auf dem Weg zurück von eurem Dorf, nicht wahr?“

„Richtig. Sie musste es mit ansehen.“

„Dann wundere ich mich, dass sie uns nicht hasst.“

„Ich weiß nicht, ob sie euch hasst oder nicht“, antwortete Astrak. „Vielleicht versteht sie ja auch nur, ihre Gedanken für sich zu behalten. Doch ich weiß mit Sicherheit, dass sie nicht eher ruhen wird, als bis Belior vernichtet ist. Belior und seine Brut, die dunklen Priester.“

„Dann bete ich dafür, dass sie ihr Ziel erreicht“, meinte Delos und betrat die Brücke, die er vorsichtig, Schritt für Schritt auf ihre Haltbarkeit testete, bis er das andere Ende erreichte. Dort untersuchte er die Stelle am Ufer, an der die rohen Baumstämme auflagen, danach machte er sich wieder auf den Rückweg.

„Es wird nicht mehr lange dauern“, teilte er Astrak mit und gab einem seiner Leute ein Zeichen. „Jetzt müssen wir nur noch die andere Seite verkeilen, damit nichts ins Rutschen kommen kann.“ Schnell hatte er seine Leute angewiesen, von denen sich auch gleich drei auf den Weg zur anderen Seite machten.

„Das hört sich fast so an, als ob Ihr ebenfalls nicht viel für diese Priester übrig gehabt hättet“, mutmaßte Astrak, während die Soldaten auf der anderen Seite ihre Befestigungskeile in den Boden trieben. Er musste laut sprechen, denn die schweren Hammerschläge hallten weit über den alten Tempelplatz.

„Wundert Euch das etwa? Die Priester des Darkoth fanden immer neue Vorwände, um ihrem Gott einen der unseren opfern zu können“, gab Delos mit versteinerter Miene zur Antwort. „Selbst der Graf konnte nichts dagegen tun.“

„Hat er es denn überhaupt versucht?“

„Ja. Ich war sogar einmal dabei, wie er sich weigerte, den Priestern einen Mann zu überstellen. Und ich habe selbst erlebt, was danach geschah. Zuerst zogen die Priester mit einer höflichen Verbeugung ab, dann geschah erst einmal gar nichts, bis der oberste der Priester dem Grafen fünf Tage später einen schriftlichen Befehl des Kanzlers überbrachte. Noch am selben Tag wurden den Priestern zehn Leute übergeben, und Lindor war gezwungen, dabei zuzusehen, wie sie erst geopfert und später an die Kronoks verfüttert wurden.“

„Ich verstehe nicht, wie ihr unter diesen Umständen einem Mann wie Belior noch länger dienen konntet“, entfuhr es Astrak betroffen. „Wie war es euch nur möglich, weiterhin loyal zu bleiben, wenn er jede Woche einen von euch opfern ließ?“

Delos knirschte mit den Zähnen.

„Wir waren dem Kanzler gegenüber nie loyal. Unsere Treue gilt allein dem Prinzen. Deshalb stellen wir auch ein ständiges Risiko für Belior dar, und den Prinzen hält Belior als Unterpfand ..... Aber das haben wir bereits versucht, Eurer Priesterin zu erklären. Sie scheint es auch verstanden zu haben. Belior ... Belior ist ein Ungeheuer, mehr als so manche der verdorbenen Kreaturen hier.“ Er spuckte abfällig auf den Boden. „Die Pest soll diesen Kerl holen!“

„Wenn Belior so verhasst ist, warum ist er dann noch immer Kanzler? Warum begehrt niemand gegen ihn auf?“

„Der Mann hat mehrere Königreiche erobert und Dutzende von Attentaten überstanden. Er genießt den Schutz der Priester des Darkoth, und die Kronoks sind ihm treu ergeben.“ Korporal Delos zuckte mit den Schultern. „Es gibt niemanden mehr, der sich gegen ihn erhebt. Vielleicht noch die Elfen, aber die sind dafür bekannt, dass sie immer viel zu lange zögern und erst handeln, wenn es schon zu spät ist! Zudem erkauft sich Belior die Gunst der Massen. Er hat für alle die Steuern gesenkt, eine einheitliche Währung in allen Reichen eingeführt und unterstützt den Handel allein schon dadurch, dass es keine Zölle mehr gibt. Er lässt Straßen bauen, an manchen Orten sogar neue Dörfer und Städte. Es gibt für jeden Arbeit, und er verspricht nunmehr dauerhaften Frieden. Nach all den Kriegen sind die Leute des Kämpfens müde.“ Der Korporal lachte bitter auf. „Was ja nun wahrlich kein Wunder ist, nachdem so viele zuvor ihr Leben gelassen haben! Allein in dem Dorf, in dem ich aufwuchs, gab es zum Schluss nur noch einen Tischler, und der war alt und grau. Seine drei Gesellen sind natürlich in Beliors Armee eingezogen worden und nicht mehr zurückgekehrt. Jetzt aber macht der Kanzler den Leuten Hoffnung, dass alles besser wird. Das ist es, was die Leute hören wollen. Keine Kriege mehr, alles wird besser! Mehr braucht es nicht. Also jubeln ihm die Leute zu und vergessen, was zuvor war. Niemand kann dem Kanzler unterstellen, dass er nicht weiß, wie er es machen muss.“

„Niemand ist unbesiegbar“, meinte Astrak und hoffte, das er damit auch Recht behalten würde.

„Doch, Belior ist es. Oder scheint es zumindest zu sein“, entgegnete der Korporal resigniert.

„Warum habt ihr euch dann trotzdem dazu entschieden, euch uns anzuschließen?“

„Meint Ihr nun mich persönlich, oder die kümmerlichen Reste der „eisernen Drei“?“

„Euch und die anderen.“

Delos musste unwillkürlich grinsen. „Wollt Ihr eine ehrliche Antwort, mein Freund?“

„Nichts anderes.“

„Nun gut. Das ist ziemlich einfach. Solange wir unseren Schwur, allein dem Prinzen zu dienen, nicht brechen, sind wir dem Kanzler ein Dorn im Auge. Er will uns tot sehen. Das ist jedem von uns bewusst. Uns euch anzuschließen ist daher die einzige Chance, ihm noch einmal auf die Füße treten zu können, bevor er uns alle zermalmt. Und es ist leichter, für eine gute Sache zu sterben als für eine schlechte.“ Er lachte leise und schüttelte den Kopf. „Es gibt aber auch noch einen anderen Grund.“

„Welchen?“, fragte Astrak sofort.

„Wir sind ... wir waren die besten Soldaten des Königreichs. Ihr habt uns bei dem Gefecht in eurem Dorf derart vorgeführt, dass kaum jemand davon unbeeindruckt geblieben ist. Diese verfluchte Stadt hier ...“ Der Korporal führte eine Geste aus, die den Tempelvorplatz und den Rest von Alt Lytar mit einschloss, „hat uns aufgerieben. Dann kommt ihr, ein kleines Häufchen Bauern ... und beseitigt die Verderbnis mit der gleichen Schnelligkeit, mit der ihr unsere Truppen dezimiert habt. All das hätte niemand von uns für möglich gehalten. Es war undenkbar. Nun ist es auch undenkbar, dass jemand gegen Belior bestehen kann ... Und vielleicht ...“

„Vielleicht ist es deshalb ja auch möglich, Belior trotzdem zu besiegen, meint Ihr?“, führte Astrak den Satz des Korporals zu Ende.

Der nickte. „Genau das. Wollen wir hoffen, dass es so kommt."

„So sei es!", schloss Astrak und sah zur anderen Seite hinüber, wo sich etwas zu tun schien. Einer der Männer rief ihnen von drüben zu, dass die Bohlen und Balken nun fest verankert wären. Korporal Delos nickte zufrieden und blickte erneut in Elyras Richtung.

„Ihr könnt ihr mitteilen, dass wir fertig sind. Die Brücke wird halten."

„Danke", sagte Astrak artig. „Ich verstehe nicht viel von solchen Konstruktionen, aber diese sieht sehr stabil aus. Eure Leute waren mit viel Eifer bei der Arbeit."

„Wundert Ihr Euch darüber?", lachte Korporal Delos. „Es hat seinen eigenen Lohn, wenn man etwas erschafft und nicht zerstört!"

Wenig später ging ihnen Elyra schweigend voran, Astrak folgte ihr dicht auf den Fersen, und danach überquerten Delos' Männer die Brücke, ihre Schilde erhoben und die Waffen bereit.

Aus der Ferne betrachtet, hatten die Gebäude am Tempelplatz weitgehend unversehrt gewirkt, aber jetzt, wo Astrak sie aus der Nähe in Augenschein nehmen konnte, offenbarte sich deutlich, dass die Zeit nicht spurlos an ihnen vorübergegangen war. Bis auf wenige Ausnahmen waren alle Dächer eingestützt, die Fenster nicht mehr als leere Höhlen. Nur noch zwei der Häuser waren völlig intakt. Ein lang gestrecktes Gebäude mit hohen Säulen und einer prächtigen Fassade, das zur linken Hand des Weges stand, der hoch zum Tempel führte, und eine herrschaftliche Villa, die etwas weiter weg zu ihrer Rechten lag.

„Mich wundert, dass ihr bislang nicht versucht habt, diese Gebäude zu erforschen", sagte Astrak leise.

„Wie kommt Ihr darauf, dass wir es nicht taten?“, fragte Delos verwundert. „Nur hörten wir alsbald damit auf, auch wenn die Priester des Darkoth nicht erfreut darüber waren. Aber zum Schluss haben sie sich auch nicht mehr in die Nähe des Tempels getraut.“

„Ihr habt aufgehört? Warum?“

„Weil zu viele von uns einfach spurlos dabei verschwunden sind. Jemand ging um die Ecke eines der Häuser und ward nicht mehr gesehen.“ Delos zeigte auf das lang gestreckte Gebäude. „Wenn einer der Priester Darkoths auch nur einen Fuß in das Gebäude dort drüben setzte, war es sicher, dass er nicht mehr wiederkommen würde. Nach dem dritten Mal haben sie es dann schließlich begriffen.“ Er atmete tief durch. „Nur ging es eben leider nicht nur den Priestern so.“

„Wisst Ihr, was dieses Gebäude einst war?“

„Es war die Tempelschule. Und das Haus dort drüben“, er wies auf die Villa, „war die Botschaft der Elfen. Über beiden muss eine Art von Magie liegen, die sie vor dem Verfall bewahrt hat, wenn auch nicht vor der Verderbnis. Der Baum dort, im Garten der Villa ... er kann sich bewegen, er fängt alles, was ihm zu nahe kommt, mit seinen Ästen und Wurzeln ein. Und in der Tempelschule gibt es Geister. Man kann hören, wie sie durch die Hallen streifen und sich über längst Vergangenes unterhalten ... manchmal kann man sie sogar sehen.“

„Habt Ihr sie denn selbst gesehen?“

„Ja.“ Delos bedachte die alte Schule mit einem nachdenklichen Blick. „Es ist vor allem so unheimlich, weil sie so normal erscheinen. Keine Geister, die mit Ketten rasseln, kein Skelett, das einen mit schauderhaftem Stöhnen zu erschrecken sucht, sondern junge Männer und Frauen, lächelnd oder in ernste Gespräche vertieft ... nur dass man weiß, dass es Schatten aus längst vergangenen Tagen sind, die auf ewig in diesen Mauern gefangen umherwandern. Manchmal, wenn man aus dem Fenster sieht, sieht man die alte Stadt, wie sie vor der Katastrophe war. Und manchmal ging dann einer von uns durch eine Tür und verschwand für immer. Vor unser aller Augen. Einfach so." Er sah Astrak an. „Ich kannte nicht nur einen, der sogar absichtlich durch eines der Fenster einstieg und verschwand, weil er meinte, alles wäre besser, als hier für Belior zu sterben."

Astrak wollte noch etwas sagen, aber mittlerweile hatten sie das Tor in der Tempelmauer erreicht.

Die Natur hatte den einst so gepflegten Tempelgarten zurückerobert. Dichtes Unterholz, hohe, knorrige Bäume und hüfthohes Gras hatten den breiten Weg zu den schweren, bronzenen Türen des Tempels fast gänzlich überwuchert. Breite Ranken wanden sich um Säulen und krochen über Wände, es gab kaum eine Stelle, die nicht von irgendeiner Pflanze überwachsen war. Die Gewächse selbst, obwohl wild wuchernd, erschienen Astrak vollkommen gesund, als hätte die Verderbnis vor den Mauern des Tempels Halt gemacht. Und unter all dem Grün schien der Tempel unberührt vom Lauf der Zeit die schreckliche Katastrophe überstanden zu haben.

Allein das kleine Mädchen, das auf den Tempelstufen saß, und das Ungeheuer, das zu ihren Füßen lag, ließ ihnen den Atem stocken!

„Wie wäre es jetzt mit einer Pause?", fragte der alte Mann schelmisch. Sein Publikum stöhnte auf und protestierte lautstark und der Wirt drohte sogar damit, ihn nicht mehr zu bedienen.

„Es scheint, als wäret Ihr überstimmt", stellte Lamar fest. Der alte Mann sah sich lächelnd um. „Nun, wenn ich dergestalt genötigt werde, habe ich wohl keine andere Wahl", meinte er dann.

„Du willst doch weitererzählen, Großvater", rief Saana. „Also erzähl weiter!"

„Er will sich nur ein wenig bitten lassen", stellte ihre Mutter lächelnd fest und lachte leise, als der alte Mann sie vorwurfsvoll ansah.

„Was hat Elyra dann getan?", fragte Saana ganz aufgeregt. „War sie erschrocken?"

„Erschrocken?", meinte der alte Mann und kratzte sich am Hinterkopf. „Nein, ich glaube nicht. Ich denke, dass selbst wenn Belior persönlich auf den Stufen des Tempels erschienen wäre, sie nicht zurückgeschreckt wäre. Ich weiß nicht, ob es überhaupt etwas auf dieser Welt gibt, das Elyra in diesem Moment davon abgehalten hätte, das Haus ihrer Herrin zu öffnen!" Er schüttelte erheitert den Kopf. „Ein Kind, in bestem Sonntagsgewand, mit Blumen geschmückt, gehörte gewiss nicht dazu ..."

Elyra ignorierte das Geraune hinter sich und ließ das Kind nicht aus den Augen. Die Hände im Schoß gefaltet, das lange blonde Haar frisch gebürstet, saß es da und regte sich nicht. Zwei schmale Zöpfe hielten seine Haare, die mit Blumen geschmückt waren. Dazu trug es ein blaues Kleid aus feinster Seide, das hier und da mit feinem Goldbrokat verziert war. Auf die Entfernung war sein Alter schwer einzuschätzen, aber Elyra gab ihm an die acht oder zehn Jahre.

Das Ungeheuer zu seinen Füßen mochte vielleicht einmal ein Hund oder ein Wolf gewesen sein, zumindest ähnelte es einem solchen am meisten. Nur dass weder ein

Wolf noch ein Hund jemals die Schulterhöhe eines Pferdes erreichten, sechs Beine besaßen und anstelle eines Fells ölig schwarz schimmernde Panzerplatten. Der Hund, wenn man das Geschöpf so nennen wollte, lag auf der untersten Tempelstufe quer vor den Füßen des Mädchens und hob nun langsam seinen mächtigen Schädel, um zu schauen, wer die Fremden waren, die da kamen. Ein blaues und ein grünes Auge musterte die Neuankömmlinge scharf und verständig, als ob er ein menschliches Wesen wäre, dann erhob er sich gemächlich, zog die Lefzen hoch und zeigte dabei seine langen, scharfen Zähne, die länger als die Klinge mancher Stiefeldolche waren.

„Bitte bleibt zurück", befahl Elyra ihren Begleitern leise.

„Kommt gar nicht in Frage", protestierte Astrak wie erwartet, und Elyra seufzte. „Ich bin ..."

„Ich weiß, wer du bist", flüsterte er, als er neben sie trat. „Aber selbst wenn du es mir befiehlst, werde ich deinen Befehl nicht befolgen. Ich lasse dich nicht alleine in den Tempel hineingehen. Tarlon würde mich umbringen."

Bei der Nennung von Tarlons Namen spürte Elyra einen leichten Stich in ihrer Brust und atmete tief durch. Doch sie wusste, wenn Astrak in diesem Ton mit jemand sprach, dann war es ihm ernst.

„Überlass mir wenigstens das Reden, ja?"

„Das kannst du sowieso besser als ich."

„Astrak?"

„Ja?"

„Sssschhh."

Er sagte nichts weiter, als sie langsam den überwucherten Weg zum Tempeleingang hinaufgingen, und Elyra war nun trotz ihrer Proteste froh, dass sie nicht alleine war. Näher und näher kamen sie dem Tor des Tempels, dem

Mädchen und dem Schreckenswolf, wie Astrak das Biest bei sich nannte.

Noch immer hatte das Mädchen sich nicht gerührt, doch jetzt konnten sie sehen, dass sich seine Brust hob und senkte, es also kein Geist, keine Erscheinung, sondern ein Mensch aus Fleisch und Blut war. Wie es allerdings sein konnte, dass es hier war, konnten sich weder Astrak noch Elyra erklären.

Schließlich waren sie nahe genug heran, um das Hecheln des Schreckenswolfes hören zu können. Schaute sie das Mädchen noch immer nicht an, musterte der Wolf sie dafür umso aufmerksamer.

„Ich hoffe, er beißt nicht!“, platzte Astrak heraus, und hielt sich im nächsten Moment den Mund zu.

Darauf war ein leises helles Lachen zu hören, und das Mädchen hob den Kopf. Ein feines Lächeln spielte um seine fein gezeichneten Lippen, und seine Nasenflügel bebten, als ob es wie der Schreckenwolf neben ihm nun die Witterung seiner Gäste aufnehmen würde.

„Nur wenn ich es ihm sage“, lächelte das Mädchen. „Ich wurde gesandt, Euch im Haus der Herrin willkommen zu heißen, Dienerin der Mistral und Hoffnung der Verlorenen.“

„Ich danke dir“, erwiderte Elyra mühsam, mehr brachte sie nicht heraus, zu groß war ihre Überraschung und ... der Schreck!

„Du hast keine Augen!“, entfuhr es Astrak, und Elyra funkelte ihn wütend an.

„Astrak!“, rief sie erzürnt.

„Jetzt verstehe ich, warum Ihr ihm den Mund verbieten wolltet“, lächelte das Mädchen, erhob sich und strich mit einer eleganten Geste sein Kleid glatt. Jetzt, wo es stand, konnten sie auch erkennen, dass es weit älter war, als sie angenommen hatten. Sie hatten eine junge Frau von vielleicht fünfzehn oder sechzehn Jahren vor sich, deren zierlicher Körperbau sie in die Irre geführt hatte.

„Aber er spricht die Dinge offen an und ..."

„Ihr seid bildschön!", stammelte Astrak. „Es ist ... es ist, als ob es so sein sollte, dass Ihr keine Augen habt, nicht als ob sie Euch fehlen würden ... wie ist das möglich? Ihr seht durch die Augen des Hundes, nicht wahr? Und mit Euren anderen Sinnen? Ich möchte wetten, Ihr nehmt die Welt ganz anders wahr und ..."

„Astrak!", fuhr ihn Elyra erneut an, aber er schien sie nicht zu hören. Abgesehen davon stimmte es, was er sagte. Unter der glatten, porzellanfarbenen Haut der jungen Frau waren zwar Augenhöhlen erkennbar, doch diese waren von keinen Lidern umgeben, sondern von glatter Haut überzogen, die in sanftem Bogen zu einer hohen Stirn hinaufführte, die von Blumen bekränzt wurde. Sie war makellos, dachte Astrak, außergewöhnlich, fremdartig und ... wunderschön!

Eine feine Röte stieg ihr in die weißen Wangen, und als der Schreckenswolf nun auch noch zu bellen anfing, zuckten Astrak und Elyra zusammen. Der Blick des Hundes war intensiver geworden, durchdringend und nachdenklich zugleich. Langsam erhob er sich und ging auf Astrak zu.

Der spürte, wie sein Herz zu rasen begann, aber nicht aus Angst, sondern weil er das Gefühl hatte, dass dieser Moment sein Leben verändern würde und alles, was bisher gewesen war, dagegen verblasste. Ohne den Blick von dem Mädchen zu nehmen, hob er seine Hand und hielt sie dem furchteinflößenden Wolf hin. Dieser senkte seinen mächtigen Kopf und schnupperte an ihr. Und während Astrak noch immer das Mädchen anstarrte, fühlte er sich, als ob er vom Blitz getroffen worden wäre.

Plötzlich trat der Wolf zurück und ließ sich auf seine Hinterläufe nieder, er legte den Kopf zur Seite, sah von Astrak zu Elyra, von Elyra zu Astrak und dann wieder zu seiner Herrin. Mit einem leisen „Wuff“, ließ er sich schließlich völlig zu Boden sinken und schloss die Augen, der mächtige Schwanz wedelte noch zwei-, dreimal, dann lag er still.

„Astrak?“

Doch der Sohn des Alchimisten reagierte noch immer nicht, er stand nur da und starrte das Mädchen an. „Astrak!“

Es mochte die Schärfe in Elyras Stimme sein oder die Tatsache, dass sie ihm hart mit dem Ellenbogen in die Seite stieß, jedenfalls kehrte Astrak nunmehr wieder in die Realität zurück!

„Verzeih“, stammelte er. „Ich ...“

„Astrak“, mahnte Elyra leise, aber deutlich. „Wenn du noch einen Ton sagst, wird du es bereuen!“

„Er bereut es jetzt schon“, lächelte das Mädchen. „Mein Name ist Lenise. Und dies hier ist Trok, mein treuer Begleiter und Wächter. Wie Euer Freund heißt, weiß ich ja nun, aber wie lautet Euer Name, Dienerin der Mistral?“

„Elyra“, antwortete die junge Halbelfe verlegen, doch der Blick, den sie Astrak gleichzeitig zuwarf, ließ den jungen Mann für später nichts Gutes ahnen. „Ihr müsst ihm verzeihen, er ist manchmal ... etwas ungestüm.“

„Es gibt nichts zu verzeihen. Er ist ehrlich, und das alleine zählt.“

Lenise legte ihren Kopf etwas schräg, als ob sie Astrak mustern würde, dann lächelte sie erneut.

„Wie ich schon sagte, seid mir willkommen, Elyra, Dienerin der Mistral. Ihr ahnt nicht, wie sehr Euer Kommen ersehnt wurde. Wir haben auf Euch gewartet, Elyra, seit dem Tag des Untergangs. Wir haben hier ausgeharrt, über das Haus der Göttin gewacht und jeden Tag dafür gebetet, dass sie uns verzeihen möge. Willkommen zurück, Priesterin der Göttin der Welten."

Mit diesen Worten sank sie anmutig vor Elyra in die Knie.

„Segnet mich", bat sie leise, so leise, dass Elyra sie fast nicht verstehen konnte. „Nehmt meine Sünden und die meiner Ahnen von mir und lasst mich der Vergebung derjenigen teilhaftig werden, die unser aller Leben, Herzen und Seelen bestimmt. Segnet mich, ich bitte Euch darum, und erlasst mir meine Sünden."

Elyra schluckte. So leise die Stimme der jungen Frau auch war, sosehr konnte Elyra doch die Sehnsucht, die Angst, das Flehen und die Hoffnung spüren, die in ihr lagen.

„Im Namen Mistrals", begann sie und stockte, denn ihre eigenen Worte schienen ihr auf einmal ganz anders zu klingen und einen Widerhall zu erzeugen, als ob die Luft um sie herum pulsieren würde. Sie holte tief Luft. „Im Namen der Göttin der Welten, in ihrem Licht und in ihrer Weisheit. Mögen deine Sünden von dir genommen werden." Ein goldener Schimmer ging nun von dem schweren Symbol aus, das die junge Priesterin um ihrem schlanken Hals trug. Das Schimmern nahm zu und breitete sich aus, bis es schließlich die gesamte heilige Robe der Priesterin umspielte und Elyra mit etwas Unbeschreiblichem füllte, das sich in ihrem Inneren entfaltete und alle ihre Sinne zum Vibrieren brachte. „Dir ist vergeben, Lenise, und zusammen mit deinen Sünden soll auch deine Strafe von dir genommen werden." Elyra berührte die Schläfen der jungen Frau sanft mit ihren Händen.

„Im Namen der Göttin ..."

„Nein!", rief Lenise aus und warf sich zur Seite, während der Wolf aufsprang und knurrte, um dann im nächsten Moment zu winseln. „Nein, Herrin, das nicht. Nicht ... noch nicht!"

„Was ...?", wollte Elyra verwirrt wissen und ließ die Hände sinken. „Ich wollte doch nur ..."

Die junge Frau richtete sich auf, ein schmerzliches Lächeln auf ihren Lippen.

„Ich spürte die Macht in Euch, Priesterin der Mistral, Ihr seid wahrlich die Dienerin der Herrin der Welten. Niemand sonst ..." Sie schüttelte den Kopf, wodurch sich eine der Blumen aus ihrem Haar löste, doch sie achtete gar nicht darauf.

„Niemand hätte je geglaubt", fuhr Lenise atemlos fort, während Astrak sie verständnislos ansah, „niemand hätte auch nur zu hoffen gewagt, dass die Göttin uns jemals wieder ihre Gnade zuwenden würde, aber Ihr dürft mich nicht von meiner Strafe erlösen. Noch nicht. Noch nicht ..."

Erneut sank Lenise langsam vor Elyra auf die Knie und hob ihr ihr Gesicht entgegen, als ob sie die Priesterin ansehen würde.

„Seht, Elyra, Priesterin der Mistral, unser Leiden hat einen Sinn, auch wenn sich uns dieser erst spät entdeckte. Wir verloren viel ..." Ihre zierliche Hand bewegte sich an die Stelle, an der sich ihre Augen hätten befinden müssen. „Doch wir erhielten auch etwas. Und das, was wir erhielten ..." Lenise schluckte. „Ihr ... wir werden es noch brauchen, in dem Kampf, der nun bevorsteht. Deshalb dürft Ihr uns nicht heilen, Sera, nicht bevor wir nicht unsere Bestimmung erfüllt haben!"

„Ich verstehe nicht ...", begann Elyra.

„Ich beginne zu ahnen, was sie uns sagen will", sagte Astrak leise. Er kniete sich vor Lenise hin und nahm ihre Hand in die seine. „Ihr seid nicht alleine, nicht wahr? Es gibt noch andere Menschen hier, nicht wahr?"

„Ja."

„Aber das ist nicht möglich", flüsterte Elyra. „Wie kann das sein?"

„Einige von uns überlebten und harrten aus", antwortete Lenise, und ein feines Lächeln umspielte ihre Lippen. „Großvater sagte immer, dass unsere Vorfahren einfach zu stur zum Sterben waren."

„Sturheit scheint eine Charaktereigenschaft der Lytarianer zu sein", grinste Astrak. Dann wurde er wieder ernst „Was ... was wurde Euch gegeben, Sera?", fragte er eindringlich. „Was habt Ihr für Euer Augenlicht erhalten?"

„Die Gabe der Sicht, Astrak", erklärte sie. „Könnte ich weinen, wäre Eure Hand vor Tränen nass, denn ich sehe, was war, was ist und was kommen wird. Könnte ich wieder durch meine Augen sehen, wäre die Strafe für den Hochmut Lytars zwar von mir genommen, aber dann wäre ich auch nutzlos im Kampf gegen den Prinzen der Nacht."

„Ihr meint Belior?", erkundigte sich Elyra.

„Den Prinzen der Nacht. Den Zerstörer, den Boten der Finsternis. Wie sein Name lautet, ist unerheblich." Lenise wandte ihr Gesicht Elyra zu, während sie Astraks Hand so fest drückte, dass der sich darüber wunderte, woher sie nur so viel Kraft nahm.

„Wir litten, wir starben, wir wandelten uns. Wir wurden durch die Verderbnis geläutert, verfluchten die Herrin und erduldeten ihre Strafe ... doch wir verstanden sie nicht! Denn wir waren nicht diejenigen, die sich einst schuldig gemacht und den Frevel zugelassen hatten. Warum also traf uns Ihre Strafe? Über Generationen hinweg war dies das Schlimmste, was wir erdulden mussten. Die Frage, warum *wir*, die wir nichts anderes taten, als die Göttin zu verehren, obwohl sie uns wandelte, von ihr gestraft wurden."

„Und habt Ihr die Antwort auf diese Frage jetzt gefunden?", forschte Astrak behutsam nach. „Ist es das, was Ihr uns sagen wollt?"

„Ja. Als Ihr, Elyra, vor dem Schrein der Mistral im Norden der Stadt gesungen habt, an dem Tag bevor der Damm brach, erreichte mich Eure Stimme und mit ihr eine Vision. Ich sah Euch, Priesterin, hier im Tempel. Euch, Astrak, sah ich auch ... nur einen Moment lang, danach sah ich eine Schlacht, die hier stattfinden wird. Der Prinz wird kommen. Über das Meer, zu Lande und durch die Luft. Nichts wird ihn von seinem Ziel abbringen, nichts kann das verhindern. Er wird hier stehen, dort wo Ihr jetzt steht, und wird die Krone verlangen ... und Ihr, Elyra, werdet sie ihm geben. Und das wird der Moment sein, an dem ich etwas sehen werde, was ich nicht werde sehen können, wenn Ihr mir jetzt mein Augenlicht zurückgebt. Ich kann nicht sagen, was es ist, ich weiß nur eines: An diesem Tag wird sich das, was an uns verdorben wurde, für Lytar zum Segen verwandeln." Ihre Schultern zuckten, als ob sie ohne Tränen weinen würde. „Dies ist unsere Erlösung, denn nun ist gewiss, dass unser Leiden einen Sinn hat, dass es *notwendig ist*!"

Atemlos ließ sie den Kopf sinken.

„Ihr könnt die Strafe von uns nehmen, wenn der dunkle Prinz besiegt ist, und vorher vielleicht unser Leid lindern, aber bis zu diesem Tag werden wir die dunklen Gaben der Göttin noch brauchen."

„Wer ...", begann Astrak mit belegter Stimme und räusperte sich. „Wer ist wir, Sera?", fragte er dann leise.

„Wir, die Verdorbenen", antwortete sie mit gesenktem Haupt. „Verdreht, entstellt, gestraft und verflucht, sind wir die Bewahrer der Stadt. Dies ist unsere Heimat ..."

„Wie viele seid ihr?", hakte Elyra nach, als sie hoffen konnte, dass ihre Stimme ihr wieder gehorchte.

„Viele ... Wir sind viele, Priesterin der Mistral. Es gibt mehr als zweihundert von uns, und wir stehen bereit, der Göttin und Euch zu dienen."

„Göttin", entfuhr es Astrak. „So viele? Und ihr lebt hier in der Stadt?"

„Ja. Es gibt durchaus noch Orte, die einigermaßen sicher sind."

„Aber hier zu leben muss grausam sein!", rief Astrak entsetzt aus.

„Wenn man nichts anderes kennt, ist auch das Ungewöhnlichste für einen gewöhnlich." Lenise zuckte die Achseln. „Es ist, wie es ist. Es war der Wille der Göttin, Ihre Strafe für uns. Und wir haben sie in Demut getragen." Ihr Gesicht verzog sich schmerzlich. „Jedenfalls diejenigen, die wir nicht an die Stadt, die Wildnis ... oder an die Verderbnis verloren. Aber wir beteten dafür, dass dieser Moment kommen würde, der Moment, an dem offenbar wird, dass die Göttin uns verziehen hat und die Verderbnis von uns nimmt!"

„Lenise", sagte Elyra leise, „sagt, warum nennt Ihr Belior einen Prinzen? Er ist der Kanzler von Thyrmantor, ich wüsste nicht, dass er von Adel wäre."

„Weil er der Prinz ist!", antwortete Lenise, die von Elyras Frage sichtbar überrascht war. „Es war seine Gier, sein Morden, seine Tat, die Lytar damals ins Verderben stürzte. Er war derjenige, der dem verbannten Gott die Tür in diese Welt öffnete."

„Belior? Belior ist der letzte Prinz von Lytar?", fragte Elyra ungläubig. „Aber das kann nicht sein! Wie ist es möglich, dass er noch lebt?"

Lenise erhob sich und ordnete ihre Kleider, dann stieg sie die Treppe empor und legte sanft eine Hand auf das schwere Tempeltor.

„Wenn Ihr den Tempel Eurer Göttin betretet, Priesterin der Mistral, werdet Ihr dort die Antwort auf Eure Fragen finden."

„Und, verhielt es sich so?", erkundigte sich Lamar. „Schon", nickte der alte Mann. „Nur warfen die Antworten noch mehr Fragen auf. Seht Ihr, wir hatten unsere Überlieferungen, und glaubten daher zu wissen, was damals geschehen war und warum uns die Göttin so übel gestraft hatte. Doch wussten wir bis dahin eben nicht alles." Der alte Mann seufzte und massierte sich die Schläfen.

„Das mit Belior ...", meinte Lamar. „In Eurer Erzählung sagte Lenise, dass er derjenige gewesen wäre, der damals die Strafe der Göttin über Lytar gebracht hatte. Und dass er derselbe wäre, der nun wieder nach der Krone greifen würde? Das ist nur schwer zu glauben!"

„Es sind schon seltsamere Dinge geschehen, Freund Lamar", widersprach der alte Mann und schüttelte den Kopf. „Aber ja, es schien uns zunehmend so, als würden uns die Sünden unserer Ahnen einholen. Noch hatte sich uns nicht alles offenbart, außerdem wussten wir zu diesem Zeitpunkt auch noch nicht, was für ein böses Spiel der Kanzler mit uns

trieb, der sich wie kein anderer auf Täuschung und Hinterlist verstand. Vielleicht hatten wir ihn unterschätzt, doch das wissen allein die Götter. Wir taten damals einfach, was uns richtig erschien. Dazu gehörte auch, Belior den Zugang zu unserem Tal zu verwehren und den Pass zu sichern. Das war die Aufgabe von Meister Ralik. Die Hüterin Meliande und Hauptmann Hendriks sollten währenddessen die Söldner in den Vorlanden für uns gewinnen. Das war zumindest der Plan ... Und aus diesem Grund war Meister Ralik auch am frühen Morgen desselben Tages zusammen mit dem Hauptmann, der Hüterin und einigen anderen aufgebrochen ..."

„Wollt Ihr nicht zuerst erzählen, was sich weiterhin im Tempel zutrug?", wandte Lamar ein. „Das würde mich im Moment am meisten interessieren."

„Seht", erklärte der alte Mann mit einem Lächeln. „Viele Ereignisse fanden damals zur gleichen Zeit an verschiedenen Orten statt, und eins fügte sich zum anderen ..."

„Also gut, aber ich nehme an, wir erfahren noch, was sich im Tempel abspielte?"

„Deshalb seid Ihr ja hier", beruhigte ihn der Erzähler. „Aber zuerst begleiten wir jetzt einmal Meister Ralik, die Hüterin und unseren wackeren Hauptmann Hendriks ein Stück des Weges ..."

Der Greifenpass

Der kleine Trupp aus Lytar brauchte fast den ganzen Tag, um den Pass zu Pferd zu erreichen, und Ralik war froh, als er endlich die alte Passfeste vor sich liegen sah. Obwohl er reiten konnte, hasste er es, auf einem Pferd zu sitzen. Daran änderte auch der Sattel nichts, den Hernul extra für ihn gefertigt hatte. Zudem hatten sie mit dem Wetter nur wenig Glück gehabt. Auf dem gesamten Weg hierher hatte sie ein ständiger Nieselregen bis auf die Knochen durchnässt, und am Pass selbst war es klamm und eisig.

Ralik lenkte sein Pferd in die Nähe eines großen Steinbrockens und glitt erleichtert aus dem Sattel. Auf dem Stein blieb er eine Weile stehen, froh, wieder festen Boden unter den Füßen zu haben. Er drückte die Fäuste in seinen Rücken und streckte sich, während eine der jungen Frauen aus Lytara Raliks Pferd am Zügel nahm und wegführte.

Es waren knapp hundert Leute, die die alte Passfeste sichern sollten, ein gutes Drittel rekrutierte sich dabei aus den Reihen der Söldner, der Rest bestand aus meist unverheirateten jungen Männern und gut einem Dutzend lediger junger Frauen aus dem Dorf.

Neben ihm unterdrückte Hauptmann Hendriks, der Anführer der Söldner, ein Stöhnen, als ihm der Heiler Helge und seine Tochter Rabea vom Pferd halfen.

Ralik hielt im Allgemeinen nicht viel von Söldnern, aber

zumindest Hendriks schien ihm ein ehrlicher, aufrechter Mann zu sein. Obwohl noch lange nicht vollständig genesen, hatte er doch die Strapazen der Reise auf sich genommen, um seiner Aufgabe nachkommen zu können. Gutgetan hatte ihm der Ritt jedoch nicht, denn er wirkte bleich und erschöpft, wie er sich nun schwer auf seine Krücke stützte und langsam in der Gegend umsah.

Anders Meliande, die ehemalige Hüterin des Depots. Ihr schienen die Strapazen des Ritts nichts ausgemacht zu haben. Sie wirkte wie immer frisch und munter und hatte für jeden ein freundliches Lächeln parat, auch wenn sich ihr jetzt beim Anblick der Passfeste ein Schatten übers Gesicht legte.

„So viel Zeit", flüsterte sie. „Ich erinnere mich noch an die Zeit, in der dort oben noch das Banner des Greifen wehte ... und etwas unterhalb standen Häuser, fast schon ein kleines Dorf." Ihr Blick glitt über die Bruchsteine, die aus der Wallanlage und den Häuserruinen herausgebrochen waren. „So viel Zerstörung zu sehen, wo einst Leben war, tut weh."

„Wartet ab, Sera", erwiderte Ralik. „Wir werden die Feste schneller wieder aufbauen, als ihr es für möglich haltet."

„Das wird aber ein ganzes Stück Arbeit werden", stellte Hendriks fest. Er rieb sich die Hände, es war empfindlich kalt hier oben. „Wenigstens scheinen die Mauern des Turms noch stabil zu sein. Was den Wall angeht, bin ich mir dagegen nicht so sicher."

„Wir haben einen Vorteil", meinte Ralik und kletterte von seinem Stein herab. „Der Gegner wird wohl kaum Katapulte mit sich führen. Wenn wir den Wall also reparieren, wird er für die Truppen Beliors auf jeden Fall ein starkes Hindernis darstellen."

„Lasst uns den alten Gasthof suchen, den es hier oben geben soll“, schlug Hauptmann Hendriks vor. Er stützte sich schwer auf die Schulter seiner Tochter. „Ich könnte eine kleine Pause gut vertragen“, fügte er mit einem schiefen Lächeln hinzu.

„Du hättest nicht mitkommen sollen, Vater“, tadelte ihn Rabea besorgt. „Es ist unwirtlich und fast schon gespenstisch hier oben“, stellte sie dann leise fest und blickte zu Helge hinüber. „Ich würde hier oben nicht allein sein wollen.“

Ein amüsiertes Lächeln glitt über das Gesicht ihres Vaters.

„Glaub mir, wenn wir erst einmal länger hier sind, wirst du dir ab und an noch wünschen, allein sein zu können. Vielleicht aber auch nicht!“, fügte er mit einem Zwinkern zu Helge hinzu.

Der gute Zustand, in dem sich der alte Gasthof befand, war für alle eine freudige Überraschung, zumal bis auf drei Zimmer, die direkt unterm Dach lagen, fast alle Räume bewohnbar waren.

Und nachdem die drei Freunde und die Bardin noch frisches Holz nachgelegt hatten, bevor sie abgereist waren, dauerte es nicht lange, bis ein anständiges Feuer im Kamin prasselte.

„Schade, dass der Gasthof auf der falschen Seite des Walls liegt“, stellte Hauptmann Hendriks fest, nachdem er sich erleichtert in einen der Stühle vor dem Kamin hatte sinken lassen. Er hatte sein verletztes Bein hochgelegt und hielt eine Tasse Tee in seiner linken Hand. Seine rechte Schulter und sein Arm waren noch immer dick verbunden, es würde wohl noch eine Weile dauern, bis er sie wieder benutzen können würde.

„Es ist noch lange nicht gesagt, dass Belior den Pass überhaupt angehen wird", brummte Meister Ralik und legte seinen Helm neben seinen schweren Kriegshammer auf dem Tisch nahe des Kamins ab. „Aber ich würde es mir wünschen", fügte er mit einem Glitzern in den Augen hinzu, „denn es wird ihn einen schweren Blutzoll kosten."

„Seine Truppen, nicht ihn selbst", korrigierte ihn die Sera Meliande und trat an den Tisch heran. Indessen füllte sich der Gasthof immer mehr, ein jeder war froh, endlich aus der Nässe ins Trockene zu kommen, zumal es draußen auch noch schlagartig dunkel geworden war. „Anderer Leute Leben interessiert ihn nicht", fügte die Hüterin hinzu, zog sich einen Stuhl heran und setzte sich zu den anderen.

„Das ist leider nur zu wahr", bestätigte Meister Ralik bitter. „Also wird es Zeit, dass er selbst einmal blutet!"

„Ich bete darum, dass dieser Tag kommen wird", wünschte Hauptmann Hendriks mit Inbrunst. „Und damit wir für ihn gerüstet sind, sollten wir das Lager so bald als möglich aufbauen!"

„Schaut sie Euch an", sagte Ralik und lächelte dabei zum ersten Mal wieder seit langer Zeit. Er wies auf die Männer und Frauen, die es sich dicht gedrängt im Gastraum bequem gemacht hatten. „Wollt Ihr ihnen etwa sagen, dass sie diese Nacht noch einmal nach draußen sollen, um ihre nassen Zelten aufzubauen? Es mag zwar etwas eng hier drin werden, aber dieser Raum ist wenigstens warm und trocken, da ist es ihnen sicher lieber, unter einem Tisch zu schlafen, als im Freien zu liegen."

„Es ist eine Frage der Disziplin", konterte der Hauptmann, doch auch er lächelte jetzt.

„Eben", erwiderte Ralik. „Morgen früh wird die Luft hier drinnen unerträglich sein, und ein jeder froh, wenn er wieder an die frische Luft kann." Er musterte Hendriks. „Keiner von uns ist ein Soldat. Und Ihr könnt fragen, wen Ihr wollt, Ihr werdet auch keinen finden, der es sein will."

„Bis auf ihn vielleicht", beschied ihm Hendriks knapp und wies auf den jungen Mann in Kupferrüstung, der soeben forschen Schritts den Gastraum betrat.

Marten.

Raliks Gesicht verdüsterte sich.

„Ich weiß, dass er nichts dafür kann, außer, dass er blöde genug war, einen der Falken aus dem Depot zu stehlen. Aber wenn er nicht langsam lernt, sich zurückzuhalten, wird mir eines Tages noch der Hammer aus der Hand rutschen."

„Ich bitte Euch, lasst Euch nicht provozieren", bat die Hüterin und erhob sich. „Ich werde auf ihn Acht geben." Sie hatte jedoch noch keinen Schritt getan, als der junge Falkenreiter auch schon auf ihren Tisch zusteuerte. Ralik erhob sich nun ebenfalls, seine Hände stützte er auf dem Tisch auf, sein Kriegshammer lag direkt neben ihm. Der Falkenreiter ignorierte die neugierigen Blicke der Leute im Gastraum und trat mit einer kurzen Verbeugung an den Tisch heran.

„Was gibt es, Marten?", fragte ihn die Hüterin freundlich.

„Ich habe das Gebiet abgeflogen, wie man es mir befahl", antwortete der junge Mann knapp, seine Augen allein auf die Hüterin gerichtet. Er zog eine Rollenhülle aus Messing aus seinem Gürtel heraus, öffnete sie und breitete die Karte vor ihr auf dem Tisch aus, die einst jenem falschen Händler gehört hatte, der das Gasthaus von Lytara in eine tödliche Feuerfalle verwandelt hatte.

„Ich habe die Karte überprüft", teilte er ihnen mit. „Sie ist im Großen und Ganzen richtig gezeichnet. Die Brücke hier unten am Fluss scheint noch stabil, sie wird von einem Zollhaus bewacht. Den Ort gleich danach gibt es nicht mehr. Dort stehen nur noch ein paar verfallene Häuser. Ansonsten gibt es noch ein paar verlassene Farmen in der näheren Umgebung, obwohl mir das Land durchaus fruchtbar vorkam. Die Straße hier führt wie angegeben durch ein größeres Dorf, Mislok heißt es, und von dort direkt weiter nach Berendall. Alles in allem schafft man die Strecke wohl in zwei bis drei Tagesritten, je nachdem wie sehr man sich beeilt." Er tippte mit der Spitze seines Dolches auf einige Punkte auf der Karte, die kleine Burgen kennzeichneten.

Er warf einen Blick zu Hendriks hinüber. „Es ist, wie der Hauptmann berichtete: Etwa zehn Barone haben sich die Vorlande untereinander aufgeteilt. Allerdings ist Berendall die einzige größere Stadt der Vorlande. Es gibt noch eine kleine Stadt im Südosten, alles andere sind mehr oder weniger große Dörfer. Die Meisten von ihnen sind zwar größer als Lytara, aber keines schien mir besonders wohlhabend zu sein. Auf Söldner bin ich auch gestoßen, sie lagern etwa hier, etwas östlich von Berendall, nahe einem kleinen Dorf, in dessen Diensten sie wohl stehen. Überall habe ich Spuren gewaltsamer Auseinandersetzungen angetroffen, auch wenn manche von ihnen schon Jahre zurückliegen. Und jeder der Barone unterhält eine eigene Truppe von Kämpfern, die mir in Anbetracht der Ausdehnung ihrer Ländereien als zu groß erscheint."

„Wie groß?", fragte Ralik.

„Ich konnte sie ja wohl kaum durchzählen, Zwerg, aber ich schätze, dass jeder der Barone mindestens fünfzig Kämpfer in seinen Diensten stehen hat. Diese werden meist von hundert bis zweihundert Söldnern verstärkt. Die Anzahl der Söldner im Lager schätze ich auf etwas über dreihundert."

Ralik schnaubte laut, während Hendriks die Karte musterte.

„Gute Zeiten für Söldner", stellte der Hauptmann fest. „Das letzte Mal, als wir dort waren, befanden sich in diesem Lager noch gut und gerne zehn Söldnerkompanien. Jeder der Barone muss seine Truppen in der Zwischenzeit also verstärkt haben, so gut er konnte."

„Warum eigentlich?", wollte Meister Ralik wissen. „Wäre es nicht besser, sich darum zu kümmern, dass das Land bestellt und die Ernte eingebracht wird? Für mich ergibt es keinen Sinn, das Land derart auszubluten, nur um sich Söldner leisten zu können."

„Die Barone schielen mit einem Auge stets auf ihre Nachbarn und mit dem anderen auf Berendall", erklärte der Hauptmann. „Wie Hyänen warten sie darauf, dass der alte Graf stirbt. Dann werden sie versuchen, Anspruch auf die Stadt zu erheben. Und wer Berendall hält, hält die Vorlande."

„Nun, wir können sicher sein, dass dies auch Belior weiß", warf Ralik ein. „Und das bedeutet, dass wir noch schneller sein müssen."

„Das wird nicht möglich sein, Zwerg", widersprach Marten. „Vor zwei Tagen ist Lindor bei den königlichen Truppen eingetroffen, die vor Berendall lagern, und hat das Kommando über sie übernommen."

„Woher weißt du das?", fragte die Hüterin. Marten zuckte die Achseln. „Ich bin gelandet und habe ein paar Leute gefragt, ob sie Neuigkeiten aus Berendall für mich haben."

„Hat jemand deinen Falken gesehen?"

„Nein, natürlich nicht", antwortete er pikiert. „Darauf

achte ich stets." Er warf Meliande einen vorwurfsvollen Blick zu. „Wenn Ihr mir die Lanze geben würdet, die Teil der Ausrüstung meines Falken ist und an die er sich erinnert, wäre es etwas anderes. Dann würde ich einer Begegnung mit Lindor und seinem Drachen nicht ausweichen. Aber ohne sie bin ich mir nicht sicher, zu gewinnen."

Der Hauptmann sah ihn überrascht an.

„Müsstest Ihr nicht viel eher sicher sein, dass Ihr gegen Lindor verlieren würdet?"

„Ihr unterschätzt meinen Falken und mich", antwortete Marten steif. Er nickte in Richtung der Karte und wandte sich wieder an Meliande, Ralik ignorierte er nach wie vor.

„Habt Ihr noch Fragen an mich, Sera?"

„Ja", beschied ihn die Hüterin. „Was ist mit der Bardin, Vanessa, ihrem Bruder und Garret? Habt Ihr sie gesehen?"

Der Falkenreiter nickte.

„Ja. Ich sah sie gen Mislok reiten, sie werden dort wohl eine Unterkunft gefunden haben. Ich denke, sie werden morgen Nachmittag Berendall erreichen."

„Und wie verhält es sich mit den Kronoks?", stellte Ralik seine nächste Frage. „Habt Ihr welche ausfindig machen können?"

„Bis auf den, der dort vorne im Wald liegt, keinen", meinte Marten trocken. „Sonst hätte ich es Euch ja gemeldet, nicht wahr, Zwerg? Aber ich weiß, dass ein halbes Dutzend von ihnen nördlich von Berendall, nahe den Reichstruppen lagert."

„Ein Kronok liegt da draußen im Wald?", wiederholte Ralik ungläubig.

„Ja", antwortete Marten und rollte seine Karte ein. „Garret hat ihn erschossen. Habt ihr ihn noch nicht gefunden?"

Die anderen sahen sich gegenseitig an.

„Nein, noch nicht“, sagte die Hüterin schließlich. „Aber das werden wir nachholen.“

„Gut“, meinte Marten und verstaute die Karte wieder vorsichtig in seinem Rollenbehälter. „Ich fliege jetzt nach Lytar zurück. Irgendwelche Nachrichten?“

„Berichte Pulver einfach, was du weißt“, trug ihm Ralik etwas mürrisch auf.

„Das werde ich tun, Zwerg“, nickte Marten, salutierte der Hüterin auf die alte Art, machte auf dem Absatz kehrt, ignorierte dabei wiederum die Blicke der Anwesenden und verließ ohne ein weiteres Wort die Gaststube. Ralik sah dem Falkenreiter hinterdrein, bis sich die Tür hinter ihm geschlossen hatte. Dann wandte er sich an Meliande.

„Eines sage ich Euch“, tat er grimmig kund. „Ich war bislang mehr als geduldig mit ihm. Aber wenn er mich noch einmal Zwerg nennt, kann ich für nichts mehr garantieren.“ Er griff nach seinem Hammer. „Und jetzt sehe ich mir diesen Kronok an.“

„Der Anblick dieses Wesens wirkte gewiss ernüchternd auf die Leute“, vermutete Lamar. „Ich hoffe, sie waren danach nicht allzu entmutigt.“

„Entmutigt?“, wiederholte der Geschichtenerzähler erstaunt, während einige Leute im Raum leise lachten.

„Etwa nicht?“

„Wieso sollten sie? Immer wieder hatten wir davon gehört, wie unbesiegbar diese Kronoks waren. Nun aber hatte bereits eine der unseren, Vanessa, Tarlons Schwester, einem dieser Wesen im Kampf getrotzt, und hier lag ein weiteres, durch einen einzigen Schuss zu Boden gefällt. Man konnte sie also töten ... das war alles, was zählte. An jenem Abend wurden etliche Trinksprüche auf Garret ausgebracht und ei-

nige Wetten abgeschlossen, ob es auch anderen gelingen würde, einen Pfeil durch ein geschlossenes Visier zu schicken. Schließlich war eine Goldkrone auch nicht viel größer."

Lamar schüttelte erheitert den Kopf.

„Kann es denn sein, dass einfach nur niemand richtig begriffen hat, was für einer Kreatur er da in Wirklichkeit gegenüberstand?"

Der alte Mann schmunzelte. „Damit habt Ihr gewiss Recht, Freund Lamar. Keiner von uns war vorher aus diesem Tal herausgekommen, und unsere Vorstellungen von der Welt waren mehr als unvollständig. Natürlich wussten wir nicht, worauf wir uns einließen ... und im Nachhinein betrachtet, war das sogar ein Segen!"

„Wie meint Ihr das?"

„Nun, solange man nicht weiß, dass etwas unmöglich ist, hält man es ja vielleicht für möglich, nicht wahr?", grinste der alte Mann.

„So jedenfalls erging es auch Argor. Er dachte an alles Mögliche, an seinen Vater, an die Freunde, die er verloren glaubte, aber ganz gewiss nicht daran, dass er auf verlorenem Posten stehen könnte ..."

Argor griff sich einen Apfel aus der Auslage eines Straßenhändlers, warf dem Mann einen Kupfer zu und schlenderte auf die andere Straßenseite hinüber, wo an einem Brett ein paar Steckbriefe aufgehängt waren.

Knorre befand sich auf dem Weg der Besserung, wenigstens behauptete das Leonora. Und so, wie die beiden miteinander stritten, gab es für Argor keinen Anlass, an ihrem Urteil zu zweifeln. Knorre war zwar immer noch nicht gut zu Fuß, aber durchaus imstande, die eine oder andere lautstarke Auseinandersetzung zu führen.

Während der letzten zwei Tage hatte sich Astrak im Haus nützlich gemacht und Besorgungen für die Frauen erledigt. Er musste Sina zustimmen, der Aufenthalt in einem Freudenhaus hatte sich in der Tat äußerst interessant für ihn entwickelt. Argor schmunzelte bei dem Gedanken, Garret und Tarlon bald davon erzählen zu können, natürlich nur, wenn Vanessa nichts davon mitbekam!

Dann fiel ihm wieder ein, dass Tarlon und Garret ja tot waren, von der Flutwelle weggespült, die er und Knorre ausgelöst hatten. Er bleib stehen, holte tief Luft, ballte die Hände zu Fäusten und schloss die Augen. Elyra hatte ihm damals gesagt, dass sich seine Freunde an seiner Stelle genauso entschieden hätten, und er wusste, dass sie Recht hatte. Zudem hatte er, als er zusammen mit Knorre das Ventil geöffnet hatte, nicht damit gerechnet, dass sie selbst die Flut überleben würden. Dennoch tat es weh, an die beiden zu denken, an sie und an all die anderen, die diesem Krieg bereits zum Opfer gefallen waren!

Verstohlen wischte er sich die Augen, es half ja doch nichts, was geschehen war, war nun einmal geschehen! Sie alle waren in der Hand der Göttin. Da war es wohl kaum von Nutzen, wenn er sich wegen etwas zerfleischte, das er nicht mehr ändern konnte, zumal er andere Probleme hatte!

So interessant es für ihn in den ersten Tagen auch gewesen war, eine Stadt wie Berendall zu erkunden, hatte es doch nicht lange gedauert, bis er ihrer überdrüssig geworden war. Die engen Gassen, der Gestank, die Vielzahl von Menschen, all das war Argor schon jetzt zu viel.

Das nennt man wohl Heimweh, dachte er und schluckte Er blieb vor dem Brett stehen und betrachtete die beiden Steckbriefe, die ihn und Knorre zeigten. Wer auch immer der Zeichner gewesen war, er hatte Argor nicht besonders gut getroffen. Ein junger, breitschultriger Mann in Kettenrüstung, mehr war nicht zu erkennen. Das konnte jeder sein. Vorausgesetzt natürlich, er war deutlich kleiner und gedrungener als die meisten Menschen hier.

Dennoch hatte Argor nicht viel Sorge, dass man ihn erkennen würde, denn er war nicht mehr in die Kettenrüstung gewandet, sondern trug nun Samt und Seide, ganz wie ein vornehmer Herr. Hinzu kam noch der große Weidenkorb in seiner Hand, der sorgfältig mit einem weißen Leinentuch bedeckt war. Sogar sein Bart, der langsam Form annahm, war sauber gestutzt, und Sina hatte ihm das Haar ausgebürstet, schwarz gefärbt und in Wellen gelegt. Selbst sein Vater hätte ihn so nicht wiedererkannt! Und wenn, dachte Argor leicht erheitert, hätte er ihn auf der Stelle enterbt!

Natürlich hatte er protestiert, aber irgendwie hatte ihn Sina überredet. Es war die Regel, dass ein jeder im Haus mindestens zweimal am Tag badete.

Nicht, dass er sich vorher nicht auch sauber gehalten hätte, allerdings nur mittels eines Eimers kalten Wassers und einer Bürste, und nicht mit Seife in einer Wanne sitzend, die mit heißem und nach Rosen duftendem Wasser gefüllt war. Wenn er ehrlich war, gefiel es ihm sogar, so sauber zu sein und so gut zu riechen. Wenigstens, solange das Wasser nicht mehr als eine Hand breit in der Wanne stand!

Zu Hause hätte ihn wohl vor allem Garret gnadenlos deswegen aufgezogen, und Tarlon hätte wahrscheinlich irgendwann eine Bemerkung darüber gemacht, dass Rosen immerhin noch besser riechen würden als öliges Metall und schweißnasse Wolle.

Argor seufzte, polierte den Apfel am Ärmel seines neuen Gewandes und biss herzhaft hinein, während er den Steckbrief von Knorre musterte, der ihm weit mehr Sorge bereitete als sein eigener.

Offenbar war Meister Knorre in Berendall nicht ganz unbekannt, denn der Steckbrief nannte nicht nur seinen Namen, sondern zeigte ihn auch überdeutlich, sogar die kleine Warze am linken Nasenflügel der Arteficiers war trefflich wiedergegeben worden. Auf zehn Kroner belief sich die Belohnung, eine fürstliche Summe, wie ihm Sina erklärt hatte. Für eine solche Menge Goldes würde ein Galan von ihr sogar vier ganze Nächte bekommen!

Zudem stand dort noch zu lesen, dass Meister Knorre ein stadtbekannter Schwindler und Taugenichts war und wegen Mordes an einem Priester des Darkoth gesucht wurde.

Wider Willen musste Argor lächeln, denn die letzte Zeile

würde wohl kaum die erwünschte Wirkung zeitigen. Eher das Gegenteil. Mehr als einmal hatte er schon die Leute darüber tuscheln hören, dass ihnen Meister Knorre einen großen Dienst erwiesen hatte, indem er die Anzahl der Priester Darkoths in der Stadt verringert hatte.

Das änderte jedoch nichts daran, dass die Stadtwachen an den Toren genau diesen Steckbrief vor Augen hatten. Und an jedem der Tore waren stets vier königstreue Soldaten stationiert, die jeden Passanten mit Argusaugen musterten und sogar die Wagen der Händler durchsuchten. Kein Wunder, dachte Argor, wurde doch jede Woche einer aus ihren Reihen dem dunklen Gott geopfert, und jeder noch so kleine Fehler, der einem Soldat unterlief, konnte dazu führen, dass er selbst der Nächste war, der Darkoth gegenübertreten durfte.

Außerdem konnten und wollten Knorre und Argor nicht länger hier verweilen. Mit einem Pferd waren es nur vier Tagesreisen bis nach Lytara. Erst gestern hatte Knorre wieder gesagt, dass es noch einiges in Alt Lytar für ihn zu erledigen gäbe, was das allerdings genau war, darüber hatte er sich ausgeschwiegen. Argor wiederum hatte einen anderen, nicht weniger wichtigen Grund. So lange, bis er nicht zurückgekehrt war, musste ihn sein Vater für tot halten.

Knorre hatte ihm deshalb bereits vorgeschlagen, sich alleine auf den Weg zu machen, da nicht davon auszugehen war, dass ihn einer der Stadtwachen oder von Beliors Soldaten erkennen würde. Schon gar nicht in diesen Kleidern, die vielleicht ein wenig ... bunt geraten waren.

„Jemand, der sich verstecken will, würde niemals solche Kleidung anziehen", hatte Sina ihm grinsend versichert. „In ihnen fällst du auf wie ein bunter Hund, bleibst aber unbehelligt!" Und damit hatte sie Recht behalten, auch jetzt musterte ihn gerade wieder ein älterer Herr mit hochgezogenen Augenbrauen.

„Einen schönen guten Tag, Ser", strahlte Argor ihn an. „Wollt Ihr Euren Tag nicht noch schöner gestalten, indem Ihr das Haus der Freuden am Schiefertor besucht?", fügte er laut vernehmlich hinzu.

Wie Sina ihm schmunzelnd versichert hatte, reichte diese Frage meist aus, um die Sers entsetzt zurückweichen zu lassen. Bis Sina ihm erklärt hatte, was sie und Leonora taten, hatte Argor nicht einmal gewusst, dass es solche Häuser gab. Dass sie und Leonora sich Männern für Gold hingaben, war und blieb für ihn befremdlich, nur verstand er die Gründe der beiden mittlerweile ein wenig besser.

„Es ist besser, als zu hungern", hatte Sina ihm lächelnd erklärt. „Und da wir uns unsere Gäste sorgsam aussuchen, ist es auch nicht ganz so schlimm, wie du vielleicht denkst. Wer zu uns kommt, kommt als Freund, nicht als Kunde."

„Aber stört dich das denn nicht?", hatte er gefragt.

„Irgendwann werde ich mir einen Mann suchen, dem ich ein treues Weib sein werde. Zu seinem Schaden wird es wohl nicht sein", meinte sie dann schelmisch. „Denn er wird sich nie mehr nach einer anderen umdrehen müssen." Sie lachte, als sie seinen Blick bemerkte, und fuhr ihm mit der Hand durch die Haare, eine Geste, die Argor ganz und gar nicht leiden konnte und bei der er sich ständig fragte, wieso er sie Sina erlaubte.

„Weißt du, Argor", hatte sie noch verschwörerisch hinzugefügt. „Es ist nicht immer alles so, wie es scheint! Manchmal ... manchmal ist es einfach leichter, wenn man jemandem nicht alles von sich zeigt, so dass er einen zu kennen glaubt! Es ist ein wenig so wie mit deinen neuen

Gewändern! Die dir übrigens ausgezeichnet stehen, wie ich neidlos zugeben muss!"

Ihr Gespräch hatte ihn etwas ratlos und verwirrt zurückgelassen, aber vielleicht war es ja auch so, wie sein Vater immer sagte, dass man Frauen einfach niemals ganz verstehen konnte!

Weiter vorne auf der Straße gab es einen Menschenauflauf. Offensichtlich gab es dort etwas zu sehen, das die Leute anlockte, und so warf Argor seinen Apfelbutzen beiseite und folgte seiner eigenen Neugier. Er überlegte noch, wie er es nur anstellen sollte, durch die Menge, die ihm den Weg versperrte, zu kommen, als sich diese auch schon vor einer Gruppe Reiter teilte, die langsam den Weg entlanggeritten kam. Es dauerte einen Moment, bis er verstand, wer soeben an ihm vorbeiritt. Es waren Graf Lindor und einer der Priester Darkoths, begleitet von vier schwer gepanzerten Kavalleristen, die auf dem Weg hoch zur Burg des Grafen von Berendall waren. Und so wie Graf Lindor blickte, handelte es sich dabei wohl kaum um einen Freundschaftsbesuch!

Als Argor den Grafen zuletzt gesehen hatte, war es Nacht gewesen, und Lindors Brustharnisch hatte vom Blut seines letzten Opfers, Elyras Mutter, schwarz geglänzt. Jetzt, im hellen Licht des Tages, sah der Graf nicht weniger grimmig aus, tiefe Furchen zogen sich durch sein Gesicht, und seine Stirn war in Falten gelegt, als er sich zur Seite beugte, um zu hören, was der Priester Darkoths ihm zu sagen hatte. Zu gefallen schien es ihm nicht, dennoch nickte er knapp, auch wenn er gleichzeitig mit der Hand eine abwehrende Geste machte, als ob er nichts mehr hören wolle.

Einen Moment lang ruhten die Augen des dunklen Priesters auf Argor, kalt, stechend und schwarz, und Argors Herz begann wie wild zu rasen. Fast rechnete er schon damit, dass der Priester im nächsten Moment seine Hand heben und auf ihn zeigen würde, doch dann wandte der Priester seinen Blick wieder zur Seite, und Argor atmete erleichtert auf, als er den kleinen Trupp gemächlich weiterreiten sah.

Die Pest soll diese Kerle holen, dachte Argor. Besser noch Darkoth selbst! Mühsam zwang er sich dazu, sich wieder zu entspannen. Schließlich hatte er heute noch so einiges vor.

Der Weg hinunter zum Hafen und zum Markt führte ihn durch ein weiteres befestigtes Tor, dessen Fallgitter wohl schon so lange nicht mehr herabgelassen worden war, dass sich Sand- und Staubverwehungen vor den schweren Torflügeln gebildet hatten. Das Tor selbst war ebenfalls schon lange nicht mehr geschlossen worden. Auch war es nicht bewacht, was Argor erleichtert zur Kenntnis nahm, selbst wenn er hoffen durfte, nicht von den Wachen erkannt zu werden.

Nachdem er das erste Mal auf dem Markt Besorgungen für die beiden Frauen erledigt und Leonora das spärliche Wechselgeld zurückgegeben hatte, hatte diese nur die Augen gerollt.

„Junge, hast du dich übers Ohr hauen lassen“, stellte dann auch noch Sina kopfschüttelnd fest. „Da bin ja selbst ich noch besser im Feilschen!“

Argor hatte sie überrascht angesehen. „Was meint Ihr mit feilschen?“

Auch heute verstand er noch immer nicht so ganz, warum man für eine Ware mehr verlangte, als man letztlich für sie haben wollte! Wenn er früher etwas für seinen Vater gekauft hatte, hatte man ihm den Preis schließlich auch in Waren oder Dienstleistungen genannt, und das war es dann gewesen.

Vielleicht, dachte Argor, feilschte man aber auch des Spaßes wegen. Ein breites Grinsen erschien auf seinem Gesicht, als er den Gemüsehändler begrüßte und dieser anfing übertrieben laut zu stöhnen.

„Wollt Ihr mich wieder arm machen, junger Ser?", klagte der Mann. „Wovon soll ich denn nur meine vier Kinder ernähren, wenn Ihr mich ständig dazu zwingt, meine gesamte Ernte an Euch zu verschenken?"

„Das weiß ich nicht, guter Mann", gab Argor zurück, während sein Grinsen noch breiter wurde. „Aber ich weiß, dass ich Euch gratulieren sollte, zum einen, weil Eure Frau Euch seit gestern ein weiteres Kind geschenkt hat, zum anderen, weil Ihr es versteht, all Eure fruchtbaren Äcker in nur einer Nacht abzuernten! Ihr scheint auf jeden Fall ein Mann zu sein, auf dem der Segen der Göttin liegt!"

Der Mann wurde schlagartig ernst und winkte den jungen Zwerg näher zu sich heran. „Da habt Ihr Recht", meinte er nun viel leiser. „Die Göttin scheint mir gewogen zu sein. Nur verkündet es nicht ganz so laut, wenn gerade einer dieser verfluchten Priester in Hörweite ist!"

„Ist es denn schon so weit, dass man in der Öffentlichkeit niemandem mehr Ihren Segen wünschen kann?", fragte Argor entsetzt und blickte sich verstohlen um. Tatsächlich stand dort, nahe beim Brunnen, ein weiterer der verfluchten Priester Darkoths. Hastig wandte sich Argor wieder dem Händler zu.

„Viel fehlt auf jeden Fall nicht mehr", erwiderte der Mann und packte eine Hand voll Kartoffeln in Argors Korb. „Also achtet in Zukunft mehr auf Eure Worte."

„Das werde ich tun“, nickte Argor und griff nach seinen Einkäufen.

„Drei Kupfer“, antwortete der Mann und schmunzelte ein wenig, als er Argors irritierten Blick wahrnahm. „Ich habe keine Lust zu feilschen, wenn uns dieser Kerl dabei zusieht. Das ist der Preis von gestern ... und grüßt mir die Seras! Mistral mit Euch, junger Ser.“

Argor bedankte sich höflich, nahm seinen Korb und machte sich auf den Nachhauseweg, wobei er den Mann in der dunklen Kutte zu ignorieren versuchte, der wie eine Statue in der Mitte des Marktplatzes stand und einen jeden mit Argusaugen beobachtete.

So verstohlen Argors Blick auch gewesen war, der dunkle Priester hatte ihn bemerkt und unterzog Argor nun seinerseits einer intensiven Prüfung. Doch dann schien auf einmal etwas anderes seine Aufmerksamkeit auf sich zu ziehen. Ein selbstzufriedenes und gehässiges Lächeln huschte über das Gesicht des Priesters, dann zog er seine Kapuze tiefer und eilte mit raschen Schritten davon.

Wer oder was die Aufmerksamkeit des Priesters auf sich gezogen hatte, interessierte Argor so sehr, dass er ihm folgte, auch wenn er wusste, dass dies wahrscheinlich ein Fehler war. Allerdings war der Mann so erpicht darauf, sein Ziel nicht aus den Augen zu verlieren, dass er gar nicht auf die Idee kam, dass ihm jemand folgen könnte. Nur einmal drehte er sich um und blickte zurück, aber Argor konnte sich rechtzeitig in einem Hauseingang verbergen.

Hier im Hafen standen die Häuser dicht an dicht und waren alt und verwahrlost. Hier lebten die Ärmsten der Armen oft in windschiefen Hütten oder Zelten, und wenn dies das Leben war, dem Sina und Leonora entflohen waren, konnte man sie dafür kaum tadeln.

Waren manche Gassen in der Oberstadt schon schmal gewesen, waren sie hier an manchen Stellen so eng, dass Argor mit seinem breiten Brustkorb Mühe hatte, sich durch sie hindurchzuquetschen.

Obwohl es ein strahlend heller Tag war und Markttag noch dazu, war die Gegend, in der sie sich jetzt befanden, wie ausgestorben, wenn man von einem blinden Bettler absah, der vor einem der Hauseingänge saß, seine tönerne Schüssel leer bis auf einen Kupfer.

Argor ließ ihm einen Kupfer in die Schüssel fallen und eilte dann weiter, um sogleich wieder ein paar Schritte rückwärts zu machen, nachdem er an der nächsten Ecke beinahe in den dunklen Priester hineingerannt wäre!

Dieser hatte sein Opfer nun ebenfalls gestellt ... denn es gab keinen anderen Ausgang aus dem Hinterhof, in dem sie sich nun befanden, als die Gasse, die sie gerade gekommen waren. Bis auf eine windschiefe Tür zwischen zwei Häusern, die aber mit einem schweren Riegel und einem Schloss versperrt war.

Die junge Frau, die der Priester verfolgt hatte, zog an der Tür, die aber um keinen Deut nachgab. Dann drehte sie sich um und blies sich eine rote Haarsträhne aus der Stirn, während sie mit ihren grün funkelnden Augen den Priester beobachtete, der nun einen Schritt näher an sie herantrat.

„Das wird mir ein Lob unseres obersten Priesters einbringen, Sera“, sprach sie der Priester mit deutlich hörbarer Genugtuung in der Stimme an. „Ihr habt uns lange genug an der Nase herumgeführt, aber heute Nacht werden eure Schreie auf dem Altar die Ohren unseres Gottes liebkosen.“

„So, meint Ihr?“, erwiderte die junge Frau und richtete sich zu voller Größe auf.

Argor kam sie bekannt vor, und er war sich sicher, sie irgendwo schon einmal gesehen zu haben, auch wenn er sich nicht daran erinnern konnte, wo und wann es genau gewesen war. Ein Umstand, der für sich schon seltsam genug war, denn Argor war zu recht stolz auf sein gutes Gedächtnis.

Die Frau war sauber, wenn auch einfach und schlicht gekleidet. Bluse und Rock waren aus demselben blau eingefärbten Leinen, ein schmaler schwarzer Gürtel betonte ihre schlanke Hüfte. Ein Dolch hing an ihrem Gürtel, auf den sie nun ihre Hand legte und dabei herausfordernd ihr Kinn hob. Ihr Gesicht war klar gezeichnet, mit hohen Wangenknochen, gerader Nase und einem etwas zu großen Mund, ihre schneeweiße Haut mit Sommersprossen gesprenkelt. Argor hatte immer Schwierigkeiten, das Alter von Menschen einzuschätzen, aber das ihre vermochte er beim besten Willen nicht festzustellen. Vielleicht war sie so alt wie Vanessa, oder ein Dutzend Jahre älter ... zog man die weiße Strähne in ihrem vollen roten Haar in Betracht.

Viel wichtiger aber war das schwere Symbol der Mistral, das sie offen auf ihrer Brust trug.

Eine Priesterin der Mistral hier in Berendall? Aber warum nicht? Schließlich hatten die Vorlande einst zum alten Reich gehört. Nur hatte Argor bislang immer gedacht, dass die Göttin auch den Greifenlanden ihre Gunst entzogen hatte. Nichtsdestotrotz war dies ohne Zweifel eine ihrer Dienerinnen, ebenso wegnig Zweifel bestanden an den finsteren Absichten des dunklen Priesters!

Warum auch immer die beiden Gottheiten miteinander im Zwist lagen, ihre beiden Priester standen sich in diesem Hinterhof nunmehr in tödlicher Feindschaft gegenüber. Und für Argor war ganz klar, dass nur einer von ihnen diesen Ort wieder als Sieger verlassen würde – und auf wessen Seite er selbst stand!

Göttin, dachte er, über sich selbst erzürnt, wie hatte er nur so dumm sein und dem dunklen Priester mit nicht mehr als einem jämmerlichen Dolch bewaffnet folgen können!

„Ihr solltet die Sera in Ruhe lassen“, teilte Argor dem Priester dennoch entschlossen mit.

Dieser fuhr erschreckt herum, lachte aber, als er sah, wer zu ihm gesprochen hatte.

„Kleiner Mann, was wollt Ihr denn tun?“, spottete er. „Mich mit Gemüse bewerfen?“

So schlecht war die Idee gar nicht, dachte Argor und schleuderte dem Priester mit aller Kraft den schweren Weidenkorb an den Kopf. All seine Wut über das Leid und Elend, das Belior über die Menschen gebracht und sich in ihm aufgestaut hatte, entlud sich nun in diesem Wurf.

Ein dumpfer Aufprall, und der Priester taumelte zurück, während Kartoffeln, Karotten, zwei Salatköpfe und eine Hand voll Tomaten in alle Richtungen davonflogen. Doch schon im nächsten Moment hatte sich der Priester wieder gefangen.

„Spüre die Macht meines Gottes und verzweifle!“, rief er mit einer Stimme, die Argor schaudern ließ, während er gleichzeitig bemerkte, wie sich dunkler Rauch an den Händen des Priesters bildete und ein dunkles Leuchten in dessen Augen aufflackerte.

„Vergisst du da nicht irgendetwas?“, mischte sich in diesem Moment die Sera ein, hob nun ihrerseits die Hände und streckte sie dem dunklen Priester entgegen. Fasziniert beobachtete Argor, wie dabei ein Ärmel ihrer Robe nach hinten rutschte und den Blick auf ein filigran gewobenes Armband aus Gold und Silber freigab.

Das auf einmal dunkel umschattete Gesicht des Priesters wandte sich ihr zu. „Was ..?“, begann er, kam aber zu nichts anderem mehr, denn schon schoss ihm aus den Fingerspitzen der Frau ein leuchtendes Funkennetz entgegen, das ihn in die Luft hob und seinen Körper regelrecht durchschüttelte. Dunkelheit wallte und brodelte auf, versuchte dem glitzernden Netz zu entkommen, bis zuletzt das, was vom Körper des Priesters noch übrig war, in sich zusammenfiel und beim Aufprall auf den Boden in einzelne verkohlte Stücke zerbrach.

Argor blickte stumm auf die qualmenden Reste hinab, trat dann einen Schritt zurück und musterte die junge Frau mit gefurchter Stirn.

„Sagt“, fragte er schließlich, „kann es sein, dass Ihr einen gewissen Knorre kennt? Was den Umgang mit den Priestern des Darkoth betrifft, weist Ihr jedenfalls eine verblüffende Ähnlichkeit zu ihm auf!“

„So richtet ihm meinen Gruß aus“, lachte die junge Frau, eilte zu der kleinen Tür hinüber, die sich zuvor nicht hatte öffnen lassen, zog an ihr und war einen Atemzug später hinter ihr verschwunden. Argor blieb mit dem toten Priester und dem Korb noch eine Weile in dem verlassenen Hinterhof stehen. Dann hob er mit einem tiefen Seufzer den Korb vom Boden auf und sammelte sein Gemüse wieder ein.

„Sagt, Knorre", meinte Argor später, als er in einem bequemen Sessel neben Knorres Bett saß und dem Arteficier dabei zusah, wie er eine kleine Figur aus Elfenbein schnitzte. „Kennt Ihr vielleicht eine Frau mit langen roten Haaren, grünen Augen, Sommersprossen und einer weißen Strähne im Haar? Eine Frau, die mit einer Hand, ohne dass sie dazu einen Stab benötigt, einen Priester des Darkoth einzuäschern vermag?"

Knorre hielt inne, legte langsam Schnitzmesser und Elfenbein auf die Bettdecke und drehte seinen Oberkörper in Argors Richtung. Keine Frage, Knorre ging es eindeutig besser, auch wenn noch nicht abzusehen war, wann er wieder laufen können würde.

„Ja", antwortete der Arteficier mit einem seltsamen Unterton in der Stimme. „So jemanden kenne ich."

„Ich soll Euch einen Gruß von ihr ausrichten", setzte Argor unschuldig hinzu.

„Ist das so?", erkundigte sich Knorre stirnrunzelnd. „Wo habt Ihr sie denn getroffen, Freund Argor?"

„Nun, einer der dunklen Priester verfolgte sie und stellte sie in einem verlassenen Hinterhof des Hafenviertels. Ich versuchte ihr zu helfen, was aber gar nicht nötig war, denn sie fing ihren Verfolger in einem Netz aus Blitzen, von dem er so lange durchgeschüttelt wurde, bis er auseinanderfiel."

Argor zuckte mit den Schultern. „Das war auch schon die ganze Geschichte."

„War sie das?", meinte Knorre gefährlich leise und richtete sich kerzengerade im Bett auf. „Leonora!", rief er laut, und es dauerte keine drei Atemzüge, bis diese unter der Tür erschien. Sie zwinkerte Argor zu und zog dann mit Blick auf Knorre eine Augenbraue hoch.

„Sag, Leonora, kennst du vielleicht *rein zufällig* eine junge Frau mit roten Haaren und einer weißen Strähne darin, mit grünen Augen und Sommersprossen auf der Nase?

Leonora lehnte sich gegen den Türrahmen, verschränkte ihre Arme unter der Brust und lächelte.

„Sie hatte eine Vision, Knorre. Sie sagte, ein Priester des Darkoth würde Argor auf der Strasse erkennen und ihn mit seinen dunklen Kräften überwältigen. Das, was du ihm zur Aufbewahrung anvertraut hättest, würde damit in die Hände der dunklen Priesterschaft fallen, und Argor selbst würde sein Leben auf dem Altar des Darkoth aushauchen. Und da sie Argor nun einmal mag, hat sie ins Geschehen eingegriffen, Knorre, was hätte ich dagegen tun sollen?"

„Also war es wirklich Sina", murmelte Argor, und beide sahen ihn überrascht an.

„Du hast sie erkannt?", fragte Leonora.

„Ja."

„Wie das?"

„Ich weiß zwar nicht, wie sie es fertig gebracht hat, auf einmal so verändert auszusehen, aber sie hat das Armband vergessen."

„Welches Armband?", erkundigte sich Knorre irritiert.

„Das, das du ihr gegeben hast, bevor du dich damals aus

dem Staub gemacht hast“, erklärte Leonora etwas spitz. „Und das sie dir versprochen hat, niemals abzulegen!“

„Das tut jetzt nichts zur Sache!“, erklärte Knorre aufgebracht. „Wie konntest du sie nur alleine gehen lassen?“

„Wer hat dir denn gesagt, dass ich sie alleine habe gehen lassen?“, funkelte ihn Leonora an. „Ich war stets in ihrer Nähe, und wenn etwas schiefgegangen wäre, hätte ich eingegriffen.“

Diesmal war es Argor, der verständnislos blinzelte.

„Ich habe dort aber sonst niemanden gesehen.“

„Auch keinen Bettler?“, lächelte sie.

„Das wart Ihr?“, wunderte sich Argor. „Euch habe ich nun wirklich nicht erkannt!“

„Sie hat auch mehr Übung in solchen Spielchen!“, grummelte Knorre. Er sah Leonora in die Augen. „Du hast auf sie aufgepasst?“

„Wofür hältst du mich denn? Natürlich habe ich auf sie aufgepasst. Auch wenn sie keine Hilfe mehr braucht. Sie ist wirklich talentiert.“

Knorre seufzte.

„Ich hatte immer gehofft, sie wäre es nicht.“

„Warum? Weil du von deiner Begabung in den Wahnsinn getrieben worden bist?“

Argors Augen sprangen zwischen den beiden hin und her, als würde er ein Ballspiel verfolgen.

„Genau deshalb!“, rief Knorre aus. „Ich will nicht, dass ihr das Gleiche geschieht!“

„Sei unbesorgt, *sie* wird wohl kaum versuchen, sich das Wissen der Götter anzueignen“, meinte Leonora und stemmte ihre Hände in die Hüften. „Außerdem habe ich dich schließlich geheilt!“

„Tja, und genau deshalb bin ich mir auch nicht sicher,

ob ich nicht nur eine Art des Wahnsinn gegen eine andere eingetauscht habe!", gab Knorre hitzig zurück. „Weißt du überhaupt, wie es mittlerweile in der Welt da draußen zugeht? Wie kannst du nur ernsthaft denken, es gäbe einen Weg, all das wieder ins rechte Lot zu bringen?"

„Du versuchst es ja nicht einmal!"

„Ach ja? Und was war das dann mit dem Staudamm? Kannst du mir das mal verraten?"

„Göttin, aber da du es schon ansprichst, Knorre, du hättest ruhig etwas vorsichtiger sein können, wenn du so etwas schon machst!", antwortete sie wütend.

„Als ob ich eine Wahl gehabt hätte!", rief Knorre empört.

Argor stand auf, hob abwehrend seine Hände und ging zur Tür. Dort blieb er stehen und musterte die beiden Streithähne noch einmal.

„Ihr müsst euch ohne mich weiterstreiten", meinte er schließlich. „Ich werde jetzt in die Küche hinuntergehen und Sina dabei helfen, das Abendmahl zu bereiten, von ihrer Anwesenheit bekomme ich wenigstens keine Kopfschmerzen!"

In der Küche angekommen, ließ er sich auf einen Stuhl sinken und stützte den Kopf in beide Hände. Sina brachte ihm einen Krug Wasser und einen Becher, dann warfen sie beide einen vielsagenden Blick zur Decke hoch.

„Sind sie immer so?", fragte Argor.

„Als ich klein war, ging das den ganzen Tag so", lachte Sina und schob ihm den Korb mit den gewaschenen Kartoffeln hin. „Ich glaube, sie brauchen das. Knorre ist der Einzige, der ihr je widersprochen hat. Außer mir natürlich."

„Natürlich!", schmunzelte Argor.

„Hier, du kannst mir beim Schälen helfen."

Argor griff sich eine der Kartoffeln und zog seinen Dolch, hielt aber wieder inne und schaute sie lange an.

„Ist dein jetziges Aussehen das falsche oder das der Frau im Hinterhof?"

„Das hier", lächelte sie, als ein Schimmer über ihren Körper lief und auf einmal die junge Frau mit den roten Haaren und der weißen Strähne darin vor ihm saß. „Woran hast du mich erkannt?"

„Am Armband."

„Dann war ich unvorsichtig."

Argor nickte. „Ja, das warst du. Und warum das Ganze?"

„Die dunklen Priester sind schon hinter uns her, seitdem ich denken kann, deshalb habe ich diesen kleinen Trick gelernt." Wieder lief ein Schimmer über sie, und Argor saß erneut der Sina gegenüber, die er kannte.

„Ich mag die Sommersprossen", teilte Argor ihr mit.

„Danke", lächelte sie und griff sich ebenfalls eine Kartoffel.

„Weißt du", begann Argor, als er geschickt die Kartoffel zu schälen begann. „Eigentlich halte ich ganz und gar nichts von Magie. Ich bekomme sofort Kopfschmerzen von ihr, und meine Nase juckt dann immer. Aber manchmal kann sie wohl auch nützlich sein."

Er schwieg und sah etwas verloren auf die halb geschälte Kartoffel in seiner Hand hinab.

Sinas Augen nahmen einen weichen Ausdruck an.

„Was ist, Argor?", fragte sie und legte eine Hand auf seinen Arm.

„Ich hatte einen Freund, der von Magie ganz fasziniert war. Immer habe ich mich mit ihm darüber gestritten." Argor schniefte und wollte sich in seinen Ärmel schnäuzen, doch Sina war schneller und hielt ihm ein Tuch hin.

„Was ist mit ihm geschehen?“, erkundigte sie sich leise.

„Er kam durch die Flutwelle um. Durch die Flut, die ich ausgelöst habe. Er und Tarlon ... ich habe meine zwei besten Freunde getötet!“

Einen Moment sah sie ihn erstaunt an, dann lachte sie und schüttelte den Kopf.

„Das ist alles andere als zum Lachen!“, wies Argor sie zurecht.

„Schon“, lächelte Sina. „Aber vielleicht muntert es dich ja auf, wenn ich dir sage, dass sie gar nicht tot sind?“

„Woher willst du das wissen?“, gab Argor misstrauisch zurück.

„Ich wollte, ich könnte dir deine Frage beantworten“, erwiderte sie, „kann es aber selbst nicht erklären. Manche Dinge weiß ich eben ganz einfach. So“, meinte sie dann und drückte ihm eine weitere Kartoffel in die Hand. „Schließlich schälen sich die Kartoffeln nicht von allein.“

„Bist du dir auch ganz sicher?“, hakte er noch einmal hoffnungsvoll nach.

„Mit den Kartoffeln?“, fragte sie schelmisch und lachte, als er sie empört ansah.

„Wenn Garret derjenige ist, der dich immer damit foppte, dass du gerne Gedichte liest, und der dich stets ausgelacht hat, weil er schneller laufen konnte als du, ja, dann bin ich mir sicher.“

„Ja“, bestätigte Argor erleichtert. „Das ist Garret. Aber woher weißt du das alles?“

„Ich weiß es eben“, sagte sie schmunzelnd. „Argor ...“

„Ja?“

„Die Kartoffeln!“

„Und während sich Argor also dem Schälen von Erdäpfeln widmete, empfing Graf Torwald von Berendall den Grafen Lindor. Es dauerte zwar etwas, bis Lindor zum Grafen von Berendall vorgelassen wurde, seinem Begleiter, Lord Deren, wurde der Zutritt zur großen Halle allerdings sogar verweigert, eine offene Brüskierung, die der Hohepriester des Darkoth kaum hinnehmen konnte“, erklärte der Geschichtenerzähler und verbarg hastig ein Gähnen hinter seiner Hand. Schon wurden die Schatten des Tages wieder länger, der Abend war nicht mehr fern. Der alte Mann räusperte sich, trank einen Schluck gewässerten Wein und blickte danach nachdenklich in seinen Becher.

„Die ganze Stadt sprach später davon“, fuhr er fort und nippte erneut an seinem Wein, *„ob es klug war, den Hohepriester dermaßen vor den Kopf zu stoßen..“*

„Ratsam erscheint es mir jedenfalls nicht“, gab Lamar zu bedenken. „Der Graf von Berendall muss doch gewusst haben, dass er ihn sich damit zum Feind machte. Andererseits ... muss man manchmal auch für das einstehen, woran man glaubt.“

„Hättet Ihr den Priester der Tür verwiesen?“, wollte der alte Mann wissen.

„Wenn ich an Stelle des Grafen gewesen wäre?“, meinte der Gesandte. Er überlegte eine Weile und seufzte dann. „Ich kann es Euch nicht sagen. Ich hoffe allerdings, dass ich dazu imstande gewesen wäre. Denn man darf dem, wofür man steht und woran man glaubt, nicht untreu werden. Aber ich weiß auch, dass jeder sein Haupt beugt, ist die Last, die er trägt, erst einmal zu schwer.“

„Habt Ihr denn Euer Haupt schon einmal unter Zwang beugen müssen?“, fragte der alte Mann leise. Lamar nickte daraufhin und spielte mit seinem Becher.

„Schon mehr als einmal. Mit dem Stolz ist es so ein Sache. Ich denke, es kommt vor allem darauf an, worauf sich der Stolz gründet. In meinem Fall war es so, dass ich einfach weiterleben wollte ... da war mir mein Stolz nicht mehr so wichtig."

„Und doch hinterließ Eure Entscheidung Spuren", stellte der alte Mann fest. „Darf ich fragen, was genau geschehen ist?"

„Es ist kein Geheimnis, und es ist heute auch nicht mehr von Belang. Der Prinz stellte mich damals vor die Wahl, ihm entweder die Füße zu küssen oder eigenhändig von ihm von der Burgmauer gestoßen zu werden. Dazu müsst Ihr wissen, dass sich unter der Wasseroberfläche im Burggraben eine Vielzahl zugespitzter Pfähle befand ... und selbst wenn ich diese verfehlt hätte, ist es um meine Schwimmkünste schlecht bestellt. Also küsste ich ihm die Füße und bat ihn um Verzeihung dafür, dass ich nicht für ihn gelogen hatte." Ein schiefes Lächeln umspielte die Lippen des Gesandten. „Außerdem bezog ich danach auch noch die Prügel für die Lügen des Prinzen ... also ein rundherum schlechtes Geschäft für mich."

„Und doch habt Ihr Euren Stolz behalten, das sehe ich in Euren Augen. Wie das?"

„Ich war und bin noch immer stolz darauf, dass ich damals nicht aus Angst gelogen habe", erklärte der Gesandte. „Zudem hat die Tatsache, dass ich seine Füße küsste, ihm weit mehr bedeutet als mir. Was ich getan habe, habe ich nicht aus eigenem Antrieb heraus getan, es wurde von mir erzwungen ..."

„Und dennoch seid Ihr sein loyaler Diener?"

„Er ist mein Prinz", antwortete der Gesandte einfach.

„Ich verstehe", nickte der alte Mann und musterte den Ge-

sandten mit einem unergründlichen Blick. „Worauf seid Ihr Stolz, Freund Lamar?", fragte er dann.

„Da gibt es nicht viel", sagte Lamar leise. „Ich weiß auch nicht, ob es gerechtfertigt ist, sich an der eigenen Rechtschaffenheit wie an einer Krücke festzuhalten."

„Wie meint Ihr das?"

„Nun, ich denke mir, dass ich mir nichts vorzuwerfen brauche, solange ich versuche, rechtschaffen zu leben, Gnade und Barmherzigkeit gegenüber anderen kenne und mich nach bestem Wissen bemühe, meinem Gewissen zu folgen ... egal wie es andere nun sehen mögen." Er schenkte sich Wein nach und nahm einen großen Schluck. „Solange ich weiß, dass ich mich bemühe, das Rechte zu tun, kann ich mich für alles vor jedermann verantworten. Das meinte ich mit der Krücke, an der ich mich festhalte."

„Also seid Ihr ein guter Mensch?"

Lamar lachte. „Nein, gewiss nicht! Ich gebe den Bettlern selten etwas, versäume immer wieder die Tempeldienste und fluche oft gotteslästerlich genug. Ich habe schon mehr als genug damit zu tun, kein schlechter Mensch zu sein, als dass ich mich als einen guten bezeichnen würde."

„Was, denkt Ihr, ist Euer größter Fehler?", hakte der Geschichtenerzähler weiter nach.

„Ich grübele zu viel. Über mich, über andere, über die Götter und das Wesen der Dinge. Ich füge mich nur ungern in etwas, das keinen Sinn für mich ergibt. Und oft genug meine ich, Dinge besser zu wissen als andere, und neige zur Überheblichkeit, befinde ich mich tatsächlich einmal im Recht." Er schüttelte den Kopf. „Aber ich verstehe nicht, warum Ihr mir solche Fragen stellt und noch weniger, wieso ich sie Euch beantworte."

„Manchmal ergibt es sich einfach so", beschied ihn der

alte Mann und beugte sich vor, um kurz Ser Lamars freie Hand zu berühren. Es war eine seltsam vertrauliche Geste, doch zu seiner Überraschung fand sie der Gesandte nicht unangenehm. „Freunde sprechen so untereinander", fuhr der alte Mann mit einem Lächeln fort. „Nun denn, kehren wir zu dem Gespräch der beiden Grafen zurück. Ich erfuhr erst sehr viel später, was dort besprochen worden war, und noch einmal länger dauerte es, bis ich in Gänze verstand, was das Besprochene zu bedeuten hatte ..."

Graf Torwald von Berendall war anders, als Lindor es erwartet hatte. Trotz seines hohen Alters hielt er sich noch immer aufrecht, und obwohl sein Haupthaar bereits weiß war, war es noch immer voll und dicht. Der Graf hatte die Angewohnheit, sich zu rasieren, und wirkte so um ein Vieles jünger als die sieben Dutzend und fünf Jahre, die man ihm zuschrieb.

Entgegen Lindors Erwartung fand die Audienz jedoch nicht in der Ratshalle statt. Graf Torwald hatte Lindor stattdessen in seine privaten Gemächer gebeten, die ganz oben im Trutzturm der Burg lagen. Und so fand sich Graf Lindor schon bald in einem Raum wieder, der so ganz nach seinem Geschmack war. Offenbar scheute sich Torwald nicht davor, die vielen Stufen, die dorthin führten, jeden Tag emporsteigen zu müssen. Verständlich, dachte Lindor, als er dem Grafen auf den Balkon hinausfolgte, wo er den Blick über gut zwei Drittel der Stadt genoss.

„Ich kannte Euren Vater, Lindor", begann der alte Graf unvermittelt und musterte den jüngeren Mann mit blassgrauen, wachen Augen. „Er war Gast bei meiner Hochzeit. Ein aufrechter Mann, Euer Vater. Etwas steif und formell, aber verlässlich. Ich kenne auch Nestrok."

Torwald wies mit einer Geste auf einen kleinen Tisch und zwei Stühle sowie eine Karaffe Wein und zwei silberne Becher, die für sie bereitstanden. „Das war allerdings zu einer Zeit, in der er noch Kühe fraß und nicht als Scharfrichter fungierte. Bitte setzt Euch."

Lindor, der es vorzog, nichts auf die Worte des Grafen zu sagen, nahm Platz, während Graf Torwald ihnen selbst einschenkt und sich dann ebenfalls setzte.

„Ich bin gerne hier oben", fuhr er fort und blickte dabei hinauf in den Himmel. „Nichts weiter zwischen mir, den Wolken und den Göttern, vor denen ich noch nie etwas zu verbergen versucht habe." Torwald lächelte und zeigte dabei seine immer noch vorhandenen, wenn auch leicht gelblichen Zähne. Er hob seinen Becher. „Auf den Prinzen."

„Auf den Prinzen", antwortete Lindor und trank, während seine Gedanken rasten. Vor ihm saß ein Mann, der dieses Land regierte, seitdem er ein Dutzend und zwei Jahre war. Torwald mochte nur ein einfacher Graf sein, aber in den Vorlanden gab es niemanden, der über ihm stand. Niemand außer den Göttern.

„Wie fühlt man sich, wenn man all das, woran man guten Gewissens glauben kann, verraten hat?", fragte Torwald über den Rand seines Bechers hinweg. Er hält sich nicht lange mit Geplänkel auf, sondern durchbricht die Schlachtlinie des Gegners direkt und geradeaus, dachte Lindor anerkennend. Die blassblauen Augen des älteren Mannes waren ruhig und gelassen, er wartete ab, hatte sein endgültiges Urteil noch nicht gefällt. Eines schien dem Grafen Lindor gewiss. Der Graf von Berendall mochte zwar alt sein, doch war er weder gebrechlich, noch litt er unter Altersschwachsinn. Ihm gegenüber saß ein Mann, der genau überlegte, bevor er handelte. Nur zu gerne hätte er dem alten Grafen gezeigt, wie sehr er ihn verstand, vielleicht sogar für das bewunderte, was er in all den Jahren aus den Greifenlanden gemacht hatte. Doch das war unmöglich, nachdem er hierher gekommen war, um die vollständige Unterwerfung des alten Mannes einzufordern und ihm unmissverständlich klarzumachen, dass etwaiger Widerstand mit voller Härte geahndet werden würde.

Ob der Graf sich unterwerfen oder ob der Kanzler seine Truppen schicken würde, um Berendall zu schleifen, war einerlei, denn der Graf würde so oder so alles verlieren, für das er sein Leben lang eingestanden war.

„Ich diene dem Prinzen", antwortete Lindor deshalb knapp.

„Also war es der Prinz, der dieses Regiment an meine Mauern befahl?", fragte Torwald. „Er müsste zum damaligen Zeitpunkt sieben Jahre alt gewesen, nicht wahr? Ein zartes Alter für eine solche Provokation."

„Der Kanzler hielt es für angebracht, unsere Präsenz hier zu verstärken", erwiderte Lindor steif.

„Ah, verstärken nennt man das. Täusche ich mich, oder liegt Thyrmantor etwas über dreihundert Meilen nördlich von hier? Hinter dem Steinhauer Gebirge, durch das noch immer kein Pass führt?" Torwald setzte seinen Becher abrupt auf der Tischplatte ab. „Da ist es natürlich verständlich, wenn nicht sogar notwendig, seine Truppen in Berendall anlanden zu lassen! Wie gut, dass wir das nun klären konnten."

„Der Kanzler wird seine Gründe gehabt haben", beugte sich Lindor unbehaglich in seinem Stuhl zurück. „Vielleicht offenbart sich Euch sein Plan ja, wenn Ihr diese Nachricht lest."

Lindor griff unter seinen Brustpanzer und zog eine flache Ledermappe darunter hervor, die mit dem goldenen Wappen von Thyrmantor gesiegelt war. Er reichte sie Torwald, der sie auch entgegennahm, dann aber vor sich auf den Tisch legte.

„Ich darf vermuten, dass mir Euer Kanzler mit diesem Schreiben seinen Schutz anbietet?“, ließ sich Torwald kühl vernehmen.

„Ich kenne den genauen Wortlaut nicht, aber ich denke, dass dies in etwa dem Inhalt der Nachricht entsprechen dürfte.“

„Was, denkt Ihr, wird Euer Kanzler tun, wenn ich dankend ablehne?“

„Fünf Regimenter anlanden und Berendall binnen einer Woche einnehmen“, beschied ihn Lindor hart. „Deshalb solltet Ihr sein Angebot lieber annehmen. Dann werdet Ihr Euer Leben behalten und auf Eure alten Tage hin beobachten können, wie ein Tempel des Darkoth innerhalb Eurer Mauern errichtet wird. Aber dies ist allemal besser, als Widerstand zu leisten. Opfert Eure Prinzipien und rettet dafür Euch und die Greifenlande.“

Der alte Graf lachte laut auf und schüttelte dann den Kopf.

„Ein Diplomat seid Ihr wahrlich nicht, Lindor“, sagte er schließlich, sichtbar erheitert. „Seit zwei Jahren schleichen die Diener Eures Kanzlers nun schon um mich und meine Barone herum. Verlockende Angebote und kostbare Geschenke haben sie uns gemacht, wie diesen Wein hier. Vielleicht habt Ihr ja herausgeschmeckt, dass er aus Eurer Heimat kommt. Ein Gastgeschenk Eures Kanzlers. Es traf zugleich mit der Forderung ein, dass man den Priestern Darkoths nicht im Weg stehen soll, wenn sie einen Ketzer bestrafen wollen. Zwei Jahre schleicht Euer Kanzler also bereits um uns herum. Und jetzt dieses Schreiben? Ich verstehe nicht, warum er seine Regimenter dann nicht schon früher geschickt hat?"

„Diese Frage weiß ich nicht zu beantworten. Ich bin nicht er."

„Ihr habt nicht die geringste Absicht, irgendwelche Zugeständnisse zu machen, nicht wahr, Lindor?", stellte der alte Graf fest.

Lindor zuckte die Achseln.

„Wofür? Wozu Zugeständnisse machen, die ich nicht werde halten können? Lord Deren will Euren Tod, und er wird ihn bekommen. Der Kanzler weiß außerdem, dass Ihr ihm nicht lange Widerstand leisten könnt. Also, wozu noch Versteck spielen?"

„Das sind klare Worte. Und ich frage Euch erneut, warum denkt Ihr, dass sie nicht schon lange zuvor gesprochen worden sind?"

„Ich vermute, dass der Kanzler zunächst glaubte, er hätte alle Zeit der Welt, um sich Berendall untertan zu machen. Schließlich seid Ihr alt und werdet bald sterben."

„Das ist gewiss, so wahr ich hier sitze", lachte der alte Graf. „Und Ihr meint, es geht ihm jetzt nicht mehr schnell genug damit? Warum, was ist geschehen?"

„Er teilt mir seine Überlegungen nicht mit, Graf", antwortete Lindor resigniert. „Vielleicht, weil er sich einem neuen Gegner zuwendet. Vielleicht hat er aber auch nur einfach nicht mehr genug Muße. Deshalb wird er sich mit Gewalt holen, was er haben will. So einfach ist das. Ihr müsst Euch damit abfinden." Er lehnte sich in seinem Stuhl zurück und betrachtete sein Gegenüber aufmerksam. Doch der alte Graf wusste seine Gedanken gut zu verbergen.

„So", meinte Torwald nach einer Weile. „Muss ich das?" Er sah in seinen Becher und trank einen kleinen

Schluck. „Ich denke nicht, dass ich das muss“, stellte er dann fest.

„Vielleicht behaltet Ihr damit sogar Recht“, sagte nun Lindor. „Ihr könnt Euer Schicksal gewiss noch abwenden, indem Ihr Eurer Göttin abschwört und Euch Darkoth unterwerft. Lord Deren will zwar Euren Tod, aber vielleicht lässt er sich ja auf einen Handel ein. Gebt ihm zudem noch ein paar Dutzend Eurer Bürger als Opfergabe für Darkoth, und er wird zufrieden sein. Bürger habt Ihr schließlich genug, während Ihr selbst nur ein Haupt habt.“

„Ein gutes Geschäft,“ bemerkte der alte Graf bitter, „sicher ganz nach dem Geschmack Beliors.“

„Ein Geschäft, das der Kanzler an Eurer Stelle ohne zu zögern eingehen würde“, erklärte Graf Lindor mit einem kalten Lächeln. „Er würde sagen, dass es nur vernünftig wäre, zumal sich die Priester ihre Opfer ja so oder so holen werden! Nur werdet Ihr mit ansehen müssen, wie man diese schreiend und winselnd vor den dunklen Altar zerrt.“

„Ich bin alt“, lächelte Graf Torwald mit einem Funkeln in den Augen. „Ich habe schon so vieles gesehen, dass ich manches nicht mehr zu sehen *brauche*. Außerdem besitze ich etwas, von dem ich mich mein Leben lang habe leiten lassen, und das werde ich auf meine alten Tage auch nicht mehr aufgeben.“

„Meint Ihr Euren Glaube und Eure Prinzipien?“, fragte Lindor spöttisch. „Seid gewiss, dass der Kanzler von solchen Dingen unbelastet ist.“

„Dessen bin ich mir sicher“, gab der alte Graf eisig zurück. „Sagt, Graf Lindor, wisst Ihr eigentlich um die Geschichte Darkoths?“, fuhr er betont gleichgültig fort.

„Nein. Ich weiß nur, dass er ein sehr alter Gott ist.“

„Ihr wisst, dass man in Alt Lytar die Göttin Mistral verehrte?“, redete der alte Graf unbeirrt weiter, und Lindor nickte.

„Ja, das weiß ich.“

„Es gibt eine alte Legende. Nach dieser forderte Darkoth von Mistral die Krone der Schöpfung. Als sie ihm diese nicht geben wollte, versuchte er ihr die Krone mit Gewalt zu entreißen. Er unterlag der Herrin der Welten. Aber einen Gott kann man nicht töten, man kann ihn nur einkerkern. Also zerschlug Mistral den gefallenen Gott in sieben Teile, deren jedes sie unter den größten ihr im Lande geweihten Tempeln einkerkern ließ, sein Haupt und sein Herz aber bannte sie unter ihr größtes Heiligtum. Dort liegen das Herz und das Haupt des dunklen Gottes noch immer, in goldene Ketten geschlagen, gehalten und gebannt durch die Macht des Glaubens an die Herrin der Welten.“

„Warum erzählt Ihr mir diese alte Legende? Verfolgt Ihr damit einen Zweck?“, erkundigte sich Lindor. Er wies auf die lederne Mappe. „Ihr wisst, dass dies der alleinige Grund für mein Kommen ist, und seid dessen versichert, der Kanzler wartet ungeduldig auf eine Antwort.“

„Dann kann er ruhig auch noch ein wenig länger darauf warten. Graf, was meint Ihr, wo befindet sich wohl Mistrals ältestes und größtes Heiligtum?“

„In Alt Lytar, wo sonst“, antwortete Lindor ungehalten. „Worauf wollt Ihr hinaus?“

„Sagt, gab es früher nicht auch einen Tempel Mistrals in Thyrmantor?“

„Ja. Aber er brannte vor ein paar Jahren ab. Ich erinnere mich daran, galt es doch als böses Omen. Und zu Recht, wie sich zeigte, denn bald darauf erkrankte der König.“

„Ich kenne die Geschichte, Lindor. Es war auch die Zeit, in der Belior ins Land kam und dem König seine Dienste als

Gelehrter anbot. Er versprach ihm Heilung. Und mit ihm kamen die dunklen Priester Darkoths. Es waren zuerst nur wenige, nicht wahr?"

Lindor zuckte die Schultern. „Drei oder vier, mehr nicht. Kommt zum Punkt, Torwald."

„Nur noch eine Frage", lächelte der alte Graf. „Habt Ihr *vor* dem Tempelbrand jemals etwas von Darkoth gehört? Und wie kommt es, meint ihr, dass sechs der größten Tempel Mistrals in den Kriegswirren Schaden nahmen?"

„Davon weiß ich wenig." Lindor beugte sich vor. „Ich warte noch immer auf Eure Antwort, Graf Torwald."

Der alte Graf nahm einen letzten Schluck und ließ seinen Blick dabei über sein Land schweifen.

„Ihr habt meine Antwort bereits erhalten. Ich kann, will und werde mich nicht vor einem Mann beugen, der den Gott befreien will, der einst die Krone der Schöpfung stehlen wollte."

Lindor blickte auf die Mappe herab und schaute dem Grafen von Berendall dann direkt in die Augen.

„Wenn dem so ist, Graf, frage ich mich, warum Ihr unser Lager überhaupt vor Euren Toren duldet? Warum erlaubt Ihr den dunklen Priestern Zutritt zu Eurer Stadt? Ich an Eurer Stelle hätte sie in diesem Fall schon längst dem Feuer übergeben!"

Torwald erhob sich.

„Die Audienz ist beendet, Graf. Ich bedaure, dass sie unter diesen Umständen stattgefunden hat, denn ich schätzte Euren Vater sehr. Aber um Euch die Antwort auf Eure letzte Frage nicht schuldig zu bleiben, verhält es sich so, dass *ich* gar nichts tun muss, da bislang noch jedes Unheil seine eigene Vernichtung auf sich herabbeschworen hat." Ein feines Lächeln umspielte die Lippen des alten Grafen. „Ich überlasse es daher Euch, Eurem treuen Begleiter, dem Hohepriester des Darkoth, zu berichten, wie diese Audienz verlaufen ist und warum er keinen Fuß über meine Schwelle setzen wird. Der Göttin Gnade mit Euch, Lindor."

„Und mit Euch", beschied Lindor steif, verbeugte sich und ging zur Tür.

„Eines noch", hielt ihn Torwald zurück, als Lindor schon die Hand auf der Klinke hatte.

„Euer Vater *war* ein Diplomat, und oftmals verhält es sich so, dass der Vater dem Sohn seine Talente vererbt. Wie ist es daher um Euer diplomatisches Geschick bestellt?"

Worauf sich Lindor noch einmal umdrehte und zu Torwald zurücksah.

„Ihr habt sie soeben erlebt", antwortete er und zog die Tür hinter sich zu.

„Das bezeichnete Lindor als Diplomatie?", schüttelte Lamar verständnislos seinen Kopf. „Da bin ja selbst ich noch ein besserer Diplomat!"

„Das mag sein", bestätigte der alte Mann. „Doch Graf Lindor war durchaus ein Mann mit vielen überraschenden Eigenschaften ..."

„Er wird Euch nicht empfangen, Eminenz", teilte Lindor dem Hohepriester nüchtern mit, der unten in der Halle auf ihn gewartet hatte. Lord Deren musterte ihn mit seinen kalten Augen und lächelte dann. Es war ein Lächeln, das nichts Gutes ahnen ließ.

„Diese Beleidigung wird der Graf noch bereuen, denn ich stehe hier stellvertretend für meinen Gott, und wer mich beleidigt, beleidigt meinen Herrn!"

„Ich denke, dass ihm das nur zu gut bewusst ist", gab Lindor unbewegt zur Antwort. „Ich habe es außerdem nicht an Deutlichkeit vermissen lassen. Graf Torwald weiß nun ganz genau, dass ihm nunmehr nur noch eine einzige Möglichkeit bleibt."

„Dann sollte er nicht länger zögern, denn lange wird meine Geduld nicht mehr währen", entgegnete der Hohepriester mit deutlicher Verärgerung. „Äußerte sich der Graf auch dazu, dass seine Leute die Diener meines Herrn nur mangelnd in ihren Bemühungen unterstützen?"

„Nein", antwortete Lindor. „Das Gespräch verlief in anderen Bahnen." Er ging weiter, während er sprach, und der Priester fiel in seinen Schritt mit ein. Entweder war es die dunkle Robe oder der Priester selbst, dachte Lindor angewidert, als ihm ein Luftzug den Geruch des Mannes zutrug; ein unangenehmer Geruch, der Lindor an modrige Keller und getrocknetes Blut erinnerte. Es würde ihn nicht wundern, wenn an der Legende, die ihm der alte Graf erzählt hatte, etwas Wahres war.

„Dann werdet Ihr härter durchgreifen müssen, Graf", meinte der Priester, als sie den Burghof erreichten. „Ich kann es nicht zulassen, dass meine Priester in dieser Stadt ungestraft getötet werden!"

Lindor sah Lord Deren an.

„Da habt Ihr Recht, Eminenz", teilte er ihm dann mit und bemerkte, dass der Priester von dieser Antwort sichtlich überrascht war. „Es wird Zeit, den Leuten von Berendall zu zeigen, wer hier das Sagen hat. Der alte Graf sitzt blind und taub in seiner Burg, sein Verstand weilt bereits zum größten Teil in der Vergangenheit! Was will er uns schon entgegenstellen? Ein paar Stadtwachen? Allein schon der Gedanke ist lächerlich!"

„Mir scheint, als habe der alte Mann auch Euch verärgert. Ich sagte Euch ja, dass er uneinsichtig und stur ist."

„Er versteht einfach nicht, was es bedeutet, uns die Stirn zu bieten", antwortete Lindor nachlässig. „Aber er wird es noch lernen. Und wenn nicht", er zuckte die Achseln, „kann es uns auch einerlei sein. Meinethalben kann er dort oben in seiner Burg sitzen bleiben und auf seinen Tod warten, wir brauchen weder ihn noch seine Zustimmung." Er blieb stehen und wandte sich dem Priester zu. „Sagt, Eminenz, wie viele Priester dienen Euch und Eurem Herrn hier in Berendall?"

„Etwas über ein Dutzend", teilte ihm der Priester mit. „Warum?" Er betrachtete Lindor eingehend, als suche er in dessen harten Gesichtszügen einen Hinweis für sein überraschendes Verhalten. Doch Graf Lindor nahm unbewegt die Zügel seines Pferdes von einem Stallburschen entgegen und saß auf.

„Weil wir die Dinge unterschiedlich sehen", sagte er schließlich. „Ihr braucht Opfer für Euren Gott, und ich brauche meine Leute, die daher nicht länger auf Eurem Altar landen sollten. Ich mache Euch einen Vorschlag."

„Und der wäre?"

„Ich überlasse es Euren Priestern, den Mörder an einem der ihren zu finden. Dazu unterstelle ich jedem von ihnen vier meiner Männer, die sie schützen werden. Eure Priester werden ihnen gegenüber weisungsberechtigt sein. Wir werden dem alten Grafen seine Machtlosigkeit demonstrieren. Was mich betrifft, braucht Ihr Euch nicht mehr um die Einhaltung der Stadtgesetze zu kümmern. Tut, was nötig ist, um die Ketzer dingfest zu machen. Im Gegenzug verlange ich von Euch, dass die Opferungen meiner Leute ein Ende haben." Der Graf machte eine weit ausladende Geste über

Berendall hinweg. „Es gibt hier genügend Ketzer, da braucht Ihr meine Leute nicht. Demonstriert die Macht und Entschlossenheit Thyrmantors zusammen mit der Stärke Eures Glaubens."

Der Priester sah Lindor argwöhnisch an.

„Was bezweckt Ihr damit, Graf?"

„Wie ich Euch bereits sagte. Ich habe etwas dagegen, dass meine Soldaten Euren Altären zugeführt werden. Sucht Euch Eure Opfer woanders."

„Hhm. Und die Soldaten, die ihr meinen Priestern unterstellt, werden die Weisungen meiner Leute befolgen?"

„Bedingungslos."

„Gut", beschied ihn der Priester. „Dann soll unser Handel gelten!"

„Je mehr ich von diesem Grafen Lindor erfahre, desto weniger gefällt er mir!", rief Lamar empört aus. „Das ist ja, als ob er diesem Priester einen Freibrief ausgestellt hätte! Wie konnte der Mann denn nur weiterhin im Einverständnis mit sich selbst leben?"

„Vielleicht hat er sich das auch gefragt", meinte der alte Mann bedächtig. „Jedenfalls war er nicht gerade bester Stimmung, als er wieder im Regimentslager eintraf ..."

„Heskel!", rief Lindor, kaum dass er die Tür zur Kommandantur geöffnet hatte, und eilte im Sturmschritt in sein Schreibzimmer. Sein erster Weg führte ihn zur Anrichte, wo er sich großzügig einen klaren Korn einschenkte, den er mit einem Schluck hinunterkippte. Danach warf er das Glas mit einer Geste des Ekels in den Kamin, wo es klirrend zerbrach.

Leutnant Heskel stand bereits in der Tür, und wenn er

das Verhalten des Grafen seltsam fand, zeigte er es jedenfalls nicht.

„Leutnant. Sucht mir die vierzig übelsten Kerle heraus, die wir haben. Solche, die dem Strang oder Kerker entronnen sind, um in der Armee zu dienen. Solche, die weder ein Gewissen noch Reue kennen. Lasst sie draußen antreten und teilt ihnen mit, dass sie ab sofort dem Hohepriester des Darkoth unterstellt sind!"

„Aber ...", begann der Leutnant, doch ein eisiger Blick des Grafen brachte ihn zum Schweigen.

„Für den Rest der Truppen verhänge ich Ausgangssperre. Niemand außer diesen vierzig Mann verlässt unser Lager. Jeglicher Kontakt zu den Bewohnern der Grafschaft wird ab sofort unter Strafe eingestellt. Von nun an werden allein diese vierzig und die Priester des Darkoth das Königreich repräsentieren!"

„Darf ich offen sprechen, Graf?"

„Wenn Ihr müsst, Heskel."

„Das ist, als ob man eine Horde tollwütiger Hunde auf Schafe loslassen würde. Wenn sie erst einmal angefangen haben, werden die Diener Darkoths kein Ende mehr finden."

„Ihr habt Recht", antwortete Lindor, ließ sich schwer in seinen Stuhl fallen und stützte seinen Kopf für eine Weile in beide Hände. Dann riß er sich zusammen und nahm wieder Haltung an.

„Aber was, wenn diese Schafe gar keine Schafe wären, sondern Wölfe?"

„Ser, ich verstehe nicht ..."

„Seit zwei Jahren lagern wir vor dieser Stadt und bedrohen sie. Und was tat der alte Graf in dieser Zeit?"

Der Leutnant schüttelte verständnislos den Kopf.

„Ich glaube, er tat nichts."

„So?", fragte Lindor. „Berendall ist eine der am besten befestigten Städte, die ich jemals sah, mit einem eigenen Hafen und einer Handelsflotte, die sich sehen lassen kann. Wir haben es mit gut dreißigtausend Einwohnern und kaum mehr als zweihundert Stadtwachen zu tun. Und mit machthungrigen, aufsässigen Baronen, die untereinander Krieg führen. Zudem haben wir einen alten Grafen vor uns, der es vermochte, diese Lande über sechzig Jahre lang zu regieren und zum Blühen zu bringen ... wenn Ihr es nicht besser wüsstet, würdet Ihr dann glauben, dass ein solcher Mann nichts tut?"

„Nein, Ser."

„So bleibt eine Frage, Heskel: Wisst Ihr es nun besser, oder nicht?"

„Ihr meint, es lässt uns nur in dem Glauben, nichts zu tun?"

„Genau das meine ich", sagte Lindor. Er lehnte sich in seinem Sessel zurück und rieb seine Schläfen.

„Aber warum?", warf der junge Leutnant erstaunt ein.

„Weil er auf etwas wartet!", antwortete der Graf. „Und Ihr habt Eure Befehle, Heskel, führt sie nun aus."

„Ja, Ser!", salutierte der Leutnant und zog die Tür hinter sich zu. Der Graf hörte, wie sich seine Schritte entfernten, und atmete einmal tief durch. Er blickte auf seine Hände herab. Es klebte kein Blut an ihnen. Es war nur für ihn sichtbar. Der Graf seufzte, stand auf und füllte sich ein neues Glas mit klarem Korn ein.

In einem hatte der Leutnant Recht, die Priester Darkoths würden wie wilde Hunde wüten. Das Glas in der Hand, trat er ans Fenster und sah hinaus. Dort, in der Ferne, hinter dem schroffen Gebirgskamm, lag Alt Lytar, und wenn der alte Graf Recht hatte, barg der Tempel dort mehr als nur ein Geheimnis.

Langsam setzte er das Glas an und trank einen kleinen Schluck. Kein Priester Darkoths hatte je vermocht, den dortigen Tempel der Mistral zu betreten, und dieser Umstand musste mehr als nur der Verderbnis der alten Stadt, dem Zufall oder irgendwelchen unglücklichen Gegebenheiten geschuldet sein.

Selbst nach der Zerstörung und all den Jahrhunderten, die seitdem vergangen waren, gab es anscheinend etwas oder jemanden, der den Tempel beschützte. Lindors Gedanken rasten nur so dahin.

Dies hier waren die Greifenlande. Untereinander zerstritten, ausgeblutet und verarmt, vom Fluch der Göttin gezeichnet. In wenigen Wochen würden hier fünf Regimenter anlanden, mehr als genug, um das ganze Land mit Gewalt zu überziehen. Zu Hause, in Thyrmantor, waren selbst die Heere anderer stolzer Königreiche nicht dazu in der Lage gewesen, Beliors Macht erfolgreich zu trotzen.

Der Prinz war über sein Alter hinaus weise. Vielleicht, weil er sein Schicksal kannte und wusste, dass er nicht sehr viel älter werden würde. Er hob sein Glas in einem stillen Gruß. Die „eisernen Drei“ waren Belior stets ein Dorn im Auge gewesen, und dennoch waren sie die besten Soldaten, die Thyrmantor je besessen hatte.

Von Belior hieß es, dass er unbesiegbar wäre.

Dasselbe hatte man einst auch vom Greifen behauptet.

Einen Moment lang stellte sich Lindor vor, wie er im Garten des Prinzen neben diesem saß und ihm die Legende von Darkoth erzählte. Was würde der Prinz wohl dazu sagen?

Der Graf kippte den Korn und blieb am Fenster stehen. Zwei Wochen noch, höchstens drei, dann würden die fünf

Regimenter hier anlanden. Vielleicht sogar mit dem Kanzler selbst.

Langsam drehte Lindor sich um, blickte blind auf seinen Schreibtisch hinab und runzelte die Stirn. Er war nun schon seit einigen Tagen hier. Und noch immer hatte ihn der Kriegsmeister der Kronoks nicht mit seinem Besuch beehrt. Die Kronoks hatten ihr Lager weiter östlich des ihren errichtet, das wusste er, aber bislang hatte er noch keinen einzigen der gefürchteten Echsenkrieger zu Gesicht bekommen. Und das war durchaus ein Anlass zur Besorgnis!

„Jetzt habt Ihr mich zum Zweifeln gebracht!", beschwerte sich Lamar. „Was hat Lindor vor? Sein Prinz ist bereit, sein eigenes Leben zu geben, auf dass es nicht länger als Druckmittel gegen Lindor und die „eisernen Drei" benutzt werden kann. Da muss Graf Lindor doch irgendeinen Plan verfolgen ... und dennoch beschreibt Ihr, dass er mit sich selbst ringt und von schlechtem Gewissen geplagt wird ..."

„Selbst wenn er jede Nacht von Dämonen heimgesucht wurde, war das immer noch zu wenig", stieß der alte Mann hervor. „Er war Soldat und im Krieg, das mag manches rechtfertigen. Aber eben nicht alles! Zumindest nicht, dass man eine wehrlose Frau vor den Augen ihrer Tochter erschlägt!" Lamar sah auf die zu Fäusten geballten Hände des Geschichtenerzählers hinab, der seinen Blick bemerkte und sich wieder etwas zu entspannen versuchte. „Jeder liebte die Sera Tylane", fügte er leiser hinzu. „In meinen Augen kann nichts von dem, was Lindor danach tat, diesen Mord jemals aufwiegen."

„Es war, wie Ihr sagtet, Krieg", meinte der Gesandte, „und im Krieg geschehen oftmals schreckliche Dinge."

„Dennoch bleibt eine jede üble Tat in ihren Folgen beste-

hen ... manchmal sogar über die Jahrhunderte hinweg", stellte der alte Mann fest. „Nur wenige werden gesühnt. Natürlich habt Ihr Recht, und das Schicksal der Sera Tylane war kein seltenes in dieser Zeit, wenn man es als Unbeteiligter betrachtet. Aber wenn man das Opfer näher kannte, sieht das anders aus und lässt sich kaum ertragen. Doch all dieses Morden hatte seinen Anfang in Lytar genommen, wo damals ein anderer als Lindor wütete. Wie sehr er wütete, und was genau die Göttin so erzürnte, erfuhren Elyra und Astrak ungefähr zur gleichen Zeit, in dem der Graf den Befehl gab, seine Mordbuben in die Stadt zu schicken ..."

„Das sind aber große Türen“, meinte Astrak beeindruckt und musterte die mächtigen bronzenen Türflügel. Sand, Staub und Erde hatten auf der obersten Stufe Verwehungen gebildet, Gräser wuchsen darauf, und auf der rechten Seite blockierte ein niedriger Busch die Tür. Astrak sah zu Lenise hinüber, die mit ihrem Wolf still neben ihnen stand.

„Gehen die nach innen oder nach außen auf?“

„Nach außen“, erwiderte Lenise lächelnd. „Ich glaube, alle Tempeltüren öffnen sich nach außen. Diese hier …“, sie fuhr mit ihrer Hand fast liebevoll über das verwitterte Metall, „schlossen sich von allein, als die letzte Priesterin der Mistral erschlagen wurde. Der Legende nach, so wie mein Großvater sie mir erzählte, wurde dadurch den Mördern die Flucht verwehrt.“

„Gibt es einen anderen Eingang?“, fragte Astrak. „Dort oben sind Fenster, warum klettern wir nicht da hindurch?“

„Es sind massive Platten aus armdickem Glas, klar wie Luft und fest wie Stein“, antwortete Lenise. „Ich war schon auf dem Dach und habe nach einer Möglichkeit gesucht, in den Tempel zu gelangen. Es gibt keine. Diese Türen hier sind der einzige Zugang … und nur eine Dienerin der Mistral kann sie öffnen.“

„Aber wie?“, fragte Elyra leise. Lenise zuckte die Schultern

„Das vermag ich nicht zu sagen. Ich weiß nur, dass Ihr sie am Ende öffnen werdet."

Andächtig legte Elyra eine Hand auf das Metall.

„Es ist warm von der Sonne", stellte sie überrascht fest. Sie sah sich im Tempelgarten um und musterte die von dichtem Grün überwucherten Flächen. „Die Verderbnis hat diesen Garten verschont", murmelte sie dann. „Die Pflanzen sehen gesund aus."

„Es gibt einen Teich im hinteren Teil des Gartens", erklärte Lenise. „Er wird von einer Quelle gespeist, der einzigen in ganz Lytar, die klares, sauberes Wasser liefert. Ohne sie hätte niemand von uns überlebt."

Elyra legte nun beide Hände auf das verwitterte Metall, doch nichts geschah.

„Diese Quelle werde ich mir später ansehen", sagte sie. Die junge Priesterin trat zurück und musterte die schweren Türen. Wie gehen sie nur auf? Es gibt nirgendwo einen Griff. Ihr sagtet, sie schlossen sich von allein?"

„So ist es überliefert. Und vor der Katastrophe sollen sie jahrhundertelang offen gestanden haben."

Astrak schüttelte den Kopf. „Es *muss* einen anderen Weg in den Tempel geben. Irgendeinen geheimen Gang, irgendwo."

„Als Kind habe ich diesen Garten erforscht, wie Hunderte andere vor mir. Alle haben wir nach einem Zugang gesucht, denn wir wollten im Tempel beten", erklärte Lenise und schmunzelte. „Wenn Ihr glaubt, mehr Erfolg zu haben als wir, Ser Astrak, so macht Euch gerne auf die Suche."

Astrak schüttelte den Kopf. „Entschuldigt, ich wollte nicht überheblich klingen." Er betrachtete die schweren Türen und runzelte die Stirn. „Allerdings haben wir Erfahrung darin, verschlossene Türen zu öffnen."

„Ich glaube nicht, dass wir diese hier ebenfalls mit unserem Schwert aufschließen können“, wandte Elyra ein. „Aber vielleicht mit etwas anderem.“ Sie trat zurück und musterte das Relief, das beide Türflügel bedeckte. Es war das alte Zeichen der Göttin, der Stern in einem Kreis. Sie griff unter ihre Robe, zog das schwere Symbol ihres Glaubens hervor und hob es in die Höhe. Es war warm in ihren Händen und glänzte golden im Licht der Sonne.

Dann trat sie näher an das Tor heran und erkannte nun, dass sich im Zentrum des Symbols eine Aussparung im Metall befand, die genau dem Stern in ihrer Hand entsprach.

„Heb mich bitte mal hoch, Astrak“, sagte sie.

Astrak nickte, trat an sie heran und legte seine Hände an ihre Hüften. Er war nicht gerade der Kräftigste, aber Elyra wog auch nicht sehr viel. Er holte tief Luft und stemmte sie hoch. Beim ersten Versuch Elyras, das Amulett in die Aussparung zu setzten, verkantete es sich. Die Priesterin löste es wieder und drehte es ein wenig, sodass die Öse für die schwere goldene Kette direkt nach oben zeigte, dann presste sie es erneut in die Öffnung.

Diesmal war ein leises Klicken zu hören, und einen Moment später begann es tief unter ihnen im Boden zu knirschen und zu poltern, als ob dort ein schwerer Mühlstein mahlen würde.

„Gegengewichte!“, rief Astrak begeistert, während er Elyra wieder herunterließ. „Es ist ein Mechanismus mit Gegengewichten und keine Magie!“

Ein unmerkliches Zittern erfasste das Tor, und während das Knirschen und Poltern im Untergrund immer lauter wurde, öffneten sich die massiven Türflügel. Erst langsam, dann immer schneller schwangen sie auf und schoben dabei Sand und Pflanzen mühelos beiseite.

Hastig traten die drei zurück, und die Türen schlugen dumpf gegen die Eckpfosten, so hart, dass es schien, als würde die Erde beben! Staub und Dreck rieselten von oben herab, und modrig riechende Luft schlug ihnen aus dem Inneren des Tempels entgegen, den seit der Katastrophe niemand mehr betreten hatte. Vor ihnen öffnete sich ein Gang, gut acht Schritt breit und hoch, an dessen Wänden farbenprächtige Mosaike die Göttin und ihr Wirken preisten. Zwei Türen, die jedoch verschlossen waren, führten zu beiden Seiten ab. Der Gang gab die Sicht frei auf die Haupthalle, die kreisrund war wie der Tempel selbst. Zur Mitte hin senkte sich der Boden stufenförmig ab, wie bei in einem Amphitheater. Und dort, in der Mitte, direkt unter der gläsernen Kuppel, die das Dach des Tempels abschloss, befand sich der reich verzierte goldene Altar. Etwa einen Schritt darüber schwebte silbern schimmernd die Statue der Mistral. Sie war von der Größe eines Menschen und so präzise gearbeitet, dass sie ihnen beinahe wie ein lebendes Wesen erschien!

Die Figur stellte eine junge Frau dar, mit zierlichen Gesichtszügen und ausgeprägten Wangenknochen, gekleidet in der eleganten Mode des erstens Reichs. Mit geschlossen Beinen schwebte sie über dem Altar, die Arme etwas angewinkelt, die Lippen leicht geöffnet, aber ihre Augen waren zu. Ihr knöchellanges Haar war kunstvoll mit feinen Ketten und Kämmen gehalten und wehte hinter ihr in einem nicht spürbaren Wind.

Dann geschah das Wunder.

Die silbrig schimmernden Augenlider der Statue hoben sich, und strahlend blaue Augen sahen fragend zu den drei

Jugendlichen hinüber, den ersten Menschen, die nach so langer Zeit den Tempel betreten hatten.

Neben Astrak schluchzte Lenise auf, während Elyra langsam zu Boden sank. Tränen flossen ihr die Wangen herab. Astrak aber stand da und war nicht imstande, sich zu bewegen, so ergriffen war er von dem Anblick.

„Ich ... ich kann sie *sehen*!", schluchzte Lenise neben ihm. „Ich kann sie sehen, so als ob ich Augen hätte ... sie ist wunderschön ..."

„Astrak!", ermahnte Elyra ihren Begleiter, der sich noch immer nicht rührte, und zog ihn am Ärmel, bis auch er niedersank. Irgendetwas knirschte unter seinen Knien, doch er achtete nicht darauf. Er war gefangen von dem Blick der blauen Augen, die bis in die Tiefen seiner Seele zu sehen schienen.

Dann fing Elyra an zu singen. Tränen stiegen Astrak in die Augen, als er die alte Weise erkannte, mit der sie die Göttin pries und ihr dankte für das Leben und für alles, was die Welten zusammenhielt!

Andächtig senkte Astrak den Blick – und sah geradewegs in die leeren Augenhöhlen eines ausgetrockneten Leichnams. Was unter seinem Knie geknirscht hatte, war eine verdörrte Hand, die ein verrostetes Schwert umschlossen hielt.

„Göttin!", rief er entsetzt und sprang wieder auf.

Elyra warf ihm einen bösen Blick zu, doch sie stockte nur kurz und setzte dann ihren Gebetsgesang fort. Ihre klare Stimme erfüllte den alten Tempel und erreichte auch Delos und seine Männer, die vorsichtig nähergekommen waren und nun andächtig vor den Tempelstufen knieten.

Der letzte klare Ton aus Elyras Kehle verhallte, einen langen Moment schien er noch in der Luft zu liegen, dann war Stille.

„Astrak“, sagte die junge Priesterin leise, aber unverkennbar erzürnt. „Wenn du mich noch einmal im Betgesang unterbrichst ...“

„Ich habe auf einem Toten gekniet“, protestierte der Gescholtene und zeigte auf die Kochen zu seinen Füßen. „Da muss man sich doch erschrecken!“

„Nun gut“, sagte Elyra, „es sei dir verziehen.“ Sie musterte den Toten. „Er hält ein Schwert in der Hand ... und dieser Kerl hier einen großen Dolch ... und beide tragen eine Rüstung!“

„Priester waren sie bestimmt nicht“, stellte Astrak fest. Er sah zu Lenise hinüber, die immer noch kniete, das Gesicht zur Statue der Göttin gewandt. „Es scheint, als ob Eure Legenden wahr wären. Der Tempel wurde auch den Mördern zum Grab.“

„Nicht allen“, entgegnete die junge Frau. „Einer konnte entkommen, bevor das Tor sich schloss ... Aber welches Wunder macht, dass ich Sie *sehen* kann?“, flüsterte sie dann.

Astrak sah erneut zur Statue der Göttin hinüber. Ihre Augen waren wieder geschlossen, doch noch immer schien ein sanftes Lächeln auf ihren Lippen zu liegen.

„Die Statue selbst ist ein Wunder“, stellte Astrak fest. „Ich kenne den Glanz dieses Metalls, es ist Quecksilber ... unmöglich, daraus eine Statue zu erschaffen, denn es fließt wie Wasser. Es muss Magie sein, die ihr die Form verleiht. Vielleicht ist es das, was Ihr seht, vielleicht seht Ihr diese Magie.“

„Es ist wohl eher göttlicher Wille, Astrak“, entgegnete Elyra ernst. „Mistral *will*, dass wir Sie so sehen.“

„Und was unterscheidet Ihren Willen von Magie?“, erkundigte sich Astrak, und Elyra seufzte.

„Irgendwann werde ich Ihre Schriften studiert haben und mehr von Ihrer Weisheit wissen. Dann werde ich es dir erklären.“ Sie wischte sich mit der Hand die Tränen aus den Augen und sah sich im Eingangsbereich um. Als sie ein Bündel zusammengefallener Knochen erblickte, gehüllt in die gelbe Robe der Priesterschülerinnen, schluckte sie heftig. Das Skelett war so klein und zierlich, dass es nur von einem jungen Mädchen stammen konnte, kaum mehr als zehn Jahre alt.

Astrak folgte ihrem Blick und sah dann wieder zu den schwer bewaffneten Skeletten zu ihren Füßen. Sie steckten in prächtigen, gut erhaltenen Rüstungen, ähnlich denen, die die Hüter trugen.

Er hoffte nur, dass sie sich, anders als die Hüter damals, niemals wieder erheben würden. Er stutzte, als er ein Symbol auf den Brustpanzern der Toten erkannte, einen Greifen mit einer Krone darüber.

„Das waren offenbar Soldaten der königlichen Garde“, stellte er verwundert fest. Vorsichtig traten er und Elyra näher heran, während Lenise noch zögerte. Astrak kniete sich neben einen der Toten und schob mit seinen Fingern behutsam ein paar braune Knochen und einen Dolch zur Seite. Eingeritzt in den Stein, der darunter sichtbar wurde, standen zwei Worte.

„Vergebt uns“, las Elyra leise vor.

„Das fällt einem nicht leicht“, sagte Astrak mit belegter Stimme, als er die anderen Skelette musterte, die hier im Vorraum des Tempels lagen. Die allermeisten von ihnen waren in Roben gehüllt, ähnlich derjenigen, die Elyra nun trug, nur dass sie nicht weiß waren, sondern von einem hellen Gelb. Ähnlich wie die Rüstungen waren auch die Roben gut erhalten, und die rostroten dunklen Flecke darauf waren ebenso zu erkennen wie die Risse im Stoff. Astrak war kein Fährtenleser wie Garret, aber auch für ihn lag auf der Hand, was einst hier geschehen war.

„Sie müssen mit gezogenen Schwertern hereingestürmt sein“, folgerte er, während er einen zierlichen Schädel studierte, der ein Stück entfernt von ihm am Boden lag und die Spuren eines tödlichen Schlags trug. „Sie fingen sofort an zu morden … diese Frau dort liegt mit dem Gesicht zu uns, sie rannte nicht einmal weg, die anderen, hier und hier, wurden von hinten erschlagen, wahrscheinlich, als sie versuchten, ins Innere des Tempel zu fliehen.“

„Dies hier“, meinte er dann und wies auf ein weiteres Skelett, das Reste von der einfachen Kleidung eines Bauern trug und über einem anderen, kleineren Skelett lag. „Dies hier war keine Priesterin, sondern ein Gläubiger, der hergekommen war, um zu beten. Er warf sich schützend über das Kind! Seht, sein Unterarm ist zersplittert, und hier und dort … das stammt von Schwerthieben. Der letzte Streich ging durch ihn hindurch und traf auch das Kind unter ihm …“

Fassungslos schüttelte er den Kopf.

„Wie kann man nur in einem Tempel morden? Wie kaltherzig muss man sein, um Blut an einem solchen Ort zu vergießen?“

Elyra sagte einen Moment lang nichts, dann richtete sie sich kerzengerade auf und trat auf die oberste Treppenstufe, um sich dem Sergeanten Delos und seinen Männern zuzuwenden, die durch den Eingang zu ihnen hereinschauten.

„Tretet ein in das Haus unserer Göttin. Erweist Ihr Ehrfurcht und Dankbarkeit dafür, dass Sie uns die Tore zu Ihrem Haus geöffnet hat. Und dann … dann tragt diese armen Leute hinaus. Behandelt sie mit Respekt und legt sie an den Rand des Weges. Achtet darauf, dass die Überreste eines jeden Opfers zusammenbleiben, damit wir sie in Ehren bestatten können. Die Überreste der Mörder aber werft in die Erdspalte ... sie haben kein Grab verdient!“

Delos nickte und führte das Zeichen des Sterns aus. Er sah an Elyra vorbei und ließ seinen Blick über die Spuren dieser vergangenen Untat gleiten. „Also ist es wahr. Die Priesterinnen wurden erschlagen, und die Göttin verhängte Ihr Strafgericht“, stellte er ehrfürchtig fest. „Dürfen wir denn überhaupt ...“

„Habt keine Furcht. Sie hat uns vergeben. Ihre Gnade erlaubte uns, die Stadt von der Verderbnis zu befreien, der Fluch ist von uns genommen. Ihr Haus steht jedem, der glauben will, offen.“ Elyras Stimme wurde härter. „Aber ich will, dass der Tempel gereinigt wird von den Spuren dieser Schandtat!“

Delos zupfte sich an seiner Locke und verbeugte sich tief, dann traten er und seine Leute andächtig ein. Sogleich begannen sie, die sterblichen Überreste zu sortieren, um die Gebeine dann hinauszutragen.

Unterdessen drangen Elyra, Astrak und Lenise mit ihrem Schreckenswolf in die große Halle des Tempels vor. Über drei Stockwerke erstreckten sich an ihren Wänden die Schlaf- und Arbeitsräume der Priesterinnen, die über weit geschwungene Treppen zwischen den Galerien zu erreichen waren. Überall waren die Spuren des Gemetzels zu erkennen, es mussten Dutzende gewesen sein, die man hier abgeschlachtet hatte. Nicht alle Opfer trugen die Reste gewöhnlicher Kleidung, viele waren nur in leichte Nachtgewänder gehüllt.

„Sie haben den Tempel in der Nacht überfallen“, stellte Astrak betroffen fest. Trok, Lenises Schreckenswolf, winselte leise. Er lief geduckt und mit eingekniffenem Schwanz neben ihnen her, und immer wieder hob er die Nase und witterte. Es sah aus, als ob das Ungeheuer nicht weniger trauern würde als sie selbst.

„Spürt er, was hier geschehen ist?“, fragte Astrak leise Lenise, während Elyra voller Ehrfurcht vor den goldenen Altar trat. Dort lagen die sterblichen Überreste einer Frau, gehüllt in eine Robe ähnlich der Elyras und mit dem schweren Symbol des Sterns auf der zerfallenen Brust, ein Schwertstreich hatte es beschädigt.

„Er fühlt und denkt das Gleiche wie wir und trauert um die Toten“, teilte Lenise Astrak mit und sah ihn dabei leicht überrascht an.

„Wie ist das möglich?“, fragte Astrak.

„Habt Ihr es noch nicht verstanden?“ entgegnete sie leise. „Er ist einer von uns. In seiner Brust schlägt ein menschliches Herz, sein Geist, sein Intellekt, sein Wesen entsprechen den unseren, er ist nicht weniger Mensch als du.“

Trok musterte Astrak und zwinkerte ihm mit seinem blauen Auge zu. Dann sah er zu Lenise hoch, die kurz darauf leise zu lachen begann.

„Ich soll Euch von ihm sagen, dass die Erscheinung nichts über das Wesen eines Geschöpfes sagt. Hässlichkeit …“

„Hässlich ist er nicht!“, unterbrach Astrak sie. „Er ist mir etwas fremd, aber auf seine Art perfekt gelungen!“

Trok sah erneut zu Lenise hoch, die nun laut auflachte, das erste befreiende Lachen an diesem Ort nach so vielen Jahrhunderten.

„Er sagt, seine Gestalt habe auch ihre Nachteile.“

„Und welche?“

„Mit Pfoten lassen sich die Seiten von Büchern nur schwer umblättern!"

„Astrak, bitte hilf mir mal!", rief in dem Moment Elyra, die hinter den Altar getreten war.

„Ich komme!", erwiderte er, und mit einem entschuldigenden Blick zu Lenise und Trok eilte er zu ihr hinüber.

Elyra stand vor einer Treppe, die hinabführte zu einer goldverzierten Tür unter dem Altar. Wie das Eingangstor besaß auch diese Tür eine Aussparung für das heilige Symbol der Göttin. Auf den Stufen davor lagen die sterblichen Überreste einer weiteren Priesterin, so als wollte diese noch im Tode den Zugang versperren.

Astrak half Elyra, die Überreste der Erschlagenen einzusammeln. Er wickelte sie sorgsam in die alte Robe der Priesterin ein und trug das Bündel dann hinaus zu den Gebeinen der anderen, die nun den Weg zum Tempel säumten. Delos stand da und wischte sich mit einem Tuch über die Stirn. Die Mittagssonne stand hoch am Himmel, und es war warm.

„Bis jetzt haben wir vierunddreißig geborgen", stellte Delos mit belegter Stimme fest.

„Mit ihr sind es fünfunddreißig", sagte Astrak leise, während er das Bündel vorsichtig ablegte. „Was für ein Gemetzel." Er sah hinüber zur anderen Seite, wo vier Haufen in Rüstungen darauf warteten, in die Erdspalte geworfen zu werden. „Sind das alle?"

„Ja", antwortete Delos. „Bis jetzt jedenfalls. Es waren vier Soldaten, schwer gerüstet und mit Schwertern bewaffnet, mehr brauchte es offenbar nicht."

„Hätte man sie nicht in die Flucht schlagen oder sich zumindest wehren können?"

„Vielleicht", entgegnete Sergeant Delos nachdenklich.

„Aber die meisten Opfer waren Frauen, viele davon im Nachtgewand. Ohne Vorwarnung stürmen vier schwer bewaffnete Männer herein und gehen sofort zum Angriff über … es ist Nacht, es ist dunkel …" Der Soldat schüttelte den Kopf. „Sie werden nicht einmal verstanden haben, was mit ihnen geschah." Er sah an Astrak vorbei ins Leere. „Ich habe solche Szenen schon öfter gesehen. Und manches Mal war es meine eigene Klinge, von der das Blut tropfte."

„Ihr habt Unschuldige erschlagen?"

Delos sah ihn ernst an.

„Im Krieg leiden fast immer nur die Unschuldigen. Und manchmal ist es … wie ein Rausch. Ich habe gesehen, was einer von ihnen vor der Tür in den Boden ritzte: ‚Vergebt uns' …" Er zuckte die Schultern. „Nun frage ich mich, ob ich eher auf Vergebung hoffen darf als diese hier."

„Das müsst Ihr Elyra fragen", meinte Astrak rau. „Ich weiß nur, dass es am schwersten ist, sich selbst zu vergeben."

„Manche Dinge *kann* man sich auch nicht vergeben!"

Astrak öffnete den Mund zu einer Erwiderung, doch der Soldat schüttelte den Kopf. „Wenn ich darüber rede, dann vielleicht mit *ihr*." Er sah zum Tempel zurück. „Ich mache jetzt weiter", sagte er dann, als Astrak wortlos nickte. „Es gibt noch einiges zu tun."

Als Astrak wieder zurück am Treppenabgang war, stand die Tür unter dem Altar bereits offen. Von unten hörte er gedämpfte Stimmen heraufdringen, Trok aber lag noch oben vor den Stufen.

„Gehst du nicht mit hinunter?“, fragte ihn Astrak. Der Schreckenswolf hob den mächtigen Kopf, schüttelte ihn und ließ ihn wieder auf seine Vorderpfoten sinken, ohne dabei die Augen vom geöffneten Zugang zu nehmen.

„Wozu diente dieser Raum?“, hörte Astrak Elyra fragen, als er unten ankam.

„Vermutlich als Archiv“, meinte Lenise. „Doch genau weiß ich es nicht. Ich denke aber, dass Ihr hier Antworten auf Eure Fragen finden werdet.“

Die Stimmen kamen vom anderen Ende des Gangs, der sich vor Astrak öffnete. Anders als erwartet, war es hier unten nicht dunkel; ein leichter Schimmer ging von den Deckensteinen aus, genug Licht, um sehen zu können.

Astrak folgte den Stimmen und fand die beiden Frauen in einem großen kreisrunden Gewölbe am Ende des Gangs. Regale mit Schriftrollenbehältern und dicken Büchern füllten den Raum. Elyra und Lenise standen in dessen Mitte vor einem Lesepult, über dem eine kristallklare, ein helles Licht spendende Kugel schwebte. Wenn Astrak sich nicht täuschte, befand sich dieses Pult direkt unter der Statue der

Göttin. Ein dickes, in Leder gebundenes Buch lag aufgeschlagen darauf, daneben befanden sich Schreibutensilien, feine Federn, ein silbernes Messer sowie ein aus kostbarem Kristall geschliffenes Gefäß, das noch Reste eingetrockneter Tinte erhielt.

In dem Moment, als Astrak zu ihnen trat, blies Elyra den Staub von den aufgeschlagenen Seiten. Nur ein Satz stand dort: „Mit der Gnade der Göttin."

Die junge Priesterin blätterte eine Seite zurück und beugte sich vor.

„Es ist ein Geständnis", sagte sie erstaunt. „Oder eher eine Anklage, die vor die Hohepriesterin gebracht wurde!" Sie blätterte eine Seite zurück, las ein paar Absätze und zog scharf die Luft ein. Dann sah sie hoch zu Astrak.

„Es scheint eine Art Tagebuch zu sein", erklärte sie ihm. „Die Hohepriesterin hat alles Wichtige darin vermerkt, unter anderem Beichten, Gebete, Predigten, und eben auch dies: eine Anklage! Ich glaube, Astrak, hier liegt die Antwort auf unsere Fragen, ganz wie Lenise es vermutet hat. Hör einmal, was die Hohepriesterin zuletzt notierte:

„Heute Nacht kam die Prinzessin zu mir in den Tempel, verhüllt, in einfacher Kleidung und ohne die Begleitung ihrer Leibwache. Ich hatte mich schon zur Ruhe begeben, doch sie bestand darauf, mich zu sprechen. Osleen bat sie zu warten und weckte mich. Sie berichtete mir alles und sagte, die Prinzessin sehe fürchterlich aus. Ich empfing sie in meinen Räumen und fand Osleens Eindruck bestätigt: Die Prinzessin war bleich und nervös, ihre Augen waren gerötet, als hätte sie geweint, und ihre Stimme klang belegt. Auch blutete sie aus einer tiefen Wunde. Sie bat Osleen zu gehen, denn was sie zu berichten habe, sei nur für meine Ohren und die der

Göttin bestimmt. Nachdem Osleen gegangen war, teilte die Prinzessin mir mit brüchiger Stimme mit, sie sei Zeugin eines ungeheuerlichen Verbrechens geworden und wisse nun nicht, was sie tun solle, denn der Täter stände über dem Gesetz.

Folgendes war geschehen: Der Prinz war für Sera Farindil entflammt, die Gesandte der Elfen. Als diese ihn zurückwies habe er sich erzürnt und ihr Gewalt angetan. Ser Ares, der Verlobte der Prinzessin und zweiter Gesandter der Elfen, habe versucht, weiteres Unheil zu verhindern. Doch auf Befehl des Prinzen wurde er von dessen Leibgardisten überwältigt und mit der Fackel geblendet. Mit letzter Kraft habe Ser Ares das Quartier der Prinzessin erreicht, wo diese ihn schwer verletzt und dem Tode nahe vorfand. Als die Prinzessin von den fürchterlichen Taten ihres Bruders erfuhr, suchte sie dessen Gemächer auf und fand dort die Sera Farindil übelst geschunden vor, denn auf Befehl des Prinzen vergingen sich soeben seine Leibgardisten an ihr. Die Prinzessin habe dem Einhalt geboten und ihren Bruder zur Rede gestellt. Es sei zu einem Streit gekommen, in dessen Verlauf der Bruder sein Schwert gezogen und versucht habe, die eigene Schwester zu erschlagen. Schwer verletzt, sei es ihr nur durch die Gnade der Göttin gelungen, sich des Angriffs zu erwehren und ihren Bruder in die Flucht zu schlagen. Dessen Leibgardisten hätten nicht eingreifen können, da sie durch ihren Eid auch an die Prinzessin gebunden waren. Sie befürchtet nun, dass der wahnsinnige Jähzorn, unter dem der Prinz von Jugend an leidet, ihn dazu bringen könne, sich anzueignen, was ihm verwehrt worden war! Er habe zudem angedroht, die Entscheidung des hohen Rats und der Priesterschaft, sie, die Prinzessin, zum Erben des Throns von Lytar zu ernennen, nicht zu akzeptieren! Das Bedenklichste aber sei die zornige Aussage ihres Bruders gewesen, dass er sich mit einem Gott verbündet habe, um der verfluchten Priesterschaft der Mistral sein rechtmäßiges Erbe abzuringen, und dass dieser Gott ihm versprochen habe, er, Belior, würde nicht eher sterben, bis er endlich die Krone in seiner Hand hielte. Mit der Gnade der Göttin war es mir möglich, die Wunde der Prinzessin zu schließen. Ich gab Anweisung, den Prinzen nicht im Tempel zu empfangen, und eile nun mit den Schwestern Osleen und Esirlene zum Palast, um dem Gesandten der Elfen, Ser Ares, Beistand zu leisten. In all meiner Zeit als Priesterin ist mir ein solcher Jähzorn wie der des Prinzen nicht untergekommen. Ich bete um den Beistand der Göttin und hoffe inständig, dass sich ein Krieg mit den Nationen der Elfen noch vermeiden lässt, auch wenn der Preis dafür das Haupt des Prinzen ist!"

Elyras Stimme verstummte. Astrak sah von dem aufgeschlagenen Buch zu ihr hoch. „Das steht dort so geschrieben?" Elyra nickte schwer.

„Göttin!", hauchte Astrak. „Der Prinz tut einer elfischen Gesandten Gewalt an, blendet den Verlobten seiner eigenen Schwester und versucht diese dann zu erschlagen, um in den Besitz der Krone zu gelangen? Und anschließend fordert die Hohepriesterin der Mistral seinen Kopf als Pfand, um einen Krieg mit den Elfen zu verhindern?"

„Ja, so steht es hier."

„Besitzt du nicht ein Buch mit einem Bild, das die Prinzessin und ihren Bruder zeigt, wie sie beide nach der Krone greifen? Ich kann mich daran noch gut erinnern! Die zwei waren doch Zwillinge, nicht wahr? Wie kann ein Bruder seiner Schwester nur so etwas antun? Welcher Mann fällt über eine Frau her, nur weil sie ihn ablehnt?" Astrak schüttelte verständnislos den Kopf. „Alles, was geschah: die Katastrophe, der Untergang des Reiches und der Stadt, all das ist nur geschehen, weil ein Mann es nicht vertragen konnte, zurückgewiesen zu werden? Dafür lehnt er sich gegen die göttliche Ordnung auf? Das kann doch nicht wahr sein!"

„Nicht jeder ist wie du, Astrak", sagte Elyra. Obwohl ihre Augen feucht waren, lächelte sie, dann beugte sie sich vor, um Astrak einen Kuss auf die Wange zu geben. „Ändere dich nie", fügte sie leise hinzu. „Dann wirst du immer in der Gunst der Göttin stehen."

„Ich habe nicht vor, mich zu ändern", meinte Astrak. „Aber eines macht mir Sorgen: In dem Bericht steht, dass Belior sich mit einem Gott verbündet habe. Kann das denn sein?"

„Es ist so", meldete sich Lenise zu Wort. „Belior ist der dunkle Prinz, er war es, der das Strafgericht der Göttin heraufbeschwor und Verderben über die Stadt und das Reich brachte. Nun greift er erneut nach der Krone."

„Aber wieso lebt er noch?"

„Denk an Meliande", sagte Elyra. „Auch sie lebt wieder, weil ein Gott ihr seine Gunst erwies."

Lenise hob ruckartig den Kopf.

„Die Prinzessin lebt?", fragte sie überrascht. „Wenn das stimmt, dann besteht Hoffnung, denn Meliande war schon immer stärker als ihr Bruder und wurde ihm von der Göttin vorgezogen!"

Astrak verschluckte sich und hustete.

„Meliande ist die Prinzessin? Beliors Schwester?", stieß er ungläubig hervor.

„Ja", antwortete Lenise. „Sie war es auch, die noch vor dem Strafgericht der Göttin Tausenden das Leben rettete, indem sie ihnen befahl, die Stadt zu verlassen."

„Göttin!“, hauchte Astrak, als sich ihm die Dinge zu einem völlig neuen Bild zusammenfügten.

„Entschuldigt!“, sagte er rasch und verbeugte sich vor den Seras. „Ich muss dringen meinen Vater aufsuchen, er sollte davon erfahren. Wollt Ihr mich begleiten, Sera Lenise?“

„Besser nicht“, antwortete die junge Frau leise. „Mein Anblick würde ihn erschrecken. Ich bin ein Ungeheuer, habt Ihr das vergessen? Nicht weniger verdorben und verdreht, als Trok es ist. Außerdem werde ich bestimmt nicht ohne ihn gehen.“

Astrak lachte. „Ihr unterschätzt meinen Vater“, sagte er grinsend. „Kommt beide mit mir, er wird sich freuen, Euch kennen zu lernen.“ Der Sohn des Alchimisten hielt inne. „Und sicherlich möchte er bald Euren Anführer sprechen. Wenn Ihr mich begleitet, könntet Ihr ein solches Treffen vorbereiten.“

„Wäre es nicht besser, dein Vater käme hierher?“, meinte Elyra. „Er muss doch begierig darauf sein, den Tempel zu sehen und vor der Statue der Göttin beten zu können.“

„Ja, da hast du wohl Recht!“, stimmte Astrak zu.

„Dann geh ihn holen. Aber achte gut auf dich.“

„Das werde ich. Was ist mit Euch?“

„Es gibt hier unten noch viel zu tun“, antwortete Elyra. „Und ich haben noch einige Fragen an Lenise.“

„Also gut“, entschied Astrak. „Dann nehme ich Delos und zwei seiner Leute mit und sehe zu, dass wir so schnell wie möglich wieder zurück sind.“ Er sah sich in der unterirdischen Kammer um.

„Ich kann noch immer nicht glauben, was wir hier erfahren haben. Aber ich weiß schon, wer uns das alles erklären wird.“

„Verrätst du es uns?“, wollte Elyra wissen.

„Ser Ariel natürlich“, antwortete Astrak. „Ich habe schon immer vermutet, dass er mehr weiß, als er zugibt.“

Elyras Augen weiteten sich.

„Du meinst, er ist der zweite Gesandte der Elfen, der Verlobte der Prinzessin?“

„Kennst du noch andere Elfen, die vom Feuer geblendet wurden und sowohl die Sera Bardin als auch Meliande gut zu kennen scheinen?“, fragte Astrak.

„Also ist die Sera Farindil eine Gesandte der Elfen gewesen?“, folgerte Lamar. „Mehr als das“, antwortete der alte Mann. „Sie ist eine Prinzessin. Ihre Mutter war oder besser ist die Königin der Elfen.“

„Und Ares? Ich meine Ariel?“

„Er ist der Bruder der Sera Farindil. Nachdem sich die Armeen von Menschen und Elfen am Ende des ersten Zeitalters zum letzten Mal gegenübergestanden hatten, verfügte die Göttin, dass fortan eine Prinzessin der Elfen nach Lytar entsandt werden solle, sobald dort ein Prinz alt genug war, um sich zu verbinden. Aus diesem Grund waren Ser Ares und die Sera Farendil in Lytar. Sie sollten durch ihre Vermählung die Bande zwischen Elfen und Menschen fester knüpfen.“

„Ares war also auch ein Prinz?“

„Nein“, sagte der alte Mann. „Bei den Elfen gibt es ein Matriarchat und daher keine männlichen Thronerben.“

„Hhm“, brummte Lamar nachdenklich. „Die Sera Farindil war also in Lytar, um sich mit dem Prinzen zu vermählen. Doch sie weist ihn zurück. War ihr das überhaupt gestattet?“

Der Geschichtenerzähler zog an seiner Pfeife. „Diese Frage hat sich bislang niemand gestellt. Ich denke, dass sie es durfte. Seht Ihr, es ist nicht unüblich, Vermählungen zu ar-

rangieren. In unserem Tal war es sogar notwendig, um Inzucht zu verhindern. Aber dennoch stand es jeder Frau und jedem Mann frei, abzulehnen, selbst wenn sie dann innerhalb des Tals keine Verbindung mehr eingehen konnten. Auch wenn es um einen Thron geht, bedarf eine Heirat des Segens der Göttin. Und den erteilt sie nur dann, wenn ein jeder frei und ohne Zwang vor sie tritt.“

„Wenn es so ist wie bei uns“, sagte Lamar nachdenklich, „dann wird man das Brautpaar kaum gebeten haben, diese Frage aufrichtig zu beantworten. Vermutlich hat sich die Sera Farindil mit ihrer Entscheidung gegen den Willen ihrer Mutter gestellt, das ist ihr gewiss nicht leichtgefallen. Dieser Prinz muss sehr … abstoßend auf sie gewirkt haben. Sagt … war er entstellt?“

„Ganz im Gegenteil“, erklärte der Geschichtenerzähler. „Nach allem, was ich weiß, war er außerordentlich gut gebaut und schon in seinen jungen Jahren erfolgreich beim anderen Geschlecht. Es gab keinen Mann, der ihm beim Lanzengang oder im Schwertkampf gewachsen war. Sein Talent zur Kriegführung bewies er bei Grenzkonflikten, und stets kam er siegreich und als Held zurück. Man bewunderte und respektierte ihn.“

„Aber die Priesterinnen entschieden dennoch, dass die Krone an Prinzessin Meliande gehen sollte.“

„So habe ich es verstanden“, bestätigte der alte Mann nickend. „Man achtete und respektierte den Prinzen. Vielleicht fürchtete man ihn auch, denn er galt als jähzornig. Aber Meliande wurde geliebt. Zudem …“ Ein Schmunzeln huschte über sein Gesicht. „Hörte ich, sie sei die Einzige gewesen, die ihn im Kampf besiegen konnte, und das, obwohl sie an der Kriegskunst deutlich weniger Gefallen fand als an den Künsten des Bardentums und der Magie. Er bestand auf seinen

Privilegien, und er nutzte sie, sie jedoch kümmerte sich wenig darum. Während er den Palast nur mit seinem Gefolge verließ, fand man sie auf dem Marktplatz, wo sie sich kaum anders gab als andere.“

„Also sah das Volk ihn als Helden an und sie als eine von ihnen.“

„Das nun auch wieder nicht“, sagte der alte Mann lächelnd. „Meliande war außergewöhnlich, und jeder wusste, wer sie war. Es gab einen anderen, weitaus einfacheren Grund, weshalb die Priesterschaft sie zur Herrscherin von Lytar machen wollte. Meliande kannte Gnade. Belior dagegen nicht.“

„Eine Herrschaft ohne Gnade ist Knechtschaft“, zitierte Lamar und runzelte die Stirn. „Das kam mir gerade in den Sinn. Aber woher stammt das Zitat?“

„Aus dem Buch der Göttin“, sagte der alte Mann lächelnd. „Ihr findet diese Worte auf den Altarsteinen in ihren Tempeln.“

„Wie ging es weiter?“, fragte Lamar.

„Nun, Astrak gelangte ohne Probleme zum Hauptlager in Lytar. Zur gleichen Zeit erreichten auch die Freunde und die Sera Farindil die Stadt Berendall …“

„Ich dachte, Berendall wäre kaum mehr als ein größeres Dorf“, sagte Garret leicht überrascht, als die massiven Mauern der Stadt in der Ferne sichtbar wurden. „Hätte ich zuvor nicht die Ruinen von Alt Lytar gesehen, wäre ich wohl noch weitaus mehr beeindruckt ... aber bei der Göttin, diese Stadt ist noch immer groß genug!“

„Ich schätze, es leben etwa dreißigtausend Menschen dort“, teilte ihm die Sera Bardin mit. „Berendall ist das Zentrum der Greifenlande, und das war es seit jeher. Schon vor dem Kataklysmus spielte es eine wichtige Rolle. Auch damals schon beschränkte der Pass im Norden den Zugang zum Tal. Der größte Teil des Warenverkehrs wurde von hier aus mit Schiffen nach Lytar verfrachtet.“

„Das erklärt dann auch die massiven Wälle“, meinte Garret und wich mit seinem Pferd einem entgegenkommenden Lastkarren aus. „Schwer vorzustellen, dass man die Stadt erfolgreich belagern kann!“

„Es gibt Belagerungsmaschinen, die schwere Steine über die Mauern werfen können. Außerdem Magie, Krankheit, Hungersnöte und Verrat. Belior verfügt über eine Flotte, die den Hafen blockieren kann. Zudem fehlen dem Grafen von Berendall die Mittel, um die Mauern instand zu setzen, Vorräte anzulegen oder eine Armee aufzubauen. Was nützt einem eine Mauer, wenn man sie nicht verteidigen kann?

Was hilft sie gegen den Feueratem eines Drachen?", fragte die Bardin betrübt. „Ohne eine Armee ist die Stadt nicht zu verteidigen!"

„Dann hoffe ich nur, dass es Meliande und dem Hauptmann gelingt, den Baronen die Söldner abzuwerben", meinte Garret. „Am besten wäre es wohl, wenn sie auch die Unterstützung der Barone erhalten würden!"

„Setzt nicht allzu viel Hoffnung darauf. Die hiesigen Barone sind nur auf ihren eigenen Vorteil bedacht", erklärte die Bardin missmutig. „Menschen haben keinen Sinn für das Gemeinwohl!"

Garret sah sie überrascht an, doch bevor er etwas darauf erwidern konnte, legte Vanessa beschwichtigend eine Hand auf seinen Arm. „Lass sie", flüsterte sie. „Sie weiß selbst, dass es nicht stimmt."

Den feinen Ohren der Bardin entgingen diese Worte nicht. Doch sie reagierte versöhnlicher, als man hätte befürchten müssen.

„Lytara stellt eine rühmliche Ausnahme dar", erwiderte sie. „Aber glaubt mir, solche Ausnahmen sind selten." Sie musterte die Freunde mit nachdenklichem Blick. „Ihr werdet lernen müssen, dass die Welt nicht ist wie Lytara. Das war sie noch nie."

„Ist das gut oder schlecht?", fragte Garret.

„Es kommt darauf an, ob ihr Menschen aus Lytara den Lauf der Geschichte ändern könnt. Ich habe daran meine Zweifel!" Sie ließ ihrem Pferd die Zügel und stob davon, diesmal blieb sie allerdings in ihrer Nähe.

„Was meint sie damit?", fragte Garret Tarlon.

Sein Freund sah nach vorne zur Bardin. „Sie glaubt nicht, dass wir gegen Belior bestehen können. Das hat sie wohl gemeint."

„Dann zeigen wir ihr, dass sie sich irrt!", sagte Garret mit einem Grinsen.

Mittlerweile waren sie nahe genug an die Stadt herangekommen, um die Geschehnisse an dem vor ihnen liegenden Tor beobachten zu können. Der Hügel, auf dem die Sera Bardin die Freunde erwartet hatte, bot einen guten Blick über die gesamte Stadt. Garret stellte sich in den Steigbügeln auf und beschattete seine Augen, um besser sehen zu können.

„Das ist seltsam", meinte er dann.

„Was meinst du?", fragte Tarlon.

„Die Soldaten der Stadtwache durchsuchen nur die Wagen, die aus der Stadt herausfahren, um die einfahrenden kümmern sie sich nicht." Garret ließ sich in den Sattel zurücksinken. „Eigentlich dachte ich, man würde eher nach ankommenden Gästen Ausschau halten. Zum Beispiel nach uns."

„Warum sollten sie nach uns Ausschau halten?", fragte Vanessa. „Sie wissen ja gar nicht, dass wir kommen."

„Das mag sein", meinte Tarlon bedächtig. „Aber ich glaube, *irgendjemand* weiß über unsere Schritte Bescheid."

„Wie kommst du darauf?", fragte Garret.

„Ich fühle mich beobachtet, seit wir Mislok verlassen haben", erklärte Tarlon. „Keiner folgt uns, keiner ist hinter uns her, und dennoch fühle ich, dass jemand seinen Blick auf uns gerichtet hält."

Garret sah sich um, konnte aber nichts Verdächtiges feststellen. „Ich sehe niemanden."

„Ich auch nicht", gab Tarlon zu. „Ich spüre nur etwas. Eine Art Aufmerksamkeit." Er zuckte die kräftigen Schultern. „Vielleicht beobachtet uns jemand mit Hilfe von Magie, wenn so etwas möglich ist."

„Sera, gibt es eine solche Magie?“, fragte Garret die Bardin, während sich die Gruppe wieder in Bewegung setzte.

Die Sera seufzte.

„Wahrscheinlich“, sagte sie dann. „Doch wenn uns jemand mit Magie beobachtet, können wir nicht viel dagegen tun.“

„Auch Ihr nicht?“, bohrte Garret weiter. Sie musterte ihn überrascht.

„Haltet Ihr mich für eine Magierin?“

„Ich wäre zumindest nicht überrascht, wenn Ihr derartige Talente hättet.“

„Da muss ich Euch enttäuschen, Garret“, antwortete die Bardin schmunzelnd. „Meine Talente reichen dazu aus, um Kinder zu beeindrucken. Ein paar kleine Tricks vielleicht, mehr ist es nicht. Wendet Euch an Meliande, ihre Fähigkeiten in diesen Künsten waren einst legendär.“

„Tatsächlich?“, fragte Garret mit einem raschen Blick in ihre Richtung. „Dann habe ich mich also nicht getäuscht. Auch wenn Ihr beide Euch aus dem Wege geht, habe ich doch das Gefühl, dass Ihr die Hüterin von früher kennt.“

„Garret“, sagte die Bardin mahnend. „Ihr bohrt schon wieder.“

Diesmal kam Vanessa ihm zu Hilfe. „Sera“, begann sie. „Könnt Ihr nicht verstehen, wie wichtig all diese Fragen für uns sind? Wir wissen zu wenig über das, was damals geschah! Wenn man Euch, Sera, oder auch Ariel, Meliande und Ser Barius nach den Geschehnissen von damals fragt, erhält man nur ausweichende Antworten. Ich muss Garret Recht geben: Wenn wir über die Vergangenheit nichts wissen, werden wir auch nichts aus ihr lernen können.“

Die Bardin zügelte ihr Pferd und lenkte es zur Seite.

„Hör zu, Vanessa“, sagte sie in ernstem Ton. „Es gab vieles, was zum Untergang eurer Vorfahren beitrug. Die Machtbesessenheit des Reichs, die Herablassung, mit der man anderen Völkern begegnete, die ungeheure Macht und scheinbare Unbesiegbarkeit des Greifen. Ihr wisst schon alles, was es zu wissen gibt. Um es kurz zu sagen: Macht und Überheblichkeit führten zu maßlosem Handeln."

„Aber was geschah genau?", bohrte Garret nach. „Könnt Ihr es uns nicht einfach sagen?"

Ihr Gesicht verdüsterte sich.

„Es würde euch nicht weiterhelfen, Garret."

„Ich bitte Euch Sera. Könnt Ihr nicht verstehen, wie wichtig das für unsere Zukunft ist?"

Die Bardin seufzte. „Also gut, ich werde es euch erzählen. Der letzte König von Lytar hinterließ bei seinem Tod zwei Kinder. Da sie Zwillinge waren, wurde beschlossen, dass der hohe Rat der Stadt gemeinsam mit der Priesterschaft der Mistral bestimmen sollte, wer von den beiden die Krone tragen durfte. Als der Prinz erfuhr, dass man sich für seine Schwester entschieden hatte, erhob er sich gegen sie. Er schwor, nicht eher zu ruhen, bis ihm zuteil wurde, was er für sein Geburtsrecht hielt. Am Vorabend der Krönung schickte er seine treuesten Leute, allesamt Leibgardisten, die durch den Eid an ihn gebunden waren, in den Tempel der Mistral, um sich mit Gewalt die Insignien der Macht anzueignen. Als ihm auch dort die Krone verwehrt wurde, ließ er in seinem Zorn die Priesterinnen erschlagen. Was darauf folgte, wisst ihr. Seit diesem fernen Tag wurde sein Name nicht mehr genannt."

„Das ist wahrlich eine üble Geschichte", meinte Garret betroffen. „Also waren es die Gier und der Zorn eines Einzigen, die all dies Unheil über uns brachten? Wie hieß der Prinz?", fragte er dann.

„Könnt Ihr Euch das nicht denken?“ Die Bardin sah ihn ernst an. „Damals wie heute trägt das Unheil den gleichen Namen. Belior. Es ist ein alter Name, doch nach der Katastrophe wurde er von den Überlebenden nicht mehr verwendet. Manche, die so hießen, benannten sich sogar um. Ich hatte bereits ein ungutes Gefühl, als ich zum ersten Mal von diesem Belior hörte, der uns nun aufs Neue bedrängt.“

„Meint Ihr, es könnte derselbe sein?“, fragte Vanessa vorsichtig.

Die Bardin sah sie beinahe erschrocken an.

„Nein!“, rief sie, aber allein der Gedanke, es könne doch so sein, ließ sie bleich werden. „Der Prinz wurde von Loivan für seine Verbrechen gerichtet! Das ist Jahrhunderte her! Beliors magische Talente mögen groß gewesen sein, aber er war nur ein Mensch und zudem noch wahnsinnig. Die Strafe, die Lytar ereilte, wäre eine Farce gewesen, wenn dieser Mann entkommen wäre … nicht einmal eure Götter können so grausam sein! Doch selbst wenn es ihm damals gelungen wäre, sich der Strafe zu entziehen, wäre er inzwischen an Altersschwäche gestorben. Ganz gewiss werden seine Knochen irgendwo verrotten!“

„Ich hoffe, er starb so, dass er seine Taten noch bereuen konnte“, meinte Garret hart.

„Seid ihr nun zufrieden?“, fragte die Bardin etwas kühl.

„Ja“, antwortete Garret mit einem erleichterten Lächeln. „Es war die Tat eines Einzelnen. Nicht jeder in Lytar trug Schuld. Das ist es, was ich zu hören gehofft hatte.“

Die Bardin sah ihn ernst an. „Aber trägt nicht auch jeder, der es so weit kommen ließ, einen Teil der Schuld? Jeder, der wusste, wie gefährlich er war, und es dennoch ignorierte? Der ihn gewähren ließ, weil er ein Prinz war?“

„Nun verstehe ich, warum wir heute einen Rat haben,

der unsere Geschicke lenkt", meinte Vanessa nachdenklich. „Damit soll verhindert werden, dass so etwas jemals wieder geschieht." Sie warf einen kurzen Blick zu Garret hinüber und wendete sich dann erneut der Bardin zu. „Sera, Ihr habt die Befürchtung geäußert, dass Lytar wieder zu alter Macht und alter Grausamkeit erwachen könnte. Damit habt Ihr auch bei uns Zweifel gesät. Doch nun können wir mit Bestimmtheit sagen: So etwas wird nicht geschehen!"

„Ich hoffe, ihr behaltet Recht", sagte die Bardin, während sie weiterritten. Sie suchte Garrets Blick. „Habt Ihr nun genug erfahren, Garret? Könnt Ihr mir nun meinen Frieden lassen?"

„Ja, Sera", antwortete Garret und deutete im Sattel eine Verbeugung an. „Und ich danke Euch dafür." Dann grinste er breit. „Auch wenn ich noch immer nicht weiß, woher Ihr und die Sera Meliande Euch kennt."

Zu Garrets Überraschung schmunzelte die Bardin und zwinkerte ihm zu.

„Das könnt Ihr sie selbst fragen", sagte sie mit einem Lächeln. Dann sah sie nach vorne, zum Tor. Lang war die Schlange der Wartenden nicht mehr, bald würden sie das Tor passieren, unter den eindringlichen Blicken der Wachen. Ihr Lächeln verschwand schlagartig aus ihrem Gesicht.

„Wir haben ein Problem", sagte sie. Vor dem Tor stand ein Wachhaus, aus dem soeben ein schlanker junger Mann in einer dunklen Kutte hervorgetreten war. Einer der Bauern in der vordersten Reihe, etwas älter und hager, einfach gekleidet und mit einem Strohhut auf dem Kopf, sah verständnislos auf, als der Mann in der Robe zwei der ihn begleitenden Soldaten ein Zeichen gab. Sie reagierten sofort, traten an den Mann heran und warfen ihn brutal zu Boden. Ohne Rücksicht auf sein Schamgefühl zu nehmen, rissen sie dem Unglücklichen die Kleider vom Leibe und drückten ihn mit den harten Sohlen ihrer Stiefel in den Staub. Der Mann in der Robe musterte den Bauern genauer, wandte sich dann mit einer nachlässigen Geste ab, und trat zurück ins Wachhaus.

Die Soldaten ließen den verängstigten Mann los, der hastig seine Kleider zusammenraffte und die Flucht ergriff. Er nahm sich nicht einmal die Zeit, sich die einfache Kutte überzuwerfen.

Einer der Umstehenden, seiner Kleidung nach ein Händler, sagte etwas, worauf sich einer der Soldaten umdrehte und dem Händler mit seiner gepanzerten Faust ins Gesicht schlug. Der Getroffene taumelte mit blutiger Nase zurück, und auch die restlichen Wartenden machten dem Soldaten ängstlich Platz. Dieser lachte nur und winkte die Leute mit einer herablassenden Geste davon.

„Ich mag diese Stadtwachen nicht", stellte Garret fest.

„Das sind Soldaten Beliors", korrigierte ihn Tarlon. „Hast du ihre Uniformen nicht erkannt? Sie scheinen jemanden zu suchen, und dabei sind sie ziemlich rücksichtslos."

„Das ist jetzt nicht unser größtes Problem", raunte die Bardin und zog sich die Kapuze über den Kopf. „Der Mann in der dunklen Robe ist ein Priester Darkoths."

„Von denen habe ich gehört. Sind sie es nicht, die Belior beraten?", fragte Tarlon. „Als man uns in der Börse gefangen hielt, sprachen dort Graf Lindors Soldaten von ihnen. Allerdings in wenig schmeichelhaftem Ton, wenn ich mich recht entsinne. Aber Darkoths Priester kennen uns nicht, warum meint Ihr, sie seien ein Problem für uns?"

„Da die älteren Rassen ihm stets widerstanden haben, fordert der dunkle Gott von seinen Gläubigen auch die Vernichtung der Elfen, was sich mit Beliors erklärtem Ziel deckt, die Nationen meines Volkes zu zerstören. Normalerweise kann ich mich unerkannt zwischen Menschen bewegen, nur Darkoth und seine Preister haben die Fähigkeit, mich zu erkennen."

„Wie ist das möglich?", fragte Garret. „Das Einzige, woran sie Euch erkennen könnten, wäre Eure Schönheit."

Unwillkürlich musste die Bardin schmunzeln.

„Wenn es nur das wäre, sähe ich keine Schwierigkeiten", meinte sie dann leise. „Doch Darkoth verleiht seinen Priestern die Fähigkeit, Feinde ihres Glaubens zu erkennen. Er hat ein langes Gedächtnis und erinnert sich all derer, die ihm zu schaden versuchten." Sie sah Tarlon an. „Vielleicht solltet Ihr allein vorausreiten, um die Lage zu erkunden, während ich mir einen anderen Weg in die Stadt suche."

„Ich lasse Euch nicht allein", sagte Garret bestimmt.

„Warum nicht?", fragte sie überrascht. „Ich habe in solchen Dingen gewiss mehr Erfahrung als Ihr."

„Darum geht es nicht", warf Tarlon ein. „Wir haben den Auftrag erhalten, Euch sicher auf das Schiff zu bringen, und jeder verlässt sich nun auf uns. Nicht auszudenken, wenn Euch etwas geschehen würde ... Sera, warum besteht diese Feindschaft zwischen Darkoth und den Elfen eigentlich?"

„Seine Anhänger glauben, dass wir Elfen durch unsere lange Lebensspanne mehr Lebenskraft besitzen. Deshalb opfern sie uns gerne ihrem dunklen Gott und hoffen, so seine Macht zu stärken. Es ist eine Schande, dass diese Schlange ihr Haupt wieder erhebt."

„Wie ist es dazu gekommen?", fragte Garret leise, während sie langsam näher an das Tor heranritten.

„Jahrhundertelang hörte man wenig von den dunklen Priestern. Es ist nur diesem Belior zu verdanken, dass sie erneut die Welt verpesten!", antwortete die Bardin hart.

„Doch was können wir nun noch tun? Wenn wir umdrehen und davonreiten, ziehen wir erst recht ihre Aufmerksamkeit auf uns!“

„Jetzt ist es sowieso zu spät“, sagte Garret leise, als ein Soldat der Stadtwache sie heranwinkte.

„Das macht zwölf Kupfer Stadtzoll“, meinte der Soldat zu Tarlon, der vorne ritt. „Vier für euch und acht für die Pferde. Hier.“ Er reichte Tarlon vier blau bemalte hölzerne Scheiben hoch, während dieser das Kupfer aus dem Beutel fischte. „Damit könnt ihr euch einen Tag lang in der Stadt aufhalten ... wenn ihr länger bleiben wollt, nehmt euch ein Zimmer und lasst euch vom Wirt einen weiteren Stadtpfand geben. Wir dulden keine Stadtstreicher in Berendall.“

„Danke“, meinte Tarlon höflich und reichte dem Soldaten das Kupfer. „Könnt Ihr uns einen guten Gasthof empfehlen?“

„Versucht es mit der ‚Dürren Gans‘ in der Treibergasse.“ Der Soldat grinste und zeigte dabei eine Zahnlücke. „Er ist um vieles besser, als seine Name vermuten lässt.“ Er deutete auf das Tor. „Reitet nun weiter, ihr haltet den Verkehr auf.“

Wortlos ritten die vier wieder an. Als sie durch den massiven Tortunnel hindurch waren, drehte sich die Bardin um und sah zurück. Der Priester war noch immer nicht zu sehen.

„Das ging ja ohne Schwierigkeiten“, stellte Garret fest. „Waren Eure Befürchtungen vielleicht doch unnötig?“

„Wir haben Glück gehabt“, antwortete die Bardin mit gefurchter Stirn. „Aber irgendetwas daran gefällt mir nicht.“

„Euch missfällt, dass wir Glück hatten?“, fragte Garret amüsiert.

„Dergleichen bin ich nicht gewöhnt, wenn es um Belior

geht", antwortete sie. „Ich habe das ungute Gefühl, dass wir gerade in eine Falle gelaufen sind."

„Vielleicht ist es wirklich so, Sera", rief Garret lachend. „Ich meine, dass Ihr Euch zu viel Sorgen macht. Hier herrscht kein Krieg, und niemand lauert uns auf oder sucht nach uns."

„Ich mache mir viele Sorgen, in der Tat", gab die Bardin zurück. „Doch für Euch gilt das genaue Gegenteil!"

„Recht habt Ihr", stimmte Garret ihr breit grinsend zu. „Sorgen vermiesen einem schließlich nur den Tag!" Er sah hinauf zur Sonne. „Es ist später, als ich dachte. Was meint Ihr, sollen wir uns Zimmer für die Nacht nehmen oder gleich im Hafen schauen, wann ein Schiff fährt? Fahren denn Schiffe überhaupt am späten Nachmittag aus?"

„Das kommt darauf an, ob gerade Flut ist", antwortete die Bardin. „Für heute dürfte es allerdings zu spät sein. Also sollten wir uns zunächst Zimmer nehmen und dann beim Hafenmeister fragen, welche Schiffe zurzeit vor Anker liegen und wohin sie fahren."

„Dann also auf zum Gasthof", rief Garret und versuchte sein Pferd beruhigen, dem die vielen Menschen auf den Straßen genauso wenig geheuer waren wie ihm selbst.

„Die Flut hat etwas mit dem Meer zu tun, nicht wahr?", fragte er wenig später Tarlon.

Sein Freund nickte. „Die beiden Monde ziehen das Wasser zu sich hoch, so dass eine Art Beule auf dem Meer entsteht, was an den Küsten wiederum zu unterschiedlich hohen Wasserständen führt. Da wir zwei Monde haben, ist es recht kompliziert zu berechnen, wann wo Flut ist."

„Ich verstehe", sagte Garret und gähnte. „Das wäre mir zu viel Kopfarbeit. Ich würde die Häfen einfach so tief ausheben, dass sie auch dann genügend Wasser führen, wenn nicht Flut ist.“

„Du meinst bei Ebbe. Aber darum geht es nicht, Garret. Wenn man auf dem Höhepunkt der Flut ausläuft, fährt man mit der Strömung, weil von dem Zeitpunkt an das Wasser wieder abfließt.“

Garret lachte. „Ich sehe schon, die Seefahrt ist nichts für mich. Woher weißt du das alles?“

„Ich habe es in einem Buch gelesen.“

„Das ist auch nichts für mich. Ich finde die Dinge lieber selbst heraus. Außerdem kann ich ja dich fragen, wenn ich etwas wissen will.“

„Schön, dass du es so siehst“, antwortete Tarlon in einem leicht gequälten Ton. Doch Garret achtete schon gar nicht mehr darauf, er hatte die Hand gehoben und zügelte sein Pferd.

Weiter vorne, kurz bevor die Straße auf den Marktplatz mündete, hatte sich eine wütende Menschenmenge gebildet. Obwohl sie vom Rücken ihrer Pferde aus einen besseren Überblick hatten, war nicht sofort erkennbar, was die Menge so erzürnte, doch im nächsten Moment stolperte ein hagerer Mann aus einem Haus hinaus auf die Straße, dicht gefolgt von einem schwer gepanzerten Soldaten im Wappenrock Thyrmantors.

Bevor der ältere Mann fliehen konnte, traf ihn ein harter Schlag in den Rücken, der ihn zu Boden warf, dann trat der Soldat mit dem Fuß nach ihm. Unter den Buhrufen der Menge kam nun einer der dunklen Priester aus dem Haus heraus. Er bückte sich und riss den aus der Nase blutenden Mann mit einem Griff in dessen Haare brutal nach oben.

Mit der anderen Hand packte er den Unglücklichen beim

Kinn, musterte ihn von allen Seiten und ließ ihn dann nachlässig wieder fallen.

Von weiter hinten flog eine Tomate in hohem Bogen heran und verfehlte den Priester nur knapp. Der musterte die Menge vor ihm, die erschrocken und schweigend zurückwich, dann bahnten ihm die Soldaten mit harten Schlägen einen Pfad durch die Menge.

„Einen Moment lang dachte ich, die Leute würden sich auf den Priester stürzen“, meinte Garret, als sich die Menge aufzulösen begann, und kratzte sich dabei am Kinn.

„Unbewaffnete Bürger gegen gewappnete Soldaten mit Schwertern“, bemerkte Tarlon, während er sich am Sattelknauf abstützte. „Das wäre nicht gut gegangen.“ Mit einer unauffälligen Geste wies er zum Marktplatz, wo ein weiterer Priester stand, ebenfalls begleitet von vier schwer gepanzerten Soldaten.

„Sie handeln nicht gerade klug“, stellte Garret fest, während er zusah, wie der erste Priester etwas weiter entfernt das nächste Haus betrat. „Sie scheinen nicht einmal zu bemerken, dass sie sich Feinde machen.“

„Sie betrachten jeden als Feind, der sich ihrem dunklen Gott nicht beugt“, meinte die Bardin leise. „Auf ein paar mehr oder weniger kommt es da nicht an.“

„Ich verstehe nur eines nicht“, sagte Garret verwundert. „Hat nicht Euer Freund Hiram gesagt, dass sich die Menschen hier an die Anwesenheit der königlichen Soldaten gewöhnt hätten? Dass sie deren Gold dankbar angenommen und sie beinahe freudig willkommen geheißen hätten? Nun ja, danach sieht es mir bislang nicht aus.“

„Etwas muss in der Zwischenzeit vorgefallen sein“, antwortete die Bardin. „Ich war schon lange nicht mehr in der Stadt, die Enge und Betriebsamkeit hier schlägt mir immer wieder aufs Gemüt. Aber wenn solche Vorkommnisse üblich gewesen wären, hätte ich davon erfahren."

„Dort vorne ist die ‚Dürre Gans'", verkündete Garret und wies mit der Hand auf das Schild des Gasthofs. Er drehte sich im Sattel nach der Bardin um. „Was machen wir nun? Es sieht ganz danach aus, als ob diese Priester alle Häuser durchsuchen. Was, wenn sie in den Gasthof kommen und Euch finden?"

Die Bardin musterte verstohlen den Priester auf dem Marktplatz. „Haben wir denn eine Wahl?" Ihr Gesicht verhärtete sich. „Fürchten werde ich mich jedenfalls nicht. Ich habe schon anderes überstanden."

„Ich frage mich, wen sie suchen", überlegte Garret laut und lenkte sein Pferd näher an eine Tafel heran, an der ein paar Steckbriefe hingen. Im nächsten Moment stutzte er, beugte sich im Sattel vor und riss einen von ihnen ab.

„Das verstehe ich nicht", murmelte er dann und reichte die Zeichnung an die anderen weiter.

„Das ist ja Meister Knorre!", rief Vanessa überrascht. „Aber wie kann das sein? Er ist doch tot."

„Vielleicht ein alter Steckbrief?", vermutete Tarlon. Doch Garret schüttelte langsam den Kopf, wobei er wie gebannt auf einen der anderen Steckbriefe sah.

„Das glaube ich nicht", sagte er dann und gab seinem Pferd leicht die Sporen. „Lasst uns weiterreiten und kein Aufsehen erregen."

„Sagt der, der gerade einen Steckbrief abgerissen hat", bemerkte Vanessa und sah immer noch ungläubig auf die Zeichnung in ihrer Hand. „Woher weißt du, dass es kein alter ist?"

„Weil er über den anderen klebte und direkt daneben der von Argor hängt", antwortete Garret mit einem freudigen

Funkeln in den Augen. „Ich weiß nicht, wie es sein kann, aber die beiden leben!“

„Bei den Göttern, bin ich froh, das zu hören“, rief Tarlon, der das Blatt nun ebenfalls musterte. „Du hast ihn schlecht abgerissen, man kann gar nicht lesen, weshalb man sie sucht.“

„Wegen Mordes an einem Priester Darkoths“, lachte Garret leise. „Offenbar mögen die beiden diese Priesterschaft auch nicht!“

„Lustig finde ich das nicht“, wandte Tarlon ein. „Der Mann am Tor und der, der gerade aus dem Haus gezerrt wurde, waren beide groß und hager und hatten ungefähr Meister Knorres Statur. Ich fürchte, die Priester suchen Knorre, und dabei gehen sie äußerst brutal vor.“ Er wandte sich an die Bardin, die schweigend zugehört hatte, während ihre Augen unablässig die Umgebung absuchten.

„Die Belohnung beträgt zehn Kroner. Ist das viel?“

„Etwa drei Jahreslöhne für einen Handwerksmeister“, antwortete die Bardin. „Für achtzig oder neunzig Kroner kann man hier ein kleines Haus kaufen.“ Sie sah die anderen vielsagend an. „Mehr als genug also, um selbst einen ehrlichen Menschen in Versuchung zu führen.“

Sie waren mittlerweile am Gasthof angekommen und ritten in den Hof hinein. Ein Stallbursche kam ihnen entgegen und hielt die Zügel, während sie absaßen.

„Wir sollten zusehen, dass wir möglichst schnell ein Schiff für Euch finden, Sera“, meinte Garret, als er sich Vanessas und seinen Beutel über die Schultern schwang. „Ich kann nicht behaupten, dass Berendall mich begeistert.“ Dann begann er zu grinsen. „Göttin, Argor und Knorre leben! Ich würde am liebsten eine Freudentanz aufführen und der Mistral meinen Dank zubrüllen!“

Tarlon warf Garret einen mahnenden Blick zu, während er zwei Kupfer in die Hand des Stallburschen fallen ließ.

„Eine solche Vorfühung solltest du dir für später aufheben“, meinte Vanessa und wies Garret mit einem Blick darauf hin, dass der Priester von vorhin am Hoftor stand und zu den vieren hinübersah.

„Geht einfach weiter!“, mahnte die Bardin. „Wir dürfen ihn nicht noch mehr auf uns aufmerksam machen!“

Doch schon im nächsten Moment wandte sich der Priester ab und setzte seinen Weg fort.

Garret blieb stehen und sah ihm nach.

„Wir sind noch gar nicht richtig in der Stadt“, stellte er dann angewidert fest, „und schon fühle ich mich wie ein Gejagter!“

„Willst du deshalb gleich einen Krieg anfangen?“, fragte Vanessa und zog ihn am Arm durch die Tür des Gasthofs.

„Wieso anfangen?“, gab Garret zurück. „Ich dachte, es wäre bereits Krieg!“

„Fehlt Euch dazu nicht eine Armee?“, flüsterte die Bardin scharf von der Seite. „Lasst es gut sein, Garret! Im Moment sollten wir es vermeiden, aufzufallen.“

„Wenigstens tun Argor und Meister Knorre etwas“, grummelte Garret, während Tarlon die Tür zum Gastraum öffnete und die vier eintraten. Besonders voll war es nicht, und die wenigen Gäste standen an der Tür zum Marktplatz und an den Fenstern. Der Wirt war hinter der Theke und putzte Becher.

„Guter Mann“, begann Tarlon. „Habt Ihr zwei saubere Zimmer für uns? Eines für die Seras und eines für ihn und mich.“

„Selbstverständlich. Für drei Kupfer die Nacht. Wenn Ihr

etwas zu essen wünscht, gibt es einen saftigen Braten für drei Kupfer, und gutes Bier dazu, wenn Ihr vier zahlt."

„Das hört sich ganz ordentlich an", meinte Garret mit einem gewinnenden Lächeln. „Und nach dem Essen",flüsterte er an Tarlon gewandt, „gehe ich Meister Knorre und Argor suchen."

Pulvers Rat

Oben am Pass stand Meister Ralik auf einem Felsen und sah dabei zu, wie die Männer die Wagen aus dem Dorf entluden, die schwer mit Bauholz und Werkzeug beladen waren. Obwohl jeder dieser Wagen von vier bis sechs Ochsen gezogen wurde, waren sie nur langsam vorangekommen und hatten den Pass erst am späten Mittag erreicht.

Hernul, Tarlons Vater, der den Wagenzug anführte, hatte den Großteil der Gespanne gestellt. Niemand sonst besaß so viel Erfahrung wie er, wenn es darum ging, sperrige Lasten durch unwirtliches Gelände zu transportieren. Meister Hernul trat den Bremshebel nach vorne und stellte ihn fest, dann sprang er behände vom Kutschbock ab und gesellte sich zu dem Zwerg.

„Wie ich sehe, habt ihr es euch schon bequem gemacht", sagte er und griff dankend nach dem Wasserschlauch, den Ralik ihm hinhielt. Er musterte das Lager vor dem alten Wall, das langsam Form annahm. „Wie geht es voran?"

„Im Moment räumen wir noch die Trümmer weg", antwortete Ralik. „Die meisten Gebäude hier sind nicht mehr zu gebrauchen. Aber es sieht aus, als wären die Mauern der alten Messe noch intakt, ein neues Dach, und wir haben einen trockenen Ort für die Leute. Mit etwas Glück können wir auch die Küche wieder herrichten."

Hernul sah zum Wall hinauf.

„Und was ist damit?“, fragte er.

„Die Basis ist, bis auf den Riss dort drüben, noch stabil. Wir überlegen, ob wir den beschädigten Teil einreißen und wieder neu aufbauen sollen, oder ob wir versuchen, ihn zu reparieren. Das oberste Stockwerk des Wehrturms ist verloren, aber die drei unteren können wir wahrscheinlich erhalten, wenn wir neue Böden einziehen.“ Er sah zu dem groß gewachsenen Holzfäller hoch. „Dafür und für die Dachfirste brauchen wir ein paar stabile Eichenbalken.“

„Und zwar abgelagerte, wenn sie etwas taugen sollen“, ergänzte Hernul nachdenklich. „Ich habe Holz mitgebracht, darunter auch ein paar Balken, die sich als Dachfirst eignen. Das wird aber nicht reichen, ich muss wohl noch einmal zurück ins Dorf zu meinem Lager. Das dort drüben ist die Messe?“

„Ja.“

Hernul musterte das alte Gemäuer mit kritischem Blick. „Ich habe zwei alte Stämme im Lager liegen, die noch mein Vater geschlagen hat. Der eine davon dürfte lang genug sein.“ Er nahm noch einen Schluck aus dem Wasserschlauch und reichte diesen dann an Ralik zurück. „Ein gutes Drittel meines Lagers ist schon aufgebraucht, solch große Balken werden nicht oft benötigt, und die Meisten, die ich besaß, wurden bei der Reparatur des Gasthofs verbaut.“

„Brauchst du mehr Männer?“, fragte Ralik.

„Das weiß ich erst, wenn ich mir alles genauer angesehen habe. Sollte ich noch Leute benötigen, wende ich mich an Pulver.“

Der Zwerg verzog das Gesicht. „Du willst die Gefangenen einsetzen?“

„Der Gedanke scheint dir nicht zu gefallen“, stellte Hernul fest.

„In der Tat“, erwiderte Ralik. „Ich mag es, wenn die Dinge ihre Ordnung haben. Feind ist Feind, und Freund ist Freund. Ich vertraue nicht gerade leicht. Und von jemandem, der noch vor wenigen Wochen unser Dorf angriff, kann ich nicht hoffen, dass er es nun verteidigt.“

Hernul lachte leise.

„Vielleicht hilft es, dass wir sie besiegt haben. Offenbar hat Belior nie zuvor auch nur eine einzige Schlacht verloren. Unser Erfolg zeigt ihnen, dass auch sie gegen ihn vorgehen können.“

„Belior selbst wurde nicht besiegt“, sagte Ralik verbittert und schluckte, als er an seinen Sohn Argor denken musste. Dann schüttelte er den Kopf. “Ich verstehe diese Leute nicht. Wenn sie gegen Belior sind, warum haben sie ihm dann gedient?“

„Weil Kanzler Belior den Prinzen als Pfand hält, zumindest sagen sie das.“

„Dann müssen wir also damit rechnen, dass sie die Waffen strecken, sobald Belior nur damit droht, dem Prinzen etwas anzutun.“ Ralik schüttelte erneut den Kopf. „Ich hätte nie gedacht, dass ich so etwas einmal sagen würde, aber da vertraue ich den Söldnern doch mehr. Sie sind in ihrer Gier wenigstens berechenbar.“

„Wie geht es mit der Anwerbung der Söldner voran?“

„Gar nicht“, antwortete der Zwerg enttäuscht. „Aber wir sind ja auch erst gestern angekommen, und Hendriks ist in keiner guten Verfassung. Wir werden noch einen Tag warten müssen, bevor er aufbrechen kann. Das passt mir gar nicht. Die Hüterin wird ihn begleiten, dazu noch ein gutes Dutzend seiner Männer. Von uns reitet niemand mit. Wer garantiert uns also, dass sie sich nicht zusammentun und sich mit dem Gold aus dem Staub machen?“

„Niemand. Wir müssen Vertrauen haben, wenn nicht zu den Söldnern, dann zu Sera Meliande."

„Hm!", knurrte der Zwerg. „Über sie wissen wir noch weniger als über die Söldner! Wieso vertrauen wir ihr überhaupt? Wir kennen sie doch erst seit ein paar Wochen … haben denn schon alle vergessen, dass sie im Depot ein Dasein als Untote fristete?"

„Nun, Barius steht noch immer in der Gnade seines Gottes. Wäre sie nicht vertrauenswürdig, hätte Loivan sie kaum ins Leben zurückgeholt. Aber ich denke, wir glauben ihr aus einem anderen Grund."

„Na, was kann das schon sein", bemerkte der Radmacher bissig. „Sie ist schließlich ein appetitlicher Anblick für eure menschlichen Augen."

„Das auch", gab Hernul lachend zu und klopfte seinem Freund auf die gepanzerte Schulter. „Aber die Leute mögen sie, und ich mag sie ebenfalls."

„Denkst du dabei auch an deine Frau? So lange liegt sie ja noch nicht im Grab!"

Hernuls Gesicht verhärtete sich.

„Das war nicht sehr taktvoll, mein Freund."

Ralik sah zu ihm hoch und schluckte.

„Entschuldige, ich bin ungerecht. Ich brauche dir nur in die Augen zu sehen, um deinen Schmerz zu erkennen. Es ist nur …"

„Argor?"

Ralik nickte. „Es gehört sich nicht, dass ein Vater den Sohn überlebt. Er war alles, was ich besaß."

„Ich weiß, was du meinst", sagte Hernul langsam. Er stemmte die Hände in die Hüften, streckte sich und sah nachdenklich nach oben.

„Manchmal frage ich mich, ob es wirklich so etwas wie

ein vorgezeichnetes Schicksal gibt, ob die Götter tatsächlich mit dem Finger auf einen deuten und sagen, du bist der Nächste. Vielleicht ist alles nur Zufall, und wir geben den Göttern grundlos Schuld. Weil es einfach … passiert."

„Ich glaube, dass alles, was wir tun, einen Sinn ergibt. Aber ich verstehe ihn nicht immer. Sag, Hernul, wie hältst du das aus? Wie konntest du Vanessa und Tarlon ziehen lassen?"

„Hättest du Argor zurückhalten können? Selbst wenn du gewusst hättest, was geschehen wird? Ohne sein Opfer … wir hätten es zwar versucht, Ralik, aber es ist mehr als zweifelhaft, ob wir gegen Lindors Regimenter hätten bestehen können."

„Vielleicht hast du Recht", entgegnete der Zwerg müde.

„In der ersten Nacht nach ihrer Abreise konnte ich nicht schlafen", gestand Hernul dem Freund. „Aber in der Nacht darauf träumte ich von ihnen. Von Vanessa, Tarlon, Garret und auch von der Bardin. In meinem Traum sah ich, wie sie an diesen Ort hier kamen und ihren ersten Kampf bestanden." Er schüttelte lachend den Kopf. „Es ist alles nur Einbildung, aber sie lässt mich besser schlafen."

„Vielleicht ist es mehr als ein Traum."

Hernul schüttelte lachend den Kopf. „Dann hätte Garret ja in stockdunkler Nacht einen Kronok erschossen. Bei allem, was recht ist, so gut ist selbst er nicht."

„Bist du dir da sicher?", fragte Ralik leise und musterte den Holzfäller aufmerksam. „Der Kronok liegt jedenfalls in einem kleinen Wäldchen jenseits des Walls." Er stand auf und berührte Hernul leicht am Arm, während sein Freund ihn nur ungläubig ansah.

„Ich wünsche dir noch viele solcher Träume, Hernul. Und solltest du die Hüterin Meliande suchen, findest du sie am alten Wehrturm."

„Der Göttin Segen mit Euch“, begrüßte Hernul die blonde Hüterin, die am Fuße des Wachturms vor einem provisorischen Tisch saß und einen alten Plan studierte, den sie mit Steinen beschwert hatte. „Ralik sagte mir, Ihr wolltet das oberste Stockwerk des Turms abreißen.“

„Die Göttin mit Euch, Meister Hernul“, erwiderte Meliande lächelnd seinen Gruß. „Was den Turm betrifft, sind wir uns noch nicht ganz einig. Ihr seid mit den Wagen gut durchgekommen?“

„Einigermaßen“, antwortete Hernul. „Die Händler haben den Passweg weitgehend freigräumt, aber für einen Holztransport braucht man viel Platz.“ Er sah zum Passwall zurück. „Wir haben unter all dem Schutt eine alte Straße entdeckt. Sie liegt fast einen Meter tiefer ... wäre sie noch befahrbar, hätten wir jetzt nur halb so viele Probleme. Ich kann mir gar nicht vorstellen, wie man solche Straßen hat bauen können.“

„Es gab eine eigene Abteilung des Heeres, die damit betraut war. Zudem hatten wir andere Wagen, die mehr Last aufnehmen konnten. Und zu guter Letzt gab es die Golems, mit deren Hilfe sich auch schwere Blöcke bewegen ließen.“

„So etwas könnten wir nun auch gebrauchen“, entgegnete Hernul. „Befinden sich noch Golems im Depot?“

Sie zögerte einen Moment, bevor sie antwortete.

„Wir haben einen der Helme, mit denen man sie steuern kann“, sagte sie dann. „Die Golems selbst waren zu groß, um sie im Depot unterzubringen. Wir haben einen von ihnen neben dem Depot vergraben. Nur ...“

„Haben auch sie diese zerstörerische Wirkung auf den Geist?“, fragte er.

„Nein. Die Golems sind unbeseelte Animatons. Anders

als die Falken besitzen sie keinen Geist, sie sind nichts weiter als Maschinen."

„Also ist nicht jeder Animaton schädlich für den, der sie steuert?"

Wieder zögerte sie.

„Nein. Viele von ihnen sind harmlos. Die Pferde zum Beispiel … um sie zu reiten, bedarf es keiner Verschmelzung wie bei den Falken."

Hernul sah sie aufmerksam an.

„Was spricht dann dagegen, diese unbeseelten Animatons einzusetzen? Wenn sie nutzlos wären, hättet Ihr sie wohl kaum eingelagert."

„Warum fragt Ihr, Meister Hernul? Ihr gehört doch selbst dem Rat der Ältesten an und habt doch auch die Entscheidung mitgetragen, die Animatons nicht zu gebrauchen!"

„Wir wollen diese Kriegsgeräte nicht, das ist richtig. Aber was ist mit den anderen, die auch im Frieden nützlich sind? Nehmt nur die Pferde: Wenn sie so stark sind, wie ich es mir vorstelle, könnten sie meine Wagen mühelos diesen Pass hinaufziehen. Das wäre von ernormem Nutzen. Was also spricht dagegen, sie einzusetzten?"

„Alle Animatons sind von Nutzen", erwiderte Meliande leise. „Ihre Fertigung war mit großem Aufwand verbunden. Gelehrte, Ingenieure, Schmiedemeister und Meister der Magie waren daran beteiligt, und die Kosten waren so enorm, dass man für jeden Animaton fünf Paläste hätte bauen können. Man hätte diesen Aufwand nicht getrieben, wenn sie nutzlos gewesen wären."

„Was spricht gegen ihren Einsatz, Sera?"

„Welche Auswirkung auf einen Kampf haben Pferde, die nie ermüden und denen keine Armbrust und kein Schwert etwas anhaben kann?"

„Dieselbe wie diese Echsen, die von den Kronoks geritten werden. Könnten wir denen etwas entgegensetzen, wäre es doch gut. Sagt mir Sera“, Hernuls Miene war ernst. „Was können wir mit all dem Gerät im Depot erreichen? Wozu wären wir damit imstande?“

„Zu vielem, Meister Hernul, zu sehr vielem. Aber wir dürfen es nicht benutzen. Es wäre wie an einem See, in den man ein Steinchen wirft. Die Wellen breiten sich aus und bringen alles zum Schwanken, was sich im See befindet, auch wenn man es mit bloßem Auge nicht sieht. Die erdrückende Macht Lytars erlaubte es anderen nicht, sich zu entwickeln, sie waren hilflos gegenüber unseren Waffen und ... unserem Wissen. Dieser Knorre zum Beispiel, er *wusste*, wie er den Staudamm als Waffe nutzen konnte. Es war das Wissen, Hernul, das Lytar so mächtig machte, nicht seine Waffentechnik. Das Wissen, das in einem Ort gesammelt war, eifersüchtig gehütet und der Welt vorenthalten. Jetzt ist dieses Wissen vergangen, und die Welt hat ein neues Gleichgewicht gefunden, einen Zustand, in dem Lytar nicht mehr Macht besitzt als andere. Und genau so, Meister Hernul, ist es gut.“

„Ihr findet, die Welt sei im Gleichgewicht? Was ist mit Kanzler Belior, belastet er die Waage nicht zu seinen Gunsten?“

„Ja, das tut er. Und genau deswegen müsst Ihr ihn bekämpfen. Die Welt braucht ein Gleichgewicht. Und Ihr steht dafür ein. Ihr Leute von Lytara werdet ihn aufhalten.“

„Dazu braucht es mehr als einen Wall aus verwitterten Steinen!“, erwiderte Hernul ernst. „Den Tod tapferer Menschen, unschuldig vergossenes Blut, Schmerzen und Leid wird dieser Kampf uns kosten. Wenn etwas im Depot uns helfen kann, die Verluste zu verringern, wäre es nicht unsere Pflicht, es auch zu nutzen?“

„Würdet Ihr eine Waffe, die Euch unbesiegbar macht, wieder aus den Händen geben, wenn der Feind geschlagen ist?“

„Ich würde sie sicher verwahren. So wie Ihr es getan habt.“

Sie sah ihn überrascht an, dann nickte sie.

„Ja. Das war unser Ziel. Aber außerdem wollten wir, dass niemand anderes diese Waffen jemals wieder in die Hände bekommt.“

„Also traut Ihr uns nicht zu, mit dem Wissen und der Macht, die im Depot versammelt sind. Ihr haltet uns für Kinder, die nicht begreifen, dass ein Dolch scharf sein kann.“

„Nein“, sagte sie leise. „Das tun wir nicht. Wir waren selbst die Kinder. Wir haben uns an einem Feuer verbrannt, mit dem wir nicht umzugehen verstanden. Das darf sich nie mehr wiederholen.“

„Aber warum habt Ihr dann nicht einfach alles auf ein Schiff geladen und es in den Tiefen des Ozeans versenkt?“

„Aus Stolz“, antwortete sie leise. „Und aus der Hoffnung heraus, dass einst eine Welt entsteht, in der das Wissen nicht zum Schaden anderer verwendet wird. Eine Welt, in der das Wissen jedem gehört und niemandem vorenthalten wird.“

„Ein kühner Traum. Aber was ist mit der Krone, Sera? Bringt sie die Welt aus dem Gleichgewicht? Was wisst Ihr über sie?“

„Die Krone?“, wiederholte sie langsam. „Von allen Dingen, die je in Lytar geschaffen wurden, ist sie das Mächtigste.“ Sie sah Hernul ernst an. „Es heißt, der Schöpfer der Krone stahl das Geheimnis ihrer Macht von der Göttin selbst. Sie war sein Meisterwerk, nie hat ein Mensch Größeres erschaffen! Er vergaß nur eines: Was für einen Gott bestimmt ist, lastet in der Regel schwer auf einem Menschen. Wir sind keine Götter … und die Krone ist nicht für uns bestimmt."

„Gibt es nicht einen Mittelweg, etwas, das uns helfen kann, jenes Wissen zu nutzen, *ohne* dass das Gleichgewicht zerstört wird? Ich meine …" Hernul stockte.

„Was meint Ihr, Meister Hernul?", fragte die Sera sanft.

Der Meister bückte sich, nahm einen Stein auf und hielt ihn hoch. „Ihr seid bewaffnet und gerüstet Sera, ich bin es nicht. Ihr seid gelehrt in altem Wissen und Magie, auch das geht mir ab. Aber wenn ich mich *entscheide*, Euch mit diesem Stein zu erschlagen, während Ihr Euch *entscheidet*, das, was Ihr besitzt und könnt, nicht zu nutzen, wer von uns hätte mehr Macht über den anderen?"

Sie musterte den Stein skeptisch. „Ich könnte mich entscheiden, nicht vom Stein getroffen zu werden."

Hernul sah sie an, dann lachte er leise und ließ den Stein wieder fallen. „Gut gekontert, Sera."

„Worauf wolltet Ihr hinaus, Meister Hernul?"

„Ich meine", begann Hernul erneut, „es kommt nicht darauf an, wie groß die eigene Macht ist, sondern darauf, wie man sie verwendet. Die Entscheidung ist immer die gleiche, im Kleinen wie im Großen." Er suchte ihren Blick. „Wir sind gewiss keine Kinder mehr, Sera. Und wenn sich im Depot etwas findet, das uns hilft, ohne uns unbesiegbar zu machen, müsstet Ihr nicht uns entscheiden lassen, wie wir damit umgehen wollen? Ihr, Barius und die anderen, ihr seid die letzten verbliebenen Hüter. Wollt ihr uns das Erbe vorenthalten oder uns beibringen, vernünftig und gewissenhaft damit umzugehen?" Er schmunzelte. „Vielleicht könnt Ihr uns ja lehren, wie man es schafft, *nicht* von Beliors Stein getroffen zu werden?"

Meliande sah ihn überrascht an, dann lachte sie. „Geschlagen mit den eigenen Waffen. Meister Hernul, ich muss mich mit Barius beraten. Es ist eine schwerwiegende Entscheidung. Zu viel steht auf dem Spiel. Aber vielleicht habt Ihr Recht. Es wird gewiss Dinge geben, die Euch nützen, ohne dass es die Welt aus den Angeln hebt. Jetzt weiß ich wenigstens, woher Tarlon seine Geistesschärfe hat."

„Nicht von mir, das ist gewiss", lächelte Hernul etwas wehmütig. „Das verdankt er seiner Mutter."

„Schade, dass ich sie nie kennen lernte", sagte Meliande sanft. „Aber was führt Euch überhaupt zu mir?"

„Vielleicht wollte ich nur Eure Gesellschaft genießen."

„Danke", sagte sie lächelnd. „Aber das ist nicht der einzige Grund, habe ich Recht?"

„In der Tat. Meister Pulver bat mich, ein paar Fragen mit Euch zu besprechen."

„Meister Pulver", wiederholte die Sera nachdenklich. „Habt Ihr nun alle Eure Antworten?"

„Nein." Hernuls Blick blieb auf ihre Augen geheftet, als er weitersprach. „Eine Frage habe ich noch nicht gestellt."

„Dann stellt sie nun."

Hernul griff in eine Tasche seiner Weste und zog eine große goldene Münze daraus hervor. In der späten Nachmittagssonne funkelte und glänzte sie, als sei sie frisch geprägt.

„Habt Ihr diesen Mann schon einmal gesehen?", fragte er und hielt die Münze so, dass sein Gegenüber die Prägung sehen konnte. Sie zeigte einen Mann mit schmalem Gesicht, gerader Nase und hoher Stirn.

Die Hüterin zog die Luft ein.

„Das kann nicht sein", hauchte sie.

„Das ist der Regent von Thyrmantor", erklärte Hernul.

„Wir fanden diese Münze bei den Sachen des Magiers, der damals im Gasthof das Feuer auf uns herabsandte." Er griff erneut in die Tasche und entnahm ihr eine weitere Münze, die er in Meliandes Hand legte. „Und diese hier fand Pulver bei dem Goldschatz dort im Keller."

Sie sah auf die Münze herab und erblickte ihr eigenes in Gold geprägtes Porträt. Langsam drehte sie die Münze mit dem Finger herum. Auf der anderen Seite war das Porträt Beliors zu sehen, jünger zwar, aber unverkennbar der gleiche Mann wie auf der Münze aus Thyrmantor.

„Pulver meinte, dies sei eine Gedenkmünze gewesen, geprägt zu Ehren der Zwillinge, der Erben des Greifen, an ihrem sechzehnten Geburtstag. Sie zeigt Prinzessin Meliande und Prinz Belior von Lytar."

Meliande wurde bleich. „Wie lange wisst Ihr schon davon?"

Hernul sah sie an und zuckte die Schultern. „Ich weiß es seit vorgestern. Pulver weihte mich ein, bevor ich aufbrach. Er hingegen wusste es schon von dem Moment an, in dem er Euch das erste Mal sah. Damals sagte er, wenn er die Aufgabe hätte, die Krone weiterzugeben, dann würde er jemand wählen, der sie nicht will."

„Ich will die Krone nicht", flüsterte sie.

„Ja", sagte Meister Hernul. „Genau das meinte er wohl damit. Eines soll ich Euch noch ausrichten."

„Und was wäre das?", fragte sie leise.

„Ihr seid eingeladen, dem Rat der Ältesten beizutreten." Hernul lachte leise. „Pulver besteht sogar darauf."

Er verbeugte sich vor ihr. „Nun entschuldigt mich, ich werde jetzt diesen alten Gasthof aufsuchen und nachsehen, ob noch etwas von dem Eintopf übrig ist. Die Göttin mit Euch, Sera."

„Und auch mit Euch, Meister Hernul“, antwortete Meliande und sah Tarlons Vater nach, der sich zwischen den Steinen hindurch vorsichtig einen Weg hinunter zum Gasthof suchte.

Dann sah sie wieder auf die Münze in ihrer Hand. „Verflucht sollst du sein“, flüsterte sie. „Wie ist es nur möglich? Welche Gier lebt in dir, dass du selbst dem Tod entrinnen konntest? Doch diesmal, Bruder, werde ich keinen Augenblick zögern, dich zu erschlagen! Göttin!“, rief sie und ballte die Hand mit der Münze darin zur Faust, um sie dann verzweifelt gen Himmel zu recken. „Wie konntest du zulassen, dass *ER* deinem Strafgericht entkam? Wie konntest du das nur *zulassen*!“

Hoch oben im Norden, in einem dunklen Turmzimmer, nahm der Kanzler und Regent von Thyrmantor seine Hand von einer gläsernen Kugel, und langsam verblasste darin das Bild Meliandes.

„Du hast lange gebraucht, um zu begreifen, Schwester“, murmelte er mit kaltem Lächeln und wandte sich an den Kriegsmeister, der neben ihm stand. „Seid Ihr sicher, dass Euer Plan funktioniert?“, fragt er mit harter Stimme.

„Nun, Kanzler“, antwortete der Kriegsmeister. „Ihr kennt ssie besser als wir. Wird ssie ruhen, bevor ssie Euch gestellt hat?“

Belior lachte leise.

„Wohl kaum. Sie hasst mich nicht weniger als ich sie. Jetzt kann sie nichts mehr aufhalten. Wartet ab, sie wird die Söldner aufsuchen und sie mit ihrer goldenen Zunge überreden, sich ihr anzuschließen. Oder sie verliert vorher die Geduld und kommt allein.“

„Es macht keinen Unterschied. Wir werden ssie hier erwarten“, zischelte der Kriegsmeister. „Sssie wird uns erst zu Gessicht bekommen, wenn wir ssie ergreifen. Fragt nicht unss, ob wir uns unserer Sache ssicher sind. Fragt Euch sselbst, ob dieses Weibchen das Risiko wert ist.“

„Risiko? Ihr habt mir versichert, dass Euer Plan funktionieren wird.“

„Ess gibt immer etwass, das man nicht planen kann. Ihr selbst seid das besste Beispiel. Wie hätten wir wisssen sollen, dass Euch diese Frau wichtiger isst als Berendall? Dabei isst sie nur ein Weibchen.“

„Sie ist die Einzige, die mir gefährlich werden kann.“

„Euch mit Eurer Macht? Wacht nicht Euer dunkler Gott über Euch?“

„Ihr versteht nicht, Kriegsmeister. Sie war es, die mir die größte Schmach antat. Wäre sie nicht gewesen, hätte sich mir niemand in den Weg gestellt. Bringt mir ihren Kopf, Kriegsmeister, und ich will Euch reich belohnen. Aber lasst sie nicht entkommen!“

„Wie Ihr wünscht, Kanzler“, sagte der Kriegsmeister und verbeugte sich tief.

„Pulver will Meliande in den Rat wählen“, sagte Hernul etwas später am Pass zu Ralik. Sie standen an der Theke des alten Gasthofs, und Hernul hatte sich und dem Radmacher soeben einen Humpen Bier gezapft. Er schob ihm einen gefüllten Bierkrug zu, griff sich den eigenen und wies zu einem Tisch in einer Ecke. Der alte Gasthof war mittlerweile zu neuem Leben erwacht. Der Bürgermeister hatte Hernul vier Fässer Bier mitgegeben, die aber erst abgeladen wurden, als die Nacht hereinbrach. Der Anblick der Fässer wurde mit Jubel begrüßt, und es fand sich auch gleich jemand, der das Anstechen übernahm.

„Viel länger hätten wir nicht warten dürfen", meinte Hernul schmunzelnd, nachdem er sich gesetzt hatte. „Sonst hätten wir nichts mehr abbekommen."

Der Zwerg nahm einen tiefen Schluck, doch das Bier munterte ihn nicht sehr auf. Unter seinen buschigen Brauen musterte er die Hüterin Meliande, die zwei Tische entfernt saß und sich mit Hauptmann Hendriks und Helge, dem Heiler der Söldner, unterhielt. Er zog sich einen Stuhl heran und setzte sich ebenfalls, den Blick noch immer auf die blonde Hüterin gerichtet.

„Sie sieht aus, als wäre sie nicht einmal zwei Dutzend Jahre alt. Fast ein Kind noch", sagte er dann. „Also gut, Pulver will sie im Rat haben. Aber ich frage mich, warum? Wir wissen nichts von ihr."

„Nun, er wusste von Anfang an mehr, als er uns gesagt hat", bemerkte Hernul. „Vielleicht hat er es auch einfach nur vermutet und behielt Recht." Der Holzfäller sah sich um, ob jemand sie belauschte, dann sprach er leise weiter. „Sie ist die letzte Prinzessin von Lytar. Unmittelbar vor der Katastrophe entschieden der Rat der Stadt und die Priesterschaft, sie in der Erbfolge vor ihren Bruder, Prinz Belior, zu setzen und ihr die Krone anzutragen. Vielleicht wurde sie sogar noch gekrönt, aber das weiß Pulver nicht. Er hat sie nicht danach gefragt."

Eine lange Zeit sagte Ralik nichts, aber noch immer ruhten seine Augen auf Meliande. Sie musste seinen Blick gespürt haben, denn sie sah auf und lächelte ihn an.

„Na, wunderbar!", grummelte er. „Selbst ich bin gegen ihr Lächeln nicht gefeit. Sie ist also Meliande von Lytar und hat einst eure Vorfahren aus der Stadt geführt … Demnach ist sie es auch, die Lytara gegründet hat. Ist es das, was Pulver glaubt?"

„Er war sich nicht ganz sicher, deshalb bat er mich, sie zu fragen. Aber du wirkst gar nicht überrascht, alter Freund?“

„Nun, ich habe ihre Schwerter gesehen“, erwiderte Ralik.

„Was ist mit ihnen?“

„Hast du nie bemerkt, von welch hoher Qualität sie sind? Jedes einzelne von ihnen ist wertvoll genug, um es gegen ein Königreich zu tauschen. Schon damals, als ich die Sera Meliande das erste Mal sah, fragte ich mich, wer sie wohl sein mag, dass sie solche Waffen besitzt … Nein“, korrigierte sich der Radmacher. „Damals fragte ich mich, wer sie einst gewesen sein mag, denn sie stand ja noch unter diesem Bann. Dann verschwand sie, und einige der Hüter gaben das, was von ihrem Leben übrig war, um sie von den Toten zurückzuholen.“ Seine stahlgrauen Augen musterten Hernul eindringlich. „Ich bin nicht blind, mein Freund.“

„Aber du hast uns nichts gesagt.“

„Pulver auch nicht.“

„Und dennoch bist du gegen sie eingestellt?“

„Bin ich das?“, fragte der Zwerg bedächtig. „Ich weiß nicht, ob es so ist. Ich misstraue Barden allgemein. Es ist ihr Broterwerb, Geschichten zu erzählen. Und nicht jede davon ist wahr.“

„Sie ist eine Bardin?“

„Meliande vom Silbermond. So hat sie sich uns vorgestellt, erinnerst du dich?“

Hernul nickte. „Ja, ich erinnere mich.“

„Ich sage damit nicht, dass sie gelogen hat … und warum sollte nicht auch eine Prinzessin die Kunst des Bardentums ausüben. Aber wenn es so ist, dann weiß sie um die Macht der Worte und die Wirkung ihres Lächelns. Dann lernte sie, Vertrauen und Freundschaft zu gewinnen. Sowohl das Wort als auch Vertrauen sind Waffen, die schärfer sind als jedes Schwert."

„Hhm. Also weißt du nicht, ob du ihr vertrauen kannst?"

„Vertraut Pulver ihr?"

Hernul rollte die Augen. „Ich weiß es nicht. Es kommt mir aber so vor. Was ist eigentlich mit dir und Pulver? In letzter Zeit scheint ihr mir in vielen Dingen über Kreuz zu liegen. Ihr seid doch noch länger befreundet als wir … wart ihr nicht sogar zusammen auf Reisen? Was wirfst du ihm vor?"

„Der Rat soll über die Geschicke Lytaras entscheiden, ist es nicht so? Vielleicht war sie es sogar", er wies mit seinem Humpen auf Meliande, „die es einst so bestimmte. Doch in der letzten Zeit ist es mehr und mehr Pulver, der die Entscheidungen trifft. Pulver und seine verfluchten Argumente. Es klingt so richtig, was er sagt, so vernünftig und überlegt … und doch waren es seine Argumente, die Argor in den Tod schickten und deine Kinder in die Gefahr. Aber den eigenen Sohn behielt er wohlweislich bei sich und verbot ihm jedes Abenteuer."

„Das wirfst du ihm vor?", fragte Hernul überrascht. „Du denkst, er habe seinen Sohn auf Kosten unserer Kinder schonen wollen? Aber hör mal, Ralik, du kennst doch Astrak. Selbst Vanessa könnte ihn mit nur einer Hand besiegen, so dürr wie er ist. Er ist kein Kämpfer, doch er hat den Geist und Verstand seines Vaters … und ich bin überzeugt, er wird sich in Alt Lytar noch als Hilfe erweisen."

„Mag sein", knurrte Ralik. „Aber eines sollst du wissen. Ich lebe nun schon viele Jahrhunderte. Und in all meinen Jahren habe ich nie jemand kennen gelernt, der gerissener ist als Pulver. Ich weiß nicht, wie er es schafft, aber selbst ich unterschätze ihn regelmäßig. Wäre er nicht mein Freund, und so sehe ich ihn ja immer noch, hätte ich vor ihm mehr Angst als vor Belior."

„Angst vor Pulver?", fragte Hernul überrascht.

„Auf unseren Reisen war das Gold hier und da etwas knapp. Er hatte so ein Spiel dabei, Schach hieß es, und er wettete, dass ihn niemand darin schlagen könne ... und tatsächlich ist das auch nie geschehen. Mehr als einmal half uns sein Talent, die Zeche und das Nachtlager zu zahlen. Außerdem kenne ich ihn schon lange genug und weiß, dass er etwas vorhat. Er verfolgt einen Plan, Schritt für Schritt ..."

Ralik musterte den Humpen vor sich auf dem Tisch. „Hernul, er benutzt uns als Spielsteine, das ist es, was ich ihm vorwerfe! Seit wir angegriffen wurden, war jeder unserer Schritte von ihm vorgeplant. Nur den Staudamm ... an den hat er nicht gedacht!"

„Hhm", machte Hernul. „Hast du von diesem Kriegsmeister gehört? Dem Kronok in den Roben, der Graf Lindor angeblich als Berater zur Seite gestanden hat? Die Gefangenen erzählten von ihm."

„Ja", sagte Ralik. „Ich habe davon gehört. Was ist mit ihm?"

„Nun, dieser Kronok soll ein Planer gewesen sein, ein Meister der Strategie. Vermutlich ist er bei der Flutwelle umgekommen, aber es soll noch mehr von ihnen geben. Sie alle dienen Belior."

„Ja und?"

„Wenn du mit allem Recht hast, bin ich froh, dass es Pulver ist, der all unsere Züge plant. Wie du schon sagtest, er hat noch nie verloren. Glaube mir, er wird einen Grund dafür haben, die Hüterin in den Rat aufzunehmen." Hernul legte eine Hand auf Raliks gepanzerten Arm. „Schau, mein Freund, egal wie du es betrachtest, es bleiben nur zwei Fragen. Die eine lautet, traust du Pulvers Urteil, die andere, vertraust du ihm selbst."

„Ich mag es nicht, wenn etwas hinter meinem Rücken bestimmt wird. Es ist in Ordnung, wenn er schon im Voraus weiß, wie ich mich entscheiden werde, aber bei den Göttern, er könnte mich doch wenigstens einmal fragen, bevor er zu planen beginnt. Was mir aber die Barthaare abstehen lässt, ist die Tatsache, dass er mich immer wieder um den Finger wickelt. Er findet Argument um Argument, um meine Bedenken zerstreuen, auf jede meiner Fragen hat er eine Antwort parat, und dann, zum Schluss, klopft er mir auf die Schulter und sagt, na, siehst du, Ralik, ich wusste, dass wir einer Meinung sind! Gütige Götter, Hernul, ich bin nun wahrlich kein kleines Kind mehr, und niemand kann mich dumm nennen, aber bei Pulver fühle ich mich immer so, als wäre ich einfach zu langsam, um auf Anhieb zu verstehen, was er meint! Und dann, wenn er mir alles haarklein erklärt und jede noch so unbedeutende Erwägung auseinandergesetzt hat, wenn mir nicht mehr ein einziger Grund einfällt, ihm noch zu widersprechen … genau dann fühle ich mich so, als ob ich gar nicht mehr wüsste, was ich eigentlich will! Dann schäme ich mich, weil ich nicht sofort begriff, was er mir erklären wollte, und werde stur und trotzig wie ein Kleinkind, das seinen Willen nicht bekommt. Manchmal *will* ich einfach Recht haben … doch Pulver gönnt mir das nie!"

Hernul lachte erheitert. „Ich weiß, wie du dich fühlst. Mir geht es bei Tarlon manchmal genauso. Ich habe gelernt, mich damit abzufinden, dass er alles durchgedacht hat, bevor er den Mund öffnet. Und was Pulver betrifft … was erwartest du von jemandem, der jedes Buch gelesen hat, dessen er habhaft werden konnte, und der schlichtweg nie etwas vergisst?“

„Dann verstehe ich nicht, warum er so oft den Spaßvogel spielt. Manchmal mag man ihn kaum ernst nehmen.“

„Weißt du, Ralik“, begann Hernul, „jemand, der immer Recht behält, wird von den Leuten geschnitten. Pulver musste das schon als Kind erfahren, und Astrak macht nun die gleiche Erfahrung. Sie sind sich beide ähnlich. Und beide zeigen sich in ihrer Ernsthaftigkeit nur denen, die sie wirklich mögen und denen sie vertrauen. Die Meisten im Dorf würden dich gar nicht verstehen, weil Pulver es noch nie für nötig hielt, sie zu überzeugen. Denn sie sind ihm nicht *wichtig*! Pulver ist auf jedem Fest gern gesehen, weil er Freude verbreitet ... doch nur die Wenigsten kennen ihn so, wie du ihn mir beschreibst. Doch das ändert sich gerade.“

„Vielleicht hast du Recht, so habe ich es noch nie betrachtet“, erwiderte Ralik nachdenklich. „Aber wieso meinst du, dass sich daran gerade etwas ändert?“

„Ralik, alter Freund. Sieh mich an und sage mir, ob du die Verantwortung übernehmen willst und bereit bist, Entscheidungen zu treffen, die unser aller Leben verändern werden? Entscheidungen, die weit über unser Tal hinaus wirken werden?“

„Das tue ich doch gerade. Ich werde unsere Kämpfer anführen, und wenn wir den Feind stellen, werde ich in vorderster Reihe stehen.“

„Und wenn Belior nicht blind den Pass hinaufgestürmt kommt? Wie sieht dein Plan für diesen Fall aus?“

Der Zwerg strich sich durch den Bart.

„Darüber habe ich mir noch keine Gedanken gemacht. Es wird sich zeigen, wenn es so weit ist.“

„Was meinst du, könnte Pulver einen Plan dafür haben?"

Der Zwerg seufzte.

„Was genau willst du mir damit sagen, Freund?"

„Es liegt auf der Hand. Anselm ist unser Bürgermeister, aber mehr will er nicht sein. Er ist in Lytara zurückgeblieben und hat dort Gründe gefunden, nicht mit uns nach Alt Lytar zu gehen. Er sagt, er müsse sich um den Nachschub kümmern und um seinen Sohn, von dem sowohl Meliande als auch Barius sagen, dass seine Seele an den Falken verloren ist. Im Moment zumindest wirst du von ihm keine Führung erwarten können, er ist damit zufrieden, wenn man ihm sagt, was er tun soll. Und ich … ich baue dir jedes erdenkliche Haus. Ich weiß auch, wie wir all die Dinge transportieren können, die wir benötigen. Aber ich weiß nicht, *was* wir benötigen! Ich hätte beispielsweise nicht an das Bier gedacht, es war Pulver, der Anselm darauf ansprach. Wir alle sind froh, wenn uns jemand sagt, was wir tun sollen. Weil wir dann nicht mehr entscheiden müssen! Pulver aber ist derjenige, der die Vorschläge macht! Er sagt nicht, tue dies oder tue jenes, er sagt, wäre es nicht besser, wenn ... Oft genug habe ich mich dann gefragt, warum ich nicht selbst auf die Idee gekommen bin. Wenn nicht der Rat, sondern ein Einzelner regieren würde … wer, Ralik, wäre von uns allen am ehesten dazu geeignet?"

„Pulver, vielleicht auch Garen. Aber du hast noch nicht gesagt, was sich gerade ändert."

„Die Leute merken langsam, dass Pulver mehr ist, als es den Anschein hatte. Sie kommen mit ihren Problemen zu ihm, und er findet eine Lösung. Immer."

„Und was ist mit Garen?", fragte Ralik.

„Er hilft Anselm im Dorf und bereitet die Verteidigung vor. Aber auch er ist froh, dass Pulver das Steuer in die

Hand genommen hat. So, und jetzt kannst du vielleicht selber sagen, warum Pulver die Hüterin im Rat haben will."

Ralik strich sich über den Bart. „Das liegt wohl auf der Hand. Er will die Last nicht allein tragen, und ich kann ihn gut verstehen. Ich habe es begriffen, Hernul. Aber dennoch … nur einmal will ich erleben, dass Pulver nicht Recht behält."

„Dann will ich hoffen, dass es geschieht, *nachdem* Belior besiegt ist."

„Ich muss zugeben", stellte Lamar nachdenklich fest, „dass ich anfänglich von diesem Meister Pulver ähnlich dachte wie Euer Radmacher."

„Er war darin nicht allein", antwortete der alte Mann gemächlich. „Allerdings hätte man es sich denken können. Meister Pulver war Alchimist, immer voller Ideen und gesegnet mit einem außerordentlichen Wissensdurst. Es lag nahe, dass er einen scharfen Geist besitzen musste. Doch er verbarg es gut. Später hörte ich auch von Astrak, dass manche Menschen es einem übel nehmen, wenn man ihnen überlegen ist. Es sei also klug, so meinte er, es vor ihnen zu verbergen!" Der Geschichtenerzähler lachte leise. „Aber es gab ja noch einen anderen Mann, dem seine ganze Klugheit im Moment partout nichts nützen wollte …"

Knorre stand, auf eine Krücke gestützt, am Fenster und zog den Vorhang vorsichtig zur Seite, um den Priester und die königlichen Soldaten besser beobachten zu können, als diese das Haus wieder verließen.

„Unglaublich", sagte er verwundert. „Ich weiß nicht, wie sie es geschafft hat, aber sie ziehen tatsächlich wieder ab." Er ließ den Vorhang in die alte Position fallen und lehnte sich mit dem Rücken an die Wand neben dem Fenster. „Vier Tage sitze ich hier schon fest!"

Argor saß neben Knorres Bett auf einem bequemen Stuhl und hatte bis zu dem Moment in einem Gedichtband gelesen, den Sina ihm gegeben hatte. Jetzt sah er auf und musterte den hageren Arteficier. „Ich vermute, dass Ihr es auch gar nicht wissen wollt."

„Damit könntet Ihr Recht haben", seufzte Knorre. „Warum musste ausgerechnet *mir* das geschehen!"

„Nun, Meister Knorre, eigentlich habt Ihr gewusst, dass es geschehen würde. Schließlich war es Eure eigene Vision. Außerdem verstehe ich nicht, worüber Ihr Euch beschwert. Ich bin mir darin nicht sicher, aber ist es nicht unüblich für einen Menschen, vier Tage, nachdem sein Bein in Splittern brach, wieder zu stehen und zu fluchen, als habe er nur einen leichter Kratzer davongetragen?"

„Leonora hat ein gewisses Talent für Wundheilung", antwortete Knorre und klang ungehalten darüber. „Sie hat überhaupt eine ganze Menge Talente!“

„Macht Ihr das Leonora zum Vorwurf?“, fragte Argor schmunzelnd. „Ich für meinen Teil bin dankbar dafür. Etwas Ruhe schadet weder Euch noch mir.“

„Und wie soll ich Ruhe finden, wenn die ganze Welt am Abgrund schwebt? Ihr habt doch auch gehört, was Sina berichtet hat, als sie vom Markt zurückkam! Darkoths Priester schwirren hier herum wie Fliegen über einem Kadaver, und sie kennen keine Rücksicht. Heute Morgen ist ein alter Mann so hart getreten worden, dass er es wohl nicht überleben wird! Und Leonora und Sina ... mir dreht sich der Magen um, wenn ich nur daran denke, was sie tun mussten, damit diese Kerle wieder verschwinden. Habt Ihr gesehen, wie selbstgefällig und zufrieden diese Gesellen gegrinst haben?“

„Im Gegensatz zu Euch habe ich nicht durchs Fenster gelinst, Meister Knorre“, erinnerte ihn der junge Zwerg. Er legte das Buch zur Seite und stand auf. „Ihr scheint das Bein bald wieder belasten zu können. Nur noch etwas Geduld, und Ihr könnt Euren Plan endlich ausführen. Ich werde Euch dabei helfen, so gut ich kann.“

„Du hast ja noch nicht einmal gefragt, was ich vorhabe!“

„Muss ich das denn wissen?“, entgegnete Argor. „Ich habe einiges von Euch gelernt, Meister Knorre, und auch *über* Euch. Ihr vermeidet es zu lügen, aber die ganze Wahrheit hört man selten. Ich sah Euch mehrmals täglich mit diesem Stab meditieren ... Anfangs habt Ihr einmal behauptet, Ihr wüsstet nicht viel über die Magie, die in ihm steckt. Vielleicht war das ja die Wahrheit, aber inzwischen stimmt es wohl nicht mehr. Ich brauche ihn ja nur anzusehen, um zu wissen, dass Ihr ihn wieder aufgeladen habt.

Leonora, Eure Tochter Sina und Ihr selbst … Ihr drei riecht geradezu nach Magie und Verschwörung. Also frage ich Euch gar nicht erst, damit Ihr für mich die Wahrheit nicht verdrehen müsst."

„Eine weise Entscheidung", tönte Leonoras Stimme von der Tür her. Sie kam herein, schloss die Tür hinter sich und lehnte sich erschöpft dagegen. „Ich kenne ihn nun wahrlich lange genug, es ist die einzige Art, ihn zu ertragen."

„Du siehst erschöpft aus", stellte Knorre mit erkennbarer Beunruhigung fest. „War es … war es schlimm für dich?", fragte er besorgt, ohne auf ihre Worte einzugehen.

Leonora seufzte.

„Ja, aber nicht so, wie du vielleicht denkst", sagte sie. „Du bist ein verdammter Querkopf und willst einfach nicht sehen, was wir hier tun."

„Da hast du Recht", gab Knorre zurück. „Ich will es nicht sehen."

„Sina und ich, wir geben uns als Kurtisanen aus, doch in Wahrheit sind wir keine! Über meinen geheimnisvollen Gönner spekuliert die halbe Stadt, aber es gibt ihn gar nicht! Ich gebe rauschende Bälle, flirte, unterhalte mich mit meinen Gästen, und manchmal sind auch andere Frauen anwesend. Was die dann tun, ist ihre Sache. Aber Sina gehört genauso wenig zu ihnen wie ich! Wenn sie einen Mann findet, der ihr gewachsen ist, wird sie unschuldig in diese Verbindung gehen." Sie schmunzelte ein wenig. „Allerdings wird sie über gewisse Dinge besser informiert sein als andere Jungfern … der Glückliche dürfte zu beneiden sein."

Knorre sah sie wortlos an, dann schüttelte er müde den Kopf.

„Vier Nächte lang habe ich die schlimmsten Gedanken gehabt, hättest du nicht schon früher etwas sagen können?“, fragte er schließlich in vorwurfsvollem Ton. „Du hast mich glauben lassen …“

„Seht Ihr, Argor, so ist er“, rief Leonora und warf die Hände in die Luft. „Er bildet sich irgendetwas ein, nimmt das Trugbild für wahr, und wenn es sich dann als falsch erweist, sind die anderen schuld daran!“

Argor trat hastig einen Schritt zurück und gab mit einer Geste zu verstehen, dass er sich aus diesem Streit heraushalten werde.

„Du hättest etwas sagen können!“, rief Knorre erzürnt.

„Und du hättest besser von uns denken können! Wie soll ich mich denn fühlen, wenn du mich für fähig hältst, meine eigene Tochter fremden Männern zuzuführen!“

„Ich habe doch gesehen, wie sie gekleidet war!“, dröhnte Knorre. „Was soll ich denn da anderes denken!“

„Etwas anderes als andere jedenfalls! Ist dir nie in den Sinn gekommen, dass alles auffliegen könnte, wenn wir uns wie normale Bürger geben und kleiden würden?“

„Aber was könnte denn dann auffliegen?“, rief Knorre verzweifelt.

Sie schüttelte den Kopf.

„Dass wir hier predigen und beten, was denn sonst? Dies hier ist ein Tempel der Mistral. Und die meisten unserer … Gäste kommen nicht um der Fleischeslust willen, sondern um vor Mistrals Bild zu beten. Bei der Göttin!“, rief sie und stampfte mit dem Fuß auf. „Dass du so schlecht von uns denken konntest!“

Knorre stützte sich schwer auf seine Krücke und sah sie fassungslos an.

„Das hier … ist ein Tempel der Göttin?“, stammelte er.

„So ist es“, erwiderte Leonora und verschränkte die Arme trotzig vor der Brust. „Niemand würde das vermuten, nicht wahr? Genau deshalb haben wir diese Tarnung gewählt! Wir sind hier, weil wir den Gläubigen Hilfe und Beistand gewähren!"

Knorre humpelte zum Bett hinüber und ließ sich schwer in die Kissen sinken.

„Es tut mir leid", seufzte er schließlich.

„Es tut dir leid?", fragte Leonora mit einem ungläubigen Unterton in der Stimme. „Du entschuldigst dich? Ist das dein Ernst?"

„Ja, verdammt!", fauchte Knorre. „Bist du jetzt zufrieden?"

Sie schmunzelte. „Ja. Durchaus. Ich hätte nur nicht gedacht, dass ich diesen Tag jemals erleben würde!"

„Gut. Jetzt hast du ihn erlebt. Aber nun sag mir endlich, was mit diesem Priester des Darkoth war?"

„Es war nicht leicht, ihm etwas vorzugaukeln. Sina war dafür, ihn auf der Stelle verschwinden zu lassen. Sie ist etwas hitzköpfig." Leonora zog eine Augenbraue hoch. „Ich frage mich, von wem sie das hat."

Knorre hob die Hand und lachte leise. „Friede, Leonora?"

Sie lächelte und nickte. „Friede. Bis zum nächsten Krieg." Dann ging sie zum Fenster und schob den Vorhang zur Seite. „Ich muss zugeben, beinahe hätte ich Sina den Gefallen getan. In den letzten Tagen haben die Repressalien überhandgenommen. Die königlichen Soldaten benehmen sich, als gehörte die Stadt ihnen, und die Priester des Darkoth …" Sie seufzte. „Es scheint mir fast, als ließen sie keine Gelegenheit aus, die Leute zu provozieren. Und sobald sich jemand darauf einlässt, schnappt die Falle zu." Sie ließ den Vorhang fallen und wandte sich zu Knorre.

„Du hast gesagt, du wolltest etwas gegen dieses Geschmeiß unternehmen. Hast du schon was erreicht?"

„Ich finde, Lindors Regimenter in die See zu spülen, war ein guter Anfang. Dummerweise wären wir dabei fast selbst ersoffen. Nur die Magie des Stabs hat uns gerettet. Und die brachte uns schnurstracks in den alten Turm von Berendall." Er zuckte die Schultern. „Zugegeben, das war nicht so geplant. Außerdem scheinen wir auf der Strecke Zeit verloren zu haben. Irgendetwas mit der Magie muss schiefgelaufen sein … es könnte an dem Wasser gelegen haben, das wir mitschleppten! Es hat den alten Turm fast zerissen, als wir ankamen."

„Der Knall war weithin zu hören. Ich habe mir schon gedacht, dass du es warst."

„Wir hätten nicht hier landen dürfen. Es gab in Lytar noch genug zu tun. Allerdings …", er sah verärgert aus dem Fenster, „gibt es hier ebenfalls einiges zu tun!"

„Nimm es nicht so schwer, wahrscheinlich kommen sie in Lytar auch ohne dich zurecht. Jetzt bist du jedenfalls hier. Was machen wir nun?"

„Zuerst hatte ich vor, zurückzureiten, sobald ich genesen bin. Dass sie nun die Tore so streng bewachen, ist ärgerlich. Es gibt zwar andere Wege aus der Stadt, aber dann müssten wir zu Fuß gehen. Ich habe mir überlegt, Lindors Lager aufzusuchen und dort etwas Unruhe zu stiften."

„Der Graf hat das Lager abriegeln lassen. Es dürfte schwer sein, hineinzugelangen, und so gut wie unmöglich, an ihn selbst heranzukommen. Er schleift seine Soldaten bis aufs Blut und benimmt sich, als wäre Krieg."

„Da hat er ja nicht Unrecht", knurrte Knorre grimmig. „Er trat den Leuten von Lytara empfindlich auf die Füße, und die gehören nun mal zu der Sorte Mensch, die sich so etwas nicht bieten lässt. Sie haben Thyrmantor den Krieg erklärt."

Leonora sah ihn nachdenklich an.

„Das könnte interessant werden", bemerkte sie dann.

„Entschuldigt, Sera", meldete sich Argor zu Wort, der die ganze Zeit still zugehört hatte. „Ihr scheint Informationen über Lytara zu haben?"

Sie nickte.

„Ich war vor ein paar Jahren zum Sommerfest dort. Ich mag die Leute aus dem Tal. Nur war es unbefriedigend, dort keinen Gottesdienst abhalten zu können, obwohl die Göttin sehr verehrt wird."

„Ihr seid eine Priesterin Mistrals?", fragte Argor erstaunt.

„Ja", lächelte Leonora. „Aber ich konnte in dem Dorf nicht viel ausrichten. Solange die Verderbnis über Lytar liegt, ist Mistrals Widerstand auch in Lytara fühlbar. Die Göttin lässt sich nicht sehr leicht besänftigen, wisst Ihr?"

„Das", meinte Argor grinsend, „kann ich mir vorstellen. Aber sagt, warum nimmt man uns eigentlich so ernst? Ist es nicht eher zum Lachen, dass ein kleines Dorf gegen Thyrmantor in den Krieg zieht?"

„Es kommt wohl auf das Dorf an", antwortete Leonora ernst. „Dies hier sind die Greifenlande, Freund Argor. Lytars Untergang war so spektakulär, dass sich die Legenden hielten. Und es sind ja nicht nur Legenden: Überall findet man die Spuren der alten Macht des Greifen. Jetzt aber erhebt sich der Greif erneut. Wenn Ihr wüsstet, wie viele Legenden sich um die Zeit ranken, da er wieder auferstanden sein wird, dann könntet Ihr verstehen, warum ein jeder Euren Widerstand so ernst nimmt. Lindor jedenfalls geht kein Risiko mehr ein."

„Vielleicht kann man sich für einen königlichen Soldaten ausgeben", überlegte Knorre laut. „So müsste man doch ins Lager kommen."

„Jetzt, wo jeder nach dir sucht? Die einzigen Soldaten, die das Lager verlassen, sind die Eskorten für die Priesterschaft des dunklen Gottes. Willst du dich ausgerechnet unter die Gesellen mischen?"

„Zugegeben, das dürfte schwierig werden. Aber vielleicht ... wenn Lindor tot wäre, würde das die Königlichen weit zurückwerfen!"

„Knorre", begann Leonora in einem seltsam eindringlichen Ton. „Dieser Weg würde deinen Tod bedeuten. Und Lindor hat noch eine Rolle zu spielen, glaube mir das."

„Ich glaube es dir", erwiderte Knorre einfach. „In solchen Dingen hast du meist Recht behalten. Also ist Graf Lindor das falsche Ziel?"

„Ja."

„Schade", knurrte Argor. „Ich habe da noch eine persönliche Schuld einzutreiben. Aber was könnnen wir tun?"

„Ich muss mit dem Grafen sprechen", sagte Knorre plötzlich.

„Mit Lindor? Seid Ihr verrückt?", rief Argor. „Habt Ihr nicht gehört, was Sera Leonora gerade gesagt hat?"

Knorre lachte leise. „Doch, mein Freund, das habe ich. Es gibt durchaus Momente, da höre ich ihr zu, wie jetzt zum Besispiel. Aber es gibt ja noch einen anderen Grafen hier, nicht wahr?" Er wandte sich an Leonora. „Ich muss Graf Torwald sprechen, so bald wie möglich. Bist du noch ... stehst du noch mit ihm in Verbindung?"

„Ja. Natürlich."

„Natürlich", seufzte Knorre und rieb sich die Schläfen. „Also gut. Kannst du ein Treffen arrangieren?"

„Ich werde sehen, was ich tun kann." Sie lachte leise. „Aber du musst mir versprechen, dass du dich benimmst.

Wenn ich mich recht entsinne, drohte er das letzte Mal damit, dich auspeitschen zu lassen!"

„Das war ein Missverständnis", winkte Knorre ab. „Soll ich ihm eine Nachricht schreiben?"

„Meinetwegen", antwortete Leonora. „Aber Sina überbringt sie ihm. Sie wird keine Aufmerksamkeit erwecken, denn sie besucht ihn öfter. Ich glaube, die beiden teilen ihr Interesse an Rosen."

„An Rosen?" Knorre sah sie überrascht an.

„An Rosen. Sina liebt sie, und der Graf hat einen Garten mit mehr als dreißig Sorten, seine Frau richtete ihn einst ein."

„Ja", sagte Knorre langsam. „Nun erinnere ich mich. Es ist eine Schande, dass sie starb." Er runzelte die Stirn. „Mir passt es nur nicht, Sina mit hineinzuziehen."

„Sie ist erwachsen", erwiderte Leonora lächelnd. „Mach dir keine Sorgen um sie."

„Ihr scheint eine Menge Leute zu kennen, Sera", warf Argor höflich ein. „Kennt Ihr vielleicht auch jemanden, bei dem ich eine Armbrust kaufen kann? Ich habe im Moment nur einen Dolch und fühle mich ziemlich hilflos damit."

„Mit einem Weidenkorb könnt Ihr wohl besser umgehen?", schmunzelte Leonora, und Argor lachte.

„Mehr als Glück war das nicht, und auf Glück allein ist wenig Verlass. Kennt Ihr also jemanden?"

„Ja. Berosch, unten am Hafen. Er hat einen kleinen Laden, neben dem ‚Blauen Ruder'. Eine üble Kaschemme und niemandem zu empfehlen, den man wiedersehen will. Wer dort zu viel trinkt, wird sich anderentags an Bord eines Seglers wiederfinden. Ich hörte zwar, Seeluft sei gut für die Gesundheit, aber nicht auf einem solchen Schiff. Berosch stellt keine Fragen, aber ob er auch vertrauenswürdig ist, weiß ich nicht. Wofür braucht Ihr eine Armbrust? Wäre eine Axt nicht besser für Euch?“

„Ich mag Äxte nicht, ich bevorzuge meinen Kriegshammer. Aber den bewahrt mein Vater für mich auf.“

„Zur gleichen Zeit“, fuhr der alte Mann gemächlich fort und nickte dankbar, als ihm der Wirt einen gut gefüllten Teller mit Wildbret in Weinsoße, Preiselbeeren und gebratenen Kartoffelstückchen vorsetzte, „saßen auch die Sera Bardin und die Freunde zu Tisch in Berendall. Auch wenn ich bezweifle, dass das Essen so gut war wie hier …“

Unbedachte Worte

Die Wache am Tor hatte mit einem Recht behalten: Das Essen in der „Dürren Gans“ war besser, als der Name vermuten ließ. Gut gesättigt blieben die Freunde noch an ihrem Tisch sitzen und tranken das Dünnbier, dem es, wie Tarlon bemerkte, deutlich an Würze fehlte, das aber dennoch genießbar war. Es war ruhig im Schankraum, außer den Freunden und der Bardin waren kaum Gäste anwesend, und der Wirt sah immer wieder stirnrunzelnd zur Eingangstür. Garret, der die ganze Zeit unruhig auf seinem Stuhl hin und her gerutscht war und dabei ständig mit seinem Becher gespielt hatte, hielt es nicht mehr aus. Er stand auf, und Vanessa sah ihn fragend an. „Jemand, der Langeweile hat, ist immer gut für einen Schwatz“, beantwortete er ihre unausgesprochene Frage und warf zur Erklärung einen schnellen Blick zum Wirt hinüber, der seine Theke nun bestimmt schon zum zehnten Mal polierte. Vanessa lächelte wissend und sah ihm zu, wie er sich einen Moment später an die Theke lehnte und sich zum Wirt vorbeugte. „Ich weiß nicht, wie er es macht“, bekannte sie dann leise. „Er braucht nur zu jemandem hinzugehen und ihn anzusprechen, und bald denkt man, er und seine neue Bekanntschaft wären seit Jahren die besten Freunde.“

Tarlon, der entspannt mit geschlossenen Augen und über

dem Bauch verschränkten Händen dasaß, öffnete ein Auge und sah seine Schwester an.

„Er ist immer gut gelaunt. Das mögen die Leute."

„Und er sieht gut aus", ergänzte Vanessa, worauf die Bardin erheitert auflachte.

„Das kann ich nicht beurteilen", sagte Tarlon mit einem Schmunzeln, bevor er die Augen wieder schloss.

„Euer Bier ist gut", lobte Garret lächelnd und legte dem Wirt vier Kupfer auf die Theke. „Noch eine Runde für mich und meine Freunde."

„Danke, Ser", erwiderte der Wirt und musterte den schlaksigen jungen Mann genauer. „Seid Ihr neu in der Stadt?"

„In der Tat", antwortete Garret offenherzig. „Heute erst angekommen. Da fällt mir ein, die Torwache sprach von irgendwelchen Marken, die man bekommt, wenn man länger bleiben will, habt Ihr solche Marken?"

„Hier", sagte der Wirt und schob vier blau lackierte Holzscheiben zu ihm hinüber. „Lange Reise gehabt?"

„Es ging", antwortete Garret und sah zu, wie der Wirt das Bier einschenkte. Als eines der Schankmädchen damit zum Tisch gehen wollte, schnappte sich Garret einen der Humpen und lehnte sich wieder an die Theke. „Wenn ich bedenke, dass es Abend ist und Euer Bier so gut, wundert es mich, wie leer es bei Euch ist."

„Das ist erst seit Kurzem so", meinte der Wirt und runzelte erneut die Stirn. „Bis vor zwei Tagen hättet Ihr Mühe gehabt, hier einen Tisch zu finden. Aber jetzt traut sich kaum mehr jemand auf die Straße. Und das alles nur, weil dieser Graf Lindor das Kommando über die königlichen Truppen übernommen hat!"

„Wie hängt das eine mit dem anderen zusammen?“, fragte Garret interessiert.

„Vorher hatten die königlichen Truppen zu viel Zeit und zu viel Sold. Sie ließen die Kassen ordentlich klingeln, und auch wenn nicht jeder sie gerne sah, waren sie doch erträglich. Jetzt aber hat Lindor sie zurückgepfiffen und dafür seine Kettenhunde von der Leine gelassen.“ Der Wirt schüttelte den Kopf. „Ich verstehe das nicht. Es hieß immer, der Graf sei ein gerechter Mann, obwohl er diesem Belior dient. Aber mittlerweile zweifle ich daran. Genauso wie an seiner Vernunft. Er muss doch wissen, dass er mit dem, was hier geschieht, das Wohlwollen mit einem Schlag vernichtet, das sich die Königlichen in den letzten beiden Jahren mit ihrem Gold erkauft haben.“ Der Wirt sah durch eines der offenen Fenster nach draußen auf den Marktplatz, wo einige Händler bereits begonnen hatten, ihre Stände abzubauen, obwohl die Sonne noch nicht untergegangen war. „Er schürt damit nur Unruhe, das muss ihm doch bewusst sein!“

„Vielleicht interessiert es ihn nicht“, mutmaßte Garret. „Wer könnte sich ihm schon entgegenstellen? Seine Truppen sind doch sicher in der Übermacht.“

„Er kann sich seine Truppen sonst wohin stecken! Ah, verzeiht, mein Freund, ich wollte nicht ausfallend werden. Aber wisst Ihr, noch weht hier nicht die Flagge Thyrmantors … und das sollte dieser Lindor nicht vergessen!“ Er wies mit den Augen hinauf zur Decke des Gasthofs. Dort war, wenn auch nur schwach, das Wappen des Greifen mit dem gesenkten Schwert zu sehen. „Dies hier ist Greifenland. Niemals hat bei uns eine fremde Macht ihr Banner erhoben, und das wird auch nicht geschehen!“

„Aber wie wollt Ihr das verhindern?“, fragte Garret betrübt. „Die Königlichen sind überall. Und wer würde es schon wagen, sich gegen sie aufzulehnen?“

„Es gibt eine Prophezeiung, junger Ser. Kennt Ihr sie nicht? Der Greif wird sich erheben!“

„Nun, wenn dies hier die Greifenlande sind“, begann Garret, ebenfalls den Blick zur Decke erhoben, „dann heißt das wohl, dass Ihr Euch bald erheben werdet?“

Der Wirt sah ihn verwundert an.

„Woher stammt Ihr, dass Ihr das nicht wisst? Der Greif steht für Alt Lytar, eine verwunschene Stadt im Süden, hinter dem Königspass.“

„Ich hörte davon. Wurde sie nicht von einer Göttin vernichtet? Ihr sagtet, dies hier sei Greifenland … wenn es die andere Stadt nicht mehr gibt, die Greifenlande aber noch bestehen, wer wird sich dann erheben müssen?“

Der Wirt, der schon wieder dabei war, die Theke zu putzen, erstarrte in seiner Bewegung und sah Garret überrascht an.

„So habe ich das noch nie betrachtet.“

Garret zuckte die Schultern. „Es kommt mir einfach schlüssig vor. Hier lebt der Greif noch … wo, wenn nicht hier, soll er sich erheben? Auf die Wiedergeburt einer zerstörten Stadt zu hoffen, erscheint mir dagegen als Wunschdenken. Aber Wünsche werden nicht einfach wahr. Nach meiner Erfahrung muss man selber etwas dafür tun.“

Der Wirt sah ihn lange prüfend an.

„Diese Fährte habt Ihr wohl gelegt, Ser. Darf ich fragen wer Ihr seid?“

Garret zögerte kurz. Er überlegte, ob es vernünftig war, was er hier tat. Nein, das war es nicht. Es gab Tausende von Gründen, die dagegen sprachen, und nur ein einziger Grund sprach dafür. Er war es müde, nichts zu tun, und er hatte schon immer gern Hornissennester angestupst, um zu sehen, was dann geschah. Er legte seine Hand vor dem Wirt auf die Theke und sammelte all seine Konzentration. Während die Augen des Wirts sich weiteten, stieg Qualm zwischen seinen Fingern empor.

Als Garret die Hand wieder wegnahm, war in das Holz der frisch polierten Theke das Wappen Lytars eingebrannt. Es war ihm sogar recht gut gelungen, dachte Garret bei sich.

Dann stellte er seinen Humpen auf das eingebrannte Wappen und sah den Wirt belustigt an, der nur ungläubig blinzelte.

„Wisst Ihr", begann Garret leise. „Es ist, wie ich gerade sagte: Selbst Prophezeiungen brauchen manchmal Unterstützung von denen, die an sie glauben. Sonst werden sie nicht wahr."

Als Garret an den Tisch zurückkam, öffnete Tarlon ein Auge. Er sah seinen Freund an und schüttelte den Kopf. „Das war unüberlegt."

Garret rollte die Augen und zog sich einen Stuhl heran. „Ja, vielleicht. Sag mir einfach, dass es ein Fehler war."

Während Vanessa und die Bardin die beiden fragend ansahen, richtete sich Tarlon mit einem Seufzer auf und musterte seinen Freund. „Diesmal zum Glück nicht", sagte er dann. „Es war sogar genau das Richtige. Aber dennoch war es unüberlegt."

„Wovon sprecht ihr?", fragte Vanessa verwirrt, während die Bardin aufmerksam zuhörte und Garret mit einem nachdenklichen Blick bedachte.

„Weißt du, Vanessa, das war schon immer ein Streitpunkt zwischen uns", antwortete Garret lachend. „Er meint, ich würde unüberlegt handeln, und ich halte dagegen, dass ich auf meinen Bauch höre und mich mein Gefühl nur selten trügt."

„Ich muss zugeben, dass er mit seiner Strategie bislang auch recht erfolgreich war. Aber im Allgemeinen ist es doch besser, erst zu denken und dann zu handeln!"

„Lassen wir das, Tarlon", winkte Garret ab. „Du machst es so, ich mache es anders." Er beugte sich zu Vanessa hinüber. „Mir fällt hier die Decke auf den Kopf, ich muss raus an die frische Luft." Dann sah er zu den anderen. „Außerdem sollten wir Argor suchen. Er muss hier noch irgendwo in der Stadt sein, gefunden haben sie ihn jedenfalls nicht, das hätten wir mitbekommen. Bei der Gelegenheit werde ich auch zum Hafen gehen und nach abfahrenden Schiffen fragen. Kommt ihr mit?"

„Ich nicht", sagte Tarlon mit einem bedeutungsvollen Blick zum Wirt, der nun immer wieder zu ihrem Tisch herübersah. „Ich werde noch ein wenig die Augen offen halten."

„Während du sie geschlossenen hältst?", witzelte Vanessa, als sie aufstand. „Ich begleite dich, Garret." Sie sah die Bardin fragend an, doch diese schüttelte den Kopf. „Ich denke, ich halte mich lieber etwas bedeckt."

„Das ist wohl besser so", stimmte Garret ihr zu. „Aber sagt, Sera, in welchen Hafen soll das Schiff Euch bringen?"

„Es kommt nur einer in Frage", antwortete die Bardin. „Evenbrok. Er ist der einzige unserer Häfen, der fremde Schiffe anlegen lässt. Schaut, ob die ‚Dunkelrabe' oder die ‚Samtschwalbe' im Hafen liegen, beide Schiffe habe ich in der Vergangenheit benutzt, die Kapitäne kennen mich."

„Das werden wir tun", sagte Garret. „Ich hoffe nur, wir haben Glück."

„Passt auf Euch auf", meinte Tarlon leise, als sein Freund

sich das Lederbündel griff, in dem sich auch dessen Schwert befand.

„Natürlich“, gab Garret grinsend zurück und verabschiedete sich fröhlich.

Die Bardin sah ihm nach und wandte sich dann an Tarlon. „Was war falsch an dem, was er vorhin tat?“

„Nun ja“, erwiderte Tarlon nachdenklich. „Es war nicht unbedingt falsch, aber es war unüberlegt. Wir kommen in eine Stadt, die wir nicht kennen, kehren in dieses Wirtshaus ein, das uns von einer der Stadtwachen empfohlen wurde und über dessen Wirt niemand von uns auch nur das Geringste weiß. Und Garret geht einfach hin zu ihm, erzählt ihm, dass er aus Lytar kommt und der Meinung ist, die Greifenlande müssten tätig werden, um die Stadt vor den Ansprüchen Thyrmantors zu bewahren. Er ruft mehr oder weniger offen zum Aufstand gegen Belior auf!“

„Das war wahrlich unüberlegt“, pflichtete die Bardin ihm bei und warf einen schnellen Blick zur Theke. „Es gibt hier bestimmt Spitzel, und wer sagt uns, dass der Wirt nicht selbst einer ist?“

„Niemand“, bekräftigte Tarlon und seufzte dann. „Aber wider alle Erwartung ist dieser Wirt Feuer und Flamme für die Idee und fragt sich bloß noch, warum er nicht selbst erkannte, dass nur ein Aufstand etwas ändern wird. Dort steht er nun und putzt seine Theke und geht im Geist bereits die Leute durch, die er zusammenrufen will, um sich mit ihnen zu beraten.“

„Aber dass es so kommen würde, hat Garret unmöglich wissen können.“

„Eben“, sagte Tarlon. „Das ist das Problem mit ihm. Vernunftmäßig war es falsch, dem Wirt auf die Nase zu binden, woher wir kommen. Aber Garret fühlte, dass es richtig war.

Und vielleicht war es letzlich nötig, damit sich die Greifenlande gegen Thyrmantor erheben." Er nahm einen Schluck und musterte die Bardin über den Rand seines Bechers hinweg. „Nun sagt mir, Sera, war es richtig oder falsch, was er tat?"

„Wenn es zum Aufstand kommt, und wenn der erfolgreich ist, dann war es richtig", antwortete die Bardin nachdenklich. „Nimmt man uns aber fest und richtet uns hin, wäre es falsch gewesen."

„Das sehe ich nicht anders." Tarlon schmunzelte. „Ich habe auch etwas dagegen, hingerichtet zu werden. Aber jetzt, in diesem Moment, können wir nicht wissen, zu welchem Ergebnis Garrets Handeln führen wird. Niemand weiß es. Auch Garret nicht. Dennoch hat er gehandelt. Einfach so, nur aus dem Gefühl heraus."

„Trügt sein Gefühl ihn öfter?", fragte die Bardin.

„Selten. Eigentlich sogar nie. Ich kann mich daran erinnern, dass wir einmal fischen gehen wollten. Das heißt, er wollte gehen, ich nicht. Ich war auf der Suche nach einer Eiche für meinen Vater. Vierzig Schritt hoch sollte sie sein, gerade gewachsen und gesund, außerdem so gelegen, dass man ihren Stamm leicht abtransportieren konnte … So viele gibt es davon nicht, aber Garret meinte, ich solle mitkommen, er habe das Gefühl, wir würden etwas Passendes finden." Tarlon setzte den Becher ab und schüttelte schmunzelnd den Kopf. „Ich sollte vielleicht erwähnen, dass ich zuvor drei lange Wochen ergebnislos durchs ganze Tal gestreift war. Nun, ich lehnte ab, da ich ja den Baum finden musste. Garret erklärte mir, wo er fischen wollte, und meinte, ich könne ja hinkommen, wenn ich keine Lust mehr zum Suchen hätte. Am Abend, nach einem weiteren erfolglosen Tag, besuchte ich ihn dort. Garret schlief am Fuß einer

Eiche, die Angelschnur um seinen Zeh gewickelt. Der Baum, unter dem er lag, war so kerzengerade und gesund, dass später selbst mein Vater überrascht war. Und der Abtransport war das reinste Kinderspiel."

„War das Zufall?", fragte die Bardin neugierig.

Tarlon zuckte die Schultern. „Möglich. Aber vielleicht wusste er es auch irgendwie. So ist es öfter bei ihm."

Die Bardin sah ihn fragend an.

„Erinnert Ihr Euch an den Kronok?" setzte Tarlon erneut an. „Es war stockdunkel, niemand konnte etwas sehen. Aber Garret hatte das Gefühl, er würde treffen. Und Ihr habt selbst gesehen, wie gut es ihm gelang. Wie soll man jemandem wie ihm den Sinn von Logik und sorgfältiger Planung erklären?"

„*Sa'vant'ee*", sagte die Bardin.

„Bitte?"

„So nennt man bei uns diejenigen, die das Glück begünstigt", erklärte sie und sah nachdenklich drein. „Nur ... manchmal verlässt es sie dann doch."

„Was meint Ihr selbst vom Glück, alter Mann?", fragte Lamar. „Ist es eine Laune der Göttin, oder steht mehr dahinter?"

„Ich weiß es nicht", gab der Geschichtenerzähler zurück und streckte sich. Er sah aus den Fenstern der Gaststube hinaus auf den Marktplatz, der bereits im Dunkeln lag. Das lange Sitzen tat ihm nicht gut.

„Das Glück hat eine eigene Qualität", meinte er dann nachdenklich. „Manchmal erkennt man es gar nicht. So mag sich jemand den Fuß brechen und doch nie etwas von seinem Glück erfahren."

„Wie kann man von Glück sprechen, wenn man sich den Fuß bricht?"

„Stellt Euch einen Holzfäller vor. Der Baum, den er am nächsten Tag hätte fällen sollen, hätte ihn unweigerlich erschlagen. Wäre sein Fuß nicht gebrochen, hätte ihn dieses Schicksal ereilt, so aber wurde er verschont. Doch von seinem Glück wird er nie erfahren … Allerdings gehört das Glück zum Wagnis dazu. Wagt man nichts, braucht man kein Glück, und dann findet man es auch nicht. Ob Garret nun mehr Glück hatte als andere, wer kann das schon sagen? Das wissen nur die Götter. Eines ist aber sicher, die Bardin und die Freunde konnten nun jedes bisschen Glück gebrauchen …“

Waldor

„Ich kann mich gar nicht daran gewöhnen, so viele Menschen auf einem Haufen zu sehen“, sagte Garret, als er zusammen mit Vanessa über den Marktplatz schlenderte. „Auch wenn die meisten sich zurzeit nicht auf die Straße trauen.“

„Sehr glücklich scheinen sie hier nicht zu sein“, stellte Vanessa fest. „Die Händler sind es gewiss nicht. Schau dort, die alte Frau schließt ihren Stand, obwohl sie kaum etwas verkauft hat.“

„Und sie ist nicht die Einzige“, sagte Garret. Er trat an die alte Frau heran und lächelte freundlich. „Die Äpfel sehen gut aus, was kosten sie?“

„Fünf Stück ein Kupfer.“

„Das ist ein gerechter Preis“, gab Garret fröhlich zurück. Er ließ ein Kupferstück in die Hand der Frau gleiten und fischte sich die Äpfel heraus. Zwei reichte er an Vanessa weiter, zwei steckte er ein, und von dem letzten nahm er einen herzhaften Bissen.

„Da drüben geht’s hinunter zum Hafen“, meinte er kauend und wies mit dem angebissenen Apfel in besagte Richtung. Die meisten Straßen der Stadt waren eng und verwinkelt, doch diejenige zum Hafen hinunter war breit und mit schweren Steinplatten ausgelegt. Nachdem sie der Straße ein wenig gefolgt waren, erreichten sie ein

Stadttor, das den Hafen von der inneren Stadt trennte. Dort standen zwei Stadtwachen, die sie gelangweilt musterten, doch keiner von ihnen reagierte, als sie an ihnen vorübergingen. Während sie unter dem massiven Torbogen hindurchschritten, stieß Vanessa Garret leicht mit dem Ellenbogen an. Er folgte ihrem Blick und sah oben auf einer langen Leiter einen Soldaten der Stadtwache stehen, der mit einem Spatel Dreck aus der Laufrinne des Fallgitters kratzte und anschließend die Rinne großzügig mit Wagenfett bestrich.

„Das sieht aus, als wären die Fallgitter lange nicht herabgelassen worden", flüsterte Vanessa mit einem Blick auf die große Trommel an der Seite, von der aus eine Kette nach oben führte. Auch wenn diese rostig war, schien sie doch solide genug zu sein, um noch Jahrhunderte zu halten.

„Ja, das sieht so aus", meinte Garret nachdenklich, als sie weitergingen. „Und offenbar will man das jetzt wieder ändern."

Hinter dem Tor machte die Straße einen scharfen Rechtsknick. Von dort aus führte eine stabile hölzerne Rampe zu dem gut drei Mannslängen tiefer gelegenen Teil des Hafens hinab. Die schweren Bohlen klangen dumpf unter ihren Füßen, als sie darauf hinunterschritten.

Unten angekommen, musterte Garret die Stützkonstruktion der Rampe.

„Recht stabil", meinte er dann. „Aber dennoch ist sie so gebaut, dass man sie leicht einreißen kann. Das Tor liegt gute sechs Schritt oberhalb des Hafens und wäre dann nur schwer anzugreifen." Er sah sich um. „Aber es ist dennoch ein ziemlich großer Aufwand."

„Vielleicht hat es mit den Fluten zu tun, von denen Tarlon sprach"; mutmaßte Vanessa. „Ich hörte, bei Sturm können sie außergewöhnlich hoch und heftig ausfallen. Diese Mauer würde die innere Stadt dagegen schützen."

„Das wird Tarlon gefallen", stellte Garret erheitert fest. „Er mag es, wenn etwas mehr als einen Nutzen hat."

Er beugte sich etwas hinunter, um besser unter die Rampe sehen zu können, da zupfte ihn Vanessa am Ärmel.

„Suchst du etwas, Junge?", kam es auch schon in barschem Ton von der Seite. Eine Stadtwache stand dort und musterte Garret misstrauisch.

„Nein", antwortete er mit einem leicht tumb wirkenden Gesichtsausdruck. „Ich hab nur noch nie so 'ne Rampe gesehen, Ser Wachtmeister! So was ham wir nich' bei uns im Dorf."

„Verzeiht", sagte Vanessa mit einem bezaubernden Lächeln. „Ihr müsst es meinem Bruder nachsehen! Er ist ein wenig langsam im Geist. Und wenn er etwas sieht, muss er es unbedingt anfassen, es ist eine Plage mit ihm!"

Der Wachmann musterte Vanessa und Garret, stieß ein Grunzen aus und marschierte weiter. Als er außer Sichtweite war, lachte Vanessa auf und stieß Garret in die Seite. „Ich wusste gar nicht, dass du ein so dämliches Gesicht machen kannst!"

„Eines meiner vielen Talente", antwortete Garret heiter, doch dann legte sich seine Stirn in Falten.

„Worüber denkst du nach?", fragte sie.

Vor ihnen lag der Hafen. Er war zwar nicht so groß und mächtig wie der, den Lytar einst besessen hatte, aber dennoch war sein Anblick beeindruckend. An den Molen war Platz für gut zwanzig große Schiffe, doch waren die meisten Liegestellen im Moment nicht belegt. Ein massiver Turm schützte die Hafeneinfahrt, und auf dessen Aussichtsplattform entdeckte Garret eine Ballista, an der sich gerade zwei

Soldaten zu schaffen machten, wohl um die alten Seile auszutauschen. Wie es aussah, war die Speerschleuder schon lange nicht mehr verwendet worden.

Das offene Geviert des Hafens war von Hebekränen, Warenhäusern, Tavernen und Läden gesäumt. Ein ständiges Kommen und Gehen herrschte, und obwohl sich die Abenddämmerung bereits ankündigte, sah es nicht danach aus, als würde dies dem Treiben ein Ende setzen. Ein wenig entfernt von ihnen sahen sie einen Mann mit einem Korb voll schwerer Fackeln auf dem Rücken und einer kurzen Leiter, die er gerade an eine Hauswand gelehnt hatte und nun bestieg, um eine verbrannte Fackel aus einer Eisenhalterung zu ziehen und sie gegen eine neue auszutauschen.

„Irgendetwas geschieht hier", raunte Garret Vanessa zu, während sie langsam weitergingen. „Unter der hölzernen Rampe, die so alt zu sein scheint wie die Stadt selbst, sind frische Fässer angebracht worden, die dick mit Teer überzogen sind. Ich nehme an, sie enthalten Brandpulver oder Ähnliches. Das Fallgitter des Hafentores wurde geschmiert, und dort oben auf dem Turm wird eine Ballista gewartet. Heißt es nicht überall, dass der alte Graf den Königlichen keinen wirksamen Widerstand entgegensetzen könne?"

„Das hat zumindest dieser Hiram durchblicken lassen", sagte Vanessa. „Aber alles deutet darauf hin, dass der Graf die Stadt verteidigen will, nicht wahr?"

„Ja, das mag sein", antwortete Garret nachdenklich. „Aber vielleicht will er auch nur seine Verhandlungsposition gegenüber Lindor stärken."

Plötzlich blieb Garret stehen und wies sie auf eine Vierergruppe königlicher Soldaten hin, die einen Priester Darkoths begleiteten. Dieser stand vor einem steinernen Haus mit dem eingemeißelten Wappen Berendalls über der Tür und diskutierte mit einem kleinen rundlichen Mann, der eine Uniform aus dunkelblauem Stoff trug. Dem Priester gefiel wohl nicht, was der Uniformierte zu ihm sagte, denn auf einen Wink hin trat einer der Soldaten vor und streckte ihn mit einem Schlag zu Boden. Der Priester warf ihm mit einer herablassenden Geste noch ein paar Worte zu, dann stapfte er davon, und die Soldaten folgten ihm. Der Mann richtete sich wieder auf, spuckte Blut und einen Zahn aus und sah der kleinen Gruppe hinterher, während er sich die Wange hielt. Der Priester und seine Soldaten steuerten unterdessen auf ihr nächstes Ziel zu und betraten dann eine der vielen Kneipen, die es hier am Hafen gab.

„Wetten, das dort ist der Hafenmeister, von dem die Sera Bardin sprach?“, flüsterte Garret. „Lass uns hören, was er zu sagen hat.“ Ein Funkeln stand in seinen Augen, als er weitersprach. „Mir scheint, die Königlichen machen sich hier überall Freunde.“

Die beiden setzten sich in Bewegung, und noch bevor sie das Haus erreicht hatten, trat aus der Tür ein älterer Mann heraus, der Garret sofort an seinen Großvater erinnerte. Er war schlank, mit breiten Schultern und einem scharf gezeichneten Gesicht, in dem blassblaue Augen wachsam funkelten. Trotz seines Alters lag ein gewisser Stolz in seiner Haltung. Der Mann trug saubere, aber einfache Kleidung, die ihm in jüngeren Jahren vielleicht einmal gepasst hatte, ihm nun jedoch an manchen Stellen erkennbar zu groß war. Er reichte dem Uniformierten die Hand und zog ihn offenbar mühelos hoch. Der zu Boden Gegangene zeigte dem älteren seinen Zahn und lachte, während er ihn kopfschüttelnd in seiner Westentasche verstaute.

„... nicht zu glauben, wie blind diese Leute sind“, hörte

Garret ihn noch sagen, dann bemerkten die beiden Männer das sich nähernde Paar und musterten es neugierig.

„Entschuldigt, Sers", sprach Garret die beiden Männer höflich an, nachdem sie sie erreicht hatten. „Wir suchen den Hafenmeister. Könnt Ihr uns sagen, wo wir ihn finden?"

„Ihr steht vor ihm, mein Junge", entgegnete der Uniformierte und klopfte sich den Staub von seiner dunkelblauen Jacke. „Frese ist mein Name, und ich bin der Hafenkommandant ... was hier so viel ist wie ein Hafenmeister."

„Fein", meinte Garret freundlich, während er in seinen Beutel griff. „Eigentlich suchen wir eine Passage für eine Person nach Evenbrok. Aber darf ich fragen, was hier soeben geschehen ist? Ich sah diesen gemeinen Schlag, aber nichts, das ihn hätte rechtfertigen können!"

„Selbst mit den Augen eines Adlers hättet Ihr nichts entdecken können", antwortete der Hafenmeister verärgert und tupfte sich mit einem Tuch den blutigen Mundwinkel ab, während er mit der Zunge die Reihen seiner Zähne entlangfuhr. „Offenbar gab ich dem ehrenwerten Priester eine Antwort, die ihm nicht gefiel", fuhr er mit von Ironie triefender Stimme fort. „Was Euer Anliegen betrifft, so muss ich Euch enttäuschen. Zurzeit liegt kein Schiff im Hafen, das die Elfenlande anläuft. Allerdings erwarten wir seit Tagen die Ankunft der ‚Samtschwalbe'. Wenn sie heute Nacht oder morgen früh einläuft, könntet Ihr Glück haben. Sie steuert auf jeder zweiten Reise Evenbrok an ... und ich glaube, diesmal wäre es wieder so weit. Nur ..." Er zuckte die Schultern. „Möglicherweise darf sie nicht einlaufen."

„Und warum nicht?", fragte Vanessa.

„Wie mir der Priester soeben eröffnet hat, darf bis auf Weiteres kein Schiff mehr den Hafen ansteuern oder ihn verlassen, sofern es nicht von einem Priester Darkoths … gesegnet wurde. Einige der Seeleute auf der ‚Samtschwalbe' sind Elfen. Sie werden darüber nicht erfreut sein."

„Die Priester suchen nur einen Vorwand, um die Schiffe zu durchsuchen", stellte Garret fest und musterte neugierig den hageren Mann, der schweigend neben dem Hafenmeister stand. Noch immer erinnerte er Garret an seinen Großvater. Er besaß dieselbe ruhige Würde und ähnlich wache Augen. Seine Hände waren trotz des Alters noch kräftig und zudem von vielen Narben gezeichnet. Unter seinem langen Mantel aus grob gewebtem braunen Leinen trug er ein Paar Stiefel, die sorgsam gearbeitet und gepflegt waren. Ein kostbares Schuhwerk für einen Mann, der sonst so einfach gekleidet war.

„Damit habt Ihr wohl Recht", meinte der Hafenmeister und verzog das Gesicht, als sich seine schmerzende Wange meldete.

„Wer sind die Priester denn, dass sie so etwas fordern dürfen?", fragte Garret unschuldig.

„Die Diener Darkoths", antwortete Frese und spuckte verächtlich auf den Boden. „In Thyrmantor mag er ein bedeutender Gott sein, aber hier gibt ihnen das keine Rechte."

„Sie verhalten sich aber ganz so. Warum lasst Ihr sie gewähren?", fragte Garret.

„Darf ich fragen, wer *Ihr* eigentlich seid?", entgegnete der ältere Mann, dessen Blick nun seinerseits auf Garrets Stiefeln ruhte.

„Mein Name ist Garret und dies hier ist Vanessa, meine Anvertraute", antwortete Garret höflich und verbeugte sich leicht. Vanessa sah ihn etwas verwundert an und folgte dann seinem Beispiel. „Wir sind fremd in der Stadt."

„Mein Name ist Waldor", stellte sich der ältere Mann mit

einem Lächeln vor. „Frese und ich sind alte Freunde. Etwas sagt mir, dass Ihr auf den Segen Darkoths wenig gebt.“

„Das ist wahr, Ser“, antwortete Garret. „Aber wir suchen die Passage nicht für uns, sondern für einen Bekannten.“ Er schüttelte den Kopf. „Wir sind das erste Mal in Berendall. Gehört haben wir schon viel von Eurer Stadt, doch was wir hier mitbekommen, befremdet uns ein wenig.“ Er nickte vielsagend in Richtung der Taverne, in der der Priester und die vier Soldaten vor einer Weile verschwunden waren.

„Es wirft wahrlich kein gutes Licht auf Berendall“, bekannte Waldor mit gefurchter Stirn.

„Ich verstehe es einfach nicht“, schob Garret nach und bot dem Mann und Frese einen Apfel an. Der Hafenmeister wies auf seine blutende Lippe und schüttelte mit dem Kopf, aber Waldor nahm dankend an.

„Was versteht Ihr nicht?“, fragte er.

Garret fischte den letzten Apfel aus seinem Gewand und biss hinein.

„Die Mauern Berendalls mögen alt sein, doch noch immer sind sie dick und fest. Dieser Graf Lindor befehligt zwar ein Regiment, aber es lagert vor der Stadt. Und wenn Graf Torwald auch nur über ein paar Hundert Stadtwachen verfügt, so scheinen diese doch gut gerüstet und ausgebildet zu sein. Warum also lässt er sich die Behandlung durch die Priester gefallen?“

„Weil ein Krieg nicht nur vor den Mauern Berendalls stattfinden würde“, antwortete Waldor. „Die Königlichen würden auch das Umland verwüsten. Und dieser Lindor besitzt einen Drachen. Der könnte die Stadt beim ersten Angriff in Brand stecken.“

„Nur wenn er Armbrustbolzen mag“, warf Frese ein und

lachte, während ihn der Hagere mit hochgezogener Augenbraue ansah.

„Warum ruft der alte Graf nicht die Barone unter seinem Banner zusammen?“, erkundigte sich Garret unschuldig. „Mit ihren Truppen sollte es doch möglich sein, Lindors Regiment ins Meer zu drängen!“

„Schön wär's“, meinte Frese mit Inbrunst. „Schön wär's!“

„Woher kommt Ihr, junger Ser?“, fragte Waldor leicht amüsiert. „Ist es dort üblich, sich mit Strategie zu beschäftigen?“

„Nein, das ist es nicht“, antwortete Garret lachend und überhörte geflissentlich die erste Frage. „Aber manchmal ergibt es sich eben.“ Er wandte sich wieder an den Hafenmeister. „Was denkt Ihr, Ser Frese, wie lange wird die ‚Samtschwalbe‘ hier im Hafen liegen, vorausgesetzt natürlich, sie legt an.“

„Nun, unter den gegebenen Umständen wird sie ihre Ladung so schnell wie möglich löschen und sofort wieder ablegen wollen. Länger als einen Tag wird es kaum dauern.“

„Ich danke Euch für die Auskunft“, meinte Garret höflich und verbeugte sich vor den beiden Männern. „Der Göttin Gnade mit Euch.“

„Noch einen Moment“, sagte Waldor mit etwas strengerer Stimme, als sich Garret und Vanessa gerade abwenden wollten. „Darf ich fragen, was Ihr dort in Euren ledernen Packen führt? Mir sieht das sehr nach Schwertern aus.“

„Ganz recht, Ser Waldor, es sind Schwerter“, bekannte Garret. „Die Stadtgesetze verbieten es, sie offen zu führen.“

„Und dort, wo Ihr herkommt, trägt man die Waffen offen?“

Garret zögerte einen Moment, dann nickte er.

„Ihr seht mir nicht wie Söldner aus“, stellte Waldor nachdenklich fest.

„Das sind wir auch nicht“, antwortete Garret und hielt dem bohrenden Blick des Mannes stand. „Bereitet Euch das Probleme?“

Zu Garrets Überraschung lachte Waldor.

„Mitnichten!“ Er deutete nun ebenfalls eine Verbeugung an. „Der Göttin Gnade mit Euch, Ser und Sera.“

„Waldor?“, sagte Lamar lachend. „Ein nettes Wortspiel. Es war der Graf selbst, nicht wahr?“

Die Augen des Geschichtenerzählers funkelten belustigt. „Waren wir nicht übereingekommen, dass ich die Geschichte erzähle?“

„Dieser Waldor war seltsam“, sagte Vanessa, als sie weitergingen. „Er hielt irgendetwas zurück, aber dennoch mochte ich ihn. Er kommt mir nicht vor wie jemand, der etwas im Schilde führt, und dennoch ...“

Garret nickte und sah noch einmal zu dem Hafenkommandanten und dessen Freund zurück. Die beiden unterhielten sich angeregt miteinander, während auch sie zu ihnen hinübersahen.

„Er verbirgt etwas.“

„Das denke ich auch“, stimmte Garret ihr zu. „Hast du seine Stiefel gesehen? Er ist kein einfacher Bürger. Ein Adliger vielleicht, womöglich sogar jemand aus dem Dunstkreis des Grafen.“

Vanessa sah bedeutsam auf Garrets Stiefel herab. „Das Gleiche wird er wohl von dir gedacht haben.“

„Möglich. Sehr wahrscheinlich sogar. Aber eines weiß ich genau ... den Königlichen ist er nicht wohlgesinnt.“ Er runzelte die Stirn. „Sag, wie heißt der Graf von Berendall noch mal? Torwald, nicht wahr?"

Sie lachte. „Du meinst, es war der Graf selbst?"

„Zumindest hört sich Waldor ähnlich an." Garret zuckte die Schultern. „Er scheint uns wohlgesinnt zu sein, da ist mir gleich, wie er sich nennt." Garret blieb neben einem Poller stehen, lehnte sich dagegen und sah auf das Hafenbecken, in dem die Schiffe bedächtig auf und ab schaukelten. Ein faszinierender Anblick, dachte Garret. „Weißt du, was ich nicht verstehe, Vanessa?"

Sie lehnte sich gegen ihn, und er legte seine Arme um sie.

„Nein", antwortete sie mit einem Lächeln, „aber du wirst es mir vermutlich sagen."

„Das Verhalten des Grafen Lindor. Ich hatte schon damals in der Börse ein komisches Gefühl, als wir ihm dort gegenüberstanden. Eigentlich hätte ich gedacht, er würde uns sofort hinrichten lassen. Aber das geschah nicht. Wir wurden sogar ziemlich gut behandelt. Wir spielten ihm etwas vor, doch es war so unglaubwürdig, dass ich mich wunderte, warum er darauf hereinfiel. Nein, das stimmt nicht ganz. Damals war ich voller Hass auf ihn und freute mich über unseren Coup, gewundert habe ich mich erst später. Wir haben mittlerweile viel von ihm gehört. Dass er ehrenhaft sei und gerecht. Nun, das sehe ich anders. Aber eines hörten wir nicht von ihm."

„Und das wäre?"

„Dass er dumm ist. Lindor gilt als meisterhafter Stratege. Er ist alles andere als dumm."

„Worauf willst du hinaus?"

„Nun, sein Verhalten hier ist ziemlich undurchdacht", erklärte Garret und strich ihr über die Haare.

„Aber er tut doch gar nichts."

„Eben", meinte Garret und gab ihr einen keuschen Kuss auf die Stirn. „Jetzt haben wir hier schon zwei Grafen, die nichts tun. Ist das nicht seltsam? Aber gut, lass uns wieder zu den anderen gehen. Es wird bald dunkel, und ich glaube nicht, dass wir jetzt noch Argor finden."

„War es nun der Graf?", fragte Lamar gespannt, während er geschickt die halbe Wachtel auf seinem Teller zerlegte. Es war seltsam, obwohl er nichts anderes tat, als zu sitzen, zu trinken und zu essen und dieser Geschichte zu lauschen, schien es ihm nicht weniger anstrengend, als einen ganzen Tag auf dem Stechplatz zu verbringen.

„Freund Lamar", begann der alte Mann, doch der Gesandte winkte ab. „Ich weiß, ich weiß, Ihr seid es, der die Geschichte erzählt …"

„Gehören die zu der Gruppe, die mit der Elfin in die Stadt gekommen ist?", fragte Frese den alten Mann.

„Ich denke schon", antwortete der Graf von Berendall und zog eine Pfeife heraus, um sie gemächlich zu stopfen. „Hiram wusste nicht so recht, was er von diesem Garret halten sollte, aber mir gefällt er."

„Meint Ihr, die beiden haben etwas mit dem erschlagenen Priester zu tun?"

„Nicht direkt", antwortete der Graf. „Sie sind ja erst heute in die Stadt gekommen. Ich habe den Bericht erhalten, kurz bevor ich zu Euch aufbrach. Aber ich würde mich nicht wundern, wenn sie die Verantwortlichen kennen." Der Graf seufzte. „Habt Ihr gesehen, dass die junge Sera verletzt war?"

„Ja, aber nur an ihren Bewegungen. Auch sie trug ein

Schwert bei sich, und sie ist wachsam wie eine Kämpferin."

„Wohin ist es mit der Welt gekommen, dass solche jungen Leute kämpfen müssen", seufzte der Graf.

„Und Kinder schon als Pfand genommen werden."

Der Graf sah ihn fragend an.

„Ich meinte den Prinzen, von dem Ihr mir erzählt habt", erklärte Frese.

Der alte Graf nickte betrübt. „Wie wahr. Aber zurück zum Grund meines Kommens, Frese. Wie sieht es aus, wie lange wird es dauern, bis die Ballistas auf den Türmen einsatzbereit sind? Werden wir den Hafen halten können, wenn Belior versucht, mit seiner Flotte einzudringen?"

„Das kommt auf die Zahl der Schiffe an."

„Fünf Regimenter, das macht sechzig Schiffe, grob geschätzt, wenn er mit ihnen die Soldaten versorgen will."

„Solange die Schleudern von dort oben schießen können, werden sie ihm einen gewaltigen Blutzoll abfordern. Aber es bedarf nur des Drachen oder der Magie, um sie zu zerstören. Bleibt die Kette in der Hafeneinfahrt." Frese kratzte sich nachdenklich am Kopf. „Nun, sie wurde seit Jahrhunderten nicht mehr angehoben. Vielleicht hält sie, vielleicht nicht. Aber wenn Ihr meine ehrliche Meinung hören wollt, Graf?"

„Nichts anderes, Frese."

„Nein. Wir werden den Hafen nicht halten können. Nicht sehr lange. Aber er wird es gar nicht erst wagen, die Verluste wären zu hoch. Und wenn er den Hafen einnähme, wäre ihm auch nicht viel geholfen. Ich vermute, er wird an der Küste anlanden und die Zufahrt zum Hafen blockieren."

„Gut. Es wird ihn Zeit kosten, das Belagerungsgerät zu bauen", dachte der Graf laut. „Vier Wochen, vielleicht fünf.

Aber dann braucht er nichts weiter zu tun, als die Wälle an mehreren Stellen gleichzeitig anzugreifen … sie sind zu schwach besetzt, um sie auf der ganzen Länge verteidigen zu können." Er schüttelte den Kopf. „Ich sehe einfach keine Möglichkeit, gegen Thyrmantor zu bestehen. Es ist eine Schande. Ihr ahnt gar nicht, wie sehr es mich drängt, dem Drachen die Stirn zu bieten. Ich bin alt, und wenn es dann mit mir vorbei ist, ist es nicht schade drum. Aber was wird aus meiner Stadt?"

„Stand da nicht etwas Sonderbares in Hirams Botschaft? Schrieb er nicht, dieser Garret behaupte, es bedürfe keiner Armee?"

„Ja, so erzählte ich es Euch", meinte der Graf und zog an seiner Pfeife. „Ich wüsste nur nicht, wie ein Kampf ohne Armee möglich sein soll." Er seufzte. „Seht mich an, Frese, ich bin ein alter Mann. Vielleicht leide ich schon an Altersschwachsinn, wie sonst wäre zu erklären, dass ich meine Hoffnung in einen jungen Mann stecke, der mein Urenkel sein könnte?"

„Heißt es nicht in den heiligen Worten, dass Hoffnung nach der Liebe die stärkste Kraft ist?"

„Hoffnung?" Der Graf lachte bitter. „Ich hoffte, dass mein Sohn seine Krankheit überlebt. Ich hoffte, dass mein Enkel sich von seinem Sturz erholt. Ich hoffte so vieles. Wie viel Hoffnung kann ein Mensch denn in sich tragen? Soll ich darauf hoffen, dass sich die Himmel öffnen und Belior vom Blitz erschlagen wird?"

„Solche Dinge sind schon geschehen, Graf", sagte Frese.

„Nur traf es meist die Falschen", gab der Graf bitter zurück.

Er sah auf das Meer hinaus. Dort draußen, ein Stück hinter der Hafeneinfahrt, lagen drei große Boote nebeneinander vertäut auf See. Soeben wurden an Bord Laternen entzündet.

„Was ist mit denen?“, fragte der Graf. „Gibt es von dort Neuigkeiten?“

Frese zuckte die Schultern. „Sie schicken jeden Tag Taucher hinab, die sich bis zur Erschöpfung abmühen, den Golem freizulegen. Sie haben ihn vermessen und gezeichnet und dann versucht, mit Axt und Bohrer einzudringen, aber es hat keinen Zweck. Er liegt genauso da wie immer. Ich hörte, sie suchen nun auf der Unterseite nach einem Einstieg und lassen ihn dafür von den Tauchern unterhöhlen. Es hat schon zwei von ihnen das Leben gekostet, doch sie geben nicht auf. Ich glaube trotzdem nicht, dass sie Erfolg haben werden.“

„Ich bete jedenfalls dafür, dass sich ihre Mühe nicht lohnt!“, murmelte der Graf bedrückt. „Aber wenn es Beliors Gelehrte schaffen, den Golem wieder zum Leben zu erwecken, brauche ich mir keine Gedanken mehr um die Verteidigung der Stadt zu machen. Dann wäre jeder Widerstand vergebens.“

„Soweit wird es nicht kommen. Für den Fall, dass sich der Golem bewegt, sind schon Vorkehrungen getroffen. Ich habe drei zuverlässige Leute an Bord geschmuggelt, wenn der Erfolg absehbar ist, werden sie die Gelehrten sofort erschlagen.“

„Was hat es mit diesem Golem und den Gelehrten auf sich?“, fragte Lamar überrascht. „Irgendwann einmal habt Ihr es erwähnt, aber ich habe es vergessen.“

„Ähnlich ging es den Freunden“, erklärte der alte Mann gemächlich. „Sie wussten auch nichts davon. Wie ich bereits sagte, war Berendall auch schon im zweiten Zeitalter eine

wichtige Stadt, ‚Das Tor zum Greifen' nannte man sie auch. Daher ist es nicht verwunderlich, dass unsere Vorfahren sie zu schützen suchten. Mit starken Wällen und einem Wächter, einem riesigen Golem aus Eisen, der nicht nur die Stadt verteidigen konnte, sondern sich auch anderweitig als recht nützlich erwies. Doch kurz nach dem Untergang Lytars wurde das Geheimnis gestohlen, das es einem erlaubte, sich den Golem untertan zu machen. Er stand dann noch lange Jahrhunderte nutzlos in der Hafeneinfahrt, bevor er irgendwann vornüberkippte. Seitdem liegt er im Wasser und rostet vor sich hin. Nur Belior erinnerte sich seiner … er entsandte zusammen mit dem Regiment eine Gruppe von Gelehrten nach Berendall, damit sie einen Weg finden, den Golem für ihn nutzbar zu machen. Ich erzählte Euch, dass auch Graf Lindor überrascht war, als er zum ersten Mal von diesem Golem hörte."

„Jetzt erinnere mich", sagte Lamar und gähnte verhalten. „Ich wundere mich nur, dass Ihr so etwas Wichtigem in Eurer Geschichte so wenig Beachtung schenkt."

Der alte Mann zuckte die Schultern. „Sagte ich, dass er wichtig war? Er war es nicht. Er lag da und rostete vor sich hin. Wichtig war damals etwas anderes. Denn ungefähr zu dieser Zeit, am Abend des gleichen Tages, löste sich ein anderes Rätsel. Außerdem geschah etwas, das jedem Mut gab, der es miterleben durfte … es geschah, als Astrak vom Tempel zurückkehrte und seinen Vater aufsuchte, um ihm Bericht zu erstatten."

„Dein Vater?", antwortete Markus auf Astraks Frage. „Der ist unten am Hafen. Er hat irgendetwas mit dem Ungeheuer vor. Wie geht es beim Tempel voran? Ist er offen? Ist die Statue der Göttin so schön, wie man sich erzählt?"

Astrak hob schmunzelnd die Hand, um Markus in seiner Neugier zu bremsen. „Lass mich doch die Fragen erst einmal beantworten!", sagte er grinsend. „Ja, wir hatten Erfolg, Elyra hat den Tempel öffnen können. Und etwas Schöneres als Mistrals Statue habe ich noch nie zuvor gesehen. Aber ich jetzt bin in Eile, ich erzähle dir später mehr." Sein Freund wirkte etwas enttäuscht, als Astrak sich abwandte und ging, aber es half nichts, er musste zuerst seinem Vater berichten. Was der wohl zu Lenise sagen würde? Es ist seltsam, dachte Astrak, als er sich seinen Weg zwischen den Zelten hindurch hinunter zum Börsenplatz suchte. Sie hat keine Augen, aber es stört mich gar nicht. Es ist, als ob ich sie trotzdem sehe: Augen so blau wie die Farbe von Kornblumen. Wird Vater mich verstehen?

Der Marsch zum Tempel und der Bau der Brücke hatten fast den gesamten Tag in Anspruch genommen, und nun stand die Sonne schon tief am Himmel. Dennoch war bereits viel geschehen, jetzt, da Pulver die ehemaligen Gefangenen zur Unterstützung hatte. Einige Trümmer des Staudamms waren bereits beiseitegeräumt, und die schweren Türen der Börse hingen wieder gerade in den Angeln und waren weit geöffnet. Im Inneren sah er, wie gut zwei Dutzend Männer damit beschäftigt waren, auch hier den Schlamm und die Toten zu entfernen. Die Männer trugen angefeuchtete Tücher vor dem Gesicht, denn seit dem Dammbruch waren schon einige Tage vergangen, und in der Wärme hatten die Körper der Opfer sich aufgebläht und verbreiteten nun einen süßlichen Gestank. Obwohl er Abstand hielt, musste er würgen; er beschleunigte seine Schritte und war froh, dass er nicht für die Aufräumarbeiten eingeteilt war.

Er fand seinen Vater nahe der Stelle, an der die Leichen dem Ungeheuer aus dem Meer geopfert wurden. Er war in ein Gespräch mit Barius vertieft, und beide wirkten erleichtert, als sie Astrak erblickten.

„Schön, dich wohlbehalten wiederzusehen, mein Sohn", sagte Pulver und umarmte Astrak überraschend kräftig. „Ist alles gut verlaufen? Gab es Probleme auf dem Weg zum Tempel?"

„Ein Ungeheuer griff uns an, aber es war sofort besiegt", berichtete Astrak, bevor er auch den Priester der Hüter höflich grüßte. „Delos und seine Leute haben gute Arbeit geleistet und schnell eine Brücke gebaut. Wir erreichten den Tempel ohne Schwierigkeiten, und Elyra fand einen Weg, ihn zu öffnen. Aber das ist noch nicht alles …" Er machte eine Pause, sah sich um und stutzte. „Was machst du hier eigentlich, Vater?"

„Wir versuchen das Seeungeheuer zu besiegen", erklärte Pulver. „Barius ist nicht sehr glücklich mit meiner Lösung, aber ihm fällt auch nichts Besseres ein."

„Und wie willst du es erlegen? Mit der Ballista auf dem Dach der Börse?"

„Das haben wir kurz überlegt, aber es ist nicht sicher genug. Nein, mein Sohn, ich fand einen anderen Weg, vielleicht einen schändlicheren.“ Er sah zu dem Priester Loivans hinüber. „Wir sprachen gerade darüber, ob wir uns damit Schuld aufladen oder nicht.“

„Ich verstehe nicht“, sagte Astrak. „Was hast du gemacht?“

Pulver zuckte die Schultern.

„Gift. Ich habe die Toten als Köder verwendet … Bevor das Ungeheuer die Leichen fraß, habe ich sie großzügig mit Gift versetzen lassen. Jetzt warten wir, ob es funktioniert. Heute war das Ungeheuer bereits da, und ich bin der Meinung, es hat sich träger bewegt als gestern. Das könnte bereits die Wirkung des Giftes sein.“ Er sah hinaus aufs Meer. „Und wenn nicht, ist es mir allemal lieber, dass das Vieh die Toten frisst und nicht die Lebenden.“

„Aber du fürchtest, damit die Götter zu beleidigen?“

„So ist es.“

„Nun, wenn wir unsere Toten begraben, werden sie von den Maden gefressen. Und so, wie ich es sehe, ist dieses Ungeheuer nicht mehr als das: eine große Made“, sagte Astrak.

Pulver lachte auf. „Du warst zu viel mit Garret zusammen!“, meinte er und wurde wieder ernst. „Erzähl mir nun vom Tempel.“

Astrak rümpfte die Nase. „Können wir woanders hingehen? Hier stinkt es.“

„Ah, ich merke es schon gar nicht mehr“, rief Pulver lachend und klopfte seinem Sohn auf die Schulter. „Deine Nase wird sich schon erholen. Für mich ist es wohl zu spät, ich fürchte, ich werde nie wieder richtig riechen können. Lass uns dort hingehen, das ist weit genug entfernt.“ Er wies auf ein Zelt, unter dem Holzfässer lagerten. Niemand wagte es, das Wasser aus der Stadt zu trinken, also wurde jeden Tag frisches Quellwasser von außerhalb herbeigekarrt, um die Männer zu versorgen. Eine Plane schützte das Nass vor der Wucht der Sonne, und feuchte Tücher waren über die Fässer gelegt, damit sie kühl blieben.

„Habt Ihr etwas dagegen, wenn ich zuhöre?", fragte der Priester Loivans Astrak höflich.

„Nein ... ich denke, es geht uns alle an, und vielleicht könnt Ihr hier und da sogar etwas Licht ins Dunkel bringen."

Im Schatten des Zeltes war es etwas kühler, und die Meeresbrise hielt den Verwesungsgestank fern. Durstig füllte sich Astrak einen Becher mit klarem Wasser und berichtete dann ausführlich, was Elyra und er im Tempel erlebt hatten.

„Dieses Mädchen, Lenise, nicht wahr? Sie wollte also nicht geheilt werden, da sie fürchtete, ihr Talent zu verlieren und uns im Kampf gegen Belior nicht mehr beistehen zu können?", fragte Pulver beeindruckt, nachdem sein Sohn geendet hatte. „Das ist tapfer von ihr. Ich wüsste nicht, wie ich handeln würde, wenn ich so entstellt wäre wie sie."

„Sie ist nicht entstellt", protestierte Astrak. „Sie ist wunderschön ... nur eben anders als wir. Und doch wieder nicht. Ich ... ich glaube, ich habe mich in sie verliebt, Vater!", platzte es aus ihm heraus.

„Für meinen Gott sind alle gleich, die ihn verehren", sagte Barius bedächtig, als er sah, dass Pulver seinen Sohn sorgfältig musterte. „Und ich weiß, Mistral sieht das ähnlich."

Pulver schüttelte lächelnd den Kopf. „Das ist es nicht. Astraks Enthusiasmus macht mich skeptisch. Aber warten wir ab, was daraus wird. Ich bin jedenfalls gespannt, Lenise und ihren Begleiter, diesen Schreckenswolf, kennen zu lernen. Er ist mit einem menschlichen Geist beseelt, nicht wahr?"

„Ja", gab Astrak zurück. „Er liest sogar Gedichte. Ich habe die anderen noch nicht kennen gelernt, Vater, aber Lenise und ihr Schreckenswolf wirken nicht entstellt, sondern ... nun, auf ihre Art sind sie perfekt. Ich kann es nicht anders erklären ... es ist nichts falsch an ihnen. Sie sind einfach anders."

„Du kannst stolz auf deinen Sohn sein", meinte Barius an Pulver gewandt, und während Astrak den Priester verblüfft ansah, lachte Pulver. „Das musst du mir nicht sagen, Barius. Ich bin stolz auf ihn. Fast schon zu sehr!" Er wandte sich wieder an seinen Sohn.

„Ich will diese ... Menschen gerne treffen. Du schlägst also vor, ich soll zum Tempel kommen? Gut, dann werde ich das tun."

„Am besten, du gehst noch heute, Vater."

„Es ist schon Abend, Junge. Warum die Eile? Gibt es einen besonderen Grund?"

„Nun ... es gibt noch mehr zu berichten."

„Dann spann uns nicht auf die Folter!"

Als Astrak von dem letzten Eintrag im Buch der getöteten Hohepriesterin berichtete, nickte Pulver nur nachdenklich, doch er schien nicht überrascht zu sein.

„Ich habe so etwas vermutet", sagte er schließlich. „Ich fand eine Münze mit den Porträts der königlichen Zwillinge. Mir fiel sofort die Ähnlichkeit der Prinzessin mit Meliande und des Prinzen mit dem Porträt von Kanzler Belior auf den Münzen aus Thyrmantor auf."

„Belior? Der gleiche Belior, der damals die Priesterinnen töten ließ? Belior, der Prinz von Lytar?" Astrak schüttelte fassungslos den Kopf. „Wie gelang es ihm, dem Tod zu entrinnen und so lange zu überleben?“

„Das ist unmöglich“, protestierte Barius.

„Vielleicht konnte er sein Leben auf ähnliche Weise verlängern wie Ihr?“, mutmaßte Astrak, doch auf Barius’ Gesicht malte sich Widerspruch.

„Ich bin dem Tod nicht entkommen. Ich verweile nur ein wenig länger auf dieser Welt, so lange, bis mein Schwur erfüllt ist. Aber Belior? Unmöglich.“

„Wieso? Wenn Meliande dem Untergang entkommen konnte, warum nicht auch er?“

„Weil ich ihn eigenhändig erschlug“, verkündete Barius mit harter Stimme. „Ihr wisst, welchem Gott ich diene, mein Herr steht ein für Ehre und Gerechtigkeit.“

Pulver und Astrak nickten.

„Es war folgendermaßen“, fuhr der Priester fort. „In der schicksalsträchtigen Nacht kam Prinzessin Meliande völlig aufgelöst zu mir und bat mich um Hilfe für Ariel und Sera Farindil, die beiden elfischen Gesandten. Dann führte sie mich in ihre Gemächer. Ariel lag auf dem Bett wie tot, es war mir nicht möglich, ihm zu helfen. Aber die Hohepriesterin der Mistral war eine begnadete Heilerin, wir hofften, sie könnte ihn retten. Ich tat für ihn, was ich konnte, aber in meinen Augen war er verloren, meine Sorge musste nun den Lebenden gelten. Also kümmerte ich mich um Sera Farindil, die übel zugerichtet war. Doch sie lebte noch und war sogar bei Besinnung, wenn ihr Geist auch etwas getrübt war. Sie erkannte mich, und doch schreckte sie vor mir zurück, als ich sie baden wollte. Sie bat darum, dass eine Frau ihr dabei helfen möge, und forderte mich auf, ihre Klage anzuhören. Ich trat zurück, und ein Leinentuch wurde zwischen uns gespannt, was sie zu beruhigen schien. Eine der

Zofen der Prinzessin wusch sie und versorgte ihre Wunden, während wir auf die Priesterin der Mistral warteten. Eine bessere Behandlung hätte ich der Sera Farindil auch nicht geben können. Denn ihre eigentliche Wunde klaffte nicht in ihrer Haut, sondern tiefer, in der Seele und im Herzen der Sera. Während sie sich schrubbte, als fürchtete sie, nie wieder rein zu werden, erhob sie Anklage gegen den Prinzen von Lytar und bezichtigte ihn der Schändung ihrer Jungfräulichkeit. Mein Gott gibt mir die Gnade, Wahres zu erkennen, und so wusste ich, dass jedes ihrer furchtbaren Worte zutreffend war. Zum Schluss bat sie mich, den Ehrlosen aufzusuchen und ihn zu bestrafen. Ich spürte, dass es der Wille Loivans war, diesen Mann zu richten, also versprach ich es ihr, rüstete mich und begab mich auf die Suche nach ihm."

Barius senkte den Kopf.

„Hätte ich klarer gedacht und wäre ich nicht vor blindem Zorn entbrannt, hätte ich eher darauf kommen können, dass Belior den Tempel der Mistral entehren würde … Schon immer hatte er die Göttin und ihre Priesterinnen für all das verantwortlich gemacht, was sich ihm in den Weg stellte. Ich fand ihn, als er gerade aus dem Tempel der Mistral floh, kurz bevor sich dessen mächtige Türen, begleitet von einem Grollen aus den Tiefen der Erde, schlossen. Nur knapp war es ihm gelungen zu entkommen, beinahe wäre der Tempel auch ihm zum Grab geworden. Doch das half ihm nicht viel, denn vor dem Portal des Tempels stellte ich ihn im Namen meines Herrn! Er versuchte noch, mich abzukanzeln, fragte mich, was ich mir einbildete und wie es sein könne, dass ich mich wegen einer Elfenhure gegen ihn erhob.

Ich forderte ihn auf, sein Schwert zu ziehen, was er dann

auch tat, und dann erschlug ich ihn. Er mag ein geschickter Kämpfer gewesen sein, doch ich führte meine Klinge mit dem Zorn eines Gottes und der Kraft des heiligen Eids! So war er von Anfang an unterlegen. Mein Streich traf seine Schulter und spaltete ihm den Körper, er fiel in zwei Teilen vor mir zu Boden, gerichtet und in ewige Verdammnis gestürzt! Glaubt mir, Freunde, Belior war tot! Mein Gott hatte über diesen Mörder sein Urteil gefällt, und allein die Berührung eines anderen Gottes hätte ihn wieder beleben können!"

„Wie meint Ihr das?", fragte Pulver.

„Mistral selbst hätte von ihrem hohen Ort herabsteigen und den Prinzen mit göttlicher Güte berühren müssen!", rief der Priester leidenschaftlich. „Aber das hätte sie nicht gewagt. Zu groß wäre der Zorn meines Gottes, ihres Bruders, gewesen. Denn was Er richtet, ist Seines allein. Der Prinz der Lügen, der Zerstörer Lytars ist tot und vernichtet, ich schwöre es bei meiner Seele und bei meinem Gott!" Nur selten hatten Astrak und Pulver den Priester so aufgeregt erlebt. „Ich habe es der Sera Farindil versprochen, und ich habe mein Versprechen gehalten!"

„Sie bedeutete Euch viel, nicht wahr?", fragte Pulver leise.

Barius stockte, dann nickte er.

„Ja", antwortete er leise. „Vor dieser schrecklichen Tat war sie wie ein kluges Kind, immer freundlich und fröhlich. Könnte mein Herz noch bluten, so würde es das tun. Meine Seele schmerzt so sehr bei dem Gedanken, dass sie all die Jahre mit dieser Verbitterung hat leben müssen. In jener Nacht zerstörte Belior noch so viel mehr, aber dass er ihr die Freude am Leben nahm, macht sein Verbrechen für mich unerträglich!"

Astrak verstand plötzlich.

„Die Sera Farindil ist unsere Bardin, nicht wahr?“

„Ja, sie ist es, der man in dieser verfluchten Nacht die Unschuld raubte.“

„Das ist schlimm“, murmelte Astrak betrübt.

Pulver nickte stumm. „Findet Ihr es nicht seltsam“, sagte er dann nachdenklich, „dass sich nach all diesen Jahren die Beteiligten von damals wieder zusammenfinden? Die Katastrophe nahm ihren Lauf, als Prinz Belior der Sera Farindil Gewalt antat. Alles andere folgte daraus. Ihr sagtet, jener Belior, der nun nach der Krone greift, könne nicht derselbe sein, den Ihr erschlagen habt. Nun gut, aber auch Ihr seid hier und könnt nicht sterben, bevor sich Eure Schwüre nicht erfüllt haben. Genauso Meliande, die Ihr unter großen Opfern wieder ins Leben zurückgerufen habt. In Berendall wiederum wartet die Sera Farindil auf das Schiff, dass sie in ihre Heimat bringen wird, um dort eine Allianz gegen Kanzler Belior zu schmieden. Und Ariel verzehrt sich nach Meliande und fertigt in einem fort Pfeile an, als wolle er allein eine ganze Armee bezwingen. Mir zumindest erscheint es so, als würde hier keine neue Schlacht geschlagen, sondern eine alte fortgesetzt. Alle Figuren befinden sich auf dem Spielfeld … das kann kein Zufall sein.“

„Alle, bis auf Belior. Nur weil der Kanzler ebenso heißt, ist er nicht auch der Prinz!“

„Barius“, entgegnete Pulver leise, aber eindringlich. „Ihr habt vielleicht noch nicht davon gehört, aber unter den königlichen Soldaten, die hier getötet wurden, befanden sich auch Priester eines dunklen Kults. Der Name des Gottes, den sie verehren, ist Darkoth. Ihr sagtet selbst, dass nur ein Gott es vermocht hätte, Belior wiederauferstehen zu lassen.

Und dass dieser Gott sich damit den Zorn Eures Herrn zugezogen hätte. Sagt, Barius ist es möglich …"

So hart traf den Priester der Schock der Erkenntnis, dass er sich vergaß. Für einen langen Moment verschwammen seine Gesichtszüge, und Astrak und Pulver blickten auf einen vergilbten Schädel, an dem noch Reste von Haut hingen und in dessen Augenhöhlen ein dunkles unheilvolles blaues Licht erglühte. Es war ein Anblick, der jedem das Blut in den Adern hätte erstarren lassen. Astrak zog scharf die Luft ein und musste sich in Erinnerung rufen, dass dieser Mann durch seinen Eid und Glauben an einen vertrockneten Körper gebunden war, und dass er auf *ihrer* Seite stand, fest wie ein Fels und weit über den Tod hinaus. Pulver hingegen blinzelte nur.

„LOIVAN!", rief Barius schließlich und zog sein Schwert, um es gen Himmel zu stoßen. „Ich schwöre bei ALLEM, dass ich weder Rast noch Ruhe finden werde, bis dieses Ungeheuer endgültig von dieser Welt getilgt ist! Ich flehe Euch an, Herr, gebt mir die Kraft und den Willen, diesen Schwur zu erfüllen! Helft mir, das Ungeheuer zu richten, das es *wagte,* sich gegen Euer Urteil zu stellen. Gebt mir die Kraft, diesem dunklen Gott zu trotzen, und lasst mich Euer Schwert sein in diesem Kampf!"

Ein weißes Licht umspielte die erhobene Klinge, und am strahlend blauen Himmel zogen sich dunkle Wolken zusammen.

„Oh ihr Götter!", flüsterte Pulver und wollte Astrak am Arm zurückreißen, doch der war schon selbst von dem Priester weggetreten, um dessen Gestalt nun Staub und Steine zu kreisen begannen. Das schwere Leinentuch, das über die Wasserfässer gespannt war, begann in dem aufkommenden Wind zu flattern, und Astrak und Pulver drehten sich um und rannten los, als das Wirbeln um den Priester immer stärker wurde.

„Oh Herr, Gott der Gerechtigkeit, ich flehe Euch an, gebt mir die KRAFT und die STÄRKE, jedem und allem zu trotzen, was sich mir bei der Erfüllung meines Schwurs entgegenstellt! Ich bitte Euch, helft Eurem armseligen Diener, dieses gerechte Ziel zu erreichen und endlich Ruhe zu finden!", dröhnte Barius' Stimme, als wäre es der Gott selbst, der aus seinem Mund sprach.

Immer schneller drehte sich die Windhose und riss mit sich, was sie zu fassen bekam, mit einem lauten Knall wurde die Plane von den Stecken gerissen, die sie gespannt gehalten hatten, wild rotierend flog sie davon und drehte sich in dem Wirbel aus Sand, Staub und Gestein, der sich immer höher in den strahlend blauen Himmel reckte, aus dem sich eine zweite Windhose zu ihnen herabschraubte, dunkel und zornig und von donnernden Blitzen erfüllt.

Vater und Sohn brachten sich hinter einem schweren Trümmerstück des Damms in Sicherheit und sahen mit aufgerissenen Augen zu, wie gefüllte Wasserfässer von der Windhose in die Luft gerissen und so schnell herumgewirbelt wurden, dass sie fast vor ihren Augen verschwammen, bevor sie barsten und das kostbare Wasser dem wütenden Wind übergaben.

„Ich dachte immer", keuchte Astrak, während er sich tiefer in den Windschatten des Steins drückte und dabei sein flatterndes Gewand festhielt, „dass die Götter nicht direkt eingreifen dürfen!"

„Sie dürfen Gebete erhören!", antwortete Pulver gepresst. „Manchmal braucht es nicht mehr." Er zog seinen

Sohn näher zu sich heran und legte sich schützend über ihn. „Zumindest weiß ich jetzt, weshalb man Windhosen auch die Finger der Götter nennt!“

Immer schneller noch drehte sich die Windhose, deren vernichtender Mahlstrom so dunkel und schwarz geworden war, dass man den Priester nicht mehr sehen konnte. Blitze zuckten umher, und fortwährender Donner ließ die Erde erbeben, sodass selbst in der Entfernung alte Steine von den Ruinen polterten. Überall rannten die Menschen davon, um Deckung und Schutz zu suchen vor diesem wahrhaft göttlichen Zorn. Der Wind peitschte ihnen die Haare ins Gesicht, zerrte an ihren Kleidern und griff mit gierigen Fingern nach ihren Körpern, fast schon befürchtete Pulver, dass er seinen Halt verlieren würde, denn viel fehlte nicht mehr, und der Wind hätte Astrak und ihn in die Lüfte erhoben.

Dann trafen sich, hoch über ihnen, die beiden Windhosen.

Ein gleißendes Licht, ein Donnerschlag, wie man ihn beim Untergang der Welt erwarten würde, erschütterte die alte Stadt, ein Knall, so laut, dass er alle Sinne betäubte, nichts schien schlimmer zu sein als der gerechte Zorn dieses Gottes … dann folgte der Blitz, eine Säule gleißenden Lichts, das die Windhose weiß aufglühen ließ und noch durch die geschlossenen Augenlieder hindurchflackerte. So hell war das Licht, dass es fast schon den schweren Stein zu durchdringen schien.

Stille.

Vorsichtig öffnete Pulver die Augen.

Um ihn herum fielen kopfgroße Steine, Dreck und Unrat vom Himmel und schlugen zu Boden, lautlos. Windhose und Blitz waren verschwunden, und kein Laut war zu hören.

Er drehte sich zu Astrak um und sah, wie dessen Lippen sich bewegten, doch er konnte nichts hören. Stille.

Dann kam die Welt in einem saugenden Geräusch zurück. Ein Pfeifen klang in seinen Ohren, während er und Astrak fassungslos zu dem Priester hinübersahen. Dieser stand noch immer dort, wo sie ihn verlassen hatten, und ließ nun langsam sein Schwert sinken.

„Das …", keuchte Pulver, „nennt man wohl das Wort eines Gottes!" Er war sich nicht sicher, ob sein Sohn ihn gehört hatte, doch Astrak nickte benommen.

Zögernd standen die beiden auf und sahen sich um. In einem Kreis rings um den Priester herum waren die alten Steinplatten des Börsenplatzes wie blank gescheuert und von allem Dreck gereinigt. Der Priester selbst schien seltsam verändert, und es dauerte einen Moment, bis Pulver begriff, dass der Mahlstrom des Sturms Barius' alte Rüstung poliert haben musste, sodass sie nun im alten Glanz erstrahlte.

Überall erhoben sich Menschen vom Boden, krochen aus ihren Verstecken und sahen sich benommen um. Das Pfeifen in seinen Ohren wurde leiser, und als Pulver einen fernen Ruf vernahm, schaute er hinauf in den Himmel. Über ihnen kreisten Möwen, als wäre nie etwas geschehen.

Auch Barius schien wie benommen. Er schüttelte den Kopf wie ein Faustkämpfer, den ein Schlag schwer erwischt hatte.

„Ich verstehe nicht, was da über mich gekommen ist", sagte er, als Pulver und Astrak zu ihm getreten waren, doch er musste es lauter wiederholen, damit Vater und Sohn ihn verstanden.

„Der Zorn eines Gottes", rief Pulver laut zurück. „Aber

er schien sich nicht gegen Euch zu richten! Und dafür können wir dankbar sein!“ Er sah sich um. „Ich hoffe nur, niemand wurde verletzt.“

„Bestimmt nicht“, antwortete Barius. „Das wäre nicht gerecht gewesen!“ Mit einem seltsamen Gesichtsaudruck löste er dann einen gepanzerten Handschuh und musterte die Hand, die darunter zum Vorschein kam. „Was hat Er nur mit mir gemacht?“, fragte er fassungslos.

„Vermutlich genau das, worum Ihr Ihn gebeten habt“, antwortete Pulver, aber auch er musste schlucken, als er dem Blick des Priesters mit den Augen folgte. Der Glanz auf dessen Rüstung kam wohl doch nicht nur von der Politur des Sturms, auch die Hand des Priesters schimmerte, und fast meinte Pulver, pulsierende Adern, Fleisch und Knochen unter ihrer intakten Haut erkennen zu können.

„Hat er Euch am Ende gar auch wieder ins Leben zurückgerufen?“, fragte er dann ehrfürchtig.

Der Priester warf einen letzten Blick auf seine Hand und zog dann den glänzenden Handschuh wieder an.

„Nein, Freund Pulver, es scheint mir etwas anderes zu sein. Ich glaube …“ Er schniefte und hob sein tränennasses Gesicht gen Himmel. „Ich glaube, er hat mich zu seinem Diener bestimmt!“

„Das verstehe ich nicht!“, rief Astrak. „Ich dachte, das wäret Ihr vorher schon gewesen?“

„Nicht auf diese Art“, gab der Priester zurück.

„Barius“, sagte Pulver vorsichtig. „Wäre es vielleicht möglich, etwas weniger stark … zu leuchten? Ich kann Euch kaum erkennen.“

„Verzeiht“, murmelte Barius und lächelte verlegen. „Es ist auch für mich ungewohnt …“ Er schloss die Augen und atmete tief durch, worauf das Leuchten langsam verschwand und mit ihm die ehrfurchtgebietende Majestät, die es dem Priester verlieh.

Er öffnete die Augen und lachte leise.

„Es ist mir nicht entgangen, dass Ihr Euch vor mir nicht in den Staub geworfen habt, Freunde. Ist es mit Leuchten nun besser?"

„Euer Gott ist nicht der unsere", gab Pulver lächelnd zurück und nickte dann. „Ja, nun sehe ich Euch wieder. Aber bitte, Barius ..."

„Ja?"

„Wenn Ihr das nächste Mal einen solchen Schwur leistet, warnt uns vorher."

Baris brach in schallendes Gelächter aus.

„Ihr könnt mir glauben, Pulver, das wird so schnell nicht wieder geschehen!" Es lag ein neuer Glanz in den Augen des Priesters, als er weitersprach. „Mir wurde soeben eine Gnade gewährt, die größer ist als alles, was ich mir jemals hätte erträumen können!"

„Was genau ist denn geschehen?", fragte Astrak neugierig.

„Er hat mich zu Seinem Streiter auserkoren. Er hat mich erwählt, Seine Gnade und Gerechtigkeit auf dieser Welt zu vertreten. Wenn ich Belior in diesem Zustand schlage, wird es der Gott selbst sein, der den Streich führt. Versteht Ihr? Loivan selbst hat mich berührt, mich mit seiner Essenz erfüllt. Ich bin nur noch zum Teil der, der ich war, das Meiste an mir stammt nun von meinem Herrn, der mich reingewaschen und durchdrungen hat und auch geläutert von dem grenzenlosen Hass, den ich verspürte. Ich habe nicht gewusst, wie sehr ich mich verloren hatte. Hass kann keine Gnade spenden. Und nur wer liebt, vermag gerecht zu urteilen."

„Ihr seid nicht mehr zornig?“, fragte Astrak vorsichtig.

„Nein.“ Barius lächelte. „Nur noch entschlossen.“

„Dann seid Ihr nun von Eurem Gott besessen?“, erkundigte sich Pulver zögernd.

Barius schüttelte den Kopf. „Nicht besessen. Erfüllt. Das ist ein Unterschied.“

Er sah hinauf zum klaren Himmel.

„Eines scheint mir jetzt gewiss“, verkündete er dann. „In diesem Streit haben wir die Götter auf unserer Seite.“

„So scheint es mir auch“, rief Lamar ergriffen. „Ich habe schon den einen oder anderen Priester kennen gelernt, auch einen Priester Loivans. Aber sie werfen nicht mit Blitzen um sich, noch werden sie von den Göttern mit Windhosen berührt oder heilen tödliche Wunden mit Gesang und Gebet. Die Priester, die Ihr hier beschreibt, sind anders. Sie wandeln durch Eure Geschichte wie Titanen!“

„Ich werde Elyra berichten, dass Ihr sie als Titan betrachtet“, lachte der alte Mann und warf einen versteckten Blick in eine Ecke des Gastraums, wo eine junge Frau neben einem grauhaarigen, kräftig gebauten Mann saß, der in seinem Stuhl zu schlafen schien. Als sich die junge Frau zu ihm hinüberbeugte und ihm etwas hinter vorgehaltener Hand zuflüsterte, zeigte sich ein Lächeln auf seinen Gesichtszügen, ohne dass er die Augen öffnete.

„Ich weiß, was Ihr meint, Freund Lamar“, fuhr der Geschichtenerzähler fort. „Glaubt mir, es ist besser so. Wenn die Götter in die Geschicke der Menschen eingreifen, ist es meist auch bitter nötig. Dennoch scheint es mir besser, wenn man auf solche Wunder verzichten kann.“ Der alte Mann lachte leise. „Außerdem bewahrt es einem die Illusion, dass man seine eigenen Geschicke selber lenkt. Ich kannte manch

einen, der sich arg dagegen wehrte, den Göttern als Spielstein zu dienen. Ich denke da zum Beispiel an die Sera Meliande. Leicht fügte sie sich ihrem Schicksal nie …“

„Sie war ja mit Ralik an dem Pass“, erinnerte sich Lamar. „Geschah dort etwas?“

„Nein“, sagte der alte Mann. „Nur, dass sie von dort aus aufbrach, um zusammen mit Hauptmann Hendriks weitere Söldner anzuwerben. Das war am Morgen jenes Tages, an dem Elyra den Tempel öffnete und kurz nachdem Meister Hernul mit seinen Wagen am Pass angekommen war.“

„Ich werde dem Rat gerne beitreten", teilte Meliande Ralik mit, als dieser sie aufsuchte, um sich von ihr zu verabschieden und ihr für das Unterfangen Glück zu wünschen. Die Hüterin, Hauptmann Hendriks und Helge waren die Einzigen, die noch nicht aufgesessen waren. „Nur muss es warten, bis wir wieder zurück sind."

Sie warf einen Blick hinauf zum alten Turm, wo drei Männer damit beschäftigt waren, die Mauerreste des obersten Stockwerks abzutragen. „Bis dahin habt Ihr die Festung wohl schon wieder hergerichtet, ich hätte nicht gedacht, dass die Arbeit so schnell voranschreiten würde."

„Noch reißen wir nur Mauern ein, sie aufzubauen wird länger dauern", antwortete der Zwerg. Er seufzte. „Mir ist nicht ganz wohl damit, dass ihr so wenige seid. Die Vorlande mögen nicht von Belior besetzt sein, aber dennoch sind sie nicht sicher."

„Wir werden Sorge dafür tragen, dass der Sera nichts geschieht", versicherte Hauptmann Hendriks, dem seine Tochter gerade dabei half, sein Pferd zu besteigen. Er setzte sich im Sattel zurecht und verzog schmerzhaft das Gesicht, als seine Wunden ihn wieder plagten. „Achtet Ihr lieber auf Euch selbst, Hauptmann", rief die Hüterin lachend und hielt dem Zwerg ihre gepanzerte Hand hin.

„Wir werden mit einer Armee zurückkehren, Meister

Ralik“, sagte sie dann zu ihm. „Belior wird es nicht gelingen, der Krone habhaft zu werden.“

Ralik nahm ihre Hand und drückte sie.

„Achtet auf Euch, Sera“, sagte er leise. „Die Menschen hier brauchen Euch.“

„Auch Ihr, Meister Ralik?“, fragte sie lächelnd.

Er sah ihr zu, wie sie sich elegant in den Sattel schwang, die schwere Rüstung schien sie dabei kaum zu behindern. „Jeder von uns. Denn jeder kann Hoffnung gebrauchen. Und die verkörpert niemand sonst so sehr wie Ihr.“

Sie versuchte sich nicht anmerken zu lassen, dass seine Worte Ihr missfielen.

„Ich bin niemandes Hoffnung“, versetzte sie und zwang sich zu einem Lächeln, dann gab sie ihrem Pferd die Sporen und preschte Helge und dem Hauptmann hinterher.

Ralik sah ihr lange nach. „Der Götter Segen mit Euch, Meliande vom Silbermond“, sprach er leise, bevor er sich umdrehte und zum Turm zurückging. Es gab noch viel zu tun.

Anfangs war der Ritt noch recht beschwerlich, der Weg war felsig und uneben, und es konnte leicht geschehen, dass die Pferde auf dem Geröll ausrutschten und sich verletzten. Doch alles ging gut, und gegen Mittag erreichten sie die Brücke mit dem Zollhaus, von der Marten gesprochen hatte. Der Hauptmann griff an seinen Beutel, um den Brückenzoll zu zahlen, doch an dem Haus rührte sich nichts. Auf sein Zeichen hin steigen zwei seiner Männer ab und näherten sich vorsichtig dem alten Gemäuer. Mit dem gezogenen Schwert drückte einer von ihnen die Tür zur Wachstube auf und trat sofort wieder zurück.

„Es ist niemand hier“, rief er zu der Gruppe gewandt,

„aber alles ist voller Blut, und überall sind Fliegen. Seht Euch die Tür an."

Der Hauptmann und Meliande beugten sich im Sattel vor und musterten das Holz, das von tiefen Kratzspuren durchzogen war.

„Kronoks", stellte der Hauptmann fest. „Hat Euer fliegender Kundschafter nicht behauptet, es seien keine in der Gegend?"

„Gestern sind ihm zumindest keine begegnet", antworte Meliande und richtete sich wieder im Sattel auf. Ihr Blick glitt über die verfallenen Gebäude der Siedlung, doch sie konnte nichts Auffälliges entdecken. „Hier führt eine Blutspur entlang", rief einer der Männer. „Der Farbe nach zu urteilen stammt das Blut von heute Morgen"

„Sammelt Eure Leute und lasst uns weiterreiten", beschwor Meliande den Hauptmann. „Die Spur kann nur zu einem Toten führen oder in eine Falle. Jedenfalls werden wir niemandem mehr helfen können, und zum Kämpfen ist es hier zu unübersichtlich, in offenem Gelände würde ich mich wohler fühlen."

Hendriks nickte und gab den Befehl zum Anreiten. Fast jeder von ihnen hatte die Hand auf seinem Schwert, aber es geschah nichts weiter. Dennoch atmete Hendriks erst auf, als sie die Ruinen hinter sich gelassen hatten. Erleichtert lenkte er sein Pferd neben das der Hüterin.

„Einen Moment lang dachte ich, dieses verlassene Dorf würde unser Ende bedeuten", sagte er. „Ich hasse diese Echsen. Aber warum meint Ihr, es hätte eine Falle sein können? Niemand weiß, wo wir sind … und weshalb sollte man uns auflauern?"

„Glaubt Ihr, Belior lässt uns ungehindert durch die Lande ziehen?", rief Meliande lachend und schüttelte den

Kopf. „Nein, Ihr könnt Euch sicher sein, dass er uns beobachtet."

„Warum sollte er das tun? Meint Ihr wirklich, er hält uns für so gefährlich? Bislang wurde er noch nie besiegt."

„Wir haben seine Pläne durchkreuzt, und mir kommt es so vor, als wäre er recht nachtragend." Sie schenkte Hendriks ein flüchtiges Lächeln. „Hauptmann, habt Ihr noch nicht erkannt, dass wir ihm gefährlich werden können?"

„Ich wüsste nicht, wodurch", antwortete der Hauptmann bedrückt. „Zweimal hat meine Kompanie gegen Thyrmantor gekämpft ... und jedes Mal wurden wir geschlagen. Ich weiß, was er ins Feld führen kann, Sera! Nur deshalb entschloss ich mich, für ihn zu arbeiten." Er seufzte. „Genützt hat uns das aber nicht. Ich habe nur gute Leute und einige meiner Freunde verloren. Unter anderem durch Euch, denn ich hörte, Ihr wäret es gewesen, die den Plan vereitelte, das Gold aus dem Dorf zu stehlen. Und jetzt reiten wir Seite an Seite, mit einem Teil des Golds in unseren Satteltaschen." Er sah sie von der Seite an. „Eines müsst Ihr mir verraten, wie habt Ihr meine Leute besiegen können? Sie gehörten zu meinen besten Kämpfern!"

„Ich erhielt eine umfassende Ausbildung", antwortete Meliande. „Ich lernte Dinge, die heute kaum mehr jemand weiß."

„Und welche wären das?", fragte Hendriks.

„Nun, zum Beispiel die Fähigkeit, das Wirken von Magie zu erkennen", erklärte sie und drehte sich im Sattel um.

„Tarik", rief sie dem Scharfschützen hinter sich zu. „Gesellt Euch einen Moment zu mir!"

„Was gibt es, Sera?", fragte Tarik, als er sein Pferd neben ihr zügelte.

„Wenn mich nicht alles täuscht, werden wir bald überfallen. Dabei wird Magie im Spiel sein, und zwar magische Täuschung. Es gibt zwei Arten von Magie, die eine wird einem Priester von seinem Gott verliehen, die andere ist durch Wissenschaft erlernt. Ich spüre, dass der Priester eines dunklen Gottes in der Nähe ist. Irgendwo dort drüben lauert er und wirkt seine Magie der Täuschung! Erlaubt mir …“ Sie beugte sich im Sattel zur Seite und berührte Tarik an der Schläfe, ein kurzes Schimmern lief über sein Gesicht, und er zuckte zurück. „Autsch! Das war kalt!“, beschwerte er sich. „Was habt Ihr gemacht?“

„Euch für die Dauer einer viertel Kerze die Fähigkeit verliehen, magische Täuschungen zu durchschauen. Sollten wir tatsächlich angegriffen werden, dann haltet Ausschau nach einem Mann oder einer Frau in einer dunklen Robe. Ignoriert alles andere, selbst Kronoks, die Euch angreifen … die Person in der dunklen Robe ist ein Priester Darkoths, der seine Magie gegen uns richten wird. Er muss sterben, sonst sind wir verloren.“

Der Scharfschütze sah von ihr zu Hendriks, der bei Meliandes Worten bleich geworden war. „Also rechnet Ihr mit einem Angriff?“

„Ja“, sagte die Hüterin leise. „Und es geschieht bald. Ich spüre schon das Wirken seiner Magie, er kann nicht mehr weit entfernt sein.“

Tarik musterte die flache Ebene um sie herum.

„Wir haben freie Sicht“, sagte er dann. „Wenn sie uns angreifen wollen, werden wir sie früh genug erkennen, um fliehen zu können.“ Er schluckte. „Etwas anderes wird uns nicht übrig bleiben. Selbst wenn es nur ein Kronok ist, werden wir ihn nicht besiegen können.“

„Wenn wir fliehen, sterben wir auf jeden Fall“, widersprach Meliande. „Ihr müsst diesen Priester töten, denn er kann nicht nur Trugbilder erzeugen, sondern auch Kronoks vor unseren Augen verbergen. Und wenn man einen Feind nicht sieht, kann man weder fliehen noch kämpfen. Erschießt den Priester, nur dann könnt Ihr Euch retten. Ich werde mich um die Kronoks kümmern."

„Ihr habt noch nie einem Kronok gegenübergestanden, Sera", gab der Hauptmann zu bedenken. „Ihr wisst nicht, was Euch da erwartet!"

„Das ist nur gerecht", gab die Hüterin mit einem grimmigen Lächeln zurück. „Mir standen sie bislang auch nicht gegenüber."

Schweigend ritten sie weiter. Das zerstörte Dorf hatten sie schon weit hinter sich gelassen, doch nichts regte sich.

„Seid Ihr sicher, dass sie bald angreifen, Sera?", fragte Tarik nach einer Weile. Er hielt seine Armbrust bereit, den Bolzen aufgelegt und den Schaft auf seinen Oberschenkel gestützt. „Ich sehe nichts ... und in dieser kargen Gegend kann sich auch niemand verstecken."

„Wir nähern uns ihnen", entgegnete Meliande leise und wandte sich an den Hauptmann. „Gebt Zeichen, dass die Männer sich bereit machen sollen."

„Aber hier ist weit und breit nichts zu sehen", sträubte sich Tarik. „Nur flaches Gebüsch und niedrige Hügel. Hier kann sich niemand ... Götter!", stieß er plötzlich aus.

„Könnt Ihr sie sehen?", fragte Meliande und lockerte ihre Schwerter.

„Nein", erwiderte Hendriks.

„Ich schon", hauchte Tarik. „Es sind sechs. Zwei vor uns und zwei an jeder Seite. Und sie stehen ganz offen da ... ich verstehe nicht, wieso ich sie vorher nicht bemerkt habe."

„Ich kann immer noch nichts sehen“, sagte der Hauptmann. „Was sollen wir tun?“

„Wenn Tarik geschossen hat, reitet so schnell Ihr könnt“, erklärte die Hüterin. „Seht Ihr den Priester, Tarik?“

Der Scharfschütze nickte angespannt. „Ja. Aber wir sind noch nicht nahe genug heran für einen sicheren Schuss.“

„Schießt, sobald das der Fall ist“, flüsterte die Hüterin.

„Darauf könnt Ihr wetten“, brummte Tarik, und kaum zehn Schritte weiter löste er einen Fuß aus dem Steigbügel und ließ sich seitlich von seinem Pferd gleiten, direkt in eine kniende Position. Dann hob er die Armbrust und schoss.

„Getroffen!“, rief Meliande. „Und jetzt macht, dass Ihr davonkommt!“

Hendriks zog scharf die Luft ein, als er den Priester fallen und die Kronoks sich formieren sah, und gab seinem Pferd die Sporen. Auch Tarik zögerte nicht. Wie ein Affe klammerte er sich an sein Pferd und trieb es an, noch bevor er fest im Sattel saß. Und die anderen Männer preschten den beiden hinterher.

Meliande hingegen zügelte ihr Pferd und bereitete sich auf den Angriff vor, der jeden Moment kommen musste.

Er kam nicht. Die Kronoks auf ihren mächtigen Kriegsechsen sahen den Söldnern nach, die im wilden Galopp davonritten, dann trabte eines der Wesen gemächlich auf die Hüterin zu.

„Du bisst ein Weibchen“, begrüßte er sie, als er etwa fünf Schritt entfernt von ihr seine Echse zum Stehen brachte.

„Ja“, antwortete Meliande verwundert. Was hatte das zu bedeuten? Sie versuchte sich nicht anmerken zu lassen, wie sehr sie der Anblick der Echse erschreckte. Einen toten Kronok zu entdecken war etwas anderes, als einem lebenden Exemplar gegenüberzustehen. Sollte sie das hier überleben, würde sie dem Hauptmann Abbitte leisten, diese Echsen waren wahrlich furchteinflößend.

„Hast du ein Nesst?"

Meliande blinzelte.

„Ich verstehe nicht?"

Mit einem Überfall hatte sie gerechnet, und den Auftritt des Priesters hatte sie erwartet, doch dass die Echsen vor dem Kampf noch mit ihr plaudern wollten, überraschte sie.

„Hasst du … Eier gelegt? Bisst du Mutter?"

„Ja", antwortete Meliande, die noch immer nicht verstand, was der Kronok von ihr wollte.

„Gut", sagte der Kronok. „Dann kämpfen wir miteinander."

Er stieg ab und schickte sein Reittier mit einem gutturalen Laut davon.

Vanessa hatte Meliande von ihrem eigenen Zweikampf mit einem Kronok berichtet und ihr gesagt, dass diese Echsen nicht fair kämpften. Doch ihre Chance in einem unfairen Zweikampf war immer noch größer, als wenn sie sich gegen alle sechs zugleich hätte erwehren müssen.

Sie ließ sich vom Pferd gleiten und wollte diesem einen Klaps geben, doch das war gar nicht nötig, denn sobald es ohne Reiter war, ergriff es die Flucht.

Langsam zog der Kronok sein Schwert. Die Klinge war beinahe so groß wie Meliande selbst.

Dann hob er die Waffe an und wartete. Auch Meliande zog ihre Schwerter, und als nichts geschah, nickte sie dem Echsenkrieger einfach zu.

Es war erschreckend, wie schnell sich diese Kreatur mit einem Mal bewegte. Eben noch stand der Kronok gelassen da, im nächsten Moment brachte ein riesiger Satz ihn nahe an sie heran. Das Schwert fuhr herab und hätte sie sicherlich entzweigespalten, wäre sie nicht blitzschnell ausgewichen. Sie rollte sich zur Seite ab. Ein gleißendes Licht entstand um ihre Hände und lief weiß leuchtend ihre blanken Klingen empor, ihr linkes Schwert zuckte schräg nach vorne hoch und fing den nächsten Schlag der Echse mit überraschender Leichtigkeit ab.

Als die Klingen aufeinandertrafen, schlug der weiß glühende Stahl der Hüterin Späne aus dem Stahl der Echse! Zugleich drehte sich die Hüterin in den Schlag hinein und duckte sich unter dem Schildstoß der Echse hindurch. Ihre andere Klinge beschrieb indes einen weiten Bogen, und der gleißende Stahl durchschnitt auf seinem Weg das gegnerische Schwert, dessen oberer Teil zu Boden fiel.

Der Kronok erstarrte mitten in der Bewegung, dann ließ er langsam seine Schlaghand sinken, die noch den Stumpf des Schwertes hielt.

Kein Stahl der Welten war so scharf, dass er ein solches Schwert durchschnitt, und so hart zu schlagen war ebenfalls kaum möglich. Doch hier wirkten nicht nur Stahl und Muskelkraft. Es war die gleißende Magie der alten Stadt, Ergebnis einer Meisterschaft, die zu erlangen nun niemand mehr hoffen konnte.

Doch auch diese Meisterschaft erschöpfte sich.

„Du jedenfalls wirst meine Kinder nicht anrühren!“, keuchte Meliande und trat schwer atmend zurück … ein letztes Mal flackerte das gleißende Licht über den bluttriefenden Stahl, dann verlosch es. Ihr Herz raste, und ihre Hände zitterten, beinahe wurde ihr schwarz vor Augen, doch Meliandes eiserner Wille drängte die drohende Ohnmacht zurück. Götter, dachte sie verzweifelt. Noch immer fünf von ihnen, gib mir die Kraft, oh Mistral, diese Prüfung zu bestehen!

Der Kronok ließ den Stumpf seines Schwerts fallen und griff sich an den Bauch, dorthin, wo in der dicken Panzerung nun ein Spalt klaffte, aus dem sich schwallweise Blut ergoss.

Ihre Blicke trafen sich, doch was sie sah, überraschte sie. In den gelben Augen des Kronoks las sie keine Angst und kein Entsetzen, sondern nur Einverständnis mit dem, was geschehen war.

„Mutter", sagte er schließlich, und nickte, als habe er etwas lang Gesuchtes wiedergefunden, dann brachen seine Augen und er fiel vornüber.

Meliande fasste ihre Schwerter fester und bereitete sich auf den Ansturm der anderen vor, doch wieder geschah das Unerwartete. Einer der Kronoks ritt zur Echse des Gefallenen hinüber und ergriff ihre Zügel. Mit ihr im Schlepptau trottete er zu der Stelle, an der die Hüterin wartete. Er saß ab, packte den toten Kameraden und wuchtete ihn auf den Sattel seines Reittiers. Dann saß er selber auf und trabte davon. Die restlichen vier Kronoks schlossen sich ihm wortlos an.

Meliande stand regungslos da und sah ihnen nach, bis sie in der Ferne verschwunden waren.

Dann hob sie ihren Blick in den klaren blauen Himmel.

„Göttin!", hauchte sie. „Kannst du mir das bitte erklären?"

„Woher konnte sie auch von der Brutmutter der Kronoks wissen?", wunderte sich Lamar. Er musterte den alten Mann. „Das bringt mich zu der Frage, woher Ihr davon wisst?"

Der alte Mann lachte. „Ich werde mich hüten, Euch zu

viel zu verraten. Allerdings muss ich gestehen, dass ich lange gebraucht habe, um dahinterzukommen. Meine Neugier trieb mich, und ich gab nicht eher Ruhe, bis sich mir jeder Stein zum anderen fügte und ich endlich verstand, was geschehen war. Es ist eine Geschichte für sich … aber dazu später. Allerdings habt Ihr Recht, denn für die Kronoks hatte sich etwas bestätigt, was sie zuvor nur befürchtet hatten …

Weit entfernt von dem Schauplatz des Kampfs, in einer Burg, über der das Banner des Drachen wehte, öffnete der Kriegsmeister die Augen. Er teilte sich das Nest mit niemanden, dennoch war er nicht allein.

„Wir starben", sagte eine ferne Stimme. „Wir hörten, was sie sagte."

„Ja", sagte eine andere Stimme. „Wir hörten sie."

„Sie kämpft um ihre Kinder", stellte der Kriegsmeister fest. „Sie sah uns. Sie schickte Ihre Brut weg und blieb. Sie blieb, um uns zu besiegen. Sie zeigte keine Angst und forderte uns auf, den ersten Schlag zu führen."

„Sie stand offen vor uns. Sie ist eine Brutmutter", stellte die ferne Stimme fest.

„Wir verloren viele Eibrüder, weil wir es nicht besser wussten", sagte eine andere Stimme.

Sie alle schmeckten das Eisen auf der Zunge des Kriegsmeisters, als diesem bewusst wurde, welch schweren Irrtum sie begangen hatten.

Der Kriegsmeister schloss die Augen, suchte ihren Geist und fand ihn. Er wagte kaum, sie zu berühren. Er öffnete sich Ihr, zeigte Ihr alles, was er wusste und erfahren hatte. Dann wartete er.

Lange lag er in seinem Nest, er fühlte die Gegenwart der

anderen, aber auch sie schwiegen und warteten auf das Urteil der Brutmutter.

„*Kommt*“, hörten sie dann die Stimme, die ihnen heilig war. „*Kommt zurück. Aber bringt mir eine ihrer Brutmütter.*“

„So soll es geschehen“, flüsterte der Kriegsmeister voller Ehrfurcht und presste sich flach gegen den Sand seines Nests. „So soll es geschehen“, wiederholten die fernen Stimmen.

„Ich dachte, die Kronoks verfolgten keine eigenen Interessen?“, sagte Lamar.

„Nun, das dachte Kanzler Belior auch“, erwiderte der alte Mann grinsend.

„Ich nehme an, er hat von seinem Irrtum noch erfahren“, meinte der Gesandte. „Aber es ist erstaunlich, dass die Hüterin den Kronok besiegen konnte.“

„Die Kronoks waren nicht ganz so unbesiegbar, wie es schien. Letztlich waren ja auch sie nur Wesen aus Fleisch und Blut. Doch gab es nur wenige, die sich damit brüsten konnten, einen von ihnen besiegt zu haben. Die Meisten überlebten ihren Triumph nur kurz … aber die Hüterin gab sich mit solchen Gedanken nicht ab. Sie tat einfach, was getan werden musste, ein Streben nach Ruhm und Ehre war ihr weitgehend fremd.“

„Anders dieser Garret“, sagte Lamar schmunzelnd. „Mir scheint, er mochte es, wenn man ihn bewunderte.“

„Seid Ihr Euch sicher?“, fragte der alte Mann lächelnd.

„Gewiss gefiel es ihm, wenn Vanessa zu ihm aufsah.“

„Damit könntet Ihr Recht haben“, meinte der alte Mann erheitert. „Aber nun zurück zu Sera Meliande und Hauptmann Hendriks …“

Dem Hauptmann war nie wohl bei einer Flucht, und so hatte er diese hier in dem Moment abgebrochen, als er begriff, dass die Echsen ihnen nicht folgten. So schnell wie möglich sammelte er seine Leute, von denen einer bereits das Pferd der Sera eingefangen hatte. Eine Weile warteten sie noch und suchten nach dem Feind, der jedoch nicht kam, dann ritten sie vorsichtig zurück.

Sie fanden Meliande neben der Leiche des Priesters auf dem Boden sitzen, ihre blanken Schwerter über die Beine gelegt und die Augen geschlossen. Das Gras um sie herum war voller Blut und zeigte die Spuren eines Kampfs, doch von den Kronoks war weit und breit nichts zu sehen. Der Bolzen des Scharfschützen steckte noch immer im linken Auge des Priesters, dessen Kopf Meliande aber offenbar vom Rumpf getrennt hatte.

„Seid Ihr wohlauf, Sera?“, fragte Hendriks mit zögerlicher Stimme. Im ersten Moment fürchtete er, Meliande wäre tot, so still saß sie da, doch dann hob sich ihre Brust unter einem mächtigen Atemzug, und sie öffnete die Augen.

„Ja“, sagte sie, während sie sich langsam erhob. „Es geht mir gut.“

Hendriks’ Augen suchten nach möglichen Verletzungen, doch ihre Rüstung schien intakt zu sein, nur etwas Blut an einem ihrer Schwerter zeugte davon, dass sie einen Kampf gefochten hatte. Sie wirkte sehr erschöpft.

„Was ist geschehen?“, fragte Hendriks.

Meliande antwortete nicht sofort. Sie bückte sich und säuberte die blutige Klinge im Gras, dann stieß sie die Schwerter wieder zurück in die Scheiden. Einer der Männer brachte ihr das Pferd, und sie saß auf.

„Ein Kronok kam heran“, begann sie zögernd. „Er forderte mich zum Zweikampf. Ich gewann. Die anderen Kronoks nahmen den toten Kameraden auf und ritten davon." Sie sah auf den Priester herab. „Der hier schien mit dem Sterben Schwierigkeiten zu haben, er zuckte noch, als ich ihn erreichte, und fast schien es mir, als wolle er sich wieder erheben, also war ich ihm dabei behilflich, zu seinem Gott zu finden."

Hendriks nickte, mehr um zu zeigen, dass er ihre Worte vernommen hatte, als dass er deren Sinn verstand.

„Wie war es Euch möglich, den Kronok zu besiegen?", fragte er verwundert.

„Ich habe im Kampf betrogen und Magie benutzt. Es ist eine alte Kunst, wenn man es Kunst nennen will ... ein Duell so zu bestreiten galt schon immer als unehrenhaft."

„Auch wenn es gegen einen Kronok ging?" Hendriks schüttelte entschieden den Kopf. „Gegen eine solche Kreatur ist nichts unehrenhaft, das einem einen Vorteil bringt!"

Ein flüchtiges Lächeln huschte über ihre Lippen.

„Seht Ihr", sagte sie dann etwas munterer, „das habe ich mir auch gedacht." Sie löste ihren Wasserschlauch vom Sattel und trank gierig. Danach sah sie den Hauptmann an.

„Ich glaube, die Göttin hat meine Gebete erhört." Ihre Stirn legte sich in Falten. „Zwei oder drei von ihnen hätte ich noch erschlagen können, aber spätestens dann wären meine Kräfte versiegt. Es war ein wahres Wunder, Hauptmann."

Hendriks nickte ernst.

„Von solchen Wundern können wir noch mehr gebrauchen."

„Ich verstehe, was Ihr meint, mein Freund", sagte Lamar nachdenklich. „Wenn man auf Wunder angewiesen ist, kann die Lage kaum rosig sein, nicht wahr?"

„Genau. Aber Gleiches gilt auch für die Magie", meinte der alte Mann. „Sie hat es so an sich, dass man dann auf sie zurückgreift, wenn nichts anderes mehr helfen mag. Doch weder Magie noch Wunder sollten jemals leichtfertig verwendet werden." Er lachte leise. „Von den Freunden war es Argor, der am wenigsten von Wundern und Magie hielt. Seiner Meinung nach war beides nur dann nötig, wenn der Meißel schon im Stein festsaß."

„Oder der Karren, im Dreck steckte", meinte Lamar lachend.

„Auf jeden Fall war es nichts, was man zu häufig benutzen sollte!", stimmte der alte Mann ihm zu. „Zuerst denken, danach handeln, dann braucht man keine Wunder. Das war Argors Meinung … nur vergaß er, dass man nicht immer an alles denken kann …"

Am Nachmittag des gleichen Tages brach Argor auf, um sich eine Armbrust zu kaufen. Es fiel ihm nicht schwer, die Taverne „Zum Blauen Ruder" zu finden, auch wenn im Lauf der Zeit die Farbe von dem Erkennungszeichen über der Tür abgeblättert war. Die Sera Leonora hatte Recht, dachte Argor, als er von Weitem den heruntergekommenen Bau musterte, vertrauenswürdig sah das Wirtshaus wahrlich nicht aus. Auch der kleine Laden dieses Berosch war alles andere als einladend, nicht viel mehr als eine windschiefe Bude, die sich an die linke Außenwand der Taverne lehnte.

Mehr Sorge bereitete Argor der kaum drei Schritt breite Weg, der am dunklen Wasser des Hafens entlang zum Wirtshaus führte. Der Weg war nicht gerade schmal, aber Argor war das Wasser schon immer unheimlich gewesen. Verstohlen griff er unter sein Wams und tastete dort nach der ledernen Tasche, die Knorre ihm anvertraut hatte. Er fischte den Armreif heraus und musterte ihn skeptisch. Es war nicht mehr als ein schmales Band aus dunkel angelaufenem Silber und sah kaum aus wie ein mächtiges magisches Artefakt. Einen Moment zögerte er, dann zuckte er die Schultern und verstaute den Reif wieder sicher unter seinem Wams. Volle drei Schritt breit!, machte er sich Mut. Es war mehr als unwahrscheinlich, dass er auf dieser kurzen Strecke stolpern und ins Wasser fallen würde.

Dennoch hielt er sich so nahe wie möglich an den Hauswänden, als er vorsichtig weiterging. Drei betrunkene Seeleute kamen aus der Taverne und wankten ihm entgegen, einer lachte, als er Argor sah, und lallte etwas Unverständliches, das sich wie „Blumenjunge“ anhörte. Die anderen lachten ebenfalls, als wäre dem Ersten ein prächtiger Scherz gelungen, und dann waren die drei auch schon vorbeigetorkelt.

Argor hob die Hand und klopfte an die Ladentür, doch diese war bereits geöffnet und schwang sofort zurück. Sie gab den Blick auf einen dunklen, engen Raum frei, der mit allerlei Tand und Zeug vollgestopft war. Kisten und Fässer stapelten sich hier, an einer Wand hingen schwere Seilrollen, an der anderen eine Auswahl an kurzen und langen Messern sowie Schiffsäxte und jene seltsamen Haken, welche die Bootsleute zum Entern anderer Schiffe verwendeten. An der Decke hingen gut zwei Dutzend Laternen, manche von ihnen alt und rostig, keine von ihnen brannte.

Ihm gegenüber befand sich eine Art Theke, und dahinter stand ein schmächtiger Mann mit ungepflegten Haaren und einem struppigen Bart. Er war in ein Lederwams gekleidet und trank soeben aus einem Tonkrug.

„Meister Berosch?“, fragte Argor höflich, als er die Tür hinter sich zufallen ließ.

„Ja. Wer fragt?“, gab der Mann zurück und musterte den jungen Zwerg mit rot geränderten Augen. „Habt Ihr Euch verlaufen?“

„Nur wenn man hier keine Waffen kaufen kann“, antwortete Argor.

Der Mann lachte trunken.

„Wenn es nicht gerade das Schwert des Grafen sein soll, werde ich Euch schon besorgen können, was Ihr braucht.“

Er blinzelte zur Tür hinüber. „Ihr seid allein, hoffe ich? Ich habe keine Lust, meinen Schnaps mit der Stadtwache zu teilen."

„Seid unbesorgt, Meister Berosch", versicherte Argor.

„Gut, also, wonach sucht Ihr?"

„Nach einer Armbrust."

„Hah!", rief der Mann. „Eine Armbrust! Wenn's weiter nichts ist! Die einzige Waffe, die hier in Berendall bei Strafe verboten ist. Wollt Ihr nicht doch lieber ein Schwert? Das ist zwar auch nicht erwünscht, aber Ihr könnt es immerhin verschnürt mit Euch führen!"

„Nein", beharrte Argor. „Ich brauche eine Armbrust. Warum sind sie verboten? Davon wusste ich gar nichts."

„Eine Armbrust vermag einen Harnisch zu durchschlagen, deshalb dürfen nur die Wachen sie führen. Aber gut. Stürzt Euch ins Verderben, mich geht es nichts an. Habt Ihr Gold, könnt Ihr zahlen? Eine Armbrust ist nicht billig."

„Was kostet sie?"

„Beim Waffenschmied etwas mehr als acht Silber. Bei mir kostet sie einen Kroner und zwei Silberstücke, aber ich stelle auch keine Fragen. Habt Ihr so viel?"

Argor griff unter sein Wams und holte seinen Beutel hervor. Er zählte dem Mann die Münzen auf den Tisch. Berosch sah auf sie herab, musterte Argor dann etwas genauer und nickte schließlich.

„Gut. Wartet hier. Wie Ihr Euch denken könnt, habe ich die Armbrust nicht hier herumliegen. Ich bin gleich zurück."

„Ich kann auch später wiederkommen", bot Argor ihm an, doch der Mann schüttelte den Kopf.

„Nein, es ist besser, wenn Ihr hier wartet. Es dauert nicht lange. Ich bin sofort zurück. Wenn Ihr wollt, könnt Ihr Euch vom Schnaps nehmen, etwas anderes rührt Ihr nicht an, verstanden?"

„Verstanden", antwortete Argor etwas irritiert.

Berosch griff sich einen Umhang und eilte zur Tür. „Es dauert nicht lange!", wiederholte er. „Bleibt einfach hier." Mit diesen Worten verschwand er durch die Tür.

Argor sah ihm stirnrunzelnd nach. Etwas störte ihn, nur wusste er nicht, was. Der Mann hatte sogar das Gold auf der Theke liegen lassen. Das hätte ihn beruhigen können, nur tat es das nicht.

War es die Art, wie der Mann ihn angesehen hatte? Oder hatte irgendein unscheinbares Detail ihn im Geheimen alarmiert? Es gab nur ein kleines Fenster in dieser windschiefen Bude, und die Sonne stand bereits so tief, dass kaum noch Licht in den Laden fiel. Doch Argor sah im Dunklen besser als andere, daher störte ihn das wenig. Etwas in dem Raum musste ihn gewarnt haben, irgendetwas passte nicht. Nur was?

Langsam ließ er seinen Blick über das Gerümpel schweifen. Dann stockte er. Dort drüben, an der Wand hinter der Theke, ragte ein Stück geschwungenen Metalls hinter einem Fass hervor. Es dauerte einen Moment, bis Argor begriff, dass es sich um das Bogenstück einer Armbrust handelte.

Zögernd trat er hinter die Theke und sah nach. Tatsächlich war es eine Armbrust, sogar in recht brauchbarem Zustand. Warum hatte der Mann gesagt, er müsse erst eine holen? Wusste er denn nicht, was er in seinem Laden hatte?

Vielleicht war es besser, später wiederzukommen. Argor nahm seine Goldmünzen von der Theke und ging zur Tür. Als er sie aufdrückte, hörte er ein paar Schritte entfernt auf dem Kai die Stimme des Ladenbesitzers.

„Ich schwöre Euch, Euer Würden, es ist der Kürzere der

beiden. Er hat andere Kleider an, aber ich erkannte ihn trotzdem! Er will eine Armbrust kaufen!"

Argor öffnete die Tür etwas weiter, um zu sehen, mit wem Berosch da sprach.

„Wir werden ihn uns einmal anschauen", antwortete der dunkle Priester, der in Begleitung seiner vier Soldaten und dem Ladenbesitzer auf den Laden zukam. „Wenn er es tatsächlich ist, wird er es auf dem Altar bereuen, die Hand gegen einen der unseren erhoben zu haben."

Als Argor die Tür wieder zuziehen wollte, bemerkte ihn Berosch und zeigte mit der Hand auf ihn.

„Da ist er! Er versucht zu entkommen!"

Von der Situation überrumpelt, hatte Argor gar nicht überlegt, wie er dem dunklen Priester entkommen könnte, also musste er nun improvisieren.

Er warf die Tür zu, schob den Riegel vor und eilte in den hinteren Teil des Ladens.

„Er kann nicht entkommen, es gibt nur diesen einen Ausgang", hörte er Berosch von draußen.

„Er hat die Tür verriegelt", rief einer der Soldaten, nachdem er an dem Griff gerüttelt hatte.

„Dann schlag sie ein!", brüllte der Priester ungehalten. Doch im nächsten Moment sprang die Tür auf, und Argor rammte den verblüfften Soldaten mit der Schulter und warf ihn nieder.

„Haltet ihn!", rief der Priester, und die drei verbliebenen Soldaten versuchten ihn zu greifen, während der Mann am Boden die Finger in den Saum von Argors Mantel krallte.

Der Priester verbaute ihm den Weg und grinste gehässig, während er die Hände hob, um die sich Dunkelheit zusammenzog.

„Es gibt kein Entkommen!“, rief der Priester triumphierend.

Im nächsten Moment gab es ein Geräusch von reißendem Stoff. Argor hatte sich losgerissen und warf sich nun gegen den Priester. Mit einem Arm hielt er ihn fest umklammert, mit dem anderen stieß er ihm den Dolch von hinten in den Rücken. Gemeinsam taumelten sie einen Schritt zurück, um dann mit einem lauten Platschen zwischen zwei dort am Kai festgemachten Schiffen in das trübe Hafenwasser einzutauchen.

Fluchend eilten die Soldaten an den Rand des Kais, während Berosch händeringend im Hintergrund blieb.

„Dort!“, rief einer der Soldaten, als etwas aus der Tiefe an die Oberfläche stieg. Mit einem Enterhaken zogen sie das Bündel heran. Es war der Priester, er lebte noch. Hastig hievten sie ihn aus der Brühe und legten ihn auf den Kai.

„Bringt ihn mir“, keuchte der Priester und spuckte ein Gemisch aus Wasser und Blut. Argors Dolch hatte ihn schwer verletzt. „Ich will seinen Kopf! Ihr müsst ihn finden, er darf nicht entkommen!“

„Irgendwann muss er ja auftauchen, Euer Würden“, sagte einer der Soldaten und legte einen Bolzen auf seine Armbrust. „Sobald er hochkommt, erledige ich ihn.“

Die Soldaten suchten die Wasserfläche ab, wobei sie auch immer wieder zwischen den beiden Schiffen schauten. Aber als sie nach einer zehntel Kerze noch immer nichts entdeckt hatten, sahen sie einander betreten an.

„Vielleicht ist er einfach davongeschwommen?“, mutmaßte einer der Soldaten.

„Nein“, meinte der andere. „Wir haben überall geschaut, er hat sich nirgendwo festgehalten, auch nicht an den Rudern oder Tauen. Er ist einfach nicht wieder hochgekommen. Glaubt mir, der ist ersoffen."

„Seid ihr sicher?", zischte der Priester mit einem mordlüsternen Blick in seinen Augen.

„Ganz sicher", antwortete der Soldat und ließ die Armbrust sinken. Mühsam erhob sich der Priester und stützte sich auf der gepanzerten Schulter eines der Soldaten ab.

„Diesmal", knirschte er mit zusammengebissenen Zähnen, „haben wir ihn alle gesehen. Wir wissen nun genau, wie er aussieht, und wir werden ihn finden."

„Ich sage Euch, Euer Würden, der Kerl ist tot!", beharrte der Soldat.

„Daran glaube ich erst, wenn der schwarze Stein sein Blut aufsaugt!", zischte der Priester.

„Und was ist mit mir und der Belohnung?", meldete sich Berosch zögernd zu Wort.

„Welche Belohnung?", fauchte der Priester. „Seht Ihr den Gesuchten in unserem Gewahrsam? Nein? Wofür wollt Ihr dann eine Belohnung?"

Er trat schwer atmend vor den Händler.

„Passt lieber auf, dass wir Euch nicht das Vertrauen entziehen! Und jetzt tretet mir aus den Augen!"

„Was geschieht nun, Euer Würden?", fragte einer der Soldaten vorsichtig, nachdem Berosch in seinen Laden verschwunden war.

„Was denkst du wohl, du Dummkopf!", fauchte der Priester. „Bringt mich zum Schrein zurück. Ich brauche einen Heiler und muss dem Hohepriester Bericht erstatten." Er bedachte die betreten dreinschauenden Soldaten mit einem Basiliskenblick. „Ihr könnt von Glück sagen, wenn keiner von euch auf dem Altar landet!"

Er warf einen letzten hasserfüllten Blick auf das Hafenbecken.

„Ich hoffe wahrhaftig, dass diese Ratte ersoffen ist. Wie konntet ihr ihn nur entkommen lassen! Tölpel, elendige!"

„Aber wir …", begann einer der Soldaten, doch seine Stimme versagte, als der Priester ihn zornig anstarrte.

„Zum Schrein", presste der heraus. „Und steht nicht so blöd herum, helft mir gefälligst!"

Schiere Panik erfasste Argor, als er in die dunklen Fluten sank. Er krallte sich an dem Priester fest, aber dieser trat aus wie ein Maultier und traf Argor mitten auf die Nase. Ein sengender Schmerz durchfuhr ihn und ließ ihn unwillkürlich den Mund öffnen, er schluckte Wasser, das in seine Lungen floss und dort wie Feuer brannte … und irgendwo, tief in seinem Innern regte sich unbändige Wut.

Sein ganzes Leben hatte er vor dem Wasser Angst gehabt. Und jetzt stand er schon das zweite Mal innerhalb weniger Tage kurz vor dem Ertrinken. Nein, bei allen Göttern, das durfte nicht sein!

Es kam ihm vor, als sinke er in unermessliche Tiefen, doch als er schließlich auf dem schlammigen Grund des Hafenbeckens aufkam, sah er über sich fast zum Greifen nah die dunklen Rümpfe der Schiffe schweben, nah und doch unerreichbar fern.

Nein, dachte Argor verbissen, ich *will* nicht ertrinken! Luftblasen perlten aus seinen brennenden Lungen und stiegen um ihn herum auf … wild entschlossen stieß er sich vom Grund ab und schnellte nach oben … beinahe konnte er schon mit der Hand die Wasseroberfläche durchstoßen, doch dann zog ihn eine Schwere wieder in die Tiefe

Götter, fluchte er innerlich. Es gab fast nichts, was die

Menschen den Zwergen voraus hatten, außer dass sie weniger wogen und begnadet schwimmen konnten!

Der Drang zu husten wurde unerträglich, es war fast unmöglich, den Mund geschlossen zu halten … nur wenige Atemzüge, und es würde vorbei sein … Atemzüge!

Panisch griff er unter sein Wams und nestelte an dem Beutel herum, bis er den alten Reif zu fassen bekam, dann hielt er es nicht mehr aus. Sosehr er sich auch dagegen sträubte, sein Mund öffnete sich, und das schlammige Wasser füllte seine Lungen wie glühendes Blei … Er spürte noch, wie seine Füße den Grund berührten, dann war es vorbei. Gnädige Dunkelheit umfing ihn.

Als er erwachte, herrschte dunkles Zwielicht um ihn herum. Hustend richtete er sich mit dem Oberkörper auf, doch das Husten ging seltsam schwer. Auch waren seine Bewegungen träge, als ob die Luft um ihn herum … Argors Augen weiteten sich, und eine kleine silbrig schimmernde Luftblase stieg vor seinen ungläubigen Augen auf, hoch zu den dunklen Schatten über ihm. Das glitzernde Tuch dort oben musste die Wasseroberfläche sein, vom Mondlicht beleuchtet, und die Schatten darauf waren die Schiffe. Und er … lag im Schlamm auf dem Grund des Hafenbeckens. Er machte eine hastige Bewegung, und Dreck wirbelte auf und trübte das Wasser.

Unwillkürlich atmete er ein, doch sein Brustkorb schmerzte, denn es war nicht Luft, was er da mühsam einsog, sondern Wasser. Und dieses Wasser brachte einen fauligen Geschmack in seinen Mund!

Ein Fisch schwamm vorbei und glotzte den verstörten Zwerg an, dann flitzte er aufgeschreckt davon. Langsam hob Argor die linke Hand und sah, dass sie krampfhaft ein schimmerndes Band festhielt, das langsam im Dunkeln zu pulsieren schien.

„Götter!“, stieß Argor aus, oder wollte es vielmehr ausstoßen, denn nur eine weitere Luftblase und ein seltsamer Ton entrangen sich seiner Kehle.

Verdammt, dachte der Zwerg, ich kann nicht einmal mehr fluchen! Dann beeilte er sich, den Göttern ein Dankgebet zu senden, denn letztlich war es nicht weniger als ein Wunder, dass er *überhaupt* noch denken konnte!

Sein Brustkorb schmerzte, denn die Magie ließ ihn zwar das Wasser atmen, aber es blieb Wasser, und das ließ sich nur schwer durch seine Lungen bewegen. Seine Brustmuskeln und das Zwerchfell protestierten mit jedem Atemzug. Natürlich war er dankbar für diese verfluchte Magie – offenbar hatte Garret Recht und sie war doch ab und an zu etwas nütze –, aber sie verlangte ihm einiges an Schmerz und Mühsal ab. Kein Grund also, dachte Argor, jemals ein Fisch werden zu wollen!

Wieder stieß er sich vom Boden ab, doch diesmal kam er nicht halb so hoch wie zuvor. Ohne Luft in seinen Lungen sackte er ab wie ein Stein. So würde er wohl nicht zurück in seine Welt gelangen! Wo aber war der Weg dorthin?

Die Steinwand der Hafenmole lag zu seiner Linken, und über ihm schwebten die Rümpfe der beiden Schiffe, zwischen denen er und der Priester ins Wasser gefallen waren. Also ging es in diese Richtung landeinwärts.

Den Göttern sei Dank, dachte er, dass sie seiner Rasse die Fähigkeit gegeben hatten, auch im Dunkeln noch sehen zu können!

Langsam und bedächtig setzte er einen Fuß vor den anderen und bewegte sich über den Grund landeinwärts, seltsam schwerelos und schwerfällig zugleich.

Sein Fuß verfing sich in einer Schlinge, er bückte sich und zog das alte Seil zur Seite. Da grinste ihn ein Totenschädel an. Erschrocken ließ er das Seil los, das langsam wieder zu Boden sank. Offenbar gehörte es hier zur Tradition, Leichen im Hafenbecken zu entsorgen, Dutzende lagen hier herum, zum Teil mit Netzen und Steinen beschwert, eine davon war noch recht neu. Aufgedunsen und von Fischen angefressen, schwebte der Mann aufrecht vor ihm, andere Leichen waren alt und brüchig und zum Teil tief im Schlamm vergraben.

Er bemerkte etwas Glänzendes und hob es auf. Es war eine verrottete Geldbörse, prall gefüllt mit Gold und angelaufenem Silber … wenigstens, dachte Argor, hatte sich die Qual nun ein wenig gelohnt.

Es dauerte eine Ewigkeit, bis er fand, wonach er so verzweifelt suchte: Treppenstufen, die an die Oberfläche führten.

Langsam stieg er sie hinauf, und als sein Kopf durch die Wasseroberfläche stieß, atmete er erleichtert aus. Ein Schwall Wasser ergoss sich aus seinem Mund, doch als er diesmal einatmete, war es die Luft, die wie Feuer in ihm brannte.

Keuchend, hustend und von Krämpfen geschüttelt, arbeitete sich Argor zwei weitere Stufen empor und blieb röchelnd auf der nächsten liegen. Immer wieder rissen ihn die Hustenkrämpfe fast entzwei, wieder und wieder spie er Wasser aus, bis er schließlich, schwer atmend und kraftlos wie ein kleines Kind, auf die Treppenstufe sank.

Wie lange es gedauert hatte, bis er die Kraft fand, sich aufzusetzen, wusste er nicht.

So fest hatte seine Hand sich um das Armband gekrallt, dass es ihm nun schwerfiel, die eigenen steifen Finger zu lösen. Aber dann hielt er den Armreif in den Händen und musterte ihn mit tränenden Augen. Mit zitternden Fingern streifte er ihn sich um den Arm und schwor dabei, ihn niemals mehr abzulegen, egal was kommen möge!

Als er an Leonoras Hintertür klopfte, war er so erschöpft, dass er für Sina, die ihm hastig die Tür zur Küche öffnete, nicht mehr als ein fahles Lächeln übrig hatte.

„Argor!", rief die junge Sera entsetzt, als der Zwerg triefnass an ihr vorbeitaumelte. „Was, bei den Göttern, ist dir denn zugestoßen!"

Argor sank auf die Knie, sah zu ihr hoch und nuschelte etwas von Wasser. Hastig füllte sie einen Becher voll und hielt ihm diesen hin, doch bevor er ihn greifen konnte, kippte er zur Seite um und rührte sich nicht mehr.

Besorgt beugte sich Sina über den jungen Zwerg, um dann erleichtert aufzulachen, als er zu schnarchen begann.

„Was ist geschehen?", fragte Knorre, der seinen Kopf durch die Tür zur Halle steckte.

„Ich weiß es nicht", antwortete Sina. „Es sieht ganz danach aus, als habe er ein Bad genommen!"

„Argor?", rief Knorre zweifelnd und kratzte sich am Kopf. „Niemand bringt einen Zwerg dazu, sich ins Wasser zu begeben!"

„Nun", sagte sie, „es war wohl nicht ganz freiwillig. Er ist tropfnass und völlig erschöpft …" Sie legte eine Hand auf Argors Hals und sah erschrocken zu Knorre hoch. „Außerdem ist er kalt wie Eis!"

„Dann sollten wir ihn ins Bett stecken", meinte Knorre. Er griff den jungen Zwerg, wobei dessen Ärmel verrutschte und der Armreif zum Vorschein kam. Knorre lachte auf und schüttelte zugleich den Kopf. „Auf diese Geschichte bin ich wirklich gespannt!"

„Die Zwerge scheinen uns Menschen doch in allem recht ähnlich“, sagte Lamar. Er warf dem alten Mann einen skeptischen Blick zu. „Ich bin mir nicht sicher, ob ich diesen Teil Eurer Geschichte glauben kann. Ich kenne niemanden, der einmal einen Zwerg getroffen hätte.“

„Nun, mit mir kennt Ihr doch nun jemanden“, entgegnete der alte Mann lachend.

„Schön, dann frage ich Euch, warum ein Zwerg nicht sollte schwimmen können.“

„Das habe ich Argor auch einmal gefragt. Für jemanden, der sie nicht selber kennt, ist seine Angst vor dem Wasser eher belustigend, doch sie hat einen ernsten Hintergrund. So, wie er es mir erklärte, nimmt jedes Lebewesen, auch der Mensch, Bestandteile der Erde in sich auf, wenn es seine Nahrung isst. Es sind immer nur kleine Mengen, aber wenn man lange genug lebt, dann sammelt sich einiges an. Zwerge hausen in der Erde, in Nachbarschaft zu Mineralien und Metallen. Über die Zeit finden diese Stoffe ihren Weg in die Körper der Zwerge … und lassen deren Knochen fast so schwer und auch so fest wie Stein oder Eisen werden. Es ist also wirklich so, dass sie zu schwer zum Schwimmen sind.“

„Da ist vielleicht was dran“, meinte Lamar nachdenklich. „Als ich klein war, fand ich in einer Schlucht die Knochen eines Ungeheuers, auch sie waren aus Stein. Und zu schwer, um sie anzuheben.“ Er schüttelte verwundert den Kopf. „Es gibt schon die seltsamsten Dinge.“

„Das dachte sich auch Meister Pulver, als er die Sera Lenise und ihren treuen Begleiter kennen lernte“, sagte der alte Mann lachend. „Gegen diese beiden waren Knochen aus Stein kaum der Rede wert!“

In Lytar hatten sich Meister Pulver, Astrak und Barius auf den Weg zum Tempel begeben. Es war bereits Nacht, und so fand die Reise im Schein von Fackeln statt. Wieder waren es Sergeant Delos und seine Männer, welche die Eskorte stellten. Kurz bevor sie den Tempel erreichten, hielt Delos inne und wies mit seinem Schwert auf einen bläulich-dunkelgrün schimmernden Baum etwas abseits des Pfades, auf dem sie sich durch die Ruinen bewegten. „Seht Ihr dort den Baum mit den Skeletten im Geäst?", rief er Meister Pulver zu. „Wir nannten diese Bäume Lanzenbäume, es dürfte offensichtlich sein, warum. Kommt ihm nur nicht zu nahe!"

„Wahrhaftig ein hässlicher Baum", sagte Pulver. Er beschattete seine Augen mit der linken Hand und hielt seine Fackel höher, um besser sehen zu können. Manche der Skelette hingen noch an den Ästen, die sie aufgespießt hatten, andere waren zu Boden gefallen. „Was ist mit ihm?"

„Seht Ihr das Astwerk? Es wird von den Spitzen her braun. Der Baum stirbt."

„Ist das ein gutes Zeichen oder ein schlechtes?", fragte Astrak neugierig.

„Ein gutes, will ich meinen", erwiderte Delos. „Wir haben alles versucht, um sie zu zerstören. Brandbomben haben wir geworfen, Köder mit Gift ausgelegt, gepanzerte Männer mit schweren Äxten vorgeschickt ... Aber auch sie konnten wenig ausrichten, meist sind sie dabei umgekommen. Irgendwann gaben wir es auf und suchten uns einen Weg um die Bäume herum. Dass dieser hier stirbt, zeigt, dass die Verderbnis langsam zurückweicht!"

Schließlich erreichten sie den Tempel. Als sie durch das Tor schritten und den Tempelgrund betraten, blieb Pulver stehen und atmete tief durch, ein freudiges Lächeln lag auf seinem Gesicht.

„Götter!", stieß er hervor. „Du ahnst gar nicht, Astrak, wie oft ich mir gewünscht habe, hier zu stehen und das Haus unserer Göttin zu betrachten. Ich sah bislang nur Zeichnungen von dem Tempel … er ist größer und erhabener, als ich ihn mir jemals vorgestellt hätte."

In dem dichten Strauchwerk seitlich des Weges raschelte es, und Delos fuhr herum, die Hand am Griff seines Schwerts, doch es war nur Trok, der aus den dunklen Büschen heraus- und auf den Weg trat, wo er sie mit seinen zweifarbigen Augen musterte.

„Ihr seid also Trok", sagte Pulver leise, nachdem Astrak ihnen den Schreckenswolf vorgestellt hatte, und sah ihn interessiert an. „Ein Mensch in der Gestalt eines Ungeheuers …"

Trok legte den Kopf schief und musterte Astraks Vater intensiv. Delos und seine Männer wichen etwas zurück, nur Pulver, Barius und Astrak blieben stehen.

„Mein Sohn sagte mir, Ihr würdet Euch von den anderen Ungeheuern hier unterscheiden", sagte Pulver lächelnd. „Ich sehe, was er meint."

Der Schreckenswolf sah Pulver mit fragendem Blick an.

„Ihr seid nicht verdreht oder verdorben. Ihr seid nur anders, aber in diesem Anderssein liegt Perfektion", erklärte

Pulver. Er sah zu Barius, der den Schreckenswolf ebenfalls intensiv musterte.

„Ich verstehe, was Ihr meint, Meister Pulver", sprach der Priester schließlich. „Er gehört einer anderen Schöpfung an, aber der Götter Atem ist in ihm zu erkennen."

„Sprecht nicht über ihn, sondern mit ihm", sagte Lenise lächelnd, während auch sie aus dem Schatten des dichten Unterholzes hervortrat. Sie hielt ihnen einen Wasserbeutel hin. „Ich habe Wasser geholt, ihr müsst durstig sein."

Pulver zog scharf den Atem ein. „Götter!", entfuhr es ihm. „Nicht das!"

„Vater!", rief Astrak empört.

Lenises Gesicht verdüsterte sich. „Es tut mir leid, wenn mein Anblick Euch erschreckt hat", sagte sie mit belegter Stimme. Dann wandte sie sich Astrak zu. „Ich glaube, es war ein Fehler." Sie ließ den Wasserbeutel sinken und wandte sich zum Gehen.

„Lenise, warte, bitte!", rief Astrak und warf seinem Vater einen bösen Blick zu. „Sie sind nur überrascht, mehr nicht!"

„Bitte bleibt, Sera", sagte nun auch Pulver. „Es ist nicht so, wie Ihr denkt. Mein Sohn hat mir von Euch erzählt, und ich freue mich, Euch zu sehen. Was mich erschreckte, war der Beutel Wasser. In unseren Legenden wird davor gewarnt, das Wasser von Alt Lytar zu trinken. Es heißt, es bringe den Tod … oder Schlimmeres."

Lenise hob ihr Haupt und sah Pulver an, dann nickte sie.

„Dieses Wasser nicht", erklärte sie mit weicher Stimme. „Es stammt aus Mistrals heiliger Quelle. Es lässt Wunden schneller heilen, kuriert Vergiftungen und lindert die Folgen der Verderbnis. Ihr könnt es unbesorgt trinken, ich schwöre es bei meiner Seele."

„Dann danke ich Euch sehr", lächelte Pulver. „Denn ich bin tatsächlich kurz vorm Verdursten."

Er griff nach dem Schlauch, setze ihn an und nahm einige tiefe Schlucke. Dann wischte er sich mit dem Handrücken den Mund ab und reichte den Schlauch an Astrak weiter.

Lenise nickte, als habe sich für sie etwas bestätigt. Sie wandte sich an den Sergeanten Delos und seine Leute.

„Es ist schon Nacht, Sers. Ich kann Euch nicht empfehlen, heute noch den Weg zurück zu Eurem Lager anzutreten. Noch ist es unsicher dort draußen. Schließt das Tor zum Tempelgarten, dann seid Ihr sicher vor Gefahr, denn dieser Garten steht unter dem Schutz der Göttin!"

Delos hatte offensichtlich Schwierigkeiten, ihr ins augenlose Angesicht zu schauen, aber er nickte und verbeugte sich tief vor der jungen Frau.

„Wir werden das Tor schließen, Sera. Aber sagt mir bitte, hat dieses Wasser wirklich heilende Kräfte?"

„Ja", erklärte die junge Frau. „Warum fragt Ihr, Sergeant?"

„Weil in dieser verfluchten Stadt bereits ein kleiner Kratzer zum Tod führen kann, und wenn es etwas gibt, was dagegen hilft ..."

„Trinkt", unterbrach sie ihn und reichte ihm den Wasserschlauch. Er nahm den Beutel mit einer tiefen Verbeugung in Empfang.

„Entschuldigt, Sera", meldete sich Pulver zu Wort, der Lenise die ganze Zeit über beobachtet hatte, „ich will nicht unhöflich sein, aber Ihr kommt mir nicht vor wie jemand, der kein Augenlicht besitzt, Eure Bewegungen sind sehr sicher. Wie kann das sein?"

„Lenise macht es so wie Ariel. Sie sieht durch Troks

Augen", erklärte Astrak eifrig, doch Lenise schüttelte lächelnd den Kopf.

„Jetzt weiß ich, woher Ser Astrak seine Neugier hat", sagte sie lachend. „Durch Troks Augen sehen? Nein, das wäre ein zu großes Wunder. Ich kann selbst sehen. Nur eben … anders." Sie zuckte die Schultern. „Ich kann es nur schwer beschreiben. Ich spüre meine Umgebung, ja, das trifft es wohl am besten." Sie wandte sich Astrak zu. „Auch deshalb wollte ich nicht geheilt werden. Ich sehe unbekannte Dinge, und manchmal auch Geschehnisse, die in der Zukunft liegen." Sie senkte verlegen den Kopf. „Ihr müsst verstehen, dass ich es nicht als etwas empfinde, das geheilt werden müsste", fuhr sie dann leise fort. „In Wirklichkeit habe ich Angst davor, blind zu werden, wenn man mir das Augenlicht schenkt." Sie hob den Kopf wieder. „Aber ich will auch nicht mehr anders sein als andere!"

„Ein verständlicher Wunsch", murmelte Pulver und erntete dafür einen weiteren erzürnten Blick seines Sohns.

„Mir gefallt Ihr so, wie Ihr seid!", beteuerte Astrak, und Lenise lächelte. „Danke", sagte sie leise und wandte sich dem Priester zu. „Seid uns willkommen, Priester des Loivan. Folgt mir, ich bringe Euch zu Elyra. Sie erwartet Euch bereits."

„Ihr wusstet, dass ich kommen würde?", fragte Barius erstaunt.

„Ich sagte bereits, ich sehe manche Dinge, bevor sie geschehen", antwortete Lenise freundlich.

„Astrak erzählte mir, Euer Anführer wolle mich sprechen", wandte sich Pulver an sie, während er ihr folgte. „Ist er auch im Tempel?"

„Nein. Ihr werdet ihn später treffen, er und ein paar andere warten an der Quelle auf Euch. Im Moment ist dies hier wichtiger."

Als sie an den sterblichen Überresten der an diesem Ort Getöteten vorbeischritten, schlug Pulver das Zeichen der Herrin über seinem Herzen und senkte den Kopf, während Barius ein Gebet murmelte.

„Es mag gut sein", sagte der Priester dann bedrückt, „dass ich manche derer, die hier liegen, in ihrem Leben gekannt habe." Er hielt seine Fackel näher an die alten Gebeine, schüttelte traurig den Kopf und trat dann wieder zurück.

„Vielleicht ist es Euch auch möglich, den einen oder anderen wiederzuerkennen", schlug Pulver leise vor. „Es wäre schön, wenn ihre Gräber Namen trügen."

„Ich werde mich bemühen", antwortete der Priester sanft. „Immer öfter frage ich mich, ob es nicht ein Fehler war, den Tod hintergangen zu haben."

„Gemeinhin ist es das wohl", antwortete ihm Lenise. „Aber in Eurem Fall denke ich, dass Ihr einfach noch nicht am Ende Eures Weges angekommen seid. Ich hörte, dass es nur durch die Gnade Eures Gottes möglich war, diesen Schwur zu leisten. Er wird sich etwas dabei gedacht haben, Euch die Bitte zu erfüllen." Sie erlaubte sich ein kleines Lächeln. „Nach dem zu urteilen, was ich von Euch fühle, scheint mir, dass Euer Gott großes Vertrauen in Euch setzt."

Sie erreichten die Tempeltore und traten ehrfürchtig ins Innere.

Elyra stand vor dem Altar und lächelte sie an. Doch Pulver schenkte ihr kaum einen Blick, sondern sah ehrfürchtig hoch zu der schwebenden Statue aus flüssigem Silber. Noch brannten im Tempel nicht allzu viele Kerzen, doch gerade das ließ das Abbild schimmern, als gehe ein eigenes Licht von ihm aus.

Langsam sank der Alchimist auf die Knie, während Barius den Kopf senkte.

„Willkommen im Tempel Mistrals, der Herrin der Welten. Seid gesegnet in Ihrem Namen“, sagte Elyra, und für einen Moment schien es Pulver, als ob selbst die Statue der Göttin lächeln würde. Dann wandte sich Elyra Barius zu. „Seid auch Ihr willkommen, Barius, Streiter des Loivan, Bruder meiner Herrin!“

„Ich danke Euch, Dienerin der Mistral“, erwiderte Barius und klang dabei etwas heiser. „Es erfüllt mich mit Ehre, der Göttin und Euch einen Besuch abstatten zu dürfen. Doch es ist nicht nur Höflichkeit, die mich zu Euch führt. In der Nacht der Katastrophe versuchte ich Mistrals Dienerinnen zu Hilfe zu eilen. Ich kam zu spät, denn die Tore des Tempels waren schon verschlossen, und der Untergang war besiegelt. Nun stehe ich vor Euch und bitte darum, das innerste Heiligtum betreten zu dürfen, um in Augenschein zu nehmen, was hier gebunden liegt.“

„Ich verstehe nicht“, gab Elyra etwas verunsichert zurück. „Was meint Ihr damit?“

„Wenn Ihr mich hinab ins Herz des Tempels führt, werde ich es Euch hoffentlich zeigen können.“

Lenise schlug die Hand vor den Mund. „Ihr meint, die Legenden sind wahr? Ist er wirklich hier gefangen?“

„Er war es, und ich hoffe, er ist es noch“, sagte Barius. „Ich hoffe es mit jeder Faser meines Herzens.“

Pulver hatte sich erhoben, klopfte sich den Staub von den Knien und sah dann Lenise und Barius aufmerksam an. „Darf ich fragen, wovon Ihr sprecht, Barius?“

„Es ist eine alte Geschichte.“

„Ich *liebe* alte Geschichten", gab Pulver lächelnd zurück. „Man weiß nie, was man Neues darin findet!"

„Vor Äonen versuchte Darkoth der Dunkle das Licht der Welten an sich zu reißen und erhob sich gegen Mistral, die Herrin der Welten. Er griff nach Mistrals Stern, die Quelle Ihrer Macht. Ein erbitterter Kampf tobte in den Himmeln und auch auf den Welten. Schließlich unterlag Er der Göttin im Zweikampf. Einen Gott kann man nicht töten. Also zerteilte Mistral Ihn mit Ihrem Schwert und ließ die Stücke an sieben Orten begraben. An jedem dieser Orte ließ Sie Tempel errichten, die darüber wachen sollten, dass Er sich nicht wieder erhob. Aber dort, wo Sein Haupt und Herz begraben lagen, ließ Sie das größte Ihrer Heiligtümer errichten. Und dort, wo Ihr Glanz am hellsten war, siedelte Sie Ihre Menschenkinder an. Ein neues Reich entstand, das erste unter den Menschenreichen. Hier, Freunde", sagte Barius mit belegter Stimme, „zu Füßen der Göttin, ruhen Haupt und Herz Darkoths des Dunklen." Er sah mit gequältem Blick zu Elyra. „Ich will mich vergewissern, dass der dunkle Gott nicht entkommen ist, sondern immer noch in Banden liegt."

„Oh", sagte Pulver leise. „Ich verstehe …"

„Da seid Ihr schneller als ich", bekannte Elyra mit rauer Stimme. Sie wandte sich an Barius. „Ihr wisst, wo Er liegt, Diener des Loivan?"

„Es ist in den Schriften meines Herrn überliefert, denn Loivan stand Mistral in diesem Kampf bei." Er sah Elyras Blick und lächelte sanft. „Ihr werdet mit Sicherheit Aufzeichnungen dazu finden, Elyra", sagte er leise. „Dieser Tempel ist der älteste Eures Glaubens, und er enthält all das Wissen, das in Äonen gesammelt wurde. Es könnte nur ein wenig dauern, bis Ihr es Euch angeeignet habt."

„Gut", sagte Elyra mit fester Stimme. „Dann werden wir

gehen und nachsehen, ob die Fesseln Ihn noch halten. Denn wenn nicht …"

„… haben wir schlechte Karten", ergänzte Pulver trocken. „Nun gut. Es aufzuschieben ergibt keinen Sinn, sehen wir uns diesen Gott also an."

„Ihr nicht", widersprach Barius leise und wandte sich an Elyra. „Es heißt, nur ein Priester, der stark im Glauben ist und unter dem Schutz seines Gottes steht, könne einem anderen Gott ins Antlitz schauen, ohne dem Wahnsinn zu verfallen."

Elyra nickte und sah die anderen an.

„Wartet hier … wir sind so schnell es geht zurück." Ihr Lächeln wirkte etwas unsicher, als sie weitersprach. „Es scheint mir, Ihr habt Recht, Meister Pulver, die Situation duldet keinen Aufschub, wir müssen es sofort herausfinden."

Pulver nickte nur, dann sah er zu Astrak und Lenise hinüber, die etwas abseits beisammenstanden, und er bemerkte, dass sein Sohn Lenises Hand hielt.

„Wir warten hier, Elyra", bekräftigte Pulver und ließ seinen Blick durch den Tempel schweifen. „Es gibt hier noch genug zu tun, und sei es erst mal nur, mit dem Besen durchzukehren."

Als sich die schwere Tür unter dem Altar mit einem lauten Krachen hinter Barius und Elyra schloss, fröstelte es die junge Priesterin. Bislang hatte sie die Freude darüber erfüllt, den Tempel Mistrals wieder für alle öffnen zu können, doch jetzt, da sie wusste, wer zu ihren Füßen begraben lag, fühlte sie auf einmal eine namenlose Angst, und sie begann zu zweifeln, ob sie dem allem gewachsen war.

Barius schien das bemerkt zu haben, denn er legte ihr tröstend seine gepanzerte Hand auf die Schulter.

„Verzagt nicht, Elyra", sagte er sanft. „Ihr wäret nicht hier, und die Tore hätten sich nicht für Euch geöffnet, wenn die Göttin es nicht gewollt hätte. Habt Vertrauen in Sie."

„Das habe ich", flüsterte Elyra und zog ihre Robe enger um sich zusammen.

„Wie gelangt man hinunter in die Katakomben?", fragte sie dann.

„Ich kann Euch sagen, was in den Schriften meines Glaubens darüber steht."

„Ja, sagt es mir bitte."

Barius nickte und begann aus den Schriften zu zitieren. Mit einem Mal hatte seine Stimme einen seltsamen Widerhall, der Elyra noch mehr frösteln ließ.

„... Und so sprach Sie zu Ihrem Bruder Loivan, dem Herrn der Gerechtigkeit: ‚Und siehe, ich schlage den Unheilsbringer in sieben Teile. Die will ich begraben unter dem Siegel des Wissens. Sein Haupt und sein Herz aber sollen zu meinen Füßen liegen. In Licht will ich seine Dunkelheit ketten, im Glauben gegen ihn bestehen. So ist das Wissen das Schloss zu seinem Gefängnis und der Glaube der Schlüssel, der es öffnet. Mit meinem Mantel wappne sich die Sterbliche, die vor ihn tritt, mein Licht trage sie im Herzen, und meinen Willen führe sie aus. Nur sie, die dergestalt gewappnet, geläutert und gesalbt ist, wird imstande sein, das Gefängnis des Dunklen zu betreten, nur sie wird imstande sein, ihm ins Antlitz zu sehen und seinem Willen zu widerstehen. Doch nehme sie sich in Acht vor Falschheit und Verrat, vor Hass und dunklen Begierden. Denn auch sie vermögen das Schloss zu öffnen und ihn zu befreien." Für einen Moment schien seine Stimme noch nachzuhallen, dann atmete er tief durch und sprach mit normaler Stimme weiter. „Das ist alles, was ich Euch sagen kann, Elyra."

„Es ist genug“, antwortete sie gepresst. „Mehr als genug. Ich bin nicht die, die dem dunklen Gott gegenübertreten kann. Ich bin weder gesalbt noch gewappnet, geschweige denn geläutert.“

„Doch, das seid Ihr“, sagte Barius. „Glaubt es mir, ich weiß es, so wie ich auch weiß, dass Eure Göttin über Euch wacht. Sie hat Euch für dieses Amt erwählt, daran besteht kein Zweifel. Doch wie man den Rest Ihrer Worte deuten kann, vermag ich nicht zu sagen.“

„Es scheint mir einfach und klar zu sein“, sagte Elyra. „Allerdings bedeutet es auch, dass ich Ihm allein gegenübertreten muss, nicht wahr?“

„Ja, das bedeutet es. Bis hierher konnte ich Euch begleiten, aber den Rest des Weges seid Ihr auf Euch selbst gestellt.“

„Gut“, sagte Elyra entschlossen. Sie trat an das Stehpult heran, hob das schwere Buch herab und legte es sorgfältig zur Seite. In die Auflagefläche des Pults war abermals Mistrals Stern eingekerbt. Mittlerweile kannte sie den Mechanismus, dennoch zögerte sie einen Moment. Aber dann straffte sie entschlossen die Schultern und nahm das Symbol ihrer Göttin in die Hand. Sie legte es ehrfürchtig in die Aussparung und drückte es hinein. Ein leises Klicken war zu hören, dann grollte es im Boden unter ihnen. Wortlos sahen sie dabei zu, wie ein Teil des Bodens nach unten sank und anschließend zur Seite glitt. In der Öffnung wurde eine schmale, steile Treppe sichtbar, die hinunter in die Tiefen des Tempels führte. Die erste Stufe konnte man noch schemenhaft erkennen, doch schon die nächste war von der tiefsten Dunkelheit verschluckt. Ein kalter Lufthauch wehte ihnen entgegen und ließ Elyra frösteln.

„Der Segen der Götter mit Euch“, flüsterte Barius. „Dort hinab kann ich Euch nicht begleiten.“

Elyra sah zu der dunklen Öffnung und schluckte. Dann suchte sie Barius’ Blick.

„Ist es wirklich notwendig?“, fragte sie mit brüchiger Stimme.

„Das müsst Ihr entscheiden“, sagte der Priester Loivans leise. „Ihr solltet nur bedenken, dass wir keine Ruhe finden werden, ehe wir nicht Gewissheit haben.“

„Ich habe Angst“, sagte Elyra.

„Die braucht Ihr nicht zu haben“, entgegnete Barius mit einem Lächeln. „Seht nur, Euer Gewand … es leuchtet … das Licht Eurer Göttin ist mit Euch.“

Elyra sah überrascht an sich hinab. Barius hatte Recht, ihre Robe schimmerte in einem fahlen Licht, das stärker wurde, als sie einen Schritt auf die Treppe zu machte.

„Ich habe keine Wahl, nicht wahr?“, flüsterte sie.

„Doch, die habt Ihr. Aber manchmal …“

„Ich verstehe“, unterbrach sie ihn. „Manchmal gibt es nur eine richtige Entscheidung.“ Sie schenkte dem Priester Loivans ein tapferes Lächeln, dann griff sie das Symbol ihrer Göttin mit beiden Händen, atmete tief ein und tat den ersten Schritt hinab in die Dunkelheit.

„Herr“, flüsterte Barius, als sie vollständig im Dunkel verschwunden war. „Gib Ihr die Kraft und schütze sie vor allem Übel.“

„Wie unheimlich“, meinte Lamar. „Ich bin froh, dass es hier hell und gemütlich ist!“

Der alte Mann nickte. „Dunkelheit ist die Begleiterin des Lichts, aber kaum jemand mag sie.“ Er lachte leise. „Deshalb vertrauen wir uns so oft dem Licht als Führer an.“

„Dort vorne liegt Mislok“, rief der Hauptmann Meliande zu. In der Dämmerung erkannte man nur dunkle Schatten. „Das Dorf gehört zur hiesigen Baronie ... Wir sollten dort Rast machen.“

„Warum?“, forschte Meliande. „Ich habe nichts einzuwenden gegen ein gutes Bett und anständiges Essen, aber es hört sich so an, als hättet Ihr noch einen anderen Grund.“

„Feine Ohren habt Ihr, Sera“, sagte der Söldnerhauptmann lächelnd. „Ein guter Freund von mir nimmt dort Quartier. Er hat sich dem hiesigen Baron verpflichtet. Um es mit schlichten Worten zu umschreiben: Der Baron, Vidan heißt er, ist ein Tyrann und zugleich ein Idiot. Mein Freund, Hauptmann Hugor, hat es hier dennoch gut getroffen. Baron Vidan hält seine ganze Kompanie in Sold, und dafür brauchen sie nichts weiter zu tun, als arme Bauern zu knechten, hier und da ein Exempel zu statuieren und Familien von ihren Höfen zu vertreiben, wenn sie die Steuern nicht mehr zahlen können.“

Meliande warf ihm einen scharfen Blick zu.

„Das wirft kein gutes Licht auf Euren Freund. Aber ich sehe auch nicht, wie er uns nützen könnte.“

„Wisst Ihr, welche Menschen für gewöhnlich Söldner werden?“

„Damit habe ich mich bislang nie auseinandersetzen

müssen. Ich kannte nur Soldaten, die für ihr Land kämpften. Ihr seid der Erste, den ich traf, der es nur für Gold tut."

„Tat, Hüterin, der es für Gold tat", korrigierte der Hauptmann mit einem Schmunzeln. „In Wahrheit habe ich keine große Hoffnung, das Land, das man mir versprach, jemals bestellen zu können. Aber es macht keinen Unterschied: Wenn ich stattdessen Gold erhielte, hätte ich auch nicht mehr davon."

„Ihr wolltet mir etwas über Söldner erklären."

„Stimmt. Nun, Söldner wird, wer nichts mehr zu verlieren hat. Kurz gesagt, jemand, der schon alles verlor. Haus, Hof und Familie." Er setzte sich bequemer in den Sattel, noch immer musste er seine verletzte Seite schonen. „Der Baron entlohnt Hugors Kompanie fürstlich. Nicht, weil es so schwer wäre, arme Bauern von ihrem Land zu vertreiben, sondern weil er hofft, den Grafen Torwald zu beerben, wenn nötig, indem er seinem Anspruch etwas Nachdruck verleiht. Mit Hugors Kompanie, zum Beispiel."

„Ich dachte, dieser Graf hätte keine Erben."

„Keine, die er anerkennt. Baron Vidan ist nur ein entfernter Verwandter. Da gibt es andere, die der Grafenlinie näherstehen. Nur ist Vidan derjenige, der über die meisten Truppen verfügt. Das Entscheidende, Sera, ist nun, dass viele aus Hugors Kompanie sehr genau wissen, wie es ist, vom eigenen Land vertrieben zu werden. Sie tun ihre Arbeit, doch sie mögen Vidan nicht. Ich denke, man könnte Hugor davon überzeugen, sich uns anzuschließen."

„Ich dachte, das verstößt gegen den Ehrenkodex eines Söldners?"

„Ja, das tut es. Man wechselt die Seiten nicht für ein paar Münzen. Ein solches Angebot würde er auch nicht annehmen. Aber eines, wie der junge Garret es uns machte … das könnte verlockend für ihn sein. Hugor ist ein erfahrener Soldat, ebenso wie ich. Doch tief in unserem Herzen sind wir beide Bauern. Und ein Bauer wünscht sich nichts mehr, als das eigene Land zu bestellen."

„Meint Ihr, wir werden Euren Freund in Mislok antreffen?"

„Wenn wir dort einreiten, wird er es erfahren und hinkommen, darauf ist Verlass." Hendriks lachte leise. „Es gehört sozusagen zum guten Ton. Schließlich weiß man ja nie, ob man beim nächsten Mal nicht als Gegner aufeinandertrifft."

„Das alles erscheint mir seltsam", meinte Meliande. „Aber gut, in diesem Geschäft kennt Ihr Euch besser aus. Reiten wir nach Mislok, mit etwas Glück gibt es dort einen Gasthof, der genug Platz für uns alle bietet."

„Oh, das wird nicht das Problem sein. Die Männer sind es gewohnt, im Stall zu schlafen." Er schmunzelte. „Schließlich liegt man auf Stroh weicher!"

Sie ritten weiter, während das letzte Leuchten am Horizont verschwand und die Nacht hereinbrach. In der Ferne waren Lichter zu erkennen, aber bald wurde offenbar, dass sie nicht von dem Dorf stammten, sondern von Fackeln, die auf einem Hügel vor der Ortschaft brannten.

Als sie näher kamen, sahen sie, dass sich dort auf dem Hügel, am Fuße eines alten Baums, eine Menschenmenge angesammelt hatte, die sich in zwei Parteien spaltete. Ein reich gekleideter junger Mann und gut ein Dutzend Söldner auf der einen Seite und vielleicht vier oder fünf Dutzend Bauern auf der anderen. Neben Fackeln trugen viele der Bauern Mistgabeln oder Dreschflegel bei sich. Auf der Pritsche eines Wagens stand ein alter Mann mit einer Schlinge um den Hals, doch das Pferd, das den Wagen zog, wurde von ein paar Bauern festgehalten. Ihnen standen zwei Söldner mit gezogenen Schwertern gegenüber.

„Es scheint, wir kommen ungelegen“, sagte Meliande leise. Beide Parteien sahen auf, als Hendriks Leute und die Hüterin aus der Dunkelheit auftauchten; zwei Dutzend schwer bewaffnete Reiter auf Kriegspferden schienen den Versammelten offenbar interessanter zu sein als der Mann, der hier wohl gerade gehängt werden sollte.

Doch genau dieser Mann war es, der als Erster das Wort ergriff.

„Dort sind sie!“, rief er freudestrahlend. „Ich sagte es euch doch, Freunde. Lytar ist erwacht, und der Greif kommt, um uns zu befreien! Seht Ihr, es ist wahr! Warum für einen ungerechten Baron buckeln, wenn wir dem Greifen dienen können!“

Die Umstehenden gafften Meliande und die anderen an, als wären sie Geister. Aber auch Meliande war verblüfft. Woher konnte dieser Unglückliche wissen, wer sie waren? Der junge Geck reagierte als Erster. Er zog seinen Dolch, und mit zwei Schritten war er bei dem Pferd, dem er sodann die Klinge in die Kuppe stieß.

Das Pferd wieherte vor Schmerz, bäumte sich auf und riss sich los. Einer der Bauern wurde niedergerissen und vom Wagen überrollt, ein anderer konnte sich gerade noch zur Seite werfen, der Unglückliche aber baumelte am Seil.

„Niemand stellt sich über meinen Richterspruch!“, rief der Mann, während die Soldaten um ihn herum blankzogen. „Dieser Mann hier“, rief er und deutete mit dem blutigen Dolch auf den Alten, der am Strick zappelte, „beging Verrat! Ich bin euer Lehnsherr, niemand sonst! Es gibt keinen Greifen, der euch retten wird! Das sind Hirngespinste, hört ihr? Geht zurück zu euren Höfen, und überlasst die Politik denen, die etwas davon verstehen!"

Meliande nahm diese Worte kaum wahr, es war der Blick des Gehängten, der sie bannte, und das erlöste Lächeln auf seinen Lippen, obwohl er kurz vor dem Ersticken stand. Es war wie eine Aufforderung an sie, sich zu erkennen zu geben und einzufordern, was des Greifen war. In diesen Augen lag eine Hoffnung, die sie erschreckte. Und doch ... dieser brechende Blick ließ ihr keine andere Wahl.

Sie hob die Hand, und ein feuriger roter Funken stieg auf, um dann im flachen Bogen hinüberzuschießen zu dem Baum und dem Gehängten, wo er das feste Seil durchschlug, an dem der Unglückliche zuckte. Keuchend fiel der Mann zu Boden, gerettet, aber nur für den Moment, denn die Folgen ihrer impulsiven Handlung wurden Meliande schnell deutlich.

„Ergreift sie!", rief der junge Mann, wohl niemand Geringeres als der Baron selbst, und wies mit dem blutigen Dolch auf Meliande. „Wenn sie ihn so sehr mag, soll sie neben ihm baumeln!"

Nur einen Schritt taten die Söldner des Barons in Meliandes Richtung, dann hielten sie verschreckt inne, während sich die Bauern, die eben noch wütend ihre primitiven Waffen geschwungen hatten, angstvoll auf den Boden warfen.

Das Rauschen von Schwingen erfüllte die Nacht, und wie in einem Windsturm landete Marten mit seinem Falken zwischen Meliande und dem Baron mit seinen Söldnern.

„Wagt es nicht, sie anzugreifen!", dröhnte Martens Stimme wie das Strafgericht aus dem Munde eines erzürnten Gottes. „Wer sie berührt, ist des Todes, denn sie ist die Erbin des Greifen, Meliande von Lytar, gesegnet von der Göttin Mistral, wiedergeboren durch die Gnade Loivans, dem Gerechten, gekommen, um Belior ein Ende zu bereiten und die Greifenlande zu befreien!"

Schon als Kind hatte Meliande gelernt, dass es ein Wort gab, das niemals über ihre Lippen kommen durfte.

Doch jetzt starrte sie fassungslos auf Marten, der stolz auf seinem Sattel saß, einen langen silbernen Stab auf seine Hüfte gepresst, dessen Ende fahl schimmerte.

„Scheiße", hauchte sie ungläubig.

„Das trifft es wohl am besten", kommentierte Hendriks fassungslos.

„Was ... was soll das?", stammelte der Baron und starrte ungläubig auf den bronzenen Falken, der ihn mit rot glühenden Augen musterte. Dann fing er sich wieder. „Hauptmann Hugor! Erschießt den Kerl auf seinem Vogel dort und bringt mir diese Frau!"

„Das kann ich leider nicht zulassen", sagte Marten ruhig, senkte den Stab und richtete ihn auf den Baron. Ein fahler Strahl schoss daraus hervor, traf den Baron und hinterließ in dessen graviertem Brustpanzer ein faustgroßes Loch. Einen Moment stand der Getroffene noch, mit einem Ausdruck schieren Unglaubens auf dem Gesicht, dann sank er leblos zu Boden.

„Niemand erhebt ungestraft die Hand gegen die Prinzessin", erklärte der Falkenreiter seinem verstört dreinblickenden Publikum. Dann drehte er sich in einem Sattel nach hinten und verbeugte sich leicht vor Meliande. „Wie Ihr seht, habe ich die Lanze gefunden", teilte er ihr mit. „Mein Falke hat sich an sie erinnert." Ein leiser Vorwurf lag in seiner Stimme. „Ihr hättet mir sagen könnten, dass er sie unter seinem Gefieder trägt!"

„Ich wollte genau das verhindern, was soeben geschehen

ist“, entgegnete Meliande tonlos, doch Marten für seine Tat zu tadeln kam ihr gar nicht in den Sinn, denn sie war zu sehr von dem Schauspiel abgelenkt, das sich direkt vor ihren Augen abspielte. Ein Bauer nach dem anderen erhob sich vom Boden, aber nicht um aufzustehen, sondern um sich mit gesenktem Kopf vor ihr hinzuknien. Auch die Söldner des Barons knieten nieder, ebenso wie Hendriks und seine Leute, die nacheinander von ihren Rössern abgestiegen waren.

Das erste Mal seit langer Zeit zeigte sich ein zufriedenes Lächeln auf Martens Gesicht. Er glitt von seinem Falken herunter, der daraufhin zusammenschrumpfte, bis er so klein war, dass er auf seiner Schulter Platz fand. Ein Raunen ging durch die Menge, als dieses neuerliche Wunder geschah. Stolz schritt der Falkenreiter auf Meliande zu … dann beugte auch er vor ihr das Knie.

„Sera!“, wisperte Hendriks vom Boden her. „Ihr solltet nun etwas sagen! Etwas Hoheitsvolles!“

„Ihr seid gut!“, flüsterte Meliande etwas aufgebracht. „Es ist nicht leicht, hoheitsvolle Worte zu finden, wenn man derart überrascht wird!“

„Da ist was dran“, erwiderte Hendriks, und sie hätte schwören können, dass er belustigt klang. „Nur dachte ich bislang, dass Prinzessinnen so etwas lernen!“

Tatsächlich waren es die Worte des befreiten Bauern, die sie retteten.

„Die Göttin hat unser aller Gebete erhört!“, rief er. „Seid willkommen im Greifenland, Meliande, Prinzessin von Lytar, Erbe des Greifen!“

„Danke, guter Mann, aber …“, begann Meliande, doch der alte Bauer war noch nicht fertig.

„Ich schwöre vor der Göttin der Welten, Euch treu und

redlich zu dienen, die Gesetze zu achten, meine Pflichten treu zu erfüllen und dem Greifen mein Land, mein Leben, meine Ehre und der Göttin meine Seele zu Füßen zu legen! Euch, Meliande, Prinzessin von Lytar, schwöre ich den Eid des Greifen, auf dass wir leben im Schutz seiner Schwingen."

„Sera!", wisperte Hendriks erneut „Sagt endlich etwas!"

Meliande ignorierte den Hauptmann und saß langsam ab. Wie im Trance ging sie auf den befreiten Bauern zu, zwischen den Söldnern des Barons hindurch, an dessen totem Körper vorbei. Sie erreichte den alten Mann, der mit zuckenden Schultern am Boden kniete und vor Ergriffenheit weinte. Sie legte ihm eine Hand auf den Kopf und hob den Blick empor zu Mistrals Stern.

„Im Namen der Göttin und des Greifen nehme ich, Meliande vom Silbermond, Euren Lehnseid an", rief sie mit bebender, aber vernehmlicher Stimme. „Ich bin gerührt ..." Doch weiter kam sie nicht, denn der Jubel der Bauern übertönte ihre Worte.

Über die knienden Männer hinweg fixierte sie Marten, während sie den anderen mit einer Geste ihrer Hände bedeutete, sich zu erheben. Ihr Blick zu Marten hinüber war drohend, doch der Falkenreiter lächelte nur.

Es war Hendriks, der nun neben sie trat und sie sanft am Arm berührte. Es kam ihr vor, als erwache sie aus einem Traum.

„Ist das alles wirklich geschehen?", fragte sie ihn leise, während die Bauern näher kamen, sie scheu musterten und die Hände ausstreckten, um sie zu berühren und sich selbst zu vergewissern, dass sie wahrhaftig vor ihnen stand. Hendriks nickte und gab zugleich seinen Leuten ein Zeichen, dass sie sich zwischen der Hüterin und den Bauern aufstellen sollten.

„Ja, Sera, das ist es“, sagte er bedächtig. „Ihr seht aus, als könntet Ihr einen Schluck Hochprozentigen gebrauchen. Rein zufällig weiß ich von einem guten Gasthof in Mislok.“ Sie nickte benommen. Dann wandte sich der Hauptmann an die Bauern, die sich um sie drängten.

„Gute Leute, lasst ihr etwas Platz. Ihr werdet morgen Gelegenheit haben, sie zu sehen! Sie ist weit geritten und erschöpft. Habt ein Einsehen ... und kommt morgen früh auf den Marktplatz, dort wird sie zu euch sprechen!“ Einer der Umstehenden wollte etwas sagen, aber Hendriks hob die gepanzerte Hand. „Morgen, gute Leute. Jetzt geht nach Hause zu Euren Lieben und teilt ihnen mit, dass ein neues Zeitalter angebrochen ist ... der Greif ist erwacht. Doch für heute ist es wahrlich genug!“

Meliande drehte sich zu Marten um und winkte ihn herbei. Der Sohn des Bürgermeisters trat vor sie und salutierte auf die alte Art. „Ihr wünscht mich zu sprechen?“, sagte er höflich, aber es lag ein trotziger Unterton in seiner Stimme.

„Warum hast du das getan, Marten?“, fragte sie ihn leise, während sie etwas zur Seite trat, damit kein anderer ihrer Unterhaltung folgen konnte. Hendriks, der ihre Absicht erkannte, zog sich zurück und begann ein Gespräch mit einem hünenhaften Söldner aus der Truppe des Barons, während fünf von Hendriks Leuten die Hüterin von den andrängenden Leuten abschirmte.

„Was meint Ihr? Dass ich enthüllte, wer Ihr seid? Oder dass ich den Baron getötet habe?“

„Beides“, antwortete Meliande und musterte den Falkenreiter genauer. Noch immer ließ sich an seinem Gesicht ablesen, wie jung er war, dennoch wirkten seine Züge ungleich härter als damals, als er versucht hatte, sie mit einem Pfeil zu erschießen. Zu jener Zeit war er ihr als Kind erschienen, von Furcht und Panik erfüllt, doch jetzt stand ein junger Mann vor ihr, der ihrem forschenden Blick mit klaren Augen standhielt.

„Ihr seid die Prinzessin von Lytar", sprach Marten. „Das ist Eure Bestimmung. Hoheit, Ihr könnt Euch dem Schicksal nicht entziehen. Als ich erkannte, dass ich durch meinen Falken gezwungen bin, Euren Anweisungen zu folgen, war ich zunächst erzürnt. Doch dann begriff ich, wer Ihr seid, Hoheit, und fühlte Erleichterung. Ich fand mich mit meinem Schicksal ab." Er sah sie offen an. „Dasselbe solltet Ihr nun auch tun."

„Wie meinst du das?", fragte Meliande. Sie sah an ihm vorbei zu Helge hinüber. Der Heiler kümmerte sich gerade um den Bauern, der vorhin von dem Wagen überfahren worden war. „Jeder Mensch bestimmt sein Schicksal selbst."

„Ja. Aber manchmal führt ihn diese Bestimmung auf einen Weg, den er nicht mehr verlassen kann."

„Das ist wohl wahr", gab sie widerwillig zu. „Wieso half es dir, zu wissen, wer ich bin?"

„Vorher hoffte ich, dass Ihr und Barius Euch geirrt hättet. Dass der Fehler, den ich begangen habe, nicht auch gleichzeitig mein Ende besiegelte. Doch als ich verstand, dass Ihr die Prinzessin seid, wusste ich, dass Ihr Euch kaum täuschen würdet. Ihr wart auserwählt zu herrschen, Ihr und Euer Bruder. Mein Falke weiß es, er spürt das Blut des Greifen in Euren Adern. Also solltet Ihr auch wissen, was es mit dessen mächtigster Waffe auf sich hat."

„Ja", gab Meliande leise zu. „Ich weiß es nur zu gut."

„Als mir dies alles bewusst wurde, fasste ich den Vorsatz, mein Leben dem zu widmen, was Ihr verkörpert. Ihr seid die Hoffnung von Lytar. Ich diene Euch mit allem, was ich bin. Ich würde mein Leben für Euch hergeben."

„Es ist der Falke, der da in dir spricht, Marten", stellte Meliande traurig fest.

„Nein", widersprach Marten. „Ihr wisst, dass ich Euch nicht belügen kann, nicht wahr? Also glaubt es mir. Der Falke beherrscht nicht mich, ich beherrsche ihn." Er lächelte schwach. „Auch wenn es am Anfang anders war."

Sie nickte langsam. „Ich glaube dir. Zumindest, dass du es glaubst. Aber dann verstehe ich noch weniger, warum du meine Herkunft offenbart hast."

„Hoheit, ich sah wie Garret einen Beutel mit Euren Knochen zu Barius trug. Ihr habt damals Euer Leben für Lytara gegeben. Ohne zu zögern habt Ihr Euch gegen Hendriks' Stoßtrupp gestellt. Ich sprach mit einigen seiner Söldner, diese Männer und Frauen waren hervorragende Soldaten. Es traf den Hauptmann schwer, sie verloren zu haben." Marten sah zu Hendriks hinüber, der sich noch immer mit dem hünenhaften Söldner unterhielt. „Ihr könnt der Göttin danken, dass er es nicht Euch zum Vorwurf macht, sondern Belior. Ich erwähne dies alles nur, um Euch eines mitzuteilen: Ich weiß, dass Ihr jemand seid, der sein Leben in die Waagschale wirft, wenn es gefordert ist. Jemand, der nicht zurückschreckt, das Richtige zu tun! Ser Barius und die anderen Hüter wussten es auch. Sie haben ihr Leben eingesetzt, damit Loivan Euch ins Leben zurückrufen konnte. Ich habe mich durch Dummheit selbst zu meinem Schicksal verdammt, aber jeder der Hüter nahm das seine freiwillig auf sich. Ich habe mich schon immer gefragt, was einen Menschen ausmacht, für den andere zu sterben bereit sind, dem sie bedingungslos folgen, in dem Vertrauen, dass es das Richtige ist, wofür man stirbt! Ich stand da, und sah die Hüter fallen, während Ihr wiedergeboren wurdet, und zwar nicht als etwas Unheimliches, von seltsamster Magie beseelt und auf ewig in modernden Knochen gefangen, sondern als die Frau, die Ihr wart, als die Göttin uns strafte. Hoheit, wie alt wart Ihr, als sich das Tor des Depots hinter Euch schloss?"

„Drei Dutzend und zwei Jahre", antwortete Meliande leise. „Warum willst du das wissen?"

„Um Euch etwas zu verdeutlichen. Ich sehe Euch vor mir stehen, in Euer Rüstung, nur Euer Gesicht ist zu erkennen. Aber es reicht mir, um zu wissen, dass Ihr nicht viel älter seid als ich. Die Götter sind seltsam. Vieles, was sie tun, wird mir auf ewig unverständlich bleiben. Niemals werde ich verstehen können, weshalb die Göttin ganz Lytar vernichtete. Was damals auch Grausames geschah, die Strafe traf in großer Zahl auch Menschen, die ohne Schuld waren! Aber wenn ein Gott jemanden ins Leben zurückruft und ihn dabei noch verjüngt ... Hoheit, wie alt wart Ihr, als sich die Katastrophe ereignete?"

„Marten", begann Meliande, „ich wollte dich zur Rede stellen ... und nun stellst du mir Fragen."

„Ihr braucht es mir nur zu verbieten, Hoheit", entgegnete Marten mit einem schmerzlichen Lächeln. „Oder aber Ihr antwortet mir und lasst mich Euch erklären, warum ich tat, was ich tat."

„Es geschah in der Nacht zu meinem sechzehnten Geburtstag", gab ihm Meliande leise Antwort.

„In Lytara ist man mit sechzehn erwachsen genug, um alle Pflichten zu übernehmen. War es auch so in Lytar?"

Sie nickte.

„Also wart Ihr alt genug, um gekrönt zu werden?“

„Ja, Marten. Aber ich warte noch immer auf deine Erklärung.“

„Sie ist einfach. Aus welchem Grund könnte Loivan, der Gott der Gerechtigkeit, Euch in das Alter zurückversetzt haben, das Eurem Alter in der Nacht der Katastrophe entspricht? Er muss es wohl getan haben, weil es *gerecht* war, nicht wahr? Es ist Eure Bestimmung, Lytar zu führen und die Prophezeiung wahr werden zu lassen, die wir alle aus Eurem Mund zum ersten Male hörten. Denn wer könnte dazu geeigneter sein als Ihr, die Ihr um die Fehler der Vergangenheit wisst? Wenn Ihr führt, werden wir Euch folgen! Denn schon einmal habt Ihr uns gerettet. Doch solange niemand weiß, wer Ihr seid, wird es Zweifler geben. Deshalb habe ich verkündet, was ein jeder hier schon lange hätte wissen sollen.“

„Aber warum jetzt, warum hier und heute?“

„Ihr wisst es nicht?“, fragte Marten und schüttelte erstaunt den Kopf. „Lytara ist ein kleines Dorf. Wir sind allein dort, allein in einem Tal, das um so vieles größer ist, als ich früher einmal dachte. Damals kam kaum jemand von uns aus dem Tal heraus. Und warum auch? Jenseits des Passes gab es nichts, was für uns von Interesse war. Doch nun stehen wir in den Greifenlanden, *hier* leben Zehntausende. Auch sie traf der Fluch, wenngleich es nicht sofort ins Auge fällt. Denn die Menschen hier waren dazu verdammt zu warten. Auf uns Hoheit. Auf *Euch*. Ihr seid nicht nur ihre Hoffnung; für die Greifenlande seid Ihr mehr, Ihr erlöst die Menschen aus einem langen Schlaf. Deshalb nutzte ich diese Gelegenheit, um zu verkünden, wer Ihr seid, Hoheit. Es war das einzig Richtige. Und der Baron?“ Marten zuckt die Schultern. „Er war Euch den Treueid schuldig. Hätte ich ihn am Leben gelassen, wäre er ein Dorn in Eurem Fleische geblieben, und ein giftiger dazu. Ich erkunde diese Lande schon seit Tagen, auf Euer Geheiß hin, Hoheit. Ich sah und hörte, was er tat. Es ist nicht schade um ihn … mit seinem Tod hat er Euch einen Dienst erwiesen."

Einen langen Moment schwieg Meliande. Dann seufzte sie.

„Wie kommst du nur auf solche Gedanken?", fragte sie dann sanft.

„In den Nächten schlafe ich nicht mehr. Also durchstreife ich die Lande auf dem Rücken meines Falken. Unter mir liegen die fernen Lichter … und ich denke dann, wie klein doch alles ist. Man sucht nach dem Sinn der Dinge, nach den Gründen für den eigenwilligen Lauf des Schicksals. Ich denke, es gibt einen Grund dafür gibt, dass Ihr wiedergeboren wurdet und ich einen Falken reite, der mein Tod sein wird. Damals, als Lytar unterging, wurde etwas unterbrochen, etwas blieb ungetan, unvollendet. Es muss nun abgeschlossen werden, damit der Kreis sich schließt! Ich handele so, wie ich dieser Aufgabe am Besten zu dienen glaube. Ihr habt Euch angehört, was ich zu sagen hatte, dafür meinen Dank. Ich erwarte Euer Urteil in tiefster Demut." Mit diesen Worten sank er auf ein Knie und beugte den Kopf vor ihr.

„Bist du ganz allein zu diesen Schlüssen gekommen?", fragte Meliande verwundert.

„Nein", antwortete Marten mit gesenktem Blick. „Ich sprach viel mit Meister Pulver, mit Barius und auch mit meinem Vater. Er ist verzweifelt, doch diese Gespräche geben ihm den Frieden wieder, den ich ihm nahm, als ich den Falken stahl. Es macht einen Unterschied, ob man sein Leben leichtfertig verspielt oder für sich einen Sinn findet und einer Sache dient, die größer ist als man selbst."

„Sag mir eines, Marten. War es Pulver, der Euch geraten hat, meine Herkunft zu offenbaren?"

„Er riet es mir nicht. Wir unterhielten uns darüber, was nötig wäre, um die Greifenlande zu einen, um ihnen einen gemeinsamen Willen und ein Symbol zu geben, das den Menschen Halt verleiht und sie an Größeres glauben lässt. Er riet es mir nicht, doch als ich verkündete, wer Ihr seid, klangen mir seine Worte in den Ohren."

„Danke", sagte Meliande leise. „Du darfst dich erheben, Marten, ich habe nicht gefordert, dass du vor mir kniest."

Marten erhob sich. „Wäre es gefordert worden, hätte ich es nicht freiwillig tun können", sagte er lächelnd, und für einen Moment sah sie in seinen Gesichtszügen wieder den Jungen von einst.

„Wollt Ihr nicht wissen, was Meister Pulvers Worte waren?"

„Was sagte er? "

„Dass die Last, die es bedeute, eine Krone zu tragen, eines der größten Opfer sei, die ein Mensch erbringen könne. Denn nur jemand, der entsagt, der fühlt und sieht und *weiß*, wie schwer die Entscheidungen der Macht wiegen, kann ein guter Führer sein ... Er sagte, ein Leben reiche nicht aus, um jemanden darauf vorzubereiten ... aber zwei seien vielleicht genug." Er verbeugte sich tief. „Darf ich nun gehen? Meister Pulver erwartet mich zum Morgengrauen zurück in Alt Lytar."

„Ja", sagte sie, und Marten salutierte. Er drehte sich um und schritt davon. Im Gehen bot er dem Falken auf seiner Schulter den Arm, der Falke hüpfte hinab und Marten warf ihn hoch in die Luft.

Meliande stand da und sah zu, wie bronzene Federn über Gras und Erde peitschten. Dann bestieg Marten den Falken, der sofort wieder seine Schwingen ausbreitete und sich vom Boden erhob. Staub wirbelte hoch, und die mächtigen Flügelstöße ließen ihre Haare wehen, während der Kriegsfalke mit einem letzten metallischen Schimmer in der Dunkelheit der Nacht verschwand. Für einen langen Moment suchte sie den Himmel nach seinem Umriss ab, dann sah sie ihn kurz, kaum einen Lidschlag lang, als er Mistrals Stern verdeckte.

Neben ihr räusperte sich Hendriks.

Meliande drehte sich langsam zu ihm um.

„Sera, Eure Wangen sind feucht", teilte er ihr zögernd mit. Sie fuhr sich mit der Hand über die Wangen. „Es ist nichts", sagte sie dann.

„Sprach er die Wahrheit, Sera? Seid Ihr die Prinzessin?", fragte Hendriks vorsichtig.

„Ja", seufzte sie. „Aber eine Prinzessin ohne Reich. Meines ist vergangen, die Göttin selbst hat so entschieden! Dies hier ist nicht meine Zeit, Hauptmann, und ich kann nicht die Hoffnung dieser neuen Zeiten sein!"

„Nein?", fragte Hendriks und sah sich mit hochgezogener Braue um. „Mir kam es aber durchaus so vor."

Er sah zu dem toten Baron hinüber.

„Der dort wird Euch jedenfalls nicht mehr im Wege stehen."

„Und das ist auch gut so, wenn Ihr mich fragt, Hoheit", bemerkte der breitschultrige Hüne, mit dem sich Hendriks zuvor unterhalten hatte und der nun zu ihnen trat. Er besaß lange rote Haare und einen wilden Bart, und seine stahlgrauen Augen musterten Meliande neugierig, als er sich vor ihr verbeugte. „Er war von Machtgier erfüllt, und unterwarf sich Belior bereits, bevor der es überhaupt verlangte. Schade ist es nicht um ihn."

„Darf ich vorstellen", sagte Hendriks schmunzelnd. „Hauptmann Hugor, von der Kompanie der Roten Eber." Er grinste breit. „Mir scheint, Ihr seid jetzt ohne Auftrag, alter Freund."

„Vielleicht nicht lange", rief der Hüne lachend mit einem Blick auf Meliande. „Womöglich hat Ihre Hoheit ja Bedarf an richtigen Soldaten, nicht solchen Vogelscheuchen wie den Euren, Hauptmann."

Meliande erwiderte das Lachen nicht.

„Wir werden sehen", sagte sie knapp. „Erst einmal sollten wir diesen Ort hier verlassen." Sie wandte sich an Hauptmann Hendriks. „Sucht mir den Bauern, der gehenkt werden sollte. Ich will ihn sprechen. Er muss mir ein paar Dinge erklären."

„Wenn schon die Hüterin Grund hatte, unruhig zu schlafen, so galt dies für die Freunde und die Bardin erst recht", fuhr der alte Mann fort. „Bei den Wirrnissen in Berendall zerstreute sich die Hoffnung auf einen geruhsamen Schlaf etwa zur gleichen Zeit, als in Mislok der Bauer gehenkt werden sollte … und auch hier zeigte sich die Missachtung gegenüber dem Leben anderer recht unverhohlen …"

Nachtwache

Schwere Schritte auf dem Flur und protestierende Stimmen rissen Garret aus dem Schlaf. Er rollte sich aus dem Bett und griff sein Schwert, neben sich sah er Tarlon, der soeben nach seiner Axt griff. Wütende Stimmen und barsche Kommandos waren zu hören, im nächsten Moment zerbrach ein schwerer Tritt den Riegel an der Tür. Das Türblatt flog krachend auf, und zwei königliche Soldaten traten mit gezogener Waffe herein. Einer von ihnen hielt eine Laterne hoch und musterte die beiden Freunde.

„Versucht es gar nicht erst und lasst die Waffen sinken, Sers“, befahl er. „Wir suchen nicht nach Euch ... also macht keinen Unsinn.“ Er bedeutete ihnen mit einer Geste, zur Wand zu treten. Garret und Tarlon sahen einander an, dann gehorchten sie, die gesenkten Waffen noch immer in den Händen haltend. Der eine Soldat behielt sie im Auge, während der andere mit der Laterne sich bückte und unter die Betten leuchtete. Anschließend untersuchte er den Schrank an der Wand, und sogar die Truhen am Fußende ihrer Betten wurden geöffnet.

„Nichts!“, rief der Soldat schließlich zur Tür hin, wo eine Gestalt in einer dunklen Robe auftauchte, um selbst einen Blick ins Zimmer zu werfen. Einen Moment lang sah Garret direkt in die kalten Augen des Priesters, dann wandte sich dieser ab. Vom benachbarten Raum her, dort, wo die Frauen schliefen, erklang ein berstendes Geräusch, als auch dort die Tür eingetreten wurde. Mit einem letzten Blick auf die beiden Freunde verließen die Soldaten das Zimmer wieder.

Angespannt lauschten die Freunde den Geräuschen aus dem Nachbarzimmer. Sie hörten, wie Vanessa sich beschwerte und die barsche Stimme eines Soldaten ihr zu schweigen befahl, dann erklang das Rücken von Möbeln, und wenig später wurde die nächste Tür aufgetreten.

Nur in eine Decke gehüllt, trat Vanessa zu ihnen in den Raum und zog die Tür, so weit es ging, hinter sich zu, um dann einen Stuhl davorzustellen.

„Wo ist die Bardin?", fragte Garret leise, als er Vanessa in den Arm nahm. „Dort am Fenster", flüsterte sie, und Tarlon eilte hin und öffnete den Laden.

Elegant glitt die Bardin ins Zimmer herein, auch sie nur leicht bekleidet und mehr Bein zeigend, als schicklich war. Garret wollte etwas sagen, doch Vanessa hielt ihm einen Finger an die Lippen. Hastig schloss Tarlon den Laden hinter der Sera wieder.

In der Ferne waren Stimmen zu hören, eine barsche und die ängstliche des Wirts.

„Der eine Mann, den wir suchen, ist klein und gedrungen wie ein Zwerg und bunt gekleidet wie ein Spielmann. Der andere ist älter und hager und trägt eine weiße Robe. Außerdem halten wir Ausschau nach einer Elfin. Habt Ihr jemanden gesehen, auf den eine der Beschreibungen passt?", hörten sie die barsche Stimme den Wirt befragen.

„Ser, glaubt mir, hier ist niemand, der klein ist und wie ein Spielmann aussieht. Und groß und hager? Da gibt es den alten Tomas, aber der trägt keine Robe", antwortete der Wirt eingeschüchtert.

„Wie alt?"

„Älter als die Sonne, möchte ich meinen“, erwiderte der Wirt. „Jedenfalls älter als unser Graf. Und gebrechlich ist er auch!“

„Uninteressant. Was ist mit der Elfin?“

„Sagt, wie sieht diese Elfin aus?“

„Na ja, wie eine Elfin halt.“

„Und wie sehen die aus?“, fragte der Wirt.

„Wollt Ihr mich auf den Arm nehmen?“, fragte die Stimme drohend.

„Nein, Ser, wirklich nicht, Ser. Es ist nur so, Euer Würden, ich habe noch nie eine gesehen, wie soll ich es also wissen? Woran erkennt man sie? Leuchten sie im Dunkeln oder schweben sie in der Luft?“

„Bist du schwachsinnig, Mann? Sie sehen aus wie wir, nur eben … anders!“

„Nein, Ser, Euer Würden, so jemanden habe ich nicht gesehen. Wirklich nicht.“

„Dann geh mir aus dem Weg, Wirt!“

„Sofort, Euer Würden, sofort!“

Die Stimmen entfernten sich und mit ihnen auch die polternden Schritte und die barschen Befehle.

Die Bardin saß auf Garrets Bett, ihre Schultern zuckten, und sie hatte ihr Gesicht in die Hände gestützt. Neben ihr saß Vanessa und hielt sie umarmt.

„Sera?“, flüsterte Garret besorgt. „Ist alles wohl bei Euch?“

Sie sah zu ihm auf, und er erkannte, dass sie nur verzweifelt versuchte, ihr Lachen zu unterdrücken.

„Wie wir … nur anders!“, prustete sie und holte tief Luft, um sich dann mit der Hand die Tränen aus den Augen zu wischen. Ein neuer Lachkrampf schüttelte sie, und diesmal gelang es ihr nicht, ein leichtes Kichern zu unterdrücken.

„Eines ist gewiss“, meinte Garret schmunzelnd. „Mit dieser Beschreibung werden sie Euch niemals finden!“

„Ssst!“, machte Tarlon vom Fenster her. „Da draußen tut sich was!“

Das Fenster ihres Zimmers ging hinaus auf den Marktplatz, von wo jetzt Geschrei und Lärm zu hören war. Der Laden war geschlossen, aber ein Spalt blieb dennoch.

„Was geschieht dort?“, fragte Vanessa leise, als Garret sein Auge gegen die Öffnung presste. Er wich zurück. „Sieh selbst.“

Eine Menschenmenge von etwa zwei Dutzend Bürgern hatte sich unweit des Gasthofs auf dem Marktplatz angesammelt. Die Leute bildeten einen losen Ring, in dessen Zentrum eine Gestalt reglos am Boden lag. Daneben kniete eine Frau, die einem vor ihr stehenden Priester die Faust entgegenreckte und unter Tränen auf ihn einschrie.

„Wie konntet Ihr das tun, Ser?“, rief sie mit erstickter Stimme. „Er war ein guter Mann, niemand gibt Euch das Recht, ihn einfach zu erschlagen!“

„Er hat Widerstand geleistet“, antwortete der Priester gelangweilt.

„Was würdet Ihr denn tun, wenn Ihr mitten in der Nacht von Schergen aus dem Bett gezerrt werdet? Was erdreistet Ihr Euch …“

„Erdreistet? Ich diene meinem Gott, das ist alles.“

„Verflucht soll er sein, Euer Gott!“, schrie die Frau erzürnt. „Verflucht in alle Ewigkeit!“

Wortlos holte der Priester aus und schlug die Frau nieder.

„Nehmt sie mit“, befahl er einer seiner Wachen.

Ein Mann aus der Menge trat vor. „Nein“, rief er. „Das werdet Ihr nicht tun! Wir werden es nicht zulassen!“

„Tatsächlich?“, fragte der Priester spöttisch. Er wandte

sich an die königlichen Soldaten, die ihn begleiteten. „Also gut. Erschlagt sie. Alle", befahl er, und die Soldaten zogen ihre Schwerter.

„Göttin!", flüsterte Vanessa und wich mit schreckgeweiteten Augen vom Fensterladen zurück. „Garret, sie schlagen mit ihren Schwertern auf die Menschen ein ... und keiner von ihnen ist bewaffnet!"

„Diesen Priestern werde ich es zeigen", stieß Garret hervor und griff nach seinem Bogen, doch Tarlon hielt ihn am Arm fest.

„Das wirst du nicht tun", ermahnte er ihn leise, während von draußen laute Entsetzens-, Wut- und Schmerzensschreie hörbar wurden. Garret versuchte seinen Arm aus Tarlons Griff zu befreien, doch der war fest wie Stahl.

„Wir können sie nicht einfach sterben lassen!"

„Doch", sagte sein Freund eindringlich. „Das können wir. Wir müssen es sogar! Wir haben dafür zu sorgen, dass die Sera Farindil ihr Schiff erreicht, denn ohne die Unterstützung der Elfen sind wir alle verloren ... dann wirst du solche Szenen auch in unserem Dorf erleben!"

„Ich weiß, dass du es so siehst", schnaubte Garret und zog erneut an seinem Arm. Diesmal gab sein Freund ihn frei. „Und du hast vielleicht auch Recht damit. Aber wir können jetzt nicht einfach zusehen! Es ist unsere Pflicht, einzugreifen, das schulden wir unserer Heimat und der Göttin selbst!"

„Es hat keinen Zweck mehr, Garret", flüsterte Vanessa vom Fenster her. „Es ist schon fast vorbei." Noch während sie sprach, ertönte auf dem Marktplatz ein letzter lang gezogener Schrei, dann herrschte erschreckende Stille.

„Lass mich sehen", bat Garret leise, und sie trat zur Seite. Er sah durch den Spalt hinaus, auf den Priester und die vier Soldaten, die damit beschäftigt waren, ihre Schwerter an den Kleidern der Toten zu reinigen. In der Dunkelheit wirkte das Blut auf den Pflastersteinen wie Pech, und er sah, wie die schwärzlichen Pfützen langsam größer wurden. „Sie haben sie einfach erschlagen“, flüsterte er fassungslos. „Sind mit Schwertern gegen Bürger vorgegangen … auch die Frau ist tot … sie haben sie … ihr Arm, das dort muss ihr Arm sein … warum hat niemand eingegriffen?“

Vanessa zog ihn sanft vom Fensterladen zurück.

„Die Soldaten sind gewappnet, Garret, und sie tragen Schwerter. Was hätte man tun können?“

„Sich gemeinsam auf sie stürzen“, flüsterte Garret fassungslos. „Das hätte man tun können.“

„Um in den blanken Stahl zu rennen?“, meinte die Bardin zweifelnd. „Wer bringt solchen Mut auf, noch dazu, wenn es so überraschend kommt?“ Sie zog die Decke enger um sich, die sie von Garrets Bett genommen hatte. Ihr schien kalt zu sein, denn sie zitterte. „Das dort draußen sind Bestien. Tollwütige Bestien!“ Sie sah zu Garret hoch. „Nur Menschen tun so etwas!“

„Nicht alle“, meinte Tarlon leise.

Hoch oben auf der Burg hörte der Graf mit versteinertem Gesicht den Bericht des Hauptmanns seiner Wache an.

„Sie haben sie erschlagen und liegen gelassen?“, unterbrach er ihn schließlich.

Der Hauptmann schüttelte den Kopf.

„Nein, sie haben sie nicht liegen gelassen, Graf“, antwortete er mit belegter Stimme. „Sie haben die Toten zum Richtplatz geschleift und sie dort am Galgen aufgeknüpft. Es gab nicht genügend Platz, also haben sie noch ein paar

Seile mehr über den Galgen geworfen. Ser, ich konnte meine Leute nur mit Mühe davon abhalten einzugreifen!"

„Ihr hattet Eure Befehle, Hauptmann", sagte der Graf müde.

„Aber ich verstehe diese Befehle nicht!"

„Das glaube ich Euch gerne. Es ist mir selbst nicht wohl dabei, sie gegeben zu haben. Aber es ist der einzige Weg."

„Der einzige Weg wohin? Die Königlichen schlachten unsere Leute ab …Tag für Tag wird es schlimmer! Wir können doch nicht einfach dastehen und nichts tun!"

„Doch", sagte der Graf. „Genau das könnt Ihr. Ihr müsst es sogar tun, denn es ist notwendig!"

„Mit Verlaub, Graf, warum? Die Menschen müssen es verstehen, sonst zerbricht etwas in ihnen!"

„Danke Hauptmann", sagte der Graf nur und wandte sich ab.

Einen Moment lang stand der Hauptmann da und rang mit sich selbst, dann drehte er sich um und marschierte mit zornigen Schritten davon. Als die schwere Tür mit einem unangemessen lauten Schlag ins Schloss fiel, atmete der Graf tief durch. Er trat hinaus auf den Balkon und sah hoch in den sternenklaren Himmel.

„Göttin", flüsterte er, „Mach, dass ich das Richtige tue!"

„Also nimmt er es in Kauf", meinte Lamar nachdenklich. „Ihr ergeht Euch immer mehr in Andeutungen, mein Freund … ich hoffe, dass ich sie richtig verstehe und der Graf einen Plan verfolgt, um Thyrmantor zu trotzen."

Der alte Mann lächelte und nickte, doch plötzlich stutzte Lamar. „Ihr versteht es wahrlich, mich in Eure Geschichte hineinzuziehen!", rief der Gesandte lachend. „Ihr wisst doch sicherlich, dass ich Thyrmantor den Treueid geschworen habe? Und nun sitze ich hier und bange mit jemandem, der angeblich mit meinem Königreich im Zwist lag!“

„Nicht mit dem Königreich, sondern mit seinem Kanzler“, berichtigte der alte Mann schmunzelnd.

„Mag sein. Was mich noch immer stutzig macht, ist, dass ich von all dem nie zuvor etwas gehört habe!“

„Nun, Freund Lamar, wie oft seid Ihr bislang schon in den Greifenlanden gewesen?“

„Dies ist mein erster Aufenthalt hier. Die Greifenlande liegen weit entfernt von der Kronstadt.“

„Seht Ihr? Hier berührt es die Menschen eben mehr. Wenn Ihr zurückreist, macht Station in Berendall und schaut Euch die Banner an, die dort wehen. Fragt die Leute auf der Straße, sie werden Euch einiges erzählen können. Hier bei uns waren die Auswirkungen groß. In Thyrmantor dagegen erfuhr kaum jemand von den Geschehnissen.“ Der alte Mann reckte sich erneut, und es knackte vernehmlich. „Ich fürchte, ich muss bald einmal pausieren“, sagte er dann mit einem schiefen Lächeln. „Die alten Knochen mögen es nicht, wenn ich so lange sitze.“

Der Gesandte schüttelte lachend den Kopf. „Die Pause gibt es nicht, bevor die Geschichte zu Ende ist! Zudem ist noch Wein in Eurem Glas.“

„Das ist wahr“, meinte der alte Mann und hob seinen Becher zum Gruß an seine Zuhörer im Raum. „Also … auf den Greifen!“, rief er, und die Leute hoben ihre Becher. „Auf den Greifen!“, kam der Ruf um ein Vielfaches lauter zurück, gefolgt von befreitem Gelächter.

Nach den Aufregungen der Nacht fiel es den Freunden schwer, wieder in den Schlaf zu finden. Die Bardin war die Einzige, der es gelang. Kurz nachdem Tarlon den Türriegel im Zimmer der Frauen notdürftig repariert hatte, legte sie sich auf ihr Bett, schloss die Augen und … schlief.

„Beneidenswert“, meinte Tarlon zu Garret, als er sein Werkzeug wieder einräumte, doch sein Freund antwortete nicht, er stand eng umschlungen mit Vanessa da und küsste sie. Tarlon räusperte sich.

„Du kannst schon vorgehen, ich komme gleich nach“, meinte Garret. Tarlon musterte die beiden, und die Art, wie Vanessa seinen Freund ansah, kam ihm seltsam vor. Entschlossen schüttelte er den Kopf.

„Nein“, sagte er bestimmt. „Du kommst jetzt mit!“

„Tarlon“, erwiderte Garret. „Wir werden bald vor die Göttin treten. Kannst du uns nicht ein einziges Mal …“

„Ja, das kann ich. Ich kann dir auch genau sagen, wann ich Euch allein lassen werde“, meinte Tarlon bestimmt. „In Eurer Hochzeitsnacht!“

„Das ist ungerecht!“, protesierte Vanessa, doch Tarlon schüttelte den Kopf.

„Seid vernünftig. Jedem von uns kann etwas zustoßen. Willst du sie vielleicht zur Witwe machen, Garret?“

„Die Vernunft“, meinte sein Freund seufzend, „wird im Allgemeinen überbewertet!“ Er gab Vanessa noch einen Kuss auf die Nase und löste sich dann aus ihrer Umarmung.

„Du bist ein alter Schwarzseher!“, protestierte Garret, als er sich auf sein Bett warf. „Ist dir aufgefallen, dass wir noch gar nicht gekämpft haben? Wir hätten unsere Schwerter ruhig zu Hause lassen können!“

„Ach ja?“, meinte Tarlon bissig. „Was war denn mit dem Kronok?“

„Den hatte ich fast vergessen!“, gestand Garret und lachte. „Sei nicht so streng, Tarlon, so macht das Leben keinen Spaß! Du weißt, dass ich Vanessa liebe und dass ich sie ehelichen werde, vor der Göttin haben wir unsere Schwüre doch schon längst getan."

Tarlon setzte sich auf seinem Bett auf und sah seinen Freund ernst an.

„Vorhin warst du es, Garret, der sofort nach seinem Bogen griff. Hätte ich dich nicht zurückgehalten, wärest du vielleicht schon tot, und Vanessa läge nun womöglich auf Darkoths Altar. Oder sie würde mit den anderen am Galgen baumeln."

„Sie waren nur zu fünft", sagte Garret. „Alle trugen sie offene Helme, und der Priester war überhaupt nicht gerüstet."

„Auch du kannst mal danebenschießen", entgegnete Tarlon gereizt. „Und selbst wenn nicht, was wäre mit den anderen Priestern gewesen? Du hast gar nicht so viele Pfeile dabei, wie Lindor Leute hat! Du bist ein Hitzkopf, Garret, und das musst du ändern. Sonst wirst du sie und dich ins Verderben führen."

„Aber ...", begann Garret, doch Tarlon unterbrach ihn abermals.

„Vanessa liebt dich. Sie wird dir überallhin folgen. Also überlege genau, wohin du sie führen willst!"

„Ich weiß, was ich tue", entgegnete Garret eingeschnappt.

„Nein", widersprach Tarlon. „Du glaubst du nur, dass du es weißt! Aber auch du hast dich schon geirrt! Nicht oft, das gebe ich zu. Aber hier geht es nicht ums Fischen, Garret. Wenn du dich hier nur ein einziges Mal irrst, kann es unser aller Ende sein!"

Garret seufzte.

„Ich hasse es, wenn du mir mit guten Gründen kommst",

grummelte er. „Aber eines sage ich dir: Sobald wir zu Hause sind, führe ich sie vor den Schrein!“

„Und ich werde stolz danebenstehen und für euer Glück beten“, sagte Tarlon leise. „Aber jetzt lass uns endlich schlafen!“

„Es gab noch jemanden, der in dieser Nacht wenig Ruhe fand. Auch er wurde von einem Hämmern an seiner Tür geweckt, und auch hier war es jemand Unerwünschtes, der Einlass begehrte …

Lord Darens Forderung

Stürmisches Klopfen an der Tür ließ Graf Lindor zusammenzucken, der sich gerade vor dem fast blinden Silberspiegel rasierte. Einen Lidschlag später sickerte Blut aus dem feinen Schnitt an seinem Hals. Fluchend warf er das Messer ins Waschbecken und drückte ein heißes Tuch gegen die Wunde.

Götter, dachte er, wer stört um diese Zeit! Nur mit einer Hose bekleidet, griff er sein Schwert, verließ das Schlafgemach und zog den Riegel an der Tür zum Arbeitszimmer zurück. Vor ihm stand, in aller priesterlicher Pracht, seine Eminenz Lord Daren, der Hohepriester des Darkoth, mit zornverzerrtem Gesicht.

„Ich sagte es schon einmal, Graf, ich bin es nicht gewohnt zu warten!“, begann der Priester während er ins Zimmer stürmte. „Zudem könnte Eure Wache mehr Respekt vor dem wahren Glauben zeigen!“

„Sie hatte Befehl, niemanden vorzulassen. Ich habe mein Tagewerk gerade erst begonnen.“ Er schloss die Tür hinter dem Priester. „Wollt Ihr nicht eintreten?“, fragte er etwas spitz.

„Lasst die Albernheiten, Lindor“, knurrte der Priester. Er musterte den Grafen und verzog abfällig das Gesicht. „Habe ich einen ungünstigen Moment erwischt? Ich dachte, Ihr wäret immer auf alles vorbereitet?“

„Es ist noch gut eine Kerze bis Sonnenaufgang", antwortete Lindor ruhig. Er legte sein Schwert auf den Schreibtisch, eine Geste, die dem Priester wohl kaum entgehen konnte, und nahm in seinem Stuhl Platz. „Setzt Euch", sagte er und wies auf einen der Sessel vor dem Schreibtisch. „Was führt Euch zu dieser frühen Stunde zu mir?"

„Zwei meiner Priester wurden angegriffen. Der erste gestern Abend im Hafen, der zweite keine Kerze später auf dem Marktplatz. Fast ein Dutzend Bürger dieser verfluchten Stadt erhoben sich dort gegen den Willen meines Gottes! Sie wurden dafür selbstverständlich zur Rechenschaft gezogen."

„Selbstverständlich", meinte Lindor mit versteckter Ironie. „Ihr habt ein Exempel statuiert, nehme ich an?"

„Ja. Sie baumeln am Galgen der Stadt, eine Mahnung für jeden, der unsere Macht in Frage stellt."

„Damit habt Ihr den Leuten die Gnade Eures Gottes klar vor Augen geführt", meinte Lindor trocken, doch dem Priester entging die Spitze des Grafen. „Aber was wollt Ihr nun von mir?"

„Ihr müsst mir mehr Soldaten zur Verfügung stellen. Diese Stadt ist wie ein Fuchsbau, und es gilt jedes Loch und jede Ritze zu stopfen! Diesen Leuten muss deutlich gemacht werden, dass sie sich dem Willen Darkoths nicht widersetzen dürfen!"

„Ich gab Euch bereits vierzig Männer", meinte der Graf unwirsch. „Reicht das nicht?"

„Es hat sich gezeigt, dass vierzig zu wenig sind! Ihr erinnert Euch daran, dass einer meiner Priester vor dem alten Turm erschlagen wurde? Der Täter wurde gestern Abend gestellt, doch es gelang ihm dabei noch, einen der unseren schwer zu verletzen. So etwas darf nicht wieder geschehen."

„Ist er entkommen?"

„Er zog es vor, wie eine Ratte zu ersaufen, anstatt sich dem Zorn meines Gottes zu stellen!“

Verständlich, dachte Lindor. „Das ist bedauerlich“, sagte er laut.

„In der Tat. Ich wünschte, ich hätte sein blutendes Herz in den Händen halten können!“

So hatte er es nicht gemeint, dachte Lindor, doch der Priester sprach schon weiter.

„Es geht hier allerdings um etwas anderes, Graf. Diese Leute respektieren die Macht unseres Gottes nur, wenn sie von der Macht auf Erden gestützt wird. Ich verlange von Euch, die Wachen meiner Leute zu verdoppeln! Außerdem erwarte ich, dass Ihr den alten Grafen zur Einsicht bewegt!“

„Ihr verlangt? Ihr erwartet?“, fragte Lindor gefährlich sanft. „Seid Ihr sicher, dass Eure Worte angemessen sind?“

Die Augen des Priesters funkelten ihn böse an.

„Erwartet Ihr, dass ich mich mäßige? Der Kanzler höchstpersönlich versprach mir *jede* Unterstützung durch dieses Regiment. Und die fordere ich nun ein, es liegt in meinem Ermessen, wann und wie ich dies tue“, kam die kalte Antwort des Priesters.

„Nun, mein Rat wäre es, sich zurückzuhalten“, meinte Lindor. „Ihr bringt die Bürger nur gegen Euch auf, wenn Ihr so weitermacht. Ich empfehle …“

„Mir ist egal, was Ihr empfehlt, Graf Lindor“, meinte der Priester barsch und erhob sich. „Ihr werdet die Wachen verdoppeln und den alten Grafen darüber informieren, dass wir mehr Unterstützung von ihm erwarten. Sonst wird es übel mit ihm enden!“

Das wird Graf Torwald überzeugen, dachte Lindor bitter. Bislang drohten wir ja nur, ihn in die Knie zu zwingen oder ihn zu töten.

„Haben wir uns verstanden?“, sprach der Priester weiter. „Sonst sehe ich mich gezwungen, dem Kanzler über Euren schwachen Glauben und Eure mangelnde Kooperationsbereitschaft Bericht zu erstatten.“

„Ich bin kein Anhänger Darkoths“, teilte der Graf dem Priester steif mit.

„Genau das ist Euer Problem. Ihr solltet Euch bekehren lassen, solange Ihr noch die Möglichkeit dazu habt!“ Der Priester trat an die Tür. „Bekomme ich die Leute?“

„Nein“, sagte Lindor. „Es wäre ein Fehler …“

Der Priester hob die Hand.

„Schweigt, Graf! Mir wurde die Aufgabe zugewiesen, an diesem Ort das Wort Darkoths zu verbreiten und seine Macht zu mehren … überlasst es mir, wie ich das tue, und zweifelt nur nicht an der Weisheit meines Gottes! Ihr habt nicht ganz verstanden, Graf. Ich bitte nicht, ich fordere! Muss ich mich erst an den Kanzler wenden und ihm berichten, dass Ihr Euch gegen mich stellt?“

„Das tue ich nicht“, entgegnete Lindor und versuchte ruhig zu bleiben. „Ihr könnt nur nicht …“

„Was ich kann und was nicht, entscheide ich allein! Hört gut zu, Graf Lindor. Ihr werdet Euch mir und meinem Amt beugen oder noch binnen der nächsten Kerze Eure Sünden auf dem Altar meines Herrn büßen. War das klar genug?“

„Das war es. Ich werde …“

„Ihr werdet gar nichts mehr!“, unterbrach ihn Lord Daren. „Fortan wird alles mit mir abgesprochen, bevor Ihr etwas unternehmt.“

„Wie Ihr wünscht!“, antwortete Lindor steif.

Der Priester sah ihn an und lächelte grimmig. „Ein wenig Demut schadet niemandem“, sagte er dann. „Seht zu, dass die Männer bereit sind, wenn ich in einer halben Kerze aufbreche!“

„Es wird so sein, Eure Eminenz“, knirschte Lindor zwischen zusammengebissenen Zähnen hervor. „Was ist mit meiner Wache?“

„Er wird sich vor meinem Gott verantworten“, erklärte der Priester gehässig. „Doch Ihr könnt ihn retten. Bietet Euch selbst im Tausch gegen ihn an.“ Er wartete einen Moment und lachte dann. „Ihr tut es nicht? Seht Ihr, Graf, auch Ihr seid bereit, Leute zu opfern, wenn es zu Eurem Vorteil ist.“

Mit diesen Worten verließ er den Raum und schlug die Tür hart hinter sich zu. Lindor lauschte, wie sich die Schritte des Priesters entfernten, dann erhob er sich und legte den Riegel wieder vor.

Er lehnte sich gegen das Türblatt und atmete tief durch. Nur ruhig jetzt, dachte er. Du wusstest, dass es so kommen würde! Gut, dass Heskel keinen Dienst hatte! Er versuchte sich an den Namen des Mannes zu erinnern, der heute Nacht vor seinen Räumen Wache gestanden hatte, aber er fiel ihm nicht ein. Bei seinem alten Kommando hätte er ihn gewusst.

Lindor ging zurück zu seinem Stuhl, setzte sich und nahm sein Schwert auf. Nachdenklich betrachtete er die scharfe Klinge. Es gab diese alte Tradition, dass man sich von Schande reinwaschen konnte, indem man sich in sein Schwert stürzte. Zweifellos ein besserer Tod, als auf dem Altar des dunklen Gottes elendig zu verrecken.

Er legte das Schwert zurück und seufzte. So einfach würde er es sich nicht machen. Immerhin konnte er jetzt sagen, dass er Lord Daren gewarnt hatte.

Wie kam es nur, dass einem die Macht die Gedanken so

leicht trüben konnte? Wie blind war Lord Daren, dass er nicht erkannte, was sein Vorgehen anrichtete? Oder war es ihm egal, weil er davon ausging, dass das Wappen Thyrmantors ohnehin bald über den Zinnen von Berendall wehen würde?

Es klopfte erneut an der Tür.

Lindor erhob sich und schob den Riegel zurück, diesmal war es Leutnant Heskel.

„Die Priester haben Joamin mitgenommen", sagte der Leutnant tonlos zur Begrüßung, während er sich mit einem Tablett in der Hand am Grafen vorbeidrückte und ihm dann sorgsam Becher, Kanne, Butter, Brot und Honig auf den Tisch stellte. „Ich sah, wie er zum Schrein gezerrt wurde, als ich den Tee für Euch holte." Dass der Graf halbnackt vor ihm stand, schien er nicht zu bemerken.

So also hatte der Mann geheißen, dachte Lindor. Joamin.

„Ich weiß", antwortete er dann müde. „Lasst mir etwas Zeit, dann schickt nach Obrist Leklen. Ich habe einen Auftrag für ihn." Er sah auf zum Leutnant. „Wenn Ihr das nächste Mal Lord Daren gegenübersteht, gebt ihm keinen Vorwand, Euch zum Schrein schleppen zu lassen."

„Ja, Ser", gab der Leutnant zurück. Er klemmte sich das Tablett unter den Arm und blieb stehen. Lindor musterte ihn.

„Habt Ihr noch etwas zu sagen?"

„Ja", antwortete der Leutnant. „Zwei Dinge. Heute Morgen blieb die Lieferung des Mehls aus. Der Zeugmeister schickte zwei Soldaten zum Müller, die ihm erst drohen mussten, damit er ihnen die Säcke aushändigte. Der Zeugmeister erzählte mir, der Mann sei mehr als aufgebracht gewesen und habe den Soldaten vorgeworfen, unsere Truppen würden wüten wie wilde Hunde. Offenbar kam es gestern

Nacht in der Stadt zu einem üblen Gemetzel. Der Bruder des Müllers wurde dabei erschlagen."

„Macht eine Notiz, dass wir das Mehl in Zukunft von einem anderen Müller beziehen. In der Gegend gibt es mehr als einen, hoffe ich?"

„Nein. Nun nicht mehr", versetzte Heskel. „Sein Bruder war der andere."

„Dann werden wir jemanden finden müssen, der seine Mühle übernimmt", seufzte der Graf. „Ich möchte nicht, dass das Mehl unangenehme Überraschungen enthält. Was ist die andere Nachricht?" Er schenkte sich Tee ein.

„Baron Vidan ist tot. Die Baronie befindet sich im Aufstand."

Der Graf ließ die schwere Kanne sinken und stellte sie langsam ab.

„Mislok im Aufstand?", fragte er entgeistert.

„Ja, Ser."

„Vidan hat seine Leute übel behandelt, aber das überrascht mich nun doch."

„Dass wir ihn zwangen, unsere Truppen zu versorgen, mag zu der üblen Behandlung beigetragen haben", meinte Leutnant Heskel. „Was er uns lieferte, presste er seinen Bauern ab. Einige der Kühe und Ochsen waren so dürr, dass der Zeugmeister den Auftrag gab, sie erst einmal zu mästen. Die Bauern werden diese Zustände nicht länger geduldet haben."

„Er hatte genügend Söldner, um sie zu unterdrücken. Ein Aufstand hätte nur Erfolg haben können, wenn er seine Truppen abgezogen hätte. Wie haben die Bauern es vermocht, sie zu überwinden?"

„Es waren nicht die Bauern, Graf. Die Geschichte ist schwer zu glauben ... Angeblich ist eine Armee des Greifen aufgeritten, und einer der legendären Kriegsfalken vollstreckte das Urteil der Göttin am Baron. "

„Eine Armee, sagt Ihr?", murmelte Lindor langsam und griff nach seinem Becher. „Weiß man, welches Banner nun über Mislok weht?"

„Ja, Ser. Angeblich ein Greif, aufrecht stehend, in der Klaue ein Schwert, das eine Schlange am Boden aufspießt."

Der Graf nickte langsam.

„Wie groß war Vidans Söldnerkompanie doch gleich, Heskel?"

„Etwas über zweihundert Mann. Die Kompanie der Roten Eber von Hauptmann Hugor."

Ein feines Lächeln huschte über die Lippen des Grafen.

„Eine gute Kompanie. Wir standen uns im Feld schon einmal gegenüber, der Hauptmann und ich. Wisst Ihr auch etwas über ihn? Wurde er getötet?"

„Nein, Ser", sagte Heskel. „Es heißt, er habe sich dem Greifen angeschlossen."

„Gut. Sorgt dafür, dass Nestrok gefüttert wird. Ich werde ihn nachher noch reiten."

„Es wird geschehen."

„Danke, Heskel", sagte Lindor leise. Der Leutnant salutierte und zog die Tür hinter sich zu.

Lindor nahm seine Tasse, stand auf und trat ans Fenster. Nachdenklich nahm er einen Schluck. Das ging schnell, dachte er bei sich. Eine Armee unter dem Banner des Greifen. Sie mussten sofort nach dem Dammbruch aufgebrochen sein. Das wiederum bedeutete, dass seine Leute endgültig geschlagen waren. Abermals sah er das entschlossene Gesicht des jungen Prinzen vor sich. Hier in den Greifenlanden hatte es wohl nur einen Funken gebraucht … was würde es brauchen, damit Thyrmantor entflammte?

„Ich hoffe, dass sich Euer Opfer lohnt“, flüsterte der Graf. Er nahm einen weiteren Schluck, dann stellte er die Tasse ab und reckte sich. Es war wohl angebracht, sich anzukleiden, bevor Obrist Leklen erschien, dachte er leicht erheitert. Ich will den armen Mann ja nicht verunsichern!

„Er meint das Opfer des Prinzen, nicht wahr?“, fragte Lamar. Der alte Mann nickte bedächtig. „Ich gestehe dem Grafen Lindor zu, dass auch er gewissen Zwängen unterlag“, sagte der alte Mann dann grimmig. „Doch ändert es nichts an seinen Taten.“ Er sah in seinen Becher, als würde er dort etwas suchen. „Gute Taten können die schlechten niemals aufwiegen. Denn nichts wird vergessen, und alles wirkt sich auf den Lauf der Dinge aus …“

„Schließlich war es ja der Mord an Sera Tylane, der den Freunden zu Beginn die Entschlossenheit gab, das zu tun, was sie dann taten“, stellte Lamar fest.

„Das mag sein“, stimmte der alte Mann nachdenklich zu. „Ich denke allerdings, dass sie sich auch ohne diesen Mord gefunden hätten.“ Er nahm einen tiefen Schluck aus seinem Becher. „Zu ändern war es jedenfalls nicht mehr … so nahm dann alles seinen Lauf.“

Als die Freunde am Morgen zum Frühstück herunterkamen, war die Bardin die Einzige, die munter wirkte, während die Freunde allesamt Mühe hatten, ein Gähnen zu unterdrücken. Doch als sie die Tür zur Gaststube öffneten, änderte sich dies schlagartig. Im Gegensatz zum gestrigen Abend war der Schankraum gut gefüllt, und dies, obwohl das Tagewerk für die meisten Leute noch gar nicht begonnen hatte.

Nur an einem Tisch war noch Platz, ein Mann saß daran und unterhielt sich mit dem Wirt. Als er die Freunde die Stube betreten sah, gab er dem Wirt ein Zeichen, und dieser richtete sich auf und eilte auf die Freunde zu.

„Guten Morgen, Sers und Seras", begrüßte der Wirt sie höflich. „Ich habe mir erlaubt, den Tisch für Euch zu richten. Ich hoffe, Ihr habt nichts dagegen, ihn mit einem Freund von mir zu teilen?" Er zwinkerte Garret zu. „Er sieht die Dinge ähnlich wie Ihr, junger Ser!"

„Mist!", zischte Vanessa, und auch Garret murmelte etwas, das nicht allzu erfreut klang, als er den Mann am Tisch erkannte, der sich nun höflich erhob. „Wer ist das?", fragte Tarlon misstrauisch seine Schwester.

„Der Hafenkommandant", antwortete sie leise, während sie sich einen Weg zum Tisch bahnten. „Garret und ich haben ihn gestern kennen gelernt."

„Und was will er hier?", fragte die Bardin verhalten.

„Ich weiß es nicht", antwortete Vanessa und sah suchend zu Tarlon hoch, der die Stirn in Falten gelegt hatte und leicht den Kopf schüttelte.

„Mein Name ist Frese", begrüßte der Hafenkommandant sie freundlich. „Ich hoffe, Ihr habt nichts dagegen, dass ich mich einfach an Euren Tisch eingeladen habe."

Die Bardin zog eine Augenbraue hoch und sah sich demonstrativ um, doch an keinem der anderen Tische war noch Platz, so zog sie sich einen Stuhl heran, und die anderen folgten ihrem Beispiel.

„Seid ohne Sorge, Sera", meinte der Kommandant leise.

Die Bardin blinzelte nur einmal, eine weitere Reaktion zeigte sie nicht, dafür musterte sie den Mann nun genauer.

„Ihr müsst Tarlon sein", sprach Frese an Vanessas Bruder gewandt weiter. „Es freut mich, nun auch den Rest von Euch kennen zu lernen."

„Was wollt Ihr von uns?", fragte die Bardin leise. „Ihr seid doch nicht nur hier, um Freundlichkeiten auszutauschen."

„Warum denn nicht?", gab der Mann lächelnd zurück. „Aber zugegeben, das ist nicht der eigentliche Grund, warum ich Euch meine Aufwartung mache."

„Kommt zur Sache", sagte die Bardin ungehalten. „Wir hatten schon genügend Unannehmlichkeiten in dieser Stadt."

„Ihr seid sehr direkt, Sera. Ich dachte immer, Elfen würden sich mehr Zeit für Förmlichkeiten lassen!" Das Gesicht der Bardin verdüsterte sich, und unter dem Tisch griff sie nach ihrem Dolch. Doch Frese sprach bereits weiter. „Hiram bat mich, Euch aufzusuchen."

„Hiram?", fragte die Bardin. „Was habt Ihr mit ihm zu schaffen?"

„Wir stehen lose in Kontakt." Frese schmunzelte. „Er sandte mir eine Nachricht und teilte mir mit, dass Ihr auf dem Weg hierher wäret. Ihr und Eure Begleitung."

„Die Pest soll ihn holen!", fluchte die Bardin.

„Das wäre ein Verlust, und zwar auch für Euch, Sera", sagte Frese lächelnd. „Er ist einer der besten Männer des Grafen. Neben mir, versteht sich." Er grinste breit. Doch dann wurde er schnell wieder ernst. „Hört mich nur kurz an, denn viel Zeit bleibt uns nicht. Die ‚Samtschwalbe' wurde gestern Abend gesichtet und wird noch vor Mittag hier erwartet. Lord Daren will an den elfischen Besatzungsmitgliedern ein Exempel statuieren. Soweit darf es nicht kommen. Ein schnelles Boot wird Euch daher zum Schiff bringen, noch bevor es in den Hafen einläuft. Einer meiner Losten wird Euch begleiten, mit genügend Gold im Beutel, um dem Kapitän die Ladung abzukaufen, damit er sie im Meer versenkt und das Schiff schneller wird. Genügend Gold, um ihn zu veranlassen, kehrtzumachen und direkt seinen Heimathafen anzusteuern. So wird Lord Darens Plan vereitelt, und Eure Reise verkürzt sich um mehrere Tage. Der Graf bedauert, dass er nicht mehr für Euch tun kann. Aber er wird für Euch beten." Noch während ihn die anderen überrascht ansahen, erhob er sich. „Nun entschuldigt bitte, dringende Geschäfte rufen mich."

„Eine Frage noch, Ser Frese", sagte die Bardin rasch. „Wer ist Lord Daren?"

„Der Hohepriester Darkoths. Ein unangenehmer Bursche. Er führt etwas im Schilde, aber was genau, das wissen wir nicht. Seid also vorsichtig." Er wandet sich ab, blieb aber noch kurz stehen. „Bevor ich es vergesse. Die Stadtwachen haben Anweisung, Euch nicht zu behelligen. Den Göttern zum Gruße." Mit diesen Worten eilte er davon.

„Das war überraschend!“, meinte die Bardin.

„Zumindest wissen wir nun, dass der Graf Euch wohlgesinnt ist“, stellte Vanessa fest. „Wenn es keine Falle ist.“

„Genau“, murmelte die Bardin nachdenklich. „Wenn es keine Falle ist.“

„Mir scheint, es wird heute noch mehr Überraschungen geben“, bemerkte Tarlon und wies mit seinem Blick auf den Wirt, der gerade auf sie zusteuerte.

„Habt Ihr die Neuigkeiten aus Mislok gehört?“, fragte er breit grinsend, als er Ihren Tisch erreicht hatte.

„Nein, haben wir nicht“, antwortete die Bardin missmutig. „Ich bin mir auch nicht sicher, ob wir sie hören wollen.“

Der Wirt sah zu Garret hinüber. „Ich denke schon. Der Baron ist tot, über dem Dorf weht das Banner des Greifen, und die Söldner des Barons haben sich ihm angeschlossen. Der Greif ist erwacht!“ Er rieb sich freudig die Hände. „Es geht los, Freunde!“ Damit eilte er auch schon weiter.

Langsam sahen Tarlon, Vanessa und die Bardin zu Garret hinüber.

Der hob abwiegelnd die Hände. „Ich hab nichts getan!“, protestierte er. „Warum seht Ihr mich so an?“

„Weil du ein Talent dafür besitzt, Dinge loszutreten“, erwiderte Tarlon und sah Hilfe suchend zur Bardin hinüber. „Wieso sollte sich Mislok Lytara anschließen?“, fragte er dann. „Und warum ist der Baron tot? Ich verstehe das alles nicht. Das Dorf ist gut dreimal so groß wie das unsere!“

„Das kann ich Euch auch nicht erklären, guter Freund“, bekannte die Bardin. Eines der Schankmädchen brachte ihnen das Frühstück und eilte dann geschäftig weiter.

Garret sah auf den Teller vor sich, der reich mit Käse, Schinken und Wurst sowie mit frischem Brot gefüllt war.

„Ich hatte schon fast vergessen, dass wir ja frühstücken

wollten“, sagte er und griff nach dem Brot. „Das sieht gut aus.“

„Bist du sicher, dass du mit diesem Holzkopf vor die Göttin treten willst?“, fragte Tarlon seine Schwester leise.

„Ehrlich gesagt, manchmal nicht“, flüsterte Vanessa zurück.

Garret sah die beiden an und schüttelte unbekümmert den Kopf. „Ich verliere nur nicht den Blick fürs Wesentliche“, sagte er kauend und schluckte hinunter, was sich in seinem Mund befand. „Die ‚Samtschwalbe‘ wird nicht gerade *jetzt* ankommen. Es ist noch früher Morgen, die Sonne ist kaum aufgegangen. Was mit Mislok ist, wissen wir nicht, und wenn wir etwas wüssten, könnten wir es wohl kaum ändern … also spricht nichts gegen ein gutes Frühstück. Bezahlt ist es zudem auch schon.“

Dennoch dauerte es nicht lange, bis sie zum Hafen aufbrachen. Als sie dort ankamen, herrschte an den Kais reger Betrieb. Dutzende von Menschen waren damit beschäftigt, die Schiffe zu be- und entladen. Manchmal war das Gedränge so groß, dass die Freunde hintereinander gehen mussten. Einmal konnte sich Garret nur durch einen beherzten Sprung zur Seite davor bewahren, ein unfreiwilliges Bad im Hafenbecken zu nehmen. Was sie hier zu sehen bekamen, ließ sie staunen. Das erste Schiff, das Tarlon und Garret in ihrem Leben erblickt hatten, war eines aus Beliors Flotte gewesen, das kurz vor dem Dammbruch Feuer gefangen hatte. Viel Muße, es zu betrachten, hatten sie damals nicht gehabt, aber nun schlug der Anblick der Schiffe Garret in seinen Bann. Der Gedanke, dass so etwas Großes auf dem Wasser schwimmen konnte, ohne unterzugehen, überwältigte ihn förmlich. Tarlon hingegen war sichtlich fasziniert von den Ladekränen mit ihren großen Lauftrommeln und mechanischen Getrieben.

Aber nicht fasziniert genug, um sich von einem Dieb bestehlen zu lassen. „Nicht doch“, knurrte er, als er mit eisernem Griff den Arm eines schmächtigen Mannes umbog, so dass dieser gezwungen war, Tarlons Beutel wieder loszulassen, den er ihm zuvor aus dem Wams gefischt hatte. „Den brauche ich noch.“ Er fing den Beutel auf, als dieser den kraftlosen Fingern des Mannes entglitt, packte den Übeltäter am Rockaufschlag und hob ihn hoch.

„Ich habe keine Zeit für solche Spielchen“, fuhr er den verängstigen Mann an, dessen Füße ein gutes Stück über dem Boden baumelten. „Also schlage ich vor, dass ich meinen Beutel behalte und du schleunigst von hier verschwindest. Einverstanden?“

Er schüttelte ihn ein wenig, um seinen Worten Nachdruck zu verleihen.

„Hör auf, Tarlon“, griff Vanessa ein. „Der Arme läuft ja schon blau an!“

„Ja, das tut er“, stellte ihr Bruder ungerührt fest. „Aber ich glaube, er findet meinen Vorschlag ganz gut, nicht wahr?“ Er ließ den Mann sinken und löste seinen Griff etwas.

„Ja, Ser!“, keuchte der Dieb. „Absolut. Ihr werdet dem alten Berosch doch nichts antun, junger Ser? Es war ein Versehen, wirklich … ich weiß gar nicht …“

„Verschwinde einfach“, knurrte Tarlon und schubste den Mann von sich. Der ließ sich das nicht zweimal sagen und rannte davon. Einen Augenblick später war er im Gewühl der Leute untergetaucht.

„Ich hätte ihn ins Wasser geworden“, rief Garret lachend, als Tarlon seinen Beutel wieder unter seinem Wams verstaute.

„Und was hättest du getan, wenn er nicht hätte schwimmen können? Nur weil er versucht hat, meinen Beutel zu stehlen, muss ich ihn doch nicht gleich umbringen."

„Du bist halt gutmütig", grinste Garret. „Dennoch wette ich, es wäre nicht geschehen, hättest du deine Axt dabeigehabt. Mit dem Ungetüm auf dem Rücken traut sich niemand an dich heran."

„Da magst du Recht haben", gab Tarlon schmunzelnd zu. „Allerdings bleibe ich dann auch jedem, der mich sieht, in Erinnerung. Und das wollen wir doch auch nicht."

„Aber in gewisser Weise hat Garret Recht", wandte die Bardin leise ein. „Der Mann wird es Euch nicht danken, dass Ihr ihn verschont habt."

„Solange sich unsere Wege nicht ein zweites Mal kreuzen, soll es mir egal sein", meinte Tarlon.

„Ist es das dort?", fragte Vanessa etwas später an Garret gewandt und wies auf ein Schiff, das gerade in den Hafen einlief. Sie hatten unweit der Kommandantur einen Platz gefunden, von dem aus sich das Hafenbecken gut einsehen ließ. Garret hatte es sich auf einem Baumwollballen bequem gemacht und wirkte, als ob er jeden Moment einschlafen würde. Nun hob er träge den Kopf und musterte das Schiff genauer.

„Nein", beschied er dann. „Das dort heißt ‚Heringsbraut'." Er lachte. „Wie kann man einem Schiff nur einen solchen Namen geben!"

„Jemandem wird er gefallen haben", antwortete Vanessa mit einem Schmunzeln.

„Also bleibt uns noch ein wenig Zeit", stellte die Bardin fest.

„Ich glaube nicht", entgegnete Vanessa und deutete auf

das Gebäude der Hafenkommandantur, an dem nun Bewegung zu erkennen war. „Frese ist gerade herausgekommen."

„Also gut. Dann lasst uns hingehen", meinte Tarlon.

Garret setzte sich auf, streckte sich und gähnte ausgiebig. „Das Leben ist ungerecht", teilte er den anderen dann mit. „Ständig wird man gehetzt!"

Vanessa und Tarlon schmunzelten, die Bardin schüttelte nur den Kopf, während sie ihren Packen griff und sich zum Gehen wandte. Dennoch war sich Tarlon sicher, den Hauch eines Lächelns auf ihren Lippen gesehen zu haben.

Frese begrüßte die Freunde nur kurz und wies dann mit einer Geste auf ein flaches Boot, das an einer Treppe vertäut lag, welche zum Wasser hinunterführte. Zwei der fünf Ruderbänke waren mit Fässern belegt, auf den anderen warteten sechs kräftige junge Männer in leichten Lederrüstungen, wohl die Rudermannschaft des Bootes.

„Die ‚Samtschwalbe' wird nicht dazu kommen, ihr Wasser und den Proviant aufzufrischen. Der Proviant lässt sich strecken, Wasser jedoch nicht", erklärte Frese Garret, als sich dieser neugierig nach den Fässern erkundigte. Dann wandte sich der Hafenkommandant an die Bardin.

„Wie Ihr seht, ist alles vorbereitet, Sera. Wir warten nur auf das Signal von der Seemauer, dass man die ‚Samtschwalbe' von dort aus gesichtet hat. Dann könnt Ihr sofort aufbrechen." Er schirmte die Augen mit der Hand ab und sah zur Seemauer hin. „Ich rechne jeden Moment damit, dass man uns das Schiff meldet." Dann wandte er sich wieder zur Bardin um. „Ihr solltet Euch nun verabschieden … ich will nicht riskieren, dass uns Lord Daren dazwischenkommt."

„Danke", sagte die Bardin nur und ging ein paar Schritte

zur Seite, wo sie ihren Packen absetzte. Die Freunde folgten ihr.

„Nun“, begann sie lächelnd. „Es sieht so aus, als trennten sich jetzt unsere Wege.“ Sie musterte die Freunde einen nach dem anderen. „Ich weiß in solchen Momenten nie so recht, was ich sagen soll.“

„Ihr seid eine Bardin, Sera“, sagte Garret mit einem Lachen. „Ich bin sicher, Euch wird etwas einfallen. Ich für meinen Teil möchte sagen, dass es mir eine Ehre war, Euch kennen gelernt zu haben, und dass ich einiges von Euch lernen konnte. Wir sind einander nicht mehr fremd.“

„So sehe ich es auch. Ich habe ebenfalls viel gelernt.“ Einen Moment zögerte sie, dann trat sie an die überraschten Freunde heran und umarmte erst Garret, dann auch Tarlon und Vanessa.

„Passt gut auf Euch auf, Sera“, sagte Vanessa und schluckte.

„Das werde ich“, entgegnete die Bardin leise.

„Und kommt bald wieder“, meinte Garret mit einem verlegenen Grinsen.

„Das Signal von der Seemauer!“, rief Frese vom Haus her. „Die ‚Samtschwalbe‘ ist gesichtet worden! Es ist so weit, Sera!“

„So lebt denn wohl, meine Freunde“, sagte die Bardin. „Ich …“

In der Ferne begann plötzlich eine Glocke zu läuten, und kurz darauf fielen weitere Glocken mit ein.

„Was ist denn da los?“, fragte Garret überrascht.

„Das ist das Alarmzeichen“, antwortete Frese bestürzt. „Gutes wird es nicht bedeuten! Sera, ich bitte Euch, verliert keine Zeit mehr.“

„Ihr habt ihn gehört, Sera“, sagte Tarlon ruhig. „Geht

nun. Habt gute Reise und tragt unser Anliegen zu Eurem Volk."

„Der Göttin Segen mit Euch", meinte Garret, aber er war abgelenkt; seine Augen waren überall, während er versuchte, den Grund für den Alarm auszumachen.

Die Bardin zögerte noch einen Moment, doch dann nickte sie und griff ihren Packen. Zwei der Männer halfen ihr ins Boot, ein Tau wurde gelöst und die Ruder ausgebracht. Die Bardin schob sich ein paar Haarsträhnen aus dem Gesicht und sah zu ihnen zurück. Langsam hob sie die Hand für einen letzten Gruß, doch dann riss sie ihre Augen auf und wies mit der Hand zur Seite.

„Verdammt sollen sie sein!", fluchte Garret, der die sechs königlichen Soldaten im selben Moment entdeckt hatte wie die Bardin. „Nicht mal in Ruhe Abschied nehmen lassen sie einen!" Dann fügte er zu Tarlon gewandt hinzu: „Du hättest ihn wohl doch besser ersäufen sollen!"

Tatsächlich rannte neben den königlichen Soldaten der Dieb einher, den Tarlon vorhin gefasst hatte, und er war es auch, der nun mit dem Finger auf sie zeigte, während die umstehenden Menschen vor den heranstürmenden Soldaten beiseitestoben. Jetzt deutete der Dieb auf das Boot, in dem die Bardin saß. „Dort ist die Elfenhure!", rief er gehässig. „Sie versucht zu fliehen! Darkoth wird euch reich belohnen, wenn ihr sie erwischt!"

Vier der Soldaten rannten weiter auf die Freunde zu, die zwei anderen schoben ihre Schwerter in die Scheiden zurück und nahmen die Armbrüste von ihren Schultern.

„Habt Ihr irgendwo einen Bogen oder eine Armbrust?", fragte Garret hastig den Hafenkommandanten, während Vanessa ihr Schwert aus dem Ledersack befreite.

„Ja, im Haus!", rief der Kommandant und rannte los.

Tarlon fluchte leise und sah sich suchend um. Er hatte seine Axt im Gasthof gelassen, um nicht aufzufallen, und so war er nun ohne Waffe. „Nimm mein Schwert", rief Garret.

„Nein", gab Tarlon zurück. Sein Blick war auf ein Boot gefallen, dass neben der Kommandantur aufgebockt war. „Du wirst es selbst brauchen."

Frese kam unterdessen mit der Armbrust und einem Köcher voll Bolzen aus der Kommandantur gerannt, er selbst hatte sich mit einem kurzen Schwert bewaffnet.

„Habt Ihr denn keine Wachen hier?", rief Garret, als er die Armbrust an sich nahm. Er musterte sie kurz und er griff dann mit beiden Händen die Sehne.

„Doch. Aber sie bringen die Sera gerade zum Schiff", entgegnete Frese und fasste sein Schwert fester. „Nehmt doch den Hebel ..."

„Keine Zeit!", rief Garret und trat in den Bügel der Armbrust, um dann die Sehne in einem Ruck hochzuziehen. Danach legte er einen Bolzen auf, hob die Armbrust und schoss. Der Bolzen zischte zwischen zwei der königlichen Soldaten hindurch, die erleichtert auflachten, aber hinter ihnen ertönte ein Schrei, und einer der Armbrustschützen brach getroffen zusammen. Der andere jedoch zielte bereits und schoss auf das Boot, von dem nun ebenfalls ein Schrei ertönte; einer der Ruderer hatte den Bolzen in die Schulter bekommen, doch die Bardin selbst war unverletzt und zog gerade den eigenen Bogen aus ihrem Packen hervor.

Nur wenige Schritte noch trennten die Soldaten von den Freunden und dem Hafenkommandanten. Garret ließ die Armbrust fallen und zog sein Schwert, Vanessa trat an seine Seite und hob ebenfalls die Klinge, während der Hafenmeister ein schnelles Gebet gen Himmel sandte.

Die vier königlichen Soldaten waren schwer gerüstet, und es versprach ein ungleicher Kampf zu werden.

Offensichtlich waren sich auch die Soldaten ihrer Übermacht bewusst, denn einer von ihnen lachte mordlüstern auf. „Wir haben leichtes Spiel!“, rief er dann und hob sein Schwert.

Im Hintergrund hüpfte der dürre Dieb unterdessen aufgeregt umher. „Das wird Euch lehren, mich zu würgen!“, rief er gehässig.

„Du hattest Recht, Garret“, knurrte Tarlon grimmig. „Ich hätte ihn ersäufen sollen!“ Er trat neben Garret und Vanessa, ein schweres Ruder in den Händen haltend. „Macht bitte mal Platz!“

Dass das Ruder deutlich länger als ein Kampfstab war und um ein Vielfaches schwerer, schien Tarlon wenig zu stören. Noch bevor die Soldaten wussten, wie ihnen geschah, schwang ihnen das Ruderblatt auf Kniehöhe entgegen. Dermaßen hart war der Aufprall, dass das Blatt brach und das Holz splitterte, doch so wie die Beine des ersten Soldaten umknickten, konnten auch seine Knochen kaum mehr heil sein. Was soeben noch ein halbwegs geordneter Ansturm der Königlichen gewesen war, endete im Chaos, als drei der vier Männer strauchelten und fielen, sodass nur noch einer auf den Beinen war. Garret hob die Hand, und ein roter Funken schoss aus ihr hervor. Er traf den Soldaten im linken Auge, und der schrie auf, allerdings nur kurz, denn Vanessa sprang an ihn heran und stieß ihm ihr Schwert durch die Spalte zwischen Helm und Brustharnisch.

Einer der am Boden liegenden Soldaten schlug nach ihren Beinen, doch geschickt wich sie ihm aus, und im nächsten Moment traf ihn das schwere Ruder wie ein dumpfer Hammerschlag am Kopf, so hart, dass er bewusstlos in sich zusammensackte. Als Vanessa sich bückte, um ihm Ihr Schwert ins offene Visier zu stoßen, schnalzte ein Bolzen knapp an ihrem Kopf vorbei. Er stammte von dem zweiten Armbrustschützen, der zu weit entfernt stand, um ihn direkt angreifen zu können, also warf Tarlon das Ruder wie einen Speer.

So kraftvoll war sein Wurf, dass die abgebrochene Spitze des Ruders sogar den Brustpanzer des Armbrustschützen durchschlug und die Wucht des Aufpralls ihn ins Hafenbecken beförderte. Tarlon bückte sich und nahm den Soldaten, dem er die Beine gebrochen hatte, einfach an Arm und Bein und schleuderte ihn ebenfalls ins Wasser.

Der Dieb beobachtete dies alles mit geöffnetem Mund und aufgerissenen Augen, und als er dann verstand, rannte er los. Er kam jedoch nicht weit, denn Garret nahm erneut die Armbrust auf, spannte sie, wieder ohne den Hebel zu verwenden, und schoss. Der Bolzen durchschlug den Kopf des Diebs, der vornüber fiel und sich nicht mehr rührte.

Nur einer der Soldaten regte sich noch. Sein Schwert war ihm aus der Hand gefallen, und nun hob er seinen Dolch, um ihn nach Vanessa zu werfen, die soeben ihre Klinge aus dem Visier des anderen Soldaten zurückzog. Doch bevor der Mann werfen konnte, bohrte sich ein schwarzer Pfeil in seinen Hals. Auf dem Boot, das schon gute vierzig Schritt vom Ufer entfernt war, hob die Bardin ihren Bogen und winkte ihnen zu.

Frese ließ sein Schwert sinken.

„Götter", hauchte er, als Tarlon die restlichen Soldaten ohne Umschweife ins Hafenbecken warf. Selbst wenn einer von ihnen noch gelebt hätte, wäre es nun sicherlich um ihn geschehen, denn die schwere Rüstung zog die Glücklosen unerbittlich in die Tiefe. „Wie vermögt Ihr nur so zu wüten! Wer, bei der Göttin, seid Ihr?“

Garret sah kurz zum Hafenmeister hinüber und hielt ihm dann sein Schwert hin, sodass er die Schneide sehen konnte. „Wir sind Leute, die etwas dagegen haben, erschlagen zu werden. Wir haben uns nur gewehrt.“ Er wandte sich Tarlon zu und klopfte ihm auf die Schultern „Ohne dich wäre es sicherlich anders ausgegangen.“

„Sie standen günstig“, sagte Tarlon bescheiden und runzelte dann die Stirn. „Musstest du den Dieb erschießen?“

„Es war notwendig“, antwortete Garret. Er sah zu Vanessa. „Ist mit dir alles in Ordnung?“

„Ja“, antwortete Tarlons Schwester schwer atmend. „Meiner Schulter geht es gut.“ Doch sie war so bleich wie Kreide und zitterte am ganzen Leib. Garret trat an sie heran und umarmte sie.

„Es war notwendig“, wiederholte er leise. „Umgekehrt hätten sie auch nicht gezögert.“

„Ich weiß“, sagte Vanessa leise. „Es ist nur ... eben lebten sie noch, und jetzt sind sie alle tot. Wir haben sie erschlagen. Hier ...“, sagte sie leise und hob ihre linke Hand, die rot beschmiert war. „Ich habe Blut an meinen Händen.“

„Sie haben uns angegriffen, Vanessa“, warf Tarlon mit rauer Stimme ein. „Garret hat Recht, sie hätten genauso wenig gezögert.“

„Ich habe noch nie zuvor einen Menschen getötet“, flüsterte Vanessa. Sie sah mit weit geöffneten Augen zu Garret hoch. „Es ist so komisch“, sagte sie dann.

„Wir hatten keine andere Wahl“, meinte Garret sanft und presste sie enger an sich. „Wir ...“

„Das meine ich nicht“, sagte sie und löste sich aus seiner Umarmung. „Ich warte darauf, dass ich mich schlecht fühle.

Aber das geschieht nicht. Ich bin nur froh, dass ich selbst noch lebe. Eigentlich müsste ich mich doch schlecht fühlen, oder?"

„Darüber können wir uns unterhalten, wenn der Krieg vorbei ist", beschied Tarlon und wandte sich an Frese. „Was haben diese Glocken zu bedeuten?"

„Es ist der Alarm der Burg. Sie wird angegriffen", antwortete Frese. „Ich frage mich nur, von wem!"

„Von Lindors Regiment, würde ich meinen", erwiederte Tarlon.

„Aber wie konnten sie so schnell unsere Wälle überwinden?"

„Das brauchte er wohl kaum, schließlich habt Ihr seinen Soldaten freien Zutritt zur Stadt gewährt", versetzte Garret trocken und wies auf den königlichen Soldaten, den er mit der Armbrust erschossen hatte. „Der hier kam wahrscheinlich auch einfach so durchs Stadttor spaziert."

Er sah Vanessa und Tarlon an. „Was machen wir nun?"

„Wir müssen zurück zum Gasthof", bestimmte Tarlon. „Ich brauche meine Axt."

„Und ich meinen Bogen", ergänzte Garret. Er sah auf das Hafenbecken. „Wenigstens sieht es so aus, als ob die Sera Bardin in Sicherheit wäre." Die anderen folgten seinem Blick und sahen, wie das Ruderboot neben einem elegant geschwungenen Schiff längsseits ging und die Bardin mit einem der Männer an Bord kletterte. Kurz darauf kam der Mann wieder zurück, und auf der „Samtschwalbe" wurden die Ruder ausgebracht.

„Der Kapitän scheint einverstanden zu sein", stellte Frese fest. „Sie rudern wieder aufs offene Meer hinaus." Er wandte sich an die drei Freunde. „Eure Freundin ist in Sicherheit. Tut ihr nun, was ihr zu tun vermögt."

„Und was ist mit Euch?“, fragte Vanessa.

Frese lachte. „Ich werde schauen, ob ich noch in meine Rüstung passe, dann laufe ich zur Burg hinauf. Berendall wurde noch nie erstürmt, und auch heute wird das nicht geschehen. Ich weiß nicht, was sich Lindor dabei gedacht hat, aber es war ein großer Fehler!“

„Die schließen das Tor“, rief Garret, als sie sich der Stadtmauer näherten. „Lauft!“ Er rannte schneller. „Lasst uns noch durch!“

Einen Moment schien es, als ob ihn die Wache am Hafentor nicht hören würde, doch dann hielt sie inne und winkte die Freunde heran.

„Beeilt euch!“, rief er ihnen zu. Schwer atmend zwängten sich Tarlon, Vanessa und Garret durch den Spalt, dann zog der Soldat der Stadtwache die mächtigen Torflügel zu, legte zwei schwere Riegel vor und trat zurück.

„Weg vom Tor!“, befahl er ihnen, und die Freunde wichen zurück, im nächsten Moment fiel das schwere Fallgitter mit lautem Gerassel und einem heftigen Schlag herab. „Und nun macht, dass ihr weiterkommt!“, rief der Soldat und begann auch das Tor zur Stadt zu verschließen. Die drei Freunde ließen sich nicht noch einmal bitten.

„Das war knapp“, stellte Garret fest, als auch das zweite Fallgitter herabgefallen war. „Was meint ihr … werden nun auch die anderen Tore geschlossen sein?“

„Bestimmt“, erwiderte Tarlon und wischte sich den Schweiß von der Stirn. „So schnell kommen wir nicht mehr aus Berendall heraus.“

„Und was machen wir nun?“, fragte Vanessa.

„Zurück zum Gasthof, unsere Waffen holen. Dann sehen wir weiter“, meinte Garret.

„Wo sind nur all die Leute hin?“, wunderte sich Vanessa, als sie über den Marktplatz rannten. Er war fast menschenleer, nur hier und da bemühten sich einige Händler verzweifelt, ihre kostbarsten Waren in Sicherheit zu bringen, während sich wenige Meter entfernt bereits die ersten Plünderer an verlassenen Ständen zu schaffen machten.

„Sie haben sich in ihren Häusern verkrochen“, vermutete Tarlon keuchend. „Nicht die schlechteste Idee, wenn man angegriffen wird!“

Im nächsten Moment riss er Garret zurück, als dieser beinahe vor einen schweren Pferdewagen gelaufen wäre, der abenteuerlich schnell um die Ecke gefahren kam und zum Richtplatz weiterfuhr. Als dieser in Sicht kam, pfiff Garret leise durch die Zähne. Denn vor dem Galgen dort stand bereits ein anderer Wagen, der gerade entladen wurde. Noch immer hingen die Toten am Galgen, doch statt die Menschen einzuschüchtern, schienen sie ihnen nun Mahnmal und Ansporn zugleich zu sein. Denn gut vier Dutzend Bürger der Stadt hatten sich am Fuße des Galgens versammelt und rissen den Stadtwachen auf den Wagen förmlich aus der Hand, was diese von dort oben verteilten: nämlich Waffen und Rüstungen.

Tarlon stützte sich schwer atmend auf Händen und Knien ab und sah zu, wie sich die Bürger gegenseitig in die Rüstungen halfen.

„Bilde ich es mir nur ein, oder tun sie das nicht zum ersten Mal?“, fragte er dann.

Garret nickte, während gut zwei weitere Dutzend Bürger aus einer Gasse heraus auf den Richtplatz zuliefen und ein

Soldat der Stadtwache die fertig Gerüsteten in kleinere Gruppen aufteilte.

„Du hast Recht, das sieht so aus, als hätten sie es öfter geübt“, meinte er dann. „Und schau, da kommen noch mehr Freiwillige!“ Mit einem Mal lachte er laut auf. „Tarlon, Vanessa, versteht ihr, was hier geschieht? Das war der Plan des Grafen! Wir haben uns gefragt, wieso er nichts unternimmt, um die Stadtwache zu verstärken ... hier sehen wir nun, was er insgeheim getan hat!“

„Garret!“, rief Vanessa in dem Moment mit schreckgeweiteten Augen. „Hinter dir!“

Eigentlich war es unmöglich, aber in der Straße, die wenige Augenblicke zuvor noch leer gewesen war, standen plötzlich königliche Soldaten, die bereits zum ersten Schlag ausholten, und zwischen ihnen lief ein Priester hin und her, der hämisch grinste. Sie zog ihr Schwert, warf sich nach vorne, und konnte gerade noch die Wucht des Schlages mildern, der auf Garrets Schläfe zielte. Doch es reichte nicht. Blutüberströmt brach Garret zusammen, wie eine Marionette, der man die Fäden durchgeschnitten hatte. Vanessa wehrte einen Streich ab, duckte sich unter dem nächsten hindurch, doch ein dritter Soldat warf einen schweren Spieß nach ihr. Er hätte sie durchbohrt, hätte Tarlon sich nicht dazwischen geworfen. Nun ragte die blutige Spitze des Speers aus seinem Brustkorb hervor, und er stand nur da und sah sie mit weit aufgerissenen Augen an, dann zog jemand den Speer aus seinem Oberkörper heraus, und er brach leblos zusammen.

Mit einem markerschütternden Schrei hob Vanessa ihr Schwert in die Höhe. Dann sauste die schwarze Klinge auf und nieder, und ein roter Schleier trübte ihre Sicht. Es war, als ob die gesamte Welt still stand. Sie schrie, auch wenn sie sich selbst nicht hören konnte; wieder und wieder tanzte die schwarze Klinge unter anderen Klingen hindurch, suchte Lücken und fand noch die kleinsten, durchstieß hier einen Halsansatz, schnitt dort von hinten durch ein Knie, fand woanders ihren Weg durch den Schlitz eines Visiers.

Sie sah in die angstverzerrten Fratzen von Soldaten, die vor ihrem Ansturm zurückwichen, Angst und Panik in den Augen derer, die ihr das angetan hatten, sie sah, doch sie nahm nicht wahr, wer da vor ihr fiel wie Ähren vor dem Schnitter. Sie waren nicht wichtig, denn sie verstellten ihr nur den Weg zu ihrem Ziel. Der Letzte stürzte rücklings aus ihrem Blickfeld, und dort stand er dann, der Priester Darkoths, der so gehässig gelacht hatte, als auf sein Zeichen hin Garret und Tarlon erschlagen wurden. Sie holte zum letzten Streich aus, doch er blies ihr ein schwarzes Pulver ins Gesicht. Die Welt wurde still. Und dunkel.

Als Tarlon die Augen öffnete, sah er die Sera vom Brunnen über sich gebeugt. Er befand sich wieder in der Akademie und lag auf der Bank vor dem Brunnen. Wie war das möglich?

„Gar nicht“, antwortete die Sera, und eine feine senkrechte Falte erschien auf ihrer glatten Stirn, während sie besorgt auf ihn herabsah. Sie hat eine weiße Strähne im Haar, dachte Tarlon träge. Das hatte er anfangs überhaupt nicht wahrgenommen. Er versuchte sich aufzurichten, doch sie drückte ihn nieder. „Lieg still, ich brauche nicht lange“, sagte sie. Tarlon sank zurück und wunderte sich matt darüber, dass sie imstande war, ihn mit nur einer Hand am Aufstehen zu hindern.

Wärme füllte seine Brust, breitete sich in ihm aus und überflutete ihn mit einem Gefühl der Linderung. Ein fernes

Pochen durchdrang seinen Körper, erst stockend, dann immer regelmäßiger. Das ist mein Herzschlag, dachte er verwundert. Stand mein Herz denn still?

„Es ist mir egal, ob es erlaubt ist oder nicht", teilte ihm die Sera mit. Er hörte ihre Worte, doch verstand er nicht, was sie ihm damit sagen wollte. „Der Dunkle hält sich auch nicht an die Regeln. Außerdem wäre das alles nicht nötig gewesen, wenn Sie auf mich gehört hätte. So." Sie richtete sich auf und wischte sich die blutigen Hände sauber. „Und nun zurück mit dir …"

„Göttin", hörte er eine ferne Stimme. „Der hier lebt noch! Ich dachte er wäre hin, bei dem vielen Blut, das er verloren hat …" Tarlon öffnete die Augen und sah einen Soldaten der Stadtwache über sich gebeugt, der ihm gerade mit einer scharfen Klinge das Wams aufschnitt, um die Wunde freizulegen.

„Der hier lebt auch noch!", rief ein anderer.

Tarlon blinzelte verstört zu Garret hinüber. Für ihn hatte es den Anschein, als wäre seinem Freund der Schädel gespalten worden, und er hoffte nur, dass der Soldat Recht behielt und Garret wie durch ein Wunder überlebt hatte. Er wollte sich aufrichten, um besser sehen zu können, doch ein sengender Schmerz durchfuhr ihn von der Seite bis zur Brust. Keuchend vor Schmerz fiel er wieder zurück. Götter, dachte er, als er sich an den Augenblick erinnerte, da der Spieß ihn durchbohrt hatte. Wieso lebe ich überhaupt noch?

„Ruhig, Junge", meinte der Soldat, der über ihn gebeugt war. „Dich hat ein Spieß getroffen, schräg von hinten unterhalb des Arms in die Seite … die Spitze ist wohl an den Rippen abgeglitten und kam vorne durch die Brust wieder heraus! Das ist eine üble Wunde, aber mit der Göttin Gnade wirst du es überleben. Nur halte jetzt still, damit ich dich verbinden kann!“

Tarlon biss die Zähne zusammen, während der Soldat erst ein weißes Pulver auf die Wunde stäubte und ihm danach einen festen Verband anlegte. „Vielleicht wird es die Blutung nicht stoppen“, sagte der Soldat. „Aber es hilft!“

„Danke, Ser“, krächzte Tarlon und versuchte erneut sich zu aufzurichten. Seine Seite brannte noch immer wie Feuer, aber es war erträglicher geworden. „War hier nicht auch noch eine Frau?“

„Und ob hier eine Frau war!“, antwortete der Soldat mit Ehrfurcht in der Stimme. „Wir haben es von dort drüben aus gesehen ... schaut, was sie angerichtet hat!“ Tarlon stützte sich schwerfällig auf seinen Ellenbogen und versuchte zu verstehen, was er da sah. Sieben königliche Soldaten lagen leblos um ihn herum auf dem Pflaster der Straße, zwei von ihnen mit gespaltenem Helm. Ein achter krümmte sich in Schmerzen und hielt sich sein Bein, das unterhalb des Knies abgeschlagen war. „Ich habe so etwas noch nie gesehen“, sprach der Soldat weiter. „Ich dachte schon, sie erschlägt sie alle, aber dann hat der Priester sie erwischt. Er und die zwei Soldaten, die noch standen, packten die Frau und verschwanden vor unseren Augen, noch bevor wir heran waren.“

„Vanessa“, stieß Tarlon hervor. „Sie lebt?“

„Sieht danach aus“, erwiderte der Soldat. Er stand auf, ging zu dem königlichen Soldaten mit dem abgeschlagenen Bein hinüber und schnitt ihm die Kehle durch. „Sonst hätte der Priester sie wohl kaum mitgenommen“, erklärte er dann, während der beinlose Soldat mit einem gurgelnden Laut sein Leben aushauchte.

„Was ist mit Vanessa?“, krächzte Garret neben ihm. Tarlon sah zu seinem Freund hinüber. Der hielt sich eine klaffende Kopfwunde und sah ebenfalls mehr tot als lebendig aus.

„Ein Priester hat sie entführt“, antwortete Tarlon mit rauer Stimme und stemmte sich in eine aufrechte Sitzposition.

„Dann werden wir sie befreien“, schwor Garret. „Und wenn ich den Schrein Darkoths eigenhändig dem Erdboden gleichmachen muss!“ Er wischte sich das Blut aus den Augen. „Ich werde das nicht zulassen! Vanessa wird nicht auf dem Altar enden!“

„Sers“, sagte der eine Soldat. „Ich weiß nicht, ob es Euch weiterhilft, aber bevor er verschwand, zeigte der Priester auf die Burg, als würde er befehlen, sie dorthin zu bringen. Es gibt in der Stadt keinen Schrein des dunklen Gottes. Außerdem schien er fasziniert von Euren Schwertern. Er hat sie beide an sich genommen.“ Der Soldat wischte sein blutiges Messer ab und hielt Tarlon die Hand hin, um ihm aufzuhelfen. „Wenn Ihr mich fragt, ich glaube, er ließ die Frau zu Lord Daren bringen, der hat sich in der Burg eingenistet. An den Schrein gelangt er ohnehin nicht, denn alle Stadttore sind verriegelt und in unserer Hand.“

„Also ist die Burg von den dunklen Priestern besetzt“, folgerte Tarlon, während er vorsichtig aufstand. Er fühlte sich zerschlagen und erschöpft, sein Atem rasselte in seiner Brust, und der Schmerz in seiner Seite pochte. Kein Grund, sich zu beschweren, dachte er, dafür, dass ein Speer ihn durchbohrt hatte, ging es ihm vorzüglich!

„Lord Daren ist es gelungen, in die Burg einzudringen. Ich beweifle aber, dass er schon die ganze Anlage besetzt hält.“

„Und Lindor belagert die Mauern?“, fragte Garret mühsam. „Götter“, fügte er dann hinzu, „wie haben wir ihn unterschätzt!“

„Das ist das Seltsame“, entgegnete der Soldat. „Soviel ich weiß, werden die Stadtmauern nicht belagert. Lindor ist mit seinem Regiment im Lager geblieben.“

Garret verzog schmerzhaft das Gesicht, als ein anderer Soldat seine Wunde mit einem weißen Leinentuch verband. „Wir werden nicht belagert?“, fragte er überrascht. „Niemand versucht die Tore zu öffnen?“

„Nein, niemand“, sagte der Soldat. „Aber …“ Er wies er nach oben, und Garret folgte seinem Blick. Hoch am Himmel, weit außerhalb der Reichweite von Bögen oder Armbrüsten, kreiste Lindors Drache. „Der da bereitet uns Sorgen.“

„Verständlich“, stimmte ihm Garret mit rauer Stimme zu. Noch während er nach oben sah, schwenkte der Drache zur Seite und flog in Richtung Burg davon.

„Ich brauche meinen Bogen immer dringender“, meinte er dann zu Tarlon. „Lass ihn uns holen, und dann gehen wir zur Burg.“

„Entschuldigt, Ser, aber das wäre nicht sehr klug“, meinte der Soldat, der Garret den Kopf verband. „Ihr wollt die Burg doch nicht allein stürmen? Wartet doch, bis wir sie zurückerobert haben. Wir werden bald mit dem Ansturm beginnen!“

„Dann könnt Ihr uns ja den Rücken decken“, sagte Garret mit einem blutrünstigen Grinsen.

„Ihr seid von allen guten Göttern verlassen“, antwortete der Soldat kopfschüttelnd. „Seht euch doch an, ihr könnt beide kaum laufen.“

„Wenn ich mir die hier so ansehe“, meinte Garret und

wies auf die toten königlichen Soldaten, denen gerade Waffen und Rüstungen abgenommen wurden, „dann glaube ich kaum, dass uns die Göttin verlassen hat!" Er sah zu Tarlon hinüber. „Also, was meinst du, alter Freund? Sollen wir vernünftig sein und warten, bis die Stadtwache Vanessa befreit hat?"

Tarlon sah zuerst ihn an, danach die Toten, dann wanderte sein Blick zum Trutzturm der Burg, der in der Ferne zu sehen war. „Ich brauche meine Axt."

„Nicht weit von ihnen entfernt fing der Tag für Meister Knorre und Argor etwas geruhsamer an, doch so blieb es natürlich nicht …"

„Ich habe mich schon gefragt, was mit ihnen ist", sagte Lamar lächelnd.

„Dann solltet Ihr mich nicht ständig unterbrechen", ermahnte ihn der alte Mann, doch auch er lächelte dabei.

Entweder lag es an den vorzüglichen Heilungsküsten der Sera Leonara oder an Argors eiserner Gesundheit, auf jeden Fall traf Knorre den jungen Zwerg am späten Morgen des nächsten Tages unten in der Küche an, wo er sich mit sichtlichem Appetit einem reichhaltigen Frühstück widmete. Sina war auch dort, doch sie aß eher spärlich, dafür befragte sie Argor umso ausführlicher über das Dorf Lytara und die Menschen, die er dort kannte, und auch über das, was in den letzten Wochen dort vorgefallen war.

„Ihr habt also gar nicht gewusst, dass sich Lindors Regimenter in Lytar befanden?", fragte sie gerade erstaunt.

„Nein", nuschelte Argor kauend, trank hastig etwas Tee und schluckte alles hinunter. „Wären wir nicht angegriffen worden, hätte wir womöglich jahrelang nichts davon bemerkt." Er sah hoch und bemerkte Knorre, der im Türrahmen stand. „Der Götter Segen mit Euch, Meister Knorre."

Sina sprang auf und eilte zu ihrem Vater hinüber, um ihn zu umarmen. „Hast du gewusst, dass es in den letzten zweihundert Jahren keinen einzigen Mord in Lytara gegeben hat? Ist das nicht erstaunlich?", begrüßte sie ihn strahlend.

„Der Götter Segen auch mit Euch, Freund Argor", erwiderte Knorre den Gruß des Zwergs und löste sich aus Sinas Umarmung, nicht ohne ihr dabei liebevoll übers Haar zu streichen, eine Geste, die Argor natürlich und seltsam zugleich vorkam. Es war einfach ungewohnt, Knorre so zu sehen.

„Erstaunlich ist das nicht, Sina“, wandte sich Knorre dann an seine Tochter, während er sich zu Argor an den Tisch setzte und sich ein Stück Brot abschnitt. „Es leben nur wenige Menschen dort, und ein jeder hatte bislang sein Auskommen. Wenn es den Menschen gut geht, haben sie wenig Grund für Neid und Missgunst. Sie haben Platz, einander aus dem Weg zu gehen, jeder kennt jeden ... und jeder zerreißt sich über jeden das Maul.“

„So schlimm ist es nicht“, wandte Argor lachend ein.

„Und es ist auch gar nichts Schlimmes“, ergänzte Knorre lächelnd. Denn so versucht sich jeder zu benehmen, und niemand ist dem anderen ein Fremder ...“ Er strich Honig auf sein Brot und biss herzhaft hinein. „All das mag sich ändern, wenn das Tal erst wieder bevölkert ist. Doch mit etwas Glück und einem starken Glauben an die Lehren der Göttin wird es noch lange so bleiben.“ Er sah zu Argor hinüber und zwinkerte ihm zu.

„Vorrausgesetzt, wir überleben diesen Kampf“, bemerkte Argor. Er schüttelte den Kopf. „Ich komme mir nutzlos vor, Knorre. Meine Freunde sind vermutlich in Gefahr, und ich sitze hier und schlage mir den Bauch voll.“

„Und das gestern Abend war nur ein Entspannungsbad, nicht wahr?“, fragte Sina etwas spitz.

„Das war etwas anderes“, winkte Argor ab. „Es war ja nicht geplant. Ich will helfen, Kanzler Belior zu besiegen, und nicht hier herumsitzen. Ich will etwas tun, anstatt mich zu verstecken!“ Er sah Knorre fragend an. „Werden wir bald nach Lytar zurückkehren?“

„Warum sollten wir?“, fragte Knorre kauend. „Der Kampf findet hier statt.“

Argor sah ihn überrascht an, doch Knorre wies mit seinem Brot in der Hand in Sinas Richtung. „Erzähle du es ihm."

„Also", wandte Sina sich an Argor, „ich war heute Morgen auf dem Frühmarkt. Es gibt neben dem Tor zum Hafen einen Richtplatz. Habt Ihr ihn gesehen?"

„Ja", sagte der junge Zwerg. „Es hat mich gewundert, dass ihr den Galgen stehen lasst, nachdem er benutzt wurde."

„Er wird oft genug benutzt", erklärte Sina ernst. „Gestern Nacht allerdings bedienten sich die Priester Darkoths seiner. Als ich heute Morgen zum Marktplatz kam, hingen dort die Opfer ihres Wütens. Man erzählte mir, was geschehen war. Gut zwei Dutzend Bürger hatten sich gegen einen der Priester gestellt, nachdem ein alter Mann getötet worden war. Sein einziges Vergehen bestand darin, dass er die Größe und Statur von Knorre hatte."

Argor sah zu Knorre hin, doch der sagte nichts, sondern trank nur weiter seinen Tee, den Blick ins Leere gerichtet.

„Die Leute wurden von den Wachen des Priesters erschlagen und ihre Körper zur Abschreckung an den Galgen gehängt. Bislang hat sich noch niemand getraut, sie abzunehmen, und auch die Stadtwache unternimmt nichts."

„Wie nehmen es die Bürger auf?", fragte Argor leise.

„Es herrscht eine angespannte Stimmung. Vor ein paar Monaten noch waren die königlichen Soldaten den Meisten hier willkommen, sie brachten gutes Gold und machten kaum mehr Ärger als ein Seemann mit zu viel Heuer. Aber jetzt?" Sie zuckte die Schultern. „Ich glaube, es wäre keinem königlichen Soldaten zu empfehlen, seinen Freigang allein in der Stadt zu verbringen. Ich nehme an, man würde ihn im Hafenbecken wiederfinden."

„Oder auch nicht“, bemerkte Argor, der sich an die Körper auf dem Grund des Beckens erinnerte.

„Im Moment jedenfalls ist Lindor der am meisten gehasste Mann in den Greifenlanden“, fuhr Sina fort. „Es gab noch einen anderen, der beinahe ebenso gehasst wurde: Baron Vidan von Mislok. Ein Mann, der nicht weniger machtbesessen war als Lindor. Es heißt, er sei der Erste gewesen, der Belior seinen Treueid geschworen habe.“

„Es gab ihn? Ist er tot?“, fragte Argor nach.

„Er wurde gestern Nacht erschlagen. Mislok befindet sich im Aufstand, und auf seinen Zinnen weht das Banner des Greifen. Die Söldner des Barons haben sich der Armee des Greifen angeschlossen. Es sollen mehr als zweihundert erfahrene Kämpfer hinzugekommen sein.“

Argor verschluckte sich an seinem Tee und hustete. Als Sina ihm auf den Rücken schlug, hörte es sich fast so an, als hätte sie auf ein schweres Fass geklopft.

„ Danke, Sina, ist schon gut“, rief Argor schließlich und hob abwehrend die Hand. Er hustete noch einmal und wischte sich mit der Hand die Tränen aus den Augen. „Ist das wirklich wahr?“

„Es muss wahr sein. Jedermann spricht darüber.“

„Aber von welcher Armee ist die Rede? Wir haben keine Armee!“, rief Argor.

„Offenbar hat sich das geändert“, kommentierte Knorre lächelnd.

„Es wird sogar behauptet“, sprach Sina weiter, „man habe in letzter Zeit des Öfteren einen der legendären Kriegsfalken gesehen … dieser Falkenreiter sei es auch gewesen, der den Baron erschlagen habe, als er die Hand gegen die Prinzessin von Lytar erheben wollte.“

„Welche Prinzessin denn nun schon wieder?“, fragte

Argor und sah Knorre ratlos an. Doch der zuckte nur die Schultern.

„Nichts weiter als Gerüchte“, sagte er. „Es wird viel erzählt. Die Leute übertreiben manchmal.“

Sina nickte.

„Vielleicht. Aber diesen Falken gibt es, nicht wahr?“

„Ja“, antwortete Argor. „Ein Freund von uns stahl ihn aus dem Depot, in dem der Falke lange Zeit sicher verwahrt worden war. Es ist ein Unglück, denn es heißt, dass die alte Magie die Seele des Falkenreiters unweigerlich aufzehren wird.“

„Nur wenn der Reiter sich an den Falken verliert“, berichtigte Knorre. „Das geschah oft, ja, aber es muss nicht so enden.“

„Ich würde mich freuen, wenn es so wäre, denn Marten ist mein Freund“, sagte Argor. „Aber woher wollt Ihr das wissen?“

„Mein Vorfahr erschuf diese Animatons, habt Ihr das vergessen?“, gab Knorre zurück. „Sein Fehler war es, die Menschen zu überschätzen. Er ging davon aus, dass jeder, der einen dieser Falken reitet, über einen gefestigten Willen verfügt. Nur war es nicht so. Ein Falkenreiter zu sein brachte im alten Lytar Ruhm und Ehre … so drängten sich viele um diesen Dienst, ohne die notwendige Eignung dafür zu haben.“ Er schenkte sich Tee nach, nahm einen Schluck und nickte nachdenklich den Kopf. „Man wird abwarten müssen, wie es sich bei Eurem Freund damit verhält.“

„Auf jeden Fall“, nahm Sina den Faden wieder auf, „hofft man, dass dieser Falkenreiter Lindors Drachen gewachsen ist. Jedermann spricht von den alten Legenden, die von Kämpfen zwischen Falken und Drachen berichten. Sie hoffen, der Falke könnte Lindors Drachen besiegen.“

„Das ist durchaus möglich, aber sehr unwahrscheinlich", warf Knorre ein.

„Jedenfalls spekulieren die Menschen in den Straßen jetzt, was wohl geschehen würde, wenn sich Graf Torwald dem Greifen anschlösse", sprach Sina weiter. „Vielleicht schließen sich dann auch einige der Barone an? Vor zwei Wochen noch wären die meisten Bürger der Stadt bereit gewesen, Beliors Herrschaft zu akzeptieren, denn auch sie sahen keine andere Möglichkeit, ihn zu besiegen. Jetzt aber haben sie wieder Hoffnung, die Greifenlande unabhängig halten zu können."

„Also wird sich alles in Berendall entscheiden", schloss Knorre. „Wie ich schon sagte, der Kampf findet hier statt."

„Erwartet Ihr, dass sich die Bevölkerung gegen die Übergriffe der dunklen Priester zur Wehr setzen wird? Unbewaffnete Bürger gegen Beliors Soldaten?"

„Das wäre zum Scheitern verurteilt, solange der Graf nicht selbst eingreift", meinte Sina. „Diesmal allerdings halten sich die Priester Darkoths seltsamerweise zurück. Als ich vorhin auf dem Markt war, hieß es, dass sich heute noch kein Einziger von ihnen in der Stadt habe blicken lassen!"

„Gut", sagte Argor grimmig. „Vielleicht merken sie langsam, dass sie es übertrieben haben und der Zorn der Bürger sich nun gegen sie wendet."

„An eine solche Einsicht glaube ich bei ihnen nicht", meinte Knorre säuerlich. „Wenn sie sich noch nicht haben blicken lassen, dann nur, weil sie etwas im Schilde führen! Denn sie nähren sich von Zorn, Hass und Wut. Sie wollen von den Menschen nicht geliebt werden, sondern ihnen Angst und Verzweiflung einflößen. Andere leiden zu sehen ist ihnen eine Labsal, darin folgen sie dem Weg der Dunkelheit." Er schüttelte den Kopf. „Wir dürfen nicht erwarten, dass sie das Gute wollen."

„Sie wollen, dass man sie hasst?", fragte Argor.

„Sie wollen, dass man sie fürchtet. Es verleiht ihrem Gott Stärke. Wenigstens glauben sie das."

Argor schüttelte den Kopf.

„Wofür? Welchen Nutzen hat es, alles zu zerstören?"

„Bei Gelegenheit werde ich Darkoth einmal danach fragen", sagte Knorre grinsend.

In dem Moment sprang die Tür zur Küche auf. Sera Leonora trat ein und streifte hastig ihren Umhang ab. Sie war außer Haus gewesen, und niemand von ihnen hatte sie so früh zurückerwartet. „Ich weiß nicht, wann du Darkoth das nächste Mal persönlich sehen wirst", sagte sie zu Knorre. „Aber du kannst ja seinen Hohepriester fragen. Lord Daren ist gerade auf dem Weg zur Burg ... und das kann nichts Gutes bedeuten!"

Sie hatte kaum ausgesprochen, da begannen in der Ferne Glocken zu läuten. Erst eine, dann eine zweite, dann folgten weitere.

„Es sieht so aus, als bräuchten wir auf die Antwort vom Grafen nicht mehr zu warten", sagte Sina entschlossen.

„Du hast Recht. Es ist so weit", verkündete Knorre und stand auf. Er beugte sich zu Argor hinüber und legte ihm eine Hand auf die Schulter. „Jetzt beginnt der Krieg auch hier. Freund Argor, seid Ihr immer noch darauf erpicht, in den Kampf zu ziehen?"

„Ich werde meinen Beitrag leisten", antwortete der Zwerg entschlossen.

„Dann solltet Ihr Euch nun rüsten", meinte Knorre und sah zu den beiden Frauen hinüber. „Und Gleiches gilt für euch!"

Die beiden Frauen sahen einander kurz an, dann nickte Leonora zustimmend. „Ich denke, es ist an der Zeit, mit dem Versteckspiel aufzuhören", sagte sie.

„Gut!", erwiderte Sina lächelnd. „Wir haben schließlich lange genug darauf gewartet!"

„Das ist kein Spiel, Sina", warnte Knorre.

„Das weiß ich", antwortete sie. „Aber ich habe oft von diesem Tag geträumt, und ich bin froh, dass er nun gekommen ist."

„An solchen Tagen ist sterben einfacher als leben."

Sina trat an ihn heran und gab ihm einen Kuss auf die Wange. „Ich weiß, Knorre. Aber wir müssen diesen Weg gehen, um endlich Frieden zu finden."

„Ich hoffe, du behältst Recht", erwiderte er leise und wandte sich dann an Argor. „Hast du noch den Handschuh?"

„Natürlich habe ich ihn noch", antwortete Argor. „Ich behüte, was Ihr mir anvertraut! Sagt, Sera", wandte er sich dann an Leonora, „habt Ihr zufällig einen schweren Hammer im Haus?"

Als sie das Haus verließen, verstand Argor, was Leonora damit gemeint hatte, als sie sagte, dem Versteckspiel ein Ende setzen zu wollen: Beide Frauen trugen dunkelblaue Umhänge und darunter Rüstungen aus verstärktem Leder, bewaffnet waren sie mit leichten Schwertern. Knorre hatte seine weiße Robe umgelegt und führte den Stab mit sich, und Argor war mit einem Hammer ausgerüstet, der ihm allerdings zu leicht erschien. Leonora und Knorre gingen voran, Sina und an ihrer Seite Argor folgten ihnen. Besonders schnell konnten sie nicht marschieren, denn das verletzte Bein bereitete Knorre noch immer Schmerzen.

Sie hatten den Hinterausgang genommen, der auf eine schmale Gasse führte. Bis auf einen alten Mann, der mit einem Stock im Unrat der Straßenrinne stocherte, war weit und breit niemand zu sehen. Es dauerte nicht lange, bis sie den ersten Kampflärm hörten. „Wohin gehen wir?“, fragte Argor an Sina gewandt, als Leonora in eine verwinkelte Gasse einbog.

„Zu einem Rosengarten, der an die Burg angrenzt. Die Frau des Grafen legte ihn vor vielen Jahren an, er liegt versteckt in einem ruhigen Winkel zwischen Stadtmauer und Burggraben. Eine schmale Brücke aus Holz führt über den Graben hinweg zu einer kleinen Tür, die der Graf damals für seine Frau in die Burgmauer stemmen ließ. Auch der Garten ist von einer hohen Mauer umgeben, sodass kaum jemand von seiner Existenz weiß. Aber es gibt eine kleine versteckte Tür zum Garten, und Mutter und ich wissen, wie man sie öffnet.“ Sie sah nach vorne zu Knorre, der mit schmerzverzerrtem Gesicht sein Bein rieb. „Wenn es nötig ist, können wir auch über die Mauer klettern, aber ich glaube, so dürfte es einfacher sein.“

„Ist der Garten denn nicht bewacht?“, fragte Argor verwundert.

„Das ist nicht nötig. Denn die Tür in der Burgmauer ist sehr stabil und trickreich geschützt.“

„Dennoch erscheint es mir leichtsinnig. Jede Tür lässt sich öffnen.“

Sie lachte leise. „Der Graf liebte seine Frau, und als sie sich einen Rosengarten wünschte, bekam sie einen. In der Burg selbst war kein Platz dafür, also ließ er ihn außerhalb errichten. Aber glaubt mir, leichtfertig war er dabei nicht.“

Die nächste Gasse erlaubte es ihnen, zwischen hohen Häusern hindurch einen Blick auf den Trutzturm der Burg zu erhaschen. Sie waren an diese bereits näher herangekommen, als Argor vermutet hätte. Die Gasse führte auf eine breitere Straße zu, die entlang einer massiven Mauer verlief. Als sie der Einmündung näher kamen, war der Kampflärm schon deutlich zu hören. Leonora und Knorre blieben an der Ecke stehen und suchten Deckung an der Häuserwand. Vorsichtig spähten sie die Straße hoch. Als Argor zu den beiden aufschloss und selbst um die Ecke blickte, war er überrascht von dem, was er sah.

Es wurde dort zwar gekämpft, doch waren es nicht die königlichen Soldaten, die mit der Stadtwache rangen, sondern die Wachen untereinander. Überall lagen Verletzte und Tote auf der Straße, doch nicht ein Einziger von ihnen trug die Farben Thyrmantors.

„Was geht hier vor sich?“, fragte Argor erstaunt.

„Schaut einmal nach oben“, sagte Knorre leise und deutete mit seinem Stab die Mauer hinauf. Einer der dunklen Priester war dort auf die Zinnen gestiegen, sodass er für jedermann sichtbar war. Er stand da, mit ausgebreiteten Armen, als wolle er gute Freunde willkommen heißen.

Sein Anblick ließ in Argor einen unbändigen Zorn auflodern, doch richtete sich dieser gegen die Wachen, die sich dort vor dem Wall gegenseitig die Schädel einschlugen. Wie blind mussten sie sein, nicht zu erkennen, dass ein einziger gezielter Schuss dem Leben des Priesters ein Ende bereiten konnte! Er griff seinen Hammer fester, jetzt war es an der Zeit, den Stadtwachen Vernunft einzubläuen!

Er wollte einen Schritt nach vorne tun, doch Sina hielt ihn zurück.

„Was hast du vor?“

„Lass los, Weib, oder du wirst es bereuen!“, knirschte Argor und hob drohend seinen Hammer.

„Versuch es nur“, schnaufte Lenoara und schlug ihm hart mit der flachen Hand gegen die Stirn.

Argor blinzelte benommen.

„Was ...“

„Du hast mir mit dem Hammer gedroht“, erklärte ihm Sina. „Mutter fand das nicht sehr nett.“

„Aber ... das verstehe ich nicht“, stammelte Argor. „Ich wollte doch nur ...“

„Es ist eine hinterhältige Magie“, erklärte Knorre. „Jeder, der den Priester anblickt, wird von einer unbändigen Wut erfüllt ... und die sucht sich das nächstbeste Opfer. Hätte Leonora nicht eingegriffen, wäre vielleicht ein Unglück geschehen.“

„Übertreib nicht, ich hätte ihm bestimmt nichts angetan“, sagte Sina schmunzelnd. „Jedenfalls nichts Schlimmes!“

„Ich finde das nicht witzig“, knurrte Argor grimmig. „Jetzt bin ich nämlich wirklich wütend!“ Leonora drehte sich um und sah ihn mit hochgezogener Augenbraue an. „Auf den Kerl dort oben, meine ich“, fügte er dann rasch hinzu.

„Und was machen wir jetzt?“, fragte Sina.

„Reich mir mal den Kiesel dort, Argor“, meinte Knorre und deutete mit der freien Hand auf einen flachen Stein, der neben dem Zwerg auf dem Boden lag. „Dann schaue ich mal, was ich tun kann.“

Argor hob den Kiesel auf und drückte ihn Knorre in die Hand. Der musterte den Stein kurz und klemmte ihn dann zwischen die drei Zacken am oberen Ende seines Stabs.

Dann nahm er diesen in beide Hände, trat vor auf die Straße und schwang die behelfsmäßige Schleuder mit aller Macht. Es gab ein knirschendes Geräusch, und der Stein war verschwunden. „Das war's“, meinte Knorre, noch während der Kampflärm versiegte.

Vorsichtig sah Argor um die Ecke. Drei Stadtwachen standen dort, alle schwer angeschlagen, und starrten hoch zur Mauerkrone. Zwischen zwei Zinnen war ein schwarzer Stiefel zu sehen, der reglos gen Himmel ragte.

„Oft sind die einfachsten Mittel die besten“, sagte Knorre zufrieden, dann sah er zu Leonora, und die beiden setzten sich wieder in Bewegung.

„Wie hat er das gemacht?“, fragte Argor Sina beeindruckt, als sie Leonora und Knorre folgten.

„Er hat den Stein mit dem Stab geschleudert. Eigentlich kann man so nichts treffen, aber der Stein wusste, was Knorre von ihm erwartete. Jetzt brauchte Vater ihm nur noch Schwung zu geben, damit er sein Ziel erreichen konnte.“

„Das leuchtet mir ein“, sagte Argor bestimmt und nahm im Gehen einer der toten Wachen die Armbrust und den Köcher ab.

„Wirklich?“, fragte Sina überrascht.

„Es ist die richtige Art, mit Steinen umzugehen. Man muss ihnen nur sagen, was man von ihnen will.“ Er spannte die Armbrust und legte einen Bolzen auf.

„Jetzt fühle ich mich besser“, sagte er dann.

In dem Moment blieben Leonora und Knorre abrupt stehen.

„Ich glaube, du hast gerade jemanden verärgert“, meinte Sinas Mutter zu Knorre.

„Sieht so aus“, erwiderte dieser und hob seinen Stab. Bevor sich Argor fragen konnte, was Leonora damit meinte, tauchten direkt vor ihnen wie aus dem Nichts drei Soldaten und ein Priester auf. Gerade noch rechtzeitig konnte Knorre einen Schwertstreich mit seinem Stab abfangen. Gleißende Funken stieben auf, und der Soldat taumelte zurück. Leonora duckte sich indes unter dem Schwerthieb eines anderen Soldaten hindurch und traf diesen so hart mit der flachen Hand auf den Brustpanzer, dass er benommen nach hinten taumelte. Der dritte Soldat hatte es ebenfalls auf Knorre abgesehen, doch dieser fuhr überraschend schnell herum und hob dabei den Stab, dessen gezacktes Ende den Soldaten sicherlich im Gesicht getroffen hätte, wenn Knorre nicht just in diesem Moment das Bein eingeknickt wäre. So verfehlte sein Streich den Soldaten, und er selbst fiel schwer zu Boden. Zwar hatte auch der Soldat nicht getroffen, doch nun lag Knorre dem Mann hilflos ausgeliefert vor den Füßen.

„Stirb!“, kreischte der Priester im Hintergrund und hob beschwörend die Arme. „Fühle die Macht meines Herrn und verzweifle daran!“

Da warf sich Argor nach vorne, doch noch während er mit seinem Hammer ausholte, wusste er bereits, dass er zu spät kommen würde. Auch Sina versuchte an den Soldaten heranzukommen, doch der hatte sein Schwert schon zum Todesstoß erhoben. In diesem Moment zupfte etwas an Argors Haaren, und mit einem harten Schlag tauchte ein schwarzer Pfeil im Visierschlitz des Soldaten auf. Einen Lidschlag später warf es den Priester nach hinten, als auch ihm ein Pfeil den Kopf durchschlug.

Der Soldat hatte noch immer sein Schwert erhoben, jetzt fiel es ihm aus den erschlaffenden Händen. Knorre versuchte sich zur Seite zu rollen, doch es war Argors Hammer, der das Schwert des Toten zur Seite schlug, und sofort war Sina zur Stelle, um sich gegen den Toten zu stemmen und zu verhindern, dass dieser mit seiner schweren Rüstung auf Knorre fiel.

Schwer atmend stand Argor da und sah sprachlos auf die beiden Pfeile herab, deren Machart ihm sehr bekannt vorkam. Zudem gab es nur einen, der so schießen konnte. Langsam drehte er sich um.

Garret stand dort, mit einem blutigen Verband um den Kopf, aber dem breitesten Grinsen auf den Lippen, das Argor jemals an ihm gesehen hatte. Neben ihm stützte sich Tarlon auf seine schwere Axt. Er trug einen breiten Verband um die Schulter und war von Kopf bis Fuß mit Blut bedeckt. Auch er hatte ein Lächeln im Gesicht, doch lag ein ungekannter Grimm darin.

„Hah!", rief Lamar. „Ich wusste, dass sie irgendwann übereinander stolpern würden!"

„Pssst!", zischte jemand aus dem Publikum und warf dem Gesandten einen bösen Blick zu. „Still jetzt!"

„Ich habe mir Sorgen um dich und Knorre gemacht!", grinste Garret, „Und völlig grundlos, wie ich sehe, wo ihr doch in solch bezaubernder Gesellschaft reist!" Er verbeugte sich elegant vor den beiden Seras. „Wollt Ihr uns einander nicht vorstellen?", fragte er unschuldig. Sina kicherte, während Leonora eine Augenbraue hochzog.

Knorre fluchte leise, dann stützte er sich auf seinen Stab und stand mit Sinas Hilfe auf.

„Wir kennen uns bereits", sagte Leonora lächelnd. „Dies ist meine Tochter Sina. Sina, das sind Garret und Tarlon, Argors Freunde."

„Das habe ich mir bereits gedacht."

Garret musterte die beiden Frauen verblüfft, vor allem Leonora, während Tarlon hinter ihm leise zu lachen begann.

„Woher sollten wir uns kennen?“, fragte Garret sichtlich verwundert.

„Wir sind uns einmal an einem Brunnen begegnet“, lächelte Leonora. „Es ist lange her, aber ich für meinen Teil erinnere mich noch gut daran.“

Garret blinzelte, offensichtlich verstand er nicht, was sie ihm sagen wollte.

„Das ist die Sera vom Brunnen, Garret“, half ihm Tarlon, der noch immer leise lachte, auf die Sprünge. „Schau genau hin. Denk dir die Haare anders, und die Robe dazu …“

„Götter!“, entfuhr es Garret nun.

Knorre drehte sich langsam zu Leonora um. „Hast du dich da etwa auch eingemischt?“, rief er erzürnt. „Du wirst Sie noch richtig wütend machen, wenn du nicht damit aufhörst!“

„Ich war nicht wirklich dort“, verteidigte sich Leonora. „Es war nur eine Statue von mir! Hast du vergessen, wer sie erschuf? Ich habe sie dort hingestellt!“ Die beiden funkelten einander herausfordernd an. „Ich hab nichts getan, was Ihre Regeln verletzt hätte! Und außerdem …“

„Mutter?“, unterbrach Sina sie. „Dort hinten …“

Knorre und Leonora fuhren herum und sahen in die Richtung, in die Sinas Hand wies. Zwei königliche Soldaten kamen von dort angerannt und zogen bereits ihre Schwerter. Knorre hob die linke Hand und deutete damit auf die Soldaten, Leonora tat es ihm mit ihrer Rechten nach.

„Du hast mir diese Statue geschenkt, oder etwa nicht?“, rief Leonora erzürnt. „Also kann ich sie hinstellen, wo ich will!“ Dreck und Staub wurden aufgewirbelt, als sich vor ihnen eine schimmernde Wand erhob, die auf die Soldaten zuschoss und diese einen Lidschlag später hart traf, sodass sie wie Puppen gut und gerne zehn Schritt weit zurückgeworfen wurden.

„Aber doch nicht dorthin!“, protestierte Knorre, während die Unglücklichen schwer auf das Pflaster aufschlugen und regungslos liegen blieben. „Das wird Sie nur gereizt haben!“

„Wenn Sie es überhaupt bemerkt hat!“, gab Leonora aufgebracht zurück.

Garret kratzte sich unterhalb seines Verbandes an der Schläfe, musterte Knorre und Leonora, die einander noch immer böse anfunkelten, und blickte dann zu den beiden Soldaten hinüber, die sich nicht mehr bewegten.

„Verzeiht“, fragte er dann höflich an Sina gewandt. „Wie viel Abstand muss man halten, wenn die beiden sich streiten?“

„Eigentlich gar keinen“, erwiderte sie grinsend. „Es ist nur Theater.“

„Wir müssen weiter, Garret“, rief Tarlon in leicht ungeduldigem Ton. „Sera, Meister Knorre, ich freue mich, Euch wohlbehalten zu sehen. Aber wir dürfen nun keine Zeit verlieren. Meine Schwester wurde von einem der dunklen Priester entführt.“ Er wies mit seiner Axt hoch zur Burg. „Wir nehmen an, dass er sie dorthin verschleppt hat.“

„Hattet Ihr vor, die Burg allein zu stürmen?“, fragte Knorre überrascht.

Garret und Tarlon sahen einander kurz an.

„So ungefähr“, antwortete Garret dann mit einem schiefen Grinsen. „Das war unser Plan. Und was hattet Ihr vor?“

„Wir sind etwas feinsinniger. Wir gehen zuerst durch einen Rosengarten“, erklärte Argor. „Und stürmen dann die Burg.“

„An Rosengärten dachte Graf Lindor in diesem Moment nicht. Er war bei Nestrok, als Leutnant Heskel die Nachricht brachte. Sosehr der Graf den Drachen auch achtete und respektierte, er konnte sich nicht daran gewöhnen, dass Nestrok seine Nahrung lebend bevorzugte … zudem waren seine Essgewohnheiten alles andere als manierlich. Der Drache liebte es, seine Opfer erst einmal in Angst und Panik zu versetzten und sie so lange zu scheuchen, bis sie kaum mehr stehen konnten. Erst dann verspeiste er sie. Lindor hatte ihn einmal gefragt, warum er das tat, und der Drache hatte behauptet, dass ihm die Kühe dann besser schmeckten."

„Ich habe Nestrok auch schon kennen gelernt", sagte Lamar und schüttelte sich bei der Erinnerung an ihn. „Es ist wirklich verstörend zu sehen, wie er mit einem Haps eine ganze Kuh verschlingt!"

Der alte Mann warf ihm einen ermahnenden Blick zu. „Um Kühe geht es hier nicht! Oder wenn, dann nur am Rande!"

Wenigstens frisst er nur Kühe, dachte Lindor erleichtert. Anders als Lord Daren in Berendall, der darauf bedacht war, den Altar des Schreins mit Menschenblut zu tränken.

Lindor hatte sich am Rand des weiten Platzes mit dem Rücken zu Nestrok auf ein Fass gesetzt, nun zog er seinen Schleifstein über die Klinge seines Schwerts und wartete geduldig darauf, dass die letzte Kuh von ihrem Leid erlöst wurde. Im selben Moment, als Leutnant Heskel vor den Grafen trat, entschloss sich Nestrok offenbar, dem Spiel ein Ende zu bereiten. Ein letztes angsterfülltes Muhen war zu hören, dann das Fauchen von Nestroks Flammenatem, dem ein lautes Knirschen und Knacken und ein hässliches Schmatzen folgte.

Glocken, meinte Nestrok kauend. Lindor spitzte die Ohren. Der Drache hatte Recht, in der Ferne, kaum hörbar, läuteten die Glocken der Stadt.

„Was ist los, Heskel?“, fragte Lindor den Adjutanten, noch bevor dieser salutieren konnte. Heskel atmete schwer, er war wohl quer durchs Lager gerannt, in der schweren Rüstung kein leichtes Unterfangen.

„Sie haben Alarm ausgelöst und die Tore geschlossen!“, berichtete der Leutnant und stützte sich mit den Händen auf seine Knie, um wieder zu Atem zu kommen.

„Die Glocken höre ich selbst, Leutnant, und dass die Tore

geschlossen sind, kann ich mir denken. Nennt mir lieber den Grund für diesen Aufruhr." Obwohl, dachte Lindor mit einem stillen Seufzer, er sich auch das denken konnte. Lord Daren war vor etwas über einer Kerze in die Stadt aufgebrochen.

„Hier!", meinte der Leutnant und zog einen mit schwarzem Wachs gesiegelten Brief unter seinem Wams hervor. „Eine Nachricht von Lord Daren. Obrist Leklen wies mich an, sie Euch zu überbringen."

„Danke." Lindor nahm den Brief entgegen, brach das Siegel und entfaltete ihn.

Die Nachricht war kurz und wohl auch in Eile verfasst worden, denn die krakelige Schrift war selbst für Lindor nur schwer zu entziffern.

Graf Lindor,

Kraft meiner Autorität erkläre ich den Grafen Torwald von Berendall zu einem Ketzer gegen meinen Gott Darkoth, den Herrn der Dunkelheit. Ich ziehe aus, um ihn zu richten.

Aufgrund Eurer Unfähigkeit übertrage ich hiermit das Kommando über Euer Regiment an Obrist Leklen. Ich erwarte von Euch, dass Ihr diesen treuen, fest im Glauben stehenden Soldaten nach Kräften unterstützt. Euer diesbezügliches Bemühen wird auf den Bericht Einfluss haben, den ich in die Kronstadt senden werde.

Daren,
Erster Diener des Darkoth, Herrscher über Berendall.

Wortlos faltete der Graf den Brief wieder zusammen und steckte ihn unter sein Wams. „Jetzt ist er ganz von Sinnen", bemerkte er leise und schüttelte den Kopf. „Wisst Ihr, wo Obrist Leklen ist, Leutnant?"

„In der Kommandantur, Graf. Er lässt gerade Eure persönlichen Gegenstände packen."

„Da wird er nicht viel zu tun haben", lachte Lindor grimmig. Er richtete sich auf und ließ seinen Blick über das Lager schweifen. Überall schienen die Soldaten unbekümmert ihren Tätigkeiten nachzugehen. „Dann seid Ihr also nun sein Adjutant?", sagte er zum Leutnant gewandt, doch dieser schüttelte den Kopf.

„Nein, Graf. Er meint, ich sei zu sehr unter Euren Einfluss geraten, als dass er mir noch vertrauen könnte."

„Hat er damit Recht?"

„Ich denke schon", antwortete der Leutnant mit einem knappen Lächeln. „Ser!"

„Ich hoffe, Ihr werdet es nicht bereuen, Leutnant", sagte Lindor ernst. „Wisst Ihr, wann der Obrist mit dem Regiment ausrücken will?"

„Ich glaube, gar nicht, Ser. Ich weiß nur, dass er die Torwachen verstärken ließ."

„Aber meine Zimmer lässt er ausräumen?"

„Ja, Ser."

„Götter", seufzte der Graf. „Beabsichtigt er, auf die anderen Regimenter zu warten?"

„Das vermute ich, Ser."

„Es kann noch Wochen dauern, bis sie eintreffen!", stellte Lindor fest. „Glaubt er denn ernsthaft, dass man ihn hier in Ruhe lassen wird, bis Beliors Schiffe anlanden?"

„Ser, ich hörte, wie er sich mit seinem neuen Adjutanten unterhielt. Er ist davon überzeugt, dass es Lord Daren gelingen wird, den Grafen zu besiegen. Anschließend ist wohl geplant, dass Daren sich im Namen seines Gottes zum Herrscher ausrufen lässt und er Berendall zu seinem Sitz erklärt."

Graf Lindor rieb sich nachdenklich die Schläfe. „Das also hat er vor! Er will hier eine religiöse Tyrannei schaffen! Also war es nicht nur Wahnsinn, was er tat, er verfolgte ein Ziel damit, die guten Leute von Berendall zu verängstigen. Aber wie stellt er sich das vor? Er kann nicht ernsthaft glauben, Stadt und Burg allein nehmen zu können."

„Obrist Leklen ist überzeugt, dass er es kann. Er erwähnte ein Artefakt, dass dem Hohepriester von Kanzler Belior persönlich überreicht worden sei. Es ist ..." Leutnant Heskel schluckte. „Ich bin mir nicht sicher, ob ich es richtig verstanden habe, aber er sprach von Darkoths Hand."

„Nennt man so nicht die Symbole, die seine Priester um den Hals tragen?"

„Ja, Ser. Aber wenn Obrist Leklen die Wahrheit sprach, dann ist es keines dieser Symbole, sondern die linke Hand des Gottes selbst. Sie war im Altarstein eingeschlossen."

„Deshalb also war Lord Daren so erpicht darauf zu opfern", schloss der Graf verbittert. „Er wollte die Kraft des Artefakts mehren. Dann ist er also doch nicht verrückt ..." Er schüttelte bestürzt den Kopf. „Das wird mir eine Lehre sein, mich nicht für zu schlau zu halten. Ich habe ihm die ganze Zeit in die Hand gespielt!"

„Was wollt Ihr nun tun?", fragte der Leutnant.

Lindor sah auf sein Schwert hinab, das er noch immer über den Schenkeln liegen hatte. Er schob es in die Scheide, verstaute den Schleifstein sorgfältig und erhob sich dann.

„Ich werde meinem höchsten Eid Folge leisten", teilte er dem jungen Leutnant mit. „Lebt wohl, Heskel." Er stand auf und wandte sich Nestrok zu, der ihn aufmerksam musterte.

Ist es Zeit?

„Ja, alter Freund, es ist Zeit“, sagte Lindor laut.

„Graf Lindor“, rief der Leutnant, und Lindor sah zu ihm zurück.

Der Leutnant salutierte.

„Es war mir eine Ehre, unter Euch gedient zu haben, Ser!“

„Passt auf Euch auf, Leutnant“, sagte Lindor noch. Dann ging er mit großen Schritten zu Nestrok hinüber, der bereits den Nacken senkte, sodass der Graf leichter aufsteigen konnte.

Leutnant Heskel trat zurück und schloss die Augen, als sich der Drache in einem Wirbelwind von Staub, Dreck und Gras in die Luft erhob. Als der Sturm vorüber war, öffnete er seine Augen wieder und sah dem Drachen dabei zu, wie er sich höher und höher in die Luft schraubte. Und er war nicht der Einzige, fast ein jeder im Lager sah dem Grafen und seinem Drachen nach.

Was hatte der Graf noch zu dem Drachen gesagt? Dass es Zeit sei? Heskel nickte grimmig. Damit hatte er wohl Recht. Er sah sich um, niemand schenkte ihm besondere Beachtung. Abgesehen davon, dass er dem Grafen den Brief überbringen sollte, hatte ihm der Obrist keine weiteren Befehle erteilt. Das ließ nichts Gutes ahnen. Auch für ihn war es nun wohl an der Zeit, das Lager zu verlassen.

Mit etwas Glück würden die Wachen am Tor noch den Passierschein akzeptieren, den der Graf ihm ausgestellt hatte. Danach … nun, dachte Heskel, das würde sich zeigen. Mislok war nur einen Tagesritt entfernt, vielleicht konnte man dort einen fähigen Adjutanten gebrauchen. Was er vorhatte, war zweifellos Verrat, dachte er, als er seine Schritte zum Stall lenkte. Und zudem noch Fahnenflucht. Er suchte nach Zweifeln in seinem Herzen, doch er fand keine. Schließlich hatte er geschworen, dem Reich zu dienen. Und nach allem, was er nun wusste, würde er gegen diesen Eid verstoßen, wenn er weiterhin dem Kanzler diente. Allerdings hatte er seine Zweifel, ob ihm diese Begründung helfen würde, wenn man ihn ergriff. Also, dachte er grimmig, als er dem Stallmeister befahl, ihm ein Pferd zu satteln, sollte er wohl lieber darauf achten, sich nicht ergreifen zu lassen!

„Was ist mit der Hüterin?", wollte Lamar wissen. „Traf sie noch rechtzeitig zum Kampf ein?"

„Ich glaube, ich vertrete mir nun doch ein wenig die Beine", sagte der alte Mann und machte Anstalten, sich zu erheben. „Wenn Ihr wollt, könnt Ihr währenddessen die Geschichte gerne zu Ende erzählen …"

„Bitte bleibt", sagte Lamar entschuldigend. „Ich bin nur ungeduldig …"

„Ungeduld ist keine Tugend", ermahnte ihn der alte Mann lächelnd. „Aber weit verbreitet. Was die Hüterin angeht …

Waffenruf

Meliande war gerade ins Gespräch mit den Hauptmännern Hugor und Hendriks vertieft, als Helge in die Gaststube des „Greifen" gestürmt kam und die Nachricht überbrachte, dass die Glocken in Berendall Alarm läuteten.

„Die Stadt wird nicht belagert, Sera", berichtete er atemlos, „wenigstens im Moment noch nicht. Doch die Tore wurden geschlossen, und es heißt, dass die Wälle bemannt werden. Zudem gibt es Berichte von erbitterten Kämpfen in der Stadt, von schwarzer Magie, die von den Priestern Darkoths angewendet wird. Niemand weiß genau, wer dort gegen wen kämpft, nur, dass es gegen den alten Grafen selbst gehen soll, dessen ist man sich sicher."

„Die Stadt wird nicht belagert?", fragte Meliande überrascht. Sie und Hendriks hatten den Gasthof als ihr Hauptquartier auserkoren, da er sich weitaus besser für die anstehenden Planungen und Besprechungen eignete als Baron Vidans Burg, auf der man sich nicht sicher sein konnte, ob man die Loyalität der Leute dort besaß. Jeder der beiden Hauptmänner hatte zehn Mann abgestellt, um die Burg des Barons zu inspizieren und deren Bestand an Nahrungsmitteln und Waffen aufzunehmen, aber die Söldner waren erst vor Kurzem aufgebrochen, und ihren Bericht konnte Meliande nicht so bald erwarten.

So war der Gastraum des „Greifen" nun ihr Hauptquartier, und dass während der Lagebesprechung gutes Essen und leichtes Bier gereicht wurde, störte sie nicht im Geringsten. Es war nicht schwergefallen, Hauptmann Hugor zu überzeugen, sich dem Greifen anzuschließen, denn wie Hendriks schon gesagt hatte, machte es einen Unterschied, für Gold zu kämpfen oder dafür, eine Heimat zu erhalten. Der Hinweis darauf, dass Lytara neben Ackerland auch Gold genug besaß, um für alles, was nun und später gebraucht wurde, aufzukommen, war sicherlich auch hilfreich gewesen. Hauptmann Hendriks schien Hugor und seinen Leuten zu vertrauen, die Hüterin wiederum war zu der Ansicht gelangt, dass man Vertrauen nicht delegieren konnte, und so behielt sie Hugor im Auge. Der rothaarige Hüne war eine beeindruckende Erscheinung und im Kampfe sicherlich furchteinflößend, doch obendrein besaß er einen hellen Kopf und ein Talent für die Planung des Nachschubs. Anders als Pulver, der stets in großen Kategorien dachte, war Hugor jemand, der mehr dem Kleinen seine Aufmerksamkeit schenkte. So war es kein Wunder, dass sie im Moment darüber sprachen, was alles gebraucht wurde, um gut vierhundert Mann im Feld zu halten, sie zu versorgen und auch auszubilden, denn der Greif hatte noch weiteren Zulauf erhalten: Hunderte Bürger Berendalls hatten sich freiwillig gemeldet, um der Armee gegen den Drachen ins Feld zu folgen.

Die Hüterin entschied, und darin wurde sie von beiden Hauptmännern bestärkt, dass niemand angenommen werden sollte, der verheiratet war oder dessen Arbeit andere versorgte. Dennoch verblieben über hundert neue Rekruten, und sie alle mussten ausgebildet werden. Aber auch diejenigen, die nicht gegen Lindor und seine Truppen ziehen würden, sollten wenigstens eine Chance haben, ihre Heimat und ihren Besitz zu verteidigen, sollte es zum Schlimmsten kommen.

In einem Krieg gibt es viele Schlachten. In dieser hier ging es um Wagen und Gespanne, Kühe und Schweine, Pökelfleisch, Salz, Wasser, Stoffballen, Leinen, Erze und Stahl. Seit dem frühen Morgen saßen sie nun über ihrer Planung. Einer von Hendriks Schreibern war vollauf damit beschäftigt, die Notizen anzufertigen; zu dem Zeitpunkt, an dem Helge mit seiner Nachricht hereingestürmt kam, brummte ihnen allen bereits der Schädel.

Hauptmann Hugor lachte leise, als Helge den Bericht beendet hatte. „Unser geehrter Baron Vidan hätte alles dafür gegeben, diesen Moment zu erleben! Er wäre nun bestimmt schon unterwegs nach Berendall, in der Hoffnung, als Retter der Stadt gefeiert zu werden. Tatsächlich war er bereits auf dem Sprung, denn wie er meinte, stand Graf Torwald kurz davor, zur Göttin berufen werden, schließlich ist er schon alt und gebrechlich."

„Graf Torwald gebrechlich?", fragte Helge erstaunt. „Ich dachte, der alte Ser wäre noch außergewöhnlich rüstig für sein Alter."

„Das ist auch das, was ich hörte", bestätigte Hugor grinsend. „Aber Ihr wisst ja, manche hören nur das, was sie hören wollen." Er zuckte die Schultern. „Ich für meinen Teil ging davon aus, hier noch lange wie die Made im Speck zu sitzen, bevor etwas geschieht. Wie Ihr seht, habe ich mich getäuscht." Er wandte sich an die Hüterin. „Sera Meliande, was sollen wir nun tun? Ziehen wir gen Berendall? Meine ganze Kompanie ist beritten. Wenn wir die Pferde nicht schonen, könnten wir in weniger als zwei Kerzen dort sein."

„Um dann vor den Toren der Stadt zu versauern?", fragte Hendriks. „Unser Plan war nicht, nach Berendall zu reiten, sondern die anderen Söldnerkompanien für uns zu gewinnen. Wir kennen niemanden in der Stadt, dem wir vertrauen können … und den Menschen dort haben wir nichts anzubieten. Wir sind nicht darauf vorbereitet, nun schon gegen Lindor ins Feld zu ziehen."

„Schicken wir doch Boten zu den anderen Hauptmännern und unterbreiten ihnen das Angebot Lytaras. Es werden nicht alle darauf eingehen, aber ich allein kenne schon drei, die keinen festen Vertrag mit einem der Barone haben und von einer solchen Aussicht träumen. Sie werden kommen, darauf gebe ich mein Wort. Mit etwas Glück ist auch Hauptmann Steinhof ohne Anstellung. Wenn wir die Unterstützung seiner Lanzenreiter hätten, wäre mir schon deutlich wohler."

„Der alte Steinhof? Seine Reiter wären ein Gewinn für jede Armee", meinte Hendriks nachdenklich. „Ich halte es für sinnvoll, die Boten zu schicken", sagte er dann zu Meliande.

„Gut", entschied sie und sprach den Schreiber an. „Lasst die Einladung und die Angebote für die Hauptmänner schreiben und legt sie mir schnellstmöglich zum Siegeln vor."

Der Mann nickte und machte sich eine Notiz.

„Wir sollten dennoch bald nach Berendall aufbrechen", verkündete Meliande dann. „Allein schon, damit wir wissen, was dort geschieht. Zumindest können wir dem Grafen unsere Hilfe anbieten, so gering sie auch sein mag."

„Sera", sagte Hauptmann Hendriks. „Baron Vidan war ein Lehnsmann des Grafen, zumindest gab er vor, es zu sein. Dadurch, dass sich Mislok dem Greifen angeschlossen hat, befinden wir uns nun formell in Rebellion gegen den Grafen!"

„Und als Baron Vidan Thyrmantor seine Treue anbot? War das etwa keine Rebellion?“, fragte Meliande etwas spitz.

„Zumindest keine offene!“, gab Hendriks zurück. „Es hätte ja sein können, dass der Graf es dem Baron gleichgetan hätte. Dann wäre alles beim Alten geblieben, der Graf hätte für den Kanzler regiert, und Vidan hätte weiterhin darauf warten müssen, dass Graf Torwald zur Göttin berufen wird.“

„Mein Freund, vergisst du da nicht etwas?“, wandte Hauptmann Hugor ein. „Oder ist es dir gar nicht bekannt, weil du nicht bei den Baronen unter Vertrag warst?“

„Wovon sprichst du?“, fragte Hendriks.

„Jeder hier in den Greifenlanden, vom Bauen bis zum Baron, betrachtet dieses Land als das Land des Greifen.“ Er sah zu Meliande hinüber. „Sie begründen ihre eigenen Besitzansprüche damit, dass sie dieses Land für den Greifen verwalten, bis er wiederaufersteht.“ Er kratzte sich am Hinterkopf. „Nun, ich will damit sagen, Sera, wenn Ihr wirklich die Prinzessin von Lytar seid, dann schuldet Euch ein jeder hier die Lehnstreue, vom Bauern bis zum Grafen. Ich sage dir, Hendriks“, er sah wieder zu seinem Kameraden, „die Sonne war noch nicht ganz aufgegangen, da standen sie schon in Reihen da und haben sich freiwillig gemeldet, um für den Greifen zu kämpfen … Wenn man es von dieser Seite her betrachtet, befindet sich der Graf in Rebellion gegen die Sera Meliande!“

„Entschuldigt“, unterbrach Hiram, der Wirt, als er an den Tisch herantrat. „Ich kam nicht umhin, die Worte zu hören. Ihr irrt Euch, wenn Ihr glaubt, der alte Graf würde nicht zum Greifen stehen. Er wäre der Erste, der den Eid auf die Prinzessin schwört.“

„So gut kennt Ihr ihn?", fragte die Hüterin etwas überrascht.

„Ich sah ihn einmal", antwortete Hiram vorsichtig. „Was ich gerade von ihm sagte, ist allerdings weithin bekannt. Graf Torwald ist ein Mann, der Traditionen liebt und niemals Verantwortung scheut. Aufrichtiger als er kann man nicht sein." Er verbeugte sich tief. „Ich bin nur ein einfacher Mann, aber ich lebe hier schon mein ganzes Leben lang, und als Gastwirt kenne ich die Leute und weiß, was sie denken, glauben und fühlen. Wenn Ihr meinen Rat hören wollt, dann reitet nach Berendall, lasst vor dem Tor in die Fanfaren stoßen und unterrichtet den Hauptmann der Wache, dass Ihr gekommen seid, um dem Grafen zu Hilfe zu eilen." Er zuckte die Schultern. „Vielleicht braucht es nicht mehr als das." Er schmunzelte ein wenig. „Ich habe vor wenigen Tagen einen jungen Burschen kennen gelernt, der behauptete, es bräuchte sogar nicht einmal eine Armee. Er heißt Garret, vielleicht kennt Ihr ihn?"

„Nur zu gut", erwiderte Meliande lächelnd, und Hendriks lachte laut.

Hugor sah seinen Freund fragend an, doch der winkte ab.

„Wenn du ihm begegnest, bilde dir selbst ein Urteil", sagte er dann. „Ich jedenfalls weiß noch immer nicht recht, was ich von ihm halten soll. Aber eines steht fest: Ohne ihn wäre ich jetzt nicht hier. Das Angebot, das auch du nun angenommen hast, stammt von ihm. Als ich ihn das erste Mal traf, kam er allein in mein Lager marschiert, um mir den Vorschlag zu unterbreiten. Dabei hatte ich erst kurz zuvor einige meiner Leute bei einem Angriff auf sein Dorf und einige andere an Beliors Wahn verloren. Der Junge hat damals viel Mut bewiesen. Außerdem schießt er noch besser als Tarik."

Hugor wandte sich an den Scharfschützen, der zwei Tische weiter saß und sorgsam Bolzen für seine Armbrust vorbereitete.

„Ist das wahr, Tarik? Es gibt jemanden, der besser schießt als du?"

Tarik legte den Bolzen in seiner Hand bedächtig beiseite und sah Hauptmann Hugor an.

„Er schießt besser, aber er ist kein guter Scharfschütze. Es mangelt ihm an Geduld und Weitsicht, und nicht zuletzt an der notwendigen Heimtücke. Außerdem kann er einfach nicht stillhalten." Er nahm den Bolzen wieder auf und musterte ihn sorgfältig.

„Allerdings hat er mir und vielen anderen etwas Wichtiges voraus."

„Was wäre das?", fragte Hauptmann Hugor interessiert.

„Glück."

Meliande hatte lange genug überlegt, jetzt kam sie zu einer Entscheidung.

„Wir brechen auf nach Berendall. Wir nehmen vierzig Mann mit, die besten Reiter, die wir haben, der Rest wird hier die Stellung halten." Sie stand auf. „Sers, zeigen wir den Leuten mal, wie der Greif Berendall zu helfen vermag."

Der alte Mann hielt inne und musterte den Gesandten. „Wollt Ihr gar keine Fragen stellen?", erkundigte er sich leicht pikiert.

„Ich werde mich hüten!", sagte Lamar heiter. „Schließlich wird es gerade spannend."

„Erst jetzt?", grummelte der alte Mann.

„Nun erzählt schon weiter", sagte der Gesandte mit einem Lächeln.

Sie waren noch nicht lange geflogen, da kreiste Nestrok bereits über Berendall. Hier und da beschoss man ihn mit einer Armbrust, doch die Bolzen fielen wirkungslos wieder zu Boden, und Lindor beachtete sie gar nicht. Vielmehr beobachtete er fasziniert die Soldaten, die sich auf den alten Stadtmauern einfanden, die vielen Wagen, die aus Schuppen und Scheunen herausgezogen wurden, die Männer und Frauen, die geduldig darauf warteten, ihre Ausrüstung zu empfangen, bevor sie sich in geordneten Gruppen zu den Wällen und Toren begaben.

„Der Graf ist ein gerissener Hund", stellte er mit einem grimmigen Lächeln fest. „Fast schon schade, dass Obrist Leklen nicht stürmen ließ!"

Es war nicht davon auszugehen, dass jeder der Freiwilligen Berendalls, die dort unten zu den Wällen eilten, auch wusste, wie man eine Armbrust bediente, doch war das auch nicht allzu schwer zu erlernen. Lindor hätte seinen rechten Arm darauf verwettet, dass der Graf die letzten Jahre dazu genutzt hatte, die Menge an Armbrüsten und Bolzen aufzustocken. Ein Stück entfernt wurde gerade eine Ballista bereit gemacht und herumgeschwenkt. Soldaten klemmten lange Balken unter die vorderen Räder der Wurfmaschine und hebelten sie hoch, im nächsten Moment war schon der Knall zu hören, und die Arme der Ballista schlugen auf die Polster, nachdem sie einen der schweren Bolzen in Nestroks Richtung geschleudert hatten.

Der Drache schwenkte etwas zur Seite, indem er nur einmal kurz mit den Flügeln schlug, und der Bolzen verfehlte sein Ziel und fiel wieder auf die Stadt hinunter, wo er tief unter ihnen in ein strohgedecktes Dach einschlug.

Eine einzelne Ballista war keine Gefahr für Nestrok, nicht solange er sie rechtzeitig sah. *Genug gesehen*, dachte Lindor. *Nun zur Burg*.

Gehorsam schwenkte Nestrok ein. An der Burg bot sich dem Grafen ein anderes Bild. Vor dem Tor war es zu Kämpfen gekommen, doch den weitaus größten Teil der Opfer machten die Stadtwachen aus, nur hier und da sah er Tote, die den Wappenrock Thyrmantors trugen. Das Burgtor selbst war verschlossen, das Fallgitter heruntergelassen.

Ein Priester stand auf der Mauer, doch zu Lindors Erstaunen kämpften zu seinen Füßen vor dem Wall Soldaten der Stadtwache gegeneinander, ohne dem Diener Darkoths Beachtung zu schenken. Der Graf fühlte eine namenlose Wut in sich aufkommen und verstand plötzlich, was dort unten geschah. Seine Verbindung zu Nestrok bewahrte ihn vor solcherart Magie; er fühlte sie, doch sie berührte ihn nicht. Die Heimtücke des Priesters nötigte dem Grafen fast schon Bewunderung ab.

Überraschenderweise war der Burghof selbst fast frei von Toten, hier hatte es wohl kaum Kämpfe gegeben, nur ein Stallmeister lag erschlagen neben dem Brunnen. Vor dem Eingang zur großen Halle der Burg standen vier königliche Soldaten Wache, sie wichen erschrocken zurück, als Nestrok im Burghof landete.

Der Graf glitt vom Rücken des Drachen herab, ordnete seinen Umhang und trat auf die Wachen zu.

Bleib in der Nähe und achte auf den Turm.

Verstanden. Hinter ihm erhob sich der Drache wieder in die Luft, und der Flügelschlag ließ Lindors Umhang flattern. Der Graf ging unbeirrt weiter, dann blieb er vor dem Eingang zur Halle stehen und erwiderte den Salut des dort postierten Sergeanten, der deutlich darüber erleichtert schien, dass sich Nestrok wieder entfernt hatte.

„Ich übernehme das Kommando", teilte Lindor dem Sergeanten mit, der ihm entgegentrat. „Was ist hier geschehen? Berichtet mir."

„Wir begleiteten Lord Daren bis zur Burg. Hier vor der Halle warteten wir, während der Lord die Halle allein betrat, um eine Audienz mit dem Grafen zu erzwingen. Auf ein Zeichen hin überwältigten wir dessen Wachen und sicherten die Gebäude. Die Verluste waren gering, die Magie der Priester hat sich im Kampf bewährt."

Das glaube ich gerne, dachte der Graf verbittert. Man erblickt den Feind und greift den Freund an ... was für ein übles Spiel!

„Danke, Sergeant", antwortete er. „Wo kann ich Seine Eminenz finden?"

„Lord Daren wird oben sein", antwortete ein anderer Soldat und wies mit dem Kopf zu den oberen Stockwerken des Hauptgebäudes. „Der Graf von Berendall hat sich in den Trutzturm zurückgezogen. Aber unsere Leute sind schon dabei, sich Zugang zu verschaffen. Lange wird es nicht mehr dauern."

„Ihr scheint wenig besorgt, dass die Stadtwache die Burg zurückerobern könnte. Was für Vorkehrungen wurden dagegen getroffen?"

„Lord Daren hat einen Teil seiner Priester an die Mauern entsandt. Ihre Magie ist wirksam genug, ich sah schon an mehreren Stellen, wie die Stadtsoldaten sich gegenseitig die Köpfe einschlugen",erwiderte der Sergeant grinsend. „Da bleibt weniger Arbeit für uns!"

„Danke!", sagte der Graf knapp und betrat die große Halle, ohne die Soldaten eines weiteren Blickes zu würdigen.

Im Innern des Gebäudes waren deutlich die Spuren des Blutbads zu erkennen. Doch auch hier hatte es offensichtlich kaum Verluste unter den Männern des Hohepriesters gegeben hatte. Die Toten waren zumeist Bedienstete des Grafen, daneben vielleicht ein Dutzend seiner Leibwachen, die sich, offenbar im Blutrausch, gegenseitig erschlagen hatten.

Der Graf verzog das Gesicht, als er an den sterblichen Überresten der Opfer vorbeiging. Magie, vor allem eine derart heimtückische, war ihm noch nie geheuer gewesen. Erst als er den Treppeansatz zum dritten Stockwerk erreichte, sah er auch einen erschlagenen Priester in der Tür liegen.

Wie viele der dunklen Diener mochte Lord Daren in seinem Gefolge haben? Wenn er sie alle mitgenommen hatte, waren es vielleicht neun oder zehn. Die Kunst der Magie war nicht leicht zu erlernen. Lindor hatte sich vor Jahren selbst einmal darin versucht, es aber schnell wieder aufgegeben. Er hatte kein Talent dafür. Aber eines wusste er: Jeder tote Priester war ein schwerer Verlust für den Lord, denn es dauerte Monate, bis der dunkle Gott neue Diener erwählt und sie mit besonderen Kräften ausgestattet hatte. Aus der Entfernung hörte Lindor die dumpfen Schläge; er folgte seinem Gehör und fand sich in einer hohen Halle wieder, an deren rückwärtigem Ende sich eine stabile Tür aus schwarzem Stahl befand ... eine ebensolche, wie er sie bereits in Lytar gesehen hatte. Der Soldat unten am Eingang der Halle irrte wohl, wenn er dachte, dass sie nicht lange halten würde!

Hier oben fand er auch Lord Daren und drei seiner Priester sowie gut zwei Dutzend königliche Soldaten. Sechs von ihnen versuchten soeben, mit einem schweren Tisch als Rammbock die Tür zu öffnen. Nur zu, dachte der Graf gehässig, an solche Türen könnt ihr lange klopfen!

Auch hier gab es Spuren eines Kampfs, doch kurioserweise waren nur königliche Soldaten gefallen. Mit Genugtuung sah Lindor einen weiteren der dunklen Priester in einer Ecke liegen, ein Armbrustbolzen stak in seinem linken Auge.

„Was wollt Ihr denn hier, Lindor?“, begrüßte ihn Lord Daren unwirsch. „Hatte ich Euch nicht dem Obristen unterstellt?“ Er zog ein Augenbraue hoch. „Er wird Euch kaum hierher geschickt haben, oder?“

„Ich bin ein treuer Diener Thyrmantors“, antwortete Lindor in neutralem Ton. „Ich bitte um die Erlaubnis, meine Treue unter Beweis stellen zu dürfen.“

„Diese Einsicht kommt spät, Graf Lindor, sehr spät. Aber nun gut ... schaden werdet Ihr hier wohl nicht.“

Immer wieder wuchteten die Soldaten den schweren Tisch gegen die Tür, doch dem dumpfen Klang des Aufpralls nach zu urteilen schien ihr das kaum etwas anhaben zu können.

„Wie ist die Lage?“, fragte Lindor, während er sich weiter suchend umsah. Die Tür zu einem Nebenraum stand offen, im Türrahmen ein Soldat, der aus einer Steingutflasche trank und mit gehässigem Grinsen verfolgte, was in dem Raum geschah.

„Zunächst lief alles gut“, antwortete Lord Daren und verzog das Gesicht, als hätte er in eine Zitrone gebissen.

„Durch die Magie der Verkehrung gelang es uns, die Ketzer gegeneinander kämpfen zu lassen, sodass wir kaum Leute verloren … doch während der letzten halben Kerze wurden vier Diener Darkoths getötet und gut vier Dutzend Soldaten.“ Er sah Lindor vorwurfsvoll an. „Ich hätte zweihundert mitnehmen sollen.“

Um sie alle sterben zu lassen?, dachte Lindor. Ein erstickter Schrei drang aus dem Nebenraum, und der Graf sah hinüber.

„Was geschieht dort?“

„Wir haben eine Gefangene … eine Frau aus Lytara. Wenn ich Zeit finde, werde ich mich um sie kümmern. Die Flamme Mistrals brennt heiß in ihr, sie wird meinem Herrn ein kostbares Opfer sein. Zur Zeit lernt sie allerdings noch etwas Demut.“ Lord Daren lachte. „Wenn Ihr Euch bedienen wollt, nur zu.“ Er sah in Richtung der schwarzen Tür. „Das hier wird wohl noch eine Weile dauern.“

Mit langen Schritten eilte der Graf zur anderen Tür hinüber und sah an dem Soldaten vorbei in den Raum. Ein Blick genügte, um zu wissen, was hier vor sich ging. Er bedeutete dem Soldaten einzutreten, folgte ihm nach und zog dann die Tür hinter sich zu.

„Wollt Ihr auch Euren Spaß haben, Graf?“, lachte einer von zwei Soldaten, die damit beschäftigt waren, eine junge Frau auf dem großen Tisch in der Mitte des Raumes festzuhalten, während ein dritter versuchte, sie an die Tischbeine zu fesseln. „Ihr müsst nur warten, bis wir diese Wildkatze gebändigt haben!“

Die Kleider der jungen Frau waren zerrissen, dunkle Schwellungen zeugten von harten Schlägen, ein Auge war zugeschwollen, und ihr Mund blutete, dennoch nutzte sie den Moment der Unachtsamkeit und schlug aus. Ihre nackte Ferse traf den grinsenden Mann hart am Kinn, es gab ein lautes Klacken, als dessen Zähne aufeinanderprallten, während er benommen zurücktaumelte und schließlich an der Wand zu Boden rutschte.

„Er lernt es wohl nie!", rief einer der anderen Soldaten lachend. Dann holte er aus und gab der Frau einen brutalen Schlag ins Gesicht. Ihr Kopf wurde herumrissen, und sie erschlaffte. „Das ist schon das zweite Mal, dass sie Tomin so erwischt!", meinte er dann grinsend zu Lindor, während er eine Lederschlinge um ihr Handgelenk zuzog und das andere Ende um das Tischbein knotete. „Er ist einfach zu langsam für diese Wildkatze."

Der Graf ignorierte den Mann und musterte die hohen Fenster und die Tür, die auf einen Balkon hinausging. Es war sicherlich ein langer Fall von dort hinab aufs Pflaster des Burghofs.

Nestrok?

Ja?

Ich brauche dich.

Ich komme.

„Sind das ihre Schwerter?", fragte Lindor und wies auf die beiden Langschwerter aus schwarzem Stahl, die in einer Ecke des Raumes standen.

„Ja, das sind sie. Wir wollten um sie würfeln, aber ..." Er sah den Grafen an und seufzte. „Das Vorrecht eines Offiziers, eh? Sucht Euch eines aus, Graf, es sind die besten Schwerter, die ich jemals sah."

Der Graf nickte und nahm eines von ihnen auf. Er studierte das Emblem im Knauf, eine stilisierte Feder. „Hat sie beide Schwerter geführt?"

„Nein, nur eines. Das andere gehörte so einem dürren Kerl."

„War er vielleicht ungefähr anderthalb Dutzend Jahre alt? Blond und schlaksig? Schlank, aber mit breiten Schultern?“

„Ja. Kennt Ihr ihn? Er und sein Freund, ein ziemlich großer Kerl, gingen schnell genug zu Boden, aber die hier, hat ganze acht von uns niedergemacht ...“ Er sah auf die bewusstlose Frau herab und spuckte ihr ins Gesicht. „Dafür wirst du uns noch büßen, du Hure!“ Er band ihr das andere Bein fest, sodass sie vollständig fixiert war, und trat an die Tischkante heran, um ihr die letzten Kleider vom Leib zu reißen. Dann machte er sich an seiner Hose zu schaffen.

Lindor hatte unterdessen beide Schwerter gegriffen, wiegte sie in den Händen und schlug sie ein-, zweimal prüfend durch die Luft.

„Habt Acht, Graf, diese Klingen sind von ungeheuerlicher Schärfe!“

„Ich weiß“, lächelte der Graf grimmig. „Ich weiß.“

„Zur gleichen Zeit versuchten Garret und die anderen in die Burg einzudringen“, fuhr der alte Mann fort. Lamar öffnete den Mund, sah den Blick des anderen und schloss ihn wieder. „Spannt mich nur auf die Folter“, grummelte er fast unhörbar. Der alte Mann lächelte und verbeugte sich leicht im Sitzen. „Mit Vergnügen ...“, grinste er.

Garret musterte skeptisch die stabile Tür in der Wand und rüttelte daran. „Nichts zu machen", teilte er den anderen mit. „Sie hat kein Schloss, demnach gibt es einen Riegel auf der anderen Seite." Er trat zurück, sah hoch zur Mauerkrone und seufzte. „Also müssen wir klettern."

„Müssen wir nicht", erwiderte die Sera Leonora und legte eine Hand auf das metallene Türblatt. „Sie ist offen."

Unter dem Quietschen ihrer ungeölten Angeln schwang die Tür zum Garten hin auf.

Garret öffnete den Mund und schloss ihn wieder, dann zuckte er mit den Schultern und folgte den anderen in den Rosengarten. Hinter ihm schlug die Tür mit einem lauten Knall wieder zu. Er drehte sich um, sah den breiten, mit einem verrosteten Schloss gesicherten und fest in der Mauer verankerten Riegel und lachte leise.

„Was ist so lustig?", fragte Argor.

„Nun, ich finde, dass Sera Leonora eine bemerkenswerte Art hat, mit Türen umzugehen", antwortete Garret.

Argor sah hoch zu ihm und schüttelte dann den Kopf.

„Was hast du?", fragte Garret.

„Ich verstehe nicht, wie du so gut gelaunt sein kannst. Vanessa befindet sich in den Klauen dieser Priester, und du lachst und grinst, als wäre gar nichts!", knurrte Argor. „Die

Göttin allein weiß, was sie ihr antun werden! Solange sie nicht gerettet ist, kann mich nichts erheitern!"

„Ich könnte weinen und mir die Haare raufen", entgegnete Garret, der schlagartig ernst geworden war. „Aber das würde nichts ändern."

„Hast du denn gar kein Mitgefühl?", fragte Argor empört. Doch im nächsten Moment spürte er eine schwere Hand auf seiner Schulter.

„Lass ihn, Argor. Der Schlag, den er abbekommen hat, war so hart, dass er kaum mehr gerade gehen kann. Er ist schon zweimal ohnmächtig geworden."

„Aber … Vanessa ist deine Schwester, Tarlon! Stört dich sein Verhalten nicht?"

„Nein", antwortete Tarlon mit einem Blick zu Garret. „Es ist seine Art, mit Schmerzen umzugehen. Und ich weiß, dass er vor Verzweiflung beinahe stirbt!"

„Garret ist verzweifelt?", fragte Argor und sah seinen schlaksigen Freund skeptisch an. Doch der musterte Tarlon nur mit einem seltsamen Blick.

„Lass es gut sein, Argor", mahnte Tarlon leise. „Vertraue mir. Und quäle ihn nicht länger."

„Schöner Garten", meinte Knorre etwas weiter vorne. „Ein wenig verwahrlost, aber zweifellos ein angenehmer Ort."

„Ja, es ist schön hier, du hast Recht … ich war mehr als einmal hier", erwiderte Leonora. „Dort drüben geht es übrigens zur Burg." Sie zeigte auf eine weitere stabile Tür in der Mauer des Gartens.

„Mutter brachte mir hier das Lesen bei", erklärte Sina lächelnd, dann trat sie an die schwere Tür heran und öffnete sie. Rost rieselte von oben herab, und die Tür quietschte in den Angeln, doch es gelang ihr, sie ganz aufzuziehen. Vor ihnen lag der Burggraben. Viel Wasser führte er nicht, und es roch leicht nach Moder. Knorre sah in den Graben hinab und erkannte dicht unter der Wasseroberfläche die Spitzen der verrosteten Eisenpfähle, mit denen der Graben bewehrt war. Ein Fehltritt, und man würde ungemütlich auf ihnen landen. Eine schmale Holzbrücke führte über den gut zwölf Schritt breiten Graben zu einer weiteren Tür in der Burgmauer.

„Wie einladend", stellte er fest und musterte die Holzkonstruktion mit einem skeptischen Blick. „Ich mag irgendwie nicht glauben, dass es so einfach ist."

„Ihr habt eine seltsame Art, die Dinge zu betrachten", bemerkte Argor neben ihm, während er sich beim Anblick des modrigen Wassers schüttelte. „Als einfach würde ich das nicht bezeichnen!"

„In gewisser Weise habt Ihr Recht, Argor, es ist nämlich eine Falle", erklärte Leonora. Sie kniete sich vor der Brücke nieder und begann, in einem kaum sichtbaren, von Efeu überwachsenen Loch nach etwas zu tasten. „Hier", sagte sie nach einem kurzen Moment und zog das Ende einer Kette aus dem Loch hervor. Sie reichte es an Argor weiter. „Seht Ihr den Haken dort an der Mauer zum Garten?"

Argor nickte.

„Dort muss die Kette eingehängt werden, und zwar so straff wie möglich. Sie hält die Bretter der Brücke, die sonst unter unserem Gewicht nachgeben würden."

Argor zerrte die Kette ein Stück weit heraus, dann versagten ihm die Kräfte. Wortlos trat Tarlon neben ihn, griff die Kette mit der linken Hand und zog nun ebenfalls daran. Knirschend kam sie Glied um Glied aus dem Loch hervor, zwei Schritt weit zogen sie sie heraus, dann konnte Tarlon sie mit seiner rechten Hand in den Haken einhängen.

Leonora nickte dankbar. Sie tat einen vorsichtigen Schritt auf die Brücke, atmete auf und überquerte sie dann, ohne weiter zu zögern. Wieder quietschten rostige Angeln, als auch die Tür auf der anderen Seite aufschwang. Sie war aus einem stabilen Eisenblock gefertigt, gut eine Hand breit dick, und lag sauber auf einem verstärktem Rahmen auf. Dahinter öffnete sich ein dunkler Gang.

Argor musterte Tür, Mauer und Brücke, um dann anerkennend zu nicken. „Du hast Recht, Sina", gab er zu. „Leichtsinnig war der Graf wohl nicht."

„Wohin führt der Gang?", erkundigte sich Garret ungeduldig.

„Vor die Rückwand der Stallungen", erklärte Leonora von der anderen Seite und bedeutete ihnen mit einer Geste, ihr zu folgen. „Es ist kein echter Geheimgang, aber der Graf wollte auch nicht, dass er allzu leicht zu entdecken ist."

Garret tat einen Schritt, dann schwankte er und stützte sich noch an der alten Eisentür, die zum Garten führte, ab, bevor er an ihr zu Boden rutschte. Dort blieb er sitzen und sah kreidebleich und schweißgebadet zu den anderen hoch.

„Oh ...", machte er leise und kippte dann zur Seite.

Knorre kniete sich schwerfällig neben ihn und berührte ihn leicht am Hals.

„Leonora, komm schnell!", rief er dann mit gedämpfter Stimme zur anderen Seite hinüber, doch die Sera war bereits auf dem Weg zurück. Sie eilte zu Garret und legte ihm eine Hand auf die Stirn, dann schüttelte sie einen Dolch aus ihrem Ärmel und schnitt den blutigen Verband von seinem Kopf.

Argor zog scharf die Luft ein, als sich mit dem Verband ein Stück von Garrets Kopfhaut löste und der Knochen darunter zum Vorschein kam. Sofort begann das Blut in Strömen zu fließen.

„Tretet weg von ihm!“, rief Leonora. „Euer Atem enthält giftige Geister, die ihm die Wunde schwären lassen könnten!“

Erschrocken wichen sie zurück und machten der Sera Platz. „Wird er sterben?“, fragte Argor angstvoll.

„Nicht, wenn Ihr mich nun arbeiten lasst!“, versetzte Leonora knapp. „Knorre!“, rief sie. „Ich hoffe, du hast heute nicht zum ersten Mal in deinem Leben keinen Schnaps dabei!“ Sie streckte die Hand aus. „Her damit!“

Garret öffnete die Augen, schielte zu ihr hoch und verzog das Gesicht zu einem halben Grinsen. „Seid Ihr beide etwa verheiratet?“, fragte er. Leonore erstarrte mitten in der Bewegung und sah ihn ungläubig an, Sina kicherte nur, und Knorre verschluckte sich derart heftig, dass er husten musste. Doch im nächsten Moment verdrehte Garret die Augen, und sein Körper erschlaffte.

Leonore nahm die silberne Flasche, die Knorre ihr hinhielt, sah auf den Ohnmächtigen hinab und schüttelte den Kopf.

„Ich glaube, er ist einer dieser Menschen, deren Mundwerk man gesondert begraben muss!“ Sie schraubte die Flasche auf, goss etwas von dem Schnaps über Garrets Schädel und wusch damit das Blut ab. Danach hob sie vorsichtig die Kopfhaut an. Eine tiefe Kerbe und Risse in der Schädeldecke wurden sichtbar.

„Das sieht ja übel aus“, stieß Knorre besorgt hervor, und in seinem Rücken gab Tarlon einen Seufzer von sich, um dann ohnmächtig hintüberzukippen.

„In der Tat“, sagte Leonora, ohne sich um Tarlon zu kümmern, und berührte nahe der Kerbe vorsichtig Garrets Schädeldecke, die unter dem Druck ihres Fingers unmerklich nachgab. „Es ist eine Gnade der Göttin, dass er überhaupt noch lebt. Wir müssen ihn von hier fort…“

„Nein“, widersprach Knorre. „Du musst ihn heilen, sofort. Wir brauchen ihn.“ Er sah zu Tarlon hinüber. „Und ihn auch. Er blutet wie ein Schwein, und seine Wunde wurde nicht gereinigt.“

Leonora zögerte.

„Sera, wenn Ihr meine Freunde heilen könnt, dann tut es!“, bat Argor eindringlich, während er sich neben Tarlon niederkniete, der langsam wieder zu Bewusstsein kam.

„Du verstehst nicht“, erwiderte Leonora leise. „Es ist mir verboten!“

„Von wem?“, wollte Argor wissen.

„Von der Göttin selbst.“

„Aber Ihr seid Ihre Priesterin!“, rief Argor verständnislos. „Ihr predigt Ihr Wort!“

„Sie predigt, das ist richtig“, bestätigte Knorre und stützte sich schwer auf seinen Stab. „Aber sie darf nicht für jemanden aus dem Greifenland um Heilung bitten. Genau deshalb hat sie sich vor langer Zeit mit ihrer Göttin überworfen!“

„Ich liebe Mistral“, flüsterte Leonora. „Auch wenn Sie es nicht glauben mag. Doch dass Sie dem Greif Ihre Liebe entzog, nachdem Sie ihn so hart bestraft hatte … das habe ich nie einsehen können. Ich verstehe immer noch nicht, wie Sie so ungerecht sein konnte!“

„Sie hat uns vergeben, Leonora“, sagte Knorre eindringlich. „Sie hat Elyra zu Ihrer Priesterin gemacht, ich habe es dir doch erzählt!“

„Du meinst die Halbelfin, die immer zu spät zum Unterricht kam?“, meinte Leonora lächelnd, doch Knorre sah sie nur fragend an.

„Ja, genau die“, meldete sich Tarlon mit leiser Stimme zu Wort. Er lag noch immer neben Argor auf dem Rücken. „Sie trägt jetzt die Robe der Hohepriesterin und ist ohne Zweifel von der Gnade der Göttin erfüllt." Er richtete sich auf einen Ellenbogen auf. „Sie wartet noch auf eine Erklärung von Euch, wie man mit Flöhen fertigwird."

„Die kann sie gerne bekommen!", rief die Sera lachend. Dann wurde sie wieder ernst und sah auf Garret hinab.

„Hab keine Bedenken, Leonora", sagte Knorre sanft. „Es ist nun so weit. Das dritte Zeitalter hat begonnen."

Leonora nickte. Sorgsam wusch sie ihre Hände in dem Schnaps aus Knorres Flasche und legte anschließend Garrets Kopfhaut vorsichtig wieder zusammen. Dann begann sie leise vor sich hin zu murmeln ... so leise, dass Argor kaum etwas verstehen konnte. Zugleich aber war es ihm, als ob sich ein Gigant im Boden regen würde, ein seltsames Grollen, das ihm sämtliche Haare zu Berge stehen ließ. Leonoras Gewand und ihr Haar bewegten sich in einem nicht spürbaren Luftstrom, und für einen langen Moment schien es Argor, als würde die zierliche Frau, die dort neben Garret kniete, von einem inneren Glanz erfüllt, der seine Sinne zu überwältigen drohte.

„Du wolltest es aber wissen", kommentierte Knorre trocken, nachdem sich das Grollen wieder gelegt hatte.

„Das sagt mir gerade der Richtige!", rief Leonora lachend. Sie strich Garret sanft übers Haar, und seine Wunden waren geheilt. Dann ging sie zu Tarlon hinüber, der sie mit nachdenklichem Blick musterte.

„Du grübelst ständig, Tarlon", sagte sie leise. „Und du siehst alles zu ernst."

„Das sehe ich anders", versetzte Tarlon, und sie lachte. „Dreh dich auf die Seite", wies sie ihn an und nahm ihren Dolch zur Hand. Mit einer schnellen Bewegung trennte sie den Verband auf und musterte dann seine Wunden, zwei große ausgefranste Löcher. Sie setzte Knorres Flasche an die Lippen, nahm einen tiefen Schluck, presste ihren Mund auf eine der Wunden … und spülte sie mit dem Schnaps. Tarlon zuckte zusammen, ballte seine Faust, sodass die Knöchel weiß wurden, und zog zischend den Atem ein.

„Geht es?", fragte Leonora.

„Langsam wieder", presste Tarlon hervor. „Ist das nötig?"

„Zumindest hilft's", gab sie lächelnd zurück. Dann wiederholte sie die ganze Prozedur an der zweiten Wunde. Als sie fertig war, wischte sie sich das Blut von den Lippen und reichte Knorre die Flasche zurück, der diese umdrehte und mit säuerlicher Miene beobachtete, wie ein letzter Tropfen aus der Öffnung rann und zu Boden fiel.

„Hättest du nicht etwas übrig lassen können?", fragte er pikiert.

Leonora sah hoch zu ihm, schüttelte missbilligend den Kopf und beugte sich dann wieder über Tarlon. „Es ist gleich vorbei", sagte sie sanft und presste ihre Hände gegen die beiden Wundlöcher. Wieder murmelte sie etwas, und wieder ertönte das seltsame Grollen.

Als sie ihre Hände von den Wunden nahm, waren dort nur noch weiße Narben zu sehen.

„Das nenne ich mal eine Heilung!", sagte Argor staunend.

„Ich habe Kopfschmerzen!", meldete sich nun auch Garret zu Wort. Er rieb sich den Schädel und sah die anderen verwundert an.

„Willst du dich beschweren?", fragte Leonora lächelnd.

„Nein. Mich bei Euch bedanken."

„Dankt nicht mir, dankt Mistral", gab Leonora zurück.

„Das werde ich tun, sobald ich Vanessa wieder in meinen

Armen halte“, versicherte Garret. Er stand leichtfüßig auf, griff seinen Bogen und sah hinüber zu der offenen Tür auf der anderen Seite der Brücke, dann zu Tarlon, der sich langsam aufrichtete.

„Können wir jetzt? Wir haben schon genug getrödelt!“

Argor rollte die Augen, Sina kicherte, und selbst Knorre musste lachen.

„Schön, dass es dir wieder besser geht“, teilte Leonora Garret huldvoll mit, aber auch sie schmunzelte.

„Gibt es überhaupt etwas, von dem Garret sich beeindrucken lässt?“, fragte Sina mit einem leicht gequälten Lächeln, als sie gemeinsam mit Argor die Brücke passierte. Der Zwerg schien gar nicht zu bemerken, dass er ihr die Hand, die sie ihm hilfsbereit gereicht hatte, fast zerquetschte. Mit Schweißperlen auf der Stirn blickte er panisch geradeaus.

„Nein“, antwortete er gepresst. „Nicht dass ich wüsste!“

„Argor!“, rief Garret von vorne. „Nicht stehen bleiben!“

„Der hat leicht reden“, beschwerte sich der Zwerg. „Er ist ja schon drüben.“

„Du kannst hier gar nicht ertrinken“, versuchte Sina ihn zu beruhigen.

„Wir sind so hoch über dem Wasser, und da unten stecken eiserne Pfähle. Die sind rostig und spitz. Wenn ich da hineinfalle …“

„Du fällst nicht“, sagte Sina beschwichtigend und zog ihn sanft mit sich. „Vertraue mir einfach!“

Offenbar gelang ihm das, denn nun setzte er Schritt vor Schritt, bis sie beide wohlbehalten auf der anderen Seite ankamen.

Der Gang, den sie dort als Letzte betraten, war nicht besonders lang. Kaum mehr als zehn Schritt weit führte er durch die massive Mauer hindurch und endete direkt vor den Stallungen der Burg. Zwischen der Rückwand des Stalls und der Burgmauer war kaum mehr als ein Schritt Platz. Allerlei Gerümpel stand hier herum, geborstene Fässer, ein alter gebrochener Rechen und sogar eine Hellebarde mit gesplittertem Schaft. An den Stall schloss sich das stabil gemauerte Zeughaus der Burg an, und zwischen Stall und Zeughaus öffnete sich eine weitere schmale Gasse, die zum Burghof führte. Dort, an der Ecke des Stalls, kauerte Garret an die Mauer gepresst und wartete auf seine Begleiter. Als die anderen näher kamen, hielt er eine Hand hoch.

„Nun wird es ernst“, teilte er ihnen im Flüsterton mit und zog fünf Pfeile aus seinem Köcher. „Ich sehe einen Priester auf den Zinnen und vier Soldaten, die den Eingang zur Haupthalle bewachen. “

„Spürst du Wut in dir?“, fragte Argor.

„Nein“, antwortete Garret ironisch. „Überhaupt nicht! Wie kommst du darauf?“

„Weil du den Priester angesehen hast“, erklärte Argor. Garret blickte ihn fragend an.

„Ihre Magie vermag es, einen Zorn in einem auszulösen, der sich gegen jeden in der eigenen Umgebung richtet. Damit diese Magie wirken kann, muss man die Priester allerdings ansehen“, erläuterte Knorre leise.

„Das erklärt, warum sich die Leute gegenseitig erschlagen“, stellte Garret fest, während er die Pfeile in seiner Hand überprüfte und einen davon gegen einen neuen aus seinem Köcher austauschte. „Ich kann nicht sagen, dass mir diese Priester dadurch sympathischer werden. Wirkt die Magie schon beim ersten flüchtigen Blick, oder braucht es länger?“

Knorre kratzte sich am Hinterkopf. „Ich denke, es braucht einen Moment.“

„Das beruhigt mich. Denn jetzt *bin* ich wütend. Es wäre ärgerlich, wenn ich es an den Falschen ausließe!"

„Was hast du vor?", fragte Knorre abschätzend.

„Das ist doch offensichtlich", gab Garret zurück. „Ein Priester, vier Wachen, fünf Pfeile."

„Ist er immer so bescheiden?", erkundigte sich Sina leicht erheitert bei Argor.

„Meistens", antwortete der Zwerg. „Aber im Ernst, er schießt wirklich gut."

Plötzlich neigte Tarlon seinen Kopf.

„Ich höre Kampflärm, Garret. Weißt du, woher er kommt?"

„Vom Tor, denke ich", erwiderte Garret, während er die Spitze eines der Pfeile genauer prüfte. „Der Priester steht auf den Zinnen des Torhauses. Ein gutes Ziel für meinen ersten Schuss." Vorsichtig trat er einen Schritt hinter dem Stall hervor und sah sich suchend um. Als er eine kleine Rauchfahne erblickte, die fast senkrecht aus einem Kamin aufstieg, ging er wieder in Deckung. „Kaum Wind", stellte er zufrieden fest. Tarlon drückte sich selbst an die Mauerecke und riskierte einen kurzen Blick.

„Ich sehe die Wachen, aber nicht den Priester."

„Er steht genau über dem Tor ... zwischen der dritten und vierten Zinne von links. Er hat seine Arme ausgebreitet, doch man sieht nur die linke Hand."

„Tatsächlich", flüsterte Tarlon. „Jetzt sehe ich ihn auch. Aber wie, verdammt noch mal, willst du ihn treffen? Sein restlicher Körper ist verdeckt, du Mist..."

Er trat zurück und schüttelte kräftig den Kopf.

„Göttin, ist das niederträchtig! Als ich die Hand ansah, spürte ich plötzlich Wut auf Garret, weil der Schuss so schwierig ist ... wie kann das sein?"

„Es ist die Magie“, sagte Garret schulterzuckend und legte den Pfeil auf. „Wenn der Priester fällt, gelingt es den Stadtwachen vielleicht, das Tor der Burg zu stürmen.“

Tarlon legte ihm ein Hand auf die Schultern. „Warte noch einen Moment.“

„Warum? Je länger ich zögere, desto mehr Soldaten werden dort draußen sterben!“

„Der Hof ist verdächtig leer. Vier Wachen und ein Priester, um die Burg zu verteidigen? Das wäre ganz schön leichtsinnig.“

„Mehr sind aber nicht zu sehen.“

„Die Truppe, die uns am Marktplatz überfiel, war zuerst auch nicht zu sehen …“

Garret sah nach hinten zu den anderen.

„Knorre, könnt Ihr jemanden sichtbar machen, der sich vor unseren Blicken verbirgt?“

„Nein. Nicht direkt.“

„Könnt Ihr uns unsichtbar machen?“

„Ich bin ein Arteficier“, versetzte Knorre leicht gekränkt. „Kein Wald-und-Wiesen-Magier! Gib mir Silber und Platin, einen guten Diamanten, meine Werkstatt und ein halbes Jahr Zeit, dann fertige ich dir einen Ring, der dich unsichtbar macht! Aber unter diesen Umständen, ausgeschlossen.“

„Ich komme darauf zurück, sobald ich den Diamanten habe“, entgegnete Garret grinsend und sah dann fragend zu Leonora. Doch die schüttelte bedauernd den Kopf.

„So etwas braucht mehr Vorbereitung“, erklärte sie.

„Also müssen wir ohne Magie auskommen“, stellte Garret fest. „Woran kann es liegen, dass wir niemanden sehen? Entweder ist der Gegner unsichtbar, oder es ist gar keiner da. Wenn wir so tun, als halte sich jemand versteckt, können wir also nichts falsch machen. Nun gut.“ Er winkte

Argor herbei. „Gib mir Rückendeckung … wenn sich jemand zeigt, dann erledige ihn."

„In Ordnung", sagte Argor und legte seine Armbrust an.

„Als Erstes der Priester!", sagte Garret. Er trat entschlossen um die Ecke, spannte seinen Bogen und schoss den Pfeil fast senkrecht in die Luft, dann zog er sich genauso schnell wieder in die Deckung des Stalls zurück.

Zuerst schien es, als hätte der Schuss keine Wirkung gehabt, doch mit einem Mal versiegte der Kampflärm vor dem Tor.

„Hab ihn wohl erwischt", meinte Garret zufrieden.

„Nur wie?", fragte Argor. „Ich hab den Kerl nicht einmal gesehen!"

„Das ist das Praktische an einem Bogen", sagte Garret grinsend. „Man kann damit auch blind schießen. Siehst du eigentlich irgendwo einen der Unsichtbaren?"

„Nein", knurrte Argor. „Wie sollte ich auch? … Oh, verdammt!"

„Was ist …", begann Garret.

„Mist!", zischte Knorre.

Unsichtbar war er wohl nicht gewesen, womöglich hatte er den Eingang des Zeughauses bewacht, der für sie nicht einsehbar war. Auf jeden Fall stand plötzlich ein königlicher Soldat am Anfang der Gasse zwischen Zeughaus und Stall und glotzte sie an. Er trug sein blankgezogenes Schwert in der Hand, hatte es aber nicht erhoben. Er wirkte mindestens genauso verdutzt wie die Freunde, womöglich hatte er irgendetwas gehört und war gekommen, um nachzusehen. Offensichtlich hatte er nicht damit gerechnet, jemanden zu finden.

Argor hob die Armbrust, drückte ab und traf den Mann an der Stelle zwischen Lendenschutz und Brustpanzer.

Garret stieß ihm den Pfeil, den er gerade hatte auflegen wollen, durchs Auge in den Kopf.

Aus Sinas Hand schoss ein fahler Blitz hervor, der den armen Kerl in tausend knisternde Funken hüllte.

Und Tarlon hob die Axt, ließ sie aber mit einem Seufzer wieder sinken und trat nach vorne, um den sterbenden Soldaten mit einer Hand aufzufangen und ihn nach hinten in die Gasse zu ziehen.

„Das war etwas übertrieben", meinte er trocken, während er dem Mann den Mund zuhielt, bis er sich nicht mehr regte und sein Körper erschlaffte.

„Tut mir leid", entschuldigte sich Argor, während er einen neuen Bolzen auflegte. „Er hat mich erschreckt!"

„Ist er einer von den vieren, die du am Eingang zur Halle gesehen hast?", fragte Tarlon, als er das Zeichen der Göttin über dem Toten ausführte. Er griff seine Axt und ging wieder nach vorne zu Garret, der soeben einen neuen Pfeil aus seinem Köcher auswählte. Die drei, die er noch in Reserve hatte, nahm er zusammen mit dem Bogen in die linke Hand, den neuen legte er auf.

Garret blickte zu Argor hinüber, der ihm kurz zunickte. Dann trat er hinaus auf den Hof und sah zum Eingang hinüber, wo nur drei der vier Soldaten standen. Er pfiff laut, und die Männer am Eingang sahen sich um, er pfiff erneut, und der vierte Soldat trat hinzu, während die anderen drei losrannten. Der erste Pfeil traf den Mann im Eingang, die anderen Geschosse folgten so rasch, dass man es kaum mitbekam.

„Dort oben!", rief Argor. Er hob die Armbrust und drückte ab. Doch der Priester, der plötzlich ihnen gegenüber auf den Burgzinnen aufgetaucht war, hob abwehrend die Hand, und Argors Bolzen verfehlte ihn um Längen. Der Zwerg sah fassungslos auf seine Armbrust hinab. „Das gibt es nicht!", protestierte er. „Ich hatte ihn genau im Visier!"

Garret sparte sich eine Bemerkung und holte den nächsten Pfeil aus dem Köcher hervor. Er zog den Bogen aus und schoss … doch auch sein Pfeil verfehlte den Priester. Der hob nun beide Hände, worauf sich Dunkelheit um ihn zu sammeln schien.

Garret ließ indes den Bogen sinken und runzelte die Stirn.

„Du hast auch vorbeigeschossen?", fragte Argor verwirrt. Dann blickte er zum Priester, um dessen Gestalt sich das Dunkel immer mehr zusammenzog.

„Wir sollten von hier verschwinden!", rief er und zupfte Garret am Arm.

„Finger weg!", zischte der und legte seinen nächsten Pfeil auf. Er schoss, und wieder flog der Pfeil zunächst wie an der Schnur gezogen auf den Priester zu, um dann erneut nach links abzudriften. Diesmal jedoch beschrieb das Geschoss einen Bogen und traf den Priester in die Seite. Langsam ließ Garret den Bogen sinken und kratzte sich am Hinterkopf, während der Priester röchelnd niedersank.

„Das war seltsam", meinte Garret nachdenklich. „Der Kerl wollte nicht, dass der Pfeil ihn traf … aber diesmal war mein Wille stärker!"

„Aha", machte Sina und grinste. „Du schummelst also auch. Du lenkst den Pfeil ins Ziel."

Garret wandte sich zu ihr um und sah sie überrascht an. „So lehrt man es uns in Lytara", sagte er dann. „Warum sollte man schießen, wenn man nicht treffen will?"

„Sie bemängelt nur, dass du Magie verwendest", erklärte Knorre. Er streckte seinen Hals um die Ecke und suchte den Burghof ab. „Aber darüber können wir uns später unterhalten. Seht ihr noch jemanden?"

„Nein“, antwortete Garret. Er trat einen Schritt vor und sah zum Haupttor der Burg, das unter dröhnenden Schlägen erzitterte. „Sollen wir ihnen helfen, Argor?“, fragte er.

„Bin ja schon auf dem Weg!“, grummelte der junge Zwerg und rannte los.

„Komm später nach!“, rief Knorre ihm hinterher. „Du hast immer noch den Handschuh, den brauchen wir!“ Argor winkte, um zu zeigen, dass er verstanden hatte, und beschleunigte seine Schritte.

Die Sera Leonora steuerte unterdessen den Eingang zur Halle an.

„Sollte nicht einer von uns vorgehen?“, fragte Garret, doch Knorre schüttelte den Kopf.

„Glaubt mir, sie weiß, was sie tut.“

Bis auf die Toten war niemand in der Halle zu sehen. Aus den oberen Stockwerken drangen dröhnende Schläge zu ihnen herab und brachen die unheimliche Stille.

„Die Treppe dort führt hoch zur Krönungshalle, in der sich auch der Zugang zum Trutzturm befindet.“ Knorre grinste breit. „Es hört sich nicht so an, als hätten sie die Tür schon geöffnet!“

Kaum hatte er das gesagt, erschütterte ein mächtiger Donnerschlag die Halle. Scheiben klirrten in den Fassungen, und Kerzenständer fielen um. Schwere Tische und Bänke tanzten, Geschirr fiel zu Boden, und von der hohen Decke der Halle löste sich der Putz in großen Stücken. Einer der schweren Kronleuchter riss sich von seiner Kette los, stürzte hinab und verfehlte Sina nur knapp, die sich durch einen Sprung zur Seite gerade noch rechtzeitig in Sicherheit bringen konnte.

Im selben Moment hörten sie vom Burghof her einen lang gezogenen Schrei voller Panik und Angst.

„Vanessa!“, rief Garret und rannte zum Ausgang. Auf dem Hof schaute er hoch und sah Lindors Drache, der gerade in den Himmel aufstieg, in der linken Klaue Vanessa, halbnackt und blutüberströmt. In einem eleganten Manöver legte sich das Ungeheuer auf den Rücken und stieß dann mit einem kraftvollen Flügelschlag auf ihn herab.

„Nein!“, schrie Garret verzweifelt. „Nicht so! Nicht auf diese Weise!“ Er hob seinen Bogen, doch Tarlon, der ihm hinterhergerannt war, fiel ihm in den Arm. „Garret, nicht!“, rief er. „Sie hat beide Schwerter in der Hand, siehst du? Sie ist nicht tot!“ Ein Windstoß presste die beiden fast wieder zurück in die Halle, als der Drache mit hartem Schwingenschlag über den Boden schoss und Vanessa ein Stück vom Eingang entfernt fallen ließ. In einem Wirbelsturm aus Staub und Dreck erhob sich der Drache wieder und stieg senkrecht in die Luft, um dann vor dem obersten Stockwerk der Burg, wie ein Falke rüttelnd, in der Luft zu verharren. Doch Garret sah nicht einmal hin, zum ersten Mal in seinem Leben ließ er achtlos seinen Bogen fallen und rannte über den Hof zu der Stelle, an der Vanessa sich gerade benommen aufrichtete.

„Trag sie rein!“, rief Tarlon, den Blick hinauf zum Drachen gerichtet. „Beeil dich!“ Er griff Garrets Bogen und warf die mächtige Tür zur Halle hinter sich zu, nachdem sein Freund mit Vanessa auf dem Arm hereingesprintet war. Es geschah gerade noch rechtzeitig, denn vor der Halle ging ein Feuerregen auf die Welt hernieder!

Eine fahle Hand

Als Lindor den Raum verließ und die Tür hinter sich zuzog, war sein Kragen aus weißem Leinen mit Blutspritzern befleckt.

„Lebt sie noch?“, fragte Lord Daren. Im selben Moment war ein lang gezogener Schrei zu hören, dem ein verzweifeltes Wimmern folgte.

„‚Noch‘ trifft es ganz gut“, sagte Lindor und richtete sich den Gürtel. „Eure Leute sind nicht gerade zimperlich.“

„Es ist nur ein kleiner Vorgeschmack auf das, was sie in Darkoths Hand erwartet“, meinte Lord Daren mit einem verärgerten Blick auf die Tür, die sich noch kein Stück bewegt hatte. Er fasste einen Entschluss.

„Hört auf“, befahl er barsch. „Wir haben keine Zeit mehr, die Meute ist kurz davor, die Burg zu stürmen.“

Er griff unter seine Robe und zog eine bleiche abgeschlagene Hand hervor. „Es wird Zeit, dass Graf Torwald die wahre Macht meines Gottes kennen lernt!“ Er trat an die Tür heran und packte die Hand fest am Stumpf. Zu Graf Lindors Entsetzen ballte sie sich dabei zu einer Faust. In dem Moment wurden die hohen Fenster an der Westseite von einem großen tanzenden Schatten verdunkelt.

Ich bin da. Jetzt?

Ja!, antwortete Lindor seinem Drachen.

„Darkorth!“, rief Lord Daren unterdessen mit einer

Stimme, die das Fundament der Burg zu erschüttern schien. Dann schlug er mit der toten Faust gegen den schwarzen Stahl. Der Boden und die gesamte Halle schienen unter dem mächtigen Schlag zu Beben, einige der Soldaten wurden umgerissen, und selbst Lindor hatte Mühe, sich auf den Beinen zu halten. Er drehte sich um und riss die Tür zu dem Raum auf, den er soeben verlassen hatte. Bevor er sie hastig wieder hinter sich zuschlug, sah er noch, wie die Tür aus schwarzem Stahl mühelos wie eine Spielkarte eingedrückt und davongeschleudert wurde und ein großes Loch in der dicken Wand des Trutzturms zurückblieb.

„Daren trug die Hand des dunklen Gottes bei sich?“, rief Lamar entsetzt. „Schsch!“, kam es aus dem Gastraum, und böse Blicke spießten ihn förmlich auf. Er hob abwehrend die Hände. „Schon gut, ich bin ja still!“

Lord Daren lachte wild, als die Faust Darkoths die letzte Barriere zwischen ihm und dem Grafen niedergerissen hatte. „Dies ist die Macht meines Gottes!“ rief er. Triumphierend reckte er die blasse Hand dem Himmel entgegen. „Nichts kann gegen sie bestehen!“ Doch dann sah er, wie einer seiner Priester mit Panik in den Augen zur Seite zeigte … er fuhr herum und blickte in ein furchterregendes Maul, das sich durch die berstenden Fenster an der Westseite der Halle schob und sich weit öffnete …

„Neiiin!“, rief er noch … doch es war zu spät. Mit einem ohrenbetäubenden Grollen und Fauchen schoss der Drachenatem in den Raum und trieb alles vor sich her, Tische, Bänke, Priester und Soldaten, die aufloderten und verglühten, noch bevor die Feuerwalze Lord Daren erreicht hatte.

„Darkoth!“, rief Lord Daren, „rette mich!“ Er warf sich

zu Boden und umklammerte die fahle Hand seines Gottes, während er sich verzweifelt den eigenen Dolch in sein linkes Handgelenk rammte! Blut spritzte auf, ein Tropfen davon fiel auf Darkoths Hand und wurde sofort von ihr aufgesogen … dann ging die Welt in heißem Feuer unter.

Das Holz der schweren Tür bebte unter Lindors Händen und wurde heiß, und obwohl sich Lindor mit aller Kraft dagegenstemmte, schlugen Flammen aus dem dünnen Spalt zwischen Tür und Rahmen. Für einen endlos langen Augenblick befürchtete er, der Riegel und seine Muskelkraft würden die Tür nicht halten können, doch dann war es überstanden.

Einen Moment stand er da und zog lautstark den Atem ein. Vor ihm lagen die drei getöteten Soldaten, von den scharfen Klingen in Stücke geschlagen, doch er sah nur auf das offene Fenster und erlaubte sich ein feines Lächeln.

Ein letzter tiefer Atemzug, dann nahm er sich ein Herz und zog den Riegel zurück. Er öffnete die Tür und blickte in die Halle, die noch immer ein loderndes Inferno war. Überall züngelten die Flammen, die hohe Decke brannte, und von den Wänden tropfte feurige Gesteinsmasse herab. Ihm gegenüber lag der Zugang zum Trutzturm, ein einziges verwüstetes Loch, doch dahinter schien sich etwas zu regen, während in der Halle wohl niemand mehr am Leben war.

Schwer atmend stützte sich Lindor am Türrahmen ab.

„Es ist vorbei“, sagte er laut. „Der Göttin sei Dank.“

„Es ist noch nicht vorbei, Lindor“, hörte er die Stimme Lord Darens.

Fassungslos sah der Graf zu, wie der dunkle Priester aus dem Feuer trat. Seine schwarze Robe schwelte, und Brandblasen verunstalteten sein hageres Gesicht, doch sein grimmiges Lächeln war siegesgewiss. Der Priester Darkoths hob seine linke Hand, und voller Schrecken erkannte Lindor, dass es nicht Lord Darens eigene Hand war, die dort auf dem Armstumpf saß, sondern eine andere, fahle, die ein bleiches, kaltes Licht aussandte. Von einem Moment zum anderen wurde die Halle von einem eisigen Hauch durchzogen, der allem Feuer die Kraft nahm und die Hitze in sich aufsog, als hätte hier nicht ein Drachenbrand gewütet, sondern nur ein Funken sein Licht versprüht.

„Ich wusste schon immer, dass Ihr ein Verräter seid!", sagte Lord Daren lächelnd, als er langsam näher schritt. „Es wird so kommen, wie ich es Euch prophezeit habe … Ihr werdet durch Seine Hand sterben!"

„Das wird er nicht!", rief eine andere Stimme, und ein hoch gewachsener Mann in einer alten, kunstvoll gefertigten Rüstung trat aus dem gesprengten Zugang zum Trutzturm hervor. Das Wappen des Greifen prangte auf seinem Bruststück. Es war Graf Torwald, das Gesicht umrahmt von schlohweißem Haar. Er mochte zwar alt sein, doch noch immer war der unbeugsame Wille in ihm, der ihn über fünf Dutzend Jahre hinweg die Greifenlande hatte halten lassen.

Hinter ihm bezogen vier Armbrustschützen Stellung und legten auf Lord Daren an.

„Ist das Euer Ernst?", fragte der dunkle Priester und schien verwundert. „Ich habe soeben Drachenfeuer überstanden, meint Ihr, da könnten mich Eure Bolzen schrecken? Die Macht meines Gottes durchströmt mich, keiner dieser Bolzen wird mich auch nur berühren!"

„So?", entgegnete Graf Torwald und gab seinen Männern ein Zeichen. Vier Bolzen schossen auf den Priester zu. Sie flammten silbern auf, als sie kurz vor ihm auf eine unsichtbare Wand zu treffen schienen ... doch dann schlugen sie hart in Darens Körper ein. „Wir haben einen Schrein im Trutzturm, er ist der Mistral geweiht ... ebenso wie diese Bolzen“, erklärte Graf Torwald, während der Priester langsam auf die Knie sackte. „Ihr mögt doch den Schmerz, nicht wahr? Ich hoffe, Ihr genießt ihn.“

„Tretet zurück, Graf“, sagte Lindor leise. „Ihr habt noch nicht alles gesehen ... es ist nicht mehr Lord Daren, der Euch dort gegenübersteht. Er ist von seinem Gott beseelt!“

Der dunkle Priester hob sein verbranntes Gesicht und grinste die beiden Grafen an.

„Das habt Ihr gut erkannt, Lindor“, meinte er dann, während er aufstand und mit der linken Hand nacheinander die vier Bolzen berührte, die daraufhin sofort zu kaltem schwarzen Eis zerfielen. „Jetzt werdet Ihr erfahren, wie es ist, von der Hand eines Gottes berührt zu werden!“

Wieder hob er die Hand, und die Bruchstücke der Bolzen sammelten sich vor ihm in der Luft, fügten sich zu ihrer alten Form zusammen und schossen dann auf eine Geste des Priesters hin zu den Armbrustschützen zurück, die, getroffen von den eigenen Bolzen, zu schwarzem Eis erstarrten und in tausend Stücke zersplitterten, als sie von der Wucht des Aufpralls zu Boden geworfen wurden. „Dies“, rief Lord Daren triumphierend, „ist die Macht der Dunkelheit!“

„Mistral steh uns bei“, flüsterte Graf Torwald entsetzt, und Lindor zog sein Schwert ... eine sinnlose Geste, wie er wohl wusste, doch er konnte nicht anders, niemals würde er sich kampflos dem Tod ergeben.

„Lauter, Graf Torwald, Mistral kann Euch nicht hören!“ Lord Daren grinste gehässig. „Ihr seid verloren!“

„Seid Ihr sicher?“, fragte in dem Moment eine samtene

Stimme von der verkohlten Tür der Halle her. Es war Leonora. Sie stand dort im Türrahmen, ihr Umhang und ihr Haar wehten in einem nicht spürbaren Luftstrom, und ihre Augen leuchteten in einem überirdischen Grün. Etwas Erhabenes ging von ihr aus, das den Raum anfüllte und die Verzweiflung vertrieb, die sich in den Herzen der beiden Grafen eingenistet hatte.

„Leonora!", rief Graf Torwald mit Angst in der Stimme. „Lauf, bring dich in Sicherheit, dies ist kein guter Ort für dich!"

Graf Lindor jedoch war von ihrem Anblick gefangen. Es waren besonders ihre Augen, die ihn bannten, als sie sich auf ihn richteten und ihre senkrechten Pupillen sich zusammenzogen.

„Götter!", flüsterte er und sank langsam auf die Knie.

Lord Daren indes drehte sich gemächlich zu ihr um.

„Eine Priesterin der Mistral", sagte er lachend. „Sieh an. Bist du die kleine Elfin, die das Amt erst kürzlich übernahm? Weißt du nicht, wie lange es braucht, die Schriften zu studieren, um Gefäß für den Willen eines Gottes zu werden? Du beherrscht noch gar nichts … bist nicht mehr als Staub vor den Füßen meines Herrn!" Er hob die fahle linke Hand. „Vor der verkörperten Macht meines Herrn stehst du verlassen da, hier gilt der Wille deiner Herrin nicht! Keine silbernen Bande halten Ihn, siehst du? Darkoth ist frei von Ihrer Knechtschaft!"

„Nicht ganz", entgegnete Leonora lächelnd. „Habt Ihr vergessen, dass es einen letzten Tempel gibt?" Sie schüttelte den Kopf. „Ihr täuscht Euch, Daren. Solange ich lebe, wird Darkoth nicht frei sein."

„Dann sterbt!", rief der Priester und streckte die linke Hand aus. Ein fahler Lichtstrahl zuckte Leonora entgegen, doch wurde er zur Seite abgelenkt und traf die Wand, wo er Stein und Holz unter lautem Knirschen in kältestes Eis verwandelte, das sodann mit sattem Knacken brach. Doch Leonora war unversehrt. Ihr Haar erglänzte golden, und eine weiße Strähne wurde darin sichtbar.

Sie griff in die Luft, und ein golden schimmernder Pfeil mit einer sichelförmigen Spitze erwuchs in ihrer Hand.

„Wirst du seine Linke treffen?“, fragte sie den schlaksigen jungen Mann in zerrissenen und blutüberströmten Kleidern, der hinter ihr in den Raum getreten war und nun den Pfeil aus ihrer Hand entgegennahm.

„Nichts leichter als das“, entgegnete er mit einem boshaften Grinsen.

„Was hat das zu …?“, begann Lord Daren, doch ehe er sich versah, war der schwarze Bogen gespannt, und als der Pfeil die Sehne verließ, war es, als bestünde er aus goldenem Licht. Lord Daren riss den Arm zur Seite, doch es war zu spät, der Pfeil traf ihn am Handgelenk und schlug die fahle Hand vom blutigen Stumpf seines Arms.

Schock und Unglauben malten sich im Gesicht des dunklen Priesters, doch er war noch immer nicht geschlagen. Die Hand Darkoths war gut zehn Schritt weit davongeschleudert worden, aber auf eine Geste des dunklen Priesters hin erhob sie sich vom Boden und flog auf ihn zu.

„So nicht!“, rief Lord Daren triumphierend, als er nach der göttlichen Hand griff. Doch just in dem Moment, als er sie mit der Rechten greifen wollte, fuhr ihm blanker Stahl mit Wucht durch Robe, Kragen und Hals und trennte seinen Kopf vom Rumpf … noch immer trug sein Gesicht den Ausdruck des letzten Triumphs.

Der Graf von Berendall trat schwer atmend zurück, um

der Fontäne von Blut zu entgehen, die ihm entgegenspritzte, als der Letzte der dunklen Priester leblos in sich zusammensackte.

„Aber so“, stellte er befriedigt fest.

„Den Kopf zu verlieren ist lästig“, meinte Knorre breit grinsend vom Eingang her. „Das könnte selbst einen Gott irritieren.“

„Was willst du denn hier?“, fragte ihn Graf Torwald erstaunt. Unterdessen war Leonora auf den Priester zugerannt und hatte eine silberne Schachtel hervorgezogen, in der sie nun ohne Umstände die Hand des Gottes Darkoth verstaute. Mit einem satten Klicken schloss sich der Deckel wieder, und es war, als ob ein Druck aus der Halle entwiche und der Tag wieder ein weniger heller wurde.

„Lindor!“, rief Garret, als er den feindlichen Grafen erkannte, und legte hastig einen neuen Pfeil auf. „Nun werdet Ihr sterben!“ Noch während er sprach, zog er den Bogen aus, und sein Pfeil hätte den Grafen wohl auch getroffen, hätte nicht im letzten Moment eine schwarze Klinge die Bogensehne durchtrennt.

Es war Vanessa, die den Schuss mit einem letzten Kraftakt verhindert hatte. Als die Sehne riss, schlug es Garret den schweren Bogen aus der Hand. Während er Vanessa verblüfft anstarrte, sprang Lindor auf und rannte auf das geborstene Fenster zu.

„Lindor, wartet!“, rief Graf Torwald.

Doch Graf Lindor ignorierte ihn und schien alle Konzentration in den Sprung aus dem zerstörten Fenster zu legen … mit wehendem Umhang verschwand er über die Kante. Aber es war kein Aufprall zu hören, nur Nestroks triumphierender Schrei.

Garret hastete zum Fenster und sah bestürzt dem Drachen nach, der mit dem Grafen in der Klaue rasch an Höhe gewann.

„Warum hast du das getan?“, fragte er Vanessa vorwurfsvoll. Sie trat schwerfällig an die verkohlte Tür zum Nebenraum heran und stieß sie auf.

„Deshalb“, sagte sie und schluckte. „An diesem Tisch dort war ich festgebunden. Diese Männer hier ...“ Sie wies mit zitternder Hand auf die zerstückelten Toten. „Sie starben nicht durch meine Hand. Es war Lindor. Er erschlug sie, löste meine Fesseln und drückte mir die Schwerter in die Hände ... dann bat er mich, ihm zu vertrauen. Er schwor bei seiner Seele, bei der Göttin und dem Leben seines Prinzen, dass ich ihm trauen könne. Dann wies er mich an, zu warten, bis er den Raum verlassen hatte ... dann sollte ich schreien ... und dann ...“, sie schluckte erneut, „aus dem Fenster springen.“

„Aus diesem Fenster dort?“, fragte Garret zweifelnd. „Das sind gut und gerne zwanzig Mannslängen bis zum Boden!“

„Wem sagst du das?“, erwiderte sie grimmig. „Nie kostete mich etwas größere Überwindung. Ich sprang, und sein Drache fing mich im Flug auf. Und dann lag ich plötzlich vor deinen Füßen.“ Ein Lächeln huschte über ihre Lippen. „Lindor bat mich, dir und Tarlon seine Grüße auszurichten, er sei erfreut darüber, dass ihr die Flut überstanden habt.“

„Lindor erfreut?“, fragte Garret entgeistert, und seine Blicke folgten dem fernen Punkt am Himmel, der schon fast nicht mehr zu sehen war. „Er erschlug Sera Tylane, direkt vor unseren Augen!“

„Ich weiß“, sagte Vanessa leise. „Aber er rettete mich.“

„Und wahrscheinlich auch mich“, fügte Graf Torwald mit

rauer Stimme hinzu. „Nur die Götter wissen, was er für ein Spiel treibt!“

„Er sagt, er bleibe seinem Prinzen treu bis in die Verdammnis“, erklärte Vanessa leise und fröstelte unter dem dünnen Umhang, den Sina ihr geliehen hatte.

Der Graf sah zum Fenster, dann musterte er den verkohlten Raum und die Fremden, die so überraschend eingetroffen waren. Er warf einen Blick auf Leonora, die mit Sina etwas abseits stand und ihn amüsiert betrachtete, und zuletzt auf Knorre in seiner weißen Robe und dem Stab in seiner Hand.

„Selten sah ich einen Dieb in einem solch feinen Gewand“, richtete er schließlich das Wort an ihn. „Bist du gekommen, um mir mein Buch zurückzubringen?“

„Es hat dir nie gehört“, protestierte Knorre. „Dass du alter Dickschädel das nicht einsehen willst!“

„Du hast es aus *meiner* Bibliothek gestohlen. Wie konnte ich dir nur all die Jahre vertrauen!“

„Ich hatte es zuvor in deiner Bibliothek versteckt, damit es sicher verwahrt blieb!“, rief Knorre erzürnt.

„Und es war ja nicht das Einzige, was du gestohlen hast“, fuhr der Graf unbeirrt und mit einem vorwurfsvollen Blick zu Leonora fort.

„Herzen kann man nicht stehlen“, wandte die Sera mit einem sanften Lächeln ein. „Er besaß das meine schon, bevor ich dich kennen lernte, Torwald!“ Sie sah die beiden an und schüttelte leicht den Kopf. „So alt und doch so kindisch. Vertragt euch endlich, bevor ich wütend werde.“

„Oh, oh!“, sagte Knorre und lächelte leicht. „Das ist eine Warnung, die wir besser ernst nehmen sollten!“

Der Graf wollte gerade etwas erwidern, als Argor durch die verbrannte Tür trat und sich staunend umsah.

„Komme ich ungelegen?“, fragte er. „Ich will die hohen Herrschaften nicht beim Streiten stören, aber Meister Knorre sagte, es sei wichtig, dass ich ihm dies hier bringe.“ Er hielt einen Kettenhandschuh hoch.

„Gebt ihn diesem alten Dickkopf dort“, sagte Knorre entnervt und wies mit dem Kopf auf Graf Torwald. „Vielleicht versteht er es ja dann!“

„Was soll ich verstehen?“, fragte der Graf verwirrt, als Argor höflich vor ihn trat und ihm den Handschuh hinhielt. Dann nahm er ihn entgegen und wiegte ihn in der Hand. „Ich trage Plattenhandschuhe im Kampf“, meinte er zu Knorre. „Das müsstest du doch wissen.“

„Nun, Durchlaucht“, begann der Artificier mit einem breiten Grinsen. „Ihr habt ein Regiment königlicher Soldaten vor Euren Mauern liegen, und einen Golem im Hafen. Bislang hatte beides wenig miteinander zu tun … doch das könnte sich nun ändern.“

„Das ist *jener* Handschuh?“, fragte der alte Graf fassungslos.

„Ganz recht. Derselbe, den der erste Graf von Berendall erhielt, um den Wächter der Stadt zu kontrollieren. Derselbe, der einst gestohlen wurde und nun zu seinem rechtmäßigen Besitzer zurückgekehrt ist. Das Buch allerdings, Torwald, gehört *mir*!“

„Welches Buch denn eigentlich?“, fragte Lamar. Der alte Mann sah ihn verwundert an. „Erinnert Ihr Euch nicht? Knorre besaß ein Buch mit verschlüsselten Aufzeichnungen seines Vorfahren. Nun, offenbar hatte es zuvor lange in der Bibliothek des Grafen Torwald gestanden.“ Er schmunzelte. „Und es gab Meinungsverschiedenheiten darüber, wem es gehörte. Die beiden stritten ständig darüber.“ Er zuckte die

Schultern. „Es war eine ironische Wendung, dass diese Frage nunmehr das einzige Problem war, das noch verblieb ... Wenn man einmal von dem Regiment der königlichen Soldaten absieht, das noch immer vor den Toren Berendalls lagerte." Er rieb sich nachdenklich die Nase. „Ich frage mich des Öfteren, was geschehen wäre, wenn dieses Regiment zur gleichen Zeit versucht hätte, die Stadt einzunehmen. So jedenfalls war schon alles vorbei, als die Hüterin mit fünfzig Mann zu Pferde die Stadt erreichte ..."

Trotz aller Eile und obwohl sie die Pferde erbarmungslos angetrieben hatten, dauerte es doch fast drei volle Kerzen, bis Meliande schließlich auf einer Anhöhe kurz vor Berendall Halt machen konnte. Die Hauptmänner Hendriks und Hugor ritten neben sie und zügelten ebenfalls ihre Pferde. Zusammen musterten sie die Stadt, die vor ihnen lag.

„Ich habe etwas anderes erwartet", sagte Meliande dann. „Die Tore der Stadt stehen offen, aber der Wall ist besetzt." Über Berendall stiegen Rauchwolken auf, vielleicht rührten sie von kleinen Bränden her, vielleicht auch nur vom Feuer in den Kaminen. Vor der Stadt scharten sich Bauern mit Karren und Gespannen voller Waren. Soweit man es aus der Entfernung erkennen konnte, fertigten die Wachen am Tor den Verkehr zügig ab. Was auch immer den Alarm ausgelöst hatte, es schien vorbei.

„Seht nur dort", rief Hendriks und wies mit dem Arm zur Stadt. „Neben dem Tor, rechts von dem Wachhaus, laden sie gerade Leichen auf einen Karren auf. *Etwas* ist hier geschehen."

„Hat ganz den Anschein", sagte Meliande und ließ ihr Pferd in den Schritt fallen. „Allerdings werden nicht herausfinden, was, wenn wir hier herumstehen."

„Vielleicht doch“, meinte Hugor plötzlich und klatschte sich lachend auf die Schenkel. „Sind wir denn alle blind? Werft mal einen Blick auf das Banner über dem Tor … rechts weht das des Grafen von Berendall, aber das Linke ist neu … oder vielmehr ziemlich alt.“ Er sah amüsiert zur Hüterin hinüber, die verwundert auf das Banner starrte. „Es scheint, als hätte jemand schon die Stadt für Euch gewonnen.“

Und tatsächlich wehte dort oben das Banner des Greifen, das Schwert gesenkt und die Schlange aufgespießt.

„Das war nun offenbar die Schlacht um Berendall", lachte Lamar. „Hat jemand von Euch daran geglaubt, dass es so einfach werden würde?"

„Nein", antwortete der Geschichtenerzähler und stopfte sich nachdenklich die Pfeife. „Wir alle haben eine große Schlacht erwartet … aber ganz so einfach war es ja auch nicht. Ohne das Eingreifen der Priesterin Leonora hätten wir den Kampf nicht für uns entscheiden können. Außerdem war es für unsere Freunde eine ziemliche Ernüchterung. Niemals zuvor waren Garret, Tarlon und auch Vanessa dem Tode näher gewesen. Zudem wusste jeder, dass die eigentliche Schlacht noch bevorstand. Es gab keinen Zweifel daran, dass der Kanzler noch immer nach der Krone gierte. Und was die betrifft, hatte Pulver in der Nacht zuvor noch eine bedeutsame Entdeckung gemacht …"

Während Pulver und Astrak auf Elyra und Barius warteten, halfen sie den anderen dabei, den Tempel zu säubern. In einer großen Kiste fand Astrak unbenutzte Kerzen, und so war der Tempel hell erleuchtet, als die Nacht über Alt Lytar hereinbrach. Immer wieder stießen sie auf Spuren der vergangenen Gewalttaten. Auch nach all den Jahrhunderten war genau zu erkennen, wo Blut geflossen war. Pulver machte sich dann jedes Mal mit beinahe grimmiger Inbrunst daran, die eingetrockneten Flecken vom Boden des Tempels abzuscheuern. Irgendwann, als er nach frischem Wasser verlangte, war es jemand Unbekanntes mit geschuppten Händen, der einen schweren Eimer neben Pulver stellte.

Der Alchimist sah überrascht auf. Der Mann, der vor ihm stand, war einfach gekleidet, groß gewachsen und schlank, nichts an ihm war absonderlich, bis auf die geschuppte Haut, die auch in ihrer Musterung der einer Schlange glich.

„Mein Name ist Nasreth", sagte der Mann. „Ich bin Lenises Bruder, und ich komme, um Euch einzuladen, unseren Anführer zu treffen."

„Sobald hier kein Blut mehr zu sehen ist, werde ich mit Euch kommen", antwortete Pulver verbittert. Lenises Bruder sah auf eine rostbraun befleckte Stoffpuppe herab, die der Alchimist auf eine nahe Kiste gelegt hatte. „Dann helfe ich Euch", sagte Nasrerth. Er kniete neben Pulver nieder, griff sich eine der Handbürsten und nahm einen anderen Blutfleck in Angriff. Er warf einen Blick zu Astrak hinüber, der zusammen mit Lenise die Kerzen entzündete.

„Sie wird ihn heiraten. Sie bekommen drei Kinder, eines davon ein Mädchen mit blauschwarzen Haaren und dunklen Augen, wie die Mutter Eures Sohnes sie besaß. Das hat sie mir vor vier Jahren mitgeteilt. Sie wusste weder seinen Namen noch die Umstände, unter denen sie zusammentreffen würden, doch sie hat ihn mir genau so beschrieben, wie ich ihn dort sehe. Bereitet Euch das Schwierigkeiten?"

„Wie werden sie das Mädchen nennen?"

„Senise."

„Dann sehe ich keine Probleme", meinte Pulver und schrubbte härter. Seines Wissens hatte bislang niemand hier erwähnt, wie Astraks Mutter geheißen und wie sie ausgesehen hatte. Er wischte sich die Augen und fluchte leise, als das verdammte Seifenwasser in ihnen zu brennen begann.

„Was ist mit Euch, Meister Pulver?“, fragte Nasreth vorsichtig.

„Wie zuverlässig sind ihre Prophezeiungen?“, fragte Pulver leise.

„Bislang trafen sie noch immer ein.“

„Dann wird Astrak den Krieg überleben.“ Er wischte sich erneut die Augen. „Es ist der Staub“, sagte er dann, und Nasreth nickte. „Ich weiß.“

Etwas später stand Pulver zusammen mit Lenises Bruder vor dem großen Altar, direkt unter der schwebenden Statue der Göttin. Sorgfältig hatten sie die Reste der alten Opfergaben abgeräumt, und nun lag der reich verzierte Altar frei vor ihnen. Auch an ihm befand sich noch eingetrocknetes Blut, doch es würde sich leicht von dem Gold der Verzierung entfernen lassen.

Es war etwas anderes, das Pulvers Aufmerksamkeit erregt hatte.

„Hier ist ein Fußabdruck im Blut zu sehen“, sagte er leise. „Recht zierlich, vermutlich gehörte er zu einer Frau. Dort draußen vor dem Tempel liegen die sterblichen Überreste der letzten Hohepriesterin unserer Göttin. Sie trug Seidenschuhe, daran erinnere ich mich, denn sie zerfielen fast unter meinen Händen, als ich sie berührte ... Einer von ihnen hatte eine blutige Sohle ... wartet hier einen Moment.“

Nasreth sah ihn erstaunt an, dann nickte er. Viel hatten sie bislang nicht gesprochen, dachte Pulver, als er sich eine Laterne griff und den Tempel verließ. Ein stiller Begleiter mit Schlangenhaut ... und eine zukünftige Schwiegertochter ohne Augen. Pulver schüttelte den Kopf ... vor wenigen Wochen hätte er sich das alles nicht träumen lassen. So schnell konnte es also gehen. Es fiel ihm schwer, Lenises fehlende Augen zu ignorieren, gerade ihre Schönheit war es, die diesen Mangel umso deutlicher hervortreten ließ, doch wenigstens würden die Kinder Augen haben.

Pulver seufzte und sah nach oben in den Nachthimmel, hinauf zu Mistrals Stern. Er hoffte inständig, dass Sie ihnen Ihre Gnade zeigen und alles gut werden würde.

Es dauerte nicht lange, bis er die gebleichten Überreste der Priesterin gefunden hatte. Ihr Schuhwerk lag neben den Knochen, es war schon fast zerfallen, und von dem linken Schuh war kaum mehr als die Sohle übrig. Mistrals Stern stand tief, und es würde nicht mehr lange dauern, bis ein neuer Tag herandämmerte. Wie lange waren Barius und Elyra nun schon in den Tiefen des Tempels verschwunden? Fast dreißig Kerzen mussten es jetzt sein. Oder sogar noch mehr? Er richtete seinen Blick auf den Stern der Göttin und betete dafür, dass Elyra und dem Priester Loivans nichts zugestoßen war. Dann nahm er respektvoll den Schuh auf und ging zurück in den Tempel. Dieses Mal zumindest hatte die Göttin sein Gebet prompt erhört, denn Elyra und Barius standen vor dem Altar und unterhielten sich mit Astrak, Lenise und deren Bruder.

Oder war sein Gebet doch zu spät gekommen?, fragte sich Pulver, als er näher kam und sah, wie bleich Elyra war und wie dunkel sich die Schatten unter ihren Augen abzeichneten. Sie sah erschöpft aus und um Jahre gealtert. Und auch Barius wirkte mitgenommen.

„Ich bin froh, dass du wieder da bist, Elyra“, begrüßte er sie erleichtert und sah dann zu dem Priester Loivans. „Ich weiß nicht, was Ihr befürchtet habt, Freund Barius, aber Eurer Miene nach zu urteilen ist es sogar noch schlimmer gekommen."

„Das trifft es wohl", sagte Elyra in erschöpftem Ton. „Dort unten gibt es eine Kammer, tief unter der Erde, sie ist so seltsam und erschreckend, dass mir die Worte fehlen, sie zu beschreiben. Ein Strom von Magie tobt in ihr, sich windend und schrecklich anzusehen. Es ist, als wäre die Magie die Kette, die dort etwas bindet, was so mächtig ist, dass ich es in meinen Gedanken nicht erfassen kann. In der Kammer stehen zwei silberne Kästen, mit Fenstern aus Kristall und Glas, durch die man hindurchsehen kann. In einem Kasten ruht der Kopf eines Mannes, so wohl geformt, dass mein Herz in Liebe hätte entflammen können, würde da nicht eine ungekannte Grausamkeit in seinen Zügen liegen. Er … er lebt. Er öffnete seine Augen und versuchte mich unter seinen Willen zu zwingen. Der Kasten, in dem er sich befand, war durch Magie gefesselt. Der andere jedoch nicht. In ihm fand ich ein Herz, so alt und eingetrocknet, dass es zu Staub zerfiel, als ich den Kasten nur leicht berührte. Ich fand auch dies."

Sie hielt Pulver ein schwarzes Messer hin. Die Klinge war mit dunklen Runen überzogen, die unheilvoll zu pulsieren schienen. Unwillkürlich wich der Alchimist vor ihr zurück. Wenn es das Böse gab, dann war es dort in dieser Klinge.

„Legt es beiseite, bitte", sagte Pulver hastig, und Elyra verstaute das Opfermesser sorgfältig unter ihrer Robe.

„Ich werde später versuchen, es zu zerstören. Oder es an einem sicheren Ort verwahren", sagte sie leise, und setzte dann ihren Bericht fort. „Alles dort unten war voller Blut, mehr, als ein Mensch verlieren kann. Es war frisch, als wäre es eben erst verströmt. Aber das Schlimmste ist …" Sie atmete tief durch, „ich habe in die schwarzen Augen Darkoths gesehen, ich habe das Antlitz dieses furchtbaren Gottes erblickt, und ohne den Schutz meiner Göttin wäre ich dem Wahn verfallen, vielleicht war ich es sogar für einen Moment. Der Gott lebt, sein Gesicht ist frisch und rosig, als wäre der Kopf gar nicht vom Rumpf getrennt ... er sah mich und lachte mich aus. Aber das Herz ... es ist zerfallen."

„Wäre es das Herz des dunklen Gottes gewesen, hätte es noch geschlagen", sagte Barius wissend.

„Das kann nur eines bedeuten", meinte Elyra, und Barius nickte voller Sorge.

„Jemand drang einst in diese Kammer ein, bewaffnet mit jenem Dolch, der Darkoth geweiht ist. Jemand kam in das Gefängnis des dunklen Gottes ... und befreite dessen Herz ... Er riss sich das eigene Herz heraus und nahm das des Gottes in sich auf! Das ist die einzige Erklärung für das, was ich in dem aufgebrochenen Kästchen fand. Irgendwo gibt es jemanden, in dessen Brust ein dunkles Herz schlägt und der von Darkoth beseelt ist wie kein anderer. Jemand, den dieses Herz so gut wie unsterblich macht und der über eine Macht gebietet, wie man sie auf dieser Welt nicht kennt."

„Belior", sagte Pulver mit belegter Stimme. „Es ist Belior, nicht wahr?"

„Ja", entgegnete Elyra erschöpft. „Das ist die Lösung unseres Rätsels. Nur so konnte es sein, dass Barius den Mörder erschlug, dieser aber immer noch unter uns wandelt."

„Und er ist hierher unterwegs, um die Krone an sich zu reißen", ergänzte Pulver leise. „Aber das wussten wir ja schon. Ich denke allerdings, es gibt noch einen weiteren Grund. Wenn Darkoth Belior beseelt, dann muss auch er eine Absicht verfolgen. Auch der dunkle Gott sucht etwas.

Und er darf es noch weniger bekommen als Belior die Krone."

„Darkoth will seinen Kopf aus den Banden der Göttin befreien", sprach Barius aus, was ein jeder hier befürchtete. „Er würde vor nichts zurückschrecken, um ihn wiederzubekommen. Ganze Länder würde er zerstören, nur um dieses Ziel zu erreichen!"

Pulver stand plötzlich stocksteif da.

„Sag, Elyra, hast du nicht die Schriften dazu studiert?", fragte er dann die junge Priesterin.

„Ja, ein wenig", antwortete sie müde. „Warum?"

„Versuche dich zu erinnern. Sprach Mistral davon, dass Sie Lytar *selbst* zerstören würde, wenn man Ihre letzte Priesterin erschlägt?"

Elyra schüttelte den Kopf.

„Das weiß ich leider nicht, Meister Pulver. Ich habe diese Prophezeiungen noch nicht studiert." Sie wies mit einer Geste zur Treppe unter dem Altar. „Irgendwo dort unten müssen die Aufzeichnungen liegen, aber ich konnte mich noch nicht mit ihnen beschäftigen."

„Ich kann es Euch sagen, Meister Pulver", meldete sich Barius zu Wort. „Sie sprach nur allgemein von einem Strafgericht der Götter, das über Ihr Volk kommen werde. Sie sagte nicht, dass Sie es selbst halten werde. Nur, dass nach der Katastrophe eine Zeit komme, in dem niemand im Greifenland ihr als Priester dienen könne ..."

Pulver nickte langsam, während Elyra ihn mit großen Augen ansah.

„Was wäre", begann Pulver langsam, „wenn es gar nicht unsere Herrin war, die Lytar verwüstete? Lytar war Ihre Stadt, Ihre Schöpfung, mit all den Fehlern, mit denen seine menschlichen Bewohner behaftet waren. Das stärkste Reich der Welten, als Einziges stark genug, sich mit den Göttern selbst zu überwerfen." Er räusperte sich. „Vielleicht auch stark genug, um einen Gott zu binden?"

Er sah auf den Altarstein, als wollte er durch ihn hindurch in jene Kammer blicken, von der Elyra berichtet hatte. „Sein Herz wurde befreit ... seitdem wandelt Er wieder auf dieser Welt. Was, wenn es nicht unsere Herrin war, sondern Er, der Lytar zerstörte?"

„Göttin!", hauchte Elyra ergriffen. „Wenn nicht Sie uns so übel bestraft hat, dann kann Sie uns auch nicht Ihre Gnade verwehrt haben!"

„Sie ist die Göttin der Gnade, die Schwester meines Herrn, der nur der Gerechtigkeit dient. Es war mir immer unverständlich, wie Sie so hat handeln können, denn es war gnadenlos ... auch im alten Lytar gab es Menschen, die ohne Schuld waren!", rief Barius ergriffen. „Nun ergibt alles einen Sinn!"

Eine Weile standen sie da, sahen einander an und versuchten zu verstehen, was all dies für sie zu bedeuten hatte. Ohne es selbst recht zu bemerken, hatte sich Elyra an Pulvers Schulter gelehnt, und nun weinte sie lautlos, während er sie tröstend in den Arm nahm.

„All diese Jahre dachten wir, sie hätte uns gerichtet", flüsterte Pulver bestürzt. „Wir hätten es besser wissen müssen! Sie hat uns nicht gedroht, sie hat uns nur gewarnt!"

„Deshalb ist Belior auch so versessen auf die Krone", stellte Astrak fest. „Ihre Macht könnte ihm Einhalt gebieten, wenn sie gegen ihn verwendet wird. Oder ihn wahrhaft unbesiegbar machen, falls sie in seine Hände gelangt." Er schüttelte verzweifelt den Kopf. „Und wir wissen nicht einmal, wo sie ist!"

„Oh doch", widersprach Pulver leise. „Das wissen wir."

Sie alle sahen ihn sprachlos an. Dann wischte sich Elyra schniefend mit der Hand die Tränen ab und räusperte sich.

„Und wo ist sie?", fragte sie heiser.

„Du hast mir doch gesagt, du habest in einer Vision gesehen, wie du ihm die Krone überreichtest."

„Das stimmt", bestätigte Elyra. „Worauf wollt Ihr hinaus?"

„Er fordert sie von dir, weil du ihre Hüterin bist", erklärte Pulver. Noch immer hielt er die alte Sohle in der Hand, nun legte er sie auf den Fußabdruck auf dem Altar. Sie passte genau.

Ohne Umschweife stieg Pulver auf den Altarstein.

„Meister Pulver!", rief Elyra entsetzt. „Kommt sofort da herunter!"

„Ja doch", beschwichtigte er und richtete sich auf dem Altar auf. Über ihm schwebte, zum Anfassen nahe, die Statue der Göttin, mit Hilfe der Magie aus Quecksilber geformt. Er holte tief Luft und stieß seine Hand in die schimmernde Oberfläche. Ein Kribbeln und wohlige Wärme durchliefen seinen Arm, als er den linken Fuß der Statue, ohne einen Widerstand zu spüren, durchfuhr, im rechten Fuß fand sich dann etwas Hartes.

Elyra zog bereits mit aller Macht an seinem Bein, und selbst Barius schien über alle Maßen erzürnt. „Wie könnt Ihr nur?", rief die junge Priesterin verzweifelt. „Das ist ein Sakrileg, ich dachte, Ihr liebt die Herrin der Welten!"

Schon im nächsten Moment sprang Pulver wieder vom Altar herab.

„Da ist sie", teilte er ihnen mit belegter Stimme mit. „Dort versteckt, wo nur die Göttin sie sehen kann." Er hielt Elyra hin, was er aus dem Quecksilber der Statue geborgen hatte. Es war ein breiter schimmernder Reif, reich mit Edelsteinen besetzt und von einem sorgsam gearbeiteten Greifen überragt, dessen Flügel den Träger des Reifs wie ein Helm schützen würden.

„Die Krone von Lytar", hauchte Elyra ergriffen.

„Nimm sie an dich", sagte Pulver mit rauer Stimme. „Du bist ihre Wächterin und hütest von nun an das Erbe des Greifen."

„Also wurde die Krone tatsächlich gefunden", stellte Lamar fest. „Aber wie ist das möglich, wo Elyra in ihrer Vision doch sah, dass sie sie an den dunklen Prinzen übergab?"

„Das ist eine Geschichte für einen anderen Tag", meinte der alte Mann. Er stand auf und streckte sich, und Lamar konnte das Knacken der alten Knochen hören. „Jetzt muss ich mir ein wenig die Beine vertreten."

„Willst du nicht weitererzählen, Großvater?", fragte Saana vom Schoß ihrer Mutter aus. Sie wirkte etwas verschlafen und rieb sich die Augen.

„Heute nicht mehr, meine Kleine", sagte der alte Mann lachend. „Es ist schon spät, zu spät für dich."

„Aber ich bin ja noch wach!", protestierte sie.

„Das mag sein", gab der alte Mann zu. „Aber morgen bist du auch wieder ausgeschlafen."

Es gab noch weitere Proteste aus dem Gastraum, aber der alte Mann hatte Recht, es war schon spät geworden. Im Laufe des Tages hatten einige der Zuhörer dem guten Bier und Wein so reichlich zugesprochen, dass der eine oder andere von ihnen nun nicht mehr allzu sicher auf den Beinen schien.

„Morgen ist auch noch ein Tag", rief der Wirt. „Dann geht es weiter!" Er sah den alten Mann fragend an. „Das wird es doch, oder?"

„So schnell wird die Geschichte nicht zu Ende sein", rief dieser lachend. „Aber jetzt möchte ich mir etwas Ruhe gönnen und ein paar Freunde begrüßen, die ich schon lange nicht mehr gesehen habe."

Er streckte sich erneut, griff sich eine Flasche und seinen Becher, winkte noch einmal in die Runde, und begab sich dann zum Ausgang.

„Habt Ihr etwas dagegen, wenn ich Euch begleite?", fragte Lamar höflich.

„Warum sollte ich?", kam die Antwort. „Und ein wenig frische Luft wird auch Euch nicht schaden."

Es war mittlerweile Nacht geworden, sternenklar und hell, denn beide Monde standen hoch am Himmel. Draußen an dem großen Brunnen wartete eine Gruppe von Leuten, die er im Laufe des Tages bereits im Gasthof gesehen hatte. Einer von ihnen, groß und breitschultrig und mit schlohweißem Haar, musterte den Gesandten nachdenklich. Eine junge Frau schmiegte sich an ihn. Sie war klein und zierlich und lächelte, als sie Lamars Blick einfing. Neben ihr standen drei weitere Frauen, eine junge, die Lamar irgendwie bekannt vorkam, und zwei ältere Frauen, deren noch volles weißes Haar hier und da rote oder blonde Strähnen enthielten. Auf dem Brunnenrand saß ein hagerer Mann mittleren Alters, der sich mit einer rothaarigen Schönheit unterhielt. Ihr Alter konnte Lamar nur schwer einschätzen.

Auch die anderen blickten auf und musterten den Gesandten, als er mit dem alten Mann an den Brunnen herantrat, der von Laternen erleuchtet war.

Lamar fragte sich, ob er diese Leute nicht doch schon kannte. War es möglich, dass sie … nein, für Garrets Freunde sahen sie ihm zu wenig nach Helden aus. Es war einfach eine Gruppe alter Bekannter, die sich an einem Brunnen getroffen hatte. Kein Bogen oder Schwert und keine mächtige Axt waren zu sehen, und dennoch … die direkte Art, mit der sie ihn betrachteten, beeindruckte ihn.

„Ihr seid jünger, als ich dachte“, sagte nun die junge Frau, die sich an den alten Mann schmiegte. Ihr Lächeln war offen und freundlich.

Der Gesandte überlegte noch, was er ihr erwidern könnte, da erklang das Geräusch von galoppierenden Hufen. Sie alle sahen hinüber zum Ortseingang, von wo ein Reiter in der hellen Tracht eines königlichen Herolds auf einem schweißbedecktem Pferd heranritt. Kurz vor dem Brunnen zügelte er das erschöpfte Tier und sah die Versammelten an.

„Ich suche einen Lamar di Aggio!“, rief der Herold, während er sich aus dem Sattel gleiten ließ. Er drückte die Zügel des müden Tiers dem nächsten Besten in die Hand; es war der Geschichtenerzähler, der etwas verblüfft auf die Lederriemen in seiner Hand herabsah. „Könnt Ihr mir sagen, wo ich ihn finde?“

„Er steht vor Euch, Herold“, antwortete Lamar. „Ist etwas geschehen?“

„Der König ist tot“, antwortete der Herold knapp. „Aber das ist nicht der Grund, weshalb ich Euch suche. Der Prinz befiehlt Euch, ihm und siebzehn seiner engsten Berater in diesem Dorf Quartier zu beschaffen. Ihr dürft ihn übermorgen erwarten.“

„Dafür reitet Ihr ein Pferd zu Schanden?“, fragte der alte Mann und schüttelte verständnislos den Kopf. „Hier, nehmt sie selbst“, sagte er und drückte dem Herold die Zügel wieder in die Hand. „Dort im Gasthof findet Ihr einen Stall, und sobald Ihr Euer Pferd versorgt habt, werdet Ihr auch Speise, Trank und Unterkunft erhalten. Und nun geht.“

Diesmal war es der Herold, der verblüfft dreinsah.

„Nun geht schon!“, sagte der alte Mann schroff. „Ihr stört ein wenig.“

Zu Lamars Überraschung gehorchte der Herold und brachte sein Pferd hinüber zum Stall des Gasthofs.

„Das war nicht sehr nett von dir“, meinte die junge Frau, die zuvor das Wort an den Gesandten gerichtet hatte.

Der alte Mann zuckte die Schultern. „Er hat mich gestört“, erklärte er und suchte nach seiner Pfeife.

„Na, wenn es so ist“, erwiderte sie und wandte sich wieder an Lamar.

„Ich sehe, Ihr habt mich nicht erkannt“, sagte sie lächelnd. „Ich bin Sera Sineale, wir hatten bereits das Vergnügen.“

„Ihr ... Ihr seid der Paladin des Königs! Ohne Eure Rüstung ...“, stammelte Lamar und hätte sich für seine Ungeschicklichkeit am liebsten auf die Zunge gebissen. „Ich meine ... Nestrok, nein, das Kleid, ich ...“

Die anderen schmunzelten, und Lamar wäre vor Scham am liebsten im Boden versunken.

„Schon gut, Ser Lamar“, beruhigte ihn die junge Frau. „Ich bin nicht in offiziellem Auftrag hier, auch wenn ich die Nachricht vom Tod Eures Vaters noch vor dem Herold kannte. Ich hätte es Euch schonender beigebracht als dieser Flegel dort. Aber ich wollte auf einen passenderen Moment warten. Ich bedaure Euren Verlust.“

„Er ruht friedlich in den Händen der Göttin“, sagte die andere junge Frau voller Überzeugung. „Trauert um ihn, Freund Lamar, aber seid Euch gewiss, dass es ihm gut ergeht.“

Lamar riss sich zusammen. Er hatte seinen Vater seit langen Jahren nicht mehr gesehen, und doch war er überrascht, wie sehr die Nachricht ihn berührte.

„Danke“, sagte er mit einer leichten Verbeugung. „Ich wünschte, ich hätte die Möglichkeit, ihm die letzte Ehre zu erweisen.“

„Deshalb ist Sina hier“, teilte ihm der hagere Mann mit, der auf dem Brunnenrand saß. „Sie wird Euch rechtzeitig nach Thyrmantor bringen. Vorausgesetzt, Ihr habt keine Höhenangst.“

Lamar blinzelte überrascht.

„Er meint Nestrok, Ser Lamar“, erklärte die Sera Sineale mit einem Lächeln. Wie hatte der hagere Mann sie genannt? Sina? War sie wirklich die Tochter der Priesterin Leonora und des Arteficiers Knorre?

Er musterte die Gesichter, die ihm plötzlich auf seltsame Weise vertraut vorkamen, und schluckte „Diese Geschichte … Eure Geschichte … sie ist durch und durch wahr?“

„Warum sollte ich Euch etwas erzählen, das nicht stimmt?“, fragte der alte Mann, von dem Lamar mittlerweile annahm, es müsse Garret sein. „Dafür ist es zu wichtig“, brummte er und zog eine Augenbraue hoch, als sich der Gesandte vor ihm verbeugte und sich anschickte, zu gehen. „Wohin wollt Ihr?“

„Ich muss dem Prinzen das Quartier bereiten“, antwortete Lamar zerknirscht. „Ihr habt den Herold ja gehört.“

„Da werdet Ihr kaum Glück haben“, meinte der alte Mann schmunzelnd. „Jedes Bett im Dorf ist belegt. Aber vielleicht findet sich noch ein warmes Plätzchen im Stall.“

„Ich hoffe, Ihr irrt Euch“, sagte Lamar betrübt. „Sonst muss ich mein eigenes Zimmer abgeben.“

„Das würde ich nicht tun“, erwiderte die Sera Sineale lächelnd. „Der Wirt versprach es bereits jemand anderem für den Fall, dass Ihr auszieht. Er wird es Eurem Prinzen nicht geben können.“

„Aber er ist der Prinz!“, protestierte der Gesandte.

„Nicht der unsere.“ Der Geschichtenerzähler lachte.

„Dennoch muss ich es versuchen“, erwiderte Lamar und verbeugte sich erneut, doch dann fiel ihm noch etwas ein.

„Sagt, Ihr habt erwähnt, dass der Kanzler einen Plan verfolgte, den er zusammen mit dem Kriegsmeister geschmiedet hat.“

„Ganz recht“, antwortete der alte Mann. „Was wollt Ihr wissen?“

„Wie hat der Kanzler reagiert, als er merkte, dass sein Plan fehlgeschlagen war?“

„Wie kommt Ihr darauf, dass der Plan fehlschlug?“, fragte der alte Mann überrascht.

„Tat er das nicht? Die Stadt fiel doch an den Greifen!“

„Es ging ihm ja nicht um die Stadt“, erklärte der alte Mann. „Sie war ihm überhaupt nicht wichtig. Hätte Lord Daren sie eingenommen, dann wäre es nicht mehr als ein Zubrot gewesen. Nein. Ihm ging es um etwas anderes. Um Alt Lytar.“

„Aber … gab es denn noch eine Schlacht am Pass?“

„Das nicht gerade“, sagte der alte Mann und zündete sich seine Pfeife an. „Der Pass war eine der wenigen Schwachstellen in Meister Pulvers Plan. Aber vielleicht auch nicht.“ Der alte Mann zuckte die Schulter. „Wer kann das schon sagen. Es war jedenfalls besser, den Pass zu sichern, als ihn offen zu lassen. Nur hatten wir eines vergessen: Der Pass ist der einzige Weg ins Tal, der Menschen offen stand.“

„Ich verstehe nicht.“, sagte Lamar.

„Nun, fast im selben Moment, als in Berendall das Banner des Greifen gehisst wurde, entdeckte Marten das Lager der Kronoks. Gut fünfzig von ihnen hatten unbemerkt das

Gebirge überquert. Sie brauchten keinen Pass, denn ihre Reittiere können, anders als Pferde, klettern. Das Erschreckende daran war, dass sich dieses Lager kaum mehr als einen halben Tagesritt von Alt Lytar entfernt befand. Und dies war Beliors Plan: Während wir unsere spärlichen Kräfte auf den Pass und auf Berendall konzentrierten, war es ihm gelungen, seine Streitmacht von Kronoks direkt vor unserer Haustür zu platzieren, ohne dass wir davon wussten!“

„Götter!“, rief Lamar erschrocken. „Fünfzig von ihnen! Wie sollte man die denn mit den verbleibenden Kräften besiegen können?“

„Das hat sich Meister Pulver auch gefragt“, sagte der alte Mann und lachte.